Judith Pella

Ritt in die Freiheit

Texas-Lady — Band 1

FRANCKE
Verlag der Francke-Buchhandlung GmbH

Inhalt

1. Stoner's Crossing 7
2. Unter Gesetzlosen 73
3. Gebrochener Flügel 133
4. Windreiterin 197
5. Die weiße Squaw 265
6. Ergebung 305
7. Neue Anfänge 375

Teil I

Stoner's Crossing

1

In Stoner's Crossing wurde ein Galgen errichtet. Die beiden Männer schwitzten unter der sengenden Sonne von Texas und brummten vor sich hin, während sie Nagel für Nagel einschlugen. An jenem Hochsommertag war es fast vierzig Grad heiß, und eine stechende gelbe Sonne hob sich scharf vom dunkelblauen Himmel ab.

Mit einem schmutzigen roten Taschentuch wischte sich der ältere der beiden Männer die Stirn. Sein struppiges braunes Haar und sein Bart ergrauten schon. Er richtete sich auf und betrachtete das Resultat seiner Arbeit.

„Sollten rechtzeitig fertig sein", bemerkte er.

„Hoffentlich kriegen wir den versprochenen Whisky auch, wenn wir das hier erledigt haben. Das ist alles, was ich dazu sagen kann", erwiderte der jüngere Mann.

Sie sollten jeder zwei Dollar und eine Flasche Whisky für ihre Arbeit bekommen, und das war für zwei Tramps wie sie ein kleines Vermögen. Aber für diese schändliche Arbeit hätten sie jeden Lohn verlangen können, denn niemand in dieser staubigen, schäbigen kleinen Stadt wollte sie tun.

Sie waren erst vor ein paar Tagen nach Stoner's Crossing gekommen und hatten nie etwas von Leonard Stoner gehört. Für sie war er nur ein Toter, in der Blüte seiner Jahre ermordet. Für sie war klar, daß der Mörder gehängt werden mußte, so wollte es das Gesetz. Sie kannten das Opfer nicht, sie kannten den Mörder nicht, und es war ihnen auch ziemlich egal. Dennoch waren sie nicht ganz gefühllos.

Der ältere Mann wischte noch einmal seine nasse Stirn. „Weißt du, Tom, ganz wohl ist mir bei dem Gedanken nicht, daß wir hierfür Geld nehmen."

„Mir auch nicht, Wash."

‚Wash', auch bekannt als Eli Washburn, schüttelte langsam den Kopf und nahm den nächsten Nagel zur Hand. „Schätze, wenn wir's nicht tun würden, würde es irgend jemand anderes machen."

„Wahrscheinlich hast du recht."

„Hast du schon mal jemanden gehängt, Tom?" Ohne auf Antwort zu warten, sprach der ältere Mann weiter. „Ist kein sehr hübscher Anblick. Hab' schon harte Grenzer gesehen, denen der Anblick ziemlich zugesetzt hat. Ist nicht leicht, seinen Kopf durch die Schlinge zu stecken."

In Gedanken an dieses Bild wurden beide Männer still.

Ihre dumpfen Hammerschläge erfüllten die drückende Luft. Nicht der leiseste Windzug zerstreute das unheimliche Geräusch. Ausgerechnet jetzt war der Ort vollkommen still. Die zwei- oder dreihundert Bewohner, die in ihren Häusern beschäftigt waren, hatten offensichtlich nicht das geringste Interesse an dem, was hier draußen entstand. Ab und zu hörte man ein Pferd schnauben oder jemanden in einem der Saloons reden, aber sonst war die lastende Stille nur von den regelmäßigen Hammerschlägen und dem Brummen der beiden Männer erfüllt.

Die Sonne stieg fast sichtbar immer höher – sichtbar für jemanden mit dem mystischen Blick, der das blendende Licht durchdringen konnte. Aber selbst ein Blinder konnte fühlen, wie die Sonne langsam ihrem höchsten Punkt entgegenkletterte.

Mittag.

Heute war diese Stunde etwas Besonderes. Die Bewohner dieser weit abgelegenen Stadt würden sich das Ereignis ganz sicher nicht entgehen lassen. Auch wenn sie selbst kein Blut an den Händen haben wollten – ihrer Neugierde würden sie nicht widerstehen können. Sie mußte gestillt werden.

Genau wie die beiden hergelaufenen Tramps, die sie für ihre schmutzige Arbeit angeheuert hatten, waren die Einwohner von Stoner's Crossing gespannt. Einige hatten schon einmal jemanden hängen sehen. Einige waren sogar schon dabei gewesen. Hier draußen in der ungezähmten Wildnis ging das oft sehr schnell. Ein Seil über einem starken Ast; ein Pferd, dem man einen Klaps gab, das war alles. Das Gesetz war weit weg; man machte sich nicht die Mühe, einen ‚ordentlichen Prozeß' durchzuführen, wie die aus dem Osten das nannten. Hier draußen, so weit westlich des Mississippi, waren der Strang und das Gewehr oft das einzige Gesetz, das einem ehrlichen Mann zur Verfügung stand. Hier durfte man nicht zögern. Zu viele, die einen Verbrecher hatten laufen lassen, endeten irgendwann zum Dank mit einer Kugel im Rücken.

Hängen war nichts Ungewöhnliches, aber Gerichtsverfahren waren es. Tatsächlich war das Verfahren in Stoner's Crossing in diesem gesetzlosen Land etwas Außergewöhnliches gewesen. Aber genau so hatte Caleb Stoner es gewollt – alles hübsch legal. Und Caleb bekam normalerweise seinen Willen. Schließlich war es seine Stadt.

Tom hielt die Hand vor die Augen und sah zum Himmel hinauf.

„Schätze, höher klettert die Sonne nicht mehr."

Washburn schlug den letzten Nagel in das Gerüst.

„Yeah. Hab' ich doch gesagt, daß wir fertig werden."

Die beiden schmutzigen Landstreicher betrachteten ihr Werk noch einmal. Fünfzehn Fuß hoch, fast zwei Tage Schufterei – und es war ein hübsches Stück. Die Stufen waren glatt, außer einer der oberen, wo ein schief eingeschlagener Nagel das Holz in der Mitte zersplittert hatte. Aber das machte nichts. Fast alle, die zum Galgen hinaufstiegen, gingen sehr langsam. Das Gerüst war stabil. Washburn schlug mehrmals kräftig dagegen, um ganz sicher zu sein. Das Ding sollte schließlich nicht vorher zusammenbrechen. Einmal hatte er so etwas erlebt, aber das war ein Ast gewesen, und der Todeskandidat war in dem Durcheinander entkommen.

Tom schleppte einen Sandsack die Stufen hinauf. Er wog nur etwa fünfzig Pfund, kein realistisches Gewicht eigentlich, um die Stärke des Galgens zu überprüfen, aber Washburn glaubte nicht, daß viel mehr als das nötig sein würde. Sie mußten nur noch die Falltür testen. Dazu banden sie den Sack an den Strang, der schon oben am Querbalken befestigt war. Washburn zog den Sack hinauf.

Er fragte sich, weshalb sie sich all die Arbeit machten. Ein Baum und ein Pferd hätten es auch getan, obwohl sie dann die zwei Dollar und den Whisky nicht bekommen hätten. Er kam zu dem Schluß, daß der Sheriff bei der Außergewöhnlichkeit des Falles wohl ein ganz korrektes Verfahren vorzog.

„Laß los!" rief Tom.

Washburn ließ das Seil los, und im Bruchteil einer Sekunde war alles vorbei. Der Sandsack fiel glatt in einer Staubwolke durch die Falltür. Alles funktionierte bestens. Selbst in New York City hätte man keinen besseren Galgen gefunden.

Tom legte seinen Hammer weg und schlenderte zum Büro des Sherifs hinüber, um Bescheid zu sagen, daß alles fertig sei.

Aber der ältere Tramp schien noch nicht ganz zufrieden. Er ließ die Augen über das Gerüst schweifen, als ob er nach irgendeinem Fehler suchte, ja als ob er fast hoffte, einen zu finden, damit die bevorstehende Hinrichtung verschoben werden mußte. Er sagte zu sich selbst: ‚Sei nicht so zimperlich!' Er hatte gegen Indianer, Mexikaner und Grizzlybären gekämpft; er hatte schon eine Menge Blut vergossen, sein eigenes und das von anderen, und er wußte, das war es nicht, was ihn beunruhigte. Eines hatte er nie getan, so alt und geschunden er auch war, und er war nicht sicher, ob er dazu die Nerven hatte.

Washburn drückte sein nasses Taschentuch aus, legte es sich wieder um den sonnenverbrannten Nacken und wandte sich an seinen Helfer, der gerade zurückkam.

„Weißt du, Tom, ich hab' noch nie –"

Aber er konnte seinen Satz nicht beenden, denn plötzlich war die stickige Mittagsluft von Stimmen und Bewegung erfüllt.

Sie kamen: der Sheriff, der Hilfssheriff und zwischen ihnen der Gefangene.

Der Gefangene war eine Frau.

Sie war kaum zwanzig Jahre alt – so jung, aber Jahre des Kampfes klebten an ihr wie die schwüle Luft. Sie ging mit festem Schritt, die Schultern zurückgebogen, mit einem feinen, aber starken und stolzen Kinn.

Die Hinrichtung sollte beginnen.

2

Zwischen den beiden Männern sah sie sehr zerbrechlich aus, aber zugleich hatte man das Gefühl, daß sie sie überragte, als ob sie es war, nicht ihre Wächter, die bestimmte, was zu geschehen hatte. Die beiden Männer griffen nach ihren Armen, aber offensichtlich nicht, weil sie schwach wurde. Wenn ihr auf diesem letzten Weg ihres Lebens die Knie zitterten, dann ließ sie sich das jedenfalls nicht anmerken. Sie schien bereit, ja beinahe begierig, ihrem Schicksal gegenüberzutreten, trotz der Blässe ihres Gesichts, dessen Farbe sich von der ihres ausgewaschenen grauen Musselinkleides nicht unterschied.

Der Sheriff, der jetzt düster neben ihr herging, war erstaunt gewesen über ihre Ruhe. Den ganzen Tag hatte sie kein einziges Wort gesagt und nur aufrecht und steif auf der Kante ihrer Pritsche in der Gefängniszelle gesessen, die mageren Hände im Schoß verschränkt. Ihre letzte Mahlzeit aß sie langsam und bedächtig, bis auf den letzten Krümel. Sheriff Pollard hatte Männer gekannt, die an ihrem letzten Tag noch nicht einmal einen Schluck Kaffee herunterbrachten. Aber diese Frau aß, als ob es dabei um viel mehr ging als nur darum, ihren Hunger zu stillen. Sie aß, als ob sie sich um keinen Preis auch nur die geringste Schwäche erlauben wollte. Pollard hätte das nie von ihr erwartet, von dieser zierlichen Frau, die an der Ostküste erzogen worden war; immerhin hatte es einige Anzeichen gegeben, welche Art Frau in dieser zerbrechlichen Hülle steckte. Auch während des Gerichtsverfahrens hatte sie sich so verhalten. Sie war nie zusammengebrochen, hatte nie eine einzige Träne geweint, selbst als ihre Nachbarn und ihre Familie sie so beschuldigten, wie sie es getan hatten.

Und mehr noch: sie hatte nie die leiseste Reue für ihre Tat gezeigt. Die Geschworenen entschieden einstimmig. Pollard hatte es nicht ganz einfach gehabt, zwölf unvoreingenommene Personen zu finden, denn die Stadt und alles und jeder in ihr gehörte Caleb Stoner. Aber nach Meinung des Sheriffs waren die Beweise ohnehin ganz eindeutig, und das war es, was er vor Gericht auch ausgesagt hatte. Man hatte sie gefunden, als sie über dem Leichnam ihres Mannes stand, Leonards 44er Colt in der Hand. Selbst ihr eigener Vater hätte nichts gegen diese Tatsache vorbringen können.

Als der Richter, ein Beauftragter aus Austin, der durch die kleinen Städte reiste, sie fragte: „Haben Sie Ihren Mann erschossen?", hatte sie mit einem einzigen, ruhigen Wort geantwortet: „Nein."

Viel mehr als dieses eine Wort hatte sie während des ganzen Verfahrens nicht gesagt, und überzeugend genug hatte das nicht geklungen. Fast jeder Täter leugnet seine Schuld. Niemand gab sehr viel darauf, außer wenn der Täter mit starken Gefühlsausbrüchen und unerschütterlicher Beharrlichkeit leugnete.

Pollard war nicht gerade wohl dabei, eine Frau zu hängen. Aber seiner Meinung nach konnte eine Frau noch froh sein, wenn sie nicht auf immer in einem Gefängnis verschwand, eine lebende Tote; und für eine Lady wie Mrs. Stoner galt das erst recht.

Pollard erinnerte sich, wie sie vor zwei Jahren in den Westen gekommen war. Soweit er gehört hatte, waren ihr Vater und ihr Bruder schon früh im Krieg umgekommen, und sie war ganz allein geblieben. Irgendwie hingen die beiden Familien zusammen, und Caleb holte sie aus Virginia in den Westen, damit sie seinen ältesten Sohn Leonard heiratete. Sie kam im Frühjahr '63 an, zu einer Zeit, als es ziemlich schwierig war, durch den Süden zu reisen. Für Pollard war es reine Unvernunft, mitten im Krieg eine solche Reise zu machen, aber das ging ihn ja nichts an. Jedenfalls waren die westlichen Gegenden, besonders Texas, weit weniger von den schweren Kämpfen betroffen, die den Süden verwüsteten. Stoner selbst brachte es fertig, sich überhaupt aus jedem Gefecht herauszuhalten. Seine jüngeren Söhne waren noch nicht alt genug, um in die Rebellenarmee eingezogen zu werden, und er selbst war schon zu alt. Seinem ältesten Sohn Leonard war es gelungen, in die Heimatarmee zu kommen, die gegen die allgegenwärtige Gefahr von Indianerüberfällen aufgestellt worden war. Auf diese Weise blieb er zugleich ein loyaler Texaner und ein Konföderierter, und wenn der Süden den Krieg verlor, konnte ihm ebenfalls nichts weiter passieren. Jetzt, wo der Krieg vorbei war und Texas vom Norden ‚wiederaufgebaut' wurde, war Stoner fein heraus.

Daß er nationale politische Konflikte umging, ersparte ihm natürlich nicht private Konflikte. Die Stoners hatten genug ‚Bürgerkrieg' im eigenen Haus. Wieviel davon auf das Konto des Mädchens ging, wußte der Sheriff nicht genau, aber ganz sicher hatte der Ärger nicht erst mit ihrer Ankunft begonnen. Vielleicht spielte sie eine ähnliche Rolle wie die Sklavenfrage für den Krieg. Das war nicht die Ursache des Krieges, aber es war der zündende Funken. *Diese Rolle,* dachte er, *mußte Mrs. Stoner gespielt haben.*

Sheriff Pollard war dabei gewesen, als sie mit der Postkutsche aus Austin angekommen war. Caleb und seine Söhne hatten sie nicht einmal abgeholt; sie hatten einen ihrer Leute geschickt. Auf den ersten Blick hatte sie ziemlich zerbrechlich ausgesehen in ihrer tiefschwarzen Trauerkleidung. Aber sie hatte die gesunde Farbe von Menschen, die viel draußen sind. In der blendenden Sonne sahen die wenigen Haarsträhnen, die unter ihrem Hut hervorschauten, wie Gold aus. Selbst da hatte sie einen sehr selbstsicheren Eindruck gemacht, obwohl sie gerade an einem wildfremden Ort angekommen war. Sie war ein schönes Mädchen, aber wie sie dort so aufrecht und feierlich saß, hatte sie die Schönheit einer antiken Statue, nicht die einer wirklichen Frau aus Fleisch und Blut. Vielleicht, wenn sie gelächelt hätte ...

Aber Pollard konnte sich nicht erinnern, sie je lächeln gesehen zu haben. Mit ihren blauen Augen hätte das Wunder gewirkt. Sie waren wie die tiefblauen Seen, die in Texas so selten sind — nur sahen sie aus wie gefroren. Jedenfalls waren es diese Augen, an denen man sehen konnte, was in dieser stillen jungen Frau stecken mußte. Als Calebs Mann den Wagen anhielt, um die Post aus der Hauptstadt in Empfang zu nehmen, konnte Pollard ihre Augen genau sehen, und er wußte sofort, daß diese Frau keine zerbrechliche Schönheit aus dem Süden war. Ein Blick, der diese Traurigkeit durchdrang, genügte, um zu erkennen, daß die Frau trotz all ihrer Schönheit und ihrer Weiblichkeit aus Stahl war.

Nie hatte er sie unbändig oder gemein oder auch nur unhöflich gesehen. Soweit er wußte, war sie immer leise, sanft und freundlich. Pollard wußte nicht, was eine solche Frau dazu treiben konnte, ihren Mann zu erschießen, obwohl im Gerichtsverfahren an den Tag gekommen war, daß sie eine unglückliche Ehe geführt haben mußte. Aber unglücklich genug, um zu töten?

Zu diesem Schluß kamen jedenfalls die Geschworenen.

Pollard war sich nicht sicher. Wenn man sie nur nicht so bei der Leiche ihres Mannes gefunden hätte.

Trotz allem hatte Pollard versucht, auf Notwehr zu plädieren, aber niemand hatte auf ihn gehört. Stoner war unbewaffnet gewesen, und er ist von hinten erschossen worden ... Dagegen war nun einmal nichts zu machen. Schließlich hatte ja auch nicht er das Urteil gefällt. Er war bloß Sheriff. Seine Aufgabe war es nicht, die Schuldigen zu verurteilen, sondern auszuführen, was von anderen beschlossen wurde. Und das war es, was er jetzt tun mußte, auch wenn ihm das nicht gerade gefiel.

Sie hatten den halben Weg zum Galgen zurückgelegt. Pollard sah sich um und bemerkte, daß die Bewohner von Stoner's Crossing langsam sichtbar wurden. Es hatte sich rasch herumgesprochen, daß es soweit war, und wie die Ratten aus ihren Löchern kamen die Leute aus ihren Häusern; allein, zu zweit, in Dreiergruppen schlichen sie zum Hinrichtungsplatz. Die Zuschauer waren alle Männer. Die wenigen Frauen, die hier lebten, würden es nicht wagen, gegen die Regeln des Anstands zu verstoßen und hierher zu kommen, obwohl nicht wenige von ihnen im Prozeß die Stimme gegen die Angeklagte erhoben hatten.

Als die Gefangene und ihre Begleiter die Stufen des Galgens erreichten, waren fünfzig oder sechzig Leute dort, um das Geschehen zu beobachten. Die Menge war still und eingeschüchtert; von der festlichen Stimmung, die solche Ereignisse oft begleitete, war nichts zu spüren.

Pollard zögerte und suchte die Menge nach einem wichtigen Gesicht ab. Er fand es nicht und wandte sich an seinen Hilfssheriff links von der Gefangenen.

„Doc, irgendwas von Caleb gehört?"

„Nein, aber er sollte hier sein." Der Mann, der ‚Doc' genannte wurde, sah ebenfalls in die Menge, aber ohne Ergebnis. Eine angewiderte Grimasse huschte über sein Gesicht. Doc Barrows war nicht nur die einzige zeitweilige Aushilfe des Sheriffs in der Stadt, sondern auch der Arzt, Frisör, Zahnarzt, Beerdigungsunternehmer und Prediger. Er war sehr beschäftigt und nicht gerade froh wegen der Verzögerung, selbst wenn Caleb Stoner persönlich ihre Ursache war. Doc betrachtete sich als unentbehrlich genug, um Caleb gegenüber ein wenig Rückgrat zu zeigen, jedenfalls, wenn dieser nicht selbst anwesend war.

Pollard trat unentschlossen von einem Bein aufs andere. Er dachte, Caleb würde kommen, und zwar nicht nur pünktlich, sondern sogar freudig. Vielleicht plante er einen großen Auftritt, obwohl das hier völlig sinnlos gewesen wäre. Es würde Caleb ähnlich sehen, diesen Anlaß zu benutzen, um einmal mehr seine Macht über die Stadt zu demonstrieren. Pollard schaute blinzelnd in die Sonne und brummte einen Fluch vor sich hin. Er wollte nicht auch noch in dieser Hitze herumstehen müssen. Aber Caleb sah sein Volk gern schwitzen, nicht?

Er hörte die Kutsche, die eine Wolke von Staub aufwirbelte, als sie näherkam. Es war Caleb mit seinem Sohn Laban an seiner Seite.

Mrs. Stoner sah ebenfalls dem Wagen entgegen. Ihr unbeteiligter Ausdruck veränderte sich nicht, außer daß sich ihre Züge vielleicht noch etwas mehr verhärteten. Wenn man diesem versteinerten Gesicht auch nichts ablesen konnte, war doch deutlich der Haß zu spüren, als sie ihren Schwiegervater kommen sah.

Der Wagen hielt am Rand der Menge. Caleb sagte nichts, keine Begrüßungen wurden ausgetauscht. Aber Pollard wußte, es war Zeit.

Er berührte den Arm seiner Gefangenen. „Bereit, Mrs. Stoner?"

Sie sagte nichts und antwortete mit einem kaum merklichen Nicken. Dann begannen sie den Aufstieg. Es waren nur sechs Stufen, aber es schien eine Ewigkeit zu dauern. Pollard glaubte, mehr Widerstand in der Hand zu spüren, die den Arm der Frau hielt, als ob ihr erst jetzt wirklich bewußt wurde, was ihr bevorstand.

Steter Tropfen höhlt den Stein.

Oben angekommen, schob Pollard die Frau unter die baumelnde Schlinge.

„Möchten Sie noch etwas sagen, Mrs. Stoner?" fragte der Sheriff in Erwartung eines stummen Kopfschüttelns. „Dann wird der Doc hier ein Gebet für Ihre Seele sprechen."

Zum ersten Mal sah sie den Sheriff direkt an und sagte kalt: „Ich will keine Gebete."

Der Sheriff schluckte nervös und atmete tief durch. Es wäre schön gewesen, ein wenig geistliche Atmosphäre zu haben. Was war Hängen denn ohne Gebet? Aber er würde den letzten Wunsch einer Frau respektieren. Er wischte sich über das stoppelige, ungewaschene Gesicht und warf einen Blick über die Menge zu Calebs Kutsche. Wenn er auf irgendeine Einmischung vom Patriarchen der Stadt gehofft hatte, wurde er enttäuscht. Caleb Stoner sah starr und unnahbar auf den Galgen. Kein Wunder, daß er und die Frau sich haßten — sie waren einander zu ähnlich.

Pollard räusperte sich. „Gut, dann machen wir weiter."

Er nickte zu Washburn hinüber, der heranschlurfte und den baumelnden Strang nahm; nach kurzem Zögern legte er die Schlinge um den schlanken, weißen Hals der Frau.

Doc, der sich von der brüsken Zurückweisung nicht beirren ließ, ging zu der Gefangenen. Er würde sich nicht um seinen großen Moment betrügen lassen.

„Lassen Sie uns beten", sagte er pathetisch. Aber er konnte der Frau dabei nicht in die Augen sehen. „Unser Vater im Himmel, geheiligt sei Dein Name. Dein Reich komme. Dein Wille geschehe, wie im Himmel, so auf Erden. Gib uns unser täglich Brot. Und vergib uns unsere Schuld, wie auch wir vergeben unseren Schuldigern —" Seine Stimme betonte besonders diesen letzten Satz, bevor er fortfuhr: „Und führe uns nicht in Versuchung, sondern erlöse uns von dem Übel: Denn Dein ist das Reich und die Kraft und die Herrlichkeit in Ewigkeit. Amen!"

Als der Doktor sicher war, daß seine Worte die gehörige Wirkung erzielt hatten, sprach er in seinem pompösen Tonfall weiter. Er wagte sogar einen kurzen Blick auf die Gefangene. „Mrs. Leonard Stoner, ich empfehle Ihre Seele Gottes Händen. Möge Er Ihrer Seele gnädig sein!"

Washburn zog die Schlinge an. Pollard sah, daß seine Hände zitterten. Der Sheriff fühlte sich selber ein bißchen wackelig auf den Beinen. Das Geräusch, das er als nächstes zu hören glaubte, mußte seiner Erregung entsprungen sein. Wäre er ein Geisterseher wie der Doc gewesen, hätte er fast glauben können, daß der Fürst der Hölle persönlich auf die Stadt zu donnerte, um seine Beute in Empfang zu nehmen. Natürlich wußte Pollard, das war blanker Unsinn. Aber ... es klang wie Pferde, die sich rasch näherten, mehrere Pferde.

3

Die Menge hörte es auch, und Köpfe wandten sich um. Es war nicht die Phantasie des Sheriffs. Da kamen *richtige* Pferde, und zwar in vollem Galopp!

Eine Minute später erschienen die Reiter in einer riesigen Staubwolke mit Hufeschlagen und Getöse in der Hauptstraße von Stoner's Crossing. Es waren acht, alle mit angelegten Gewehren und gezogenen Revolvern. Washburn stöhnte leise und ließ die Schlinge los. Wenn das eine Art Rettungsaktion war, wollte er nicht auf seiten der Schurken erwischt werden. Er zog sich in den Schatten zurück. Der Sheriff konnte ihm das nicht übelnehmen, er hätte nur zu gern dasselbe getan; statt dessen blieb er mit offenem Mund stehen.

Die Gaffer stoben wie wild auseinander, als die Pferde in vollem Gallopp auf sie zu rasten. Die Reiter, alle mit Tüchern vor dem Gesicht maskiert, hielten erst direkt am Fuß des Galgens. Sofort richteten sich die Waffen auf die Umstehenden, zwei Gewehre zielten auf Caleb Stoner's Wagen, eine weitere Waffe war auf den Sheriff gerichtet, der noch immer wie angewurzelt auf der Plattform des Galgens stand.

„Gut", sagte der Besitzer dieser Waffe, „sieht aus, als kommen wir gerade zur rechten Zeit!" Er war ein rauh aussehender Mann, vielleicht sogar ganz ansehnlich unter der dicken Schicht von Staub und Schmutz. Seine gekrümmte Nase, die man unter dem festgezurrten Taschentuch sehen konnte, saß genau in der Mitte unter zwei Augen, die von ätzendem Spott erfüllt waren. Er saß groß und schnurgerade auf seinem Pferd und ließ keinen Zweifel aufkommen, wer die Bande von Reitern anführte.

„Was wollt ihr Jungs von uns?" fragte der Sheriff mit etwas unsicherer Stimme — aber wer konnte ihm das verdenken, mit einem entsicherten Gewehr direkt auf seinen Kopf gerichtet.

„Kann ich Ihnen sagen, Sheriff. Meine Gefühle sind verletzt, das ist alles. Ihr habt hier diese feine Hinrichtung, und ich und meine Jungs sind nicht mal eingeladen."

„Ihr braucht keine Einladung. Und die auch nicht —" Pollard deutete mit dem Kopf auf die Waffen.

„Na ja, zu spät", sagte der große Reiter. „Unsere Gefühle sind jetzt wirklich verletzt, und das wird erst besser, wenn wir euch ein bißchen den Spaß verdorben haben. Stimmt's, Jungs?"

Die anderen Reiter antworteten mit ein paar wilden Rufen und Schüssen in die Luft.

„Wenn Sie die Ausführung des Gesetzes verhindern, haben Sie die Folgen zu tragen", sagte der Sheriff ohne besonderen Nachdruck. Er wußte sehr gut, daß er nichts tun konnte. Die Masken konnten nicht verbergen, daß es sich hier um die Lampasas-Bande handelte, und ihr

Anführer, dessen Namen Pollard nicht kannte, war berüchtigt für Viehdiebstahl, Bankraub und allgemein für Unruhestiftungen vor dem Krieg. Während des Krieges hatten sie sich mit ihren Überfällen auf die Armee der Union konzentriert, vielleicht zu ihrem Vorteil; aber in den Monaten gleich nach dem Ende des Krieges hatten sie wieder ihre alten Ziele aufs Korn genommen — so ziemlich alles, was Beute versprach. Niemand wußte, wer sie waren, und bis jetzt hatten sie in Texas freie Hand.

Daher lachte der Anführer bloß über die Worte des Sheriffs. „Versuchen Sie, mich aufzuhalten, Pollard!" Seine Augen funkelten vor Angriffslust, als ob er sich nichts mehr wünschte als einen Vorwand, um zu schießen.

„Und wenn wir's versuchen?" Eine andere Stimme war zu hören, bedrohlich und herausfordernd. Es war Caleb Stoner, und seine Entschlossenheit war um keinen Deut geringer als die des Banditen, obwohl er gerade so laut sprach, daß der Mann auf dem Pferd ihn hören konnte.

„Ich nehme an, Stoner, dann werden Sie als erster sterben!" erwiderte der Anführer. „Und das Vergnügen, Ihre Schwiegertochter hängen zu sehen, werden Sie auch dann nicht haben."

„Warum machen Sie das?" fragte Stoner mit eisiger Stimme und feurigen Augen.

„Ich bin nur einfach ein Spielverderber, das ist alles!" Er lachte wieder. „Solange ich's verhindern kann, hängen Sie niemanden mehr, Stoner." Er hatte im vergangenen Monat zwei Männer am Galgen verloren; Stoner hatte sie draußen auf seiner Ranch aufknüpfen lassen, ohne Wert auf ein Gerichtsverfahren zu legen und ohne sie auch nur anzuhören. Kann sein, daß sie ein paar Kühe gestohlen hatten, aber wenigstens hatten diese Jungs nie jemanden umgebracht; von Stoner konnte man das nicht sagen.

„Dafür werden Sie sterben!" spuckte Stoner, ohne noch einen Rest an Ruhe zu bewahren; er wußte, daß er um seine lang ersehnte Rache betrogen würde.

Der Bandit warf den Kopf zurück und brach in Gelächter aus. „Die Texas-Rangers wollten mich schon vor dem Krieg aufhängen, Stoner; jetzt will es die Armee der Vereinigten Staaten, und schätzungsweise die Hälfte aller Sheriffs in der Gegend würden sich auch freuen, wenn sie mich kriegen. Verzeihen Sie mir also, wenn ich nicht auf die Knie falle bei Ihrer Drohung."

Dann wandte er sich dem Sheriff zu. „Okay, Pollard, nehmen Sie die Schlinge vom hübschen Hals der Lady und schneiden Sie Ihre Fesseln durch!"

Pollard zögerte nur einen Moment und überlegte, wen er mehr fürchten sollte, den Banditen oder Caleb. Genau besehen war die Gefahr, die von der Waffe ausging, im Moment die größere. Später konnte er immer noch irgendwie versuchen, Caleb zu besänftigen, wenn der Gangster ihn nicht vorher erschoß. Natürlich besaß Caleb gar kein Mitgefühl, aber wer konnte es Pollard schon übelnehmen, wenn er dem Befehl gehorchte, wo ein ganzes Waffenarsenal ihm und den anderen jede Sekunde den Kopf wegblasen konnte. Calebs Kopf übrigens auch.

Pollard lockerte die Schlinge und nahm den Strang vom Hals der Frau; mit einem Messer, das der Doc ihm gab, schnitt er den Strick um ihre Hände durch.

Auf das, was dann passierte, war der Sheriff nicht vorbereitet. Statt erleichtert über ihre Rettung zu sein, zuckte die Frau zurück.

Das war auch für ihren Retter, den Banditen, eine Überraschung. Er zog eine Augenbraue hoch. „... Ma'am, seien Sie willkommen bei uns. Das heißt, falls Sie nicht lieber auf die Reise gehen wollen, auf die Caleb Sie schicken will."

Sie stand immer noch reglos da.

„Sie brauchen keine Angst vor uns zu haben, wissen Sie", fuhr er fort, obwohl ganz klar Furcht das Letzte war, das man in ihren Augen lesen konnte.

Im nächsten Moment schien sie sich entschlossen zu haben und ging auf die Stufen des Galgens zu. Der große Mann gab einem seiner Leute ein Zeichen; der stieg die Treppe hinauf, reichte der Lady die Hand und führte sie hinunter zum Pferd seines Anführers. Ein langer, kräftiger Arm faßte sie fest um die Taille und hob sie hinauf auf sein Pferd. Als sie vor ihm im Sattel saß, wandte er sich den Zuschauern der Szene zu.

„Ich nehme nicht an, daß einer von euch dumm genug ist, uns zu folgen", sagte er, „aber für alle Fälle: meine Männer treffen, wenn sie schießen, also werden mindestens acht von euch sofort draufgehen. Wer sicher ist, daß er nicht zu diesen acht gehören wird, der soll nur kommen."

Seine Worte hatten Wirkung, und niemand rührte sich, als die Bande in einer neuen Staubwolke verschwand. Mrs. Stoner war schließlich auch nur irgendeine Frau, und niemand wollte sein Leben riskieren, nur um sie am Ende doch sterben zu sehen. Selbst Caleb

Stoner rührte sich nicht, obwohl seine dunklen, vorstehenden Augen den Männern Gift nachsprühten.

4

Die träge Sonne über der Prärie hing schon tief am Himmel, als die Bande von Rettern sich zum Anhalten anschickte. Seit einigen Stunden waren sie in bequemem Trab geritten. Aber so selbstsicher ihr Anführer auch schien, er wußte genau, daß sie noch viele Meilen hinter sich bringen mußten, um ganz vor Verfolgung sicher zu sein.

Langes, gelbes Gras erstreckte sich endlos vor ihnen, manchmal flach, manchmal in Hügeln, die sich wie Meereswellen ausbreiteten. Hier und da wurde die Weite von einer Baumgruppe unterbrochen, einem einsamen Felsen oder einem ausgetrockneten Bachbett. Und das Grasland reichte nach allen Seiten bis zum Horizont.

Reisende fürchteten die Prärie, und das mit gutem Grund. Es gab viele Geschichten von verirrten Männern, die tagelang im Kreis geritten waren und ihre eigenen Spuren für die von Fremden hielten, die sie aus der endlosen Öde heraus und zurück in die Zivilisation führen sollten; sie starben an Stellen, die sie ahnungslos schon mehrmals passiert hatten. Mehr noch als diese Gefahr machte auch erfahrenen Westernhelden die Hitze und die Wasserknappheit zu schaffen.

Griff McCulloch, der Bandit, hatte keine Angst, sich hier draußen zu verirren oder zu verdursten. Er kannte das Land gut genug, so wie jemand es kennen muß, dessen Leben davon abhängt. Er wußte genau, in welche Richtung er sich bewegte und wo er Wasser finden konnte. Seine Sorge war im Moment eine ganz andere und beunruhigendere, nämlich, was er jetzt, wo er sie hatte, mit der hübschen kleinen Frau anfangen sollte. Eine Frau würde sie am Ende nur behindern. Und neben all den anderen Gefahren in diesem Land waren sie auch noch auf Indianergebiet. Mit Sicherheit gab es hier Commanchen, Kiowa und Shawnee. Da es Jagdzeit war, konnten sie auch sehr wohl Cheyenne begegnen, die in letzter Zeit nicht gerade friedlich gewesen waren. Griff mochte ein kaltblütiger Outlaw sein, aber er würde keine hilflose Frau allein in der Prärie zurücklassen. Obwohl diese Frau hier ganz so aussah, als würde sie auch mit einem Indianer fertig werden, gegen einen Commanchenkrieger konnte sie doch nicht allzuviel ausrichten.

„Wir werden gleich Rast machen", sagte McCulloch, vor allem, um wieder einmal etwas anderes als Hufgetrappel zu hören. Die Frau hatte die ganze Zeit kein einziges Wort gesprochen. Er erwartete, daß sie reden würde, wenn sie soweit war, aber zu lange konnte er nicht warten. Es war zu viel, eine so hübsche Frau so nah bei sich zu haben und nicht einmal mit ihr reden zu können. „Übrigens", fügte er hinzu, „ich heiße Griff McCulloch, falls es Sie interessiert."

Sie mußte die Stille auch leid sein, denn schließlich machte sie doch den Mund auf.

„Wohin reiten wir?" fragte sie.

„Ich habe ein Versteck oben am Red River. Dauert noch ein Weilchen, bis wir da sind."

Eine weitere, lange Stille folgte. Griff hatte Frauen immer für unersättlich neugierige Wesen gehalten, und für geschwätzig. Eine Zeitlang hatte er eine indianische Squaw gehabt, und selbst die konnte einem Büffel die Hörner vom Kopf schwatzen. Er hielt es gar nicht für möglich, daß eine Frau volle vier Stunden schweigen konnte. Das reichte, um ihn nervös zu machen.

„Wollen Sie etwas Wasser?" fragte er.

Als sie wie gewöhnlich wortlos nickte, griff er in seine Satteltasche und holte die Feldflasche heraus. Sie war fast leer, und er hoffte, an dem Platz, wo er rasten wollte, gab es noch Wasser. Es war eine ganze Weile her, seit er zuletzt dort gewesen war. Die Frau nahm einen kleinen Schluck und gab die Flasche zurück.

Eine weitere stille, eintönige Stunde verging, bevor die Gruppe Outlaws ein kleines Wäldchen am Hang eines dünnen, braunen Flusses hinaufritt. Das mußte gehen. Sie stiegen ab, und während drei Männer als Wachen postiert wurden, begannen die anderen, das Lager einzurichten. Die Pferde wurden angepflockt, ein kleines Feuer wurde gemacht und ein Topf Kaffee angesetzt. McCulloch hätte das Feuer lieber vermieden, er achtete darauf, daß sich kein Rauch entwickelte. Die Leute aus Stoner's Crossing waren es nicht, die ihm Sorge machten; ein Täuschungsmanöver einige Stunden zuvor hatte sie sicher abgehängt, falls sie folgten; jedenfalls war keine Spur von ihnen zu sehen gewesen. Es waren die Indianer, die ihm mehr Sorge bereiteten. Seit dem Sand Creek Massaker im Winter '64, als Colonel Chivingtons Freiwillige über vierhundert friedliche Cheyenne abgeschlachtet hatten, waren alle Präriestämme gereizt und gefährlich. Griff hatte keine frischen Spuren von Indianern gesehen, aber vor einigen Stunden waren sie an einer ziemlich großen Herde Büffel vorbeigekommen, und um diese Jahreszeit waren immer Indianer in der Nähe, wenn es irgendwo Büffel gab. Er wollte kein Risiko eingehen, aber er hatte sich den ganzen Tag nach einer Tasse Kaffee gesehnt, und die war das Risiko wert. Er trat das Feuer aus, sobald der Kaffee gut und stark duftete. Der Rest ihrer Mahlzeit bestand aus trockenem Brot und getrocknetem Rindfleisch.

Er brachte der Frau einen Blechteller mit Essen und eine Blechtasse mit dampfendem Kaffee. Sie nahm beides wortlos.

Schließlich war er mit seiner Geduld am Ende.

„Ich nehme an, eine vornehme Dame wie Sie ist es nicht gewohnt, zu einem dahergelaufenen Halunken danke zu sagen, selbst wenn er ihr das Leben gerettet hat!"

„Ich danke Ihnen, Mr. McCulloch." Ihre Stimme war ruhig, ihr Ton zeigte wenig Dankbarkeit.

„Nichts zu danken, überhaupt nichts!" gab er kaum besänftigt zurück.

Sie knabberte eine Weile an ihrem harten Brot und nippte an ihrem Kaffee. Dann sah sie zu McCulloch hinüber, der sich einige Schritte von ihr entfernt mit dem Teller im Schoß auf den Boden gesetzt hatte.

„Warum haben Sie es getan, Mr. McCulloch?" fragte sie.

Er wußte, sie sprach von ihrer Rettung und nicht von ihrem Essen; er wunderte sich, warum sie so lange gezögert hatte, das zu fragen.

„Schien das zu sein, was in diesem Moment getan werden mußte", antwortete er etwas beschwichtigt.

„Sie kennen mich nicht einmal."

„Aber ich kenne Caleb Stoner." Er zögerte und entschloß sich, die unerwartete Gesprächigkeit der Frau zu nutzen. „Vielleicht können Sie mir eine Frage beantworten, Mrs. Stoner?" Er wartete nicht auf ihre Reaktion, die wahrscheinlich sowieso nicht käme. „Sie schienen es heute nicht sehr eilig zu haben, den Galgen zu verlassen, und ich habe mich gefragt, warum? Vielleicht haben Sie sich schuldig gefühlt, weil Sie Ihren Mann umgebracht haben, und bildeten sich ein, daß Sie die Strafe verdienen. Aber dieser Stonerclan ist genauso niederträchtig, wie Sie ihn kennen, und ich wette, dieser Leonard Stoner hat es nicht besser verdient."

„Ist irgendwer auf dieser Welt ohne Schuld, Mr. McCulloch?"

„Einige mehr als andere." Er nahm einen großen Bissen und sprach mit vollem Mund weiter. „Nehmen Sie zum Beispiel mich. Ich habe meinen Anteil Vieh und Pferde gestohlen und eine oder zwei Banken ausgeraubt und dazu ein paar Geldtransporte der Unionisten. Und ich weiß, falls sie mich je kriegen, hänge ich dafür. Aber ich habe nie jemanden getötet, der es nicht wirklich verdient hätte, und ich habe niemals einer Frau etwas zuleide getan. Ich war nie gemein nur um der Gemeinheit willen."

Einer der Männer, die zugehört hatten, kicherte. „Bist ein richtiger Heiliger, Griff. Haha!"

„Halt die Klappe, Slim! Ich versuche, mich hier vernünftig zu unterhalten."

„Und das muß ich mir von dir sagen lassen, Griff!" Slim lachte.

Griff fand das nicht komisch. Er hatte mehr im Sinn als nur Konversation mit dieser Frau und wollte nicht, daß jemand ihn dabei störte; ebensowenig wollte er vor dieser hübschen Frau zum Narren gehalten werden, die er vielleicht verführen wollte. Er zog seinen Colt und richtete ihn auf Slims Kopf.

„Scheint mir, Slim", sagte Griff mit drohendem Unterton, „du bist dran mit Wacheschieben."

„Ich hab' doch nur ein bißchen Spaß gemacht, Griff. Kein Grund, gleich beleidigt zu sein!" Trotz seines Protests stand Slim auf und schlenderte davon.

Griff steckte die Waffe wieder ins Halfter und wandte sich erneut der Lady zu. „Sie sehen, Ma'am, Sie brauchen sich nicht schuldig zu fühlen für das, was Sie getan haben. Jeder Mann, der eine Frau verletzt, sollte erschossen werden."

„Warum glauben Sie, er hat mich verletzt?"

„Sie sehen nicht wie ein kaltblütiger Killer aus, Ma'am. Sie müssen einen guten Grund dafür gehabt haben."

„Dem Gericht war das egal."

„Weil Caleb sie alle in der Tasche hat. Sie glaubten, was er wollte." Griff schüttete den Rest Kaffee hinunter und spuckte den Kaffeesatz aus. „Also haben Sie ihn wirklich erschossen...?"

„Ich dachte, Sie wissen die Antwort schon."

„Na ja, ich habe angenommen..."

„Wie Calebs Geschworene."

„Also haben Sie es nicht getan?"

„Macht das wirklich einen Unterschied, Mr. McCulloch?" Sie schwieg und starrte in die erkaltende Glut des Feuers. Als sie wieder zu sprechen begann, tat sie es wie aus weiter Ferne, als ob sie vergessen hatte, daß sie nicht allein war. „Es wäre besser gewesen, alles hätte an diesem Galgen geendet. Es wäre für alle besser gewesen —"

„Reden Sie nicht so, Ma'am! Sonst tut's mir noch leid, daß ich für Sie den Kopf hingehalten habe."

Sie schien sich mit Anstrengung auf ihr Gegenüber zu konzentrieren. „Das hätten Sie auch nicht tun sollen, Mr. McCulloch. Sie haben sich vielleicht eine ganze Menge Ärger eingehandelt, denn Caleb wird nicht ruhen, bis ich für das bezahlt habe, was seinem Sohn geschehen ist."

„Ärger ist mir nichts Neues, Ma'am." In diesem kurzen Moment hatte seine Stimme beinahe etwas Tiefsinniges.

Mrs. Stoner fragte: „Und Sie genießen das nicht, oder?"

Griffs Stimme wurde sanft. Sie hatte eine zarte Saite in ihm berührt. „Sie meinen, wovon ich lebe?" Sie nickte, und er fuhr fort: „Ich habe noch nicht drüber nachgedacht. Ich meine, ich habe mir dieses Leben nicht ausgesucht. Es ist einfach so gekommen." Er zögerte und goß sich noch eine Tasse Kaffee ein. Er bot ihr auch noch welchen an, und als sie ablehnte, setzte er sich wieder hin und sprach weiter.

„Früher hab' ich ein hübsches Stück Land besessen, unten in der Nähe von Houston. Mein Brunnen trocknete aus, und ich mußte mir einen neuen graben. Dazu mußte ich mir von einer Bank etwas Geld leihen. Nun, in Texas sagt man, niemand kann einem Mann sein Land wegen Schulden abnehmen. Nur stimmt das nicht ganz, Banken haben da eine Menge Schlupflöcher, wie sie das nennen. Und der, von dem ich das Geld hatte, hat mich fein legal um mein Land betrogen, und zwar sofort, als ich die Rate nicht pünktlich zahlen konnte. Ich hatte auch ein Mädchen, und wir wollten heiraten, aber als alles schiefging, hab' ich ihr gesagt, sie soll sich jemand anderen suchen, weil ich ihr nichts mehr bieten konnte. Und das hat sie getan.

Ich war ziemlich wütend auf den Banker. Ich hab' ein paar Freunde zusammengetrommelt, und wir haben diese Bank ausgenommen. Danach gab's kein Zurück mehr, denn ganz sicher wollten wir nicht ins Kittchen. Jedenfalls war ich ziemlich gut in dieser Art Job. Und, glauben Sie mir, das war sehr viel einfacher, als sich auf einem Stück Dreck für nichts als Kummer abzurackern."

„Und als Bandit haben Sie nie Kummer gekannt?" fragte Mrs. Stoner.

„Kennen Sie die beiden Freunde, die mir beim ersten Bankraub geholfen haben? Na ja, einer von ihnen ist Slim da drüben; den anderen hat Caleb Stoner letzten Monat wegen eines kleinen Viehdiebstahls aufgehängt. Er war mein bester Freund."

„Das tut mir leid."

„Schätze, heute habe ich eine kleine Rache bekommen. Ich habe schon lange auf eine Gelegenheit gewartet. Stoners Kühe stehlen, damit wär's nicht getan. Aber das heute, das trifft ihn wirklich. Wahrscheinlich noch mehr, als ihn zu erschießen. Jeder weiß, wie große Stücke er auf seinen ältesten Sohn gehalten hat. Keine Rache für seinen Tod nehmen können — das muß ihm verteufelt weh tun."

„Da können Sie sicher sein, Mr. McCulloch."

Sie schwiegen einen Moment, dann fragte Mrs. Stoner: „Was werden Sie jetzt mit mir tun?"

Die Direktheit ihrer Frage traf ihn etwas unvorbereitet, obwohl er schon lange darüber nachgedacht hatte. Aber bis jetzt hatte er noch keine Lösung für dieses Problem gefunden. Er nahm seinen staubigen, breitkrempigen Hut ab und strich sich über das verfilzte braune Haar.

„Ich schätze, wir werden Sie ein Weilchen nicht mehr los."

„Ich könnte gehen."

Griff lachte ihr darauf ins Gesicht. „Ma'am, wir sind mitten in feindlichem Indianerland. Wenn Sie versuchen, allein durchzukommen, dann sparen Sie Caleb nur das Geld für den Strang. Und wenn Sie schon mal da sind, könnten wir vielleicht alle davon profitieren." Er grinste sie an und sagte freundlich: „Ich nehme an, Sie können kochen und helfen, ein Lager aufzubauen, so daß mehr von meinen Jungs die Augen offen halten und jagen können und so etwas."

„Und das ist alles?"

„Also, Ma'am, wofür halten Sie mich?"

„Sie sind ein Gesetzloser."

„Na ja, wenn Sie's so nennen wollen, Mrs. Stoner, dann scheint mir, Sie sind ebenfalls eine Gesetzlose."

Zum ersten Mal, seit er Deborah Stoner zu Gesicht bekommen hatte, erschien die Andeutung eines Lächelns auf ihren Lippen. Es war nicht mehr als ein ironisches Verziehen des Mundes und längst noch kein wirkliches Lächeln, aber weit davon entfernt war das kurze Aufblitzen ihrer Augen und die flüchtige Bewegung ihrer Lippen nicht.

Griff dachte, er hätte die Mauer durchdrungen und nutzte den günstigen Moment. „Ich habe nie eine Frau zu etwas gezwungen, Mrs. Stoner, und ich werde auch jetzt nicht damit anfangen. Aber vielleicht dauert es gar nicht lange, und Sie finden meinen Charme unwiderstehlich." Er verzog den Mund zu einem, wie er meinte, einladenden Grinsen voll von dem Charme, den er sich gerade zugesprochen hatte.

„Ich bin in Trauer, Mr. McCulloch." Jeder Humor, der möglicherweise ihre Feierlichkeit durchdrungen hatte, verschwand und machte etwas Platz, das nicht Ärger war, sondern eine verzweifelte Leere.

Plötzlich schien sie sich wieder in sich selbst zurückzuziehen und gab ihrem Gegenüber unmißverständlich zu verstehen, daß das Gespräch beendet war. Sie wandte sich leicht von ihm ab und starrte in die andere Richtung. Griff zuckte die Achseln und stand auf. Sie würden in den nächsten Tagen ihrer Reise genug Zeit haben, den Dialog fortzusetzen und sich etwas besser kennenzulernen. Ihm fehlte es nicht an Zuversicht, weder mit Waffen noch mit Frauen. Aber er dachte, sowohl zu seinem wie zu ihrem Besten sollte er seine Ansprüche an sie sehr bald deutlich machen. Im Moment akzeptierten seine Jungs noch, daß er den Vortritt hatte, aber ewig würden sie nicht warten. Einigen in seiner Bande jedenfalls traute er nicht zu, anständig mit einer Lady umzugehen. Es gab immer einen verdorbenen Apfel oder zwei im Korb, besonders wenn dieser Korb eine Bande Gesetzloser war. Und es war lange her, daß einer von ihnen in Gesellschaft einer Frau gewesen war. Deborah Stoner war hübsch genug, um einen Mann in Versuchung zu führen.

Tatsache war, daß Frauen immer mehr Probleme aufwarfen, als sie lösten. Wahrscheinlich hatte Mrs. Stoner recht: mit ihr hatte er sich eine ganze Menge Ärger eingehandelt. Griff schlenderte zu den Pferden hinüber und gab seinem Braunen mit der weißen Mähne einen freundlichen Klaps. Er sah zum Lager zurück und schüttelte den Kopf. Wie sie so mit angezogenen Knien dasaß und in die verkohlten Reste des Feuers starrte, sah sie nicht mehr so stark und selbstsicher aus. Sie sah traurig, verloren und einsam aus, und Griff empfand mehr als nur Sympathie für sie. Vielleicht wäre sie jetzt wirklich glücklicher, wenn sie gestorben wäre.

5

Deborah Stoner war darauf vorbereitet gewesen, an diesem Tag in Stoner's Crossing zu sterben. Wenn auch Doc Barrows in seiner Eigenschaft als Prediger ihre geistliche Vorbereitung bezweifelt hätte — und wahrscheinlich nicht zu Unrecht. Sie war zu dem Schluß gekommen, daß der Tod, auch wenn er das Schmoren in der Hölle bedeuten sollte, ihrem bisherigen Leben vorzuziehen war.

Und daß sie nun dort unter einem düsteren, mondlosen Himmel saß, in Gesellschaft einer Bande von Outlaws, die um ihr Leben ritten, das schien nur noch einmal zu bestätigen, daß sich nichts Wesentliches für sie geändert hatte.

Sie war schon so lange an Schmerz, Verlust und Unglück gewöhnt, daß sie schon fast nicht mehr wußte, wie es war, als ihr Leben ruhig, ja glücklich war. Aber in vier langen Jahren war die Erinnerung beinahe aus ihrem trauernden Geist verschwunden. Manchmal wurde sie noch von flüchtigen Bildern dieser Tage gequält, in seltsamen Momenten, bei einem gedankenlos hingesagten Wort, vor irgendeinem unbedeutenden Gegenstand, beim vertrauten Blick im Gesicht eines Fremden. All das verschwor sich und hielt die quälende Erinnerung einer lang vergessenen Zeit in ihr wach.

Einmal hatte eine Sammlung Knöpfe in einem Laden sie an eine andere Sammlung solcher Knöpfe erinnert, wie ihre Mutter sie in dem Nähkorb aufbewahrt hatte, der immer am Fuß ihres Schaukelstuhls gestanden hatte. Die kleine Deborah hatte es geliebt, ihrer Mutter zu Füßen zu sitzen und diese Knöpfe immer wieder zu ordnen und zu zählen. Aber die süßeste Erinnerung hatte sie an ein paar Jahre später, als ihre Mutter begann, ihr geduldig das Nähen und die Handarbeit beizubringen. Nie konnte sie sagen, was sie mehr liebte — die sanfte, freundliche Stimme ihrer Mutter oder ihre flinken Finger, die über ein Stück Stoff huschten oder aus einem Paar Socken ein kleines Kunstwerk zauberten. Deborah erreichte in dieser Arbeit nie die Gewandtheit ihrer Mutter, denn ihr geliebter Unterricht fand ein jähes Ende mit ihrem Tod kaum ein Jahr nachdem sie angefangen hatte, von ihr zu lernen.

Eine Schachtel Knöpfe in einem Geschäft ... es war zu grausam.

Sie waren immer eine gute Familie gewesen, und der Tod ihrer Mutter, Carolyn Martin, brachte sie ihrem Vater und ihrem älteren Bruder nur noch näher. Josiah Martin besaß eine gute Farm in Virginia, und die Familie hatte ihren festen Platz in der Oberschicht ihrer Gegend. Mr. Martin und seine Kinder verbrachten viel Zeit zusammen, beschäftigten sich mit Pferden, in die sie alle vernarrt waren, ob es um Ausreiten, Zucht oder Rennen ging. Deborah und ihr älterer Bruder Graham waren ausgezeichnete Reiter, und Graham hatte in Rennen mehrere Goldpokale gewonnen. Die Geburt eines Fohlens war immer ein großes Ereignis und wurde gefeiert wie Weihnachten oder die eigenen Geburtstage der Kinder.

Damals hatte Deborah gelacht vor Freude, wenn ein Neugeborenes auf seinen wackligen, dünnen Beinchen die ersten Gehversuche machte. Sie dachte, nichts auf der Welt könnte schöner sein als ein neugeborenes Fohlen mit diesen riesigen Augen, leuchtend und unschuldig. Und obwohl genug Angestellte für den Stall da waren, durften sich Deborah und ihr Bruder immer um die Fohlen kümmern. Mr. Martin brachte seinen Kindern die Achtung vor dem Leben bei, indem er sie Gottes Schöpfung im Wachsen dieser wunderbaren Kreaturen so hautnah miterleben ließ. Oft sagte er zu ihnen: „Denkt daran, Kinder, in den Wundern der Natur enthüllt sich Gott den Weisen und verbirgt sich den Narren."

In dieser liebevollen Atmosphäre wuchs Deborah zu einer schönen, empfindsamen jungen Frau heran. Sie hatte sich noch nicht verhärtet, um sich zu schützen, außer vielleicht in einem ganz kleinen Teil von ihr, der immer noch um eine Mutter trauerte, deren ganze Liebe sie nie mehr erfahren würde. Aber sie hatte immer noch ihren Vater und ihren Bruder, und ihnen öffnete sie ihr unschuldiges Herz ohne Angst und ohne Abwehr. Sie wußte noch nicht, daß die Fähigkeit zur Liebe sich oft genauso an der Kraft der Trauer wie an der der Freude mißt.

Deborahs liebste Erinnerungen galten den Ställen und den Ritten in der bezaubernden Landschaft von Virginia, und das ging so weit, daß einige Nachbarn Josiah schalten, daß er einen Wildfang heranzog. Aber sie erinnerte sich auch an ruhigere, häusliche Stunden. Deborahs Vater war ein gebildeter Mann; er las gern und gab seine Liebe für die Literatur und die Poesie an langen Abenden an seine Kinder weiter. Selbst jetzt noch, nach so langer Zeit, konnte Deborah die Augen schließen und die tiefe, wohltönende Stimme ihres Vaters Dickens vorlesen hören oder Scott oder sogar die Bibel. Genauso lebhaft wie die Lektüre waren die anschließenden Gespräche, wenn Josiah seine beiden Kinder ermunterte, offen ihre Meinungen auszusprechen.

Aber ohne eine Frau im Haus hatte ihr Vater es schwer, ein Mädchen zu erziehen. Mit vierzehn ging sie auf die Young Ladies Tagesschule, wo sie die Südstaatenetikette erlernte. Auf Manieren, Kleidung und Auftreten wurde größter Wert gelegt, und aus Deborah wurde eine feine Virginia Lady, trotz ihres Herumtollens draußen in der Landschaft. Die mehr intimen Geheimnisse der Weiblichkeit wurden leider fast ganz ausgespart. Aber für solche Dinge interessierte sich Deborah nicht, solange sie im warmen Schoß der Familie geborgen war.

Der Bürgerkrieg setzte all dem ein jähes Ende. Als ihr Bruder im Sommer 1861 in den Kampf zog, konnte Deborah sich noch nicht vorstellen, wie verloren und einsam ein Mädchen sein konnte. Aus ihrer heutigen Sicht war ihr klar, wie naiv sie gewesen war, aber damals war es das erste Mal seit dem Tod ihrer Mutter gewesen, daß sie sich von einem geliebten Wesen auch nur vorübergehend trennen mußte.

Graham war ihr bester Freund, denn Deborah hatte sich nie einem Fremden zugewandt. Ihr Vater war ihr lieb, und sie war gern bei ihm, aber das war nicht das gleiche. Er war nicht so leicht dafür zu haben wie Graham, sich mit ihr in ein wildes Rennen zu stürzen. Und wenn er es einmal tat, dann wußte sie, er ließ sie absichtlich gewinnen. Graham dagegen kämpfte wütend um seinen Sieg, und wenn sie gewann, dann wußte sie, es war ein wirklicher Sieg, auf den sie stolz sein konnte. Graham machte es nichts aus, sich zu einem Mädchen herabzulassen. Er traute ihr genauso viel zu wie sich selbst, und das war nicht wenig. Dafür liebte sie ihn ganz besonders. Als Nachbarsjungen begannen, sich für sie nicht mehr als Kind, sondern als Mädchen zu interessieren, konnte Deborah mit ihrem Bruder immer offen über diese Dinge sprechen und von ihm ehrlichen und liebevollen Rat bekommen.

Sie wünschte, sie hätte es an jenem Tag gewußt, als er davonritt, so elegant und stürmisch in seiner grauen Uniform, daß es ihr letzter Abschied war. Irgendwie hätte sie mehr aus jenen letzten gemeinsamen Tagen gemacht; vielleicht wären sie ein letztes Mal mit ihren Lieblingspferden ausgeritten. Auf jeden Fall hätte sie bei seinem Abschied mehr geweint. Aber wie so viele verblendete Südstaatler war sie gebannt vom Ruhm ihrer Sache und vom heroischen Schauder, als die Soldaten in den Krieg zogen.

Sie hatte nicht einmal eine vage Ahnung von dem, was kommen sollte. Wie alle anderen glaubte sie, der Krieg wäre in einigen Monaten zu Ende und sie könnten wieder wie früher zu ihren Pferden und ihren Rennen zurückkehren.

Aber Graham wurde in der allerersten Schlacht des Krieges getötet. Bull Run war vielleicht ein strategischer Sieg für den Süden, aber für Deborah war es eine grausige Niederlage. Ihren besten Freund und Bruder im selben Moment zu verlieren, das hätte sie beinahe umgebracht. Verloren und innerlich leer konnte sie sich ihre Trauer und ihren Schmerz noch nicht einmal auf dem Rücken eines Pferdes aus der Seele reiten — das verschlimmerte nur ihren Schmerz, denn all die glücklichen Stunden, in denen sie mit Graham über das Land geritten war, kamen ihr dabei in Erinnerung. Josiah Martin versuchte, seine Tochter mit dem Glauben an Gott zu trösten. Sie versuchte, auf seine sanften Ermahnungen zu hören, die oft von seinen eigenen Tränen begleitet waren — daß Gott für die, die Ihn lieben, alles zum Guten wendet. Sie versuchte zu glauben, daß der Gott ihres Vaters Großes mit ihrem geliebten Graham vorhatte, den er zu sich gerufen hatte. Und sie versuchte, aus dem Glauben ihres Vaters Hoffnung zu schöpfen. Aber wie großmütig Josiah Martin auch war, wie demütig er glaubte und wie stark sein Vertrauen auf den letztendlichen Sieg Christi war — *sein* Verhältnis zu Gott genügte nicht, ihre Last zu tragen. Sie kannte den Gott ihres Vaters, aber von Deborah Martins ganz persönlichem Gott ahnte sie kaum etwas.

Statt den Glauben ihres Vaters zur Stärkung ihres eigenen zu nutzen, begann sie, ihm zu entsagen.

„Ich dachte, du hast ihn geliebt!" schleuderte sie in ihrem Schmerz einmal ihrem Vater entgegen. „Aber du scheinst weiterzuleben, als ob nichts geschehen ist!"

„Ich lebe weiter, weil ich muß, Deborah. Ich lebe weiter, weil es eine noch schlimmere Ungerechtigkeit gegen Graham wäre, wenn sein Tod auch mich zerstören würde. Ich lebe weiter, weil Trost in der Gewißheit liegt, daß er jetzt an einem besseren Ort ist."

Für sich selbst konnte Deborah solchen Trost nicht finden. Sie konnte einfach nicht mit einem Gott zu Rande kommen, der ihr auf so sinnlose Weise ihren Freund und Bruder nahm. Wäre genug Zeit geblieben, das liebende Zeugnis ihres Vaters hätte sie vielleicht am Ende überzeugt. Aber auch Josiah wurde schließlich von seiner Trauer übermannt, und das geschah dann auch mit Deborah. Ihn trieb sie in ein sinnloses Selbstopfer.

Josiah Martin war kein politischer Mensch. Wie sein Freund und Nachbar Robert Lee war Josiah nie ein begeisterter Anhänger der Sezession oder des Krieges gewesen. Er war kein Sklavenhalter, und er verabscheute diese hassenswerte Einrichtung. Trotzdem — sein Heimatland und seine Freunde, die in den Krieg zogen, konnte er nicht einfach im Stich lassen. Diese Treue wuchs in ihm nach dem Tod seines Sohnes erst recht. Graham war für diese Sache gestorben, sein Leben war von den Tyrannen der Union ausgelöscht worden, die dabei waren, sich einen freien Staat zu unterwerfen. Auf einmal wurde aus Josiah Martin ein glühender Konföderierter, und er trat Lees Regiment als Stabsoffizier bei.

Als er seiner Tochter diese Entscheidung mitteilte, verstand sie sie einfach nicht. „Haben wir nicht genug geopfert für diese verdammte Sache?" weinte sie.

„Ich weiß, es fällt dir schwer, die Pflicht eines Mannes zu verstehen, mein Liebes. Aber es ist gerade *wegen* Graham, daß ich gehen muß. Wie kann ich mich der Sache entziehen, für die er zu sterben bereit war?"

Sie wollte tapfer sein, aber dazu hatte sie einfach zu wenig Kraft. Und im Herbst '62 wurde ihr auch noch dieser Rest genommen. Josiah Martin begleitete Lee auf dem Feldzug, in dem der Süden heldenhaft McClellans Vorstoß auf Richmond zurückwarf. Nicht weit von dort, in Antietam, fiel Josiah Martin und brachte noch mehr Trauer und Schmerz in das Leben seiner Tochter.

Lee selbst war zu ihr gekommen, um ihr seine Anteilnahme auszudrücken und um ihr zu versichern, daß ihr Vater mutig und edel gefallen war; aber Deborah sah nicht den Heldenmut und nicht das Pathos in Lees Bericht vom Tod ihres Vaters. Für sie war all das eitel und sinnlos. Sie fühlte sich, als ob die Menschen, die sie liebte, Opfer eines grausamen und rachsüchtigen Gottes geworden waren, der seinen Zorn nicht gegen die Sünder, sondern gegen die Gerechten schleuderte, die Guten, die Sanftmütigen. In dieser schlimmen Zeit war ihr Vater nicht da, um ihr die wahre Natur Gottes zu erklären, und weil sie von niemand sonst Rat annahm, traute sie dem Gott ihres Vaters das Schlimmste zu.

Mit wachsender Verzweiflung wurde ihr sogar der Anblick des geliebten Farmlandes verhaßt. Die Pferde, die ihr Vater immer für einen Spiegel von Gottes wundersamer Liebe gehalten hatte, trösteten sie nicht mehr, sondern vergrößerten nur ihren Schmerz. Ja, sie erinnerten sie an Gott, aber diese Erinnerung schmeckte für Deborah wie Asche.

Caleb Stoner war ein entfernter Verwandter mütterlicherseits. Deborah wußte nicht, wie er von der Tragödie ihrer Familie erfahren hatte, aber Männer wie er erfuhren immer irgendwie, was geschah und was ihnen Vorteil bringen konnte. Er war in den frühen Vierzigern westwärts gezogen, war im kalifornischen Goldrausch reich geworden und hatte sich eine riesige Ranch in Texas aufgebaut. Er hielt losen Kontakt mit seinen Verwandten in Virginia, und er hatte schon vor dem Krieg mit Josiah über die Möglichkeit gesprochen, daß ihre beiden Kinder heiraten könnten. Martin hatte Caleb abgewiesen, ohne seine Tochter auch nur zu fragen, allein schon deshalb, weil er es nicht ertragen hätte, daß sie so weit von ihm entfernt leben sollte. Weitere Gründe brauchte er gar nicht zu nennen. Er hatte Stoner nie gemocht, und in der Familie galt er als harter, kalter Mann.

Unglücklicherweise hatte Deborah von alldem nie etwas gehört. Als er erfuhr, daß Josiah Martins Tochter nicht nur immer noch frei, sondern auch vollkommen verwaist war, verfolgte Stoner seinen alten Plan weiter. Passende Frauen waren einfach im Westen zu selten und kostbar, und für seinen Sohn wollte er die beste. Dazu kam noch, daß Deborah nun eine beträchtliche Erbschaft mit in die Familie bringen würde.

Von Calebs und Leonards erstem Besuch in Virginia bewahrte Deborah nur die Erinnerungen eines Backfisches. Caleb war hart und ziemlich einschüchternd, aber Leonard war hübsch, mit ausgeprägten, wenn auch etwas scharfen Zügen. In Deborahs romantischer Naivität hatten seine dunklen Augen etwas Geheimnisvolles, und seine reife, distanzierte Männlichkeit zog sie eher zu ihm hin, statt sie zur Vorsicht zu mahnen. Sie sah nicht, daß er nur eine jüngere Verkörperung seines harten Vaters war.

Caleb bot etwas an, das sie im Moment noch nicht haben wollte – sie sollte dem Krieg entkommen und den Erinnerungen an ihr zerstörtes Leben. Gegen jeden Anschein redete sie sich ein, daß sie dort, im fernen Texas, als Ranchersfrau vielleicht doch noch glücklich werden konnte. Sie zögerte nicht, das Angebot anzunehmen.

Hier aber, vom Lager eines Banditen aus gesehen, mit dem Galgen im Rücken, hier dachte sie darüber nach, wie unglaublich dumm sie gewesen war zu glauben, sie könne der Trauer und dem Schmerz entfliehen. Oh, wie dieser Gott, wenn er überhaupt existierte, über sie lachen mußte! Als ob der Tod aller Menschen, die sie jemals geliebt hatte, nicht genug gewesen wäre! Aber in der Asche ihres verwüsteten Lebens hatte noch ein Funke Hoffnung geglommen. Sie hatte wirklich geglaubt, als Leonard Stoners Frau hätte sie ein neues Leben beginnen können!

Aber was sie erwartete, war nur ein neuer Alptraum.

6

Die Mauern um Deborahs Herz waren stark, aber weil sie aus Trauer und nicht aus Stein errichtet waren, waren sie nicht undurchdringlich. So sehr sie sich auch bemühte, alle Risse konnte sie nicht verstopfen. Nichts wollte sie mehr als hart sein, kalt, gefühllos und unempfindlich gegenüber all der Angst und der Entmutigung. Wenn auch ein Teil von ihr aus Stahl war, gab es doch noch einen anderen Teil, tief im Inneren ihres Seins verborgen, der weich war. Und ihre empfindsame Natur konnte sie nicht ganz und gar unterdrücken, genau den Teil von ihr, der sie ihren Verlust so tief fühlen ließ.

In der ersten Nacht im Lager der Outlaws weinte sie sich in den Schlaf, stumme Tränen, die nur der Gott hörte, den sie in ihrem Leid zurückgestoßen hatte.

Deborah haßte sich für diese Tränen der Schwäche, wie sie sie verstand. Diese Schwäche machte sie so verletzbar durch andere. Wie sonst hätten Caleb und Leonard sie so zerstören können?

Sie hätte die Gefahr in dem Moment erkennen sollen, als sie in Texas ankam und nur ein Bediensteter sie abholte. Aber sie hatte sich schon gegen falsche Hoffnungen verschlossen. Wenn sie nichts von diesen Leuten erwartete, vielleicht erwarteten sie dann auch von ihr nichts.

Trotzdem verstörte sie die kühle Aufnahme auf der Ranch. Sie war noch ziemlich jung, erst achtzehn, und verletzlich. Eine stattliche Mexikanerin öffnete ihr und ließ sie in ein geräumiges, wohlgebautes Haus ein. Offensichtlich mußte der Mann, der es gebaut hatte, große Pläne für es und für sich selber gehabt haben. Die Möbel waren einfach und karg, nach spanischer Art. Es war deutlich zu sehen, daß dieses Haus hauptsächlich von Männern bewohnt war, und in Wahrheit hatte dort auch seit zehn Jahren keine Frau mehr gelebt.

Die Dienerin führte Deborah in einen Salon und ging dann, um den Hausherrn zu suchen. Deborah mußte fünfzehn Minuten warten, bis er erschien.

Calebs erste Worte an sie waren: „Ich sehe, du trägst immer noch Trauerkleidung."

Dieser grobe, unerwartete Kommentar traf sie unvorbereitet, und sie errötete, als sie nach einer angemessenen Antwort suchte.

„Mein — mein Vater ist noch kein Jahr tot."

„Die Braut meines Sohnes trägt nicht Schwarz."

„Natürlich. Ich will ja nicht an meinem Hochzeitstag Schwarz tragen."

Sie sammelte sich, ihr war nicht beigebracht worden, sich vor anderen zu ducken, nicht einmal vor einem harten, zukünftigen Schwiegervater. Wie oft hatte ihr Bruder ihr gesagt, sie sei so gut wie jeder Mann?

„Mein Sohn wird dich heute abend beim Essen begrüßen, und ich erwarte, daß du passend zu dieser Gelegenheit gekleidet bist. Inzwischen wird Maria dir dein Zimmer zeigen; dort kannst du dich ausruhen und dich etwas erfrischen."

Deborah ahnte erst, daß das ein Vorspiel für alles Folgende sein sollte.

Sie wünschte, sie hätte diese Ahnung früher gehabt. Vielleicht hätte sie sich besser überlegt, wie sie sich verhalten sollte, vielleicht hätte sie versucht, ihre natürliche Neigung zur Unabhängigkeit zu unterdrücken. Aber sie wehrte sich sofort gegen Calebs groben Empfang. Im selben Moment, in dem er sich umdrehte und das Zimmer verließ, dachte sie, diesem Mann müsse sie Widerstand entgegensetzen, wenn sie sich nicht für immer von ihm unterdrücken lassen wollte. Also erschien sie an diesem Abend in Schwarz zum Essen. Der tiefe Ausschnitt ihres Kleides hatte einen schwarzen Einsatz, und sie betonte ihre Trauer sogar noch, indem sie die Kamee ihrer Mutter anlegte; aber die Botschaft war auch so deutlich genug.

Caleb kochte innerlich bei solch offenem Ungehorsam, aber Leonard war bezaubert von der Braut, die ihm sein Vater ausgesucht hatte, auch wenn sie Schwarz trug. Tatsächlich kamen so die fein geschnittenen Züge ihres hübschen Gesichts um so besser zur Geltung, besonders das Gold ihres Haars, das sie mit einem schwarzen Samtband zurückgebunden hatte. Er dachte, er würde eine zerbrechliche Südstaatenschönheit heiraten.

Leonard Stoner selbst war ein ausgesprochen hübscher Mann, groß und stark, kräftig gebaut. Seine braunen Haare und seine braunen Augen hätten die Härte seines Gesichts mildern sollen, aber seine Augen waren durchdringend und kalt. Mit vierundzwanzig Jahren sah er schon körperlich seinem Vater ähnlich; auch seine nette Art konnte kaum die angeborene Arroganz verbergen, die beide gemein hatten. Aber es war dieser Charme und das offene Lächeln, das Deborah zunächst täuschte. Sie nahm noch nicht wahr, daß sein Lächeln ohne jede Wärme war. Er erkundigte sich, ob ihr etwas fehlte und was sie wünschte, besonders was die Hochzeit betraf. Er schien es ihr so angenehm wie möglich machen zu wollen. Er gab sich als wohlerzogener Gentleman.

An diesem Essen nahmen auch Leonards zwei jüngere Halbbrüder teil. Sie waren beide halb mexikanisch, die Söhne von Calebs zweiter Frau, die, wie Deborah später erfuhr, gestorben war, als Laban fünf Jahre alt war. Laban, der jüngere der beiden, war noch keine fünfzehn, während sein älterer Bruder in Deborahs Alter war. Es waren mürrische, schweigsame junge Männer. Selbst für einen Neuankömmling wie Deborah war sehr schnell klar, daß sie ihrem Vater weit weniger galten als Leonard. Caleb sagte niemals etwa Freundliches zu ihnen, wenn er überhaupt mit ihnen redete. Leonard ignorierte sie einfach.

Das Essen trug nichts dazu bei, Deborahs Anspannung zu lösen. Und später am Abend, als drei Männer aus der Stadt vorbeikamen, wurde die Atmosphäre nur noch gespannter. Als die Männer zu Brandy und Zigarren ins Wohnzimmer schlenderten, folgte ihnen Deborah mit aller Selbstverständlichkeit. Schließlich hatten sie gesagt, sie seien gekommen, um sie willkommen zu heißen! Aber Caleb verstellte ihr den Weg.

„Was soll das?" fragte er mit seiner kehligen Stimme, die wie ein rumorender Vulkan kurz vor dem Ausbruch klang.

„Ich – ich wollte nicht unhöflich zu unseren Gästen sein", stammelte sie. Irgendwie schaffte Caleb es immer, sie zu einem stotternden Dummkopf zu machen.

„Du wirst nicht gebraucht", sagte er grob, als ob sie ein Haussklave sei.

„Oh, laß sie doch zu uns kommen, Caleb!" sagte einer der Besucher. „Wir haben so selten das Vergnügen, ein hübsches Gesicht zu sehen."

Brummend gab Caleb nach, obwohl er klarmachte, daß er das nur um der Gäste und nicht um ihretwillen tat.

Das Gespräch drehte sich hauptsächlich um den Krieg, woran Deborah absolut kein Interesse hatte. Aber als das Gespräch auf die Ranch kam, wurde sie lebhaft. Das war neu für sie, und sie dachte, sie sollte etwas mehr darüber lernen, wo sie doch den Sohn eines Ranchers heiraten würde.

„Ich habe mich immer gefragt, weshalb es in Texas nie einen richtigen Sklavenmarkt gegeben hat", sagte sie und ergriff zum ersten Mal das Wort. „Der ganze Süden könnte vielleicht etwas von euch Texanern lernen."

Caleb warf ihr einen tödlichen Blick zu. Sie wand sich bei dem Gedanken, daß sie in ein Fettnäpfchen getreten war.

„Schwarze sind bei der Rinderzucht nicht zu gebrauchen", antwortete einer der Gäste. „Aber im östlichen Teil des Staates, wo sie Baumwolle pflanzen, dort gibt es sie."

„Was genau ist nötig für die Rinderzucht?" fragte Deborah wieder.

„Viel Gras", lachte einer der Männer.

„Weshalb haben Sie hier dann nicht mehr aus dem Rindergeschäft gemacht?" Deborah ließ sich vielleicht ein bißchen davontragen, wenn sie an Calebs Mißmut dachte, aber für sie war das die erste intelligente

Unterhaltung, seit sie in Texas angekommen war, und sie konnte sich nicht bremsen.

„Kein Markt." Die Gäste genossen den Anblick dieser hübschen jungen Lady genauso, wie diese das Gespräch genoß. „Wir verkaufen ein bißchen in New Orleans, und einige sind vor dem Krieg sogar bis Kalifornien gezogen."

„So wie die sich in der Prärie vermehren", fügte ein anderer Gast hinzu, „muß ja was draus werden."

„Haben Sie je an fremde Märkte gedacht?"

„Lohnt sich nicht. Wir verlieren zu viele Tiere auf den Schiffen."

So ging der Austausch eine halbe Stunde weiter, während Deborah Caleb vollständig vergaß. Aber als die Gäste gingen, war er sofort wieder da.

„Dein Benehmen war empörend!" sagte er.

„Mein Benehmen? Ich — ich verstehe nicht."

„Ich dachte, du seist besser erzogen, junge Frau! Vor unseren Gästen wie ein Flittchen zu paradieren! Schamlos!"

„Ich habe mich nur unterhalten, darin kann ich nichts Schlimmes sehen."

„Ich dulde es nicht, daß unsere Freunde und Nachbarn glauben, wir bringen ein leichtes Mädchen in dieses Haus."

Deborah schluckte sprachlos.

Es war Leonard, der mit einer versöhnenden Geste einschritt. „Was mein Vater sagen will, Deborah, ist, daß wir uns in diesem Haus an eine gewisse Etikette halten."

„Aber ich habe doch nur geredet!" brachte sie hervor.

„Du bist noch jung", sagte Leonard. „Du wirst es lernen." In seiner Stimme war nichts Freundliches, Verständnisvolles; seine Worte klangen eher wie ein Befehl. Aber verglichen mit Caleb klang Leonard sehr vernünftig, und Deborah glaubte, er wäre anders als sein Vater.

„Besser, sie lernt es schnell", sagte Caleb. „Der Wanderprediger wird am Sonntag hier sein."

„Der Wanderprediger?" fragte Deborah amüsiert.

„Ja", sagte Leonard, „für unsere Hochzeit."

7

Deborah schrieb ihre plötzliche Panik bei Leonards überraschender Ankündigung ihrer Hochzeit der ganz normalen Unsicherheit zu, die ein junger Mensch bei einer solchen Gelegenheit empfinden mußte. Wenn sie nur begriffen hätte, daß ihre Angst ein Zeichen war und daß sie bei der ersten Gelegenheit aus Texas hätte fliehen müssen.

Wenigstens hatte sie gehofft, daß man ihr Zeit lassen würde, sich an die neue Umgebung und die fremden Menschen zu gewöhnen, bevor ihre Hochzeit stattfand. Ja, sie war hierher gekommen, um zu heiraten, und zwar in vollem Bewußtsein, daß es eine Zweckehe, keine Liebesehe sein würde. Dennoch hatte sie in ihrer jugendlichen, romantischen Art gehofft, daß sie sich noch in diesen Fremden verlieben würde, bevor sie ihr Leben mit ihm teilte. Und jetzt blieben ihr nur noch fünf Tage! Selbst für ein junges Mädchen war das nicht genug Zeit, in sich die Gefühle zu wecken, die sie suchte. Und dennoch redete sie sich ein, daß Leonard hübsch und auf seine eigene Art freundlich war und daß es ihr nicht allzu schwer fallen würde, sich doch noch in ihn zu verlieben. Sie fügte sich also dem festgesetzten Datum, und im Trubel der Vorbereitungen vergaß sie ihre anfängliche Panik.

Caleb hatte, entgegen seiner Rauhheit, nichts gegen ein prächtiges Fest, besonders da er es benutzen konnte, um ein weiteres Mal seine wichtige und geachtete Stellung in der Gemeinschaft zu demonstrieren. Die Heirat seines Sohnes mit einer vornehmen Frau aus Virginia bot dazu eine ausgezeichnete Gelegenheit. Und von Anfang an hatte Deborah das deutliche Gefühl, daß sie im Rampenlicht stehen würde, nicht als ein wertvoller Mensch, nicht einmal als die Frau eines Gentleman, sondern als Preis, als Trophäe, als Objekt genau wie irgendeines von Calebs Vollblutpferden. Und was noch schlimmer war, die gleiche Haltung nahm sie an seinem Sohn wahr.

Sie trug das Brautkleid ihrer Mutter, das sie aus Anhänglichkeit an sie mitgebracht hatte, aber auch, weil der Krieg es ihr unmöglich gemacht hätte, ein neues zu kaufen. Hatte sie in Schwarz schon hübsch ausgesehen, so sah sie in dem austernweißen Brautkleid mit feiner Spitze und Perlen blendend schön aus. In Schwarz schien sie zerbrechlich; in Weiß hatte sie etwas von einem Engel. Aber das hier war ein lebendiger Engel, mit schimmernder Haut und leuchtenden

Augen. An diesem Tag wenigstens vergaß sie ihre Trauer und die Leere, die sie noch immer fühlte, wenn sie an ihre verlorenen Liebsten dachte. An jenem Tag hatten die Bewohner von Stoner's Crossing die seltene Gelegenheit, die neue Frau Leonard Stoner lächeln zu sehen. Und Deborah mußte zugeben, es tat gut, wieder zu lächeln, auch wenn es nicht ganz von Herzen kam, sondern mehr vom Verstand, der ihr sagte, daß ein Mädchen bei seiner Hochzeit lächeln mußte.

Als Leonard sich bei ihr einhängte und sie sich den Gästen zum ersten Mal als Mann und Frau zuwandten, glaubte sie wirklich, ihr Leben würde sich zum Guten wenden. Als ihr neuer Ehemann sie flüchtig auf die Wange küßte, sah sie den Stolz in seinen Augen, und wenn es auch keine Liebe war, sie würde damit leben können. Aber eine seltsame Unruhe überkam sie zugleich, über die sie sich erst später klar wurde. Denn sie nahm noch etwas anderes als Stolz wahr, etwas Verwirrendes, das ihr Lächeln augenblicklich zum Verschwinden brachte. Seine durchdringenden braunen Augen drückten auch Triumph aus. Aber sie schüttelte das Gefühl der Unruhe rasch ab. Sie war nur dumm und überempfindlich. Männer benahmen sich eben in Gegenwart von Frauen so; sie spreizten sich, das war ihre Art. Leonard war ein wenig arrogant, das war ihr völlig klar, aber sie sagte sich, das sei immer noch besser als feige oder langweilig.

Es dauerte keinen Monat, bis all ihre Illusionen zerstört waren; es dauerte nicht einmal eine Woche; es geschah noch am selben Abend.

Natürlich hatte sie keine Ahnung über die Beziehung von Mann und Frau. Sie war ohne die Führung einer Mutter herangewachsen und hatte keine weibliche Vertraute gehabt. Und ganz bestimmt wurden solche Dinge niemals in der Young Ladies Tagesschule besprochen.

War es möglich ...? Verwandelten sich alle Männer in Tiere, wenn sie mit einer Frau allein waren? Kein anderes Wort konnte Leonard Stoner in jener Nacht beschreiben.

Er führte sie in sein Schlafzimmer und schloß die Tür hinter ihnen ab. Er stieß sie sofort zum Bett und begann, an ihrem Kleid zu zerren, alles ohne ein einziges Wort.

„Leonard, sei vorsichtig. Ich möchte nicht das Kleid meiner Mutter beschädigen."

Wie seltsam, daß ihr erster Gedanke ihrem Hochzeitskleid galt, während ihr Herz vor Furcht hämmerte und ihr ganzer Körper zitterte.

„Pfeif doch auf dein Kleid!" Er zerrte daran, Knöpfe rissen ab.

„Leonard, bitte!" Sie wollte sich abwenden, aber seine Hände hielten sie fest. „Warte nur eine Sekunde, bis ... ich fertig bin." Sie hatte keine Ahnung, wie man sich auf so etwas vorbereitete, aber sie wollte verzweifelt Zeit gewinnen. Sie dachte daran zu fliehen.

„Ich habe eine Woche lang gewartet ... dich beobachtet ... diesen süßen, süßen Körper, wie er sich bewegt und mich in Versuchung geführt hat. Ich habe lange genug gewartet!"

„Ich — Ich weiß nicht, was ich tun soll!" brach es aus ihr heraus. Aber wenn sie auf irgendeine beruhigende Geste von ihrem neuen Mann gehofft hatte, hatte sie vergeblich gehofft.

Er lachte — ein hartes, trockenes Lachen. „Das ist doch das Schöne, nicht?"

Dann folgte eins der schrecklichsten Erlebnisse ihres Lebens. Selbst die Aussicht, am Galgen zu hängen, war nicht so schlimm, und der Tod machte ihr weit weniger Angst als der Gedanke, mit Leonard Stoner zusammen zu sein.

Er verwüstete sie regelrecht in jener Nacht. Er nahm seinen Preis in Empfang und machte damit, was er wollte, taub gegen ihr Flehen, ihre Schreie, ihre Tränen. Und als er mit ihr fertig war, ging er aus dem Zimmer, und sie verbrachte den Rest der Nacht krank und einsam. Ihr Körper fühlte sich wie ein Haufen klebriger Lumpen an. Selbst das Bad, das Maria ihr am nächsten Morgen einließ, konnte sie nicht ganz säubern, auch wenn sie ihre Haut fast bis aufs Blut schrubbte.

Am nächsten Abend, als er wieder mit lüsternem Blick in ihr Zimmer kam, war sie vorbereitet.

„Leonard, ich fühle mich heute abend nicht wohl."

„Du siehst völlig gesund aus."

„Bitte, ich kann heute abend einfach nicht."

„Du weist mich zurück?"

Ihr schauderte bei seinem anschuldigenden Ton. Ihr wurde klar, daß man einen Stoner nicht zurückweisen konnte — jedenfalls nicht Caleb und Leonard.

„Natürlich nicht." Ihre Stimme zitterte, sie klang nicht überzeugend. „Aber ich ... ich dachte nur ..."

„Du hast nicht zu denken, meine Liebe. Überlaß das den Männern, ihnen hat Gott es übertragen."

Ein flüchtiges Lächeln huschte über ihre Lippen. Sicher machte er Spaß!

„Lachst du über mich?" fragte er.

„Das kann nicht dein Ernst sein, daß Frauen nicht denken können", antwortete sie. „Solche Auffassungen sind aus der Mode."

„Nicht in diesem Haus! Und das lernst du besser gleich. Hier ist ein Mann immer noch der Herr seines Hauses und seiner Frau. Deine Aufgabe ist es nur, so hübsch auszusehen, wie du aussiehst, und meinen Willen zu erfüllen. Denk immer daran, und du wirst glücklich sein."

„Ich habe einen Verstand, Leonard, und den werde ich auch benutzen", gab sie zurück, ermutigt von ihrem Erstaunen gegenüber einer solch mittelalterlichen Haltung. „Ich bin nicht dein Nigger!" Sie hatte nie zuvor diesen entwürdigenden Ausdruck für Schwarze benutzt, aber das war die einzige Möglichkeit, die Haltung ihres Mannes ihr gegenüber auszudrücken.

Seine Hand fuhr so schnell hoch, daß sie sie nicht einmal kommen sah. Der Schlag traf sie seitlich am Kopf, nicht im Gesicht. Ihre Ohren begannen zu sausen, und ihr wurde für einen Moment schwarz vor Augen. Sie fiel auf das Bett zurück, eher von seinem unerwarteten Angriff, als vom Schmerz betäubt. Es war das erste Mal in ihrem ganzen Leben, daß irgend jemand sie geschlagen hatte. Das war fast so schockierend wie seine Mißhandlung in der Hochzeitsnacht. Aber als der Schock etwas nachließ, dämmerte ihr eine neue Einsicht. Vielleicht hatte Leonard einfach genausowenig Ahnung, wie man mit einer Frau umging, wie sie wußte, wie man einen Mann behandeln mußte. Wenn sie ihm das sagen würde, vielleicht wäre dann alles gut.

„Leonard, das ist alles so neu für uns", begann sie und schluckte die Tränen hinunter. „Aber mir scheint, Sanftheit wäre vielleicht eher das, was wir brauchen. Eine Frau ist empfänglicher für eine zärtliche Hand und ein freundliches Wort."

„Das würde dir gefallen, Liebes?"

„Es würde sehr helfen."

Er schnaubte spöttisch. „Mein Vater hatte schon recht. Er nannte dich ein verdorbenes, halsstarriges Weibsbild. Wenn man dir den kleinen Finger gibt, wirst du die ganze Hand nehmen und einem auf der Nase herumtanzen. Was du brauchst, ist etwas ganz anderes. Du mußt schnellstens lernen, wer hier das Sagen hat."

„Das ist nicht wahr!"

„Jedes Wort, das du sagst, beweist das Gegenteil. Das allererste, was du hier getan hast, war, meinem Vater nicht zu gehorchen. Und jetzt willst du mir nicht gehorchen. Mir meine ehelichen Rechte abstreiten, das würdest du doch. Ha! Du hast einen Geist, der schnell gebrochen werden muß."

Und er hatte die Macht, die brutale körperliche Kraft, das zu tun. Sie kam nicht gegen ihn an, jedenfalls nicht physisch. Sie mußte ihm ihren Körper überlassen, aber an ihrem Geist hielt sie verzweifelt fest. Sie weigerte sich, ihn ihren Willen zerstören zu lassen. Obgleich sie manchmal das Gefühl hatte, daß er unrettbar zerschmettert war, glomm doch immer noch ein Funke in ihr. Sie würde es weder Leonard noch seinem Vater erlauben, sie völlig zu beherrschen.

Es gab Momente, wo sie daran dachte, wegzulaufen oder sogar Leonard zu töten, aber für solche Handlungen glaubte sie sich noch nicht verzweifelt genug. Schließlich war sie mit diesem Mann verheiratet. Andere Frauen hatten unglückliche Ehen überstanden, ohne sich zu erniedrigen. Und das konnte sie auch. Bald merkte sie, daß das Leben irgendwie zu ertragen war, wenn sie ihren ‚Platz' gefunden hatte, wie ihr Mann ihn sich vorstellte. Und wenn er in der Nacht zu ihr kam, konnte sie das überstehen, wenn sie auch zitterte, die Zähne zusammenbiß und ihren Ekel hinunterschluckte.

Tatsächlich war es außerhalb des Schlafzimmers, vor aller Augen, noch schlimmer für sie, ihre unnatürliche Verstellung durchzuhalten. Eines Abends, als mehrere Männer zum Abendessen da waren, ergriff sie in einer Diskussion über Politik das Wort. Später, als sie allein waren — er war immer darauf bedacht, vor den anderen ein ideales Bild abzugeben — schrie Leonard sie wütend an, sie habe sich wie eine Dirne benommen. Wie konnte das derselbe Mann sein, der vor ihrer Hochzeit so vernünftig gesprochen hatte, als Caleb ihr denselben Vorwurf gemacht hatte?

Am Anfang hegte sie noch die Hoffnung, Leonard allmählich durch ihre weibliche Sanftheit zu gewinnen, mehr als nur ein Objekt für ihn zu sein. Wenn sie ihn nur dem üblen Einfluß seines Vaters entziehen könnte. Sie glaubte das wahrscheinlich aus dem einzigen Grund, weil sie an irgend etwas glauben mußte; sie brauchte die Hoffnung, daß sie nicht den Rest ihres Lebens in Elend und Unglück verbringen mußte. Mit der Zeit würde Leonard seine jugendliche Unsicherheit verlieren, die zweifellos der Grund für seine Herrschsucht über sie war.

Aber es dauerte nicht lange, bis selbst diese schwache Hoffnung ausgelöscht wurde.

Eines Morgens kam sie mit einem Bluterguß im Gesicht zum Frühstück — Leonard hatte sie in der Nacht zuvor geschlagen. Caleb saß allein am Tisch. Er betrachtete sie, besonders den blauen Fleck.

„Du wirst heute nicht vor die Tür gehen", sagte er.

„Ich wollte in der Stadt etwas einkaufen —"

„Ich sagte, du bleibst hier."

„Hast du Angst, daß die Leute sehen, was er seiner Frau antut?" Sie konnte sich die Befriedigung nicht versagen, die diese Worte ihr selber bereiteten.

„Die meisten Männer hier würden ihm Beifall klatschen, daß er seine halsstarrige Frau unter Kontrolle hält", antwortete er ruhig. „Es ist wegen deiner eigenen Schande, daß du hierbleiben wirst, nicht wegen Leonard."

Deborah konnte nicht glauben, daß ihre Ehre ihm auch nur einen Penny wert war. Sein kühler ‚väterlicher' Rat an Leonard, als er kam, machte das klar.

„Leonard, schlag deine Frau nicht mehr ins Gesicht."

„Sie wollte mir wieder weismachen, daß sie Kopfschmerzen hatte."

„Es gibt andere Methoden, mit so etwas fertig zu werden, so daß weder du noch deine Frau beschämt wird."

Deborah konnte sich nicht gegen den Funken Hoffnung wehren, den Calebs Worte in ihr weckten. Vielleicht hatte sie ihn falsch beurteilt. Vielleicht würde er seinem Sohn am Ende doch beibringen, wie man mit einer Frau umgehen mußte.

„Schlag deine Frau niemals so, daß man es sehen kann", sagte Caleb. „Es ist geschmacklos."

Als die beiden Männer in Calebs Arbeitszimmer gingen, hatte Deborah keine Hoffnung mehr, daß ihr Gespräch für sie etwas Gutes bedeuten konnte.

In dieser Nacht schlug Leonard sie mehrmals, als ob er seine neue Methode ausprobieren wollte. Danach waren keine Spuren zu sehen, aber ihr ganzer Körper schmerzte.

Mehr noch – ihr wurde klar, daß Leonard sich nie ändern würde, solange sein Vater ihm Ratschläge gab, ja ihn *ermutigte*. Sie würde sich für immer in dieses grausame Leben fügen müssen.

8

Einen Monat nach ihrer Heirat geschahen zwei Dinge, die Deborah eine kurze Erleichterung bescherten. Leonard verreiste, und sie fand einen Freund.

Leonard war nur vorübergehend von der Home Guard beurlaubt

gewesen. Als Indianer an der Grenze begannen, Siedler anzugreifen, wurde er wieder einberufen. Deborah verabschiedete ihn mit der Anteilnahme, die sie für ihn aufbringen konnte und die kaum die große Erleichterung verbarg, die sie empfand. Sie fühlte sich, als ob eine große Last von ihren Schultern genommen wurde. Jetzt verstand sie, was ein entflohener Sklave empfinden mußte, wenn er den Ohio River und damit die Freiheit erreichte.

Sie summte am ersten Morgen ihrer neuen Freiheit vor sich hin. Fast lächelte sie am Frühstückstisch, und Calebs böse Miene machte ihr nichts aus.

„Worüber freust du dich so?" fragte er, als ob ihr Verhalten ein verabscheuenswertes Verbrechen war.

„Ich weiß nicht." Sofort versuchte sie, das Offensichtliche zu verbergen.

„Denk dran", brummte Caleb, der sie durchschaute, „er wird zurückkommen."

Insgeheim hoffte sie, ihren Mann würde ein Indianerpfeil treffen und er würde nie zurückkehren., aber diese Hoffnung wollte Deborah sich nicht einmal selber eingestehen.

Sie frühstückte rasch zu Ende und verließ das Zimmer in der Hoffnung, daß Calebs dunkle, grimmige Augen ihr nicht folgten.

Seit ihrer Ankunft hatte sie von den hervorragenden Pferden gehört, die es auf der Stoner Ranch gab. Am Anfang waren ihr die Erinnerungen an zu Hause noch zu nah, und sie brachte kein Interesse an ihnen auf. Aber ihre Liebe zu Pferden saß doch zu tief, sie mußte sie sehen. Als sie zum ersten Mal bei den Ställen gewesen war, hatte Leonard sie dafür gemaßregelt.

„Die Ställe sind kein Platz für eine Lady", sagte er streng. „Wenn du reiten willst, wird einer der Diener dir ein Pferd mit einem Damensattel bringen."

Deborah liebte die Ställe genauso wie die Pferde, und sie haßte Damensättel. Sie beschloß, sich wenigstens in diesem Punkt durchzusetzen. Schließlich hatte sie ihrem Ehemann schon genug geopfert. Aber bei so vielen anderen Schwierigkeiten, mit denen sie fertig werden mußte, ging sie zunächst nicht mehr zu den Ställen. Als sie erfuhr, daß er für mehrere Wochen weg sein würde, schien ihr das eine gute Gelegenheit, diese Leute daran zu gewöhnen, daß sie sich bei den Ställen aufhielt. Wenn ihnen klar wurde, wieviel sie von Pferdezucht verstand, würde es ihnen vielleicht sogar recht sein.

Also ging sie am ersten Tag von Leonards Abwesenheit mit ein paar

Zuckerwürfeln aus der Küche direkt zu den Ställen. Aber mit jedem Schritt ärgerte sie sich über ihre Ängstlichkeit. Einer der Angestellten war in der Koppel und versuchte, eine junge braune Stute an den Sattel zu gewöhnen. Deborah lehnte sich auf den Balken und sah gespannt zu. Das Pferd bewegte sich so natürlich anmutig, daß es eine Schande schien, es zu zwingen. Die Stute bockte mehrmals, wie um ihren Widerwillen gegen die Last auf ihrem Rücken auszudrücken, aber der Reiter hielt sie fest, und bald machte sie ein paar unsichere Schritte. Dann lief sie ohne großen Widerstand die Koppel entlang und fiel schließlich in gleichmäßigen Trab. Ein weiteres Stonerpferd war gezähmt.

Sie hörte die Schritte nicht, die sich von hinten näherten. Die Stimme erschreckte sie, obwohl sie freundlich klang.

„Ich habe darauf gewartet, daß du herauskommst zu den Pferden meines Vaters."

Es war Jacob Stoner.

Deborah hatte in all der Zeit auf der Ranch kaum mehr als ein paar Worte mit ihm und seinem Bruder gewechselt. Sie bekam die beiden Brüder nur ab und zu beim Abendessen zu sehen, und dort waren sie sehr schweigsam. Die meiste Zeit waren sie irgendwo anders. Deborah glaubte nicht, daß sie Zimmer im Haus hatten; jedenfalls schliefen sie nie dort, soweit sie wußte.

„Leonard sagte, das ist nichts für eine Lady", antwortete Deborah und versuchte, keinen Ärger in ihre Stimme zu legen. Sie war nicht sicher, ob dieser Sohn von Stoner ihre Klagen nicht Caleb weitersagen würde, der mit Sicherheit einen Weg fände, sie dafür büßen zu lassen.

„Mein Bruder glaubt, eine Frau ist zu nichts gut als —" Er verstummte, plötzlich beschämt über seine Deutlichkeit.

„Mein eigener Vater hat Pferde aufgezogen", sagte Deborah schnell, um die Situation zu entspannen.

„Ja, ich weiß. Deshalb war ich überrascht, daß du so lange nicht hergekommen bist."

„Mein Vater, mein Bruder und ich hatten viel Freude an unseren Pferden", sagte Deborah. „Als sie starben, glaubte ich nicht, daß ich jemals wieder ein Pferd ansehen wollte. Es war zu traurig. Ich vermute, das und Leonards Verbot reichte für eine Weile."

„Aber wenn man diese Tiere nun einmal liebt, kann man sich nicht lange von ihnen trennen."

„Ja, das ist es."

Deborah versuchte ein kleines Lächeln in Richtung ihres Schwagers und ermunterte ihn. Er klang und verhielt sich nicht wie die älteren Stoners. Der bittere Ton in seiner Stimme, als er seinen Vater und seinen Bruder erwähnte, zeigte deutlich, daß er keine Liebe oder Bewunderung für sie empfand. Er war nur wenig größer als sie, und das verstärkte den Eindruck, daß er nicht zu ihnen gehörte. An harte Arbeit war er offenbar gewöhnt, denn er war stark und muskulös. Auch an seiner braunen, verwitterten Hautfarbe konnte man das sehen, obwohl man nicht sagen konnte, wieviel davon er seinem mexikanischen Blut verdankte. Sein schwarzes Haar und seine schwarzen Augen bewiesen, daß er eher nach seiner Mutter geraten war. Sein Gesichtsausdruck, als er mit ihr sprach, war warm, fast sanft. Ihr wurde klar, daß ihr Eindruck von ihm als eines stumpfen, mürrischen jungen Mannes wohl daher rühren mußte, daß sie ihn immer nur zusammen mit Caleb und Leonard gesehen hatte. Das reichte, um jeden abzustumpfen!

„Fangt ihr bei allen Fohlen gleich mit dem Sattel an?" fragte Deborah, um dieses angenehme Gespräch fortzusetzen.

„Das macht man hier im Westen so. Oft fehlt einfach die Zeit für eine langsame Vorbereitung. Aber ich denke, die Cowboys halten es für männlicher, den Widerstand eines Pferdes beim Reiten zu brechen."

„Ach ihr hier im Westen! Ihr werft die Zivilisation um Hunderte von Jahren zurück!"

Er kicherte leise — bei weitem kein herzliches Lachen und eher scheu, aber immerhin.

„Ich zeig dir den Stall, wenn du willst", sagte Jacob.

„Oh ja, gern!"

Als sie sich von der Koppel entfernten, warf Deborah instinktiv einen Blick zurück auf das Haus.

„Ich habe gesehen, wie mein Vater vor ein paar Minuten mit einer Kutsche in die Stadt gefahren ist", sagte Jacob. Deborah errötete sofort, und er fügte hinzu: „Keine Bange, ich verstehe schon ... Ich bin sein zweitrangiger Sohn." Der Abscheu in seiner Stimme ließ Deborahs Herz beben.

„Ich ... Es tut mir leid." Das war alles, was sie herausbringen konnte.

„Gott sei Dank gibt es die Pferde", sagte er mit mühsamer Leichtigkeit in der Stimme. „Sie helfen einem zu vergessen. Komm!" Er nahm ihren Arm und zog sie nach sich.

Er hatte natürlich recht, und jetzt wußte sie, warum sie schließlich doch zu den Tieren gegangen war, die sie so liebte. Sie ließen sie vergessen, und bei ihnen war sie fast wieder glücklich.

In der nächsten Stunde zeigte ihr Jacob alles. Es gab zwei Vollblüter, die bei Rennen schon Preise gewonnen hatten, aber Deborah mußte mehrmals nachfragen, bevor sie erfuhr, daß es Jacob gewesen war, der sie geritten hatte. Er zeigte schulterzuckend an sich hinunter und sagte: „Weil ich klein bin, gebe ich einen ganz guten Jockey ab." Deborah wußte, daß zu einem guten Jockey mehr als die richtige Größe gehörte, und das sagte sie ihm auch.

Außer diesen und einigen anderen sehr guten Zuchtpferden war dort ein ganz junges Fohlen, erst eine Woche alt. Deborah streichelte sein weiches Fell und verliebte sich augenblicklich in es. Sie gab seiner stolzen Mutter ein Stück Zucker und einen herzlichen Nasenstüber. Sie und Jacob standen dort eine ganze Weile still und betrachteten zusammen Mutter und Sohn.

„Ich kann sie gar nicht lange genug betrachten", sagte sie.

„Ich wette, du kriegst auch vom Reiten nie genug, eh?"

„Oh, Jacob, glaubst du, ich könnte?"

„Warum nicht?"

Ihr entging nicht die Ironie in seinem Ton, als sie diese einfache Frage stellte. Aber deshalb vor allem war sie hier herausgekommen, um ihrem Mann zu zeigen, daß er nicht ihr ganzes Leben beherrschen konnte, als ob sie sein Eigentum wäre. Die Tatsache, daß er und sein Vater Meilen entfernt waren, nahm ihrer Tat nichts von ihrer Kühnheit. Sie zweifelte nicht daran, daß ihr Verhalten Caleb und Leonard zu Ohren kommen würde — aber sicher war sie, daß das nicht durch Jacob geschehen würde.

Jacob brauchte nicht lange, um zwei Pferde zu satteln. Deborah bedauerte, daß sie einen Seitensattel nehmen mußte, aber sie war nicht zum Reiten gekleidet und wollte nicht erst ins Haus zurück, um sich umzuziehen, denn es konnte immer noch sein, daß Caleb dort war und sie aufhalten würde. Jetzt war sie einfach nur glücklich, wieder auf dem Rücken eines Pferdes zu sitzen. Als sie ins offene Land hinausritten, fühlte sich Deborah so befreit, daß sie den Kopf zurückwarf und lachte. Plötzlich wurde ihr bewußt, welch ein Gefängnis dieses Haus war, wie sehr sie sich als Gefangene fühlte. Sie nahm auch wahr, wie hübsch die Landschaft hier war, obwohl sie sich sehr von der in Virginia unterschied.

Auf ihrer Reise in den Westen hatte sie sich die Zeit mit der Lektüre von Büchern über die Grenzgebiete vertrieben. In einem dieser Bücher hatte sie ein Gedicht gelesen, das sie bis jetzt nur als poetische Übertreibung angesehen hatte.

Dies sind die Gärten der Wüste, dies
die unberührten Felder, grenzenlos und schön,
für die die Sprache Englands keinen Namen hat —
die Prärie. Sie war das Erste,
und mein Herz schwillt beim weiten Blick
in ihre Unendlichkeit. Seht! In luftigen Wellen
erstreckt sie sich, weit hinaus,
als ob der Ozean, an einem windlosen Tag
einhielte und all seine Wellen ruhten,
für immer unbeweglich.

Wie sehr sie nun diese Worte eines Fremden verstand! Wie treu, wie genau war seine Beschreibung! Andere mochten von der Eintönigkeit der Prärie sprechen, aber an diesem hellen Maimorgen hatte sie für Deborah nichts von ermüdender Leere. Für sie bedeutete die flache, endlose Landschaft Freiheit, wo sie für immer reiten konnte, ohne je zu ermüden. Und die wilden Blumen! Sie übersäten das niedere Gras mit unendlich vielen leuchtenden Farbtupfern. Jacob zeigte ihr das blaue Texasveilchen und die leuchtenden indianischen Pinselbüsche. Deborah glaubte, sie könnte für immer mit Leonard Stoner leben, wenn sie nur jeden Tag hierher ausreiten durfte.

Später sollte sie die Einsamkeit und Verzweiflung dieser Ebenen kennenlernen und ihre Gefahren, aber jetzt, wo sie neben einem Mann ritt, der sie offensichtlich gut kannte, fühlte sie sich geborgen und zufrieden. Als Jacob zu einer kurzen Rast unter einer Gruppe Eichen anhielt, war sie vor purer Freude außer Atem.

An jenem Abend hatte sie jedoch für ihren Ausflug zu zahlen. Sie war Caleb aus dem Weg gegangen, als er aus der Stadt zurückkam, aber er fuhr sie in dem Moment an, als sie zum Essen hinunterging. Sie hatte die letzte Treppenstufe erreicht, als er aus seinem Arbeitszimmer kam. Nichts konnte ihr jetzt die Konfrontation ersparen. Sie mußte ihm beim Essen gegenübersitzen, also entschloß sie sich, ihm nicht auszuweichen. Was konnte er schon tun außer sie zu schlagen? Konnte es denn noch etwas Schlimmeres geben als das, was sein Sohn ihr Nacht für Nacht antat?

„Guten Abend", sagte sie gleich, mit erhobenem Haupt und trotziger Stimme.

Er warf ihr einen Blick zu, der sie erschaudern ließ.

„Du warst heute bei den Ställen", sagte er.

„Ja."
„Und du bist geritten?"
„Ja."
„Ich denke, mein Sohn hat klargestellt, daß dieses Verhalten nicht akzeptabel ist."
„Ich kann nichts Falsches darin sehen. Es ist meine einzige Freude hier draußen." Obwohl sie sich innerlich wand, sah sie ihn an.
„Mein Sohn ist mit einer Lady verheiratet, nicht mit einem Satteltramp."
„Leonard ist genauso mit mir verheiratet wie ich mit ihm." Dann kam ihr ein köstlich bösartiger Gedanke in den Sinn, und nichts konnte sie hindern, ihn auszusprechen, auch das genüßliche Lächeln hatte sie nicht unter Kontrolle. „Wenn ihm das nicht gefällt, soll er sich von mir scheiden lassen."
Calebs Hand schoß in die Höhe und traf sie schwer am Kopf. Sie stöhnte und schnappte nach Luft, obwohl ihr plötzlicher Zorn sie den Schmerz sofort vergessen ließ.
„Du wagst es!" rief sie, fast sprachlos vor Wut.
„Sei versichert, Deborah, daß du diesen Kampf des Willens verlieren wirst. Es gibt für dich keinen anderen Weg zu gewinnen, als dich unterzuordnen."
„Wirst du mich zu Tode prügeln, wenn ich das nicht tue?" gab sie zurück.
„Ich glaube nicht, daß es so weit kommen wird." Sein Ton machte deutlich genug, daß er notfalls auch dazu bereit war.
„Also gut, ich werde weiter ausreiten und zu den Ställen gehen! Der einzige Weg, mich daran zu hindern ist, mich einzusperren wie eine Gefangene."
Sie wartete seine Antwort nicht ab; statt dessen wandte sie sich ab, als ob sie wirklich überzeugt war, gewonnen zu haben. Sie unterdrückte den Wunsch, sich in ihr Zimmer zurückzuziehen, und ging ins Eßzimmer, um sich auf ihren gewohnten Platz zu setzen. Sie wollte ihm nicht die Genugtuung geben, vor ihm davonzulaufen. Er kam einige Augenblicke später, und Maria trug bei gespannter Ruhe das Essen auf.
Deborah aß alles auf, trotz ihres revoltierenden Magens.
Wenn sie nicht schockiert und zu Tode erschreckt war über ihre schlimme Lage und ihre katastrophale Ehe, dann war sie nur noch erstaunt. Wie konnten zwei Männer nur derart unmenschlich sein? Manchmal fragte sie sich, ob es irgendwie ihre Schuld war, ob Caleb

und Leonard sie vielleicht anders behandeln würden, wenn sie die Geheimnisse einer Ehe kannte und wußte, was sie zu sagen hatte. Über solche Dinge hatte sie sich bei ihrem Vater und ihrem Bruder niemals Sorgen machen müssen, obwohl das vielleicht nicht das gleiche war, weil sie eine Familie bildeten, vom selben Blut waren. Aber bei Jacob mußte sie doch auch nicht auf jedes Wort und jede Geste achtgeben. Vielleicht war das mit Ehemännern und Schwiegervätern einfach anders.

Als Maria nach dem Essen den Kaffee brachte, war sie mehr verwirrt als wütend. Vielleicht hatte sie sich einfach nicht genug Mühe gegeben mit Caleb. Irgendeinen Grund mußte er doch haben!

Als Maria gegangen war, begann sie in ruhigem Ton zu sprechen: „Mr. Stoner, ich habe Ihnen Ärger bereitet – nicht erst heute, sondern seit meinem allerersten Tag hier. Auch wenn das so ist, wünsche ich mir aufrichtig, daß Friede in diesem Haus herrscht, und ich bin sicher, Sie wünschen das gleiche. Es ist nicht zu spät, noch einmal anzufangen. Ich bin sicher, wir können die Dinge klären und gut miteinander auskommen."

Sie kämpfte, um ihrer Stimme Festigkeit zu geben. „Ich weiß, daß ich manchmal dickköpfig sein kann, und mir ist klar, daß ich mich hier und da ändern muß. Aber ich glaube, dasselbe gilt auch für Leonard."

„Er ist dein Herr, Deborah. Du bist es, die sich ändern muß, um ihm zu gefallen."

„Das ist lächerlich", warf sie hin, und all ihre Anstrengung, einen ruhigen Ton zu wahren, waren mit einem Schlag dahin. „Gegen Sie und Ihren Sohn war Dschingis Khan zart besaitet! Ich würde mich für euch nicht ändern, auch wenn mein Leben davon abhinge!"

Sie stieß ihren Stuhl zurück und warf ihn beim Aufstehen um. Jetzt floh sie nicht ängstlich, sondern aus Sorge, daß sie nicht mehr Herr ihrer Worte und ihrer Taten wäre, wenn sie noch länger blieb.

Calebs geheimnisvolle Erwiderung traf sie an der Tür des Eßzimmers.

„Laß es nicht zum Äußersten kommen, Deborah."

Sie drehte sich um und starrte ihn an. „Und was soll das heißen?"

„Leben und Tod sind relative Begriffe", antwortete er. „Du bist auf Lebenszeit mit meinem Sohn vermählt. Es liegt ganz an dir, ob es für dich ein lebendiger Tod wird oder ein Leben in Zufriedenheit."

„Es gibt noch andere Möglichkeiten!"

„Wenn du daran denkst wegzulaufen, sei sicher, daß du niemals weiter als bis zur Stadt kommen würdest. Und wenn du es in irgendeiner anderen Richtung versuchst, würdest du in diesem Land keinen Tag allein überleben, selbst nicht auf meinem besten Pferd. Außerdem glaube ich nicht, daß du für den Rest deines Lebens mit dieser Schande leben wolltest."

Vielleicht hatte er recht. Sie wußte es nicht. Vielleicht sollte sie aufgeben, tun, was sie von ihr verlangten, obwohl sie nicht einmal sicher war, ob sie das überhaupt konnte. Vielleicht machte ihr Widerstand alles nur schlimmer. Vielleicht würde Leonard sie besser behandeln, wenn sie sich ihm unterwarf. Aber dieser Gedanke an Unterwerfung ließ sie nur noch deutlicher die Gefängnistüren sehen, die sich um sie herum schlossen.

Es war nicht gerecht! Sie verlangten zu viel von ihr.

Dann kam ihr ein merkwürdiger Gedanke. Wie machten es die Sklaven? In Virginia hatte sie viele Sklaven gesehen, auch wenn ihre eigene Familie keine besaß. Sie bewegten sich allem Anschein nach so ergeben, so friedlich, manchmal sahen sie sogar glücklich und zufrieden aus. Wie brachten sie das fertig? Ganz sicher war es unmöglich, daß sie unter solchen Umständen wirklich glücklich sein konnten, ganz gleich, wie gütig ihre Herren auch sein mochten. Es mußte Jahre um Jahre, sogar ganze Generationen gedauert haben, bis man diese Geschöpfe so vollkommen unter Kontrolle hatte. Vielleicht würde sie es nach einigen Jahren in diesem Haus auch fertigbringen? Ein lebendes Geschöpf konnte nur so lange geschlagen werden, bis es zusammenbrach. Sie sah sich als willenlosen Sklaven durch das Haus schleichen, mit einem geistlosen Grinsen im Gesicht, wenn sie ihren Mann ansah.

Konnte er das wirklich wollen?

Es schien unmöglich. Und noch unmöglicher war die Vorstellung, daß sie sich wirklich so verhalten könnte. Irgendwie mußte sie einen Weg finden zu überleben, ohne ihr Wesen dabei zu verlieren. Flucht mochte nicht in Frage kommen, jedenfalls vorläufig nicht. Da hatte Caleb recht. Aber sie konnte es überstehen, und vielleicht sogar die eine oder andere Schlacht gewinnen.

9

In den folgenden Tagen fand Deborah wenigstens vorübergehend Wege zum Überleben, bei den Pferden und den Ritten in die Prärie. Und merkwürdigerweise sagte Caleb nichts mehr dazu. Vielleicht war sogar ihm klar, daß man von einem Menschen nicht alles verlangen konnte. Vielleicht wartete er auch nur auf Leonards Rückkehr, dem noch ganz andere Mittel zur Verfügung standen, um ihren Willen zu brechen. Warum auch immer — Deborah nutzte ihre neue Freiheit so viel sie konnte.

Mehrere Tage lang begleitete Jacob sie auf ihren wunderbaren, langen Ausritten, und alles wurde durch ihn nur noch schöner und angenehmer. Es war so lange her, seit sie die Möglichkeit gehabt hatte, sich mit einem klugen und freundlichen Menschen zu unterhalten. Jacob war trotz seiner schlechten Schulbildung sehr intelligent, und er war sehr einfühlsam. Seine Persönlichkeit war anders als die ihres Bruders Graham, aber dennoch entwickelte sich zwischen ihnen langsam eine Beziehung, die derjenigen ähnelte, die sie früher zu ihrem Bruder gehabt hatte. Es wurde eine wahre Freundschaft daraus. Jetzt fühlte sie sich nicht mehr allein, verloren und verzweifelt.

Er sprach freimütig von sich, als ob auch er lange schon auf einen Freund gewartet hatte.

„Meine Mutter war die Tochter eines großen *Patron* unten in Mexiko", erzählte er ihr eines Tages. „Sie war sehr schön und hätte sich ihren Mann unter vielen *Caballeros* wählen können."

„Warum dann Caleb?" fragte Deborah, die sich kaum vorstellen konnte, wie eine Frau sich von einem solchen Mann angezogen fühlen konnte.

„Vor zwanzig Jahren war Caleb ein sehr schöner Mann. Manchmal glauben Frauen, so ein Mann muß auch so ein Herz haben."

Deborah sah weg. „Ja", seufzte sie schließlich. „Leonard schien vor unserer Heirat auch so ein Gentleman zu sein. Ich nehme an, einiges von der Härte seines Vaters habe ich an ihm bemerkt, aber ich habe es nicht ernst genommen, weil er so gut aussah. Manchmal war er wirklich charmant."

„Natürlich war er das", sagte Jacob bitter. „Er wollte seine feine Südstaatenlady haben. Er hätte nichts getan, was seine Hochzeit gefährden konnte. Es ist ihm ganz schön schwergefallen, sich derart zurückzuhalten, selbst für eine Woche, und mehr als ein Arbeiter auf der Ranch hat dafür seine harte Hand zu spüren bekommen."

„Wie konnte ich nur so blind sein?"

„Ich wünschte, ich hätte dich gewarnt, aber damals kannte ich dich nicht und habe gar nicht daran gedacht. Es schien mir unmöglich, daß sich so etwas wiederholen könnte."

„Ich hätte dir ohnehin nicht geglaubt", sagte Deborah.

„Wenigstens kannst du dich damit trösten, Deborah, daß du nicht die einzige Frau bist, die von einem gutaussehenden Mann getäuscht wurde", sagte er voller Wärme.

„Es gibt auch gutaussehende Männer mit guten Herzen", sagte Deborah. „Du bist ein Beweis dafür, Jacob."

Er zuckte mit den Achseln, aber an seinen Augen sah sie, daß er dankbar für das Kompliment war. Ohne Zweifel hörte er nur selten eines.

„Eins verstehe ich nicht, Jacob", fuhr Deborah nach kurzem Schweigen fort. „Weder Caleb noch Leonard scheinen Menschen mit anderer Hautfarbe besonders zu mögen. Sie behandeln dich und Laban fast so schlecht wie ihre Diener, und das heißt erniedrigend und herablassend. Ihre mexikanischen Hilfen behandeln sie noch schlechter. Warum hat Caleb bei dieser Abneigung eine Mexikanerin geheiratet?"

„Ganz einfach. Mein Großvater hat eine große Mitgift angeboten, dazu gehörten große Teile dieser Ranch hier. Und damals gab es noch viel weniger Frauen in Texas als heute. Caleb schraubte seinen Anspruch etwas herunter, und er bekam viel dafür — viel Geld, viel Vieh, Land, eine schöne Frau und noch zwei Diener mehr, meinen Bruder und mich, um sein Land zu bestellen. Die Schande zweier Bastarde ist ein kleiner Preis für das alles, nicht?"

„Es tut mir leid für dich, Jacob. Du verdienst es nicht, so behandelt zu werden."

Er hielt plötzlich sein Pferd an und drehte sich im Sattel, um Deborah voll ins Gesicht sehen zu können.

„Du sollst kein Mitleid für mich empfinden, Deborah! Das ist das letzte, was ich von irgend jemand will — und besonders nicht von dir!"

„Es war so dumm und gedankenlos, was ich gesagt habe. Ich schätze, du tust mir auf die gleiche Weise leid, wie ich mir selber leid tue."

Das aufgeloderte Feuer in seinen Augen wurde wieder milder. „Du solltest von hier weggehen, Deborah, solange du noch kannst."

„Dasselbe könnte ich dir sagen."

„Mein Großvater ist tot, und seine Ländereien sind zerstreut, sonst würde ich vielleicht zu ihm gehen. Wo sollte ich auch sonst hin? Ich mag die Ranch und das Land hier. Es wird nie mir gehören, aber wenn ich bleibe, erbe ich vielleicht ein Stück. Irgendwo anders in Texas wäre ich nichts als ein Tagelöhner, ein dreckiger Mexikaner. Warum sollte ich also nicht hierbleiben? Wenigstens eine kleine Hoffnung habe ich, etwas zu bekommen. Außerdem würde ich nicht in den Osten passen, mit all diesen Menschen. Ich habe an Kalifornien gedacht... vielleicht eines Tages. Bis dahin ist Caleb jedenfalls mein Vater, die einzige Familie, die ich habe. Es ist nicht so einfach, deiner Familie den Rücken zu kehren. Und dann ist da auch noch Laban. Ich würde ihn nicht einfach so allein lassen."

„Er sollte auch gehen."

„Er würde nicht weggehen."

„Aus dem gleichen Grund wie du?"

„Wer weiß? Laban ist ein Rätsel. Er spricht nicht viel. Du denkst, wir stehen uns sehr nahe, in der Lage, in der wir beide sind. Aber das ist nicht so. Er ist verschlossen und unerreichbar wie ein ferner Planet."

Er schwieg, dann fragte er: „Und was ist mit dir, Deborah?"

„Leonard ist mein Mann. Ich muß ebenfalls weiter hoffen."

Jacob runzelte die Stirn, und ein dunkler Blick voller Schmerz huschte über seine Züge. „Du solltest wirklich gehen", sagte er einfach, und dann trieb er sein Pferd zu einem scharfen Galopp an.

Nach einer Woche solcher Ausritte — für Deborah die schönste Woche seit dem Tod ihres Bruders — wurde ihr klar, daß es nicht gut für Jacob und sie war, wenn sie weiter so viel Zeit zusammen verbrachten. Sie kannte das Land jetzt gut genug, und das diente ihr als Ausrede für Jacob. Sie dankte ihm herzlich für seine Geduld mit ihr und entband ihn von der unausgesprochenen Pflicht, sie zu begleiten. Er schien ihre wahren Gründe zu verstehen, und da er sie für richtig hielt, protestierte er nicht. Trotzdem fühlten sich beide für eine Weile ungeheuer leer und verlassen.

Es dauerte nicht lange, bevor sie Jacob hier und da ‚zufällig' auf einem ihrer Wege traf. Sie wußten beide sofort, daß es mehr als bloßer Zufall war, was sie zusammenführte. Sie hungerten nach Freundschaft, besonders Deborah, die ihr ganzes Leben lang nur Wärme, Freundlichkeit und Liebe von den Menschen gekannt hatte, die ihr nahe waren. Sie begann, sich auf ihren Ausritten nach Jacob umzusehen und war enttäuscht, wenn er nirgends auftauchte. Bald begannen sie, ihre Treffen zu planen, an abgeschiedenen Orten, wo niemand sie finden konnte. Es war alles ganz harmlos. Sie waren Freunde und sonst nichts, aber beiden war klar, daß weder Caleb noch Leonard jemals eine solche Freundschaft verstehen würden.

Als Leonard einen Monat später zurückkehrte, brauchte Deborah Jacobs Freundschaft mehr denn je. Leonard war wütend, weil sie wegen der Ställe nicht gehorcht hatte. Wie bei Caleb gab sie nicht nach und erklärte, daß sie weiter ausreiten würde, wann immer sie wollte. Ihren Ungehorsam mußte sie in dieser Nacht im Bett bitter bezahlen. Am ganzen Körper hatte sie durch seine Brutalität und Gemeinheit blaue Flecken, aber nicht an Stellen, die andere sehen konnten.

Für zwei Tage schloß er sie ohne Essen in ihrem Zimmer ein. Als er sie am dritten Tag herausließ, ging sie zum Stall und sattelte ihr Pferd. Er jagte ihr nach und holte sie zurück. Als er sie wieder in das Zimmer stieß, geschah etwas in Deborah. Vielleicht war es der Anfang der ‚Unterwerfung', die Leonard wollte, aber sie war zu verzweifelt, es war ihr gleichgültig. Sie fiel vor ihm auf die Knie.

„Bitte, Leonard! Laß mich reiten und mit den Pferden arbeiten ... Ich bitte dich!" Sie weinte wie eine versklavte Dienerin. „Ich tue alles, wenn du mir nur das erlaubst. Bitte!"

Leonard mochte auf eine solche Erniedrigung seiner Frau gehofft haben; als sie dann kam, war sie dennoch unerwartet. Seine Überraschung wurde aber schnell durch einen triumphierenden Glanz in seinen harten Augen ersetzt.

„*Alles?*" fragte er sanft, als ob er seinen Ohren nicht traute.

„Ja!" antwortete sie ohne Zögern. Wenn sie schon in Elend leben mußte, hätte sie wenigstens noch diese eine Freude.

In den nächsten Monaten spielte Deborah ihre Rolle gut und erfüllte den Buchstaben ihres Vertrags genau. Wenn Gäste kamen, war sie die sittsame, demütige Ehefrau, die ihrem Mann und ihren Gästen jeden Wunsch von den Augen ablas. Wenn sich das Gespräch Dingen zuwandte, die sie interessierten und über die sie eine wohlbegründete Meinung hatte, sagte sie kein Wort. Einmal fragte sie ein ziemlich fortschrittlicher Texaner sogar nach ihrer Meinung.

„Soweit ich weiß, Mrs. Stoner, war Ihre Familie mit General Lee bekannt. Wird er den Süden in den Sieg führen?"

Instinktiv öffnete sie den Mund, um eine intelligente Antwort zu geben. Sie kannte Lee und wußte, welch ein großer General er war, aber der Süden brauchte mehr als große Generäle, um gegen die ökonomische Macht des Nordens anzukommen. Aber in dem Moment, wo sie antworten wollte, blickte sie zu Leonard hinüber und sah seinen Gesichtsausdruck; er schien nur darauf zu warten, daß sie seinen Wünschen zuwiderhandelte ...

Statt zu antworten, wie es ihr auf der Zunge lag, kicherte Deborah also nur dumm. „Oh, fiddle-de-dee!", summte sie. „Wie in aller Welt soll ich so etwas wissen?"

Wenn sie gehofft hatte, Leonard zu beschwichtigen, dann wurde sie enttäuscht. Sie gab ihm weniger offenen Anlaß, aber ihr wurde klar, daß Leonard Gewalt um ihrer selbst willen genoß. Er brauchte keinen logischen Grund; es machte ihm Spaß, andere zu beherrschen, und wenn er sie physisch ebenso wie ökonomisch beherrschen konnte – um so besser! Man konnte das an der widerwärtigen Art sehen, mit der er seine Diener behandelte. Glücklicherweise hatten sie keine Sklaven, und Deborah schauderte, wenn sie daran dachte, welches Schicksal sie an einem Ort wie der Stoner Ranch gehabt hätten.

Die tägliche Flucht zu den Ställen und die Ausritte in die Prärie machten ihr Los etwas erträglicher. Ihre Freundschaft mit Jacob tat ihr in dieser abnormalen Lage sehr gut.

Auch das neue Fohlen brachte unerwartetes Glück in ihr Leben. Sie nahm das Kleine unter ihre Fittiche und nannte es ‚Prärie', weil sein sandfarbenes Fell sie an das umgebende Land mitten in einem glühend heißen Sommer erinnerte. Jacob lachte, aber niemals verletzend, wie sie das Pferd bemutterte. Und wie sie gehofft hatte, verschaffte ihr ihr Wissen sogar Respekt unter den Leuten, die in den Ställen arbeiteten. Sie gewann den Vorarbeiter ganz für sich, als sie einem Gaul das Ausschlagen vor der Fütterung abgewöhnte.

„Nehmen Sie einen Kinderball, nicht größer als meine Faust, und binden Sie ihn mit einem kurzen, weichen Band an ihr Fesselgelenk", schlug Deborah vor. „Sie wird schon verstehen, wenn der Ball sie jedesmal an der Fessel trifft, wenn sie gegen ihre Stallwand ausschlägt."

Es funktionierte, und es dauerte nicht lange, bis der Mann sie öfter um Rat fragte. Der Stall wurde ihr Zufluchtsort, der einzige Ort, wo sie nicht nur Respekt genoß, sondern auch etwas zu sagen hatte. Nach den vielen Stunden der Schauspielerei mit ihrem Mann war sie erleichtert, an einen Ort zu kommen, wo sie sie selber sein und daran denken konnte, wie alles früher einmal gewesen war. Ironischerweise war sie nach Texas gekommen, um den schmerzlichen Erinnerungen an das glückliche Leben zu entgehen, das der Krieg zerstört hatte. Und jetzt klammerte sie sich in ihrer Verzweiflung an nichts so sehr wie an diese

Erinnerungen. Sie *brauchte* die Gewißheit, daß Glück in dieser düsteren Welt doch möglich war.

10

Eines Morgens im Sommer, als Deborah schon über ein Jahr in Texas war, führte sie Prärie auf eine der Weiden hinaus, um ein bißchen mit ihm zu üben. Er war noch immer ein Fohlen, erst ein Jahr alt, und er würde noch mehrere Jahre lang wachsen, aber man sah jetzt schon, daß es ein ausgezeichnetes Pferd werden würde. Er war von Geburt an an Menschen gewöhnt und deshalb sanftmütig und ohne Angst. Seine Schnelligkeit beim Training bewies, daß er auch ein intelligentes Tier war. Deborah erinnerte sich an einen Bibelvers, den ihr Vater sehr gemocht hatte: „Hast du dem Pferd Kraft gegeben? Hast du seinen Hals mit Blitzen gekleidet?" Für Josiah Martin war solche Schönheit eines der tiefsten Zeugnisse der Liebe und Güte Gottes gewesen. Und als Deborah an diesem klaren, frischen Sommertag ihr junges Pferd so stolz und anmutig über das Gras laufen sah, konnte sie beinahe wieder an den Gott ihres Vaters glauben.

Aber der Schatten ihres jetzigen Lebens, der auch an einem so schönen Tag wie diesem nicht von ihr wich, war zu stark und zu dunkel, als daß mehr als nur ein flüchtiger Schimmer ihn durchdringen konnte. Deborah konnte nicht anders, sie stellte dem Vers aus dem Buch Hiob einen Vers von Shakespeare gegenüber, der besser auf ihre Lage zutraf.

Ein Pferd! Ein Pferd! Ein Königreich für ein Pferd!

Was wäre, wenn sie ihr eigenes Selbst für ein Pferd geopfert hätte? Selbst Gott, wenn es ihn überhaupt kümmerte, konnte ihr diese Freude nicht versagen. Prärie war das Opfer wert.

Sie wurde von dem übermütigen Fohlen abgelenkt, als ein Reiter näherkam. Es war Jacob. Sie war nicht überrascht, denn einer der Plätze, wo sie sich oft trafen, war ganz in der Nähe. Sie lächelte und winkte ihm herzlich zu.

„Ah, der kleine Prinz sieht wunderbar aus!" sagte er, als er das Fohlen sah.

„Er ist groß, nicht?" Sie lächelte wie eine stolze Mutter.

„Das hat er dir zu verdanken, Deborah."

„Nur wenn Liebe ein Pferd so schön macht."

„Du wärest überrascht, was ein wenig Liebe bewirken kann."
Plötzlich wurde sie ernst. „Nein, Jacob, ich wäre gar nicht überrascht."

Sie schwiegen beide ein Weilchen nachdenklich. Es war offensichtlich, daß sie nicht nur von Pferden sprachen.

Als Jacob das lastende Schweigen brach, war seine Stimme eindringlicher als sonst. „Gehen wir hinunter zum Bach, Deborah. Ich will mit dir reden."

Das Fohlen folgte, als Deborah und Jacob ihre Pferde zum Bach lenkten, der etwa eine Viertelmeile entfernt war. Selbst so früh im Sommer war das Wasser schon niedrig und schlammig, aber es gab ein frisches Wäldchen am Ufer, und die Pferde waren nicht zu sehen, wenn sie dort an den Zweigen festgebunden waren. Deborah und Jacob stiegen ab, banden ihre Pferde und das Fohlen an und setzten sich in den Schatten der Bäume.

„Deborah, in letzter Zeit habe ich über vieles nachgedacht", begann Jacob ohne Umschweife.

„Deshalb habe ich dich die ganze Woche nicht gesehen", antwortete Deborah und versuchte, seine Ernsthaftigkeit ein wenig zu zerstreuen.

„Ich werde die Ranch verlassen."

Diese Ankündigung kam so unerwartet und so schonungslos direkt, daß sich ihr Magen verkrampfte, als ob ihr ein weiteres Mal der Boden unter den Füßen weggezogen würde. Sie hatte oft gedacht, daß er für sein eigenes Bestes gehen sollte, aber jetzt, wo sie sich so nahegekommen waren, glaubte sie nicht, daß sie ohne ihn hier weiterleben konnte. Sie konnte nichts auf seine Worte sagen, ohne daß all ihre eigensüchtigen Absichten die ganze Sache verderben würden.

„Deborah", fuhr er fort, „ich will, daß du mit mir kommst. Das wäre die beste Lösung für alles."

„Jacob —"

Er unterbrach sie schnell, aus Angst, daß sie ablehnen könnte. „Ich liebe dich, Deborah! Ich ertrage es nicht, daß du auch nur eine Minute länger bei meinem Bruder sein mußt."

Sie schloß die Augen, um die Tränen niederzukämpfen, die plötzlich aufstiegen. Aber die Tränen bahnten sich dennoch ihren Weg. Es war unvermeidlich; sie und Jacob brauchten sich zu sehr, als daß es lange bei einer einfachen Freundschaft hätte bleiben können. Es überraschte sie nicht, als sie sich klar darüber wurde, daß sie hauptsächlich aus Trauer und Verlust weinte, weil ihnen jetzt nichts mehr bleiben würde.

Jacob hob die Hand und wischte ihr sanft die Tränen von den Wangen. Wann hatte Leonard sie je so berührt? Bevor Deborah wußte, was geschah, lag sie in Jacobs Armen. Er zog und drückte sie nicht, wie Leonard das tat; statt dessen schienen sie einfach in einer Umarmung von wechselseitigem Hunger und wechselseitiger Leidenschaft zusammenzufließen. Und Jacobs Berührung war die eines Mannes, dem sie nicht gleichgültig war, für den sie kein Objekt war, sondern ein kostbarer Mensch. Als ihre Lippen sich berührten, geschah es mit Zärtlichkeit, und sie fühlte eine Art Ehrfurcht von Jacob ausgehen. Sie wollte, daß es nie endete. Sie wollte immer seine starken, zärtlichen Arme um sich fühlen und seine Lippen an ihren.

Aber sie wußte, daß es enden mußte.

Es war nicht nur falsch, gegen jeden moralischen Grundsatz, der ihr von Kindheit an beigebracht worden war. Sie wußte auch, wenn Leonard es je herausfand, würde er sie vielleicht beide töten. Sie hatte es sich nie eingestehen wollen, aber sie wußte, tief in ihrem Inneren war sie entsetzt über ihren Ehemann. Zum Teil wußte sie schon, wozu er fähig war, und ohne jeden Zweifel hatte er noch viel mehr Möglichkeiten, ihr das Leben zur Hölle zu machen, und das galt auch für Jacobs Leben. Waren ein paar Augenblicke des Glücks es denn wert, zwei Leben dafür zu zerstören?

Trotz all ihrer vernünftigen Einsicht kostete es sie sehr viel Kraft, sich von Jacob loszumachen. Es überraschte sie, daß Leonards Mißhandlungen sie nicht vor jedem körperlichen Kontakt mit einem Mann zurückschrecken ließen. Aber vielleicht war das etwas zu Tiefes, um ganz ausgelöscht zu werden. So kam es, daß sie ihr Gesicht von seinen Küssen abwandte, obwohl ihr ganzer Körper vor Begehren und vielleicht sogar vor Liebe zitterte. Einen kurzen, schrecklichen Augenblick lang, als er nicht aufhörte, fürchtete sie, er wollte sie zwingen. Wie konnte sie wissen, ob das nicht alle Männer taten?

Aber Jacob hielt ein. Trotz des Schmerzes und des Bedauerns in seinen Augen löste er sich von ihr, und einige Zeit konnte keiner von beiden sprechen oder sich auch nur bewegen. Deborah weinte weiter, jetzt aus reinem Selbstmitleid.

Schließlich redete Jacob, die Stimme voller bitterer Ironie. „Mein Bruder hat alles! Ich hasse ihn, Deborah. Gott vergebe mir, aber ich hasse ihn!"

„Jacob, er hat nicht meine Liebe, und er wird sie niemals haben."

„Was macht das schon? Ich *würde* mich in eine ehrliche Frau verlieben!"

„Ich glaube nicht, daß es irgend etwas mit Ehrlichkeit zu tun hat", antwortete sie mit bitterem Ton. „Ich kann ihm einfach die Genugtuung nicht geben. Er würde uns beide zerstören."

„Das tut er auch so schon."

„Jacob, wie sehr ich wünschte, es könnte anders sein!"

„Wünschst du dir das, Deborah?" Hoffnung klang wieder in seiner Stimme mit.

„Oh ... es ist so verlockend."

„Vielleicht ist es falsch — vielleicht eine Sünde. Aber glaubst du, Gott will, daß du ewig in diesem Elend lebst? Ist das, was mein Bruder dir antut, keine noch viel schlimmere Sünde? Soll er zur Abwechslung einmal bezahlen! Stell dir seine Schande vor, wenn sich herumspricht, daß seine Frau mit einem anderen Mann weggelaufen ist — mit seinem eigenen verachteten mexikanischen Halbbruder! Laß Leonard auch einmal leiden!"

„Ich fürchte, was wir beide füreinander empfinden, Jacob, das hängt zu eng mit dem zusammen, was wir gegen Leonard empfinden."

„Ich liebe dich, Deborah — um deinetwillen, nicht um Leonard zu verletzen. Aber mir würde es nichts ausmachen, wenn er dabei verletzt wird."

Langsam schüttelte Deborah den Kopf.

Jacob sprach jetzt mit noch größerem Nachdruck weiter: „Ich werde dir was sagen, Deborah, bevor du dich entscheidest. Ich habe das nicht erwähnt, weil ich dich nicht zu sehr ängstigen wollte. Aber jetzt muß dir vielleicht klar werden, was für ein Ort das hier ist." Er zögerte und schien erst nicht weitersprechen zu wollen, aber schließlich tat er es mit großem Widerwillen. „Du hast mich nie gefragt, wie meine Mutter starb. Aber ich werde es dir jetzt sagen. Sie hat sich das Leben genommen. Hörst du, Deborah? Sie hat sich umgebracht. Sie hat ein Messer genommen und sich die Pulsadern durchgeschnitten, und dann ist sie langsam verblutet."

„Jacob, nein!"

„Ich kenne nicht alle die Leiden, die Leonard dir zufügt", fuhr Jacob mit zitternder Stimme fort, „aber ich weiß, was meine Mutter gelitten hat. Caleb behandelt seine Pferde besser, als er sie behandelt hat. Ich war noch ein Kind, aber oft fand ich sie morgens weinend in ihrem Bett. Ich verstand nicht, warum sie weinte, aber ich sah ihre entsetzten Augen. Meine Mutter war eine gläubige Katholikin. Aber Caleb duldete das nicht in seinem Haus. Sie behielt ihren Glauben immer im Geheimen; sie hat ihn nie aufgegeben. Für sie war es eine Todsünde, sich das Leben zu nehmen, aber eher nahm sie das Höllenfeuer in Kauf, als den Rest ihres Lebens mit meinem Vater zu verbringen. Sie hinterließ mir eine Nachricht, als sie starb. Sie versteckte sie dort, wo sie wußte, ich würde sie finden, aber Caleb nicht. In diesem Brief bat sie mich, ihr zu verzeihen, daß sie Laban und mich verließ, daß sie uns mit ihm alleinließ. Sie sagte, sie könne nicht mehr und müsse unser Schicksal in Gottes Hände legen." Er schwieg und atmete schwer und unregelmäßig. „Das, meine liebe, süße Deborah ist es, was hier auf dich wartet, wenn du bleibst."

Sie fühlte mit ihm und konnte kaum sprechen, aber jetzt mußte sie sich um so mehr vom Sinn ihres Tuns überzeugen, wenn sie hier ihre Ehe weiterführte. Und sie versuchte, auch Jacob zu überzeugen. Sie sagte, für Jacobs Mutter sei es etwas anderes gewesen, weil sie Mexikanerin war. Eine weiße Frau würde besser behandelt werden, aber schon während sie noch sprach, merkte sie, wie schwach ihre Gründe waren. Aber Leonard war nicht Caleb, und sie war Leonards erste Frau. Es bestand immer noch Hoffnung, ihn zu ändern. Jacob hörte nur zu und schüttelte traurig den Kopf.

„Komm mit mir, Deborah", flehte er, „bevor es zu spät ist."

„Ich kann nicht."

„Wie kannst du ihm immer noch treu sein? Er vergilt es dir nicht. Ich habe ihn schon in der Stadt zu den Frauen gehen sehen."

„Alle Männer gehen dorthin —"

„Nach allem, was du durchgemacht hast, kannst du nicht so naiv sein."

Sie schüttelte mißbilligend den Kopf. „Es hat nichts damit zu tun, Jacob. Ich erwarte Leonards Kind."

Er antwortete mit einem trockenen Schlucken. „Mein Gott, nein!"

„Verstehst du jetzt, warum ich bleiben muß? Ich kann meine eigene Schande ertragen, aber nicht die meines Kindes. Und ich glaube, es wird besser werden mit dem Kind. Er will ein Kind; es wird ihn glücklich machen, und er wird zufriedener mit mir sein."

„Meiner Mutter hat auch das nicht geholfen", erwiderte Jacob.

„Trotz all seiner Fehler ist Leonard nicht so kalt und hart wie dein Vater." Oh, wie sehr sie das glauben wollte!

Jacob sagte nichts mehr. Wenn sie bleiben mußte, weshalb sollte er ihre Hoffnung zerstören, schwach, wie sie ohnehin schon war? Sie würde nichts anderes haben. Aber der Schmerz, den seine Stille erzeugte, schnitt ihm wie ein Messer in die Seele.

„Willst du immer noch gehen?" fragte Deborah schließlich. Sie haßte

sich für diese Frage, aber irgendwie hoffte sie verzweifelt, daß zwischen ihnen alles beim alten bleiben konnte.
 Jacob wußte, das war unmöglich. „Wie könnte ich jetzt noch bleiben? Ich fürchte, ich würde ihn umbringen, wenn er dir noch ein einziges Mal wehtut."
 „Ich wußte, es konnte nicht lange dauern ..."
 Das plötzliche Geräusch eines galoppierenden Pferdes ließ sie verstummen. Sie und Jacob tauschten einen entsetzten Blick. Das Pferd kam genau auf sie zu.

11

Jacob sprang auf, als Leonards Pferd durch die Böschung brach. Jacobs und Leonards Augen trafen sich — Haß und Herausforderung im einen Gesicht, Wut und Anklage im anderen. Deborah stellte sich neben Jacob. Ihre Knie zitterten. Sie sah eine Tragödie kommen.
 Leonard sprang aus dem Sattel und ging zum Bach hinüber. Er trug eine Waffe, aber es war der Blick in seinen Augen, nicht der Colt, der Deborah am meisten angst machte.
 Ihr schauderte, als dieser schneidende, eisige Blick sie traf.
 „Also bist du zu allem anderen auch noch ein Landstreicher", spuckte Leonard verächtlich.
 Jacob machte ein paar Schritte vorwärts, seine Hände ballten sich zu Fäusten. Er hatte sich nie zuvor gegen Leonard aufgelehnt. Es war höchste Zeit für ihn. „Gib acht, was du sagst, Leonard!" warnte er.
 „Du verteidigst deine billige Geliebte, wie nobel von dir! Du Bastard!"
 Jacob wußte, sein Bruder meinte das im buchstäblichen Sinn des Wortes. Mehr als ein Bastard würde er für seinen Bruder oder seinen Vater niemals sein.
 „Was du über mich sagst, ist mir gleichgültig", gab Jacob so ruhig er konnte zurück. „Aber wenn du noch einmal so zu Deborah sprichst, das schwöre ich, werde ich dich töten."
 „Ha! Das bringst du nie fertig! Alles, wozu du taugst, ist, aus meiner Frau eine gemeine Hure zu machen —"
 Jacob hatte keine Waffe, aber er brauchte auch keine; sein jahrelang angestauter Haß war genug. Er stürmte mit der Wut eines wilden Tie-

res auf seinen Bruder ein und schlug ihn zu Boden; erbarmungslos schlug er ihm die Faust wieder und wieder ins Gesicht. Die Überraschung und die Schnelligkeit seines Angriffs gaben ihm zuerst die Oberhand, und er machte das beste daraus. Bevor Leonard zur Besinnung kam, war sein Gesicht schon blutüberströmt.

Aber das nächste Mal, als Jacob auf seinen Bruder zielte, ergriff Leonard seine Faust, gab den Schlag mit aller Kraft zurück und stieß Jacobs starken Körper so weit von sich, daß er sich wegrollen konnte. Sofort sprangen beide Männer auf die Füße, aber Leonard war mit seinem Gegenangriff schneller und trieb Jacob in die Enge. Als Leonards volles Gewicht gegen ihn prallte, stolperte Jacob nach hinten, aber er fiel nicht. Statt dessen sprang er wieder auf seinen Gegner zu, mit den Fäusten in der Luft. Er traf zwei oder dreimal mehr, aber Leonard war längst nicht geschlagen. Er versetzte Jacob Schläge ins Gesicht und in den Bauch. Vornübergebeugt und nach Luft ringend sah Jacob den Stiefel nicht, der sich seinem Gesicht näherte. Der Tritt traf ihn am Mund; Blut schoß heraus. Er fiel die Böschung des kleinen Baches hinunter. Er war kaum am Wasser gelandet, als Leonard ihm nachsprang.

Sie kämpften ein paar Augenblicke erbittert weiter, bevor Jacob schließlich die Oberhand gewann und Leonard wütend von links und rechts die Fäuste ins Gesicht schlug. Er dachte, daß Leonard langsam bewußtlos wurde, und schlug weniger hart zu.

Das war alles, was Leonard wollte. Ohne daß Jacob es sehen konnte, bewegte sich Leonards Hand an seine Seite.

Deborah rief: „Jacob, sein Colt!"

Aber es war zu spät. Leonard zog und schoß. Jacob fiel zurück, Blut kam aus seinem Arm. Leonard zielte wieder, diesmal unbehindert. Die Waffe zielte genau auf Jacobs Kopf, der Hahn war gespannt."

Deborah rannte zu ihrem Mann. „Leonard! Bitte schieß nicht!"

„Ich habe das Recht, ihn zu töten", bellte Leonard mit dem Funkeln eines tollwütigen Tieres in den Augen.

„Zwischen uns gab es niemals etwas anderes als Freundschaft", sagte sie inständig, obwohl sie wußte, Leonard würde ihr nicht glauben.

„Ha! Ihr wolltet euch zusammen davonstehlen, so weit ich gehört habe."

„Tu ihm nichts, Leonard! Ich bitte dich."

„Und was bietest du diesmal als Gegenleistung, meine Liebe?"

Er hatte recht. Sie hatte nichts zu bieten. Leonards Macht über sie war vollkommen, und wegen ihrer vollkommenen Hilflosigkeit würde Jacob sterben. Wie sie ihre Schwäche verachtete! Aber in diesen kurzen Momenten der Verzweiflung faßte sie einen Entschluß. Auf keinen Fall würde sie es zulassen, daß Leonard Stoner sie endgültig unterwarf! Sie würde gewinnen, und nie mehr würde sie hilflos sein. Dieser plötzliche Entschluß, so absurd und gegenstandslos er auch war, gab ihr eine unvermittelte physische Kraft. Und das war alles, was sie brauchte, um für einen einzigen Moment die Oberhand über ihren Mann zu gewinnen und Jacob zu retten.

Sie stieß mit aller Kraft gegen Leonard.

Sie war nicht schwer genug, um ihn unter normalen Umständen niederzureißen, aber weil er mit einem Bein im Wasser stand, mit der Waffe und seiner Aufmerksamkeit auf Jacob gerichtet, gelang es ihr doch, ihn aus dem Gleichgewicht zu bringen. Er fiel ins Wasser.

„Jacob! Lauf!" rief Deborah. Als er zögerte, rief sie noch einmal. „Geh! Jetzt! Du mußt – und komm nicht zurück – nie!" Die Worte schienen ihr ins Herz zu schneiden, als sie sie rief, aber sie wußte, es gab keine andere Möglichkeit.

Jacob sah, daß sie recht hatte, und zwang sich zu gehorchen. Er rannte zu seinem Pferd und stieg auf. Aber bevor er davonritt, drehte er sich nach seinem Bruder um. „Wenn ich je erfahren sollte, daß du ihr etwas zuleide getan hast, werde ich zurückkommen und dich töten."

Dann stürmte er im Galopp davon, und sein Pferd wirbelte eine Staubwolke im vertrockneten Gras auf.

Leonard hätte von hinten auf seinen Bruder schießen können, denn Deborah war nicht stark genug, ihn daran zu hindern. Aber er tat es nicht. Ob aus einer Art Mitleid, oder weil er sein Bruder war, oder einfach, weil es seinen Ruf ruinieren würde, wenn er einen Mann von hinten erschoß – Deborah wußte es nicht. Und es war ihr auch gleich. Wenn Jacob klug genug war, nicht zurückzukommen, dann würde ihm nichts geschehen. Wenigstens damit konnte sie sich trösten, wenn sie auch gerade ihren besten Freund verloren hatte.

Leonard stand mühsam auf und steckte seine Waffe ins Halfter. Dann streckte er Deborah eine Hand entgegen. Es lag keine Wärme in dieser Geste, und sein Gesicht, geschwollen und blutverklebt, blieb kalt. Seine helfende Geste war wahrscheinlich bloßer Reflex, aber dennoch wurde Deborah in diesem Moment erstaunt klar, daß dies das erste Mal war, daß ihr Mann sie berührte, nicht um sie zu schlagen, sondern um ihr zu helfen. Wenn er irgendeinen tieferen Zweck damit verfolgte, wußte sie nicht, welchen, und diese Geste sollte sich nicht als Zeichen einer Veränderung in seinem Verhalten erweisen.

Sie ritten schweigend zum Haus zurück. Sie brachte Prärie in den

Stall und ging direkt in ihr Zimmer, um ihre nassen Sachen auszuziehen. Eine Stunde später, als sie auf ihrem Bett lag und sich vom Tumult dieses Tages erholen wollte, kam Leonard herein, ohne anzuklopfen, wie er es immer tat. Er hatte sich ebenfalls umgezogen, die Verletzungen an seinem Gesicht waren ausgewaschen, und über einem besonders bösen Riß über dem linken Auge trug er ein Pflaster.

„Was willst du?" fragte sie kalt.

„Muß ich einen Grund haben, um das Schlafzimmer meiner eigenen Frau zu betreten?"

„Nein. Gewöhnlich hast du nur einen einzigen Grund dazu."

„Tatsächlich!" Ein durchtriebenes Grinsen huschte über sein Gesicht.

„Dann mach, daß du fertig wirst. Ich will schlafen."

„Hast du meinen Bruder auch so empfangen?"

„Das wirst du nie erfahren", gab sie eisig zurück.

Er hob die Hand, um sie zu schlagen, aber sie konnte ihn mit dem Arm abwehren. Es war eine armselige Verteidigung. Er griff ihr Handgelenk und drückte sie aufs Bett nieder. Der eiserne Griff seiner Hand schmerzte furchtbar, aber sie schrie nicht auf. Als sie versuchte, sich mit der anderen Hand loszumachen, ergriff er auch diese und hielt sie fest. Sie konnte sich nicht mehr rühren, aber ihn kostete es kaum Kraft.

„Scheint, als ob wir unsere Lektionen in Unterordnung ganz von vorn anfangen müssen", drohte er düster.

Oh, wie gern sie zurückgeschlagen hätte! Dann fiel ihr die perfekte Waffe ein. Zuvor hatte sie gehofft, ihre Ehe würde damit erträglicher; aber jetzt wollte sie nichts mehr, als ihn damit bedrohen.

Mit allem Zorn, den sie aufbringen konnte, als sie dort lag und ihm hilflos ausgeliefert war, sagte sie: „Ich kann es dir genausogut sagen. Ich bin schwanger."

„Von wem?" Er drohte, er fragte nicht.

Sie war versucht, ihre Waffe zu nutzen und ihn für immer in Zweifel zu stoßen. Aber gerade noch rechtzeitig, bevor sie sich weiter entwürdigte, wurde ihr klar, daß dieser Mann gar nicht innerlich leiden konnte, an nichts. Er würde das Schlimmste annehmen, und am Ende würde nur ihr Kind darunter leiden.

„Es ist dein Kind." Sie brachte die Worte kaum heraus, als ihr dämmerte, daß sie wirklich sein Kind in sich trug — das Kind eines Mannes, in dem sie kaum mehr als ein Ungeheuer sehen konnte.

„Und das soll ich dir glauben?"

„Was du auch glauben willst, zwischen Jacob und mir hat es nie etwas gegeben. Wie ich mir wünschen würde, es wäre sein Kind! Aber Gott überschüttet mich nicht gerade mit seinem Segen."

„Wir werden es am Ende schon sehen, nicht? Wenn dieses Baby nur ein einziges schwarzes Haar auf dem Kopf hat, werde ich euch beide töten."

„Das ist mir inzwischen so gleichgültig, Leonard."

Und mit diesem nur halb wahren Satz hörte sie auf, gegen seinen Griff anzukämpfen. Sie schloß die Augen, und sie versuchte, auch alle Gefühle aus sich auszuschließen. Als Leonard sich über sie beugte, fragte sie sich, ob Jacobs Mutter sich nicht so gefühlt haben mußte, bevor sie ihrem Leben ein Ende machte. Ungeheure Gleichgültigkeit und nur ein einziger Wunsch: Erlösung.

Wenigstens war Jacob frei. Das war das einzig Gute, das dieser furchtbare Tag gebracht hatte. Sie schalt sich wieder und wieder, daß sie nicht mit ihm gegangen war.

Oh, ihre verdammte Ehre!

Und ihr irregeleiteter Wunsch, ihrem Kind ein normales Zuhause zu bieten! Was für ein Zuhause war das, wenn sie darin mehr an den Tod als an das Leben dachte? Und was sollte aus einem Kind werden, das an einem solchen Ort aufwuchs? Was, wenn es wie Leonard würde, genau wie Leonard seinem eigenen Vater ähnelte?

Und doch — wenn es auch nur eine kleine Möglichkeit gäbe, daß alles anders käme? Vielleicht würde ein Kind ihren Mann menschlicher machen? Kinder hatten schon viele Männer verändert, das jedenfalls hatte sie gehört und gelesen. Es war möglich!

Sie seufzte verzweifelt. Weshalb klammerte sie sich überhaupt noch an Hoffnungen?

12

Nach Jacobs Verschwinden machte Leonard Deborah noch mehr zu einer Gefangenen im eigenen Haus. Er ging so weit, Wachen an der Tür aufzustellen, um ganz sicher zu sein, daß sie nicht weglief. Er sagte, das würde er so lange tun, bis er sicher war, daß Jacob weit weg sei. Deborah wollte ohnehin nicht aus dem Haus gehen. Die Ställe hielten nur schmerzliche Erinnerungen für sie bereit. Sie vergaß das junge Fohlen, Prärie, vollkommen.

Und ihre Lage wurde nur noch unangenehmer, als Laban anfing, ihr Vorwürfe zu machen. Er faßte sie nicht an — das brauchte er gar nicht. Seine verletzenden Worte und sein vorwurfsvoller Blick schnitten ihr messerscharf ins Herz. Sein durchdringender Blick war wirkungsvoller als alle Gewalt, die Leonard anwandte.

„Es ist deine Schuld. Du hast meinen Bruder aus dem Haus getrieben!" Er benutzte seine Worte wie eine Waffe. Sie war zu erstaunt über sein plötzliches Interesse an seinem Bruder, denn selbst Jacob hatte von seiner Gleichgültigkeit gesprochen. Vielleicht war das nur eine schützende Wand gewesen. Vielleicht war Laban ihr ähnlicher, als sie gedacht hatte. Vielleicht empfand er so tief für Jacob und brauchte ihn so sehr, daß er Angst hatte, ihn zu verlieren, wenn er es zugab.

Die Schärfe seiner Worte verschlug ihr den Atem. „Ich liebte Jacob, er war mein Freund." Aber sie sprach leise, ohne Nachdruck. Niemand würde ihr glauben. Diese Leute verstanden nichts von einer so reinen Sache wie der Freundschaft.

„Er wäre nicht weggegangen, wenn du nicht gekommen wärest", beschuldigte er sie.

Zum ersten Mal sah Deborah Laban wirklich an. Das hatte sie zuvor nie getan; sie hatte kaum ein Wort mit ihm gewechselt. Er lebte mit Jacob in einem kleinen Haus auf einer der entfernteren Ranches, aber er hielt sich noch mehr von diesem Haus fern, als sein Bruder es getan hatte. Jetzt sah sie, wie jung er war. Verzweifelt und traurig, wie er aussah, sah man, daß er noch ein Junge war, erst sechzehn Jahre alt. Was ihn bislang so alt erscheinen ließ, war die harte, stille Ausdruckslosigkeit seiner Augen. Ohne Zweifel hatte ihn der frühe Verlust seiner Mutter noch viel tiefer getroffen als Jacob; seine Mutter war der einzige Mensch gewesen, der ihm die zärtliche Liebe geben konnte, die er so brauchte. Aber was an ihm noch mehr — und bedrohlicher — auffiel, war seine Ähnlichkeit mit Caleb. Seine dunkle Haut ausgenommen bestand kein Zweifel, wessen Sohn er war. Jacob war entschieden nach seiner Mutter geraten, und das war der Grund, weshalb Deborah so schnell mit ihm vertraut wurde. Laban hatte sie sich wegen der Ähnlichkeit mit seinem Vater nie genähert. Sie bedauerte ihn für diese Ähnlichkeit mehr als für seinen Schmerz.

Trotz allem wollte Deborah ihn trösten. Sie verstand besser als alle anderen die Verzweiflung, die er empfinden mußte. Auch wenn er sie jetzt haßte, wollte sie ihm das zärtliche Mitgefühl entgegenbringen, das ihm sonst niemand zeigte. Aber alles, was sie sagen konnte, klang hohl, leer wie ihre eigene Seele.

Es gab nur eins, was ihn freuen würde, und weil sie mit einmal glaubte, daß es stimmte, sagte sie: „Du hast recht, Laban, es ist alles meine Schuld." Dann drehte sie sich um und ging mit unsicherem Schritt die Treppe hinauf in ihr Zimmer.

Viele Tage lang weinte sie. Eine ganze Woche verließ sie ihr Zimmer nicht. Weshalb auch? Sie war so oder so eine Gefangene. Sie aß nicht, sie nahm kein Bad. Dunkle Ringe erschienen unter ihren eingesunkenen, stumpfen Augen. Der gesunde Teint, den sie vom vielen Draußensein bekommen hatte, machte einer kränklichen Blässe Platz. Auch der Wein, den sie jetzt immer öfter zu sich nahm, verschaffte ihr wenig Trost; immerhin versetzte er sie in einen dumpfen Dämmerzustand.

Acht Tage später hatte Deborah eine Fehlgeburt.

Deborah konnte sich nicht einmal dazu aufraffen, Schuld über die riesige Erleichterung zu empfinden, die ihr der Verlust des Babys verschaffte. Immer hatte sie Labans Züge vor Augen, und ihr graute bei dem Gedanken, daß sie für ein weiteres Ebenbild von Caleb in der Welt verantwortlich würde. Sie fürchtete, ein solches Kind könnte sie niemals lieben.

Deborah brauchte mehrere Wochen, um sich sowohl körperlich wie seelisch vom Verlust des Kindes und vom Verlust Jacobs zu erholen. Am Ende konnte sie das nur, weil Leonard ihr drohte.

„Ich will nicht, daß die Leute denken, wir lassen dich hier draußen verhungern!" schrie er sie eines Tages an. „Entweder du säuberst dich und nimmst Nahrung zu dir, oder ich werde jemand anstellen, der dich mit Gewalt füttert. Das ist nicht angenehm, aber etwas Besseres verdienst du nicht dafür, daß du absichtlich dieses Kind verloren hast."

„Ich dachte, du bist froh darüber", gab sie, wenn auch halbherzig, auf seine falsche Anschuldigung zurück. „Jetzt brauchst du dir keine Gedanken mehr zu machen, wessen Kind es war."

„Du hast ganz recht. Das nächste Mal wird es gar keinen Zweifel geben."

Seine Ankündigung eines ‚nächstes Mal' machte sie ganz krank. Aber sie wußte, er wollte ein Kind — natürlich nicht aus irgendeinem sentimentalen Grund; er brauchte einfach noch einen Menschen, den er beherrschen konnte. Deborah wollte das mit allen Mitteln verhindern. Aber als sie ihn ausschloß, trat er die Tür ein.

Sie begann, ernsthaft über eine Flucht nachzudenken. Sie glaubte, sie hätte nichts mehr zu verlieren. Wenn sie ihr Leben in Schande leben mußte, dann sollte es eben so sein. Wenigstens hätte dann nicht auch noch ein Kind mit dieser Schande zu leben.

Vielleicht konnte sie Jacob finden; obwohl sie sich zugleich wünschte, daß er weit, weit weg von hier war. Aber ihr wurde klar, daß ihre Gefühle für Jacob nur eine andere Flucht waren, und keinem von beiden wäre gedient, wenn sie ihn fand. Selbst wenn sie ihn aufspüren konnte, würde sie ihn damit nur in weitere Gefahr bringen. Am besten war es, wenn er weit von Texas entfernt ein neues Leben anfing.

Ganz allein wegzulaufen wurde für Deborah eine immer vertrautere Idee. Die Gefahr, draußen in den Händen von Indianern zu sterben, war nichts im Vergleich zu der Gefahr, für den Rest ihres Lebens hier eingesperrt zu bleiben. Aber die Chancen für eine Flucht standen jetzt schlechter denn je. Die Wachen im Haus waren wachsamer als zuvor. Leonard schaltete jedes Risiko aus, daß seine untreue Frau ihm noch einmal Schande machen konnte.

Deborah entschloß sich, ihr vorheriges Leben als pflichttreue Gattin wieder aufzunehmen. Sie hoffte, Leonard würde sich täuschen lassen und die Bewachung mit der Zeit aufheben, und dann konnte sie fliehen. Es war wenigstens eine schwache Hoffnung. Ihren Mann konnte sie in Wahrheit nicht täuschen, aber da er sich durch ihre Unterwerfung bestätigt fühlte, ließ er sie in diesem Winter wenigstens ab und zu in die Stadt gehen — niemals ohne eine Wache, die sie begleitete. Niemals durfte sie allein irgendwohin gehen.

Sie hatte einen Vertrauten in der Stadt finden wollen, irgend jemand Unparteiischen, an den sie sich um Hilfe wenden konnte. Vielleicht konnte man Leonard für das einsperren, was er ihr antat. Es gab nur eine Handvoll Frauen — anständige Frauen, keine Saloonmädchen — in der Stadt. Eines Tages traf sie zufällig eine von ihnen im Geschäft. Sie war die Frau des Bankiers und schien sehr nett; sie lud Deborah sogar zum Tee ein.

„Sie dürfen sich nicht dort draußen auf der Ranch vergraben. Wir Frauen müssen zusammenhalten, wissen Sie!" sagte die Frau warmherzig zu ihr.

Deborah besuchte ihr Haus, und während des Tees, nach ein wenig unbedeutender Unterhaltung, zwang sie sich, ihre Ehe ins Gespräch zu bringen. Diese Frau war eine Fremde, die Deborah nur ein einziges Mal, bei ihrer Hochzeit, getroffen hatte; aber sie war eine Frau, und so bald mochte es keine Gelegenheit wie diese mehr geben. Es war nicht leicht, und Deborah sprach nur in ganz allgemeinen Ausdrücken.

„Ich fürchte, meine Ehe ist nicht ganz das, was ich mir erhofft hatte", sagte sie vorsichtig.

„Das ist immer so, meine Liebe."

„Hat Ihr Mann ... ich meine, ist es normal, daß ein Mann seine Frau schlägt?"

„Ich habe gehört, daß das vorkommt", antwortete die Frau mit freundlicher Stimme. „Aber Gott behüte, mein Mann würde das niemals tun. Für einige Männer ist es die einzige Art, die sie kennen, eine Frau zu kontrollieren. Aber ich denke, das ist ein kleiner Preis für die Sicherheit, die ihr ein eigenes Heim bietet." Sie zögerte, dann machte sie große Augen, als ihr klar wurde, was Deborah sie eigentlich gefragt hatte. „Meine Liebe, wollen Sie damit sagen, daß Ihr Mann Sie geschlagen hat?"

Deborah nickte. Selbst jetzt konnte sie nicht ganz offen darüber sprechen. Plötzlich schämte sie sich, nicht nur für Leonard, sondern auch für sich selbst. Die steife Südstaatlerin neben ihr tat nichts, um ihr aus dieser Lage zu helfen.

„Deborah", sagte die Bankiersfrau mit mehr Unschuld als Ablehnung in der Stimme, „Sie müssen einfach noch mehr versuchen, ihm zu gefallen."

Das war das Ende von Deborahs gescheitertem Versuch, draußen Hilfe zu suchen — besonders als Leonard sie am nächsten Abend wütend zur Rede stellte.

„Wie kannst du es wagen, unsere Ehe vor Freunden und Nachbarn auszubreiten! Glaub ja nicht, daß dir das irgendwie helfen wird. Ich habe in dieser Stadt ein zu hohes Ansehen, als daß irgendwer dir glauben würde. Nur für den Fall, daß du so etwas noch einmal versuchen willst —"

Seine Faust traf sie überall, selbst sichtbare blaue Flecken waren ihm jetzt gleichgültig. Als er mit dem Prügeln fertig war, vergewaltigte er sie auf gemeinste Art. Sie brauchte drei Tage, um sich von diesem Angriff zu erholen, die ganze Zeit in ihrem Zimmer eingeschlossen. Wie gewöhnlich sagte Leonard Maria, daß Deborah krank war und nicht gestört werden sollte. Er würde sich selbst um sie kümmern — der aufmerksame Ehemann.

Irgendwie schaffte es Deborah, wieder in die Stadt zu gelangen. Dort kaufte sie etwas, das sie in ihrem Entschluß bestärkte, auf die eine oder andere Weise aus diesem elenden Leben zu fliehen.

Als sie heimkam, war das Haus leer; selbst Maria war nicht da. Deborah lief in ihr Zimmer und warf die Päckchen auf ihr Bett — außer einem, das sie sorgfältig auspackte. Sie nahm den kleinen Gegenstand heraus und fühlte eine Gänsehaut, als sie ihn anstarrte. Der Ladenbesitzer sagte, das sei eine Derringer. Sie paßte genau in ihre Hand und hatte nur zwei Kugeln. Sie bezweifelte, daß sie mehr brauchen würde.

Vorsichtig lud sie die Waffe aus einer Munitionsschachtel, die sie ebenfalls gekauft hatte. Sie lächelte fast über die kleine Lüge, die sie dem Ladenbesitzer erzählt hatte: daß es ein Weihnachtsgeschenk für ihren Mann sein sollte und daß sie dankbar wäre, wenn sie ihr kleines Geheimnis für sich behielten.

Deborah versteckte die Waffe in einer kleinen Schublade ihres Nachttisches. Sie wußte nicht, ob sie die Waffe je gebrauchen konnte, entweder gegen Leonard oder gegen sich selbst. Aber schon das Wissen, daß sie da war, gab ihr eine Art Stärke. In den schrecklichen Tagen und Wochen danach stellte sie sich oft vor, wie sie sie benutzte. Sie träumte sogar davon. Wie süß war das Bild in ihrem Geist — Leonards Blick, wenn er auf sie zukam und sie die Pistole aus den Falten ihres Kleides holte. Der Schock und die Angst, besonders die Angst, wenn sie abdrückte und ein roter Fleck auf seiner Brust wuchs.

Ja, die Derringer gab ihr Stärke, sie gab ihr ein Gefühl der Macht. Sie mußte nicht ewig das Opfer sein.

Aber sie verschaffte ihr noch eine andere Art Erleichterung. Mehr als einmal saß sie in diesem Winter mit der kleinen Waffe in der Hand an ihrem Ankleidetisch und zielte auf ihren eigenen Kopf.

Sie wußte und verstand nie, was sie davon abhielt abzudrücken. Sie dachte niemals daran, daß eine andere Macht für sie eine Zukunft bereithielt, die noch vor ihr lag. Sie wollte nicht an die liebevollen Worte ihres Vaters über einen sorgenden, allmächtigen Gott denken, einen Gott, der nicht am Bösen schuld war, der aber jederzeit eine gute Seele aus der gottlosen Welt zu sich nehmen konnte. Es wäre so leicht gewesen, sich dieser Gottheit zu unterwerfen, diesen Frieden und diese Liebe zu empfangen. Aber sie war zu sehr befangen in Anschuldigungen, um von dem Gaben zu empfangen, den sie für den Tod ihrer Liebsten verantwortlich machte.

Deborah überstand also, aus welchen Gründen auch immer, diesen Winter. Der Frühling kam, und ihr zweites Jahr in Texas war zu Ende. Sie wunderte sich, daß erst zwei Jahre um waren. Aber zwei Jahre in der Hölle sind lang wie ein ganzes Leben.

In diesem Frühjahr 1865 geschah noch etwas Bedeutendes: der Bürgerkrieg ging zu Ende. Deborah nahm die Nachricht von der Kapitulation im Appomatox Court House mit Gleichgültigkeit auf. Der Krieg hatte sie einmal berührt, sie in Trauer gestürzt und aus ihrem geliebten Heim vertrieben. Aber in den vergangenen beiden Jahren war er nichts als die ferne Erinnerung eines düsteren Traums gewesen. Wenn das ihre gegenwärtige Lage nicht verändern konnte, war es ihr gleichgültig, ob der Krieg zu Ende war. Ein wenig Mitleid fühlte sie für den armen General Lee. Er hätte der Chef der Unionsarmee werden können, denn das Gerücht ging um, daß man es ihm angeboten hatte, und er hätte ein großer Held werden können. Statt dessen war er in Ungnade gefallen. Einige Gerüchte besagten, daß er festgenommen und vielleicht hingerichtet werden sollte, aber selbst der Norden hatte zu großen Respekt vor ihm, um so etwas zu tun. Wenigstens ein guter Mann hatte den Krieg überlebt.

Unglücklicherweise hatte auch Leonard den Krieg überlebt. Sein Vater hatte ihn aus der Konföderiertenarmee herausgehalten. Wie gut es gewesen wäre, wenn irgendeine verirrte Yankeekugel Deborahs ganzem Elend ein Ende gemacht hätte! Aber nicht einmal die Indianer hatten ihr die Freiheit verschaffen können.

Das Leben ging weiter wie immer, Krieg oder nicht Krieg. Deborah konnte nicht ahnen, daß ihre ersehnte Befreiung schließlich in Gestalt eines Galgens kommen würde.

Teil II

Unter Gesetzlosen

13

Die Outlaws zogen nach Nordwesten; McCulloch achtete darauf, daß sie den wilden, unbesiedelten Regionen von Westtexas nicht allzu nahe kamen, denn dort war mit Indianerüberfällen zu rechnen. Sie hielten sich östlich der Wälder und ritten ohne große Abweichungen über die welligen, baumbestandenen und grasbedeckten Ebenen, bis sie zum Brazos River kamen. Dann änderten sie ihre Richtung, wandten sich etwas weiter östlich und durchquerten einen Zipfel des Waldlandes.

Sie begegneten jagenden Cheyenne und Kiowa. Glücklicherweise entdeckten die Cheyenne sie nicht, die etwa zwanzig oder dreißig Krieger in ihrer Gruppe hatten; sie kamen ohne Zwischenfall an ihnen vorbei. Lediglich ein paar Schüsse wurden mit den Kiowa gewechselt, aber bei ihnen waren nur sechs oder sieben Krieger, die schnell merkten, daß sie unterlegen waren und sich wieder zur Jagd zurückzogen. Ansonsten vergingen die Tage gleichförmig. Sie sahen keine Anzeichen einer Verfolgung von Stoner's Crossing aus. McCulloch nahm an, daß ihr Trick funktioniert hatte, zuerst südlich Richtung Mexiko und dann unter sorgfältiger Verwischung der Spuren scharf nordwestlich zu reiten.

Dieser Sheriff würde annehmen, daß sie nach Mexiko gingen. Wahrscheinlich hatte er schon den Rio Grande überquert und versuchte, sie in Coahuila aufzuspüren — falls er ihnen überhaupt folgte. Mehr als wahrscheinlich war, daß er es schnell aufgegeben hatte. Caleb Stoner würde deswegen Krach schlagen, aber nicht einmal er konnte einen Mann — besonders einen Schwächling wie Pollard — zwingen, in Mexiko seinen Hals zu riskieren. Die Banditos dort unten waren fast so schlimm wie die Indianer.

Die Frau blieb McCulloch ein Rätsel, obwohl sie begann, sich etwas mehr für ihre neue Umgebung zu interessieren und vielleicht sogar für ihre Zukunft. Er wußte immer noch nicht, was er mit ihr anfangen sollte.

Vergangene Nacht hatte es ihretwegen ein bißchen Ärger im Camp gegeben. Griff McCulloch hatte bemerkt, wie einige Jungs sie ziemlich begehrlich angestarrt hatten. Einer von ihnen war Sid Miller, ein übler Kerl. Griff wußte nicht recht, warum er ihn bei sich behielt, außer daß es besser war, einen solchen tückischen Kerl vor sich als irgendwo hinter sich zu haben. Griff konnte leicht mit den anderen Jungs fertig werden, aber Miller war neu in der Bande, und zwischen ihnen war es noch nicht zu einer Kraftprobe gekommen. Griff fühlte in der Magengegend, daß es nur eine Frage der Zeit war.

Er roch in dem Moment Ärger, als Miller neben der Frau auftauchte, die nach dem Essen eine Tasse Kaffee trank.

„Wie geht's, Ma'am?" sagte Sid in schlüpfrigem, süßlichem Ton, der so wenig zu ihm paßte wie ein Brummen zu Mrs. Stoner gepaßt hätte. „Macht Ihnen doch nichts aus, wenn ich mich hier ein bißchen zu Ihnen setze, oder?" Er wartete nicht auf Antwort und ließ sich neben sie auf die Erde plumpsen.

Mrs. Stoner sah weg.

„Ma'am, ich hoffe, Sie verstehen mich nicht falsch", sagte Sid beleidigt. „Will nur so Bekanntschaft schließen."

Sie seufzte müde. Griff erwartete, daß sie wie gewöhnlich ihr eisernes Schweigen wahrte, aber sie antwortete in schneidendem, eisigen Ton: „Das können Sie auch aus einiger Entfernung."

„Denke doch, ich kann etwas mehr erwarten. Ich habe meinen Hals riskiert, um Ihren zu retten." Er schwieg, hob mit einer schmutzigen, rohen Pranke ihr Haar in die Höhe und fuhr mit der anderen über ihren schlanken, weichen Nacken. „Wirklich hübsch."

Sie schloß die Augen und wand sich vor Ekel. Griff hätte es kaum überrascht, wenn sie geschrien und Sid geschlagen hätte.

Sie tat es nicht.

Sie verhärtete sich und krümmte sich zusammen. Irgendwie hätte McCulloch sie nie für die Frau gehalten, die solche gemeinen Annäherungen duldete.

Als Miller ihr noch näher rückte, sah Griff zu. Er wollte keinen Ärger wegen der Frau und wartete deshalb noch.

Miller beugte sich über sie, sein stinkender Atem blies ihr ins Haar. Er legte einen Arm um sie. Griff fragte sich, wieviel sie hinnehmen würde und wieviel er selbst dulden würde.

„Bitte, nein!" sagte sie mit zitternder, ängstlicher Stimme.

Das war alles, was Griff hören wollte. „Das reicht, Miller! Siehst du nicht, daß sie nicht will?"

„Ach, du willst sie wohl ganz für dich allein." Miller bewegte sich nicht.

Griff zog seinen Revolver. „Ich sagte, du sollst sie in Ruhe lassen."

„Versuch doch, mich aufzuhalten, Griff! Du wirst keinen von deinen eigenen Männern erschießen."

Griff schoß. Die Kugel riß nur wenige Zentimeter von Millers Bein ein Loch in den Boden.

Der Outlaw sprang fluchend auf. „Du bist total verrückt, McCulloch!"

Griff antwortete mit harter Stimme: „Faß die Frau noch einmal an, oder komm ihr ohne ihre Erlaubnis nah, Sid, und die nächste Kugel wird kein Loch in den Boden mehr schießen, auch nicht in dein Bein — sie wird genau ins Herz treffen!" McCulloch wandte sich zu den anderen um, die die Szene beobachteten. „Und das gilt für den Rest von euch Schurken genauso."

Später rauchte McCulloch am Rand des Lagers eine Zigarette und betrachtete die Pferde. Er hörte ihren leichten Schritt nicht wirklich, aber er fühlte sie kommen. Er drehte sich um, und ihre Schönheit erstaunte ihn aufs neue, ganz besonders jetzt, wo das Mondlicht ihr goldenes Haar überflutete. Es schmerzte ihn, daß er sie nicht haben konnte, aber es machte ihn regelrecht krank, daß jemand wie Miller sie anfaßte.

„Ma'am", sagte er und tippte grüßend an seinen Hut.

„Ich hoffte, Sie hier draußen zu finden", sagte sie. Ihre Stimme war weicher als sonst, fraulicher. „Sie gehen oft zu den Pferden, wenn wir campieren."

„Diese Kreaturen sind unser Leben. Wenn wir welche verlieren, sind wir hier draußen in der Wildnis verloren." Er verbarg seine Überraschung über ihren Versuch, mit ihm ins Gespräch zu kommen. „Außerdem", fuhr er fort, „höre ich ihnen irgendwie gern zu. Sie sind so friedlich, wissen Sie."

„Ja, das sind sie. Ich habe daran gedacht, hier bei ihnen zu schlafen."

„Das sollten Sie nicht, Ma'am! Selbst hier ist es schon zu weit vom Camp, um sicher zu sein. Ich habe schon erlebt, daß Indianer direkt bis zum Lagerfeuer gekommen sind; die Weißen haben es erst bemerkt, als es zu spät war."

„Danke für den Rat." Sie zögerte und schien sich ihre nächsten Worte sehr genau zu überlegen. „Ich möchte Ihnen auch für vorhin danken."

„Naja, Ma'am, ich will keinen Ärger." Nun zögerte er nachdenklich. „Darf ich Ihnen noch einen Rat geben, Ma'am?" Sie nickte, und er sprach weiter. „Wenn ich nicht in der Nähe gewesen wäre — ich weiß nicht, ob die anderen irgend etwas für Sie getan hätten. Was ich sagen will ist, niemand würde es Ihnen verübeln, wenn Sie sich verteidigen."

„Hätte das etwas genützt, Mr. McCulloch?" sagte sie bitter.

„Naja, ich dachte immer, wenn ich zu Boden gehe, dann nicht, ohne mit beiden Händen zu schießen."

Sie lächelte ihn tatsächlich an — nicht sehr fröhlich, aber wenigstens lächelte sie.

„Das ist ein guter Rat, Mr. McCulloch. Ich werde ihn mir merken."

Ja, diese Frau war ein Rätsel. In einer Minute war sie hart und gespannt wie eine Sprungfeder, in der nächsten schien sie so hilflos und verletzlich wie ein Neugeborenes. Und dann drehte sie sich einfach um und lächelte, wenn auch sehr selten. Aber wenn sie es tat, war selbst die Prärie im Frühling nicht schöner und angenehmer als sie. Griff konnte sich denken, daß sie viel durchgemacht haben mußte, wenn sie am Ende ihren Ehemann getötet hatte. Sie würde Zeit brauchen, um über all das hinwegzukommen, aber wenn sie es schaffte, dachte er, wäre sie eine großartige Frau.

Bis dahin würde er sie nicht loswerden. Er hoffte nur, daß er nicht am Ende einen seiner Jungs ihretwegen erschießen würde. Er glaubte nicht, daß sie davon in ihrem Leben noch mehr brauchen konnte — und er selber auch nicht. Bald würden sie zu seiner Hütte kommen; vielleicht würde sich dann irgend etwas ergeben. Möglich war es, daß die Jungs sie nicht mehr weiter beachten würden, wenn sie sich erst an sie gewöhnt hatten. Wäre zur Abwechslung ganz hübsch, jemanden zu haben, der die Sachen sauber hielt und öfter mal ein anständiges Essen kochte. Griff war schon richtig krank von Slims Kocherei.

14

Je mehr Deborah von diesem Land zu sehen bekam, desto mehr mochte sie es. Irgendwo hatte sie gelesen, daß man Texas nur entweder lieben oder hassen konnte. Eigentlich hätte sie es hassen sollen, aber trotz all des Elends, das sie hier erfahren mußte, konnte sie es immer noch lieben. Schließlich war es nicht das Land, das sie verletzt hatte. Tatsächlich war das einzige Glück, das sie je hier empfunden hatte, zum großen Teil gerade diesem Land zu verdanken und ihren langen Ausritten über seine weiten, offenen Ebenen.

Gestern hatte das wellige Grasland einem waldigen Streifen Platz gemacht, den Mr. McCulloch Cross Timbers genannt hatte. Er hatte ihr die kleinen und großen Eichen gezeigt, die in dieser Gegend sehr verbreitet waren; hier und da gab es auch noch Pinien.

Sie wußte nicht mehr, wie viele Tage sie schon unterwegs waren. Sicher mehr als eine Woche. Wäre nicht die Freude am Reiten und an der Schönheit der Landschaft gewesen — es hätte nichts als eine einzige Strapaze bedeutet: die Hitze, der Staub, das Essen, das nach gar nichts schmeckte, und die dunklen, begierigen Blicke der Männer.

Griff McCulloch schien für einen Banditen sehr anständig zu sein. Seine Gesellschaft war jedenfalls weit angenehmer als die, die sie auf der Stoner Ranch zurückgelassen hatte. Sie konnte sich nicht vorstellen, daß sie den Rest ihres Lebens mit einer Bande Gesetzloser verbringen würde. Aber im Moment konnte sie sich nicht beschweren, solange sie den Befehlen ihres Anführers folgten und die Drohung ernst nahmen, die er geäußert hatte. Sie fürchtete, daß sie der Grund oder der Gegenstand weiterer Gewalt werden könnte.

Sie erinnerte sich, daß sie sich geschworen hatte, nie mehr hilflos zu sein, Leonard nicht zu erlauben, sie ganz zu unterwerfen. In der Zeit danach, besonders in der Zeit, die sie im Gefängnis verbrachte, hatte sie diesen Entschluß ausgedehnt, denn Leonard war tot und konnte sie nicht mehr beherrschen. Sie hatte sich immer für einen starken und unabhängigen Menschen gehalten. Zwei Jahre bei den Stoners bewiesen, wie voreilig diese Annahme gewesen war. Schließlich war sie eben doch nur eine Frau. Jeder Mann konnte sie durch bloße physische Gewalt zu allem zwingen. Sie war wirklich hilflos. Ihre innere Entschlossenheit änderte daran nicht das geringste.

Der beste Beweis dafür war ihre gegenwärtige Lage. Sie brauchte diese Outlaws. Ohne sie hatte sie in dieser Wildnis nicht die geringste Chance. Sie konnte noch nicht einmal schießen, weder um sich selbst zu verteidigen noch um Wild zu erlegen. Sie konnte ebenso gut oder besser als die meisten Männer reiten, aber sie besaß keinen Orientierungssinn, und sie wußte nicht, wie man den richtigen Weg finden konnte. Ein starker Wille allein genügte nicht, um zu überleben.

Aber konnte sie nicht lernen?

Vielleicht würde sie nie so stark werden wie Sid Miller, aber ganz sicher war sie intelligenter. Wenn ein Esel wie er lernen konnte, hier draußen zu überleben, weshalb sollte sie es nicht auch lernen können?

„Mr. McCulloch", sagte sie, als sie plötzlich neben ihm her ritt, „wenn wir Ihr Versteck erreichen, würden Sie mir das Schießen beibringen?"

„Uh ... sagten Sie schießen?" Er war vollkommen überrascht.

„Ja."

„Warum eigentlich nicht, wenn Sie versprechen, nie auf mich zu schießen." Er kicherte.

„Ich verspreche es."

Fast lachte sie über ihre Dummheit, aber ihre Bitte gab ihr zugleich Selbstvertrauen. Es war ein ähnliches Gefühl, wie es die kleine Derringer ihr gegeben hatte. Sie hatte sie nie benutzt, aber sie hatte ihr ein Gefühl der Sicherheit vermittelt.

Sie würde lernen, auf sich selber aufzupassen.

Vielleicht nicht gleich, aber eines Tages würde sie Herr ihres eigenen Schicksals sein. Sie würde keinen Mann brauchen. Sie würde gar niemanden brauchen.

An diesem Nachmittag erschien die gekrümmte Linie des Red River am Horizont. Der träge Fluß wälzte sich zwischen sandigen Ufern, die mit Eichen, einigen Ulmen und hier und da einem Baumwollstrauch bewachsen waren. Die Reiter nahmen einen kaum benutzten Pfad, der einen felsigen Kamm hinunter zum Ufer führte. Sie hielten sich im Schutz der Bäume und ritten einige Meilen am südlichen Ufer entlang nach Osten, bis sie zu einer guten Furt kamen, an der sie den Fluß überqueren konnten.

Griff war froh, die Gegend genauso verlassen vorzufinden wie vor einigen Jahren, als er zuletzt hiergewesen war. Er erklärte Deborah, daß der Krieg die Besiedelung so weit im Westen sehr verzögert hatte. Weiter östlich den Fluß hinunter gab es einige Siedlungen, aber so weit nach Westen wie hier hatten sich nur einige Trapper gewagt. Unglücklicherweise würde es nicht mehr lange dauern, bis die Leute diesen wunderbaren Flecken Erde für sich entdecken würden.

Deborah hatte nie zuvor einen solch wilden und einsamen Ort gesehen. Sie vermutete hinter jedem Baum Indianer. Wenn Griff McCulloch hier mitten im Nirgendwo ein Versteck hatte, fragte sie sich, wie sicher es war. Aber sie hatte sich schon lange entschlossen, vor den Indianern weniger Angst zu haben als vor dem Leben, dem sie entflohen war. Und die Gewehre der Outlaws boten auch einigen Schutz gegen Angriffe von Indianern, die nur primitive Waffen besaßen. Erst vor einigen Tagen waren sie spielend mit den Kiowa fertig geworden. Würde sie zuerst in einer Schlacht gegen Indianer schießen lernen? Der Gedanke ängstigte und begeisterte sie zugleich.

Am Nordufer angekommen, ritt die Gruppe noch zwei Stunden weiter. Als die Sonne sich auf die flachen Hügel im Westen niedersenkte, glaubte Deborah, sie würden noch einmal ein Lager aufschlagen müssen, bevor sie endlich ihr Ziel erreichten. Jetzt, wo sie so nah waren, wollte sie den langen Ritt hinter sich haben. Sie hatte keine Ahnung, was sie am Ende der Reise erwartete, wie gut oder primitiv das Versteck war, aber sie war trotzdem bereit zu einer langen Rast. So gern sie auch auf dem Rücken eines Pferdes saß, schmerzten sie doch Knochen und Muskeln vom langen Ritt über rauhes Land.

„Da sind wir!" kündigte Griff an, „hinter diesem Kamm."

Deborah konnte nichts erkennen, was auch nur entfernt aussah wie eine menschliche Behausung. Sie mußten einen schmalen Pfad hinauf, über den steilen Felsenkamm mit großen Bäumen auf beiden Seiten. Und da war es! Es war ideal für ein Versteck. Wenn man es nicht geradezu suchte oder zufällig daraufstieß, würde man kaum je diesen abgelegenen Pfad benutzen. Die Hütte war hinter einem Felsen, Bäume wuchsen bis unmittelbar davor. Der Platz davor war klein, aber ausreichend, so daß ein Dutzend Pferde darauf grasen konnte.

„Ich fand diesen Platz vor etwa fünf Jahren", sagte Griff zu seinem Gast. „War mal eine Trapperhütte, vermute ich. Ich kann mir nicht vorstellen, daß sonst jemand so weit hier herauskam — und damals war es noch viel gefährlicher als heute."

„Und Sie sind der einzige, der davon weiß?"

„Soweit ich weiß; habe nie irgendeine Spur von jemand anderem entdeckt, nicht mal von Indianern. Aufpassen müssen wir trotzdem. Man kann nie wissen."

„Wann waren Sie das letzte Mal hier?"

„Zwei ... drei Jahre —"

„Vor zwei Jahren, Griff", unterbrach ihn einer der Outlaws namens Longjim Sands, ein kleiner, muskulöser Mann mit einem schwarzen Bart und passenden pechschwarzen Augen. „Erinnerst du dich, das war nach dem Butterfield Job, als du einen Schuß in —"

„Oh yeah", sagte Griff schnell.

Obwohl Griff ganz offensichtlich nicht wollte, daß eine peinliche Geschichte hier wiederholt wurde, besonders nicht vor einer Lady, fuhr Longjim fort: „Der ganze Job damals war eine einzige Pfuscherei, nicht, Boss? Die ganze Zeit glaubten wir, es wäre ein ganz einfacher Postkutschenraub, bis wir einer Kompanie Unionssoldaten gegenüberstanden. Stellte sich raus, daß in der Kutsche eine Armeeladung Gold war. Einer der Passagiere, einer aus dem Osten, wollte den Helden spielen und schoß wie verrückt auf uns. Wie konntest du das vergessen, Griff. Du konntest ziemlich lange nicht mehr sitzen —"

„Langweile die Lady nicht, Longjim", sagte Griff brummig und wandte sich mit seinem Pferd scharf von seinem geschwätzigen Verbündeten ab. „Hören wir auf zu quatschen und richten wir uns ein. Heute abend will ich was Richtiges essen."

Ein Blick in die Hütte genügte und Deborah wußte, es würde Tage dauern, bis sie darin kochen oder irgend etwas anderes Zivilisiertes tun konnte. Die neuen Möbel, wenige und rauh gezimmert, waren dick mit Staub bedeckt. Ein Tisch mit Bänken, die aus einem rohen Holzklotz gehauen waren, teilte den einzigen Raum der Hütte in der Mitte. Es gab einen kleinen Arbeitstisch in derselben rustikalen Art wie der große Tisch; er stand an der Wand, mit zwei Regalbrettern darüber, auf denen staubiges Zinngeschirr und verschiedene eiserne Töpfe standen. Der einzige Schrank im Raum, mit einer Tür, die in den Angeln hing, enthielt ebenfalls Zinngeschirr, genauso verstaubt und voller Spinnweben. Ein Ofen aus Stein war das einzig Anziehende in dem Raum. Wer immer die Hütte gebaut hatte, hatte wenigstens auf ihn großen Wert gelegt. Deborah sah, daß er nicht nur die Wärmequelle der Hütte war, sondern zugleich der Herd zum Kochen.

Sie überlegte, wie dieser heruntergekommene Platz acht Outlaws und sie selber beherbergen sollte. Anscheinend hatte Griff auch darüber nachgedacht. Er schlenderete zu einem schmuddeligen braunen Vorhang an der Wand. Hinter ihm kam ein kleiner Alkoven zum Vorschein, nicht größer als das Bett, das darin stand.

„Sie können hier schlafen", sagte er. „Ich und die Jungs schlafen draußen unter den Sternen."

Deborah ging zum Bett und legte eine Hand auf die Matratze. Zu ihrem Erstaunen war sie mit Federn gefüllt und einladend weich. Das war etwas ganz anderes als das Bett aus harter Erde, auf dem sie in den vergangenen Tagen geschlafen hatte. Ein Stapel Wolldecken lag am Fußende des Bettes. Es gab keine Kissen und keine Laken, aber ansonsten war sie sehr zufrieden. Sie machte sich nichts daraus, daß sie das einzige Bett besetzte. Die meisten Männer würden auf jeden Fall draußen schlafen, auch wenn sie nicht da wäre.

„Und jetzt zum Essen!" sagte Griff und rieb sich die Hände. Er nahm einen Kessel vom Brett, rieb ihn mit der Hand aus und stellte ihn auf den Arbeitstisch.

„Mr. McCulloch, all diese Sachen müssen gewaschen werden, bevor man sie benutzen kann", sagte Deborah.

Er sah sie einen Augenblick an, als sei sie vollkommen verrückt, und wollte schon etwas Böses sagen. Dann überlegte er es sich anders. „Hey, Slim, komm her!" Er nahm eine Decke vom Bett, breitete sie auf dem Boden aus und begann, das gesamte Geschirr auf die Decke zu legen. Als sie voll war, nahm er die Ecken zusammen, machte ein Bündel und gab es Slim. „Bring das runter zum Wasser und wasch es. Ich werde mich um das Feuer kümmern."

Deborah lächelte entschuldigend. „Es tut mir leid, Mr. McCulloch. Ich bin nicht sehr an das ... rustikale Leben gewöhnt."

„Nein ... Das habe ich auch nicht von Ihnen erwartet. Mein Daddy sagte immer zu mir: Sohn, du mußt ab und zu Staub fressen, das ist gut für die Gesundheit."

„Ich werde versuchen, es mir zu merken, Mr. McCulloch, aber es wird dauern, bis ich mich daran gewöhnt habe."

Dann machte sie sich daran, etwas Ordnung in den Raum zu bringen, damit sie darin kochen konnte. Zuerst fand sie in einer Ecke einen Korb. Sein Inneres war voller Spinnweben, aber sonst schien er in Ordnung.

„Wo ist das Wasser, Mr. McCulloch?" fragte sie. „Ich brauche Wasser zum Kochen."

Griff stapelte Holz für das Feuer; er sah vom Herd zu ihr hinüber. „Lassen Sie das die Jungs machen, Ma'am. Sie müssen sich nach der langen Reiterei sowieso die Beine vertreten." Er rief durch die offene Tür und warf dem ersten, der erschien, einen Eimer zu. Deborah spähte aus der Hütte. Bei der Stärke und dem Appetit würden ihre gesetzlosen Retter nicht lange brauchen, um die Vorräte aufzuzehren. Die könnten leicht schon am nächsten Tag zu Ende sein. Das warf eine neue Frage auf, die sie schon eine ganze Weile beunruhigte, obwohl sie erst jetzt, wo sie sicher in der Hütte waren, wagte, sie auszusprechen.

„Mr. McCulloch, wie lange wollen Sie in diesem Versteck bleiben?"

Griff verharrte in der Hocke. Eine helle Flamme flackerte vor ihm. „Hier kann man sehr gut jagen, Ma'am. Und es gibt Holz für das Feuer, und ich glaube, ein paar von den Jungs könnten es riskieren, zu einer der Siedlungen flußabwärts zu gehen, um ein paar Vorräte zu besorgen. Das hier wäre kein schlechter Platz zum Überwintern."

„Alle?"

„Nein. Die Jungs werden was unternehmen wollen. An so einem gottverlassenen Ort würden sie verrückt werden."

„Dann denken Sie, ich kann allein hier bleiben?"

„Das ginge auch nicht, oder?" Er strich sich mit einer Hand übers Gesicht. „Wir werden schon sehen, Ma'am. Ich meine, irgendwie sind wir ja für Sie verantwortlich, wo wir Sie gerettet haben und das alles."

„Vielleicht könnte ich in eine dieser Siedlungen gehen?"

„Das wäre nicht gut, Mrs. Stoner. Sie würden zu viele Fragen stellen, und im Moment ist das das Letzte, was Sie brauchen können. Alles Verdächtige wird irgendwie Ihrem Schwiegervater zu Ohren kommen. Das ist ein großes Land, aber Nachrichten reisen schnell." Er warf ein Stück Holz auf das Feuer, und ein Funkenregen ergoß sich über den schmutzigen Fußboden. Griff trat die Funken aus. „Das Beste, was Sie machen können, ist ein Weilchen hierbleiben, wenigstens bis die Leute Sie langsam wieder vergessen. Die Nachricht von Ihrer Hinrichtung hat sich ziemlich herumgesprochen." Er nahm ein weiteres Stück Holz in die Hand. „Wollen Sie nicht hierbleiben? Wenn Sie sich vor den Jungs fürchten — ?"

„Nein, das ist es nicht. Ich glaube, sie werden Ihre Warnung ernst nehmen." Sie zögerte, unsicher, wie sie sich ausdrücken sollte. Eine Lady aus dem Süden sprach über solche Dinge nicht mit Männern; aber andererseits: wie viele Südstaatenladys waren je in ihrer Situation? Es gab keine Anstandsregeln für ihre gegenwärtige Lage. Seufzend fuhr sie fort: „Es ist nur, daß..., nun ja, Mr. McCulloch... Ich denke, Sie sollten wissen, daß ... Ich bin ... schwanger."

Ein lautes Krachen unterbrach sie, als Griff den Holzklotz fallenließ, den er gerade ins Feuer legen wollte. Eine Zeitlang sagte er nichts. Slim kam herein und stellte das Geschirr ab, das er ausgewaschen hatte; er ging wieder hinaus, während Griff immer noch mit offenem Mund dahockte. Er richtete sich auf, sagte aber auch nichts, als Mitch mit dem Wasser kam.

„Hey", sagte Mitch, „wann gibt's was zu futtern, ich sterbe vor Hunger."

„Iß den Rest vom Trockenfleisch, es ist zu spät zum Kochen!" bellte Griff. „Und bleib eine Weile draußen — die Lady will allein sein."

Mit einem enttäuschten Brummen stapfte Mitch nach draußen. Stille breitete sich wieder in dem kleinen Raum aus.

Schließlich sprach Deborah wieder. „Es tut mir leid", sagte sie, unfähig, noch ein Wort mehr zu sprechen. Sie wollte so viel mehr in diese einfachen Worte hineinlegen, als sie ausdrücken konnten. Es war das erste Mal, daß sie mit jemandem über ihr Geheimnis sprach, das erste Mal, daß sie sich auch nur gestattete, daran zu denken. Während des Gerichtsverfahrens und all der Tage im Gefängnis hatte sie es beinahe, wenn auch nie ganz vergessen.

„Ma'am, ich bin einfach überrascht, das ist alles." Griff ging ein paarmal hin und her, dann hielt er an. „Das wissen Sie schon die ganze Zeit?"

„Ja."

„Wissen Sie, daß sie nicht versucht hätten, Sie zu hängen, wenn sie das gewußt hätten? Nicht einmal Caleb Stoner hätte seinen eigenen Enkel umgebracht."

„Ich weiß."

Griff schüttelte den Kopf. „Ich nehme an, Sie hatten Ihre Gründe."

„Was hätten sie mit mir gemacht, Mr. McCulloch? Mich ins Gefängnis geworfen, statt mich zu hängen — bis nach der Geburt. Und dann hätten sie mich doch gehängt. Dann wäre das Baby in Calebs Hände gefallen. Das konnte ich nicht erlauben. Ich wußte nicht, was ich anderes tun sollte."

„Ich wußte immer, daß die Stoners schlecht sind, aber ich hätte nie gedacht..." Er ließ den Satz unbeendet. Selbst er, der eine Menge gesehen hatte, konnte sich etwas so Bösartiges nicht vorstellen.

„Ich wollte nicht, daß Caleb es weiß."

„Wie ich schon sagte, Sie hatten wahrscheinlich Ihre Gründe. Und für mich macht es keinen Unterschied. Ich schätze, nichts ändert sich dadurch. Sie müssen sich immer noch verstecken und erholen, und jetzt mehr denn je."

„Wenn es soweit sein wird —"

„Von uns können Sie keine Hilfe erwarten. Babies zur Welt bringen, darin haben wir keine Erfahrung!"

Sein Ton, mit seiner leichten Panik, brachte Deborah fast zum Lächeln. Die Vorstellung, daß Griff McCulloch und seine Bande ihr Baby auf die Welt holten, war zugleich amüsant und erschreckend.

„Ich habe mir überlegt", sagte sie, „daß es in einer dieser Siedlungen, die Sie erwähnt haben, sicher eine Hebamme oder sogar einen Arzt gibt."

„Es gibt da keinen Arzt. Vielleicht ein paar Handelsposten und ein paar Saloons, einige Trapper. Vielleicht eine Familie oder zwei, also könnte eine Frau dort sein." Er zögerte und sah sie bewundernd an. „Wie lange, glauben Sie, dauert es, bis es soweit ist?"

„Etwa fünf Monate."

„Dann werden wir eine Lösung finden." Er gab dem Feuer einen letzten Tritt mit dem Stiefel, wünschte Deborah eine gute Nacht und ging hinaus.

Sie haßte es, so viele Umstände zu machen. Wieviel einfacher wäre es gewesen, wenn sie sie einfach dort am Galgen hätten hängen lassen. Aber auch wenn sie so dachte, fühlte sie doch, daß ihre Gleichgültigkeit verschwunden war. Jetzt, wo sie aus dem Griff der Stoners befreit war, wurde ihr klar, daß sie nicht wirklich sterben wollte. Zwei Jahre lang war sie so gut wie tot gewesen, aber jetzt, wo sie frei war, fühlte sie sich wie von den Toten auferstanden.

Was zitierte ihr Vater immer? *Ich war tot, und jetzt bin ich am Leben.* Sie mußte sich nicht mehr vor jedem neuen Tag grauen. Sie brauchte keine Angst mehr zu haben. Sie konnte wieder leben. Vielleicht würde es nie mehr so schön werden, wie es in Virginia vor dem Krieg gewesen war. Dazu war sie wahrscheinlich zu tief verwundet. Aber wenigstens konnte sie sich wieder auf den nächsten Tag freuen.

Das Kind war etwas anderes. Sie war sich immer noch nicht sicher, wie sie für es empfand. Eins wußte sie aber: Das Baby war mit ihr zusammen gerettet worden, vielleicht aus irgendeinem Grund, den sie nicht ahnen konnte. Sie war nicht bereit, einen göttlichen Plan für die Ereignisse ihres Lebens anzunehmen, aber sie konnte die Realitäten nun einmal nicht leugnen. Das Baby lebte, und sie würde nie von sich aus etwas tun, um es zu verletzen. Sie hoffte nur, daß sie es ansehen und lieben könnte, wenn es auf die Welt kam.

15

Die nächsten Wochen waren für Deborah sehr lehrreich, und in vielerlei Hinsicht waren sie erfüllend und erholsam. Sie hatten sich eingerichtet, und alles lief glatt, denn die Männer hatten sich an ihre Anwesenheit gewöhnt, sie war nichts Besonderes mehr. Sie lernte, in der primitiven Küche zu kochen, und die Outlaws würden sehr wahrscheinlich nicht ihre leckeren, heißen Mahlzeiten aufs Spiel setzen, um niedrigere Instinkte zu befriedigen.

Die meiste Zeit waren sie ohnehin gar nicht da. Deborah fragte nicht, wohin sie gingen und was sie taten. Aber manchmal blieben sie tagelang, ja ganze Wochen weg. Für diese Zeiten hatte Griff sie mit einem großen Vorrat an getrocknetem Fleisch versorgt. Er hatte genug Holz für den ganzen Winter gehackt und hatte einige andere wertvolle Dinge gekauft oder sonstwie besorgt — Kaffee, Zucker, Mehl, sogar, sehr zu Deborahs Freude, einigen Tee, denn Tee hatte sie nicht mehr getrunken, seit sie aus Virginia weggegangen war. Einmal brachte Griff ihr auch etwas zu lesen mit — einige Bücher, zwei alte Nummern von *Goodies Lady's Book* und drei alte Zeitungen. Sie erinnerte sich daran, wie sie Leonard einmal nach einer Zeitung gefragt hatte.

„Es gibt gar keinen Grund, daß du dich mit diesen Dingen beschäftigst", hatte er ihr gesagt.

Sie hatte sogar versucht, Maria zu bestechen, ihr eine zu besorgen, als der Krieg zu Ende war, denn sie hatte lange überhaupt keine Nachrichten bekommen. Aber Maria war seit vielen Jahren eine treue Dienerin der Stoners und hinterging sie nie.

Wenn Griff da war, begann er, Deborah den Gebrauch eines Gewehrs beizubringen, das er ihr auch zu ihrem Schutz dalief, wenn sie verschwanden. Merkwürdigerweise fühlte sie sich so weit draußen in der Wildnis nie in Gefahr. Der stille Friede des Ortes und ihre Befreiung von Leonard gaben ihr ein Gefühl der Sicherheit. Aber sie hatte andere Gründe, weshalb sie lernen wollte, mit einer Waffe umzugehen, und deshalb war sie eine gute Schülerin. Ihre Unterrichtsstunden waren selten, denn Griff wollte nicht durch vieles Schießen ihr Versteck verraten. Aber sie lernte schnell, und sie dachte sogar daran, selbst zu jagen, aber Griff verbot es ihr.

„Verlassen Sie die Hütte nur zum Wasserholen, wenn wir nicht da sind. Ich will nicht, daß Sie skalpiert werden."

Ihre erste Neigung war, sich dagegen zu wehren, daß sie wieder herumkommandiert wurde, aber sie begriff, daß er nur um ihre Sicherheit besorgt war, und die Tatsache, daß jemand wirklich um sie besorgt war, rührte sie. So fing mit der Sorge eines rauhen Banditen um sie die langsame Heilung der Wunden an, die ihr in den vergangenen Jahren zugefügt worden waren.

Deborah nahm Griffs Warnung ernst. Aber auch, wenn sie seine Anordnungen hätte ignorieren wollen, war doch ihre Schwangerschaft immer weiter fortgeschritten, und schon das hielt sie davon ab, allein in dieser Wildnis herumzuspazieren.

Als das Kind in ihr wuchs, entwickelte sie ihm gegenüber einen Beschützerinstinkt, und wenn es sich in ihrem Bauch bewegte, fühlte sie Freude — wenn nicht Liebe, dann doch wenigstens Zuneigung für es. Das Baby mochte Leonards sein, aber es war auch ihres. Es war nicht einzusehen, warum sie an dem Kind nichts Liebenswertes finden sollte. Sie gewöhnte sich langsam an diesen Gedanken.

In der ersten Zeit tat ihr das häufige Alleinsein in der Hütte sehr gut. Sie vermied es, tiefer nachzudenken, und las die Sachen wieder und wieder, die Griff ihr gebracht hatte. Sie erinnerte sich an die vielen schönen Abende, an denen ihr Vater vorgelesen hatte, und an die lebhaften Gespräche, die sie danach geführt hatten. In Caleb Stoners Haus gab es überhaupt nichts zu lesen. Nach zwei Jahren Entbehrung genoß sie es, auch wenn sie oft mit niemandem über die Bücher und Zeitungsartikel reden konnte.

Einmal versuchte sie, Griff in eine Diskussion über etwas zu verwickeln, das sie vor kurzem gelesen hatte.

„Heute morgen habe ich diese sehr merkwürdigen Sätze von Carlyle gelesen, Mr. McCulloch. Hören Sie: ‚Die Eiche wächst tausend Jahre still im Wald; erst im tausendsten Jahr, wenn der Waldmann mit seiner Axt kommt, wird die einsame Stille unterbrochen, und die Eiche spricht im Moment, wo sie ächzend fällt.' Ich frage mich, ob er meint, die höchste Vollendung im Leben eines Menschen erreicht er mit dem Tod. Oder ist der Tod etwa selbst die Vollendung?"

Griff kratzte sich das unrasierte Kinn und nahm einen gedankenvollen Ausdruck an. Als er den Mund aufmachte, tat er es, als ob er zu einem tiefsinnigen Schluß gekommen war: „Scheint so, Ma'am", sagte er, „daß dieser Kerl sagen will, wenn eine Eiche fällt, macht sie dabei mächtig Krach."

Griff war vielleicht nicht so geistreich wie ihr Vater, aber dennoch war sie zufrieden. Als der Sommer langsam zu Ende ging und der Herbst nahte, wurde Deborah unruhig, vielleicht auch nur ein wenig gelangweilt. Sie wollte einen Tapetenwechsel, etwas Aufregung, eine Unterbrechung der Routine. Sie war noch jung, erst zwanzig, und ihr Wesen war noch jugendlich, neugierig und abenteuerlustig; nicht einmal die Stoners hatten ihr das austreiben können. Aber als sie Griff von ihrem Wunsch erzählte, sagte er ihr, sie sollte froh sein, denn die einzige Aufregung, die es hier draußen geben konnte, war ein Indianerüberfall, ein Sturm oder eine Überflutung oder die Ankunft von Gesetzeshütern – und keins davon konnte er ihr empfehlen.

Als schließlich ihre Routine doch unterbrochen wurde, geschah es durch eins der düsteren Ereignisse, die Griff aufgezählt hatte.

Es war spät im Oktober, und die meisten von Griffs Jungs verbrachten eine Menge Zeit in der Hütte. Deborah sah sie mehr als einmal draußen, wie sie die Köpfe zusammensteckten und flüsterten. Sie hatte keine Ahnung, worüber sie sprachen, obwohl es nicht schwer zu erraten war. Griff hatte darauf angespielt, daß man für den Winter eine kleine ‚Sicherheit' beschaffen mußte. Deborah nahm an, daß sie einen letzten Coup planten, bevor das Wetter schlechter wurde. Aus der Intensität der Beratungen schloß Deborah, daß es sich um eine größere

Sache handeln mußte. Sie stellte jedoch keine Fragen, denn sie wollte davon nichts wissen.

Manchmal ritten einer oder zwei der Männer weg, blieben einen Tag oder mehrere Tage verschwunden, und wenn sie zurückkamen, gab es eine neue Diskussion. Als Slim und Mitch von einer dieser Erkundungen zurückkamen, geschah etwas völlig Unerwartetes. Die beiden Outlaws kamen nicht allein zurück. Ein Fremder ritt zwischen ihnen, und es sah aus, als sei er ihr Gefangener.

Als Deborah den Lärm draußen hörte, ging sie zum Fenster der Hütte, um hinauszusehen. Der Fremde war etwa so alt wie Griff, um die dreißig. Seine Hände waren hinter dem Rücken zusammengebunden, und sein Gesicht war fast völlig mit Halstüchern verbunden, so daß er nichts sehen konnte. Slim nahm ihm die Vermummung ab, als sie vor der Hütte ankamen, und zum Vorschein kam ein angenehm aussehender Mann, dessen schmutziges, sommersprossiges Gesicht zugleich schroff und freundlich aussah, selbst in der gegenwärtigen Lage. Das lange, gelockte, rotbraune Haar kam unordentlich unter seinem schäbigen, breitkrempigen Hut hervor, und sein mehrere Tage alter Bart war viel eher rot als braun. Er trug Wildlederhosen, die schon reichlich abgewetzt waren, und einen Mantel aus ähnlichem Leder; um den Hals hatte er ein blaues Tuch geschlungen. Als er abstieg, stellte Deborah fest, daß er etwas größer war als Griff, aber sonst hatten sie etwa die gleiche Statur. Zuerst wunderte Deborah sich, daß sie den Fremden sofort mit Griff verglich, aber dann wurde ihr klar, es lag daran, daß beide Männer unmittelbar Autorität ausstrahlten. Wenn sich aus dieser Situation je ein Kampf entwickeln sollte, dann sicher zwischen diesen beiden.

Im Moment war der Fremde aber völlig unter Kontrolle und machte keine Anstalten zum Widerstand. Tatsächlich schien er alles mit Neugier über sich ergehen zu lassen.

„Was hast du da mitgebracht, Slim?" fragte Griff, als er näherkam. Sein beiläufiger Ton verriet eher Neugierde als Beunruhigung.

„Hab' ihn gefunden, wie er herumgeschnüffelt hat, Boss, genau hinter der Uferböschung. Hätte ihn abgeknallt, statt ihn herzubringen, aber er war unbewaffnet."

„Du bist zu weich, Slim", bellte Sid Miller.

Griff starrte Miller an, dann sagte er zu Slim und Mitch: „Das war richtig, Jungs. Hatte keinen Sinn, den Mann zu töten, bevor wir wissen, was er hier suchte."

Griff betrachtete den Mann aufmerksam. „Also, was haben Sie uns zu sagen?"

Aber Mitch, der die Satteltaschen des Fremden durchsuchte, unterbrach ihn: „Hey Griff, schau, was ich gefunden hab'." Er hielt zwei Dinge hoch — einen sechsschüssigen Revolver im Halfter und ein schwarzes Buch. „Er hat ein Heiliges Buch dabei."

Es war tatsächlich eine Bibel, der schwarze Einband abgeschabt und ganz offensichtlich viel benutzt.

„Wozu haben Sie die?" fragte Griff. Es kam nicht jeden Tag vor, daß man so weit draußen einen Mann mit einem Buch antraf, noch weniger mit einer Bibel.

„Das ist eins der Werkzeuge meines Berufs", antwortete der Mann mit leichtem texanischen Akzent.

„Und der wäre?"

„Ich bin ein Verkündiger des Wortes Gottes, ein Wanderprediger in dieser Gegend."

Griff sah den Neuling mit noch größerem Interesse an. „Sie sehen nicht so aus, Sie hören sich auch nicht wie ein Priester an. Sie sehen eher wie ein Cowboy aus. Vielleicht ein Sheriff ...?"

„Ich fürchte, das kann ich auch nicht ändern." Der Mann sprach mit großer Sicherheit. Wenn er Angst hatte, zeigte er es jedenfalls nicht. Aus dem etwas belustigten Funkeln seiner Augen schloß Deborah, daß das Ganze ihn amüsierte. „Ich schätze, ich habe eher im Sattel studiert als an irgendeiner komischen Universität im Osten."

Unzufrieden mit dem Resultat dieser Befragung wandte sich Griff dem 44er Colt mit Perlmuttgriff zu. Er nahm ihn Mitch weg und drehte ihn einige Male in der Hand. Es war eine feine Waffe, genau wie das Halfter, das, wenn auch abgetragen, sehr gute mexikanische Handarbeit war.

„Und das hier —?" Griff hob den Colt in die Höhe. „Auch eins Ihrer Werkzeuge?"

„Ich würde sagen, es ist ein notwendiges Übel. Gottes Wort befiehlt uns, sanft zu sein wie die Tauben und klug wie die Schlangen. Es wäre Wahnsinn, sich in feindlichem Indianerland ohne Waffen herumzutreiben."

„Und wissen Sie, wie man damit umgeht?"

„Ja, aber nur, wenn ich sehr guten Grund dazu habe."

„Also, wer sind Sie? Und was wollen Sie hier?"

„Mein Name ist Sam Killion. Ich reite über Land und kümmere mich um Gottes Herde, wo immer ich sie finde. Ich habe etwas Rauch am Himmel gesehen —"

„Hey, Boss!" unterbrach sie Longjim. „Dieser Name, kennen wir den nicht? Killion ... wo hab' ich das bloß schon gehört ...?"

„Ich weiß!" sagte Sid. „Hätte ich mir gleich denken können. Sam Killion — das da ist kein Prediger; er ist ein verdammter Texas Ranger!"

Durch die Outlaws ging ein Ruck, und obwohl Killion unbewaffnet war, fuhren alle Hände an die Halfter. Griff nahm den Colt und preßte ihn gegen Killions Wange.

„Okay, Freundchen! Zeit, daß du Klartext redest. " Griff sprach ruhig, ohne die Stimme zu heben, aber er ließ keinen Zweifel daran, daß er es ernst meinte. „Sind Sie dieser Kerl — Killion?"

Killion nickte.

„Und die Geschichte mit dem Prediger ist gelogen? Sie sind wirklich Sam Killion, der Texas Ranger?"

„Ich bin ein ehemaliger Texas Ranger und jetzt gerade Prediger."

„Die Rangers sind jetzt alle ‚ehemalig', wo die Union den Staat übernommen hat — was aber nicht heißt, daß einige nicht weitermachen. Sind Sie nicht der Ranger, der vor dem Krieg Jagd auf die mexikanischen Banditos gemacht hat?" fragte Longjim mit unverhohlener Bewunderung in der Stimme. „Griff, du hast doch davon gehört, nicht? Soweit ich weiß, haben die dreckigen Mexikaner Killion in einer verlassenen Scheune festgenagelt, und alles, was er hatte, war sein sechsschüssiger Colt, keine Munition in Reserve. Es waren sechs Mexikaner, und Killion war der einzige, der den Ort lebend verließ. Er hatte sechs Kugeln, und jede hat ins Schwarze getroffen."

„Das ist gar nicht übel", sagte Griff.

Killion zuckte mit den Schultern. Zum ersten Mal nahm er jetzt einen feierlichen Ausdruck an. „Ich habe fünf getötet und einen verwundet", sagte er düster.

Die kurze Stille, die folgte, wurde von Sid Millers rauher Stimme unterbrochen. „Und jetzt, was sollen wir mit ihm machen? Er kennt unser Versteck und den Weg, daran kann einen Ranger keine Augenbinde hindern."

Mehrere andere hatten ähnliche Bedenken und wollten, daß der Ranger erschossen wird. Aber Longjim und einige andere protestierten dagegen.

„Wißt ihr, was sie mit uns machen, wenn wir einen Texas Ranger erschießen? Kann schon sein, daß die Union sie aus dem Dienst entlassen hat, aber die hängen immer noch verflucht zusammen — und gefährlich sind sie", grübelte Sid laut.

Die beiden Parteien debattierten einige Minuten erregt, ohne daß sie zu einem Schluß kamen. Killion sah so teilnahmslos zu, als hinge sein Leben nicht vom Ergebnis des Streits ab.

Als Griff den Eindruck hatte, daß seine Jungs sich festgebissen hatten, ergriff er selber das Wort: „Sid, du bist ein hitzköpfiger Idiot", sagte er in völlig ruhigem Ton. „Bis jetzt werden wir nur gesucht wie alle anderen, die was ausgefressen haben. Aber wenn wir einen Texas Ranger umbringen, können wir uns gleich selber aufhängen. Diese Texas Ranger werden Himmel und Hölle in Bewegung setzen, um uns zu schnappen; sie werden nicht ruhen, bis wir alle am Strick baumeln."

„Ich glaube, du wirst langsam weich, Griff", spottete Sid.

„Ich werde klüger", sagte Griff. „Wie eine Schlange, richtig, Prediger?"

„Ich mische mich da nicht ein", antwortete Killion.

„Und was soll morgen werden?" sagte Miller.

„Nichts braucht sich zu ändern", antwortete Griff. „Wir werden Killion gut fesseln und ihn mit einer Wache hierlassen. Wenn wir zurückkommen, nehmen wir ihn mit flußabwärts und lassen ihn in einer der Siedlungen. Bis er irgendwas unternehmen kann, werden wir längst über alle Berge sein."

„Was ist mit dem Versteck?"

„Dann müssen wir uns eben ein neues Versteck suchen – ist doch nicht so schwer."

„Gefällt mir nicht", brummte Miller.

„Du bist hier nicht der Boss", gab Griff scharf zurück, „und bis du Manns genug bist, die Führung zu übernehmen, tust du, was ich sage."

„So sei es!" bellte Miller mehr herausfordernd als zufrieden. „Aber wenn das nach hinten losgeht, werden die Jungs mich zu ihrem Anführer machen."

„Yeah, wenn sie was für Stinktiere übrig haben!" zischte Griff, wandte Miller den Rücken zu und steckte wie zur zusätzlichen Beleidigung den Colt ins Halfter. Zu Slim gewandt, fügte er hinzu: „Hol Seile und bring sie in die Hütte."

Griff schob seinen Gefangenen zur Hüttentür, machte sie auf und stieß Killion hinein. Der Ausdruck unerschütterlicher Selbstsicherheit verschwand aus dem Gesicht des Ex-Texas Rangers und machte blanker Überraschung Platz, als er die schwangere Frau sah, die dort am Fenster stand.

16

Deborah beachtete den Fremden nicht. Sie glaubte, ein frommes Urteil aus seinem Blick zu lesen, und das stieß sie ab. Ohne etwas zu sagen, ging sie hinter ihm zum Tisch zurück, wo sie vor der Unterbrechung Brotteig geknetet hatte.

Griff führte Killion in eine Ecke der Hütte, drückte ihn auf den Boden und begann, ihn mit dem Seil zu fesseln, das Slim gebracht hatte.

„Das sollte für ein paar Tage gehen", begann Griff zu sprechen.

„Ein paar Tage!" rief Killion laut aus; er zeigte zum ersten Mal seit seiner Ankunft hier offen Mißbilligung. „Soll ich etwa tagelang so festgebunden wie eine geröstete Gans hier hocken!"

„Entweder das, oder der alte Sid da draußen stopft sie mit Blei."

Killion zuckte resigniert die Achseln. „Ich verstehe."

„Mrs. Stoner wird dafür sorgen, daß Sie zu essen bekommen. Und Slim wird auf Sie aufpassen."

„Ich, Boss?" protestierte Slim. „Aber ich wollte mit euch nach —"

„Behalt ihn gut im Auge, Slim. Wenn unser Gast zu viel rauskriegt, müssen wir ihn vielleicht doch noch erschießen."

„Tut mir leid, Boss. Aber warum bin ich es, der hierbleiben muß? Pablo oder sogar Sid könnten bleiben. Ich bin hier schon länger als sie."

„Yeah, aber dir kann ich trauen, Slim. Und mach dir keine Sorgen, du wirst deinen vollen Anteil bekommen."

„Okay," gab Slim widerwillig nach. „Aber ich verpasse den ganzen Spaß."

„Vielleicht unterhält dich Mr. Killion mit einer Predigt." Griff fügte gutmütig hinzu: „Wenn er denn tatsächlich ein Prediger ist."

Slim gähnte als Antwort. Dann schwang er ein Bein über die Holzbank und setzte sich ziemlich niedergeschlagen an den Tisch. Er sah Griff vorwurfsvoll nach, als er die Hütte verließ.

Killion lächelte. „Würde Ihnen gern dienen."

„Bloß das nicht — bitte!" bat Slim.

„Was haben Sie schon von der erlösenden Gnade unseres Herrn und Retters Jesus Christus zu fürchten?" sagte Killion. Seine Ironie wurde zu Ernst. „Er hat Ihnen das ewige Leben anzubieten, Bruder — ein Geschenk, wie ich hinzufügen möchte, das jeder bekommt, der ihm nur sein Herz zuwendet."

„Mein Daddie hat mir gesagt, ich soll mich vor Griechen mit Geschenken in acht nehmen", sagte Slim affektiert.

„Dann haben Sie nichts zu fürchten, denn Christus ist kein Grieche."

„Ach, Sie wissen genau, was ich meine! Auf dieser Welt gibt es nichts umsonst."

„Außer der Liebe Christi – ein Faktum, auf dem die gesamte Botschaft der Erlösung errichtet ist."

Slim wechselte rasch das Thema. „Sind Sie wirklich Prediger?"

„Klar."

„Wie konnten Sie vom Texas Ranger zum Prediger werden?"

„Das ist eine lange Geschichte, aber ich wäre wirklich glücklich –"

„Vergessen Sie's!" Slim war nicht dumm. Er sah genau, daß ihn nur eine neue religiöse Tirade erwartete. Er sprang auf die Füße. „Ich geh ein Weilchen raus. Mrs. Stoner, rufen Sie, wenn er irgendwas versucht."

Wie ein gejagter Hase lief Slim aus der Tür.

Deborah fuhr fort, am Tisch ihren Teig zu kneten. Sie fühlte sich mit diesem Fremden genauso unwohl wie Slim. Das allerletzte, was sie wollte, war eine Predigt, und sie zweifelte nicht, daß dieser Mann, wenn er wirklich ein Geistlicher war, ihr lauter Vorwürfe machen würde. Diese Leute urteilten immer nach der äußeren Erscheinung und suchten gar nicht erst nach der Wahrheit, die hinter ihr verborgen war. Deborahs Vater war ein Beispiel für einen zurückhaltenden, ausgeglichenen Christen gewesen, aber Deborah hatte genug andere getroffen, um mißtrauisch zu werden. Auch in Virginia hatte es Wanderpriester gegeben, die über Hölle und Fegefeuer daherredeten und über Gottes Zorn. Tatsächlich war ihr eigener Pfarrer einer von dieser Sorte gewesen. Wie Josiah Martin es fertiggebracht hatte, seine milde Religiosität zu bewahren, verstand Deborah nie. Aber das mußte mehr mit Josiahs angeborenem Charakter zu tun haben als mit dem Charakter Gottes. Josiah Martin sah das Gute in allem und jedem, also war es nicht erstaunlich, daß er Gott diese Eigenschaft ebenfalls zuschrieb. Deborah fand es leichter, an die zornige, blinde Gottheit zu glauben, die die Gerechten und die Ungerechten gleichermaßen straft.

Also wandte sie den Blick von dem Fremden ab und konzentrierte sich auf ihre Arbeit. Sie tat den Teig in eine Schüssel, deckte sie mit einem Tuch zu und stellte sie in die Nähe des Herdes, wo es warm war. Dazu mußte sie an Killion vorbeigehen, aber sie beachtete ihn nicht. Sie ging zurück zum Tisch, um sauberzumachen und das Essen vorzubereiten. Die ganze Zeit fühlte sie Killions Augen auf sich ruhen, die jede ihrer Bewegungen verfolgten.

Schließlich sprach der Prediger. „Ich hoffe, Sie verzeihen mir, Ma'am, daß ich Sie so betrachte. Es ist einfach lange her, daß ich so eine häusliche Szene gesehen habe. Sie wissen schon, Teig kneten, Brot backen, all das. Ich war lange nicht mehr zu Hause."

Deborah blieb still, damit beschäftigt, Wasser aus einem Eimer in einen großen, schwarzen Kessel zu füllen.

„Das werde ich wohl nie vergessen", fuhr der Prediger unbeirrt fort, „wie meine Mutter Brot buk und wie ich ein großes, dampfendes Stück davon bekam, mit Brombeermarmelade bestrichen." Er seufzte tief und verträumt, als ob der Duft des Brotes, das seine Mutter gebacken hatte, ihm in die Nase stieg. „Sie haben nicht zufällig Brombeermarmelade hier, oder?"

Gegen ihren Willen sah sie bei dieser unschuldigen Frage auf; es gab keinen Grund, nicht zu antworten. Statt dessen warf sie Bohnen in den Topf.

„Ma'am", sagte Killion reuig, „habe ich Sie irgendwie verletzt?"

Deborah sah wieder in seine Richtung. „Nein", war alles, was sie sagte.

„Uff! Das ist gut! Ich hätte Sie nicht verletzen wollen. Natürlich haben Sie keinen Grund, freundlich zu sein. Aber wenn wir schon für ein paar Tage hier zusammen eingesperrt sind, warum sollten wir nicht das Beste draus machen. Ich muß gestehen, ich bin ein Mann, der das Gespräch mag. Ich stelle mir gern vor, daß ich einige der eher geistlichen Tugenden besitze wie Weisheit, Sehergabe oder Glauben; aber eins ist sicher, die Gabe der Geschwätzigkeit besitze ich im Überfluß. Ich muß einfach glauben, daß Gott wußte, was er tat, als er sie mir verlieh." Er schwieg. So gern er auch redete, er bevorzugte ein zweiseitiges Gespräch und wollte nicht nur seine eigene Stimme hören.

Stille erfüllte den Raum aufs neue. Deborah hängte den Topf mit den Bohnen übers Feuer und fand dann ein paar andere Sachen, die sie zu erledigen hatte. Sie fragte sich, ob Griffs Gefangener wirklich in der Hütte bleiben mußte. Sie nahm an, so störte er die Outlaws weniger bei ihren Vorbereitungen für was auch immer sie morgen vorhatten. Sie vermutete auch, daß es draußen zu kalt für einen bewegungslosen Mann war, der an einen Baum gefesselt war. Aber auf die kommenden Tage freute sie sich überhaupt nicht.

Offenbar hatte Killion genug von der durchdringenden Stille und ergriff wieder das Wort. „Ich konnte nicht weghören, als einige der

Männer Sie ‚Mrs. Stoner' nannten. Sind Sie etwa Leonard Stoners Frau?"

Zum ersten Mal wurde Deborah klar, wie gefährlich es für sie werden konnte, diesen Namen zu benutzen. Hier draußen in der Hütte war sie in den letzten Monaten völlig isoliert gewesen, aber jetzt konnte dieser Mann draußen verbreiten, wo sie sich aufhielt, und das konnte Caleb zu Ohren kommen; sie sah erst jetzt, wie dumm sie gewesen war. Wenn sie diesen Ort verließ, mußte sie einen anderen Namen annehmen. Sie überlegte, ob Sid Miller nicht ganz recht hatte, daß man diesen Mann ausschalten mußte. Er stellte für alle eine Bedrohung dar.

Sie sah Killion kalt an. „Sie reden zu viel, Mr. Killion."

„Ich habe Ihnen schon gesagt, das ist eine Gabe und ein Fluch! Meine Neugier ist mit mir durchgegangen." Er schwieg nachdenklich. „Sie brauchen sich vor mir nicht zu fürchten, Ma'am. Mein Geschäft ist die Rettung von Seelen, nicht die Verdammung."

„Auch die Seelen von Sündern?"

„Wir sind alle Sünder, Ma'am. Nicht einmal Christus verstieß die Frau, die in Ehebruch lebte —"

„Das ist sehr großmütig von ihm!" unterbrach sie ihn grob und vorwurfsvoll.

„Ich wollte nicht —"

„Ich weiß, was Sie wollen, Mr. Killion. Sie reden viel über Liebe, Vergebung und Gnade, aber in Wahrheit sind Sie genauso scheinheilig wie die anderen."

„Sie haben mich ganz falsch verstanden, Ma'am!" Seine Stimme hob sich etwas beleidigt. „Ich bin ebenso ein Sünder wie jeder andere, und das letzte, was ich tun würde, ist, Sie zu verurteilen. Ich habe bloß ein schlechtes Beispiel aus der Schrift gewählt, das ist alles. Was immer Sie tun, geht nur Sie und Gott an. Ich bin kein Gesetzeshüter mehr, und außerdem glaube ich, daß Sie von Gott eher Gerechtigkeit erfahren als von Caleb Stoner und seinesgleichen."

Deborah zuckte mit den Schultern, als verstünde sie nicht, wovon er sprach, aber der Mann war ihr jetzt noch mehr zuwider als vorher. Und sie war nicht in der Stimmung, noch länger mit ihm zu reden, also nahm sie den Wassereimer und verließ die Hütte.

Unten am Fluß füllte sie den Eimer, als sie noch andere Stimmen in der Nähe hörte. Sie stellte den Eimer ab, richtete sich auf und lauschte. Das Geräusch war etwa zehn bis fünfzehn Meter entfernt, und die Sprecher waren hinter dichtem Ginster verborgen. Sie erkannte Sid

Millers Bellen und Pablos mexikanischen Akzent. Der dritte, dessen Namen sie nicht kannte, war einer von Sids Kumpanen. Sie konnten sie nicht sehen, aber sie stellte sich trotzdem hinter einen Baumstumpf und verhielt sich ganz still. Ihr wurde sofort klar, daß diese drei nichts Gutes im Schilde führten. Zwischen ihnen und Griff hatte immer Spannung geherrscht, und es versprach nichts Gutes, wenn sie so zusammen flüsterten, offensichtlich, ohne daß die anderen es hören sollten.

„Wir sind uns also einig?" sagte Sid.

„Si, aber wir sollten aufpassen. Ich will meinen Anteil vom Überfall nicht verlieren", erwiderte Pablo.

„Niemand wird irgendwas verlieren", versicherte Miller. „Deshalb müssen wir bis danach warten, um diesen Ranger loszuwerden. Weshalb sollten wir uns in Gefahr bringen, weil Griff weich geworden ist?"

„Glaubst du, Griff wird einen von uns mitnehmen, wenn er Killion wegbringt?" fragte der dritte Mann.

„Wie will er uns davon abhalten?"

„Yeah, schätze, da hast du recht."

„Ich habe auch recht. Und ich werde diesen verdammten Ranger umlegen, selbst wenn Griff dabei ein paar Löcher abkriegt. Wenn ich's mir so überlege, könnte ich Griff gleich mit umlegen. Er reißt das Maul zu weit auf."

Die Versammlung war offenbar vorbei, die drei verließen ihr Versteck und schlenderten zurück zur Hütte. Deborah verharrte noch einige Augenblicke reglos, bevor sie sich wieder ins Offene wagte; sie holte den Eimer und ging ebenfalls zurück zur Hütte. Sie wünschte, sie hätte nichts von Sids Plänen gehört. Natürlich war der nächste vernünftige Schritt, Griff alles zu erzählen. Aber sie fürchtete, und das nicht ohne Grund, daß das nur zu einer Schießerei führen würde, bei der entweder Sid oder Griff sterben würden. Abgesehen davon, daß sie Griff als Mensch gern mochte, weil er sie anständig behandelte, war ihr völlig klar, was sein Tod für sie bedeuten würde. Ohne Griff als Puffer zwischen ihr und den Outlaws, besonders denen um Sid, mußte sie das Schlimmste fürchten. Von hier zu entkommen, war jetzt noch unmöglicher. Nicht nur stand der Winter vor der Tür, sondern ihr Zustand machte es ihr auch ganz unmöglich, jetzt zu reisen.

Um eine Konfrontation zwischen Sid und Griff zu vermeiden, sagte sie nichts von dem, was sie gehört hatte. Was sie wegen Killion tun wollte, konnte sie sich noch in Ruhe überlegen. Aber ihr wurde schon klar, daß ihr nur eine einzige Wahl blieb.

17

Die Outlwas ritten am folgenden Morgen, es waren sieben. Slim blieb da, nicht gerade glücklich, um den Gefangenen zu bewachen; der brauchte keine Ermunterung, um jedem zu predigen, der auch nur das geringste Interesse daran an den Tag legte.

Deborah versuchte, sich wie immer zu verhalten, aber mit den beiden weiteren Personen in der kleinen Hütte war das kaum möglich. Wenn sie nicht gerade mit Kochen beschäftigt war, zog sie sich hinter den Vorhang in den Alkoven zurück. Sie hatte sich auf eine Veränderung gefreut, aber so hatte sie sich diese Veränderung auch nicht vorgestellt. Zudem war sie nicht gerade froh, daß die Sache mit Killion sie zu einer Entscheidung zwang. In der ersten Nacht, als sie wegen des Schnarchens der Männer — entweder Slims oder Killions, das wußte sie nicht — wachlag, machte sie ihren Plan.

Es gab nur eine Möglichkeit, Blutvergießen zu verhindern, und die bestand darin, daß Killion floh. Natürlich brachte das andere Gefahren mit sich, aber es schien doch das kleinere Übel. Sie konnte nicht zusehen, wie Killion ermordet wurde, ganz gleich, wie gelegen ihr sein Tod auch wäre. Wenn Killion verschwand, würde niemand verletzt werden. Daran, was die Outlaws mit ihr tun würden, wenn sie ihren Anteil an seiner Flucht entdeckten, dachte sie lieber nicht.

Sie mußte dem Prediger helfen zu entkommen. Irgendwie mußte sie Slim für eine Weile loswerden. Er war ganz besonders vorsichtig. Er band Killion nicht einmal zum Essen die Hände los. Statt dessen mußte Deborah den Mann füttern. Er sagte, der Teufel wäre los, wenn der Ranger entkommt. Deborah fragte sich, wie sie das ausbaden sollte, aber sie verbannte die Sorge aus ihren Gedanken. Sie war entschlossen. Außerdem wußte sie, daß man ihr nichts Schlimmeres als das antun konnte, was Leonard ihr schon angetan hatte. Selbst der Tod konnte nicht schlimmer sein.

Sie brauchte den ganzen Tag, um einen Plan auszuarbeiten, den sie für realistisch hielt. Der Plan selbst war ganz einfach, die meiste Mühe kostete es sie, die nötige Ruhe zu seiner Durchführung aufzubringen. Als ihr klar wurde, daß sie jetzt bald handeln mußte, weil Griff jederzeit zurückkommen konnte, nutzte sie schließlich einen kurzen Moment, in dem sie mit Killion allein war, während Slim die Pferde fütterte. Sie erklärte ihm ihre Absicht.

„Sie müssen weg von hier, Mr. Killion", sagte sie ohne Umschweife.
„Das scheint mir ganz genauso", antwortete er leichtherzig.
Nimmt er überhaupt irgend etwas ernst? dachte sie enttäuscht.
„Ich habe einige der Männer belauscht; sie wollen Sie töten, wenn sie zurück sind."
„Das überrascht mich nicht."
„Griff würde wahrscheinlich versuchen, sie daran zu hindern und würde selbst erschossen werden." Das sagte sie, um den Prediger nicht glauben zu machen, daß sie sich nur um ihn sorgte.
„Ich versuche immer, das Beste in den Menschen zu sehen, Mrs. Stoner, aber ich glaube kaum, daß Griff sein Leben für mich aufs Spiel setzen würde."
„Sid Miller könnte ihn sehr leicht erschießen", sagte Deborah. „Jedenfalls sollte man das Risiko nicht eingehen, und deshalb werde ich Ihnen helfen zu fliehen."
„Sie?"
„Ja ... die sündhafte Frau, die ich bin."
Er zog die Augenbrauen hoch, als wollte er sich weiter verteidigen, aber sie zuckte nur die Schultern. Sie würde denken, was sie wollte, ganz gleich, was er sagte.
„Mrs. Stoner, es ist sehr schön von Ihnen, daß Sie mir zur Flucht verhelfen wollen, aber ich kann das nicht zulassen. Es würde Sie in zu große Gefahr bringen."
„Damit werde ich schon fertig", sagte sie mit größerer Zuversicht, als sie in Wahrheit fühlte.
„Sagen Sie mir eins", fuhr Killion fort, „und ich werde nicht über Sie urteilen, aber sind Sie ... Griffs Frau?"
Sie schluckte bei dieser schamlosen Frage und spuckte ihm die Antwort förmlich ins Gesicht. „Ich bin gar niemandes Frau."
„Werden Sie nicht böse", erwiderte er ruhig. „Ich will Ihnen nur klarmachen, daß Sie in diesem Falle in wirklicher Gefahr sind, wenn Sie mir helfen. Es sei denn ..." Die Idee kam ihm erst beim Sprechen, und sie schien ihm ungeahnte Möglichkeiten zu bieten. „Es sei denn, Sie fliehen mit mir."
An diese Möglichkeit hatte sie nicht gedacht, aber wenn sie es getan hätte, dann hätte sie sie verworfen. Bei Griff fühlte sie sich weit sicherer als bei diesem frömmelnden Texas Ranger, der sie zweifellos zu Tode bekehren würde, um ihre Seele zu retten. Das heißt, wenn er tatsächlich ein Prediger war. Das stand noch nicht ganz fest. Wenn sie mit

ihm ging, könnte das bedeuten, daß sie Caleb Stoner in die Hände fallen würde.

„Machen Sie sich um mich keine Sorgen, Mr. Killion." Sie schwieg und dachte über ein neues Problem nach. „Ich zögere nur noch, Ihnen zu helfen, weil ich fürchte, daß Sie mit dem, was Sie jetzt wissen, direkt zum nächsten Sheriff gehen werden. Wenn Sie weg sind, werden wir die Hütte natürlich verlassen, und niemand wird uns hier finden."

„Ich habe schon gesagt, ich bin kein Gesetzeshüter mehr."

„Aber Sie sind ein gesetzestreuer Bürger."

„Ich tue mein Bestes." Er schwieg nachdenklich. „Aber in diesem Fall haben Sie mein Wort, daß Ihre Großherzigkeit mit meinem Schweigen vergolten wird. Griffs Bande wird ohne jeden Zweifel eines Tages für das einstehen müssen, was sie getan haben, auch wenn ich nicht nachhelfe. Und was Sie betrifft –" Er zögerte und sah sie mit einer Mischung aus Mitleid und Bewunderung an. „Ich möchte nicht der Grund für noch mehr Leid in Ihrem Leben sein."

Deborah mochte das Mitleid nicht, das sie auf seinem Gesicht auszumachen glaubte, aber sie sah, daß er es ernst meinte. Vielleicht hatte sie ihn falsch eingeschätzt. Etwas an ihm flößte ihr instinktiv Vertrauen ein und ließ sie an seine offenen Worte glauben. Das nahm ihr ein wenig die Angst.

„Gut, ich schätze, ich habe keine andere Wahl", sagte sie. „Ich kann nicht zusehen, wie sie Sie töten."

„Ich wünschte, Sie kämen doch mit mir."

Aber das Gespräch endete sofort, als Slim eintrat. Deborah setzte ihre Vorbereitungen für das Mittagessen fort. Irgendwann nahm sie den Eimer und sagte Slim, daß sie Wasser holen ginge. Sie hatte gehofft, daß er ihr den Eimer abnehmen und selber gehen würde, aber weil er dazu keine Anstalten machte, mußte sie sich etwas anderes einfallen lassen, um ihn aus der Hütte zu locken. Er wäre vielleicht mißtrauisch geworden, wenn sie ihn einfach gebeten hätte. Sie bat die Männer nur um Hilfe, wenn es gar nicht anders ging.

Zehn Minuten später kehrte sie so eilig in die Hütte zurück, wie ihre Last es gestattete. Sie war völlig außer Atem, als sie die Tür aufstieß.

„Slim!" rief sie. „Unten am Fluß habe ich etwas gesehen!"

„Was, verdammt, meinen Sie? Einen Berglöwen? Einen Bären?"

„Ich ... ich glaube, es war ein Indianer!"

„In unserer Richtung?"

„Am anderen Ufer. Er lief weg."

„Das ist sehr merkwürdig, es sei denn, er warnt andere." Er schob seinen schlaksigen Körper aus der Bank. „Besser, ich sehe mal nach."

Deborah sah aus dem Fenster, wie Slim den felsigen Pfad hinunterstapfte. Sobald er außer Sichtweite war, handelte sie. Sie nahm ein Küchenmesser, lief zu Killion hinüber und begann, die Fesseln an seinen Händen und Füßen durchzuschneiden. Das war schwieriger und dauerte länger, als sie gedacht hatte. Einmal hörte sie draußen ein Geräusch und sah erschrocken auf; aber es war nicht Slim. Als die letzte Fessel gelöst war, wurde die Zeit wirklich knapp.

„Sie müssen mir helfen, mit Slim fertig zu werden", sagte sie, als Killion frei war.

„Fertig werden ...", sagte er fragend mit hochgezogenen Augenbrauen.

„Ich will ihn nicht umbringen", versicherte sie. „Sie müssen mir helfen, ihn zu fesseln. Sie können nie entkommen, wenn er frei ist." Sie holte Killions Satteltasche, die neben der Tür stand, und nahm seinen Colt heraus. „Ich werde ihm die Waffe vorhalten, während Sie ihn fesseln."

„Wir werden mehr Seil brauchen; das da tut's nicht mehr."

„Ich werde bei den Pferden nachsehen. Warten Sie hier mit der Waffe, falls er zurückkommt."

„Er wird nicht begeistert sein."

Deborah zuckte die Achseln. „Jetzt ist es zu spät."

Kaum zwei Minuten, nachdem sie mit einem neuen Strick zurückgekommen war, kam Slim auf die Hütte zu.

„Hab' nichts gesehen", sagte er, als er die Tür aufmachte. Das nächste Geräusch aus seinem Mund war ein Ächzen, als der Griff des 44er Colts sein Kinn traf.

„Tut mir leid, Slim", sagte Deborah, als Killion begann, ihn zu fesseln, „aber Sid will Killion erschießen und wahrscheinlich auch Griff, wenn er hierbleibt. Ich will nur Blutvergießen verhindern."

„Und was wird Griff hindern, *mich* zu erschießen dafür, daß Killion entwischt ist?" rief Slim empört.

„Keine Sorge. Ich werde alles erklären."

„Wollen Sie damit sagen, Sie bleiben hier?"

Slims Brauen hoben sich bei diesem Gedanken, und er schien sie mit ehrlichem Respekt zu betrachten. Er hatte sie als herzloses Weib eingeschätzt, seit er sie dort trotzig unter dem Galgen hatte stehen sehen. Aber jetzt verhalf sie einem Gefangenen zur Flucht, ohne Rücksicht auf sich selbst. Das mußte er ihr immerhin hoch anrechnen.

Als Slim sich nicht mehr rühren konnte, steckte Deborah die Waffe in die Satteltasche zurück.

„Ich wünschte, Sie überlegen es sich doch noch anders und kommen mit, Ma'am."

„Ich werde hierbleiben, Mr. Killion."

„Warum, Ma'am? Ich glaube fast, Sie haben mehr Angst vor mir als vor ihnen!" sagte er. „Liegt es an mir, Mrs. Stoner, oder an meiner Religion?"

Weil es tatsächlich seine Religion war, die sie fürchtete, und weil er es beinahe erraten hatte, ging sie auf seine Frage nicht ein. Statt zu antworten, packte sie etwas Trockenfleisch und Brot in ein Tuch und steckte alles in die Satteltasche neben den Colt und die schwarze Bibel.

„Sie gehen jetzt besser, Mr. Killion. Sie haben nur noch wenige Stunden Tageslicht."

„Ich werde Ihnen das nicht vergessen, Ma'am. Und ich hoffe, daß ich mich eines Tages revanchieren kann, wenn wir uns wieder begegnen."

„Revanchieren Sie sich, indem Sie Ihr Wort halten und schweigen."

„Mein Wort ist Gold wert", sagte er mit einer offenen Ehrlichkeit, die Deborah mehr überzeugte als das, was er tatsächlich sagte. „Aber ich stehe immer noch in Ihrer Schuld."

„Auf Wiedersehen, Mr. Killion."

„Adios, Mrs. Stoner — und ich meine das ernst."

Sie schloß fest die Tür hinter ihm und sah nicht aus dem Fenster zu, wie er sein Pferd sattelte und davonritt. Sie hoffte nur, daß er weit weg sein würde, wenn Griff zurückkam, denn es war klar, was ihm geschehen würde, wenn die Outlaws ihm auf ihrem Weg begegnen würden. Würde das, was sie getan hatte, so vergeblich sein wie alles andere, was sie je getan hatte? Nach all ihrer Mühe, würde sie trotzdem noch an Killions Tod schuld sein? Sie hatte nur getan, was sie für das Beste hielt — für Killion, für Griff und vielleicht sogar für sich selbst. Jetzt war es Killions Gott überlassen, ihn zu beschützen.

18

McCulloch war nicht glücklich, als er zur Hütte zurückkehrte. Er beschimpfte Slim in groben Worten und hätte seiner Wut wohl auch mit der Faust Ausdruck verliehen, wenn Deborah nicht dazwischengetreten wäre.

Slim, immer noch gefesselt, stammelte. „Aber ... Boss ...!"
McCulloch war zu sehr außer sich, um seinem unglückseligen Kumpan zuzuhören. Nur Deborahs ruhige Stimme drang zu ihm durch.
„Es ist meine Schuld, Mr. McCulloch."
„Was —?"
„Ich habe Mr. Killion zur Flucht verholfen."
„Sie haben was?" Griff fuhr herum und richtete seine Wut gegen Deborah.
Sie versuchte, ruhig zu bleiben. „Ich konnte nicht zusehen, wie er getötet wurde."
„Sie wußten, ich wollte ihn nicht —"
„Ich weiß, Sie nicht. Ich habe Sid Miller und ein paar andere Pläne machen hören, ihn nach der Rückkehr umzubringen."
„Aber ich habe ihnen gesagt, was wir mit dem Ranger tun würden!"
„Sie wollten Ihren Befehlen nicht gehorchen", erwiderte Deborah. „Ich glaube, auch Ihr Leben wäre in ernster Gefahr gewesen, wenn Sie etwas dagegen unternommen hätten."
„Warum, diese hinterhältigen Schlangen —!" Aber er unterbrach seinen Wutausbruch und sah Deborah genauer an. „Was ging Sie das überhaupt an? Haben Sie irgendeinen Handel mit Killion gemacht?"
„Ich habe all die Gewalt satt, Mr. McCulloch", antwortete sie ruhig und ernst.
„Und Sie dachten, das würde helfen? Killion kann in wenigen Tagen sämtliche Gesetzeshüter von Texas hierher bringen! Sie sprechen über Blutvergießen — das wäre dann ein wirkliches Blutbad! So wie ich es geplant hatte, wäre niemandem etwas geschehen."
„Wir können immer noch fliehen."
„Er hat jetzt zwei Tage Vorsprung. Wie weit würden wir kommen? Nicht sehr weit, mit dem Gesetz auf den Fersen."
„Mr. Killion hat mir sein Wort gegeben, daß er so etwas nicht tut", gab sie mit müdem, krankem Blick zurück.
„Und Sie haben ihm geglaubt?"
Obwohl sie wußte, wie verrückt es klang, sagte sie die Wahrheit. „Ja, ich nehme an, ich habe ihm geglaubt. Trotzdem, Mr. McCulloch, Ihr Plan hätte nicht funktioniert, wenn Mr. Miller ihn durchkreuzt hätte, und Sie hätten dabei sehr wohl selbst ums Leben kommen können."
„Seien Sie da nur nicht so sicher." Aber Griff sah, daß an Deborahs Haltung etwas Vernünftiges war, und obwohl er ihr immer noch am liebsten das Fell gegerbt hätte, mußte er sich doch um ein drängenderes Problem kümmern. Er atmete tief durch, blinzelte Deborah an und

sagte: „Mit Ihnen bin ich noch nicht fertig!" Dann drehte er sich um und ging nach draußen.

Deborah folgte ihm sofort. All ihre Mühe, Gewalt zu verhindern, drohte ins Gegenteil umzuschlagen; sie hoffte, auf das, was jetzt kommen würde, doch noch Einfluß zu nehmen. Der arme Slim, immer noch an Händen und Füßen gefesselt, rief ihnen nach, daß sie ihn losbinden sollten. Griff rief laut nach Sid und hörte nichts. Deborah fühlte mit Slim, kehrte aber nicht um, denn es dauerte zu lange, bis die Fesseln gelöst wären. Ohnehin wäre Slim dort sicherer, wo er gerade war.

Griff mußte nicht weit gehen, um seinen früheren Kumpanen zu finden. Miller hatte gehört, was passiert war, und stürmte auf die Hütte zu, um seine eigene Wut loszuwerden.

„Hab' ich doch gesagt, daß sowas passieren würde!" rief er. „Ich habe immer gesagt, du bist ein Hasenherz und ein Idiot, Griff, und jetzt gibt es gar keinen Zweifel mehr daran!"

Bevor Griff antworten konnte, ergriff Deborah das Wort. „Es ist mein Fehler, daß er entkommen ist, nicht Griffs", sagte sie. „Griff hatte nichts damit zu tun. Ich habe ihn laufenlassen, weil Sie ihn umbringen wollten."

„Ich? Warum, Sie verlogene, mörderische kleine Landstreicherin!" Während Sid seine Beschimpfung herauspuckte, rannte er auf Deborah zu und bekräftigte seine Worte mit einem Schlag in ihr Gesicht.

Ihr Kopf wurde von der Gewalt des Schlags zurückgeworfen, aber sie war an so etwas gewöhnt und fiel nicht hin, auch wenn ihr vor Schmerz die Tränen in die Augen stiegen. Sie kümmerte sich nicht darum und starrte ihn an, als ob sie ihn auffordern wollte, noch einmal zuzuschlagen. Und genau das hätte er auch getan, wenn Griff nicht dazwischengefahren wäre.

„Laß die Frau in Ruhe!" befahl er und stellte sich zwischen ihn und Deborah. „Die Sache geht uns beide an, Sid, nicht sie."

„Sie ist das Problem", antwortete Sid wütend. „Sie hat dich um den Finger gewickelt. Vielleicht sollte sie ja unser Boss werden. Vielleicht hat sie mehr Grips als du!"

„Reiz mich nicht, Sid! Meine Geduld ist fast am Ende", grollte Griff.

„Ich zittere schon." Sids häßliches, rohes Gesicht verzog sich spöttisch. „Ich habe schon gesagt, wenn dein Plan mit dem Ranger schiefgeht, werde ich hier das Kommando übernehmen."

„Haha! Das ist wirklich komisch!" Griff sah ihn mit eisigem Blick an. Falls er Angst hatte, konnte man es nicht sehen. „Du könntest noch nicht mal einen Hühnerstall kommandieren."

„Vielleicht ist es an der Zeit, das herauszufinden."

„Was willst du damit sagen?"

„Ich fordere dich, Griff!"

Die Männer, die sich um beide versammelt hatten, reagierten unterschiedlich. Die meisten mochten Sid nicht besonders, aber es war immer die unausgesprochene Regel gewesen, daß der stärkste von ihnen das Kommando haben sollte. Wenn Sid stark genug war, gegen Griff aufzustehen, und wenn er schnell genug war, ihn zu schlagen, dann stand ihm die Führung zu. Einige erinnerten sich, wie Griff vor einigen Jahren Monty Parker gefordert hatte. Damals war es ein Faustkampf gewesen, und Monty, ein muskulöser Kerl, fünfzig Pfund schwerer und einen Kopf größer als Griff, war in zehn Minuten unterlegen. Selbst Monty hatte Griffs Überlegenheit anerkannt und blieb trotz seiner Niederlage bei der Bande, weil er Griffs Mut bewunderte. Monty war erwischt worden, als er ein paar von Calebs Rindern stehlen wollte, und er war zusammen mit Griffs bestem Freund gehängt worden.

Trotzdem glaubten selbst die optimistischeren unter den Männern nicht, daß das bevorstehende Kräftemessen so gut ausgehen würde wie das mit Monty vor ein paar Jahren. Sid war gemein und niederträchtig, und zwischen ihm und Griff hatte es von Anfang an böses Blut gegeben. Wenn es nicht dieser Zwischenfall mit Killion gewesen wäre, dann wäre es etwas anderes gewesen. Sie wären sich bei der gerade vergangenen Sache beinahe wegen einer Kleinigkeit in die Haare geraten. Von vornherein schien alles auf eine gewaltsame Lösung ihres Konflikts hinauszulaufen.

Als Griff aufs Sids Herausforderung reagierte, war alle Wut aus seiner Stimme verschwunden. Aber sein Ton war unheilverkündend.

„Ich werde dir eine Chance geben, Sid, lebend von hier wegzukommen. Du brauchst nur zu gehen, und ich will dich nie wieder sehen."

Sid lachte. „Ich habe keine Angst vor dir, McCulloch."

„Okay", sagte Griff kalt, „wie willst du es haben?"

„Colts."

„Bist du sicher? Ich bin für meine Schnelligkeit bekannt."

„Beweise sie."

„Das ist doch Wahnsinn!" flehte Deborah.

„Zurück, Mrs. Stoner!" sagte Griff. „Das hier hat mit Ihnen nichts mehr zu tun." Dann schauten sie zu Sid, der seinen Colt aus dem Halfter nahm, die Kammer drehte, um die Patronen zu überprüfen und ihn wieder zurücksteckte. „Ich bin fertig, Sid."

Sie gingen zur Mitte des Platzes, während Deborah, die nichts mehr gegen das Unvermeidliche tun konnte, in die Hütte ging. Die anderen Männer zogen sich in sichere Deckung zurück.

„Mitch", sagte Griff, „zähl für uns. Wir wollen es fair und offen."

Dann begannen Sid und Griff, sich Schritt für Schritt voneinander zu entfernen. Sie hatten sich auf zehn geeinigt.

Deborah sah gespannt zu, wie Mitch zählte. *Eins ... zwei ... drei ...* Sie wußte, was ihr bevorstand, wenn Griff verlieren sollte. Stumm zählte sie mit. *Sieben ... acht ... neun ...*

Sie wußte nicht, warum sich ihre Augen in diesem Moment auf Sid richteten. Eine Sekunde später, und es wäre zu spät gewesen, aber sie sah Miller schon bei neun ziehen; seine Hand berührte schon die Waffe, als er sich umdrehte.

„Griff!" schrie sie.

Sie hielt sich die Hände vor die Augen, um nicht zu sehen, was geschah, als die beiden Schüsse kurz nacheinander die stille Luft zerrissen. Langsam nahm sie die Hände herunter, aber erst, als sie Sids Körper am Boden liegen sah, atmete sie erleichtert auf.

„Sie haben sich doch keine Sorgen gemacht, Ma'am, oder?" sagte Griff grinsend. Er war nicht einmal nervös. Er steckte seinen Colt ins Halfter. „Ich habe nie geglaubt, daß Sid bis zehn warten würde."

„Sie wußten es?"

„Nur Erfahrung, aber trotzdem danke für die Warnung. Sie hat geholfen, und ich schulde Ihnen etwas."

Er wandte sich den Männern zu. Einige hatten bei seinem Sieg gejubelt; besonders bewunderten sie Griff dafür, daß er immer noch schneller war als jemand, der zu früh zog. Einige andere waren erstarrt. Sie hatten fest geglaubt, daß Sid ihr neuer Anführer werden würde, und jetzt waren sie sehr besorgt über ihre Verbindung mit Miller. An sie richtete Griff seine nächsten Worte.

„Hat noch jemand die Absicht, hier der Boss zu werden?" forderte er sie heraus. „Wie steht's mit dir, Pablo? Glaubst du, daß du vielleicht schneller bist als ich?"

„Nein, Senor Griff, ich bin ganz zufrieden so", sagte der Mexikaner unterwürfig.

„Gut. Jetzt, wo wir das geklärt haben, können wir ja an die Arbeit gehen." Er schlenderte zu der Stelle hinüber, wo sich mehrere seiner Männer über Sid beugten. Er schüttelte mit Bedauern den Kopf und fügte hinzu: „Wäre ein guter Mann gewesen, wenn er nicht so niederträchtig gewesen wäre. Besser, wir begraben ihn. Und dann brauchen wir ein bißchen Ruhe, Jungs, gleich morgen früh bei Sonnenaufgang werden wir hier verschwinden."

Deborah beobachtete die Szene. Sie war schockiert, wie schnell und mühelos alle den schrecklichen Vorfall hinter sich ließen und taten, als wäre nichts geschehen. Drei oder vier Männer trugen Sids Körper weg, während andere sich um die Pferde kümmerten, die einfach stehengelassen worden waren, als die Auseinandersetzung begonnen hatte. Niemand schien es viel auszumachen, daß einer von ihnen gestorben war. Und Griff zeigte keinerlei Reue darüber, daß er soeben einen Menschen getötet hatte. War das der ‚Wilde Westen', wo Gewalt und Tod so alltäglich waren, daß sie niemanden aus der Fassung brachten?

In Stoner's Crossing hatte Deborah zuerst eine Ahnung davon bekommen, aber sie hatte ganz naiv gehofft, daß das nur bei dem brutalen, berechnenden Stoner-Clan so war. Waren das vielleicht die Eigenschaften, die man einfach haben mußte, um in diesem Land zu überleben? War Leonard Stoner nur das Produkt einer harten, kalten Gesellschaft? Würde auch sie sich an Gewalt gewöhnen müssen, um zu überleben? Der Gedanke war beängstigend, aber jeden Tag, den sie im Westen lebte, schien es ihr unvermeidlicher zu werden, genau wie der Showdown zwischen Griff und Sid unvermeidlich war.

Griff sah ihr nachdenkliches Stirnrunzeln und ging zu ihr hinüber. „Was nicht in Ordnung, Ma'am?"

„Niemand hier scheint es zu kümmern, daß gerade ein Mensch gestorben ist."

„Hat keinen Sinn, sich die Haare wegen etwas zu raufen, das nicht mehr zu ändern ist."

Er war so sachlich. Sie fragte sich, ob sie selber jemals so auf ein solches Ereignis reagieren würde.

Griff fuhr fort: „Hier im Westen hat man gewöhnlich keine Zeit, die Toten richtig zu betrauern, Ma'am. Nicht daß ich mich um einen Schurken wie Sid viel grämen würde, aber wer am Leben bleiben will, kann sich den Luxus zu trauern meistens nicht leisten." Er schwieg und schien Deborah stehen lassen zu wollen, drehte sich dann aber noch einmal um. „Es tut mir leid, daß Sie das mit ansehen mußten, Mrs. Stoner. Das war nichts für eine Frau, aber ..." Er zögerte kurz, bevor er weitersprach. „Naja, Ma'am, entschuldigen Sie, aber Sie sind ziemlich zimperlich für eine Frau, die ihren Ehemann erschossen hat."

Sie wußte, er wollte sie zum Reden bringen, dazu, daß sie etwas gestand oder leugnete. Er war von Anfang an neugierig gewesen. Aber sie war noch nicht bereit, über das nachzudenken, was vor drei Monaten in Stoner's Crossing geschehen war.

„Ob ich meinen Mann getötet habe oder nicht", antwortete sie, „es würde nicht unbedingt bedeuten, daß ich eine kaltblütige Mörderin bin."

„Und das bin ich genausowenig, Ma'am. Manchmal muß man einfach tun, was eben getan werden muß."

„Ja ... vermutlich."

„Gut, Mrs. Stoner, ich kümmere mich jetzt besser um mein Pferd. Wenn es Ihnen nichts ausmacht und Sie sich dazu in der Lage fühlen, wären die Jungs und ich dankbar für ein warmes Essen. Wir haben einen langen Ritt hinter uns."

„Natürlich."

„Und Sie werden morgen früh mit uns reiten?"

„Ich glaube immer noch, daß Mr. Killion sein Wort halten wird."

„Vorsicht kann nie schaden", antwortete Griff. „Natürlich, wenn Sie lieber hier bleiben wollen, das ist Ihr gutes Recht."

Ein langer, anstrengender Ritt in dem Stadium der Schwangerschaft, in dem sie war, das war kein erfreulicher Ausblick, aber sie wußte, noch konnte sie allein nicht überleben.

Ob sie dazu jemals in der Lage sein würde?

19

Wenigstens hatte Deborah nach Sid Millers Tod ein Pferd für sich allein. Aber selbst als die ersten Sonnenstrahlen durch das Hüttenfenster drangen und die Männer draußen langsam aufstanden, war Deborah noch nicht ganz sicher, ob sie die übereilte Flucht mitmachen sollte.

Hier in der Hütte hatte sie die nötige Ruhe und Erholung gehabt, und die konnte sie nicht leichten Herzens aufgeben. Sie hatte auch darauf gebaut, von dort Hilfe zu erhalten, wenn sie soweit war. Wenn sie mit Griff ging, bedeutete das für sie wiederum eine unsichere — und wahrscheinlich gefährliche — Zukunft. Aber konnte sie Killions Wort wirklich trauen? Er war nur ein Fremder und trotz allem ein Vertreter des Gesetzes. Sein ganzes religiöses Gehabe konnte bloße Tarnung sein. Wenn Killion mit anderen hierher zurückkam und wenn sie sie hier finden würden, allein oder nicht, dann bestand kein Zweifel daran, was sie erwartete. Mit größter Wahrscheinlichkeit würde man sie wieder ins Gefängnis werfen, selbst wenn ihre fortgeschrittene Schwangerschaft sie vor dem Galgen retten würde. In dieses Schicksal wollte sie sich jetzt nicht mehr fügen.

Aber wenn man Killion trauen konnte, konnte sie hier draußen in Ruhe und Frieden ihr Kind zur Welt bringen. Natürlich wäre dann niemand da, um aus der Siedlung Hilfe zu holen, wenn sie sie brauchte.

Schließlich kam sie zu dem Schluß, daß die Risiken, wenn sie blieb, größer waren als die, wenn sie ging, und Deborah beschloß, sich den Outlaws anzuschließen. Sids Pferd war ein weiterer Grund, der dafür sprach. Bevor also das Rosa und Rot vom weiten Himmel verschwunden war, verließen die acht Reiter den versteckten Platz um die kleine Hütte. Deborah sah nur kurz zurück. Es war nicht die Zeit, sich an etwas zu klammern.

Die Luft war an diesem Morgen kühl und roch nach bevorstehendem Regen. Deborah war Sid auch für den schafsledernen Mantel dankbar, den sie jetzt eng um sich schlang. Er war ihr zu groß und paßte deshalb um ihren schwellenden Leib, aber er roch schlecht und verursachte ihr Übelkeit. Sie wußte aber, bald würde seine Wärme sie diesen Ekel vergessen lassen. Der Sommer war bereits eine ferne Erinnerung, und der Winter stand unmittelbar vor der Tür. Sie hatte keine Ahnung, wohin Griff sie führte oder wie lange sie unterwegs sein würden, aber es war sehr wahrscheinlich, daß der Winter sie auf ihrer Reise überraschen würde.

Sie folgten dem Red River westwärts, bis sie eine passende Stelle zum Überqueren fanden, dann ritten sie nordwärts über die Plains. Sie waren jetzt auf Indianergebiet und entfernten sich Meile für Meile von Texas. Deborah hätte es nie für möglich gehalten, daß sie sich so weit von der Stoner Ranch entfernen konnte. Jetzt war sie viele Tagesreisen weit weg von dieser alptraumartigen Welt, in der sie so lange gefangen gewesen war. Hatte Caleb Stoner es nach all der Zeit aufgegeben, sie zu finden? So gern sie es auch geglaubt hätte, sie wußte es besser. Caleb war nicht der Mann, der so schnell aufgab. Tatsächlich rechnete Deborah damit, daß sie den Rest ihres Lebens unter der Drohung seiner Rache leben mußte. Ganz gleich, wohin sie ging oder was aus ihr wurde, immer würde sie auf der Hut sein müssen, daß er sie nicht fand. Sie war Hunderte Meilen von Stoner's Crossing entfernt, aber war das auch weit genug?

Sein Sohn, sein ältester Sohn — das war Calebs ganzes Leben gewesen. Wenn solch ein Mann sich überhaupt an irgend etwas freuen konnte, dann daran, daß dieser geliebte Sohn seinen Namen und sein Blut weitertragen würde, wenn er selber starb. Er würde in die Tiefen der Hölle hinabsteigen, um den Mörder seines Sohnes zu finden, und die bittere Ironie, daß seine einzigen Erben jetzt die Bastarde waren, die er verachtete, würde seinen Haß nur noch steigern.

Zum ersten Mal seit langer Zeit dachte Deborah an Laban. Er haßte sie alle, auch sie, weil sie an Jacobs Weggehen schuld war. Aber jetzt hatte Laban gute Aussichten, Herr des Stonerreiches zu werden. Jacob würde nie zurückkehren, er hatte das einzige getan, was er wahrscheinlich tun konnte. Während des Gerichtsverfahrens hatte Deborah manchmal die flüchtige Hoffnung gehegt, er würde sie retten ... aber natürlich hätte das einzig und allein dazu geführt, daß sie beide getötet worden wären. Jacob war für immer verschwunden, und obwohl sie sich um ihn sorgte und ihn als Freund in Erinnerung behielt, wußte sie, daß das alles war, was sie für ihn empfand. Sie war glücklich, daß er entkommen war. Nur manchmal störte eine nagende Angst sie in dieser Vorstellung: daß er nicht gekommen war, weil er tot war. Wenn das so war oder er einfach niemals zurückkehrte, dann würde Laban Calebs ganzen Besitz erben, und das war vielleicht die größte Ironie.

Deborah tröstete sich etwas damit, daß Caleb seine Tage in dem Bewußtsein beschließen würde, daß ein Mensch ihn beerbte, der ihn haßte und verachtete. Komisch, daß der einzige, der von den Tragödien der letzten beiden Jahre einen Nutzen haben würde, ausgerechnet der ruhige, gleichgültige, scheue Laban war. Deborah jedenfalls freute sich für ihn; er verdiente es als Ausgleich für all sein Leiden.

Die Reiter kamen schnell voran; nach eineinhalb Tagen überquerten sie bei stürmischem Wetter den Washita River. Am Tag danach regnete es unaufhörlich, und schlechtes Wetter drohte auch am dritten Tag mit niedrigen Temperaturen und beißendem Wind. Sie machten an diesem Tag früh halt, als sie einen abgelegenen Platz fanden, an dem sie geschützter waren als auf der offenen Prärie. Griff entzündete ein Feuer und machte Kaffee; die Indianer waren ihm gleichgültig. Ohnehin, sagte er, seien die Indianer wahrscheinlich in ihren Wintercamps und nicht auf Kampf bedacht. Zur Sicherheit stellte er dennoch zwei Posten auf.

Mitch übernahm die erste Wache und fand südöstlich des Lagers einen guten Beobachtungsplatz auf einer kleinen Anhöhe. Er lehnte sich an einen Felsen zurück und wartete, daß jemand ihm einen Becher heißen Kaffee brachte, als er in der Ferne eine Bewegung wahrnahm. Er versuchte, etwas zu erkennen, aber die Reiter waren noch zu weit entfernt. Nur eins konnte er sehen: es waren keine Indianer. Er verschwendete keine weitere Zeit mit Vermutungen und eilte zurück zum Camp.

„Reiter von Süden!" rief er, als Griff gerade seine erste Tasse Kaffee eingoß.

Griff hielt mitten in der Luft ein. „Reiter? Indianer?"

„Keine Indianer, da bin ich sicher. Weiße. Sieht man an der Art, wie sie reiten."

„Soldaten?"

„Nein. Die Uniformen hätte ich erkannt. Es ist ein gutes Dutzend, und sie sind schnell."

Griff sprang auf, sah kurz und sehnsüchtig auf seinen Kaffee und schüttete ihn mit dem Rest der Kanne ins Feuer. Das Feuer zu löschen war wahrscheinlich ohnehin vergeblich.

„Sieht aus, als wären es Gesetzeshüter", sagte er. „Sieht aus, als hätten sie uns doch noch eingeholt."

„Du glaubst doch nicht, daß es Killion war?" fragte Mitch.

Bevor er antwortete, sah Griff unwillkürlich zu Deborah hinüber, dann zuckte er bedauernd die Schultern. „Könnte sein", sagte er unverbindlich. „Könnte natürlich auch ein Zufall sein."

„Sie brauchen sich nicht zurückzuhalten, Mr. McCulloch", sagte Deborah bissig. „Ich habe mich geirrt, und es tut mir leid. Ich hoffe nur, ich habe uns nicht alle in Schwierigkeiten gebracht."

„Noch ist nichts entschieden", sagte Griff. „Wir haben immer noch eine Chance, sie abzuhängen." Er sagte nicht, *es sei denn, es sind Texas Rangers*, aber das war es, was er dachte. Sein Ton blieb zuversichtlich. „Steigen wir auf. Wir haben noch ein paar Stunden Tageslicht."

Sie legten ein großes Stück zurück und ritten auch nach Sonnenuntergang noch so lange weiter, wie der Boden eben und der Weg erkennbar war. Longjim, ein erfahrener Trapper, der einige Jahre bei den Crow Indianern gelebt hatte, kannte das Land sehr gut und war ein verläßlicher Führer, aber selbst er wußte nicht weiter, als dicke Wolken vor den Halbmond zogen. Sie verbrachten die Nacht in einem ungemütlichen, kalten Camp und hörten die Wölfe heulen. Deborah zitterte und warf einen ängstlichen Blick auf Griff. Er versicherte ihr, daß Wölfe niemals Menschen angreifen, wenn man sie nicht reizt, aber er stellte eine weitere Wache bei den Pferden auf. Sie schliefen wenig; sie fragten sich, ob sie wirklich verfolgt wurden, oder ob die Reiter vielleicht nur Outlaws waren wie sie selber. Aber ganz gleich, wer da hinter ihnen war, Griff würde auf keinen Fall ein Risiko eingehen. Selbst Gesetzlose wie sie stellten eine Gefahr dar, und ein paar kannte er, die ganz besonderes Interesse an der Last in ihren Satteltaschen haben würden. Entgegen einer verbreiteten Vorstellung gab es zwischen Dieben nicht viel ehrenhaftes Verhalten, besonders nicht im Westen.

Am nächsten Morgen, noch zwei Stunden vor Sonnenaufgang, brachen sie ihr Lager ab und bestiegen die Pferde. Deborah war nach dem harten Ritt des vergangenen Tages erschöpft und müde und würde kaum einen weiteren solchen Tag überstehen. Aber Griff gab an diesem Tag ein noch schärferes Tempo vor – ein Tempo, das regelrecht wild wurde, nachdem sie den Canadian River überquert und kurz gerastet hatten. Griff sah ihre Verfolger in einer Schlucht, nur etwa eine oder zwei Stunden hinter ihnen. Mitch sagte, das war immer noch etwa dieselbe Entfernung wie in dem Moment, als er sie zuerst gesehen hatte.

„Sie müssen die ganze Nacht geritten sein", sagte Mitch.

„Jedenfalls ist ganz klar, daß die nicht rein zufällig da sind", sagte Griff und schüttelte den Kopf. Er sah seine Männer an. „Ich habe gehofft, daß wir als Schutz gegen die Indianer zusammenbleiben können, aber wenn sie noch näher kommen, müssen wir uns in Gruppen zu zwei oder drei teilen. Mrs. Stoner, Sie bleiben bei mir."

„Ich hoffe bloß, es sind keine Ranger", sagte Slim und sprach die Ängste aller aus.

„Los, reiten wir!" sagte Griff und gab seinem Fuchs die Sporen.

Sie konnten – zu Deborahs großer Erleichterung – nicht ewig in diesem Tempo weiterreiten. Obwohl sie eine ausgezeichnete Reiterin war, konnte man von einer Frau in ihrem Zustand nicht erwarten, daß sie sich derart verausgabte. Am Mittag mußten sie Rast einlegen, nicht so sehr wegen Deborah – sie würden sonst ihre Pferde umbringen. Sie aßen hastig etwas Kaltes, während die Pferde tranken und Gras auszupften. Griff ging die ganze Zeit herum und hielt nur ein, um seine Augen mit den Händen abzuschirmen und nach ihren Verfolgern zu spähen. Sie schienen immer näher zu kommen. Wer waren sie, daß sie das durchhielten? Es war unmöglich, daß Sheriff Pollard von Stoner's Crossing diese Kraft und Hartnäckigkeit aufbringen würde. Selbst

Griffs Feinde aus der allerletzten Zeit konnten nicht derart unnachgiebig sein. Es mußten Ranger sein.

Deborah dachte ebenso. Und aus den Gesprächen der Männer und aus dem, was sie über die Texas Ranger schon wußte, schloß auch sie, daß es Ranger waren, die sie so gnadenlos verfolgten. Sam Killion, Ex-Ranger, Wanderprediger und Scheinheiliger, hatte sie betrogen. Aber es war ihr Fehler, zu vertrauensselig gewesen zu sein. Hatte sie denn nichts von den Stoners gelernt? Würde sie je diese Zuversicht verlieren, die so tief in ihr saß und vielleicht doch noch ihr ganzes Leben ruinieren würde? Sie hätte Sid Miller nicht daran hindern sollen, Killion zu erschießen. Jetzt würden sie, Griff und sechs andere, ihre Dummheit mit dem Leben bezahlen. Wenn sie Killion je wiedersehen sollte, würde sie ihn eigenhändig umbringen!

Nach nur fünfzehn Minuten Pause stiegen sie wieder in ihre harten Sättel. Sie ritten an diesem Tag viele Meilen, und als es Nacht wurde, mußten sie schlafen, wenn auch nur für eine Stunde. Griff dachte, daß auch die Ranger einmal schlafen mußten. Sie mußten einfach!

Also fielen die Outlaws fast aus ihren Sätteln, als die Nacht hereinbrach. Sie schliefen drei Stunden und machten sich nicht einmal die Mühe, eine Wache aufzustellen.

Griff wachte zuerst auf, mit einem unguten Gefühl. Er hatte selbst Wache halten wollen, aber er war im selben Moment eingeschlafen, in dem er vom Sattel gestiegen war. Er weckte mit Mühe seine Kumpane, er mußte laut drohen und sie anstoßen, um sie aus dem Schlaf zu reißen. Sie besprachen, ob sie sich teilen sollten, aber sie entschieden sich schließlich, so lange wie nur irgend möglich zusammenzubleiben. Griff sagte, er würde die Augen nach einem guten Platz für eine Konfrontation offenhalten, weil es besser war, sie suchten ihn aus als ihre Feinde.

Es sollte nie dazu kommen.

Den Rest der Nacht kamen die erschöpften Outlaws nur mühsam und langsam voran, denn auch die Pferde waren erschöpft. Bei Sonnenaufgang war kein Zeichen von Verfolgung zu sehen, aber sie waren alle zu müde, um sich zu freuen oder irgend etwas anderes zu tun, als stumpfsinnig voranzustapfen. Wenigstens blieb ihnen eine kleine Hoffnung, daß ihre Verfolger auch nur Menschen waren und nicht schlaflose, unermüdbare Kreaturen einer anderen Welt.

Drei Stunden nach Sonnenaufgang waren die Outlaws ein ganzes Stück nach Osten abgedriftet; sie hofften, durch Richtungswechsel ihre Verfolger abzuschütteln. Und sie glaubten, daß ihr Plan funktionierte. Die grasbewachsenen Plains waren langsam in das Tal des Cimarron River mit seinem kurzen Gras und seinen verschiedenen Baumarten übergegangen, die Abwechslung in die eintönige Landschaft brachten. Statt Zeit damit zu verschwenden, einen günstigen Platz für die Überquerung zu finden, ritten sie ostwärts an seinem Ufer entlang. Und dann hörten sie plötzlich ganz nah das Geräusch von Pferdehufen. Augenblicke nachdem die Outlaws die Böschung hinuntergeritten waren, erschienen oben ein Dutzend Reiter. Irgendwie mußten sie ihnen den Weg abgeschnitten haben, denn sie konnten unmöglich drei Tage ohne Schlaf geritten sein. Wie auch immer, da waren sie, schießend, als sie sich wie Raubvögel auf die Outlaws stürzten.

Griff und seine Männer hatten jetzt keine andere Möglichkeit mehr, als den Fluß zu überqueren, in der Hoffnung, daß das Wasser nicht zu tief war. In einem Chaos von Schüssen und wiehernden Pferden, die nicht mehr weiter wollten, glitten die Outlaws ins Wasser, das an der tiefsten Stelle bis zu den Sätteln reichte. Mit eingezogenem Kopf wunderte sich Deborah, wie sie den Salven zu entkommen schienen, die auf sie abgefeuert wurden. Vielleicht waren das doch keine Ranger, denn Texas Ranger waren für ihre Treffsicherheit berühmt. Dann, wie zum Hohn auf ihre vorübergehende Zuversicht, hörte sie einen Schrei und sah einen der Outlaws ins Wasser fallen, mitten in einer roten Lache, die sich um ihn herum ausbreitete.

Diejenigen, die das Ufer zuerst erreichten, hielten an, um zurückzufeuern und ihre Kameraden zu decken. Aber als sie alle an Land waren, setzten sie ihre Flucht fort und hielten nur hier und da, um auf die Gesetzeshüter zu schießen, die ebenfalls den Fluß überquerten. Der Vorsprung war jedoch nur von kurzer Dauer, und allzu schnell waren ihre Verfolger wieder in Schußweite.

Es hatte keinen Sinn mehr zu fliehen. Griff sah sich verzweifelt um auf der Suche nach geeigneter Deckung. Aber es gab nichts als dürre Bäume und ein paar kleine Felsen. Es war Zeit, daß sie sich zerstreuten. Ihre einzige Hoffnung bestand jetzt darin, die Kraft der Gesetzeshüter zu teilen, wenn sie überhaupt welche waren.

Deborah war fest entschlossen, Griff im Auge zu behalten und bei ihm zu bleiben, wie er es ihr gesagt hatte. Aber in dem Moment, wo er sich scharf nach links einer Gruppe Bäume zuwandte, fühlte sie einen reißenden Schmerz in der rechten Schulter. Die Überraschung und der Schock machten sie völlig kopflos. Sie konnte Griff nicht mehr sehen, als ...

Krach!

Sie sah den niedrigen Ast nicht. Er traf sie an der Brust und warf sie vom Pferd. Sie fiel mit einem dumpfen Schlag zu Boden und sah nur noch verschwommen Pferde vorbeistürmen, als schwarze Nacht sie einhüllte.

20

Die Dunkelheit blieb. Deborah fragte sich, ob sie noch immer bewußtlos oder vielleicht vom Sturz blind war. Mehrere schreckliche Augenblicke vergingen, bevor ihr klar wurde, daß es Nacht war. Sie mußte viele Stunden so dagelegen haben, denn es war früher Nachmittag gewesen, als sie vom Pferd gestürzt war.

Aber wo waren sie alle? Warum hatten sie sie zurückgelassen? Wollten nicht einmal die Gesetzeshüter sie festhalten?

Ihr betäubter Geist wurde langsam klarer, und schließlich fragte sie sich, was wohl geschehen sein mochte. Zunächst einmal wußte sie, daß sie noch an derselben Stelle lag, an der sie gestürzt war, denn als ihre Augen sich an die Dunkelheit gewöhnten, konnte sie den Ast erkennen, der sie vom Pferd gerissen hatte. Vielleicht hatte nicht einmal jemand ihren Sturz bemerkt? Die Gesetzeshüter, die nur die Outlaws im Auge hatten, konnten sie völlig übersehen haben. Und Griff hatte mit Sicherheit keine Möglichkeit gehabt, zu ihr zurückzukommen. Sie erwartete es auch nicht von ihm und war auf eine Weise sogar froh, denn sie wäre nur noch tiefer in seine Schuld geraten. Sehr wahrscheinlich nahm er an, daß sie bei der Schießerei ums Leben gekommen war. Vielleicht war Griff selber tot. Dieser Gedanke machte sie ein wenig traurig. Sie wollte keine Bindungen, besonders nicht an Männer, aber Griff war trotz seiner Rauhheit freundlich zu ihr gewesen; auch wenn er ein Gesetzloser war, war er ein guter Mann.

Aber, wie Griff ihr erst vor kurzem gesagt hatte, erlaubte der Westen einem den Luxus der Trauer nicht. Sie mußte sich um ihr eigenes Überleben sorgen. Sie konnte Griff nicht helfen, ob er nun tot war oder lebte, aber für sie selbst gab es immer noch eine Chance.

Sie versuchte, sich zu bewegen. Der Schmerz, der ihr durch die Schulter fuhr, hätte sie beinahe wieder in schwarze Dunkelheit gestürzt, aber sie biß die Zähne zusammen und versuchte es noch einmal. Diesmal war sie vorbereitet und schaffte es. Sie setzte sich auf. Zu ihrer großen Erleichterung waren ihre Beine und ihr linker Arm unverletzt. Nichts war gebrochen. Die nächste Sorge, die ihr durch den Sinn schoß, legte sich sofort, als sie eine schon vertraute Bewegung in ihrem Leib spürte; ihr Kind lebte.

Nachdem sie so weit Klarheit gewonnen hatte, konnte sie mit mehr Ruhe über ihre jetzige Lage nachdenken. Sie war ganz allein in der Wildnis, sie hatte keine Nahrung, kein Pferd, und sie wußte nicht, wo sie war oder in welche Richtung sie gehen sollte. Merkwürdig, aber die Aussichtslosigkeit ihrer Lage versetzte sie nicht in Panik. Sie wünschte, sie hätte besser auf Griff gehört, aber einiges hatte sie immerhin von ihm gelernt. Vielleicht war es dumm von ihr zu glauben, daß das bißchen, was sie von den Outlaws über das Leben in der Wildnis gelernt hatte, ihr jetzt wirklich helfen würde, aber mehr wußte sie nicht, und sie wollte nicht aufgeben. Drei Monate früher hätte sie wahrscheinlich genau das getan, denn sie war eine geschlagene und unterworfene Frau gewesen, die den Tod als willkommene Erlösung begrüßt hatte. Aber die folgende Zeit hatte ihr, wenn auch nicht all ihre Zuversicht und all ihren Lebenswillen, so doch ihre körperliche Kraft wiedergegeben. Sie fühlte auch eine gewisse Hoffnung in sich aufkeimen, wenn sie vielleicht auch nur ihrem starken Willen entsprang, Caleb Stoner keinen Sieg über sie zu gönnen. Und wenn es nur aus diesem einzigen Grund sein sollte, würde sie doch diese neue Prüfung bestehen, um zu beweisen, daß es einige Dinge, einige Menschen auf der Welt gab, über die Caleb Stoner keine Macht hatte. Zwar würde er nie etwas von ihrem Sieg über ihn erfahren, aber das war nicht wichtig — *sie würde wissen, daß sie gewonnen hatte.* Und das mußte reichen.

Mit dieser brennenden Entschlossenheit stand Deborah mühsam auf. Die stumpfe Nacht flackerte ihr vor Augen und ihr wurde schlecht, aber sie hielt sich an einem nahestehenden Baumstamm fest und hielt ihre Schultern trotz des brennenden Schmerzes gerade. Sie spähte durch die Dunkelheit, fast als glaubte sie, Caleb beobachte sie. Dann machte sie auf zitternden, wackligen Beinen einen Schritt; sie fühlte sich wie ein neugeborenes Fohlen und überhaupt nicht wie eine Frau mit einem starken Willen.

Plötzlich hielt Deborah inne und lächelte. Trotz ihrer Entschlossenheit hatte sie keine Ahnung, wohin sie ging. Sogar erfahrene Outlaws bewegten sich nachts nur sehr ungern von der Stelle. So sehr sie auch weitergehen wollte, befahl ihr doch ihr Verstand, bis Sonnenaufgang zu warten. Aber wie sollte sie selbst bei Tageslicht wissen, welche Richtung sie einschlagen mußte? Griff war nach Norden gezogen, aber wo war Norden? Caleb würde am Ende noch siegen, wenn sie ohne ihren Willen nach Texas zurückging. Wie er triumphieren würde, wenn sie wieder in seine Fänge geriete!

„Denk nach, Deborah!" sagte sie laut in die stille Nacht.

In den Büchern bestimmten die Seeleute ihren Kurs immer nach den Sternen. Unglücklicherweise verdeckten jetzt die Wolken diese himmlischen Führer. Wenn sie nur den Nordstern ausmachen konnte, wäre ihr geholfen. Sie und Graham hatten immer ‚Sternschau' gemacht und hatten viele der Konstellationen erkennen können. Der Große Bär, Orion, die Zwillinge ... sie kannten sie alle. Natürlich hatten sie ein Fernglas zur Unterstützung, und selbst sie konnten an wolkigen Tagen keine Sterne erkennen.

Aber einen zuverlässigen Führer hatte sie – den Fluß. Sie wußte, daß sie am Nordufer des Cimarron River war. Wenn sie ihn nicht wieder überquerte, müßte alles in Ordnung sein. Es stimmte, der Fluß hatte viele Seitenarme und Biegungen, und wenn sie genau senkrecht vom Ufer wegging, würde sie entweder nach Osten oder Westen gehen – und das war besser, als südlich Richtung Texas. Sie konnte dem Fluß in Richtung untergehender Sonne folgen, das wäre nach Westen. Merkwürdigerweise hatte sie kein Verlangen, zurück in Richtung Osten zu gehen, auch wenn sie so wieder nach Virginia gelangen konnte. Irgendwie war ihr klar, daß ihre Zukunft im Westen lag, und mehr noch vertiefte sich ihre Bindung an dieses weite, freie, wilde Land zunehmend. Es gefiel ihr, und es paßte zu der Frau, die sie werden würde.

Sobald sie das Problem der Richtung in Gedanken gelöst hatte, wurde sie plötzlich sehr müde. Die anderen Fragen konnten bis morgen warten, sie konnte jetzt ohnehin nichts weiter tun. Sie hatte keine Waffen, um zu jagen, obwohl sie in irgendeiner Geschichte einmal gelesen hatte, wie ein Mann sich aus einem Ast einen Speer gemacht hatte, mit dem er am Fluß Fische fing. Sie konnte sich nicht gut vorstellen, wie sie mit geschürztem Kleid eine Forelle aus dem Fluß spießte. Aber wenn sie überleben wollte, würde sie eine Menge Dinge tun müssen, die nicht ganz zu einer Lady aus Virginia paßten. Sie hatte sich von ihrer Erziehung schon jetzt ein ganzes Stück entfernt. Noch ein wenig mehr Distanz würde ihr nicht schaden.

„Du wolltest jetzt nicht über Essen nachdenken, Deborah", ermahnte sie sich selbst, als ihr Magen knurrte. „Zeit zu schlafen."

Mit dem Baumstamm im Rücken glitt Deborah vorsichtig auf den Boden. Sie gab ihrer Müdigkeit nicht gern nach, aber sie sagte sich, daß sie viel Blut verloren hatte. In den vergangenen beiden Tagen hatte sie wenig oder gar nicht geschlafen, und sie trug ein neues Leben in sich. Wenn sie morgen überhaupt vom Fleck kommen wollte, brauchte sie jetzt Schlaf. Aber das Heulen der Wölfe hinderte sie noch mehr am Einschlafen.

Dann erinnerte sie sich, wie Griff ihr gesagt hatte, Wölfe greifen niemals Menschen an. Das beruhigte sie ein bißchen. Vielleicht war es gut, daß das Pferd nicht mehr da war; sein Geruch hätte die gefährlichen Bestien mit Sicherheit angelockt. Schließlich machte sie die Augen zu, ohne viel Hoffnung, auf dem harten Boden und draußen in der frostigen Nacht viel Schlaf zu finden.

Strahlender Sonnenschein weckte sie am nächsten Morgen. Sie hatte viele Stunden tief geschlafen. Ihr Körper schmerzte, aber Sids Schafsledermantel hatte sie einigermaßen warmgehalten. Sie streckte sich, um die Starre abzuschütteln; ihre Schulter tat immer noch sehr weh. Aus ihrem Unterrock machte sie sich einen Verband und eine Schlinge für ihren rechten Arm, was ihr sehr half, als sie aufstand und sich etwas bewegte. Bei genauerer Untersuchung stellte sie fest, daß die Kugel glatt ihren Arm durchschlagen hatte — das war medizinisch gesehen eher ein gutes Zeichen, wie sie wußte. Wenn sie die Wunde sauber hielt und eine Infektion vermied, sollte sie ganz von selbst heilen.

Als nächstes dachte Deborah ans Frühstück. Sie hatte seit dem Morgen des vergangenen Tages überhaupt nichts gegessen, und da hatte es nur trockenes Fleisch und trockenen Zwieback gegeben. Wie froh wäre sie jetzt darum gewesen!

Der Gedanke, einen Fisch im Fluß zu fangen, wurde immer verlockender. Sie suchte die Bäume nach einem passenden Ast ab, fand einen, verbrachte fast eine Stunde damit, die kleineren Zweige zu entfernen, bis sie schließlich einen glatten, geraden Stock in der Hand hielt. Das spitze Ende war immer noch ziemlich stumpf, auch nachdem sie es an einer Felskante weiter zugespitzt hatte. Aber es konnte funktionieren.

Sie kam sich ein bißchen lächerlich vor, als sie die Schuhe auszog, mit ihrem Stock zum Wasser ging und vorsichtig hineinstieg. Mehrere Fische schwammen an ihren Füßen vorbei, als sie ihren Speer hob. Aber ein schneller Hieb brachte sie aus dem Gleichgewicht und ließ sie auf dem schlüpfrigen Flußboden ausrutschen. Sie fiel mit einem Platsch kopfunter ins Wasser, ihr Rock schlug ihr ums Gesicht. Spukkend und gurgelnd lachte sie fast bei der Vorstellung, was für ein Bild sie abgeben mußte. Erst der schneidende Schmerz in ihrer Schulter brachte sie zum Verstummen. Unerschrocken begann sie die ganze Prozedur von vorn. Nach dem zehnten vergeblichen Versuch hatte sie so viel Schlamm aufgewirbelt, daß sie nicht einmal mehr einen vorbeischwimmenden Wal erkannt hätte.

Ihr knurrender Magen zwang sie weiterzumachen. Vorsichtig entfernte sie sich von der schlammigen Stelle und wartete auf eine neue Chance. Sie kam — eine hübsche Forelle von etwa fünfundzwanzig Zentimetern Länge. Sie hob ihren Stock, zielte.

Zack!

Ihre Überraschung war groß, als sie den Stock hochhob und die zappelnde Kreatur an seinem Ende aufgespießt fand. Sie lachte laut und watete aus dem Fluß.

Was ihr jetzt bevorstand, war vielleicht der schwierigste Teil der ganzen Übung. Sie hatte nichts, um den Fisch zu putzen, noch weniger, um ihn zu kochen. Entweder sie aß rohen Fisch zum Frühstück oder gar nichts. Deborah sah das Ding angewidert an. War sie wirklich so hungrig? Als Antwort auf ihre stille Frage warf sie das Tier fast zurück ins Wasser. Aber sie besann sich. Vielleicht konnte sie diese Mahlzeit ausfallen lassen, aber irgendwann mußte sie etwas essen, und nächstes Mal würde sie vielleicht nichts fangen. Dieses glitschige Stück war vielleicht ihre einzige Nahrung für Tage. Es wäre eine Sünde, sie zu verschmähen.

Sie wartete, bis die Kreatur ihren Todeskampf zu Ende gebracht hatte. Sie fand den scharfen Felsrand wieder, und es gelang ihr wenigstens, den Kopf abzutrennen und den Fisch grob zu reinigen. Dann atmete sie tief durch und hob ihn an die Lippen.

Irgendwie schluckte sie das Stück hinunter und behielt es unten. Sie spülte mit viel Wasser aus dem Fluß nach. Sie hoffte, daß sie für sehr lange Zeit keinen Hunger mehr haben würde.

Nach dieser Tortur brauchte sie eine gute, lange Rast. Es war fast Mittag, bevor sie ihre Wanderung begann. Der Fluß erwies sich als verläßlicher Führer, und sie fühlte sich sicher, solange sie an ihm entlang ging. Aber sie ging nicht unten, sondern oben auf der Böschung. So hatte sie einen besseren Überblick über ihre Umgebung, und die Gefahr war kleiner, daß sie von irgend etwas oder irgend jemandem überrascht wurde. Sie hatte keine Ahnung, was sie tun sollte, wenn sie von irgendwelchen unfreundlichen Kreaturen angegriffen wurde, menschlichen oder sonstigen, aber sie wußte instinktiv, daß es besser war, eine Gefahr kommen zu sehen als von ihr überrumpelt zu werden. Sie sah ihren Stock an. Er konnte zu mehr als nur zur Nahrungsbeschaffung dienen.

Einmal war ein Trapper auf die Ranch gekommen. Er war ganz in Wildleder gekleidet, ein fauliger Geruch ging von ihm aus, seine Haare waren unter der Biberpelzkappe fettig und verklebt, seine Zähne waren schwarz, und er trug einen wilden, struppigen Bart. Er war aus der Einöde, die er sein Zuhause nannte, gekommen, um sich eine Frau zu suchen. Deborah hatte bedauert, daß sie nicht frei war! Und jetzt fragte sie sich, ob sie in Sids Mantel nicht wie eine Trappersfrau aussehen mußte, mit ihrem schmutzigen, zerrissenen Kleid, das an ihr herabhing, und mit ihrem ungewaschenen Körper darunter. Das Bild wurde noch vervollständigt durch den staubigen, breitkrempigen Hut, den sie trug – Griff hatte ihn ihr überlassen – zusammen mit dem Schmutz und den Flecken in ihrem Gesicht und dem primitiven Speer in ihrer Hand.

Aber so merkwürdig ihre Erscheinung auch gewesen sein mochte, irgendwie schien ihr das wirklicher als die Spitzen und Bänder und gereiften Röcke der vornehmen Südstaatenfrauen.

21

So wanderte Deborah zwei Tage, mit dem Hunger und der Erschöpfung als ständigen Begleitern. Nur einmal sah sie Anzeichen eines anderen menschlichen Wesens. Am zweiten Nachmittag entdeckte sie zu ihrer großen Freude in der Ferne eine große Herde Bisons. Sie war von diesem Anblick so entzückt, daß sie ihre schützende Nähe zum Fluß verließ und näher heranging.

Es waren mindestens ein paar hundert, die friedlich auf der grasigen Ebene weideten. Sie waren wunderbar mit ihren großen zottigen Köpfen und Körpern, so groß wie sie selbst, obgleich sie sich nicht nahe genug herantraute, um ihre genaue Größe richtig einschätzen zu können. Sie hatte die Forschungsberichte von Lewis und Clark und John Freemont gelesen, in denen die Herden als so riesig beschrieben wurden, daß sie das ganze Land schwarz färbten wie ein endloser, wandernder Wald. Dieser Anblick hier bewies, was viele für bloße Legenden hielten. Sie hatte auch gelesen, wie die Indianer diese großen Tiere mit nichts als Pfeil und Bogen oder mit einem Speer zu Fall brachten.

Das war schwer zu glauben, obwohl es so sein mußte, denn Feuerwaffen waren unter ihnen noch sehr selten. Aber wie war es möglich, daß ein bloßes Stück Holz solch eine gigantische Kreatur tödlich treffen konnte? Wenn sie irgend etwas Wertvolles besessen hätte, sie hätte nicht gezögert, es für den Anblick einer solchen Szene zu opfern.

Aus heiterem Himmel, als ob ihr unausgesprochener Wunsch in Erfüllung ginge, näherten sich mehrere Reiter der Herde. Es waren vielleicht zwanzig, und es bestand kein Zweifel, daß sie auf Jagd waren. Die Herde setzte sich beim ersten Anzeichen von Gefahr in Bewegung, und ohne Zweifel waren die Reiter Indianer!

Zu sehr von diesem Anblick gefesselt, um sich zu verbergen, blieb Deborah im Gras stehen, durch nichts als durch ein paar dürre Präriebüsche abgeschirmt. Sie war aber weit von der Szene entfernt, und selbst ein Indianer mit sehr guten Augen würde sie kaum wahrnehmen, es sei denn, er sah direkt zu der Stelle, an der sie stand. Eine ganze Weile stand sie reglos da. Die Büffel waren jetzt in voller Bewegung, aber die Jäger hielten auf ihren schlanken Pferden leicht Schritt. Viel mehr konnte sie nicht erkennen, aber sie sah, wenn einer der Indianer ein Tier erlegte, denn dann fiel der mächtige Büffel auf die Vorderhufe, die unter ihm verschwanden, und krachte zur Erde nieder. Zwei oder drei stürzten auf diese Weise, einige erlagen Gewehrschüssen, bevor die Herde außer Reichweite gestürmt war.

Als die Indianer umkehrten, um ihre Beute zu zerlegen und aufzuladen, wurde Deborah plötzlich klar, daß sie in Gefahr war. Nicht länger voll und ganz mit der Jagd beschäftigt, mochten die Krieger ihre Umgebung etwas genauer ins Auge fassen. Sie kam gar nicht auf den Gedanken, daß sie bei ihnen Hilfe finden könnte, und so warf sie sich schnell ins Gras und hoffte, daß ihre verrückte Neugier nicht ihr Ende bedeutete. Sie kroch vorsichtig zum Fluß zurück und dann die Uferböschung hinab. Dort wartete sie bewegungslos, kaum atmend, wie ihr vorkam für Stunden.

Schließlich kroch sie die Böschung wieder hinauf und zurück zu der Stelle, von der sie die Jagd beobachtet hatte. Sie stand auf und blickte in alle Richtungen, konnte aber nichts mehr sehen. Die Prärie war so leer wie in den vergangenen Tagen ihrer Reise, keine Menschen, keine Tiere waren mehr zu sehen. Die Bisons und die Indianer hätten ebensogut eine bloße Sinnestäuschung sein können, eine Wahnvorstellung, die ihrer Erschöpfung zuzuschreiben war.

Mit jeder Stunde, die sie den Cimarron River entlang weiter wanderte, erstaunte sie mehr über die Wunder, die sie umgaben. Die sanfte, grüne, bewaldete Landschaft von Virginia hatte ihr eine Vorstellung von der Schönheit der Natur gegeben. In den glücklichen Tagen, in denen sie mit Jacob über die Prärie geritten war, hatte sie die eigenartige Schönheit von Texas schätzen gelernt. Aber jetzt wurde die Landschaft ein Teil von ihr wie niemals zuvor. Ihr Leben hing vom Land ab. Entweder sie bekämpfte es wie einen Feind, der sie bei der ersten Gelegenheit zerschmettern würde, oder sie paßte sich ihm an und machte es sich zum Begleiter, zum Freund. Wenn sie hier auf diesen weiten, grasbewachsenen Plains verhungern sollte, dann lag es nicht am Land, sondern an ihrer eigenen Unfähigkeit, wirklich eins mit ihm zu werden. Es bot genug, um all ihre Bedürfnisse zu stillen. Viel frisches, klares Wasser, überreichlich Nahrung und Schönheit, die ihrer Seele guttat. Nur ihr Mangel an Anpassungsfähigkeit hinderte sie daran, von alldem Gebrauch zu machen.

Sie erinnerte sich, wie die Landkarten in ihren Schulbüchern dieses riesige Grasland im Inneren der Vereinigten Staaten genannt hatten: Die Große Amerikanische Wüste. Das stimmte, wenn man sich zu weit von den Flüssen entfernte; dann war das Land trocken, staubig und im Sommer brennend heiß. Der größte Teil war flach und baumlos — deshalb fanden Reisende aus einer Gesellschaft, für die der Wald so wichtig war, nicht viel an ihr zu rühmen. Aber Deborah sah nur Weite und Freiheit. Wenn sie einen der Vollblüter ihres Vaters hätte, würde sie ihm die Zügel ganz locker lassen und mit ihm wie der Wind durch seine endlose Weite fliegen.

Am dritten Morgen ihrer Wanderschaft stieg Deborah bei Sonnenaufgang auf eine kleine Anhöhe etwa hundert Meter vom Fluß entfernt. Sie saß still dort und sah die Sonne über der flachen Prärie aufsteigen, die sich zu ihren Füßen erstreckte. Die Wolken und das Grau der vergangenen Tage waren verschwunden, und der Tag versprach trotz eines kühlen Windes schön zu werden. Der blasse blaue Himmel, von Streifen Rosa geziert, schien sie freundlich zu grüßen. Sie war müde und schwach — manchmal fragte sie sich, ob sie noch einen einzigen Schritt tun konnte —, aber der Anblick erfrischte sie wie ein herzhaftes Frühstück. Sie dachte an ihren Vater und Graham, und das allein war Nahrung für eine müde Seele.

Josiah Martin hatte seine Ehrfurcht vor den Wundern der Natur an sie und ihren Bruder weitergegeben. Wie oft hatte sie ihn sagen hören: „Schönheit ist überall in der Schöpfung, Kinder, wenn man auch manchmal suchen muß, um sie zu finden."

Und immer zitierte er ihnen aus der Schrift. „Die Erde und ihre Fülle ist des Herrn." Und: „Die Himmel künden die Herrlichkeit Gottes, und das Firmament zeigt seine Hand."

Deborah begann plötzlich zu glauben, daß es die Wahrheit sein könnte. Es war unmöglich, daß dieses Land nur zufällig entstanden war, ohne Absicht und Plan. Nichts sprach stärker für die Existenz eines Herrn und Schöpfers als die Natur selbst. Sie zeugte von einem Gott, der an nichts sparte, um eine solch reiche, vibrierende Welt hervorzubringen. Wie sie dort völlig verlassen saß, mit keinem anderen Lebewesen als vielleicht einem Kaninchen im Umkreis von Meilen, fühlte sich Deborah fast wie der einzige Empfänger dieser himmlischen Gabe. Komisch zu denken, daß Gott ausgerechnet ihr etwas schenken sollte! Sie wußte, sie verdiente nichts. Wie oft hatte sie ihn verleugnet, ihn verspottet und sogar verflucht? Sie hatte niemals wirklich seine Existenz bestritten, denn das hätte alles wertlos gemacht, was ihrem Vater lieb und wert war, alles, was er als Mensch war.

Dennoch, wenn Gott verantwortlich war für die Schönheit der Natur, war er dann nicht für jede Seite seiner Schöpfung verantwortlich? Für den Tod und den Schmerz, für die Grausamkeit von Menschen wie Caleb und Leonard Stoner? Aber wie konnte derselbe Gott, der ihr solches Leid geschehen ließ, ihr zugleich all das schenken, was sie hier umgab? Selbst Deborahs Vater hatte auf solch eine Frage keine Antwort. Als Graham starb, konnte er nur sagen, daß Gott einen Zweck verfolgte, daß er irgendwie die Tragödie des Todes zum Guten wenden würde.

Welches Gute war daraus erwachsen? Der Tod ihres Vaters? Ihre katastrophale Ehe mit Leonard? Ihre Hinrichtung, die beinahe vollzogen worden wäre? Eine unerwünschte Schwangerschaft?

Konnte sie denn überhaupt noch daran glauben, daß auch ihr einmal das Gute begegnen würde? Sie schaute zum Himmel auf, wo das Farbenspiel langsam dem blassen Blau des Morgens gewichen war. Sie war nicht so naiv, daß sie ein vollkommenes Leben ohne jede Schwierigkeit für möglich hielt; niemand auf der ganzen Welt hatte ein solches Leben. Aber wenn sie sich je in Gottes Hand begeben, wenn sie je an Ihn glauben sollte, dann mußte sie Ihn zuerst einmal verstehen. Sie mußte sicher sein können, daß sie nicht bloß das Opfer der Launen eines allmächtigen Tyrannen war — einer Art himmlischen Caleb Stoner. Sie würde sich nie, niemals wieder einer solchen Existenz unterwerfen. Und selbst wenn Gott irgendwie ihr Bestes im Sinn hatte, war sie nicht sicher, ob sie ihren Willen noch einmal einem anderen unterordnen konnte.

Sie war am Ende freigekommen, und die ungezähmte Wildnis, die sie umgab, verstärkte dieses Gefühl der Ungebundenheit. Ironisch genug: wenn dieses Land ihr von Gott geschenkt wurde, so war es doch zugleich ein Hindernis für die tiefste Gabe, die Er ihr geben konnte, und das war nicht bloß die Freiheit von körperlichen Fesseln, sondern die Freiheit von den geistigen Bindungen, die sie sich selber auferlegt hatte. Die äußerliche Erleichterung und Freude, die das Land ihr gab, täuschte sie, wenigstens vorübergehend, über ihr tieferes Bedürfnis hinweg. Sie war einfach nicht imstande, den Unterschied zwischen willkürlicher Sklaverei und der Unterwerfung unter Gott zu erkennen.

„Ich könnte glauben", murmelte Deborah in den Wind, „aber ich werde mich niemals unterwerfen. Wenn du wirklich kein Tyrann bist, dann wirst du das akzeptieren."

Sie saß eine ganze Weile dort, bevor sie den Willen fand aufzustehen und den friedlichen Ort zu verlassen, um ihre mühsame und scheinbar hoffnungslose Wanderschaft wieder aufzunehmen. Aber schließlich richtete sie sich auf, ging die Anhöhe hinunter und zog mit dem Fluß zu ihrer Linken weiter. Oft legte sie nicht mehr als sechs oder sieben Meilen am Tag zurück. Sie hielt oft an, legte sich manchmal einfach an der Stelle zu Boden, an der sie gerade angekommen war, und schlief ein. Hin und wieder hörte sie Wölfe heulen, aber sie war zu müde, um sich zu ängstigen. Sie hatte Frieden mit dem Land geschlossen, wenn auch vielleicht nicht mit dem Schöpfer des Landes, und sie war bereit, das Schicksal anzunehmen, das für sie vorbereitet war. Diese wunderbare Wildnis war auch ein guter Ort zum Sterben. Sie hatte immer gewußt, daß Mut und Entschlossenheit allein nicht ausreichen, um die zerbrechliche körperliche Hülle am Leben zu erhalten, die sie in sich barg.

Und von Tag zu Tag wurde diese Hülle schwächer. Ihre Wunde entzündete sich und begann zu eitern. Sie mußte gründlich ausgewaschen und sauber verbunden werden. Aber sie wagte nicht, ein Bad im Fluß zu nehmen, denn das kalte Wasser und die kalte Luft würden ihr vielleicht eine Lungenentzündung einbringen. Sie konnte zufrieden sein, daß ihr unfreiwilliges Bad beim Fischen keine schlimmen Folgen für sie gehabt hatte, aber jetzt war sie viel schwächer, und sie würde keine zusätzliche Belastung mehr überstehen. Sie hatte noch zweimal rohen Fisch zum Essen aufgespießt, aber als sie es ein viertes Mal versuchte, wurde sie krank, erbrach das wenige Essen und hatte danach stundenlange Krämpfe. Der bloße Gedanke an Fisch, roh oder nicht, verursachte ihr Übelkeit. Lange würde sie nicht mehr durchhalten.

Sie begann zu zweifeln, ob der Weg am Fluß entlang wirklich der beste war. Vielleicht führte er sie nur noch weiter von der Zivilisation weg. Sie wußte so wenig über diesen Landstrich wie die meisten Weißen. Das sogenannte Ödland interessierte sie nicht, und deshalb hatten sie es vor dreißig Jahren den Indianern zugesprochen. Sie wußte nichts von weißen Siedlungen in diesem Gebiet, aber sie glaubte zu wissen, daß der Cimarron River stellenweise der Grenze von Kansas sehr nahe kam, wo es ganz sicher Siedlungen und Forts gab. Aber wenn sie auch nur fünfzig Meilen von Kansas entfernt war, konnte das bei ihrer Geschwindigkeit viele Tagesreisen bedeuten. Ohne Nahrung und medizinische Versorgung konnte sie das kaum schaffen.

Wenn sie es wagte, sich vom Fluß zu entfernen, lief sie Gefahr zu verdursten, denn Wasser würde sie kaum finden. Sie blickte nach Norden. Griff hatte diese Richtung einschlagen wollen. Er hatte nie etwas von einem anderen Versteck dort draußen gesagt, auch nichts von einer Stadt, in die er wollte. Wenn Griff diesen Weg gewählt hatte, mußte es dort Wasser geben; aber die Entfernungen zwischen den Wasserstellen zu Pferd waren etwas ganz anderes als die Entfernungen für eine erschöpfte, kranke Frau zu Fuß. Am Fluß brauchte sie sich wenigstens über das Wasser keine Gedanken zu machen.

Sie warf einen letzten sehnsüchtigen Blick nach Norden, dann nahm sie ihren Weg am Fluß entlang wieder auf. Sie dachte an die Indianer, die sie neulich beobachtet hatte. Sie hatten Nahrung und Schutz vor dem kalten Wind und vielleicht sogar Medizin gegen die Schmerzen in ihrer Schulter. Wahrscheinlich wäre es gar nicht so schlimm, wenn Indianer sie fanden. Oh, sie hatte die schrecklichen Geschichten von weißen Frauen gehört, die von ihnen gefangen worden waren. Caleb hatte ihr welche erzählt, um ihr jede Idee ans Weglaufen auszutreiben. Immer liefen diese Geschichten darauf hinaus, daß die Frauen verstümmelt und mißbraucht wurden, in Schmutz und Elend als Sklaven und Lasttiere der Krieger dienen mußten.

Gar nicht so verschieden von meinem Leben in Stoner's Crossing, dachte Deborah mit bitterer Ironie.

Sie würde alles geben für den Anblick eines menschlichen Gesichtes — ganz gleich ob rot oder weiß. Aber war sie wirklich so verzweifelt? Würde sie ihre Freiheit aufgeben? Glücklicherweise wurde Deborah nie vor diese Wahl gestellt.

Am Vormittag ihres vierten Tages wurde der Wind noch schärfer und kälter. Deborah hatte von diesen eisigen Stürmen gehört; in Texas nannte man sie ‚Nordstürme', wahrscheinlich, weil sie direkt vom Nordpol her zu wehen schienen. Deborah kam nur noch sehr langsam voran, manchmal auch gar nicht mehr, wenn sie versuchte, gegen den Wind anzugehen wie ein Schiff gegen den Sturm. Oft wurde sie zu Boden geworfen, und es kostete sie ihre ganze Kraft, wieder auf die Füße zu kommen, nur um nach wenigen Schritten erneut niedergeworfen zu werden. Zeitweilig kroch sie nur noch auf dem Boden durch den Schlamm, wenn es regnete. Der Wind und der Regen ließen sie fast erstarren, während der Schlamm sie beinahe blind machte. Nach einer Stunde dieses aussichtslosen Kampfes wollte sie nicht mehr weiter; sie wollte sich nur noch dort hinlegen, wo sie gerade war, und ausruhen. Aber sie wußte instinktiv, wenn sie das tat, würde sie nie wieder aufstehen. Solange sie in Bewegung blieb, blieb sie am Leben, und das war bald das einzige, woran sie Leben und Tod unterscheiden konnte.

22

Deborah wußte nicht mehr, ob sie noch in der richtigen Richtung ging. Sie konnte bei den Wolkengüssen den Fluß nicht mehr sehen. Aber es war ihr auch gleichgültig geworden.
    Bis jetzt hatte sie eine kleine Hoffnung zu überleben gehabt. Das Land war ihr entgegengekommen, es war freundlich. Sie hätte die Kraft gefunden, noch ein paar Tage weiter zu wandern. Jetzt wußte Deborah nicht mehr weiter. Die Prärie hatte sich plötzlich gegen sie gewendet und war feindselig geworden. Sie streckte ihr nicht mehr freundlich die Arme entgegen, sondern schlug sie stattdessen mit Fäusten. Wie alles andere in diesem Leben wollte sie sie zerstören, ihren Geist brechen, sie unterwerfen, sie töten.
    „Schlag mich nicht, Leonard, bitte! Ich werde versuchen, dir eine bessere Frau zu sein."
    Deborah krallte die Finger in die schlammige Erde und versuchte, ihren schwachen Körper voranzuziehen. Aber die Erde, der schüttende Regen und der eisige Wind waren nicht mehr klar zu unterscheiden. Sie waren Ungeheuer mit riesigen, gähnenden Schlünden und scharfen, eisigen Zähnen, bereit, sie zu verschlingen.

„Die Erde ist des Herrn ..."

War dies denn Seine Antwort an sie? Ihr Seine Gabe aus den Händen reißen, weil Er sie nicht völlig unterwerfen konnte?

„Oh, Papa, wie konntest du dich so irren?"

Bald tauchten weitere Ungeheuer vor Deborah auf. Sie konnte sich nicht wehren, denn sie war nicht mehr imstande, Traum und Realität zu unterscheiden. War es die eisige Feuchte des Regens oder die gemeine Berührung ihres Mannes? Und dieses Geräusch — der heulende Wind, oder ... oder Caleb Stoners vorwurfsvolles Krächzen?

„Du hast meinen Sohn getötet, und du wirst dafür büßen!"

„Habe ich denn nicht schon dafür bezahlt? Wieviel muß ich noch leiden, bis du zufrieden bist?"

Aber Leonard war tot. Warum ging das Leiden immer weiter? Würde sie niemals frei sein? So lange hatte sie nur an seinen Tod gedacht und an die Befreiung, die er bedeuten würde. Sie hatte diese Waffe gekauft und gebetet — gebetet! —, daß er sie zwingen würde, sie zu benutzen. Aber es war nicht so gekommen, wie sie geplant hatte. Sie war noch immer nicht frei, nicht wirklich.

„Weißt du das nicht, Deborah, ich werde immer Macht über dich haben! Denk daran, es ist mein Kind, das du in dir trägst."

Das Heulen des Windes wurde zu einem höhnenden, bösen Gelächter, als der Geist von Deborahs totem Ehemann vor ihr auftauchte, alptraumartig, angsteinflößend.

Er hatte den Tod verdient. Kein ehrliches Gericht hätte sie verurteilt. Er hatte diese Kugel im Rücken verdient. Aber Caleb hatte alles verdreht, die Lüge zur Wahrheit und die Wahrheit zur Lüge gemacht, bis selbst sie nicht mehr wußte, was wirklich geschehen war. Und die ganze Stadt glaubte ihm; sie konnte nichts dagegen tun.

„Ja, Sir, Euer Ehren. Sie kam in meinen Laden und kaufte eine Derringer. Sie sagte, es sollte ein Geschenk für ihren Mann sein, und deshalb sollte ich es für mich behalten." Die verdammte Aussage des Ladenbesitzers.

„Sieht aus, als ob sie seit Monaten geplant hat, ihn umzubringen."

„Gleichgültig, ob sie eine andere Waffe benutzt hat. Derringer oder Colt, der Mann ist ebenso tot."

„Sie sagte, er hat sie geschlagen." Sogar die nette Frau des Bankdirektors! „Aber ich habe nie blaue Flecken an ihr bemerkt."

„Sie und mein Bruder Jacob trafen sich heimlich." O Laban! Nicht auch du!

Während des ganzen Verfahrens hatte nicht ein einziger etwas zu ihren Gunsten gesagt. Selbst Fremde hatten sie bezichtigt. Die Frau aus dem Saloon – Deborah hatte sie vor dem Gerichtsverfahren niemals gesehen. Was für ein triumphierendes Leuchten in ihren Augen, als sie aussagte!

„*Ich war mit Senor Stoner bekannt, wie mit allen regelmäßigen Kunden.*" Sie war eine hübsche Mexikanerin, drei oder vier Jahre älter als Deborah. Was konnte sie nur gegen Deborah haben?

„*Er war sehr verärgert über das Verhalten seiner Frau. Er sagte nicht, daß sie untreu war, aber eine Frau sieht das auch so. Ich sah, daß er sich für seine Frau schämte.*"

„*Hat er sich Ihnen anvertraut?*" fragte der Richter.

„*Nicht mehr als jeder in einem Saloon. Einmal, als er mehr getrunken hatte als gut für ihn war, sagte er, sie hat ihn aus ihrem Schlafzimmer ausgesperrt und gedroht, ihn umzubringen, wenn er sie anfaßt.*"

Lügen! Alles Lügen!

Warum sagte niemand etwas über die eingetretene Tür oder über ihre verzweifelten Schreie? Aber Leonard war immer vorsichtig gewesen. Möglicherweise wußte nicht einmal Maria alles. Sie wohnte nicht im Haupthaus, und schließlich passierte das Schlimmste immer, wenn sie sich schon lange zurückgezogen hatte.

„*Si, eines Tages war die Tür aufgebrochen.*" Ja, Maria hatte ausgesagt. „*Aber, Senor Richter, was soll ein Mann tun, wenn eine Frau ihre Pflichten nicht erfüllt?*"

„*Gab es tätliche Auseinandersetzungen?*"

„*Nie wurde zwischen ihnen ein freundliches Wort gewechselt, Senor, aber ich habe nie gesehen, daß Senor Leonard Stoner seiner Frau etwas zuleide tat.*"

Nein, natürlich hast du das nicht gesehen. Niemand hat es gesehen.

„*Was ist mit den Wachen?*"

„*Nach den Schwierigkeiten mit Senor Jacob konnte Senor Leonard seiner Frau nicht mehr vertrauen. Er wollte ein eigenes Kind, Euer Ehren. Welcher Mann will das nicht?*"

Ja, alles paßte wunderbar zusammen. Sie hatte allen Grund, ihn umzubringen, aber keine einzige Tatsache, die vor Gericht erörtert wurde, legte Notwehr nahe. Sie war eine untreue Ehefrau, die aus einer beengenden Ehe ausbrechen wollte. Sie hatte einen kaltblütig geplanten Mord begangen, um ihren unmoralischen Neigungen frei nachgehen zu können.

Auch Calebs Lügen hatten nicht geholfen.

„*Ich habe von Anfang an gesehen, daß sie meinem Sohn nichts als*

Unglück bringen würde. Sie war starrköpfig und verdorben. Selbst in ihrer Hochzeitsnacht hat sie sich ihm verweigern wollen. Er hat mir das niedergeschlagen gestanden."

"Es stimmt", bezeugte einer der Hochzeitsgäste. *"Ich trank gerade einen letzten Brandy mit Caleb, als Leonard sich zu uns gesellte — keine Stunde nach .. naja, Sie wissen schon."*

"In welcher Verfassung war er damals?"

"Er sah nicht sehr glücklich aus. Nicht, wie man sich einen Kerl in seiner Hochzeitsnacht vorstellt."

Jeder sah genau das, was er sehen wollte. Sie war ein leichtfertiges Flittchen, eine Mörderin. Mit einer solchen Person konnte man nur eins tun. Niemand protestierte, als sie zum Tod durch den Strang verurteilt wurde. Auch sie selbst nicht.

Sie hatte Leonard getötet, wie sie wahrscheinlich auch Jacob getötet hatte, und sogar Griff. Den einen hatte sie tot sehen wollen, die anderen hatte sie durch eigene Schuld in den sicheren Tod geschickt. Machte es denn einen Unterschied, ob ihr Finger den Abzug drückte oder nicht? Das war es, was Laban am Tag von Jacobs Verschwinden gemeint hatte. Sie hatte ihm damals nicht widersprochen, weshalb sollte sie es also jetzt tun? Alle, die sie liebte, waren tot. Jetzt zu protestieren, das brachte vielleicht nur Leonards wahren Mörder an den Galgen, und Deborah konnte nicht noch einen Menschen sterben sehen. Zu jener Zeit schien es nur richtig, alles mit ihr selber enden zu lassen. Das Leben war ohnehin eine zu schwere Last geworden.

Eine schwere, schwere Last.

So schwer, wie ein triefend nasser Wildledermantel, der ihre Schultern niederzog. Der sie hinunterzog ... in den Schlamm, in den Schmutz. Der brennende Schmerz in ihrem rechten Arm fuhr ihr durch den ganzen Körper. Von einer Frau kann man nicht erwarten, daß sie ewig kämpft.

"O Gott, soll ich hier draußen sterben?"

Aber es paßte, nicht wahr, hier draußen ganz allein zu sterben, in diesem Land, das so freundlich mit ihr gewesen war? Sie konnte sich keinen besseren Sarg wünschen als die offene, grasbewachsene Prärie.

Die Prärie.

Prärie ...

"Du bist ein großes Pferd, angetan mit Donner..."

"O Jacob, warum hast du mich nicht gerettet? ... Du mußt tot sein..."

Deborahs Körper entspannte sich. Sie konnte sich nicht mehr bewegen. Sie war glücklich, daß sie schließlich dem Regen und dem Wind und nicht Caleb Stoner erlag. Sie würde nie sein glühendes Gesicht bei ihrer letzten Niederlage sehen müssen. Er würde nie mit Sicherheit wissen, ob sie lebte oder tot war. Er würde sich immer danach fragen und niemals Gewißheit haben.

Es mußte ihn tödlich getroffen haben, als er sie zitternd mit dem Colt ihres Mannes über Leonards Leiche gefunden hatte.

„Du mörderische Landstreicherin! Du hast meinen Sohn getötet!"

„Nein! Ich habe jemanden gesehen... er kann noch nicht weit gekommen sein... Ich habe die Waffe genommen..."

Aber was half es? Niemand glaubte ihr. Vielleicht hatte sie es doch nur geträumt. Vielleicht war das der Traum, und was sie immer für den Alptraum gehalten hatte, das war die Wirklichkeit. Der Traum, der sie so oft im Schlaf verfolgt hatte, er schien so wirklich. Nur in ihm hielt sie eine Derringer in der Hand, keinen Colt. Aber dieser ungläubige Ausdruck in Leonards Gesicht, der konnte nicht wirklicher sein.

„Laß die Waffe fallen, Deborah."

„Fleh, fleh mich an, dich am Leben zu lassen!"

„Sei nicht verrückt."

„Geh auf die Knie und flehe um Gnade." Sie hob die kleine Waffe und richtete sie auf seinen Kopf. *„Du mußt nur um dein Leben bitten, Leonard. Wie oft mußte ich um Schonung flehen, um meine eigene Seele?"*

„Du verräterisches Flittchen! Du hast verdient, was du bekommen hast!"

„Dann stirb, Leonard! Stirb... stirb..." Niemand soll sagen, Rache ist nicht süß!

Und ihre Hand zitterte nicht mehr, als ihr Finger den Abzug drückte. Aber weckte dieser schreckliche Knall sie aus einem Alptraum, oder stürzte er sie erst in den richtigen Alptraum?

Was ist wirklich in der Nacht passiert, in der Leonard Stoner getötet wurde?

Sie war nicht sicher, ob sie jemanden gesehen hatte. Vielleicht hatten sie recht. Vielleicht war sie wirklich verrückt. Vielleicht war sie wirklich eine Mörderin.

Vielleicht... aber sie hätte die Derringer benutzen müssen, nicht den Colt. Was machte es schon? Ein Colt, eine Derringer... ihr Mann war auf jeden Fall tot.

Und noch immer war sie nicht frei. Noch nicht. Aber bald... bald würde sie es sein. Die schöne Prärie würde sie aufnehmen, würde ihr schließlich doch Frieden schenken. Sie war fertig mit ihrem Kampf. Sie war müde.

„Gott, es tut mir leid, ich konnte nichts anderes als glauben. Es war nicht genug."

Alles, was sie wollte, war Ruhe, wie in Griffs Hütte, nur länger. Länger ...

Bald fühlte Deborah das Drängen des Windes und die eisigen Finger des Regens in ihrem Gesicht nicht mehr. Sie fühlte überhaupt nichts mehr. Auch keinen Frieden. In ihrem Delirium kämpfte sie weiter, kroch auf dem Boden umher, bis sie endlich das Bewußtsein verlor.

Wenigstens hatte der Tod, das Vergessen oder was immer es war dem furchtbaren Regen ein Ende gemacht. Das nächste, was Deborah wahrnahm, war, als sie aufblickte, ein blauer Himmel. Dann fuhr ein Schatten über sie hin.

Nein, kein Schatten, sondern ein Gesicht.

„Griff, bist du es ...?"

Aber die Stimme, die ihr antwortete, war nicht Griffs Stimme, und die Wörter, die sie sprach, waren gemurmelt und fremd.

Ein paar verschleierte Augenblicke folgten, in denen sie nicht weiter überlegen konnte, was ihr geschah. Deborah versank wieder — in Vergessen, wenn nicht Ruhe ... in Bewußtlosigkeit, wenn nicht Tod.

Teil III

Gebrochener Flügel

23

Der Medizinmann Böser Blick hatte ein kräftiges Pony und ein gutes Büffelfell für seine Dienste bekommen. Eine große Summe, wenn der Kranke ein Fremdling war. Er hatte die Geschenke angenommen, obwohl er sah, daß die Krankheit selbst für seine starke Medizin vielleicht nicht mehr heilbar war. Er sah seine Frau Graue Antilope an, die ihm half. Sie hatte einen feierlichen Gesichtsausdruck und schüttelte leicht den Kopf. Sie war besorgt um das Ungeborene, was verständlich war, weil Graue Antilope selber keine Kinder hatte. Es würde ihr im Herzen wehtun, sollte das Kind mit der Mutter sterben.

Sie reichte ihrem Mann das wirksame Gebräu aus süßem Gras, Wacholder, getrockneten, zerriebenen Pilzen und bitteren Wurzeln. Böser Blick sprengte die Mixtur über das Feuer des Wigwams, und der beißende Geruch erfüllte die Luft und reinigte den Medizinmann und seine Patientin.

Dann folgte das Ritual, mit dem der böse Geist aus dem Wigwam getrieben wurde. Böser Blick stimmte einen beschwörenden Gesang an, während er die heilige Rassel schüttelte, die sein Vater vor vielen Sommern aus der Haut einer Schlange gemacht hatte, die er tötete, weil sie die Mutter von Böser Blick angreifen wollte. Das hatte eine starke Wirkung, die bösen Geister würden gehorchen.

Nachdem diese Zeremonie beendet war, reichte Graue Antilope der Patientin einen starken, wohltuenden Kräutertee. Die meiste Zeit lag die kranke Frau in einem unruhigen, fiebrigen Schlaf. Manchmal murmelte sie unzusammenhängend. Manchmal öffnete sie die Augen, ohne etwas zu sehen. Als die arme Frau aufschrie, wußte Graue Antilope nicht zu sagen, ob sie vor Schmerz oder vor Angst schrie. Also gab sie ihr von dem Tee zu trinken, von dem die Frau immer ein wenig wieder ausspuckte. Der Tee würde seine Wirkung tun, er würde sie beruhigen, würde vielleicht Frieden in ihren Schlaf bringen. Er konnte sie auch heilen, denn es waren sehr mächtige Kräuter darin. Aber Böser Blick würde nicht allein auf den Tee vertrauen. Er wußte, die Krankheit der Frau reichte tief.

Böser Blick sah sein kleines Publikum im Wigwam an. Gebrochener Flügel, der die Frau hergebracht hatte, sein Bruder Der-im-Fluß-steht und seine Schwägerin Steinzahn sahen ganz genau zu, denn sie erwarteten für ihre Bezahlung eine gute Leistung, auch wenn der Patient bloß eine weiße Frau war.

Der Medizinmann beugte sich über sie und betrachtete besonders eingehend die entzündete rechte Schulter. Er beugte sich tiefer, bis sein Gesicht ganz dicht über der Wunde war, und er tat, als sauge er die Krankheit aus ihrem Arm. Dann richtete er sich auf, führte die Hand an den Mund und brachte eine kleine Feder hervor. Seine Zuschauer nickten zustimmend. Die Feder sollte natürlich der Grund der Krankheit sein, und mit ihrer Entfernung aus dem Körper der Frau würde sie genesen. Aber es wurden noch mehr Gesänge angestimmt, Graue Antilope gab der Frau noch mehr Tee, und sie strich eine Paste aus denselben Kräutern auf die Wunde.

Jetzt würde man nur noch abwarten können, ob die Frau in dieses Leben zurückkehrte, oder ob sie über den großen abschüssigen Weg und die Milchstraße ins Land der Toten wandern würde.

Graue Antilope scheuchte die Besucher aus dem Wigwam, so daß die Frau den größten Nutzen aus der Arbeit des Medizinmannes ziehen konnte. Gebrochener Flügel zögerte und blickte traurig auf die blasse, kranke Frau, die dick in die besten Felle von Böser Blick eingehüllt dalag.

„Keine Sorge", sagte Graue Antilope, „du bekommst deine Gefangene zurück."

„Ich habe sie nicht gefangen; ich habe sie gefunden", erwiderte Gebrochener Flügel voller Stolz.

„Natürlich, natürlich", sagte Graue Antilope mütterlich. „Ein Geschenk von *Heammawibio* selbst." Sie machte sich nur halbherzig über ihn lustig. Vielleicht stimmte seine Geschichte ja auch.

„Ich habe eine Erscheinung gesucht", sagte der junge Krieger.

„Und du hast eine weiße Frau gefunden."

„Das ist ein gutes Zeichen."

„Wenn sie leben wird."

Böser Blick stellte sich neben sie. „Zweifelst du an mir, Frau?" fragte er mit hochgezogenen Augenbrauen.

„Wenn sie lebt, dann nur wegen deiner großen Kunst, Mann."

Böser Blick lächelte. Er hatte eine kluge Frau, auch wenn sie keine Kinder gebar.

Graue Antilope räumte etwas auf. Böser Blick ging nach draußen und ließ seine Frau mit der Patientin allein. Sie setzte sich auf den schmutzigen Boden neben die Frau und betrachtete sie aufmerksam. Der Tee begann zu wirken, denn sie schien jetzt ruhiger zu schlafen, nicht mehr dagegen anzukämpfen oder gegen welche bösen Geister auch immer, die sie verfolgten. *Unter dem Schmutz und Staub der Reise war sie eine schöne Frau,* dachte Graue Antilope — jedenfalls nach der Art, wie die Weißen darüber dachten. Ihre Haut war blaß und ihr Gesicht schmal, aber das mochte sich im Lauf der Zeit bei guter Verpflegung ändern. Ihr goldenes Haar würde wahrscheinlich leuchten wie die Sonne, wenn all der Schmutz herausgewaschen war. Sie hatte nur ein einziges Mal solches Haar gesehen — am Skalpgürtel eines Kriegers namens Kleine Linke Hand.

Aber diese Frau würde ihr Haar behalten. Gebrochener Flügel verhielt sich sehr beschützend seinem ‚Fund' gegenüber. Falls der weißen Frau etwas geschah, dann wäre der Skalp von Böser Blick ernsthaft in Gefahr!

Trotzdem, es mochte die Mühe wert sein, Gebrochener Flügel die weiße Frau abzukaufen, es wenigstens zu versuchen. Sie konnte dann vielleicht das Kind als ihr eigenes großziehen, besonders wenn die Frau selber starb. Das durfte aber jetzt noch nicht geschehen, denn das Baby schien noch nicht groß genug, um allein zu überleben. Ganz gleich, Gebrochener Flügel würde eine Menge fordern.

War es möglich, daß *Heammawibio,* der Weise Vater, die Frau wirklich als Zeichen zu Gebrochener Flügel geschickt hat? Es war ein ungewöhnliches Zeichen, aber Gebrochener Flügel hatte seine Jugend bei einem Trapper verbracht und viel von den Weißen gelernt; also war ein solches Zeichen vielleicht gar nicht so außergewöhnlich.

Die weiße Frau regte sich, erwachte aber nicht. Sie würde noch eine ganze Weile weiterschlafen.

„Wenn der Weise Vater es will, wirst du leben", murmelte die Indianerin zu dem hingestreckten Bündel. „Wenn er es nicht will und du stirbst, vielleicht stört es dich dann nicht, wenn ich dein Kind großziehe."

Graue Antilope rieb noch mehr Kräuterbrei auf die Schulterwunde der Frau. Es war offensichtlich eine Schußwunde. Konnten andere Indianer auf sie geschossen haben, vielleicht, als sie ihre Leute überfielen, die über die Prärie zogen zum Land jenseits der Berge? Aber Böses Auge sagte, die Wunde stammte aus einer Pistole, und die besaßen die Indianer praktisch gar nicht. Hatten also ihre eigenen Leute auf sie geschossen? Das tun nicht einmal weiße Männer, auf ihre eigenen Frauen schießen, und schon gar nicht, wenn sie ein Kind in sich tragen. Die Frau sprach viele Worte in ihrem Schlaf, aber Graue Antilope verstand die Sprache des weißen Mannes nicht. Vielleicht sollte sie

Gebrochener Flügel zuhören lassen. Er hatte einiges von dem Trapper gelernt.

Eine Stunde später trat Graue Antilope aus dem Wigwam. Vor Stunden, als sie hereingekommen war, war es draußen hell gewesen, und jetzt war es dunkel. Heute schien kein Mond, aber mehrere Feuer brannten im Lager und warfen genug Licht für sie, um die Gestalt zu erkennen, die ihr entgegenkam. Sie lächelte bei sich. Es war Gebrochener Flügel. Er mußte die ganze Zeit vor dem Wigwam gewartet haben, oder er hatte ihn von seinem eigenen Zelt aus im Auge behalten.

„Geht es ihr gut?" fragte er ängstlich.

„Noch nicht."

„Aber sie wird leben?"

„Ich glaube. Sie kämpft."

„Das ist gut. Der Weise Vater ist mit ihr."

„Das kann ich nicht sagen." Graue Antilope warf dem jungen Krieger einen verschlagenen Blick zu. „Die Weiße ist sehr krank. Nur starke Medizin kann sie heilen."

„Deshalb habe ich sie zu Böser Blick gebracht."

„Er wußte am Anfang nicht, wie viel es brauchen würde, um sie zu heilen."

Gebrochener Flügel sah die ältere Frau mißtrauisch an. Er war jung, aber er war kein Dummkopf. „War mein Geschenk zu klein?"

„Für eine kranke weiße Gefangene, nein. Aber für ein Zeichen von *Heammawibio* . . . ?" Sie preßte die Lippen zusammen und nickte tiefsinnig; er sollte seine eigenen Schlüsse ziehen. Das war für ihn nicht schwierig.

„Ich werde ihm noch ein Pferd geben — ein sehr gutes, das ich selbst wild gefangen habe."

„Böser Blick braucht keine Pferde mehr."

„Ha! Welcher Cheyenne braucht keine Pferde?" Er merkte jetzt, daß die Frau für sich selbst, nicht für ihren Mann sprach.

„Ich will das Kind der weißen Frau", sagte Graue Antilope ohne Umschweife.

„Die Weißen trennen sich nicht leicht von ihren Kindern. Darin ähneln sie uns sehr. Nimm mein Pferd, Graue Antilope, es wird dir gut dienen."

Graue Antilope seufzte. Sie wußte, Gebrochener Flügel hatte trotz seiner Jugend recht. Sie wußte auch, daß sie es gar nicht fertiggebracht hätte, der Mutter das Kind wegzunehmen. Es war nur eine verlockende Idee. Es bestand immer noch die Möglichkeit, daß die Frau starb, denn für viele weiße Frauen war das Leben draußen auf den Plains zu schwer. Dann erinnerte sie sich an den Gesichtsausdruck der weißen Frau und besann sich anders. Diese Frau würde nicht so leicht sterben. Ihr Körper mochte zerbrechlich sein wie der eines Kolibris, aber innen besaß sie die Kraft eines Bullen. Wenigstens dachte Graue Antilope das. Man würde später sehen.

24

Deborah lag noch drei weitere Tage zwischen dämmerigem Bewußtsein und völliger Bewußtlosigkeit. Auch als sie zu erwachen schien, war sie nie weit von Fieber und Delirium entfernt. Nicht vor dem sechsten Tag nach ihrer Ankunft im Lager der Cheyenne nördlich des Cimarron River verließ sie endgültig das düstere Land des Fiebers, der völligen Erschöpfung und des Hungertodes.

Als sie schließlich erwachte, ließen die Schatten, die das Feuer an die Wände des Wigwams warf, die Grenze zwischen Traum und Realität verschwimmen. Ihr war sehr warm, und ihr erster bewußter Gedanke war, daß es in der Prärie Sommer geworden sein mußte, daß jener furchtbare Hagelsturm Monate, nicht Tage zurücklag. Aber dann bewegte sie sich, und der erneute Schmerz in ihrer rechten Schulter machte ihr klar, daß erst eine kurze Zeit vergangen sein konnte. Aber wenn es Winter war, weshalb war ihr dann so heiß? Hatte irgendein Siedler sie gefunden und in diese Hütte gebracht? Es war eine merkwürdige Hütte, mit Wänden, die sich rundherum nach innen zu biegen schienen und spitz nach oben zu liefen, mit einer Öffnung, wo ein Dach hätte sein sollen.

Die Decken, die sie so warmhielten, waren ebenfalls merkwürdig. Sie waren schwer, etwas rauh, und sie rochen streng. Aber sie waren warm und gaben ihr ein eigenartiges Gefühl der Geborgenheit.

„Wo bin ich?" fragte sie, aber in schläfrigem Ton, als ob sie auf ihre Frage gar nicht wirklich eine Antwort haben wollte.

Mehrere Stimmen sprachen zugleich, aber sie verstand kein Wort. Sie versuchte, das Halbdunkel ihrer Umgebung zu durchdringen; dann warf jemand Holz ins Feuer, und die Flamme schoß in die Höhe. Sie sah ihre Besucher zum ersten Mal.

Indianer!

Sie wußte, eigentlich sollte sie Angst haben, aber sie fühlte sich zu warm und sicher, um Angst zu haben.

Eine Frau kniete an Deborahs Seite nieder. Sie hielt einen hohlen Kürbis in der Hand und sagte etwas, aber Deborah konnte sie nicht verstehen. Die Frau berührte Deborahs Lippen mit dem Kürbis, offensichtlich, damit sie trinken konnte. Sie schaute in die Schale und sah eine weißliche, cremige Substanz darin. Dann sah sie die Frau an.

Sie war etliche Jahre älter als Deborah, vielleicht in den späten Dreißigern. Ihre dunkle Haut war glatt bis auf Krähenfüße um die Augen und Falten um den langen, dünnen Mund. Sie hatte große schwarze Augen, die im Widerschein des Feuers wie glühende Kohlen aussahen. Sie sprach mit tiefer, melodischer Stimme, zugleich traurig und warm. Deborah verlor sofort die Angst, die sie im ersten Moment vor dem angebotenen Getränk gehabt hatte.

Sie nahm einen großen Schluck. Es war eine kreidige Flüssigkeit, die nach gar nichts schmeckte, und obgleich sie nicht direkt Widerwillen dagegen empfand, hatte sie das deutliche Gefühl, daß es irgendeine Medizin sein mußte. Als sie zu Ende getrunken hatte, legte sie sich wieder zurück und schlief zufrieden ein.

Das Zelt war von Sonnenlicht erhellt, als sie das nächste Mal erwachte. Diesmal hörte sie keine Stimmen, keine Bewegung von Menschen, kein beruhigendes, warmes Feuer. Sie war allein.

Sie schlüpfte unter ihren schweren Decken hervor. Ihre Schulter tat immer noch weh, aber nicht mehr so schlimm wie zuvor. Ihr Körper war steif, gehorchte aber, als sie unsicher jedes Glied einzeln bewegte. Alles schien in Ordnung zu sein, und sie fühlte das Strampeln des Babys. Sie versuchte aufzustehen; das war kein ganz leichtes Unternehmen, wenn man bedachte, daß sie seit vielen Tagen nur gelegen hatte und daß es nichts gab, wo sie sich aufstützen konnte. Sie legte sich atemlos von der Anstrengung wieder hin. Aber jetzt, da sie völlig wach war, wollte sie nicht untätig bleiben. Sie wollte wissen, wo sie war, bei wem, und ob sie eine Gefangene oder eine Patientin war. Sie rollte sich auf die Seite und stemmte sich auf die Knie, kroch wie ein unbeholfenes Tier zu einem der Zeltpfosten und zog sich daran hoch.

Sie hatte nicht mehr ihr graues Musselinkleid an, bemerkte sie, das Kleid, das sie nur zum Waschen ausgezogen und sonst seit dem Tag, an dem Griff sie vor dem Galgen rettete, immer getragen hatte. Jetzt trug sie einen einfachen braunen Umhang aus irgendeinem Tierfell, der ihr lose und formlos bis zu den Waden reichte. Ihr schien es bedeutsam, daß sie nicht länger das graue Kleid trug, aber sie nahm sich nicht die Zeit, länger darüber nachzudenken, was das für sie bedeuten mochte. Andere Fragen waren viel wichtiger.

Ziemlich unsicher auf den Beinen ging Deborah zum Eingang des Wigwams und schob die Decke beiseite. Draußen war es kühler, aber die Sonne schien, und der Himmel war blau. Von dem Sturm, in dem sie ohnmächtig geworden war, gab es keine Spur mehr. Aber es gab eine Menge weitere Zelte, die verstreut an einem kleinen Wasserlauf standen. Von ihrem Standpunkt aus konnte sie mehrere Dutzend sehen, alle genau so wie in den Beschreibungen, die sie gelesen, und wie auf den Bildern, die sie gesehen hatte. Das war wirklich ein Indianerdorf. Die geschäftigen Bewohner, überwiegend Frauen und Kinder, gaben davon lebhaft Zeugnis. Sie hatten alle lange, schwarze Haare und walnußbraune Haut und trugen Kleider aus Wildleder. Deborah sah dem Treiben fünf Minuten gedankenverloren zu. Kinder spielten — Mädchen mit Puppen aus Stöcken und Fellen, Jungen mit kleinen Bögen, die miteinander rangelten oder Fangen spielten. Ein kleines Mädchen ritt mit ihrer Puppe vor sich auf einem Pferd aus Stöcken; beide ritten stolz zwischen den Zelten umher.

Frauen kochten, nähten und taten anderes, was Deborah noch nie gesehen hatte. Eine Frau scheuchte einen bellenden, aufgeregten Hund von etwas weg, was wie ein Webstuhl aussah, außer daß es auf dem Boden ausgebreitet und in ihm ein glattes Leder eingespannt war. Der Anblick war erfreulich, einladend, und sie lächelte trotz all ihrer Sorgen bei der Szene, die sich ihr darbot.

Instinktiv wußte Deborah, daß ihr hier keine Gefahr drohte. Auch als einer nach dem anderen von ihr Notiz zu nehmen begann, die Arbeit aus der Hand legte und sie anstarrte, fühlte Deborah sich nicht bedroht.

Es dauerte nicht lange, bis eine Frau sich erhob, die über ein großes Fell gebeugt stand. Deborah glaubte, sie zu erkennen. Dieses Gesicht war vor ihr erschienen, als sie halb bewußtlos dagelegen hatte, und ihr wurde klar, daß diese Frau sich während ihrer Krankheit um sie gekümmert hatte. Deborah erinnerte sich an das warme, traurige Gesicht, grob, gleich und schön in seiner Einfachheit. Sie erinnerte sich auch an diese Augen, die zu brennen schienen und die jetzt, bei Tageslicht, weicher waren, wenn auch nicht weniger eindringlich. Die Frau kam auf Deborah zu.

„Hallo", sagte Deborah, „ich fühle mich jetzt besser."

Die Frau antwortete in ihrer indianischen Sprache, aber Deborah verstand nichts. Mit ausdrucksvollen Zeichen machte ihr die Frau klar, daß sie nicht herumlaufen, sondern sich wieder hinlegen sollte.

„Aber es geht mir besser", sagte Deborah und begleitete ihre Worte ebenfalls mit einer Art Zeichensprache. „Ich glaube, ich muß Ihnen danken, daß Sie sich um mich gekümmert haben."

Die Frau zuckte verständnislos die Schultern, dann rief sie eins der Kinder, dem sie etwas erklärte; das Kind entfernte sich. Sie wandte sich wieder Deborah zu und schob sie mit Bestimmtheit zurück in den Wigwam und zu ihrem Bett. Deborah wollte nicht gleich jemanden verärgern; außerdem hatte sie das Gefühl, dieser Frau eine Menge zu verdanken. Also gehorchte sie. Sie begann ohnehin, sich wieder sehr schwach zu fühlen.

Die Frau brachte Deborah eine Schüssel mit Essen, eine dicke Suppe mit Fleisch und Wurzelstücken, die wie Zwiebeln schmeckten. Deborah versuchte, ein Zeichen für Löffel zu machen, worauf die Frau ermunternd nickte. Deborah wartete einen Moment, aber kein Löffel wurde gebracht. Die Frau nickte weiter, offensichtlich, damit Deborah anfing zu essen. Deborah wurde schließlich klar, daß sie die Finger benutzen sollte. Sie hatte seit Beginn ihrer Wanderschaft Schlimmeres getan und war auch zu hungrig, sich um Manieren zu sorgen, also griff sie hinein und fischte mit den Fingern nach den größeren Stücken; den Rest trank sie. Was immer es auch war, es schmeckte, und sie nickte freundlich. Die Frau verstand das Kompliment und schien sich zu freuen.

Als Deborah mit ihrer Suppe fertig war, kam das Kind zurück, mit dem die Frau gesprochen hatte, sprach mit der Frau und trollte sich wieder. Die Frau versuchte, ihrem Gast etwas zu erklären, aber als Deborah den Kopf schüttelte und sich für ihr Unverständnis entschuldigte, gaben sie beide enttäuscht auf. Die Frau nahm die leere Suppenschüssel und drängte Deborah mit Zeichen zum Schlafen. Das tat sie bereitwillig, denn obwohl sie weniger als eine Stunde wach gewesen war, war sie schon wieder müde. Nach einer weiteren Stunde wurde sie wieder geweckt, diesmal von murmelnden Stimmen im Zelt.

Sie spähte unter ihren Decken aus Büffelleder hervor. Draußen war es noch Tag, und Deborah konnte deutlich drei Gestalten unterscheiden, die im Halbkreis um das Feuer saßen. Die Frau und zwei Männer. Einer schien viele Jahre älter zu sein als die Frau; sein offenes, braunes Gesicht, das Deborah nur von der Seite sah, war von Falten und Runzeln überzogen, obwohl es kein altes Gesicht war. Am linken Auge hatte er eine große Narbe, die ihm ein etwas finsteres Aussehen verlieh.

Der andere Mann war jünger, vielleicht Anfang zwanzig. Er sah zu Deborah hin, und sie schaute in ein bemerkenswertes Gesicht, auf dem sich ehrliches Gefühl und entschlossene Härte auf ganz ungewöhnliche Weise zugleich spiegelten. Seine große, breite Nase thronte wie ein Eroberer unter den weicheren, ausdrucksstarken dunklen Augen; sein Mund war ernst, und er hatte ein energisches Kinn. Eingerahmt war sein Gesicht von glänzendem schwarzen Haar, dessen eine Hälfte ihm locker über die Schulter fiel, während die andere kunstvoll gebunden und mit einer silbernen Scheibe geschmückt war, die er an einer hellen Haarsträhne befestigt hatte.

Obwohl er nicht lächelte, als er sah, daß sie wach war, schien er zufrieden. Er wandte sich an die anderen. Der ältere Mann hörte sofort zu sprechen auf. Er nickte aufmunternd, klopfte dem jüngeren Mann auf die Schulter und warf ihm einen selbstgefälligen, eitlen Blick zu. Der ältere Mann sprach weiter, und obwohl Deborah ihn nicht verstehen konnte, hatte sie den deutlichen Eindruck, daß seine Selbstgefälligkeit mit ihrer Heilung zusammenhing.

Sie schob ihre Decken zur Seite und begann sich aufzurichten, aber die Frau protestierte und eilte zu Deborah. Zum ersten Mal war Deborah etwas beunruhigt. Die Sorge dieser Frau um sie schien ziemlich übertrieben. Ging es ihr tatsächlich nur um Deborahs Wohlergehen, oder hatte sie Angst, daß ihre Gefangene floh?

Der jüngere Indianer ergriff zum ersten Mal das Wort. „Graue Antilope will, daß du ausruhst."

Deborah hob verwundert die Augenbrauen. „Du sprichst Englisch?"

„Ich habe meine Kindheit bei weißen Trappern verbracht", antwortete der junge Krieger in etwas steifem Englisch.

„Würdest du ... Graue Antilope sagen, daß es mir jetzt viel besser geht", sagte Deborah, „und daß ich ihr danke."

Der junge Mann gab die Botschaft weiter, aber es war der ältere Mann, der antwortete, offensichtlich über irgend etwas verärgert.

„Graue Antilope nimmt deinen Dank entgegen", sagte der junge Krieger, „aber es ist ihr Mann, Böses Auge, dem du danken mußt. Er ist ein großer Medizinmann. Er hat dich ins Leben zurückgeholt."

Deborah wandte sich an den Medizinmann und beugte respektvoll den Kopf. „Ich danke dir, Böses Auge, ich stehe in deiner Schuld."

Das übersetzte der junge Krieger, worauf der Medizinmann strahlte. Die düstere Narbe über seinem Auge sah fast freundlich dabei aus. Deborah wandte sich erneut an den Krieger. „Wie heißt du? Und wo bin ich?"

„Ich bin Gebrochener Flügel", sagte er und schien sich dabei noch stolzer aufzurichten, falls das möglich war. „Du bist bei den *Tsistsistas* ... Die Menschen." Er zögerte und schien nach den richtigen Worten zu suchen. „Der weiße Mann kennt uns als Cheyenne. Wir gehören zu den südlichen Cheyenne, zur Gruppe der großen Vögel."

„Mein Name ist Deborah. Und noch einmal, ich bin euch sehr dankbar."

Gebrochener Flügel sah Deborah einen beunruhigend langen Moment genau an, und sie fand, daß seine Augen nicht nur weich, sondern auch scharf und gerissen sein konnten.

„Du hast keine Angst?" fragte er schließlich, nicht ohne Erstaunen.

„Ihr habt mir keinen Grund gegeben, Angst zu haben", erwiderte sie.

Ein amüsiertes Funkeln huschte über seine Augen, erreichte aber sein restliches Gesicht nicht, das ernst blieb. „Du bist bei uns als Gast willkommen."

„Danke."

„Wenn du gesund bist, kannst du gehen, wenn du willst."

„Ich weiß nicht, wohin ich gehen sollte."

Gebrochener Flügel machte bei dieser unerwarteten Antwort große Augen. „Du hast niemanden?" Deborah schüttelte den Kopf. „Alle tot?"

„So könnte man wohl sagen."

„Als ich dich fand, war keine Spur eines anderen da."

„Du hast mich gefunden?"

Gebrochener Flügel nickte. „Du bist ganz allein. Was ist passiert?"

Deborah seufzte, zögerte aber nur einen Augenblick, bevor sie antwortete. „Das ist eine sehr lange und schwierige Geschichte. Im Moment kann ich dir nur sagen, daß ich allein war, als ich aufbrach, und daß ich immer noch allein bin. Ich habe keine Familie, niemanden, zu dem ich gehen kann."

Gebrochener Flügel dachte lange darüber nach und antwortete schließlich: „Du kannst hierbleiben."

„Ich danke dir. Niemand wird etwas dagegen haben?"

„Warum sollten sie?"

„Weil ich eine Weiße bin."

„Einige weiße Männer sind unsere Feinde, das ist wahr, aber einige sind auch unsere Freunde." Gebrochener Flügel unterbrach sich plötzlich und sprang auf die Füße. „Und jetzt mußt du dich ausruhen. Graue Antilope denkt, daß du müde bist."
„Sie ist sehr freundlich."
„Sie macht sich Sorgen um das Baby."
„Ich bin ihr sehr dankbar."
„Sie will das Baby haben."
„Was?" Ein weiterer beunruhigender Gedanke stieg in Deborahs Kopf auf, aber sie war sicher, daß sie nur falsch verstanden hatte.
„Mach dir keine Sorgen", sagte Gebrochener Flügel sachlich. „Sie wird das Baby nicht ohne deine Erlaubnis nehmen."
„Ich ... ich ... könnte nicht ..."
„Es ist gut. Sie versteht es."
„Oh." Deborah war nicht sicher, ob sie selber verstand, aber im Moment schien keine Gefahr zu drohen. Die Frau, die sie gesundgepflegt hatte, schien harmlos.
„Ich gehe jetzt", sagte Gebrochener Flügel und wandte sich zum Ausgang.
„Bitte!" rief Deborah ihm schnell nach. „Gehst du weit weg? Wie soll ich mich mit Graue Antilope und Böser Blick verständigen?"
„Mein Wigwam ist nicht weit."
Er drehte sich um und verließ das Zelt. Graue Antilope folgte ihm.
Der Krieger und die Frau des Medizinmannes entfernten sich einige Schritte von der Hütte. Gebrochener Flügel blieb stehen, als er merkte, daß Graue Antilope ihm folgte.
„Was hat die weiße Frau gesagt?" wollte sie wissen.
„Sie hat gesagt, sie hat keine Familie und kein Zuhause. Sie ist allein."
„So weit von ihrem Volk entfernt?" bohrte die Indianerin nach. „Warum war sie überhaupt hier draußen?"
„Ich weiß es nicht, aber ich glaube, sie will hier bleiben."
„Hier?"
„Sie hat keine Angst vor uns."
„Das ist nicht wie bei irgendeiner anderen weißen Frau."
„Ich habe dir gesagt, *Heammawibo* hat sie gesandt."
Graue Antilope nickte. Die Geschichte des Kriegers schien ihr immer plausibler.
Gebrochener Flügel sprach weiter. „Das ist gut für dich, Graue Antilope."

„Warum?"

„Die weiße Frau hat keine Familie und kein Zuhause. Wenn sie hierbleibt, braucht sie einen Wigwam, eine Familie."

Graue Antilopes Gesicht hellte sich auf, als ihr klar wurde, was das bedeutete. Sie hielt sich für zu jung, um Großmutter zu sein; trotzdem würde eine solche Familie sie für vieles entschädigen, was sie wegen ihrer Kinderlosigkeit bisher entbehrt hatte. Aber sie zweifelte sofort an der Großzügigkeit von Gebrochener Flügel. Ja, er war immer ein ernster, nachdenklicher Mann, aber sicher wäre er nicht bereit, ihr seine Gefangene oder was immer sie für ihn war, ohne Gegenleistung zu überlassen.

„Wie viele Pferde willst du für sie, Gebrochener Flügel?"

„Drei Pferde, die ich zurückgeben werde, wenn ich deine neue Tochter zur Frau nehmen sollte."

Graue Antilope lächelte. „Ich sehe jetzt, warum du sie nicht in deinen eigenen Wigwam nimmst." Sie zögerte, aber nur, um ihren Worten mehr Nachdruck zu verleihen. Ihre Entscheidung war im selben Moment gefallen, in dem Gebrochener Flügel seinen Vorschlag gemacht hatte. „Komm mit und sieh dir meine Pferde an und die Pferde meines Mannes, und nimm dir die drei, die dir gefallen."

25

Am nächsten Tag ging es Deborah viel besser, und selbst Graue Antilope hatte nichts mehr dagegen, daß sie aufstand und herumging. Die Indianerin begleitete Deborah durch das Dorf und stellte sie mit großem Stolz ihren Freunden vor. Irgendwie verständigten sie sich mit einer ziemlich einfachen Zeichensprache, aber Deborah hatte viele Fragen, die ohne Sprache einfach nicht zu beantworten waren.

Später am Nachmittag sah Deborah einer Frau zu, die ein Büffelfell gerbte, als Gebrochener Flügel erschien. Sie freute sich auf ein Gespräch in ihrer eigenen Sprache.

„Es geht dir gut", sagte er. Sie wußte nicht genau, ob das eine Frage oder eine Feststellung war.

„Ja."

„Schön. Willst du sprechen?"

„Ja, ich danke dir."

„Komm."

Er reichte ihr eine Hand und half ihr auf. Sie gingen zusammen an den Rand des Lagers. Ein frostiger Wind wehte, und obwohl Deborah nicht wußte, wieviel Zeit vergangen war, schien es ihr noch zu früh für Schnee. Aber lange würde es nicht mehr dauern, bis es Winter wurde, das wußte sie.

„Wo genau sind wir, Gebrochener Flügel?"

„Das ist Indianerland, der nördlichste Teil. Wir sind am Bluff Creek. Nördlich von hier liegt, was der weiße Mann Fort Dodge nennt."

„Als ich dort draußen allein war", sagte Deborah, „habe ich kein Zeichen von weißen Siedlungen gesehen. Wahrscheinlich wäre es nicht mehr sehr weit gewesen."

„Ich habe dich eine ganze Tagesreise weit von dort weg zu unserem Lager getragen. Allein wärst du nicht bis zum Fort gekommen. Du wärst vorher gestorben, denn es war noch eine Reise von vier Tagen für einen starken Mann entfernt."

„Ich hatte Glück, daß du gekommen bist."

Er antwortete nichts darauf, und eine Weile gingen sie schweigend weiter. Rechts von ihnen erstreckte sich das steinige Bachbett. Das Wasser glänzte in der untergehenden Sonne; Bernstein, Orange und Korallenrot spielten in den Schatten der Bäume, deren Zweige über dem Wasser hingen. Der Wind ließ das Ganze wie ein Kaleidoskop aussehen, sehr bewegt und lebendig, obwohl der Winter so kurz bevorstand. In der Stille versuchte Deborah, Ordnung in ihre Gedanken zu bringen. War sie wieder in Abhängigkeit geraten, Kräften unterworfen, die stärker waren als sie selbst? Sicher, ihr Umherirren nach der Trennung von Griff bewies nur, daß sie hier draußen nicht allein überleben konnte. Und jetzt war sie wieder der Gnade von Fremden ausgeliefert. Sollte sie denn ewig so leben müssen?

Gebrochener Flügel hatte ihr gesagt, daß sie gehen konnte, wenn sie wollte. Wie weit war Fort Dodge entfernt? Es war gut möglich, daß diese Indianer ihr ein Pferd geben oder leihen würden, mit dem sie dorthin reiten konnte. Vielleicht würden sie sie sogar selbst hinbringen. Aber in Fort Dodge würde sie nur von anderen Fremden abhängen. Und dort würde sie sicher sehr unangenehme Fragen beantworten müssen. Es war sogar möglich, daß man dort schon über sie Bescheid wußte.

Wenigstens schienen die Indianer gewillt, sie bei sich zu behalten — tatsächlich würde Graue Antilope das sogar sehr gefallen. Gebrochener Flügel sagte, die Frau wollte ihr Baby. Bedeutete das Gefahr für sie? Sie spürte keine Angst. Vielleicht wollte Graue Antilope sich nur mit um das Kind kümmern. Deborah schätzte, daß sie bis zur Entbindung noch weniger als zwei Monate hatte; sonst wußte sie absolut nichts über Geburt und den Umgang mit Babys. Graue Antilope würde für sie das reinste Gottesgeschenk sein, wenn es soweit war. So stark und unabhängig Deborah auch sein wollte — der Gedanke, in einer solchen Lage allein oder in Gesellschaft grober, rauher Männer zu sein, war nicht gerade angenehm. In Virginia war sie ein paarmal mit älteren Frauen zusammen gewesen, als sie über solche Dinge sprachen. Eine alte Tante, die ab und zu von ihrer Plantage in Südcarolina zu ihnen gekommen war, hatte versucht, Deborah in einige der Mysterien der Frau einzuweihen. Aber meist wurden diese Dinge in den Gesprächen der Ladies nicht berührt. Sie dachte, sie hätte sich die Information erzwingen können, wenn sie direkt gefragt hätte, aber Deborah hatte sich immer nur wirklich für Pferde interessiert. Von dem wenigen, was sie aus den Andeutungen in diesen Gesprächen aufgeschnappt und was sie den Tieren abgeschaut hatte, wußte sie, daß das Kindergebären nicht eben ein Vergnügen war. Es würde ihr sehr helfen, eine Frau, selbst eine Indianerin, bei sich zu haben.

Aber täuschte sie sich nicht über diese Indianer? Machte sie die schreckliche Erfahrung mit ihrem Mann nicht gegen andere Gefahren blind? Wenn auch nur die Hälfte von dem stimmt, was sie über ‚die Wilden' im Westen gehört hatte, dann sollte sie eigentlich sehr auf der Hut sein. Indianer, vielleicht sogar diese, hatten Massaker an Siedlern und Trappern verübt. Die Geschichten vom Skalpieren — es war sicher kein indianisches Haar, was Gebrochener Flügel am Gürtel trug! — und anderen furchtbaren Grausamkeiten konnten nicht ganz aus der Luft gegriffen sein. Ihr schauderte bei dem Gedanken, daß dieser Mann, der so friedlich neben ihr ging, der an der Oberfläche gefühlvoll schien, sich über einen Weißen gebeugt haben soll und —

Sie konnte nicht einmal den Gedanken daran vollenden, es war zu schrecklich. Aber sie warf ihrem Begleiter einen langen, verstohlenen Blick zu. War sie so naiv und leichtgläubig, wie Griff dachte? War sie vollkommen verrückt zu glauben, daß sie hier bei diesen Indianern leben konnte?

„Du hast Sorgen, Deborah?" sagte Gebrochener Flügel und schreckte sie mit seiner besorgten Sanftmut aus ihren schrecklichen Gedanken auf.

„Es tut mir leid." Sie wußte nicht, weshalb sie sich bei ihm entschuldigte, aber sie hatte fast das Gefühl, als hätte er ihre wenig freundlichen

Gedanken gelesen. „Ich nehme an, ich mache mir über meine Zukunft Sorgen."

„Du bist willkommen hier. Graue Antilope und Böser Blick wollen dich bei sich aufnehmen."

„Warum?" Sie blieb stehen und sah ihn an. „Warum solltest du oder sollten sie all das tun? Sind die Weißen denn nicht eure Feinde?"

„Wie ich schon gesagt habe, einige sind es, andere nicht." Er zuckte die Schultern, obgleich seine Worte alles andere als bloß so hingesagt waren. Sie waren von tiefer Nachdenklichkeit begleitet. Das war ein Thema, über das er offensichtlich schon viel gegrübelt hatte. „Einige Indianer sind ebenfalls meine Feinde", fuhr er fort. „Die Pawnee und die Crow stehlen unsere Pferde und Frauen, und wir stehlen ihre und führen oft Krieg gegen sie. Die Kiowa und die Commanchen waren auch unsere Feinde, aber jetzt leben wir in Frieden mit ihnen. Bist du mit allen deinen Leuten in Frieden?"

Deborah lächelte ironisch darüber. „Kaum", antwortete sie. „Deshalb will ich auch nicht in eine weiße Siedlung gehen. Ich glaube, von ihnen habe ich mehr zu fürchten als von euch."

„Ist dein Mann tot, daß er dich nicht vor deinen Feinden schützt?"

Mein Mann war mein größter Feind, dachte Deborah bitter. Sie sagte nur: „Ja, er ist tot."

Sie gingen weiter. Deborah zitterte, der frostige Wind drang durch ihren Wildlederumhang. Sie fragte sich, was wohl aus dem warmen Mantel von Sid Miller geworden war. Die Sonne stand tief am Himmel und strahlte nur noch wenig Wärme aus.

Gebrochener Flügel bemerkte, daß sie fror. „Graue Antilope wird ein warmes Winterkleid für dich machen."

„Ich verstehe nicht, warum sie das für mich tun sollte", sagte Deborah.

„Graue Antilope hat keine Kinder. Deshalb ist sie ..." Er zögerte und suchte nach dem richtigen englischen Wort. „Deshalb hat sie einen Grund ... Zweck. Mein Stiefvater, der Trapper, sagte oft, daß er von niemandem ‚abhängen' wollte. Deshalb lebte er allein in der Wildnis, und sein Leben hing nur von der Güte des Landes und von seiner Geschicklichkeit ab. Ich sage dir das, weil ich glaube, daß die Weißen so sind, und du denkst vielleicht genauso. Denk nicht so von Graue Antilope, denn sie nimmt ebenso viel, wie sie gibt."

„Das ist großzügig gedacht, Gebrochener Flügel. Ich glaube, ich werde ihr ewig mehr schulden als sie mir, aber ich werde mir merken, was du gesagt hast."

„Heute abend wird es eine Versammlung geben", sagte er und wechselte das Thema. „Willst du daran teilnehmen?"
„Ist es in Ordnung, wenn Frauen an solchen Dingen teilnehmen?"
„Jeder darf dabei sein. Frauen kommen nicht oft, aber sie haben großen Einfluß. Frauen besitzen Weisheit, und es ist gut, sie anzuhören."
„Ich werde sicher nichts zu sagen haben, aber es wäre mir eine Ehre teilzunehmen. Findet die Versammlung nur wegen mir statt?"
„Unser Häuptling, Schwarzer Adler, ist von einem großen Rat mit weißen Soldaten zurückgekommen und hat einen Vertrag mit ihnen gemacht. Davon werden wir heute abend etwas erfahren."
„Also lebt ihr jetzt in Frieden mit den Weißen?"
„Wer weiß? Wir waren in Frieden mit den Soldaten, als sie unser Lager am Sand Creek überfielen. Schwarzer Adler hängte die Flagge der Soldaten und eine weiße Fahne vor sein Zelt, um zu zeigen, daß wir friedlich waren, und sie griffen trotzdem an." Seine Stimme nahm einen harten, gespannten Ton an. „Sechzig Krieger wurden getötet und fast hundert Squaws und Babys. Meine Mutter war unter ihnen. Die Frau von Schwarzer Adler wurde von neun Kugeln der Soldaten getroffen, aber sie starb nicht."
„Das ist furchtbar, Gebrochener Flügel, das tut mir sehr leid."
„Du warst nicht dort. Du hast keinen Grund, daß es dir leid tut.".
„Meine Hautfarbe allein genügt; sie beschämt mich."
„Und Schwarzer Adler fühlt Scham, weil er glaubt, er hat unser Volk betrogen, als er den Weißen vertraute."
„Und doch schließt er einen weiteren Vertrag?"
Die Stimme von Gebrochener Flügel füllte sich mit Stolz, als er sprach. „Er ist der große Friedenshäuptling unseres Stammes. Er glaubt an den Frieden."
„Aber du glaubst nicht daran?"
„Ich werde Schwarzer Adler folgen. Das ist die einzige Möglichkeit. Die Weißen sind viele, wir sind wenige. Sie haben viele Feuerwaffen."

* * *

In dieser Nacht nahm Gebrochener Flügel Deborah in einen großen Wigwam mit, der in der Mitte des Lagers stand. Er erzählte ihr, daß die Seiten des Zeltes im Sommer oft zurückgeschlagen wurden, so daß jeder aus dem Dorf kommen und dem Rat der Stammesältesten zuhören konnte; aber bei diesem kalten Wetter war das nicht möglich.

Zu dem Treffen an diesem Abend kamen nicht alle Häuptlinge, denn der Stamm war in etwa zehn Gruppen geteilt, die über die Prärie verstreut lebten. Es war eine lockere Versammlung einiger der Häuptlinge, die bei der kürzlichen Vertragsunterzeichnung dabei gewesen waren, unter ihnen Sieben Büffel, Der Schwarzweiße Mann und Hörender Büffel. Außerdem drängten sich in dem Zelt viele Krieger aus diesem Bluff Creek Lager, einige Araphoe und dazu einige Mutige aus Camps in der Nähe. Von ihnen sahen viele besonders angsteinflößend und feindselig aus, besonders ihr gegenüber. Deborah fühlte sich so verletzlich und hilflos wie nur je, und ihr Unwohlsein verstärkte sich noch, wenn sie daran dachte, daß ihr einziger Schutz vor den Wilden Gebrochener Flügel war, ein Mann, den sie kaum kannte und dessen Freundschaft ihr nicht ganz durchsichtig war. Vielleicht hatte er sie hierher gelockt, damit diese wilden Männer sie irgendeinem heidnischen Gott opfern sollten.

Aber als sie Schwarzer Adler vorgestellt wurde, begegnete der ihr freundlich. Er war ein Mann in den späten Fünfzigern, der eine weise und wohlwollende Ausstrahlung hatte, wenn auch seine intelligenten Augen nicht frei von Verschlagenheit waren. Sie mußte plötzlich an den Texas Ranger Sam Killion denken, und was er einst gesagt hatte über ‚sanft wie eine Taube und klug wie eine Schlange' sein. Das galt sicher für Schwarzer Adler, den Friedenshäuptling der Cheyenne.

Er sprach in der Cheyennesprache, und Gebrochener Flügel übersetzte. Er begrüßte sie und drückte seine Zufriedenheit über ihre Genesung aus. Dann setzte sich Schwarzer Adler in den Kreis der Häuptlinge und Krieger und machte ihr und Gebrochener Flügel ein Zeichen, sich zu ihm zu setzen. Dort saß sie also, mit Gebrochener Flügel neben sich, der für sie übersetzte.

Der erste Geschäftsordnungspunkt war das Herumreichen der Pfeife. Sie wanderte durch die Hände aller Anwesenden, und als sie bei Gebrochener Flügel anlangte, wurde Deborah unruhig. Er zog tief den Rauch aus der langen Holzpfeife ein, blies eine große Rauchwolke aus und gab die Pfeife sehr zu Deborahs Erleichterung an den nächsten Mann weiter. Der Rauch, der das Zelt füllte, verursachte ihr schon Schwindel, was sollte da erst geschehen, wenn sie auch selber rauchte? Ihr war klar, daß es schon eine große Ehre für sie war, an dieser überwiegend männlichen Versammlung teilnehmen zu dürfen, und sie lächelte innerlich, als sie sich Calebs und Leonards Wut über so etwas vorstellte. Aber sie war nicht die einzige Frau, zwei oder drei Squaws saßen hinten, eine davon mußte neunzig sein. Die Frauen schwiegen während der Versammlung, und Deborah fiel es nicht schwer, es ihnen gleichzutun.

Bald begann das Gespräch. Gebrochener Flügel versuchte zu übersetzen, aber bald kam er mit seinem unvollständigen Englisch nicht mehr weiter. Die Hälfte der Zeit zuckte er bloß enttäuscht die Schultern und schwieg schließlich ganz. Bevor er es aufgab, hatte sie aber den wesentlichen Punkt der Debatte zwischen den Häuptlingen und Kriegern verstanden.

Schwarzer Adler ergriff als erster das Wort. „Vor einem Winter, noch bevor der Schnee kam, saß ich und beriet mit dem weißen Häuptling Evans. Das ist es, was ich ihm sagte: ‚Wir sind mit geschlossenen Augen gekommen, als ob wir durchs Feuer gegangen wären. Alles, was wir wollen, ist Frieden mit den Weißen. Wir wollen euch bei der Hand halten. Ich bin nicht wie ein heulender Wolf hierher gekommen. Nein, ich will offen zu euch sprechen. Wir müssen beim Büffel leben oder verhungern. Als wir hierher kamen, waren wir frei, ohne Sorge, euch zu begegnen; und wenn ich gehe und meinem Volk sage, ich habe deine Hand genommen und die Hand aller Häuptlinge hier in Denver, dann wird mein Volk glücklich sein.' Der weiße Häuptling beschuldigte uns, den Krieg begonnen zu haben, und er nahm unsere Friedenshand nicht. Die einzige Wahrheit, die er sprach, war, daß das Land bald voller weißer Soldaten sein würde, so wie es jetzt voller Büffel ist. Er riet uns, den Soldaten zu helfen und unsere jungen Krieger zu zügeln. Ich habe gesagt, das würden wir tun. Er sagte uns, wir können an der großen Biegung des Sand Creek wohnen, und unsere jungen Männer können in Frieden jagen."

Als Schwarzer Adler schwieg, ergriff ein jüngerer Krieger das Wort. „Und der weiße Mann lügt, wie er immer lügt!"

„Es ist wahr", fuhr Schwarzer Adler fort. „Die Soldaten haben unser Lager angegriffen. Ich hängte meine große Flagge mit den Streifen und Sternen vor meine Hütte, zusammen mit einer weißen Flagge des Friedens. Aber die Soldaten haben es mißachtet. Sechzig Krieger fielen an jenem Tag und noch mehr Frauen und Kinder. Es war ein schwarzer Tag, wie eine Reise durch die Wolken."

Ein anderer Krieger sprach. Gebrochener Flügel flüsterte Deborah zu, daß er einer der Wachsoldaten war, eine Art Militärpolizei des Stammes. Der Mann hatte mehrere Narben im Gesicht, die ihm, zusammen mit seinen funkelnden Augen, ein sehr grimmiges Aussehen verliehen. „Und trotzdem gehst du wieder, um mit den Weißen Frieden zu machen?" sagte er in herausforderndem Ton. „Was versprechen sie jetzt mit ihren geteilten Herzen und ihren doppelten Zungen? Die Wachsoldaten werden keinen Frieden machen. Ich habe mein Wort gegeben für den Kampf gegen die Weißen. Gegen sie kämpfen und sie töten, das ist der einzige Weg, mit den Weißen Frieden zu machen."

Sieben Büffel antwortete. „Der weiße Häuptling gab zu, daß die Cheyenne zum Krieg gezwungen waren wegen des Überfalls am Sand Creek. Sie sahen die neun Wunden der Frau von Schwarzer Adler, und sie gaben ihm zur Entschädigung ein gutes Pferd. Sie haben versprochen, uns unseren verlorenen Besitz zu ersetzen und uns Land zu geben."

„Und du hast ihnen geglaubt?" spuckte der Krieger verächtlich.

Schwarzer Adler erwiderte: „Ich sagte dem Soldatenhäuptling, ich glaube nicht, daß seine jungen Krieger auf ihn hören würden. Wenn ich die Geschenke des weißen Mannes holen komme, würden sie auf mich schießen. Ich sagte ihnen, daß ich nicht für mein ganzes Volk sprechen kann. Aber unser Freund William Bent sagte uns, wir sollten dem weißen Häuptling noch einmal vertrauen. Bent selbst wird in unseren Lagern überwintern, um sicher zu sein, daß die weißen Soldaten den Vertrag nicht brechen. Wir müssen mit dem weißen Mann Frieden machen, Büffelbär", sagte Schwarzer Adler zu dem wütenden Krieger. Die Stimme des Friedenshäuptlings klang müde und mitleidig.

„Mein Bruder ist gestorben, als er Frieden mit dem weißen Mann machen wollte", gab Büffelbär zurück. „Und ich glaube, ich werde auf dieselbe Art sterben." Er verschränkte demonstrativ die Arme und schwieg.

Mehrere andere stimmten ihm zu. Wieder andere unterstützten Schwarzer Adler, und die Debatte im Rat wurde ein hitziger Meinungsaustausch. Auch wenn Gebrochener Flügel den Schlagabtausch nicht übersetzen konnte, verstand Deborah ohne großes Wissen um die Cheyenne, daß der Frieden, den Schwarzer Adler und die anderen Häuptlinge mit der US-Armee gemacht hatten, bestenfalls ein brüchiger war.

Als sie zum Zelt von Böser Blick und Graue Antilope zurückkam, fragte Deborah sich, ob sie am Ende mitten in einen Indianerkrieg geraten würde. Sie fragte sich auch, falls es so käme, welche Partei sie ergreifen würde.

26

Die folgenden Wochen vergingen ohne Anzeichen eines bevorstehenden Krieges, und Deborah verlebte diese Zeit friedlich bei den Cheyenne.

Da Frieden herrschte und der Winter jetzt unmittelbar vor der Tür stand, blieben die meisten Krieger in der Nähe des Dorfes. Gebrochener Flügel konnte mehr Zeit mit Deborah verbringen, die ihn gebeten hatte, sie in Sprache und Kultur der Cheyenne zu unterrichten.

Ende November hatte sie genug gelernt, um sich mit Graue Antilope und anderen zu verständigen, wenn auch mit Mühe. Sie lernte so schnell, weil sie viel freie Zeit hatte. Ihre schlimmen Tage in der Wildnis hatten sie doch mehr Kraft gekostet, als sie zunächst gespürt hatte. Sie wurde schnell müde, und einmal, beim Wasserholen vom Fluß, wurde sie ohnmächtig. Danach verbot Graue Antilope ihr zu arbeiten. Da ihr bald langweilig wurde, fing sie an, Gebrochener Flügel mit Beschlag zu belegen.

Während dieser Zeit brachte ein Späher zwei gefangene weiße Kinder ins Lager. Deborah beobachtete sie sinkenden Herzens. Sie hatte gelernt, ihren Gastgebern zu vertrauen oder jedenfalls an ihren guten Willen zu glauben. Dieser Vorfall rief ihre früheren Ängste wieder wach. Aufgeregt ging sie zu Gebrochener Flügel.

Er erklärte ihr: „Rote Feder hat die Gefangenen von den Kiowa gekauft."

„Aber warum?"

„Der Neffe von Rote Feder ist unter den indianischen Gefangenen im Fort des weißen Mannes. Das ist doch ganz einfach."

„Einfach!" rief Deborah. „Ich dachte, Schwarzer Adler will Frieden, und gleichzeitig tauschen die Cheyenne unschuldige Kinder. Wie wollt ihr die Vertreter der Vereinigten Staaten dabei von eurer Aufrichtigkeit überzeugen?"

Gebrochener Flügel war verdutzt von ihrem Ausbruch, denn für ihn war alles ganz logisch. „Wir haben die Kinder nicht verletzt. Tatsache ist, obwohl wir mit den Kiowa in Frieden sind, weiß jeder, daß sie ihre Gefangenen nicht gut behandeln. Die Cheyenne sind besser zu den Gefangenen. Also ist es gut so für die Kinder."

„Und was ist mit ihren Familien? Was ist mit ihnen passiert?"

„Das weiß ich nicht."

„Darf ich mit den Kindern sprechen? Es tröstet sie vielleicht, eine weiße Frau zu sehen."

„Du hast recht. Ich werde Rote Feder fragen."

Eine Stunde später wurde Deborah zum Wigwam von Rote Feder geführt, wo die Kinder untergebracht waren. Sie fand sie aneinandergedrückt in einer dunklen Ecke, Angst stand ihnen in die schmutzigen, aufgewühlten Gesichter geschrieben. Eins der Kinder war ein etwa dreizehnjähriges Mädchen, das Mary hieß; das andere war ihr jüngerer Bruder Arthur, der neun oder zehn war. Sie waren beide erschrocken und erleichtert zugleich, als sie die blonde Frau in indianischer Tracht auf sich zukommen sahen. Das Mädchen lächelte sogar.

„Werdet ihr gut behandelt?" fragte Deborah und kniete sich neben sie.

Sie nickten.

„Aber unsere Mama fehlt uns", sagte das Mädchen.

„Was ist mit ihr passiert?" Deborah war sich nicht sicher, ob sie die Antwort hören wollte. Und als sie sie hörte, hätte sie sie lieber nicht gehört.

„Sie ist tot", sagte Mary, und Tränen stiegen ihr in die Augen.

„Die Indianer?"

„Sie haben unsere Farm angegriffen, und Papa wurde getötet. Sie nahmen uns und Mama gefangen. Mama sagte ..." Das Mädchen schluchzte und fuhr weinend und zitternd fort: „Mama sagte, sie ertrüge es nicht, Gefangene zu sein. Sie hatte Angst ... daß sie sie zwingen würden zu ... einen von ihnen zu heiraten oder so."

„Haben sie ihr etwas getan ... oder euch?"

„Nein ... sie haben uns ein paarmal geschlagen, und wir mußten arbeiten, aber wir blieben immer zusammen, bis —" Die Tränen strömten ihr aus den Augen. „Mama hat sich aufgehängt."

Deborah schluckte. „Mein Gott, nein! Aber sie hatte keinen Grund ...?" Sie war nicht sicher, ob sie diese Worte als Frage meinte, als Feststellung oder als Wunsch.

„Aber sie hatte solche Angst."

Deborah legte die Arme um die beiden Kinder und zog sie dicht an sich. Sie wußte nicht, was sie hätte sagen oder tun sollen. Alles schien so sinnlos. Es hätte sie ebenso treffen können, aber als sie sich der Gnade dieser Indianer ausgeliefert sah, hatte sie keinen Grund gehabt, sich zu fürchten. In all den Wochen, seit sie hier war, hatte sie nichts als Freundschaft von ihnen erfahren. Rührten all die gegenwärtigen Probleme mit den Indianern vielleicht bloß von großen Mißverständnissen her? Ohne Zweifel würde man die Indianer für den Tod der Frau verantwortlich machen, und das würde zu Vergeltung durch die Weißen führen, die wieder zu Gegenschlägen durch die Indianer – hin und her, bis sie sich ausgelöscht hätten. Was wäre, wenn andere Weiße die Chance hätten, die Indianer aus ihrer jetzigen Perspektive zu sehen? Sie hatten ihr geholfen, sie hatten ihr das Leben gerettet. Aber sie waren auch verantwortlich dafür, daß diese Kinder jetzt Waisen waren. Natürlich hatten das die Kiowa getan und nicht die Cheyenne, aber das wäre den meisten Weißen völlig gleich.

Deborah strich sanft das hellbraune Haar des Mädchens zurück. „Ich glaube, vor diesen Cheyenne hier braucht ihr keine Angst zu haben", sagte sie beruhigend.

„Aber sie haben unseren Pa umgebracht!" rief der Junge mit bitterer, harter Stimme.

„Das waren andere Indianer, Arthur", erwiderte Deborah, „aber ich weiß, wie du fühlst. Aber versuch zu verstehen, daß die Indianer ihr Land, ihr Zuhause verteidigen."

„Wie können Sie so reden?" fragte Mary. „Haben sie nicht auch Ihre Familie getötet und Sie gefangen genommen?"

„Nein, das haben sie nicht. Sie fanden mich fast tot in der Prärie, und sie haben mich in ihr Lager gebracht und mich gepflegt." Sie seufzte. „Ich weiß, das ist für euch schwer zu verstehen. Es ist auch für mich nicht einfach."

In diesem Moment kam Gebrochener Flügel in den Wigwam. Die Kinder zuckten instinktiv zusammen und drängten sich angstvoll in die Ecke. Das gefiel Gebrochener Flügel sichtlich nicht. Er blieb stehen und kam nicht näher; er schien wieder gehen zu wollen, als Deborah das Wort ergriff.

„Dieser Mann", sagte sie zu den Kindern, „ist der Mann, der mich gefunden und mir geholfen hat."

Die Kinder sahen ungläubig zu dem großen, beeindruckenden, grimmigen Indianer auf. Für sie war er von den Indianern nicht verschieden, die ihre Farm angegriffen und ihren Vater getötet hatten. Aber weshalb sollte diese freundliche weiße Frau sie belügen? Es war wirklich verwirrend.

„Die Frau von Rote Feder hat etwas zu essen für sie", sagte Gebrochener Flügel in Cheyenne. Er fühlte sich offensichtlich sehr unwohl und vermied den Blick der Kinder.

„Kinder", sagte Deborah, „ich gehe, während ihr etwas eßt, aber ich komme bald zurück. Habt keine Angst, okay? Und wenn ihr mich braucht, ich bin in eurer Nähe." Sie überlegte, ob sie ihnen ihren Namen sagen sollte, aber wenn sie ins Armeefort zurückkehrten, könnten vielleicht die falschen Leute von ihrem Aufenthaltsort erfahren. Ihre Flucht aus Stoner's Crossing lag noch nicht lange genug zurück, sie mußte vorsichtig sein. Sie umarmte die beiden Kinder noch einmal und folgte Gebrochener Flügel aus dem Zelt.

„Was wird mit ihnen geschehen?" fragte sie, als sie draußen waren. Die kalte Luft machte ihren Atem sichtbar. Sie zog den Umhang aus Büffelleder eng um sich, den Graue Antilope ihr gegeben hatte.

„Stimmt etwas nicht?" Sie kannte ihn jetzt gut genug, um zu bemerken, daß er beunruhigt war.

„Ich liebe es nicht, wenn man Schlechtes von mir denkt", antwortete er.

„Sie sind noch Kinder; sie wissen es nicht besser." Sie sprachen jetzt meistens in Cheyenne, mit einem englischen Brocken hier und da.

„Ich weiß, daß es nicht eure Schuld ist. Andere haben ihnen Angst gemacht."

„Was erwartest du auch, wenn dein Volk schlimme Gerüchte nährt, indem es Weiße fängt oder sogar von anderen Stämmen kauft? Oder wenn sie Farmen und Züge überfallen?"

„Ich habe gehört, was du zu diesen Kindern gesagt hast", erwiderte Gebrochener Flügel. „Ich gebe dir die gleiche Antwort. Wir verteidigen unser Leben. Der weiße Mann kam und nahm unser Land, schlachtete unsere Büffel, ohne auch nur das Fleisch zu nehmen. Sie haben nicht gefragt, sie haben sich alles einfach genommen. Sie bauen Straßen mitten durch unsere besten Jagdgründe. Es ist ihnen gleich, daß wir ohne den Büffel sterben müssen. Wunderst du dich da noch, daß mein Volk kämpft?"

„Ich versuche zu verstehen", gab Deborah sanft zurück, als sie auf den Fluß zugingen, der jetzt fast ganz zugefroren war.

„Die Kinder tun mir leid", fuhr er fort. „Es ist nicht gut, daß sie leiden müssen. Ich bin froh, daß du hier bist; es ist gut für sie."

Deborah hatte gesagt, daß sie zu verstehen suchte, aber würde sie das je verstehen? Oder war es nur ihre eigene Rolle im Geschehen, die sie verwirrte? Vielleicht lag das Problem darin, daß beide Seiten recht hatten. Sie hatte einige Männer sagen hören, daß das Land groß genug für alle war, und sie sah, daß das auf den ersten Blick stimmte. Aber die Weißen rissen das beste Land an sich. Sie hatten viele Indianer aus dem Osten vertrieben, bis den Stämmen nur noch das übrig blieb, was die Weißen ohnehin als Ödland betrachteten. So sehr Deborah die eigenartige Schönheit der Plains genoß, durch die sie gewandert war, so wenig gab es dort, was irgend etwas einbringen konnte. Selbst die Indianer hatten sich erst einleben müssen, als sie vom Ackerbau zur Jagd übergehen mußten, bis sie dann vom Wild und nicht mehr von der Ernte abhingen. Dem weißen Mann war das recht, solange er keine Verwendung für die Plains hatte. Was sollten die Indianer tun? Wüstenbewohner werden? Aber am Ende würden die Weißen auch eine Verwendung für die Wüste finden.

Und hier kam Deborah nicht weiter. Sie wußte, keiner von beiden war im Recht. Alles mochte manchmal sehr verwirrend sein, aber sie begann, die Beschwerden der Indianer zu verstehen. Am Ende würde sie sich nicht zwischen den Fronten wiederfinden, sondern womöglich auf der Seite, die gegen ihr eigenes Volk kämpfte.

Der Anblick der weißen Kinder stimmte sie traurig, aber selbst dafür hatte sie einen Grund gefunden. Deborah fröstelte, nicht nur wegen der Kälte.

„Du frierst", sagte Gebrochener Flügel. „Wir sollten zurückgehen."

„Noch nicht, ich bin noch nicht soweit." Sie wollte die Kinder nicht noch einmal sehen.

„Ich glaube, ich kenne die Verwirrung, die du fühlst, Deborah."

Sie sah ihn an, überrascht von seiner Einfühlungsgabe. Er sah aus wie ein wilder, unzivilisierter Mann, und das machte ihr wieder einmal klar, welch falsche Vorstellungen man ihr beigebracht hatte.

„Wie könntest du, Gebrochener Flügel?" Sie seufzte. „Dein Volk ist gut zu mir gewesen. Graue Antilope und Böser Blick und du, ihr wart freundlicher zu mir als mein eigenes Volk in den vergangenen Jahren. Aber diese Kinder gehören zu meinem Volk. Wie kann ich sie ansehen, wo ihre Eltern durch Indianer umgekommen sind, und sagen, der Tod ihrer Eltern war gerecht? Ich bin schon wieder uneins mit meinem Volk. Aber das scheint mein Los zu sein.

Nein, Gebrochener Flügel, ich glaube nicht, daß du verstehen kannst, was ich fühle."

„Vielleicht nicht..." Er ließ den Blick über die erstarrte Landschaft schweifen, über die kahlen Bäume. Die winterliche Brise wehte Strähnen seines schwarzen Haars in sein Gesicht. Er strich sie mit der Hand zur Seite, und die Augen, die wieder sichtbar wurden, waren erfüllt von einer tiefen Weisheit, die weder wild noch unzivilisiert war. Er sprach in traurigem, abwesendem Ton weiter, der Deborah die Kehle zuschnürte und ihr Tränen in die Augen steigen ließ.

„Ich habe einmal einen weißen Mann geliebt", sagte er. „Erinnerst du dich, wie ich dir erzählt habe, daß ich einige Jahre bei einem weißen Trapper verbracht habe? Er heiratete meine Mutter in meinem dritten Sommer, und wir lebten mit ihm in den Bergen, viele Meilen von jeder weißen oder indianischen Siedlung entfernt. Dort waren wir glücklich. Er war ein guter Mann. Er und meine Mutter hatten eine Tochter, aber in meinem achten Sommer wurden meine Mutter und meine Schwester krank. Sie bekamen die Pocken, als wir in einer weißen Siedlung waren, um Dinge zu tauschen. Sie starben."

„Ich dachte, deine Mutter wurde letztes Jahr am Sand Creek getötet?" sagte Deborah.

„Für die Cheyenne sind Tanten und Onkel genauso wie Mütter und Väter, und Nichten und Neffen sind wie Töchter und Söhne. Also war es auch meine Mutter, die dort getötet wurde, aber sie war die Schwester meines Vaters, die leibliche Mutter meines Bruders Der-im-Fluß-steht. Und sie war es, die mich bei sich aufnahm, als ich allein war."

„Was ist mit deinem Stiefvater geschehen?"

„Nach dem Tod meiner Mutter lebten wir viele Monde zusammen. Ich war ihm ein Sohn, und er war mein Vater, denn ich kannte meinen wirklichen Vater nicht. Aber in meinem neunten Sommer wurde er auf der Jagd von einer Schlange gebissen. Ich versuchte, das Gift auszusaugen; auch er versuchte es. Aber es blieb zuviel zurück, und er wurde krank. Als er sah, daß er sterben mußte, packte er einige Sachen für mich und brachte mich in das Fort des weißen Mannes. Zehn Meilen ging er mit dem Gift im ganzen Körper, aber er wollte mich nicht ganz allein zurücklassen."

„Aber du bist dort nicht geblieben, oder?"

„Mein Stiefvater hatte mich die Sprache des weißen Mannes gelehrt, aber sonst lebten wir wie Indianer und nicht wie Weiße. Das Leben der Weißen verstand ich nicht, und sie verstanden mich nicht. Sie steckten mich und einige gefangene Indianerkinder in einen Zug und brachten uns in einige große Dörfer des weißen Mannes, um uns Menschen vorzuführen, die noch nie einen Indianer gesehen hatten. Sie schauten uns an und zeigten mit den Fingern auf uns, und einige weiße Kinder weinten aus Angst. Ich glaube, wenn mein Stiefvater das vorausgesehen hätte, dann hätte er mich lieber allein in den Bergen zurückgelassen.

Ich gehörte nicht zu den Weißen, und ich sehnte mich nach meinem eigenen Volk. Also floh ich und kehrte zum Cheyennelager meines Vaters zurück. Aber ich hasse den weißen Mann nicht, denn wenn ich sie anschaue, sehe ich immer etwas von Abraham Johnston in ihnen, meinem weißen Stiefvater."

Deborahs Augen wanderten ganz von selbst zu den hellbraunen Haaren am Gürtel von Gebrochener Flügel. „Aber du kämpfst gegen sie."

„Wenn ich muß." Er brührte die Haare mit den Fingern. „Ich habe gegen Feinde gekämpft, auch gegen Indianer. Ich habe Skalps genommen, das ist unser Brauch. Aber immer wenn ich in der Schlacht ein weißes Leben auslösche, denke ich an Abraham Johnston, und das Herz bricht mir ein wenig."

„Es tut mir so leid, Gebrochener Flügel", flüsterte Deborah mit tiefem Gefühl in der Stimme.

Und als sie die Augen hob, um denen des Cheyennekriegers zu begegnen, arbeiteten die Muskeln in seinem Gesicht, um seine eigenen Gefühle unter Kontrolle zu halten. Deborah wurde klar, daß sie sich von diesen, ihren neuen Freunden ebenfalls nicht mehr trennen konnte, ohne daß ihr das Herz brach.

27

Gegen Ende des Jahres 1865 kamen zwei andere weiße Besucher ins Lager der Cheyenne. Edward Wynkoop, der Kommandant von Fort Lyon gewesen war und jetzt als Vermittler und Freund der Cheyenne und Arapahoe wirkte, kam mit mehreren Wagenladungen verschiedener Güter ins Lager. Bei ihm war John Smith, ein anderer großer Freund der Cheyenne, dessen halbblütiger Sohn Jack von Chivingtons Truppen beim Sand Creek Massaker umgebracht worden war.

Deborah sah aus einem Loch in der Zeltwand zu; sie achtete darauf, nicht gesehen zu werden. Die Männer hielten eine Versammlung im Wigwam von Schwarzer Adler ab, und Deborah erfuhr später sehr zu ihrer Freude, daß vereinbart worden war, Mary und Arthur ins Fort zu bringen.

Zwei Tage später wurden die Kinder weggebracht, und als Deborah sich allein von ihnen verabschiedete, lächelte sie, als Arthur sagte, ihm würde es eigentlich bei den Indianern ganz gut gefallen. Er sagte, er hätte keine Familie mehr, und Rote Feder und seine Familie seien freundlich zu ihm gewesen. Deborah ermutigte ihn, mit seiner Schwester zu gehen, und sagte ihm, so wäre es ihm eines Tages vielleicht besser möglich, den Indianern zu helfen.

Deborah war froh, daß sie gingen — um ihretwillen, aber auch um ihrer selbst willen, denn sie hatten sie ständig an ihre eigene verfahrene Lage erinnert. Bald sollte sie aber von diesen traurigen Gedanken an ihr Schicksal abgelenkt werden.

Ein Gewittersturm fegte in dieser letzten Dezemberwoche über das Cheyennelager hinweg. Das Feuer im Wigwam von Böser Blick brannte ohne Unterbrechung, aber es spendete längst nicht genug Wärme. Alle blieben in ihren Zelten, warm in viele Büffelfelle eingepackt. Es war nicht die beste Zeit, ein Kind zur Welt zu bringen. Aber Leonard Stoners Kind war von Anfang an fehl am Platz gewesen.

Deborahs Wehen begannen mitten in der Nacht. Sie weckte Graue Antilope, die ihrerseits Böser Blick aufweckte. Der Medizinmann verließ den Wigwam, denn obgleich er ein Medizinmann von Ruf war — Geburten überließ man doch besser den Frauen. Er hatte eine Medizin vorbereitet, *Bituneisseeyo* oder Baumrindentrank, die Graue Antilope Deborah in den letzten Tagen treu verabreicht hatte, um ihr die Entbindung zu erleichtern. Aber jetzt war seine Anwesenheit nicht länger nötig.

Zwei andere Frauen gesellten sich zu Graue Antilope, eine ältere, von der Graue Antilope sagte, sie sei eine erfahrene Hebamme. Sie hatten für diesen Moment schon ein Gerüst aus stabilen Balken aufgebaut, und Graue Antilope hatte Deborah bereits die uralte Methode erklärt, mit der die Frauen hier gebaren. Deborah war unerfahren und vertraute den Indianerinnen. Die Frauen kümmerten sich mit großer Sanftheit um sie, und Deborah wollte ihre Dankbarkeit zeigen, indem sie mutig war. Irgendwo hatte sie gehört, daß Indianerinnen mit dem größten Gleichmut gebären, und obwohl Graue Antilope über diesen Mythos gelacht hatte, wollte Deborah den Frauen durch ihr Verhalten Achtung entlocken. Statt zu schreien, biß sie sich also auf die Lippen, bis sie bluteten. Die Frauen sahen sich erstaunt an, denn sie hatten ihrerseits Geschichten über die Entbindung weißer Frauen gehört, und die alte Indianerin war sogar bei der Entbindung einer weißen Gefangenen dabeigewesen, die einen Krieger geheiratet hatte. Was sie gesehen und gehört hatte, war nicht eben schmeichelhaft für die weißen Frauen. Aber hier erlebten sie etwas anderes, und das nötigte ihnen tatsächlich Respekt für die fremde Weiße ab.

Als die Wehen das letzte Stadium erreichten, mußte Deborah auf dem Gerüst knien. Sie sollte sich an einem aufrechten Balken festhalten, während Graue Antilope sie von vorn umarmte und ihr viele liebe und ermutigende Worte sagte und ihr den Schweiß aus dem Gesicht wischte, der trotz der Minustemperaturen draußen in Strömen floß.

Kurz vor dem Ende schrie Deborah auf, sie konnte nicht anders. Nie in ihrem Leben hatte sie solchen Schmerz erfahren, und all ihr Haß auf Leonard war mit einmal wieder da. Sogar tot sorgte er noch dafür, daß sie litt! Und jetzt ... jetzt würde sie sein Kind haben. All ihre Ängste konnten am Ende noch Wirklichkeit werden. Würde sie ein Ungeheuer gebären? Vielleicht wäre es am besten, Graue Antilope das Baby zu geben. Die freundliche Indianerin würde es nicht hassen, würde nicht jedesmal, wenn sie es ansah, an den Alptraum erinnert, dem es entsprang.

Wie konnte sie nur dieses Kind bekommen? Wie sollte sie es lieben? Warum schmerzte sein Kommen so? Der Schmerz vergrößerte nur ihren Haß auf es. Warum konnte er nicht aufhören?

Aber sie leckte ihre Lippen und schmeckte das Blut. Sie gab nicht auf. Sie hatte keine Wahl. Sie würde Leonards Kind gebären. Sie würde versuchen, es nicht zu hassen.

Die Wehen kamen schnell und heftig; ihre Hände schmerzten und waren ganz weiß, weil sie sich so an dem Holzbalken festklammerten.

Graue Antilope sagte ihr, sie sollte sich hinunterbeugen, und Deborah gehorchte; die Anweisungen brachten ihr große Erleichterung. Aber sie war zu erschöpft für Freude, als der entscheidende Moment schließlich kam. Die alte indianische Hebamme, die hinter Deborah stand, nahm das Baby, schnitt die Nabelschnur durch, bestrich die Wunde mit Heilbalsam und wickelte das Kind in eine warme, weiche Decke. Deborah lehnte sich gegen das Gerüst und hörte wie aus weiter Entfernung das Neugeborene schreien.

Aber außerhalb des Wigwams, wo Gebrochener Flügel ängstlich auf und ab gehend wachte, ohne die beißende Kälte und den Schnee zu spüren — draußen waren die Schreie deutlich zu hören. Böser Blick hatte ihn aus seinem Zelt gerufen, als Deborahs Wehen begannen, und er war sofort gekommen. Zuerst war er immerzu zwischen seinem und dem Zelt von Böser Blick hin und her gegangen, um sich über den Fortschritt des Prozesses genau zu informieren. In der letzten Stunde, als er wußte, das Kind konnte jeden Moment kommen, war er aber zu unruhig, um in seinem Zelt zu bleiben. Seine Füße waren in den dicken Wintermokassins schon ganz gefroren, seine Hände waren taub, aber aus irgendeinem Grund konnte er nicht bequem im Warmen sitzen, während die weiße Frau so leiden mußte. Außerdem war er beunruhigt, weil er gehört hatte, weiße Frauen seien nicht stark und starben oft bei der Geburt. Seine Erleichterung war also noch nicht vollkommen, als er das Neugeborene schreien hörte. Nicht, bevor Graue Antilope herauskam und ihm versicherte, daß die Patientin gesund war, würde er sich erleichtert fühlen.

„Ihr geht es gut", sagte die Frau des Medizinmanns mit hörbarem Stolz, als ob Deborah wirklich ihre Tochter war. „Ich hätte nie gedacht, daß eine weiße Frau so tapfer und stark sein kann."

Gebrochener Flügel lächelte, fast als ob das Lob für Deborah auch ihm galt. Aber schließlich war er es ja, der sie gefunden und behauptet hatte, sie sei vom Großen Weisen dort oben gesandt. Vielleicht würden sie ihm jetzt endlich glauben.

„Komm herein, bevor du erfrierst", sagte Graue Antilope. „Ich habe Väter gesehen, die bei der Geburt ihrer eigenen Kinder nicht so aufgeregt waren", zog sie ihn gutmütig auf.

Solche Väter hatte auch Gebrochener Flügel gesehen, und er hatte keine Ahnung, warum er sich so benahm.

Er schlüpfte durch den Eingang, als die Hebamme das eingepackte Bündel gerade in Deborahs Arm legte. Sie lag jetzt auf einem weichen Bett aus Fellen, ihr zitternder Körper mit weiteren Fellen zugedeckt. Sie nahm das Baby in den Arm, sah es aber nicht an. Gebrochener Flügel kam näher und kniete sich neben sie.

„Graue Antilope ist sehr beeindruckt von deiner Tapferkeit bei der Geburt", sagte er.

„Ich wollte ihr keine Schwierigkeiten machen." Deborah nahm mit Freude die hohe Wertschätzung in seiner Stimme wahr.

„Hast du einen Sohn oder eine Tochter?"

„Eine Tochter."

„Und sieht sie dir ähnlich?"

„Ich — Ich weiß nicht..." Deborah schloß ängstlich die Augen. „Ich habe Angst, sie anzusehen."

„Aber warum denn? Graue Antilope sagt, das Baby ist gesund."

Sie glauben, ich bin stark, sogar tapfer, dachte Deborah verzweifelt bei sich. *Wenn sie nur wüßten, was für ein Feigling ich bin, daß ich nicht einmal mein eigenes Kind ansehen kann.*

„Gebrochener Flügel, würdest du ... würdest du sie für mich anschauen?"

Der Cheyennekrieger nickte feierlich. Er hatte keine Ahnung, warum diese Frau ihr Kind nicht ansehen konnte, aber er fühlte, daß dies ein entscheidend wichtiger Augenblick war, und er handelte danach. Seine zärtlichen Hände, dieselben Hände, die in Schlachten gegen Feinde kämpften, bewegten sich jetzt voller Ehrfurcht. Und das schlafende Baby erwachte nicht, als er seine Beinchen anhob und mit

dem Finger über die winzigen Füßchen des Mädchen fuhr, dann über beide kleinen Händchen und über jeden einzelnen Finger.
„Sie ist ganz", gab er bekannt.
„Wie ... wie sieht sie aus?"
Hier wurde der feierliche Ausdruck von Gebrochener Flügel sanft.
„Sie ist ... anders", sagte er. Als ihm aufging, wie seine Worte von der übernervösen Mutter verstanden werden konnten, fügte er rasch hinzu: „ — aber schön! Ich habe noch nie ein weißes Baby gesehen. Sie hat keine Haare — nein warte! Sie hat Haare, aber sehr hell und weich, wie die Federn eines Kükens."
Unfähig, sich noch länger zurückzuhalten, faßte er den feinen Haarflaum auf dem Kopf des Babys an. Plötzlich öffneten sich ihre Augen. Aber sie schrie nicht, sie blickte nur zu Gebrochener Flügel auf, der über sie gebeugt stand, als ob sie ein heiliger Kriegsschmuck wäre. „Ah!" flüsterte Gebrochener Flügel.
„Was ist los?" Deborahs Ton verriet ihre Besorgnis.
„Sie hat helle Augen, wie du — vielleicht grau, vielleicht blau, das kann ich nicht sagen. Aber ich sehe dich in ihrem Gesicht. Sie ist sehr schön. Du kannst stolz sein!"
„Wirklich?"
„Schau selbst."
Deborah zögerte und wandte sich langsam dem Kind in ihren Armen zu.
Sie war wirklich schön.
Tatsächlich war Deborah so von diesem Anblick bezaubert, daß sie vergaß, nach Ähnlichkeiten mit Leonard zu suchen. Ihr Baby war gesund, ihr Baby war kein Ungeheuer; und als das Kind seine Mutter ansah, bemerkte Deborah, wie zerbrechlich und hilflos es war. Diese Wahrnehmung verdrängte sofort jeden Gedanken an Haß und Ablehnung aus Deborahs Geist und Herz. Dieses Baby war nicht nur Leonard Stoners Kind, es war auch ihrs; mehr noch, es gehörte zu ihrer eigenen Person und war vollkommen unabhängig von der so schlimmen Verbindung ihrer Mutter und ihres Vaters. Allein schon aus diesem Grund, wegen seiner eigenen Individualität verdiente das Kind, angenommen zu werden.
Deborah lächelte ihr Baby an. „Sie ist hübsch, nicht?"
„Warum sollte sie es nicht sein?"
„Darüber will ich jetzt nicht nachdenken, Gebrochener Flügel. Aber ich danke dir, daß du mir geholfen hast."
„Ich weiß, es ist die Sitte der Weißen, ihre Kinder gleich nach der

Geburt zu taufen", sagte Gebrochener Flügel. „Hast du einen Namen für deine Tochter?"

„Daran habe ich noch nicht einmal gedacht. Aber ich werde sie Carolyn nennen, nach meiner Mutter."

„Das ist gut. Es wird deiner Mutter Glück bringen."

„Meine Mutter ist tot."

„Dann wird es dem Kind Glück bringen, nach seiner Großmutter zu heißen."

„Ich hoffe es, Gebrochener Flügel." Deborah sah ihre Tochter an. „Ich hoffe es ..."

Für Deborah war es schwer, sich Glück vorzustellen, richtiges Glück, wie sie es einst in Virginia gekannt hatte, ohne einen Tropfen Bitterkeit, ohne Verwirrung und Verlust. Es fiel ihr schwer, sich vorzustellen, daß sie jemals wieder auf diese Weise glücklich sein könnte. Aber bestand diese Chance nicht wenigstens für Carolyn? Mußte sie denn alle Sünden ihrer Eltern erben?

Ohne zu denken begann Deborah, zu Gott um dieses Glück für ihre Tochter zu beten. Als ihr klar wurde, was sie tat, hielt sie inne. Sie hatte kein Recht, Gott um einen Gefallen zu bitten. Wenn sie stark war, wenn sie unabhängig war, wenn sie etwas zu geben hatte — dann vielleicht konnte sie das tun. Vorläufig schien es ihr zu gefährlich, sich der Gnade von jemand so Mächtigem auszuliefern. Es könnte zu leicht, zu unentbehrlich werden, und das konnte sie sich nicht leisten. Sie mußte selbst stark sein. Sie mußte für sich selber sorgen können und für ihr Kind, ohne die Hilfe anderer zu brauchen. Wenigstens hier bei den Indianern konnte sie Hilfe annehmen, denn sie wußte, bald würde sie etwas zurückgeben können, wenn auch nur ihren starken Rücken.

Also bat Deborah Gott nicht um das Glück ihrer Tochter. Irgendwie würde sie schon selbst für das Glück des Kindes sorgen, obwohl sie selber leer und verbittert war. So stand der große Lastenträger mit ausgestreckter Hand vor Deborah und wartete ... wartete geduldig.

28

Endlich kam der Frühling. Der Schnee schmolz, die Flüsse schwollen an, die Bäume wurden grün, und das weiße Grasland der Prärie wurde mit einem Muster bunter Blumen überzogen.

Deborah wurde in solch freundlicher Umgebung stark und gesund, und mit jeder Woche, die verging, wurde sie mehr ein Teil des Lebens im Lager der Cheyenne. Sie trug jetzt Mokassins aus Büffelleder und trug ihr Kind in einer speziellen Tragewiege auf dem Rücken, wenn sie unterwegs war, um die alltäglichen Arbeiten zu verrichten. Mit einer klebrigen Mischung, die Graue Antilope für sie gemacht hatte, färbte Deborah sich Haut und Haare dunkel, so daß wenigstens aus der Entfernung kein Händler, Soldat oder anderer ‚Fremder', der in die Nähe des Camps kam, sie als Weiße erkennen konnte. Im Sommer unterstützte die starke Sonne auf ganz natürliche Weise die dunkle Färbung ihrer Haut, die einen bronzenen Ton anzunehmen begann. Ihr Haar jedoch würde sie immer verraten, und eine Kopfbedeckung, die für Cheyennefrauen unüblich war, hätte sie ebenfalls verraten. Außer den Spuren Gold, die durch die Färbung hindurchschimmerten, gab es nur noch wenige Unterschiede, und Deborah war selber überrascht, wie schnell sie sich an das Leben, das Aussehen und die Gewohnheiten der Indianer angepaßt hatte. Die Vorstellung eines bürgerlichen Wohnzimmers in Virginia kam ihr jetzt erschreckend vor. Sie war in die wilden Tage ihrer Kindheit zurückgekehrt.

Im Winter hatten die jungen Krieger gejagt und Beutezüge unternommen, aber mit dem Frühlingswetter konnten sie wieder richtig durch das Land streunen, um so mehr, als auch die Pferde nach den Entbehrungen des Winters wieder Kraft schöpften.

Eines Nachts wurde das Lager von wildem Aufruhr aus dem Schlaf geschreckt — Hunde bellten, Menschen riefen, Schüsse fielen. Deborah drückte Carolyn an sich und starrte Graue Antilope an, die ihre Arme um die weiße Frau und ihr Kind geschlungen hatte. Deborah wollte nach draußen gehen, um zu sehen, was passiert war, aber sie wußte, das wäre wahnsinnig gewesen. Sie mußte warten, bis Böser Blick zurückkam, der nach draußen gegangen war.

„Wenn wir gehen müssen", versicherte Graue Antilope, „werden es die Männer uns sagen." Ein leichtes Zittern in der Stimme verriet ihre Aufregung, denn sie war in Sand Creek gewesen und wußte, daß die Warnungen manchmal zu spät kamen.

„Glaubst du, es sind Soldaten?" fragte Deborah.

„Nicht genug Schüsse. Die Blauröcke verschwenden viel wertvolle Munition bei ihren Überfällen."

Schließlich kam Böser Blick atemlos und mit grimmigem Gesicht zurück.

„Pawnee", sagte er und sprach den Namen der Erzfeinde der Cheyenne mit tiefer Verachtung aus. „Es sind viele. Wir müssen zum Fluß gehen, denn es kann sein, daß unsere tapferen Krieger sie nicht aufhalten können."

Graue Antilope sprang sofort auf, griff ein paar Felle und füllte rasch eine Ledertasche mit etwas Proviant. Deborah nahm sich eine Decke für Carolyn, und in weniger als einer Minute verließen sie mit böser Blick an der Spitze das Zelt. Deborah drehte sich um und sah die Schlacht zwischen den Pawnee und den Cheyenne voll entbrannt. Mehrere Wigwams standen in Flammen, und die Krieger der Cheyenne wurden immer weiter zurückgetrieben in die Mitte des Lagers.

Im grauen Licht des beginnenden Sonnenaufgangs schlossen sich ihnen viele andere fliehende Cheyenne an — überwiegend Frauen und Kinder, geführt von einigen der alten Männer mit Gewehren und Bogen. Sie rannten in Panik zum Fluß, die Kinder schrien, und die Hunde bellten aufgeregt und liefen ihnen zwischen die Beine. Plötzlich durchbrach eine Handvoll Pawnees die Verteidigungslinie der Cheyenne und ritt den Fliehenden nach. Einer der Pawnee ergriff eine Cheyennefrau, zog sie auf sein Pferd, stieß einen Siegesschrei aus und stürmte davon. Auf das Schreien der Frau hin eilten einige Cheyennekrieger zu Hilfe, aber der größte Teil der Krieger versuchte weiterhin, die Hauptgruppe der Pawnee aufzuhalten.

Deborah konnte der Versuchung nicht widerstehen zurückzublicken, und sie sah in diesem Moment, wie ein Pfeil den Hals eines Pawnee durchbohrte. Er stürzte vom Pferd, und als er auf dem Boden aufschlug, lief der Cheyenne, der ihn getroffen hatte, und beugte sich über seinen Körper. Deborah schauderte bei der Vorstellung, daß der Krieger seinen getroffenen Gegner skalpieren würde. Aber er versetzte ihm nur einen Schlag mit einem Stock und wandte sich sofort zurück zum Kampf.

In dem kurzen Moment, in dem sie zurückblickte, stolperte Deborah über eine Wurzel. Sie stürzte, und nur das weiche, feuchte Gras in Flußnähe behütete sie und Carolyn vor einer ernsthaften Verletzung. Aber als sie sich, immer noch ihre Tochter an sich klammernd, aufrichtete, stand sie plötzlich allein da, getrennt von Böser Blick und den anderen.

Bevor sie ihr Gleichgewicht so weit wieder erlangt hatte, daß sie ihnen nacheilen konnte, stürzte sich einer der Pawnee auf sie. Sie sah an seinen glühenden Augen, daß er sie schon als seinen Preis betrachtete. Er griff mit solcher Kraft nach ihr, daß sie ihr Baby verlor und das kostbare Bündel zu Boden fiel und schrie und weinte. Der Pawnee bemerkte es nicht, er sah nur die wertvolle weiße Frau, die ihm in die Hände gefallen war.

Deborah schrie, als das Pferd ihres Feindes sich aufbäumte; mit Sicherheit würde es ihr Kind zerschmettern. Aber plötzlich, als ob sie aus dem Gras selbst kam, stand eine Gestalt neben dem Pferd des Pawnee. Die herunterdonnernden Hufe verfehlten nur knapp seinen Kopf, waren aber weit genug von Carolyn entfernt.

Trotz des plötzlichen Angriffs behielt der Pawnee den Überblick und hielt sein Pferd unter Kontrolle. Sofort trieb er es zum Galopp an und entfernte sich mit seiner Beute von der Schlacht.

Aber der Cheyenne wollte nicht nur das Baby retten. Er rannte hinter dem fliehenden Gegner her, und obwohl er kaum Aussicht hatte, ihn einzuholen, blieb er in Schußweite. Er rannte, um diesen Vorteil nicht zu verlieren, riß seinen Bogen von der Schulter, nahm einen Pfeil aus seinem Köcher und legte ihn an die Sehne. Er hielt erst an, als er bereit war zu zielen.

Twang!

Jeder erfahrene Schütze hätte unter diesen Umständen und bei dieser Entfernung sein Ziel verfehlen können, aber es war der Schuß eines Kriegers, der wußte, daß er nur diese eine Chance hatte.

Deborah lag fast waagerecht auf dem Pferd des Pawnee; sie begriff nicht, was vorging. Dennoch war sie bei dem Gedanken, daß ihre Tochter vielleicht tot war, dem Wahnsinn nahe. Sie merkte, daß etwas sich verändert hatte, als der Pawnee sich über sie beugte und sie mit seinem Gewicht fast erdrückte. Sie versuchte verzweifelt, sich zu befreien. Das galoppierende Tier schüttelte sie furchtbar und machte ihr jede Bewegung fast unmöglich, jedenfalls sehr gefährlich. Schließlich gelang es ihr, den toten Pawnee vom Pferd zu stoßen, aber so erfahren sie auch als Reiterin war, schaffte sie es doch in ihrer Lage kaum, das rasende Pferd unter Kontrolle zu bringen.

Sie kämpfte beharrlich, und schließlich konnte sie die Zügel ergreifen. Sie zog so energisch an ihnen, daß das Tier langsamer wurde und ihr ermöglichte, sich aufrecht hinzusetzen. Sie brachte das Pferd dazu, vom Galopp in einen Trab überzugehen, und schließlich gelang es ihr auch, es umzulenken.

Deborah hatte fast Angst zurückzureiten. Ihr Baby war tot. Und selbst wenn sie genau das manchmal vor seiner Geburt gewünscht hatte, hatte sie es doch niemals wirklich gewollt. Dennoch flößten ihr diese bitteren Wünsche jetzt Schuldgefühle ein.

29

Ihr Retter, der jetzt über dem toten Pawnee stand, war Gebrochener Flügel. In der Aufregung und Gefahr hatte Deborah ihn nicht erkannt. Aber jetzt war ihr alles klar. In einer Hand hielt er ein blutiges Messer, das er an seiner ledernen Hose abwischte, bevor er es wieder einsteckte. In der anderen Hand hielt er ein kleines Bündel. Er streckte es Deborah entgegen, als sie wieder an die Stelle zurückkam, an der sie den toten Pawnee vom Pferd gestoßen hatte.

Deborah sprang vom Pferd und lief mit zitternden Knien zu ihm. „Ihr ist nichts passiert", sagte Gebrochener Flügel mit erleichtertem Grinsen. „Sie heult wie ein Wolf. Ich glaube, du solltest sie Singender Wolf nennen."

Deborah riß ihr Kind an sich, als ob sie es dem Teufel selbst entrisse. Alles, was sie im Moment wahrnahm, waren die blutige Schlacht und die Schreie, die immer noch aus dem Lager kamen. Am Boden lag der tote Pawnee; eine blutige Wunde am Kopf bewies, daß auch die, die sie für ihre Freunde hielt, grausame Gegner sein konnten. War sie denn verrückt zu glauben, sie könnte bei ihnen zu Hause sein und ihr Kind in dieser barbarischen Umgebung großziehen?

Aber das schreiende Bündel in ihrem Arm lenkte sie von ihrer Verwirrung und ihrem Entsetzen ab. Alle Aufmerksamkeit brauchte sie für das weinende, zappelnde Kind. Es schrie aus vollem Hals. Deborah lockerte die Decken und untersuchte ihr Kind. Zu ihrer Erleichterung und ihrem Erstaunen fand sie, daß Carolyn keinen Schaden davongetragen hatte. Ihr wurde plötzlich klar, daß dieses Wunder Gebrochener Flügel zu verdanken war. Sowohl sie als auch ihre Tochter verdankten ihm ihr Leben.

„Komm", sagte Gebrochener Flügel drängend. „Noch seid ihr nicht in Sicherheit."

Er führte das Pferd des Pawnee am Zügel und geleitete sie zurück zum Fluß. Dann kehrte er in die Schlacht zurück.

Eine weitere Stunde wurde wütend gekämpft, bis die Pawnees schließlich zurückgeschlagen wurden. Der Sieg war mit schweren Verlusten erkauft. Eine Frau war gefangen worden und zwei Krieger getötet, außerdem waren zwei Wigwams und fünfzig Pferde verloren, die die Pawnees gestohlen hatten. Aber selbst als Böser Blick seinen düsteren Bericht vortrug, hellte sich sein finsteres Gesicht auf, als er den Preis nannte, den der Feind für seinen Überfall bezahlt hatte – fünf tote Krieger und drei verlorene Pferde.

„Und das beste Pawneepferd gehört jetzt dir, Deborah!" rief er aus. „Du hast deine erste Beute gemacht!"

„Aber es ist nur ein Pferd", sagte Deborah verwirrt. „Ich habe niemanden getötet."

„Der weiße Mann glaubt, töten ist alles", sagte der alte Medizinmann. „Aber bei den Cheyenne ist das nicht so. Die höchste Ehre für einen Cheyennekrieger ist eine lebende Beute. Die meisten Weißen verstehen nicht, daß es viel ehrenhafter ist, eine lebendige Beute zu fangen als eine tote. Es ist schwerer, einen lebendigen Feind zu berühren als einen toten, und ein Cheyenne muß seinen Feind berühren, ob tot oder lebendig. Ein einzelner Feind mag drei Schläge erhalten, aber der erste zählt am meisten."

Deborah hatte das beobachtet, als sie zum sicheren Schutz des Flusses zurückgekehrt war: einer oder mehrere Krieger hatten einen gefallenen Körper geschlagen. Jetzt wußte sie, was das bedeutete. Aber sie hatte noch etwas anderes gesehen, was sie nicht verstand.

„Was ist mit dem Skalpieren?" fragte sie schaudernd.

Als sie redete, näherte sich Gebrochener Flügel dem Platz, wo die Gruppe noch immer am Ufer des kleinen Flusses saß, aß und sich vom Schrecken des Kampfes erholte, bevor sie anfingen, das Dorf wieder in Ordnung zu bringen.

Gebrochener Flügel stand schweigend dabei, als Böser Blick Deborahs Frage beantwortete. „Phsssh!" gab er mit verächtlichem Schulterzucken von sich. „Skalps sind gar nichts – außer es ist dein eigener!" Er kicherte über seinen Witz.

„Was Böser Blick meint", fügte Gebrochener Flügel hinzu, „ist, daß wir nicht für Skalps kämpfen, denn sie sind nicht wichtig."

„Aber du –"

„Es tut mir leid, wenn dich beunruhigt, was ich im Kampf getan habe. Der Pawnee war ein alter Feind von mir. Ich habe schon früher gegen ihn gekämpft, und einmal ist ihm ein Schlag gegen mich geglückt. Sein Haar ist für mich eine große Trophäe, aber jetzt wünschte ich, ich hätte ihn nicht angefaßt."

Er drehte sich unvermittelt um und ging davon. Deborah erinnerte sich, wie sehr es ihn verwirrt hatte, als die gefangenen Weißen sich angstvoll von ihm abgewandt hatten. Natürlich konnte niemand so etwas mögen, aber konnte es sein, daß es für Gebrochener Flügel auch eine Frage der Ehre war? Deborah fragte sich, ob sie jemals den schwierigen Geist der Indianer verstehen würde, besonders den Geist dieses einen Indianers. Merkwürdigerweise war es ihr plötzlich sehr wichtig, Gebrochener Flügel zu verstehen. Sie sprang auf und ging ihm nach.

„Gebrochener Flügel!" rief sie.

Er blieb stehen, drehte sich aber nicht um. Sie mußte um ihn herumgehen, um ihm ins Gesicht zu sehen.

„Gebrochener Flügel, verzeih mir meine schnellen Urteile", sagte sie. „Die Cheyenne sind mir noch immer fremd. Vielleicht werde ich sie niemals verstehen. Was ich heute sah, hat mich erschüttert, und ich habe darüber beinahe etwas sehr Wichtiges vergessen. Du hast mein Leben und das Leben meines Kindes gerettet. Wir sind Fremde und gehören zu den Weißen, euren Feinden. Dennoch hast du dein eigenes Leben für uns aufs Spiel gesetzt. Kann sein, daß ich deine Gedanken nicht verstehe, aber ich verstehe, daß du ein mutiger Mann bist, und du verdienst Dank, den ich dir noch nicht gegeben habe. Ich danke dir, Gebrochener Flügel. Ich bin einmal mehr in deiner Schuld." Sie zögerte und erinnerte sich an etwas, das Graue Antilope ihr vor kurzem über die Sitten der Cheyenne gesagt hatte. „Warte hier", sagte sie und eilte zum Flußufer.

Als sie fünf Minuten später zurückkam, führte sie das Pawneepferd am Zügel.

„Ich möchte dir meine Dankbarkeit zeigen." Sie legte die Zügel in seine Hand.

„Das ist ein sehr wertvolles Geschenk", erwiderte er mit Demut in der Stimme. „Ein gutes Pferd mit einer Decke und einem Sattel."

„Es ist nichts im Vergleich zu dem, was ich dir schulde."

„Es ist dein eigenes Pferd."

„Graue Antilope hat mir gesagt, Squaws besitzen keine Hengste."

„Gewöhnlich nicht, aber du hast ihn redlich gewonnen."

„Nur weil du den Reiter getötet hast. Aber ich sage dir etwas: laß es uns als guten Handel betrachten, wenn du mich manchmal auf ihm reiten läßt."

Er lächelte. „Ich habe gesehen, daß du gut reitest."

„Ja, ich reite sehr gern, und ich habe schon lange keine Gelegenheit mehr dazu gehabt. Obwohl ich in Todesangst war, als der Pawnee mich fing, fühlte ich auch Aufregung auf dem Pferderücken."

„Dann reite jetzt!" drängte Gebrochener Flügel, und Begeisterung strahlte aus seinen dunklen Augen.

„Aber die Pawnees?"

„Sie sind weit weg und werden nicht riskieren, die gestohlenen Pferde wieder zu verlieren, wenn sie zurückkommen." Er gab ihr die Zügel zurück.

Deborah erinnerte sich an das Gefühl der mächtigen Flanken unter ihr und des Windes im Gesicht und konnte nicht widerstehen. Sie wußte, das fremde Pferd würde seinen neuen Reiter akzeptieren, und sie beruhigte es mit leise gesprochenen Worten und sanftem Streicheln. Dann stieg sie auf. Der Sattel, zusammengenähtes Büffelleder, mit Gras gestopft, war weich und angenehm, viel bequemer als die englischen Sättel, die sie in Virginia hatten oder die Sättel auf der Stoner Ranch, wie man sie im Westen gewohnt ist. Gebrochener Flügel erklärte ihr, daß dieser ein Kriegssattel war, besonders leicht, was Schnelligkeit und Wendigkeit des Pferdes erhöhte. Sie hatte schon die schwerfälligeren Holzsättel gesehen, die den Cheyenne für Lasten dienten.

Gebrochener Flügel sah mit verschränkten Armen und einem leichten Lächeln um den Mund zu. „Indianische Pferde sind gewöhnlich nicht sehr freundlich zu weißen Reitern. Ich glaube, langsam bist du schon mehr Indianerin als Weiße."

Deborah preßte ihre Fersen leicht in die Flanken des Tieres.

Das Pferd, ein grauer Hengst mit schwarzer Mähne, fiel in einen leichten Trab. Er war ein lebhaftes Tier, nicht älter als drei Jahre und damit im besten Alter. Deborah ritt in einem großen Kreis um den Platz, auf dem der Kampf getobt hatte. Sie spürte, wie der Hengst seine große Kraft zurückhielt.

„Du bist ein Läufer, nicht wahr?" murmelte sie zu dem Grauen.

Sie selber hielt sich auch zurück. Es war so lange her, seit sie zuletzt geritten war, seit sie sich wirklich frei gefühlt hatte. Auf der Stoner Ranch waren ihre Ausritte stets begleitet gewesen von der Angst, ihr Mann könnte sie entdecken und bestrafen, und die Ritte mit Griff waren viel zu gefährlich gewesen.

Konnte sie es jetzt wagen, ihrem stürmischen Wunsch nachzugeben? Gab es irgend etwas, was sie davon abhielt?

Laut lachend drückte sie die Fersen entschlossen in die Flanken des Tiers.

Der Hengst brauchte keine große Ermunterung. Seine mächtigen Beine streckten sich sofort aus, und sie flogen im Galopp dahin. Deborah rief laut, und es klang so ungezügelt wie nur irgendein indianischer Kriegsschrei. Der Grund war eben und bot Pferd und Reiter keinen Widerstand, und in weniger als zwei Minuten hatten sie eine Meile zurückgelegt. Der Graue, jetzt mit Kriegsbemalung angetan, wäre der Stolz jedes Zuchtstalls in Virginia gewesen, vielleicht des ganzen Südens. Deborah lenkte ihn um, und er verlor bei diesem Manöver so gut wie gar keine Zeit.

Deborah ließ ihm auf dem Rückweg die Zügel fahren. Sie wußte, er würde sich kaum verausgaben. Es war wirklich ein sehr gutes Pferd, und sie war glücklich, daß sie es Gebrochener Flügel geschenkt hatte. Ein Mann wie er verdiente ein Pferd wie dieses, und der Graue verdiente einen Herrn wie den starken und mutigen Cheyennekrieger.

Er beobachtete sie lachend. Deborah wäre überrascht gewesen zu erfahren, daß er ähnlich über sie dachte wie sie über ihn.

Schließlich brachte sie den Grauen zum Stehen, aber das Pferd prustete und scharrte mit den Hufen, offenbar unglücklich über die Kürze der Übung. Genauso bedauernd stieg Deborah ab. Sie gab ihm einen herzlichen Klaps. „Ich wünschte, ich hätte einen Zuckerwürfel für dich", sagte sie ihm und wandte sich an Gebrochener Flügel. „Danke! Ich habe mich noch nie so wohl gefühlt."

„Du hast große Freude auf dem Rücken eines Pferdes, wenn der Wind durch dein Haar weht. Wie ein Pfeil, von meinem besten Bogen gesandt." Er betrachtete sie aufmerksam, ihr glühendes Gesicht, gerötet und brennend vom Wind, ihre Augen, die vor Freude glänzten. Besonders lauschte er auf ihr ausgelassenes Lachen, denn es war das erste Mal, daß er diese Musik aus dem Mund der weißen Frau hörte. Es war wirklich angenehm zu hören.

„Es ist Zeit, daß du einen Cheyennenamen bekommst", sagte er unerwartet. „Ich habe schon darüber nachgedacht, aber bis jetzt fand ich keinen, der paßt." Er schwieg einen Moment und schien unsicher. „Aber es könnte sein, daß du keinen solchen Namen tragen willst."

Deborah war von den Ereignissen des Tages, dem Kampf und dem Schrecken, aus der Fassung. Wollte sie sich so weit mit ihnen identifizieren, daß sie einen ihrer Namen trug? Sie war erschrocken gewesen über Gebrochener Flügel. Aber sie wollte nicht die überwältigende Liebe und Freundschaft zurückweisen, die sie hier vom ersten Moment an gespürt hatte. Sie gab nur sehr zögernd zu, daß diese Menschen einer tiefen Sehnsucht ihres verwundeten Herzens entgegenkamen. Ihre Sitten waren rauh, vielleicht sogar barbarisch, und sie würde einige Zeit brauchen, das zu akzeptieren, falls es ihr überhaupt je gelang. Aber sie wußte ohne jeden Zweifel, daß die Herzen dieser Cheyenne, die ihre neuen Freunde geworden waren, gut und edel waren. Mit ihnen verbunden sein, das konnte nur als Ehre gelten.

„Ich hätte gern einen Cheyennenamen", sagte sie einfach.

„Ich glaube, man sollte dich ‚Windreiterin' nennen." Deborah runzelte die Stirn, und Gebrochener Flügel fragte: „Dieser Name gefällt dir nicht?"

„Nun ja ... er klingt ein bißchen übertrieben, wie der Name eines großen Kriegers. Nur weil ich ein schnelles Pferd mag, heißt das noch nicht, daß ein Name wie dieser zu mir paßt. Wie wäre es mit ‚Pferdefrau'?"

„Windreiterin paßt gut zu dir, denn ich glaube, in deinem Inneren bist du ein Krieger." Er betrachtete sie wieder mit diesem aufmerksam prüfenden Blick, der ihre Knie weich werden ließ.

Aber Deborah faßte sich schnell. Auch wenn Gebrochener Flügel ihren Charakter falsch gelesen hatte, so sah er doch, wenn schon nicht, was sie tatsächlich war, so doch, was sie nur zu gern sein würde.

„Gebrochener Flügel, ich glaube, ich bin zu hilflos und zu unwissend, um ein Krieger zu sein. Aber ich wünsche es mir mehr als alles andere. Würdest du mich unterrichten?"

„Du willst mit den Tapferen auf Kriegspfad gehen?"

„Ich will nur nicht noch einmal so hilflos sein wie zu der Zeit, als du mich in der Prärie gefunden hast."

Sie erinnerte sich, wie sie die gleiche Bitte an Griff gerichtet hatte. Er hatte nicht viel Zeit gehabt, ihr zu helfen, und jetzt war er wahrscheinlich tot. Würde es ihr mit diesem Cheyenne besser gehen, mit Gebrochener Flügel? Würde sie schließlich doch noch eine selbstbewußte Frau werden, die Art Frau, die sich niemals wieder der Gnade eines Mannes ausliefert? Sie dachte an den Pawneekrieger, der sie fast entführt hätte. Wieder wäre sie dann die Sklavin eines Mannes geworden, machtlos und ohnmächtig. Sie wußte, solange sie nicht einmal die einfachsten Methoden der Selbstverteidigung beherrschte, wäre sie niemals sicher, nie wirklich frei.

Sie sah Gebrochener Flügel forschend an. Sie konnte sich nicht dazu erniedrigen, ihn geradezu zu bitten, aber dazu gab er ihr erst gar keinen Anlaß.

Er antwortete schnell und ohne Widerstreben: „Ich werde es tun."

„Ich danke dir", erwiderte sie ebenso erleichtert wie dankbar.

30

Im Juli zog das Dorf von Schwarzer Adler nach Norden, um die reichen Wildgründe zwischen dem Smoky Hill und dem Arkansas River zu nutzen. Deborah arbeitete neben Graue Antilope am Abbau des Zeltes, fast vollständig Frauenarbeit. Kleinere Wigwams bestanden aus vielleicht elf Büffelfellen, aber Böser Blick war wohlhabend, und sein Zelt bestand aus einundzwanzig. Die schweren Felle zusammenpakken, das war keine leichte Arbeit. Mehrere von Pferden gezogene Transportbahren waren nötig, um alle Felle und den ganzen Hausrat unterzubringen. Dann mußten die Sachen auf den Holzgestellen festgebunden und die Pferde davorgespannt werden. Bei Böser Blick und Graue Antilope kam auf diese Weise kein ganz kleiner Treck zusammen.

Ein weißer Besucher im Camp hatte einmal bemerkt, daß indianische Frauen wie Sklavinnen arbeiten, während die starken Krieger faul herumsaßen. Eine Squaw widersprach ihm und erinnerte ihn daran, daß es der Krieger war, der beinahe täglich sein Leben einsetzte, um von feindlichen Stämmen Pferde und Waffen zu holen und der zudem nicht ohne Gefahr für Nahrung und lebenswichtige Häute sorgte. Die Arbeitsteilung war mehr als gerecht, obwohl sich selbst Deborah das fragte, als sie sich den Schweiß von der Stirn wischte.

Deborah packte ihren langsam angewachsenen Besitz zusammen, angewachsen vor allem seit der Geburt ihrer Tochter. Sie lud alles auf ihr eigenes Pony. Das Pferd, eine Rotschimmelstute, war ein Geschenk von Böser Blick. Er war enorm beeindruckt von ihrer Großzügigkeit gewesen, als sie Gebrochener Flügel den grauen Hengst geschenkt hatte, ganz im wahren Geiste der Cheyenne. Darüber hinaus hatte er begonnen, die weiße Frau als ein Mitglied seiner Familie zu betrachten.

„Es ist üblich", sagte er ihr, „daß der Vater eines Kindes nach der Geburt Geschenke macht, aber du hast keinen Mann und keine Geschenke, deshalb habe ich für dich Pferde verschenkt. Ich gebe dir auch ein Pony, so daß du eines Tages in unserem Dorf eine selbständige Squaw sein kannst."

Die Worte von Böser Blick ließen Deborah wieder über ihre Stellung im Lager der Cheyenne nachdenken. Zunächst hatte diese Stellung für sie nur den Zweck gehabt zu überleben, aber jetzt, da ihr Kind geboren und sie wieder bei normaler Gesundheit war, stand es ihr frei zu gehen. Sie besaß sogar ihr eigenes Pferd, das sie davontragen würde.

Es war Sommer; ein Jahr war seit Leonards Tod vergangen und fast neun Monate seit ihrer Trennung von Griff McCulloch. Vor sechs Monaten war ihre Tochter Carolyn zur Welt gekommen. Dennoch fühlte sie kein drängendes Bedürfnis, etwas an ihrer Lage zu ändern. Warum sollte sie auch?

Vielleicht würde sie wirklich eines Tages eine selbständige und ‚einflußreiche' Squaw in diesem Stamm werden. Bis jetzt war sie hier ohne Vorbehalt angenommen, als ob sie eine von ihnen war, und diese Tatsache erstaunte sie immer noch. Sie bezweifelte, ob jemals ein Indianer so von Weißen aufgenommen würde. Sie dachte an den armen Jacob und an Laban, die nur halb mexikanisch waren, nicht einmal so niedrig standen wie die Indianer bei den Weißen, und dennoch wie Luft behandelt wurden, besonders von Caleb und Leonard, aber auch von anderen der weißen Gemeinschaft.

Hatte Deborah schließlich doch ihren Platz im Leben gefunden, hier unter den wilden Indianern der Prärie?

Sie empfand immer noch einen inneren Zwiespalt, wenn sie einerseits an die manchmal grausamen Sitten des Stammes dachte, andererseits aber an die Freundlichkeit und Aufrichtigkeit, denen sie hier begegnet war. Aber ihre Verwirrung verschwand von Tag zu Tag mehr, während gleichzeitig ihr Gefühl von Sicherheit und Heimat wuchs. Unter der geduldigen Anleitung von Graue Antilope lernte sie, wie man Felle gerbt, eine der wichtigsten Arbeiten bei den Cheyenne. Sie webten keine Stoffe, und deshalb dienten ihnen Felle und andere Teile der Tiere auch als Kleidung, Schutz und für viele andere Bedürfnisse des täglichen Lebens. Sie lernte, wie man Fleisch haltbar macht, besonders Büffelfleisch, die Hauptnahrungsquelle des Stammes. Aber auch die Suche nach Wurzeln war wichtig, und Deborah lernte, was die trockene Prärieerde alles barg. Sie hatte ganz recht gehabt, als sie hier draußen fast gestorben wäre: ihre Hilflosigkeit kam einzig und allein von ihrer Unwissenheit.

Am schönsten für Deborah war es, wenn Gebrochener Flügel Zeit für sie hatte, sie beiseite nahm und sie das Handwerk der Krieger lehrte. Er unterrichtete sie im Gebrauch des Bogens, und wegen ihrer Hartnäckigkeit dauerte es nicht lange, bis sie ein ganz passabler Schütze war. Er zeigte ihr sogar, wie sie sich aus einem Ast selber einen Bogen machen konnte und wie man Pfeile herstellt; aber die wirklich guten Bögen, sagte er, werden von ganz wenigen Meistern in den

Stämmen gemacht, und zu ihnen gingen die Krieger gewöhnlich. Gebrochener Flügel gab Deborah seinen zweitbesten Bogen, als sie soweit war, daß sie ein Ziel treffen konnte.

Ihr Schießunterricht mußte jedoch aus Mangel an Munition begrenzt bleiben. Auch wenn sie nicht sehr oft zum wirklichen Schießen kam, lernte sie aber, wie man zielte, wie man eine Waffe lud und reinigte. Zu ihrer großen Freude nahm Gebrochener Flügel sie eines Tages mit auf die Jagd, und sie brachte zwei Kaninchen und einen wilden Truthahn nach Hause.

Sie half Gebrochener Flügel und Böser Blick auch beim Versorgen der Pferde. Sie lernte die indianische Methode, ein Pferd zuzureiten, indem man es vor dem Aufsteigen in die Mitte eines Flusses führte. Dort im tiefen Wasser konnte es nicht bocken, aber selbst wenn es ihm gelang, seinen Reiter abzuwerfen, war der Fall nicht gefährlich. Deborah und Gebrochener Flügel erlebten viele ausgelassene Momente, wenn sie beim Versuch, ein besonders widerspenstiges Pony zu zähmen, kopfüber ins Wasser platschten.

Vorerst war Deborah damit zufrieden, sich treiben zu lassen; sie fühlte keine Notwendigkeit, irgendeine Entscheidung zu treffen, die ihr Leben verändert hätte. Sich mit dem Leben der Indianer vertraut zu machen, das war spannend genug, um andere Gedanken fernzuhalten.

Sobald die Wigwams an einem Seitenarm des Smoky Hill River errichtet waren, begannen die Cheyenne mit den Vorbereitungen der Feier für den Wigwam des Heilers; sie bereiteten den Sonnentanz vor.

„Es ist eine Zeit der Erneuerung für mein Volk", erklärte ihr Gebrochener Flügel, „als ob die ganze Welt neu gemacht wird — alles wird wieder neu."

„Betet ihr die Sonne an?" fragte Deborah. Sie sprach jetzt fast fließend Cheyenne und nahm nur noch sehr selten ein englisches Wort zu Hilfe.

Gebrochener Flügel erwog ihre Frage, bevor er antwortete. „Nein, die Sonne ist nur ein Symbol für den Großen Weisen dort oben. Wir verehren nicht die Sonne, sondern *Heammawibio*, denn er weiß alles über die Dinge. Er ist der Große Geist, über allen anderen. *Aktunowibio* ist der Weise unter allem. Er wohnt in der Erde, aber er ist nicht so mächtig."

„Dann ist also der Zweck des Heilzeltes, *Heammawibio* um spezielle Gnaden zu bitten?" fragte Deborah.

„Das Heilzelt kam vor vielen Sommern zu uns, während einer Hungersnot. Unser großer Krieger Stehendes Horn, damals einfach Der Stehende genannt, reiste zu einem heiligen Berg, um die Gnade des Großen Geistes zu gewinnen. Dort lernte er den Sonnentanz, und der Geist gab ihm den Helm aus heiligem Büffelfell, von dessen Hörnern er seinen Namen hat. Der Große Geist des Heiligen Berges versprach Stehendes Horn, daß er große Zauberkraft gewinnt, wenn er ihm in allem gehorcht. Die Himmel würden sich öffnen und das trockene Land erfrischen, Nahrung im Überfluß würde wachsen, und alle Tiere würden ihm vom Berg nach Hause folgen. Und es geschah, wie der Große Geist vorhergesagt hatte: das Land wurde wiedergeboren, der Büffel kam zu uns, und unser Volk überlebte." Gebrochener Flügel schwieg, vielleicht, um Deborah die Möglichkeit zu einer Frage zu geben, aber sie wollte nichts als der ernsten Stimme von Gebrochener Flügel lauschen. Wie seine dunklen Augen tanzten, als er so aus dem Herzen redete, das rührte sie, wie sie es nie für möglich gehalten hätte.

Vielleicht war sie doch noch nicht zu einem verhärteten Zyniker geworden. Aber konnte sie da so sicher sein? Konnte sie sich eine solche Schwäche in ihrer Schutzmauer leisten?

Gebrochener Flügel fuhr fort. „Die Feier wird acht Tage dauern. Die ersten vier Tage wird der Wigwam für den Tanz gebaut, dann wird sich das Volk versammeln. Der ganze Stamm wird kommen. Du wirst staunen."

„Da bin ich ganz sicher."

„Ich muß jetzt gehen, es ist viel zu tun. Wir gehen bei Sonnenaufgang auf Büffeljagd." Er stand auf, um zu gehen.

Deborah wollte hundert Fragen stellen, sie wollte irgend etwas sagen, was ihn bei ihr zurückhielt. Aber sie unterdrückte diesen Wunsch. Was immer diese Neigung zu Gebochener Flügel bedeutete, die sie empfand, sie durfte ihr nicht nachgeben. Sie wollte und sie brauchte einen Freund, aber das war alles. Sie war genug verletzt worden und wäre verrückt gewesen, sich noch einmal in diese Lage zu bringen. Also ließ Deborah Gebrocher Flügel gehen und sah ihm mit einem gemischten Gefühl nach, in dem auch Erleichterung lag.

Später an diesem Tag erfuhr Deborah noch von einer weiteren Bedeutung der Feier um das Heilzelt.

* * *

Deborah war im Wigwam von Böser Blick, der jetzt auch ihr Zuhause war, und fütterte Carolyn. Graue Antilope war draußen, um ihrem Mann bei den Vorbereitungen zum Heilzelt zu helfen, aber sie kam mit einem breiten Grinsen in den Wigwam.

Indianischer Humor war Deborah nicht ganz fremd, denn sie hatte längst verstanden, daß sie nicht die stoischen, ernsten Wesen waren, als die die Weißen sie immer darstellten. Trotzdem, an diesem Nachmittag war etwas Merkwürdiges im Ausdruck von Graue Antilope, und sie kicherte denn auch wie ein Backfisch.

„Was ist los?" fragte Deborah neugierig, aber ohne Sorge.

„Hast du nicht hinausgesehen?"

„Nein, warum?"

Graue Antilope winkte Deborah zum Ausgang. Deborah legte Carolyn behutsam auf ein Büffelfell und ging zu Graue Antilope. Die ältere Frau schob die Decke zur Seite, und Deborah sah hinaus. Alles, was sie außer dem normalen Dorfleben sehen konnte, war ein junger Krieger, der vor dem Zelt herumspazierte. Sie kannte ihn flüchtig. Sein Name war Gehender Wolf, was gerade jetzt ganz genau auf ihn paßte, da er ziemlich aufgeregt vor dem Zelt herumging.

„Was macht er da?" fragte Deborah, als sie bemerkte, daß Graue Antilope ihr den jungen Mann zeigen wollte.

Die Frau des Medizinmannes ließ die Decke fallen und schloß so das Zelt; dann führte sie Deborah nach hinten, wo man sie nicht hören konnte.

Unvermittelt antwortete Graue Antilope: „Gehender Wolf will um dich werben."

„Was?" brachte sie hervor, und es dauerte ein Weilchen, bis sie weitersprechen konnte. „Das ist lächerlich. Ich will nicht heiraten. Er kennt mich ja kaum. Ich — Ich . . ." Die Überraschung verschlug ihr die Sprache

„Du willst nicht heiraten, Windreiterin?"

„Ich war einmal verheiratet, Graue Antilope, und es war eine Katastrophe. Ich will diesen Fehler nicht noch einmal machen."

„Aber wenn du heiratest, und ihr seid nicht glücklich miteinander, dann kannst du die Ehe einfach beenden."

Deborah lachte bei dieser unschuldigen Bemerkung spöttisch auf. Für die Cheyenne waren Heirat und Treue heilig, aber man konnte eine Ehe wirklich auf ganz unkomplizierte Weise lösen, wenn das auch sehr selten vorkam.

„Beim weißen Mann ist das anders", sagte Deborah. „Wenn du einmal heiratest, ist es für das ganze Leben. Wenn ich jemals wieder heiraten sollte, dann soll es auch so sein. Und deshalb glaube ich nicht, daß ich je wieder heirate."

„Aber wenn dir ein Mann gefällt, was tust du dann?"

Das Bild von Gebrochener Flügel tauchte vor ihrem inneren Auge auf, aber sie schüttelte es schnell ab. „Ich weiß nicht. Als mein Mann starb, glaubte ich, ich würde nie wieder einen Mann lieben können. Nicht daß ich ihn geliebt habe — aber er hat mir angst davor gemacht. Er hat mir ein elendes Leben bereitet, und ich fürchte mich, daß das noch einmal passiert."

„Aber wenn du einen Mann liebst, ist es vielleicht anders", sagte Graue Antilope, „und wenn er dich wirklich liebt."

„Es gibt immer ein ‚wenn', nicht wahr? Ich fürchte, ich könnte nie sicher sein."

„Ah, wer ist schon über irgend etwas in diesem Leben ganz sicher? Wenn du aus Angst nichts wagst, dann wirst du viel Gutes im Leben versäumen. Manchmal sticht mich eine Biene, wenn ich eine hübsche Prärieblume pflücke, aber wie traurig wäre es, wenn ich deshalb keine Blumen mehr pflücken würde."

„Ich habe mehr abbekommen als einen kleinen Bienenstich, Graue Antilope."

„Die Zeit des Sonnentanzes ist eine Zeit der großen Heilmittel", sagte Graue Antilope. „Jetzt ist vielleicht die beste Zeit für dich, neu anzufangen. Ich bin sicher, das ist der Grund, warum Gehender Wolf gerade jetzt um dich wirbt, denn so ist es sicher, daß die Ehe von guten Geistern begleitet wird."

„Ich danke dir für alles, was du gesagt hast, Graue Antilope, aber ich kann ihn trotzdem nicht ermutigen. Er wird bei einem anderen Mädchen mehr Glück haben. Am besten, ich spreche jetzt sofort mit ihm."

„Sprich nicht mit ihm", sagte die ältere Frau, „denn dann denkt er, daß du seine Werbung annimmst. Nimm den Wasserbeutel und hol Wasser am Fluß. Und geh ohne ein Wort an ihm vorbei."

„Aber das scheint mir hart, grausam."

„Er wird sich schlecht fühlen, ganz egal, was du tust, aber so wird er verstehen, und seine Enttäuschung wird schnell vorbeigehen. Und dann wird er ein anderes Mädchen finden."

Deborah zögerte, denn gern wollte sie etwas so Unangenehmes nicht tun. Andererseits wollte sie ihn absolut nicht ermutigen. Seufzend stand sie auf und nahm den Wasserbeutel.

„Paßt du auf Carolyn auf?"

Graue Antilope grinste. Man mußte sie nie zweimal bitten, auf das Baby aufzupassen, das sie als ihre Enkelin betrachtete.

Deborah schlüpfte hinaus. Gehender Wolf unterbrach seine lebhaften Bewegungen. Deborah wandte die Augen von ihm ab, nicht ohne seine gespannte Erwartung wahrgenommen zu haben. Sie machte ein paar langsame, aber bestimmte Schritte unter den beobachtenden Augen von Gehender Wolf. Sie ging schweigend an ihm vorbei und fühlte seinen durchdringenden Blick im Rücken. Schließlich hielt sie es nicht länger aus. Sie blieb stehen und drehte sich um. In Cheyenne sagte sie: „Es tut mir leid."

Dann eilte sie zum Fluß.

31

Deborah ging bis zum Fluß hinunter. Da sie schon einmal dort war, wollte sie auch wirklich Wasser holen.

Der Tag war warm und schwül; nur die leichte Brise vom Fluß brachte etwas Kühlung. Deborah beendete nicht gleich ihre Aufgabe, sondern setzte sich zuerst auf eine weiche Anhöhe beim Ufer und sah sich die Umgebung an.

Später sollte dieses bestimmte Stück Land Gegenstand vieler Auseinandersetzungen und Feindseligkeiten zwischen dem weißen Mann und den Indianern werden. Schon seit langem war es ein beliebter Jagdgrund für verschiedene Stämme. Zuletzt für die Kaw und Otoe, halbzivilisierte Stämme aus Kansas. Aber vor etwa fünf Jahren beanspruchten die Cheyenne und Araphoe das Land für sich, und eine Schlacht mit den eher kriegerischen Otoe fand hier statt. Obwohl keine der beiden Seiten wirklich die Oberhand gewann, zogen sich die Otoe zurück, denn zum Jagen war es in jenem Jahr ohnehin zu spät. Die wilderen Präriestämme besetzten das Gebiet.

Deborah verstand die eigenartige Anziehungskraft dieses Ortes mit seinen wilden Flußläufen, dem Wald, dem Überfluß an wilden Truthähnen, Antilopen und Rotwild. Aber das Auffälligste und Bezauberndste an der Gegend um den Smoky Hill River waren die zerklüfteten Hügel, die am Nordufer des Smoky Hill River die Horizontlinie bildeten. Jetzt sahen sie aus wie kleine Berge, aber einst waren sie mächtige Hochplateaus gewesen, die von Wind und Regen abgetragen wurden. Schon zu Urzeiten war dieser Ort von den vorgeschichtlichen Ahnen der heutigen Stämme bewohnt gewesen, worauf die Überreste von Pferden, Gräbern und Lagerstätten hinwiesen.

Deborah sah in den ewigen Dunst, der Fluß und Hügeln ihren Namen gab. Ganz weit in der Ferne konnte sie eine grasende Büffelherde erkennen, die vielleicht tausend Tiere zählte. Über diese armen, friedlichen Tiere war der jetzige Streit entbrannt. Anfang des Jahres hatten die Weißen von Leavenworth nach Denver Eisenbahnschienen am Smoky Hill River entlang verlegt, mitten durch die reichen Jagdgründe. Die Krieger von Büffelbär hatten erklärt, daß sie dieses Gebiet nicht räumen würden. Sie betrachteten das Verhalten der Weißen als glatten Bruch des Vertrags, der im Frühjahr zuvor geschlossen worden war. Die Krieger verschlimmerten die gespannte Lage noch mehr, indem sie Überfälle begingen, Pferde stahlen und die Weißen auf jede Art bedrängten. Niemand zweifelte, daß all das früher oder später zu einem Blutbad führen würde. Und was die Sache noch schlimmer machte, war, daß sich immer mehr Krieger Büffelbär anschlossen und Friedenshäuptlingen wie Schwarzer Adler den Rücken kehrten.

Der Zeitpunkt für das Sonnentanzfest hätte nicht besser gewählt sein können. Zu hoffen war, daß das Fest die zerstreuten Gruppen des Stammes wieder zusammenführen und die Uneinigkeit überwinden würde, die die kriegerischen Anhänger von Büffelbär und anderen Häuptlingen in den Stamm getragen hatten. Natürlich konnte es auch geschehen, daß schwelende Konflikte nur weiter angeheizt würden. Das war es, was die beunruhigten Weißen fürchteten.

Deborah hoffte auf Frieden, schon weil sie sich nicht plötzlich mitten in einem Krieg wiederfinden wollte. Auf der anderen Seite hatte sie keine Sympathien für die weißen Händler, die so rücksichtslos in die Jagdgründe der Cheyenne eindrangen. Man konnte die Straßen und Schienen auch anderswo bauen, aber die Weißen hatten es zu eilig, um über andere Wege als den kürzesten auch nur einmal nachzudenken. Alle Hindernisse wollten sie mit Gewalt aus dem Weg räumen.

Deborah war so in Gedanken versunken, daß sie die weichen Schritte nicht hörte — wahrscheinlich hätte sie sie ohnehin nicht gehört, denn Gebrochener Flügel verstand es, sich lautlos zu bewegen. In diesem Moment ging es ihm aber nicht darum, sie zu überraschen, er zögerte nur, die weiße Frau in ihrer Einsamkeit zu stören. Aber er kam dennoch zu ihr, denn er war nicht sicher, ob sein Anliegen warten konnte.

„Windreiterin", sagte er sanft.

Der Klang seiner Stimme, der die Stille unterbrach, ließ sie nicht auffahren; die leisen Klänge der umgebenden Natur wurden nicht gestört. Dennoch elektrisierte seine Stimme Deborah von einer Sekunde auf die andere. Sie hatte Freude an dieser Stimme, ja Sehnsucht nach ihr.

Sie drehte sich zu ihm um. „Hallo", sagte sie lächelnd.

„Ich hoffe, ich habe dich nicht gestört."

„Nein, ich habe nur die Schönheit des Landes genossen. Ich habe an die Schatten gedacht, die jetzt darüber schweben."

Er nickte schweigend und schien nicht geneigt, jetzt über die Auseinandersetzungen mit den Weißen zu sprechen. Das wurde noch deutlicher, als er sofort das Thema wechselte.

„Dort ist eine große Büffelherde", sagte er. „Wir werden eine gute Jagd haben, vielleicht morgen."

„Vielleicht stören die Schienen gar nicht so sehr beim Jagen."

Wieder ging Gebrochener Flügel nicht auf das Thema ein. „Ich habe eine neue Lanze gemacht. Da sie während des Sonnentanzes gemacht ist, wird sie Glück bringen."

„Ja", sagte Deborah. „Graue Antilope hat mir von den starken, guten Geistern erzählt."

„Wirklich?"

„Es scheint, ein junger Krieger namens Gehender Wolf nutzt den guten Einfluß und wirbt um mich." Deborah versuchte, das möglichst beiläufig zu sagen.

„Ich habe davon gehört", sagte Gebrochener Flügel ernst. „Und wirst du ihn nehmen?"

„Ich will Gehender Wolf nicht heiraten." Obgleich ihr der Gedanke wieder kam, sagte sie nicht, daß sie gar niemanden heiraten wollte. Irgendwie machte es ihr die Gegenwart von Gebrochener Flügel unmöglich, das auszusprechen.

Ohne sich ein deutliches Seufzen zu erlauben, entspannte sich Gebrochener Flügel doch sichtbar.

Deborah fuhr fort, und sie spürte die Anspannung in sich wachsen, während Gebrochener Flügel beruhigt schien. „Er kennt mich kaum; ich weiß nicht, was ihn dazu ermutigt hat. Ich vermute, ich habe in meiner Unwissenheit einen Fehler gemacht."

„Es ist nicht so erstaunlich", sagte Gebrochener Flügel. „Ich habe Gehender Wolf reden hören. Er will eine weiße Frau. Er ist sehr beeindruckt von deinen blauen Augen und deinen goldenen Haaren. Er hat gesagt, du solltest den Cheyennenamen Goldenes Haar tragen."

„Ich weiß nicht, was ich davon halten soll."

„Gehender Wolf will eine Trophäe, keine Frau. Sei froh, daß du ihn nicht ermutigt hast."

Deborah bemerkte wohl die Ähnlichkeit zwischen dem, was Gebrochener Flügel gerade gesagt, und dem, was sie selbst immer über Leonard gedacht hatte. Auf einmal fragte sie sich, wie ein Mann wie Gebrochener Flügel wohl über diese Dinge dachte. Wie würde er seine Frau behandeln? Sprach er, wie die Indianer sagten, mit doppeltem Herzen? Sagte er das eine, um ein dummes Mädchen irrezuführen, und tat er dann etwas ganz anderes? Wie konnte sie sich jemals wieder sicher fühlen?

„Ich bin froh", war alles, was sie noch dazu sagte.

„Du bist sehr schön, Windreiterin", sagte Gebrochener Flügel plötzlich. Deborah war sprachlos, als der Krieger fortfuhr. „Dein Haar leuchtet wie das Gold, auf das der weiße Mann so begierig ist, und deine Augen sind blau wie ein Winterstrom." Deborahs Herz klopfte heftig, als er sie voller Bewunderung betrachtete. „Aber der Große Weise gab die besten Gaben den Indianern – Haar so schwarz wie die Flügel des Raben, Augen, so dunkel wie Feuerstein, und gesunde braune Haut." Deborah schnappte erneut nach Luft und wußte nicht, was sie denken sollte. Ein flüchtiges Lächeln erschien auf dem Gesicht von Gebrochener Flügel. „Du bist verwirrt von meinen Worten?"

„Ich – ich weiß nicht ..."

„Ich bin nicht gut in der Kunst der Worte – nicht bei denen, die von Herzen zu einer Frau gesprochen werden. Vergib mir, ich meinte es nicht so." Er schwieg und blickte auf den Strom hinaus, als ob er dort die richtigen Worte finden konnte. Als er die Augen wieder zu ihr erhob, war sein Gesicht wieder ernst. Deborah fragte sich, wie sie einem Mann mißtrauen konnte, der sie so ansah.

Er atmete tief durch und sprach entschlossen weiter. „Es ist nicht dein Haar, Windreiterin, und es sind nicht deine Augen, die meine Liebe gewonnen haben. Es ist, was du in dir trägst. Du hast das Herz eines Cheyenne, ein starkes Herz, und aus diesem Grund liebe ich dich –"

„Gebrochener Flügel –" Plötzlich hatte sie Tränen in den Augen, und ihre Kehle war wie zugeschnürt.

„Du sprichst nicht viel von deiner Vergangenheit", sagte Gebrochener Flügel. „Aber aus dem wenigen, was du sagst, sehe ich, daß es dir schlimm ergangen sein muß. Ich will dich nicht noch mehr verletzen. Ich weiß, du bist zwischen deinem und meinem Volk hin und her gerissen, und ich will dir die Sache nicht schwerer machen. Aber ich glaube, du fühlst auch etwas für mich."

„Das tue ich, Gebrochener Flügel", sagte Deborah mit Mühe. „Aber ich habe auch Angst, und ich bin verwirrt. Du hast recht — es ist wegen des Schmerzes, den ich erfahren habe. Ich weiß nicht, was ich tun soll."

„Das Sonnenlager ist eine Zeit der Erneuerung, vielleicht auch für dich." Die Hoffnung in seiner Stimme schmerzte Deborah.

„Wenn es nur möglich wäre", sagte sie halb fragend zu sich selbst.

„Ich will dein Mann sein, Windreiterin. Ich will einen eigenen Wigwam mit dir gründen. Aber ich verlange nicht sofort eine Antwort. Ich weiß, du mußt dich für diese Entscheidung tief erforschen."

„Es ist Sitte bei den Cheyenne", fuhr er fort, „daß der Bewerber vor dem Zelt seines Mädchens steht wie Gehender Wolf es heute getan hat. Manchmal folgen wir auch der Sitte der Sioux und tragen eine Decke um die Schultern. Wenn das Mädchen herauskommt, umarmen sie sich unter dieser Decke, wenn sie zusammenkommen wollen. Aber ich werde das nicht tun. Für dich, Windreiterin, erfinde ich eine neue Sitte." Er schwieg und lächelte sanft, zufrieden mit der Lösung, die er für ihr Problem gefunden hatte. „Du magst in meinen Wigwam kommen, wenn du mich heiraten willst. Dann weiß ich, daß du dich befragt hast und mein Weib werden willst. Wenn du nicht in meinen Wigwam kommst, werde ich es verstehen."

Alles in Deborah wollte schreien: „Ja, ich liebe dich, und ich will dich heiraten!" Aber die Worte kamen nicht gegen ihre Angst an. Sie konnte nur schweigend nicken und ihm nachsehen, wie er ins Dorf zurückging.

32

Deborah schlief in dieser Nacht nicht. Sie lag auf dem weichen Bett aus Büffelfellen und dachte an Gebrochener Flügel.

Wie konnte sie ihn lieben? Er war ein wilder Indianer, unzivilisiert, analphabetisch, unbekannt mit allem, was sie erfahren und gelernt hatte. Wenn sie ihn heiratete, bedeutete das den endgültigen Abschied von ihrem eigenen Volk, denn sie hatte gehört, daß weiße Frauen, die einen Indianer — selbst gegen ihren Willen — geheiratet hatten, von der zivilisierten Gesellschaft verstoßen wurden. Deshalb töteten sich viele Gefangene lieber, als sich mit den Indianern zu verbinden. So etwas befleckte eine Frau irgendwie, ließ sie tiefer sinken als selbst eine Sklavin.

Kann ich mich denn freiwillig von meiner Herkunft trennen? Für einen Wilden?

Ein bitteres Lächeln trat auf ihre Lippen. Sie wußte, Gebrochener Flügel war nicht mehr ein Wilder als ihr eigener Vater einer gewesen war. Vielleicht konnte der Cheyennekrieger nicht lesen oder mit Messer und Gabel essen oder in einem Ballsaal tanzen oder eine Kutsche lenken. Aber sie wußte aus ganzem Herzen, daß er zivilisierter war als alle Männer, die sie bis jetzt kannte, ausgenommen vielleicht ihr Vater.

Dennoch war ihr klar, dies war nicht der wahre Grund für ihr Zögern. Halb hatte sie ihre Zukunft schon diesen Cheyenne verschrieben und ihre sogenannte Zivilisation abgelegt. An jenem Tag, als sie mit Griff und seiner Bande der Schande des Galgens entfloh, hatte sie einen Schlußstrich unter ihre Vergangenheit gezogen. Eine Rückkehr, das war ihr damals klar, war ausgeschlossen, und sie wollte auch nicht mehr zurück. Die Vergangenheit war vorbei und verloren. Alle Freuden ihrer Kindheit und die Hoffnung, das Glück ihrer Jugend wiederzufinden, waren in Leonard Stoners Bett zerstört worden. Vielleicht war es am besten gewesen, einen Schlußstrich zu ziehen. Der Sonnentanz bedeutete Erneuerung, neues Leben, wie Gebrochener Flügel weise gesagt hatte. Vielleicht gab es für sie wieder Hoffnung, vielleicht eine neue Art Glück. Vielleicht war genau der Gegensatz, den Gebrochener Flügel verkörperte, das, was ihr ein neues Leben ermöglichen würde.

Ihr Zögern hatte nichts mit dem Leben zu tun, das Gebrochener Flügel ihr anbieten konnte. Es hatte eher mit Gebrochener Flügel selbst zu tun. Nicht mit seiner Rasse oder mit seiner Wildheit, sondern damit, ob sie sich noch einmal einem Mann anvertrauen konnte. Es war sein Geschlecht, was sie ängstigte, nicht sein Charakter.

Die wirkliche Verletzung in ihrer Ehe mit Leonard kam nicht so sehr von seiner körperlichen Gewalttätigkeit, sondern daher, daß er ihre jugendliche Unschuld zerstört hatte, daß er den Teil von ihr, der vertrauen wollte, der lieben wollte, der sich einem Mann hingeben wollte, so schwer beschädigt hatte. Er hatte diese Bedürfnisse mit Füßen getreten und sie ihr beinahe ganz genommen. Aber sie war noch jung, erst einundzwanzig, und diese Bedürfnisse waren trotz allem noch immer da und suchten nach Erfüllung. Ihre Wunden waren tief, aber nicht jenseits der heilenden Kraft der Zeit. Einfache Vernunft sagte ihr, daß es wahnsinnig wäre, wenn sie sich durch einen einzigen Mann für immer zerstören ließe. Und daß ein Jahr seit jenen schrecklichen Ereignissen vergangen war, daß sie jetzt im sicheren Schutz eines indianischen Wigwams lag — das half Deborah, sich klarzumachen, daß Leonard und Caleb nicht die einzigen Männer in ihrem Leben waren. Sie hatte Zärtlichkeit, Liebe und Freundschaft erfahren, von ihrem Vater und ihrem Bruder und von Jacob Stoner. Selbst Griff McCulloch war ein anständiger Mann gewesen.

Aber mit keinem von ihnen war sie verheiratet gewesen. Konnte irgend etwas mit der Ehe nicht stimmen?

Das enge Zusammenleben mit Böser Blick und Graue Antilope hatte ihr in den vergangenen Monaten die Möglichkeit gegeben, eine Ehe ganz aus der Nähe zu betrachten. Vielleicht war Böser Blick nicht gerade der gefühlvollste Mann, aber er behandelte seine Frau gut und mit Achtung. Oft in der Nacht, wenn sie alle zu Bett gegangen waren, hörte sie die beiden am anderen Ende des Wigwams leise miteinander sprechen. Er respektierte nicht nur ihre Meinung, sondern er fragte sie manchmal auch danach! Manchmal waren sie verschiedener Ansicht. Dann entschuldigte sich der eine oder andere — nie immer derselbe —, und alles war gut.

Deborah hatte auch die Ehe von Der-im-Fluß-steht und Steinzahn beobachtet. Der-im-Fluß-steht konnte manchmal recht herrschsüchtig sein, und Steinzahn war vielleicht die Squaw, die am härtesten von allen arbeitete. Aber Deborah hatte sie nie mit blauen Flecken und elend gesehen. Obwohl sie dafür bekannt war, daß sie sich hin und wieder beklagte, tat sie das nicht bitter, und genauso oft sang sie das Lob ihres Mannes, der wahrscheinlich bald Häuptling wurde.

Also stellte sie sich wieder die gleiche Frage. *Was ist mit Gebrochener Flügel? Was für eine Art Ehemann würde er sein?*

Deborah schloß die Augen und stellte sich seinen starken, gefühlvollen Gesichtsausdruck vor — die Augen, die vor Freude tanzen konnten, in Leidenschaft erglühen, sich auch gedankenvoll verschatten konnten; die Lippen, die lächeln konnten, daß die härteste Seele weich wurde, die Weisheit und Freundlichkeit aussprachen. In den Monaten, seit sie ihn kannte, hatte sie niemals einen grausamen oder bösartigen Ausdruck auf seinem Gesicht gesehen. Selbst als er über dem toten Pawnee stand, hatte er nicht bösartigen Triumph ausgestrahlt. Und die wenigen Male, da er sie berührt oder unverhohlen betrachtet hatte, hatte sie nie etwas anderes als Freundlichkeit gespürt. Sie erinnerte sich an den Tag von Carolyns Geburt, und wie sanft er ihr Baby berührt, und wie einfühlsam er Deborah die Annahme ihres Kindes möglich gemacht hatte. Konnte sich ein Mann über ein halbes Jahr lang derart verstellen? Schließlich hatte sie Leonard vor der Heirat nur einige Tage gekannt. Wenn sie nicht so gedrängt worden wäre, hätte sie sich sicher nicht so täuschen lassen.

Sie hatte geglaubt, daß sie nach Leonard niemals mehr einen Mann lieben konnte, und dennoch konnte sie sich nicht über ihre Gefühle für Gebrochener Flügel hinwegtäuschen. Und ihre Sehnsucht nach ihm konnte sie vor sich auch nicht verleugnen — nicht auf körperlicher Ebene, denn da war sie sicher, allein überleben zu können. Nein, ihre Sehnsucht nach seiner Liebe und Freundschaft konnte sie nicht leugnen. Nichts kann je diese Sehnsucht in einer jungen Frau ganz und gar zerstören — in keiner Frau. Als sie daran dachte, was Gebrochener Flügel an diesem Tag über sie gesagt hatte, war sie tief gerührt. Sie brauchte es, auf diese Weise geliebt zu werden, und sie wußte, es war möglich.

Oh, Gebrochener Flügel, ich liebe dich wirklich! Sollte es für mich doch noch Glück geben? Vielleicht ist es Zeit, ich werde es versuchen.

* * *

Die ganze Nacht schlief Deborah kaum länger als eine Stunde. Dennoch erwachte sie erfrischt und mit einem seltenen Lächeln auf den Lippen. Sie war bereit, noch einmal das Glück zu suchen. Von Leonard war sie weggelaufen, aber jetzt hatte sie das Gefühl, auf jemanden zuzulaufen — vielleicht auch auf ein neues Leben. Ein kleiner, bohrender Zweifel nagte immer noch an ihrem Herzen, weil sie so viele geliebte Menschen verloren hatte. Dennoch sagte ihr ein innerer Sinn, daß sie es noch einmal wagen mußte. Dieses Leben, besonders hier draußen in der ungezügelten Prärie, war hart und mühevoll. Überleben, das war eher ein Wunder als das Normale. Selbst wenn sie verdammt dazu sein sollte, Gebrochener Flügel zu verlieren, konnte sie denn für immer in ihrem Schneckenhaus leben? Wollte sie das denn?

An diesem Morgen fütterte sie Carolyn, bevor sie das Zelt verließ, und sprach mit Graue Antilope, die ihre Ankündigung mit Freude aufnahm. Die ältere Frau holte eine gute Decke hervor, eine von denen, die die Regierung dem Stamm im vergangenen Winter gegeben hatte, und gab sie Deborah.

Mit einem etwas dummen Gefühl wickelte sie die Decke wie einen Schal um Kopf und Schultern. Sie reichte fast bis zum Boden.

Als sie sich dem Wigwam von Der-im-Fluß-steht näherte, in dem Gebrochener Flügel lebte, fragte sie sich, ob er überhaupt da war. Heute sollte Büffeljagd sein. War er nicht bestimmt schon vor Stunden aufgebrochen? Er hatte nicht gesagt, daß er im Zelt bleiben würde, bis sie käme. Würde sie stunden-, ja tagelang auf ihn warten müssen? Sie brachte mit ihrem ungewohnten Verhalten schon jetzt das Dorf durcheinander. Wann hat je ein richtiges Cheyennemädchen um einen Mann geworben? Von den Cheyennefrauen hieß es, sie seien die tugendhaftesten der ganzen Prärie, und ihnen mußte sie jetzt wie ein loses Flittchen erscheinen. Schon warfen ihr einige schockierte Blicke zu, obwohl andere lächelten und kicherten.

Sie müssen mich für verrückt halten! Sie müssen —

Plötzlich wurde der Eingang des Wigwams geöffnet. Gebrochener Flügel kam heraus und ging schnell auf sie zu.

Mit ein wenig zitternden Knien atmete Deborah tief durch und tat, was Graue Antilope ihr gesagt hatte. Sie öffnete weit die Decke, streckte ihm die Arme entgegen und hüllte ihn ein. Ohne Zögern erwiderte Gebrochener Flügel ihre Umarmung. Er war nicht mit auf die Jagd gegangen; er hatte auf sie gewartet und gehofft, daß sie kommen würde, daß sie auch nur ein wenig von der Liebe für ihn hatte, die er für sie fühlte.

Später an diesem Tag sandte Gebrochener Flügel nach altem Brauch sechs Pferde, beladen mit Fellen und anderen Geschenken, zum Wigwam von Böser Blick.

Der Medizinmann grinste und sagte zu Deborah: „Nun, Tochter, ein tapferer junger Mann will dich heiraten. Bist du damit einverstanden?"

Deborah nickte und konnte dabei ein amüsiertes Grinsen ihrerseits nicht unterdrücken.

Böser Blick fuhr fort: „Dann nehme ich als dein Vater seine Geschenke an."

Er nahm Deborah mit zu seiner Koppel und führte die Pferde von Gebrochener Flügel hinein. Dann wählte er acht andere Pferde aus. „Diese sind für deinen zukünftigen Ehemann, um unseren Handel zu beschließen. Und . . ." Er zögerte und hob die Hand, um auf die Koppel zu deuten. „Weil dies ein so freudiger Augenblick ist und ich zufrieden mit dir bin, darfst du dir ein Pferd aussuchen."

Es standen etwa zwanzig bis dreißig Tiere in der Koppel, denn Böser

Blick war ein wohlhabender Mann. Er ritt nicht mehr mit den Kriegern auf Beutezüge, aber seine Dienste als Heiler verschafften ihm reichen Lohn.

Deborah konzentrierte sich auf die Stuten, und schnell sah sie die eine, die sie wollte. Als sie den Braunen mit dem seidigen Fell, der schwarzen Mähne und dem schwarzen Schweif herausführte, nickte Böser Blick anerkennend, obwohl sie eins seiner besten Tiere gewählt hatte.

„Du machst dem Namen Ehre, den Gebrochener Flügel dir gegeben hat", sagte er. „Du kennst dich aus mit Pferden. Das ist gut. Vielleicht hätte ich dich selber heiraten sollen."

„Das hätte Graue Antilope nicht gefallen", gab Deborah grinsend zurück.

„Sie ist verdorben. Ich hätte schon längst eine zweite Frau nehmen sollen. Aber sie hat keine Schwester, und es ist gefährlich, zwei Frauen zu haben, die nicht Schwestern sind."

Später, als sie Gebrochener Flügel sah, war Deborah in tiefes Nachdenken versunken. Sie gingen unter den Bäumen beim Fluß. Er sprach über die Heiratsriten des Stammes und ermutigte sie, alles mit Graue Antilope zu besprechen, die in der Feier ihre Mutter sein würde.

„Wir werden am Anfang keinen großen Wigwam haben", sagte er entschuldigend, „denn ich habe nur noch drei Pferde, außer denen von Böser Blick." Deborah wurde klar, daß er Böser Blick mehr als die Hälfte seines ganzen Besitzes als Brautgabe gegeben hatte, und obgleich er mehr als das als Mitgift zurückbekommen hatte, rührte sie seine Großzügigkeit. „Ich besaß mehr", fuhr Gebrochener Flügel fort, aber beim letzten Überfall der Pawnee habe ich viel verloren. Nach dem Sonnentanz werden wir auf Beutezug gehen und unsere Vorräte aufbessern."

Deborah hatte nicht gerade an Pferde gedacht. Ihr Gespräch mit Böser Blick hatte sie nachdenklich gemacht. Sie machte sich wieder Gedanken über Vertrauen, Hoffnung und Gefahren.

„Gebrochener Flügel", brach es aus ihr in neuerlicher Angst heraus, „wirst du andere Frauen nehmen?"

„Es ist Sitte bei den Cheyenne ... aber es wird nicht immer getan."

„Wirst *du* es tun?"

„Würde dir das mißfallen?"

„Ich will dir eine gute Cheyennefrau sein", antwortete sie, „aber ... Ich glaube nicht, daß ich damit einverstanden sein könnte. Es gibt ein paar weiße Sitten, die einfach zu tief in mir stecken, mit ihnen kann ich nicht brechen."

Er lächelte sie an. „Es wäre nicht gut von mir, ein zweites Weib zu nehmen, Windreiterin, denn immer würde ich dich höher schätzen als die andere, und das wäre elend."

Deborah seufzte erleichtert auf, lachte, umarmte ihn und küßte ihn stürmisch auf den Mund.

„Das ist eine weiße Sitte, die du behalten solltest", lachte er, als er ihren fremdartigen Kuß erwidert hatte, in dem er schnell Meister wurde.

Noch außer Atem fragte Deborah, als sie sich widerstrebend trennten: „Wie lange dauern Verlobungen bei den Cheyenne?"

„Nur kurz", versicherte ihr Gebrochener Flügel. „Morgen können wir verheiratet sein. Das Heilzelt wird uns Segen spenden." Er schwieg einen Moment und fuhr dann ernst fort: „Wenn es dein Wunsch ist ...?"

Weil ihre letzte Hochzeit überstürzt gefeiert wurde, hätte Deborah sich unwohl fühlen können. Aber diesmal war es ihre eigene Wahl, ihre eigene Entscheidung, und ob die Hochzeit nun morgen oder in einem Jahr stattfand, sie war ganz sicher, Gebrochener Flügel würde immer der Mann sein, der er jetzt war — der Mann, den sie liebte.

33

Am folgenden Morgen kleidete sich Deborah gemäß der Tradition des Stammes in eins der besten Hirschledergewänder von Graue Antilope und wurde auf die geschmückte kastanienbraune Stute gesetzt. Zwölf Perlen, eine von Graue Antilopes besten Freundinnen, führte das Pferd am Zügel, während Graue Antilope mit den Geschenkpferden von Böser Blick folgte. Wie eine kleine Prozession bewegten sie sich zum Wigwam, den Gebrochener Flügel mit seinem Bruder teilte. Graue Antilope kümmerte sich um Carolyn, und mehrere Freunde von Gebrochener Flügel nahmen Deborah vom Pferd, setzten sie auf eine Decke und trugen sie so in das Zelt des Bräutigams. Sie erhielt den Ehrenplatz an der Rückseite des Wigwams, und als die jungen Krieger gingen, kleideten sie ihre neuen weiblichen Verwandten in Wildleder, das so weich und hell war, daß Deborah glaubte, es mußte von einem jungen Hirsch oder von einem Reh stammen. Das und die kostbare Perlenstickerei machten das Kleid zu einem reichen Geschenk, und Deborah weinte, als sie es bekam. Sie sah, daß diese Frauen, von denen sie einige kaum kannte, an nichts für die Braut von Gebrochener Flügel gespart hatten. Steinzahn umarmte sie herzlich.

Als Deborah umgezogen und ihr Haar gekämmt, mit Biberfell gebunden und mit Silberschmuck und Perlen verziert war, konnte Gebrochener Flügel seine Braut empfangen. Er blieb im Eingang unvermittelt stehen, als er seine geliebte Windreiterin erblickte, und Tränen stiegen ihm in die Augen.

Er wußte noch immer nicht, womit er das Glück verdiente, ein solches Geschenk zu erhalten, wie es diese weiße Frau war, die jetzt wie eine bildhübsche Cheyennesquaw vor ihm stand. Seine kühnsten Träume erfüllte sie. Ah, Träume ... das muß ihre Bedeutung sein!

Er nahm ihre Hand, und gemeinsam setzten sie sich im Wigwam von Der-im-Fluß-steht nieder, der sich jetzt rasch mit Hochzeitsgästen füllte. Stunden des Festes folgten, und Tänze der Männer, im Zelt und draußen im frischen Sommerabend. Das Hochzeitsfest war beinahe so feierlich und ausgelassen wie die Sonnentänze. Deborah bemerkte kaum, daß Steinzahn und Graue Antilope hinausgeschlüpft waren, bis sie sie nach Einbruch der Dunkelheit zurückkehren sah. Das Lachen und Singen legte sich, als Graue Antilope auf Deborah zuging.

„Tochter", sagte sie und streckte ihren Arm zur offenen Zelttür aus, „dort ist dein Wigwam; es ist dein Zuhause, geh, und wohne darin." Sie versuchte, ernst und feierlich zu sein, als sie sprach, aber ihre Augen funkelten, und ihre Lippen zitterten vor Freude.

Gebrochener Flügel nahm Deborahs Hand, und gemeinsam traten sie hinaus. Dort, neben und etwas hinter dem geräumigen Wigwam von Böser Blick, stand ein kleineres Zelt, das heute morgen noch nicht dort gestanden hatte. Deborah wurde klar, daß ihre neue ‚Mutter' und ‚Schwiegermutter' während der Hochzeitsfeier ein Zuhause für die Neuvermählten eingerichtet hatten. Weinend umarmte und küßte Deborah die beiden Frauen, die mit glücklichem Lächeln antworteten.

Unter Glückwunschrufen von Böser Blick und Der-im-Fluß-steht, Umarmungen für Deborah und Schulterklopfen für Gebrochener Flügel gingen Braut und Bräutigam Arm in Arm in ihr neues Zuhause.

Deborah versuchte, sich auf die Haushaltsgegenstände zu konzentrieren, die die beiden älteren Frauen ihnen gegeben hatten. Zwei Liegesitze und eine Wiege für Carolyn, die jetzt leer stand, weil Graue

Antilope darauf bestanden hatte, sich während der Hochzeitsfeier allein um sie zu kümmern. Mehrere Kochutensilien, darunter ein eiserner Topf und ein großer Wasserschlauch, alles an einer Wand des Wigwams aufgestellt. Aber dann ruhte Deborahs Blick auf den dicken Winterfellen, die auf dem Boden ausgebreitet waren, und erst jetzt wurde ihr ganz bewußt, worauf sie sich eingelassen hatte. Sofort spürte sie wieder Angst, als die schreckliche Erinnerung an ihre erste Hochzeitsnacht durch ihr Gedächtnis huschte.

Was muß ich tun? schrie sie lautlos. Wie sollte es je anders sein?

Gebrochener Flügel hatte sich schon auf eines der Felle gesetzt und streckte ihr eine Hand entgegen, damit sie sich zu ihm setzte. Steif und angespannt stand sie mitten im Zelt und fühlte sich kalt und krank. Graue Antilope hatte ihr einmal gesagt, die Liebe würde ihre Meinung über die Vereinigung von Mann und Frau ändern. Aber ganz plötzlich hatte Deborah Angst, daß nicht einmal Liebe dazu ausreichte.

Gebrochener Flügel las ihre Angst und ihren Widerwillen. Er sprach geduldig zu ihr wie zu einem Kind. „Komm, setz dich, Windreiterin. Ich werde dich nicht anrühren, bevor du nicht bereit bist."

Graue Antilope hatte ihr Bestes getan, Deborah von den intimen Gebräuchen des Stammes zu unterrichten. Sie hatte ihr sogar ihr eigenes intimstes Kleidungsstück gegeben, eine Art Keuschheitsgürtel, den alle Cheyennefrauen trugen, dem Lendenschurz nicht unähnlich, wie die Männer ihn trugen. Wo jedoch dieses Stück ein Zeichen der Männlichkeit war, dessen Entfernung den Eintritt ins Mannesalter bedeutete, stand jenes für die Jungfräulichkeit einer Frau, für ihre Reinheit. Der Gürtel einer Frau durfte nicht gewaltsam geöffnet werden; wenn ein Mann das tat, riskierte er oftmals die Todesstrafe. Von einem Ehemann wurde auch erwartet, daß er seiner Frau keine Gewalt antat.

Deborah fragte sich, ob ihre Unsicherheit vielleicht gar nicht so sehr von der Angst kam, als vielmehr bloß von dem Wunsch, zu erproben, wie ihr neuer Ehemann war. Sie hatte geglaubt, der Entschluß, ihn zu heiraten, bedeutete auch den Entschluß, ihm zu trauen, aber jetzt wurde ihr klar, daß es so einfach nicht war. Wäre sie jemals in der Lage, die tiefen Wunden ihrer Vergangenheit zu überwinden?

Wie auch immer, Deborah konnte ihre Ängste nicht so einfach überwinden.

„Setz dich", sagte Gebrochener Flügel wieder sanft und freundlich.

Sie zögerte noch einen Moment. Wenn sie sich jetzt nicht zu ihm setzte, wäre das ein Schlag ins Gesicht des Mannes, den sie doch liebte.

„Du zitterst", sagte Gebrochener Flügel und legte ihr ein Büffelfell um die Schultern. Dann sprach er weiter. „Ich wollte dich schon oft fragen, Windreiterin, wie die Welt des weißen Mannes ist, aber du mußtest zuerst die Welt der Cheyenne kennenlernen, und so blieb nie Zeit. Warst du je im Dorf des Großen Weißen Mannes? Einige unserer Häuptlinge sind im Dorf eures Großen Weißen Häuptlings gewesen, aber sie konnten nicht genug Worte finden, es uns zu beschreiben. Bist du dort gewesen? Wie sieht es aus?"

Deborah konnte kaum glauben, daß ihr Bräutigam jetzt an Washington D.C. interessiert war, aber sie griff dankbar nach der angebotenen Ablenkung und begann, ausführlich zu erzählen, wie es jedem Reiseführer Ehre gemacht hätte. Sie beschrieb ihm genau die Stadt, die sie vor dem Krieg so oft besucht hatte. Bevor sie es merkte, war sie schon dabei, ihm die Arbeitsweise der Regierung zu erklären, über den Krieg, ihr Zuhause in Virginia und ihre Familie zu sprechen. Er stellte viele Fragen, und ihre Antworten führten sie noch weiter in ein Gespräch über die Welt im allgemeinen. Nahezu zwei Stunden verbrachten sie so.

Deborahs Zittern ließ nach, obwohl sie nicht wußte, ob es an der Wärme des Kleides oder an ihr selber lag. Als das Gespräch ein wenig stockte, legte sich Gebrochener Flügel auf das Bett aus Fellen, und Deborah verspannte sich wieder. Fast im Plapperton bombardierte sie ihn mit tausend unwichtigen Fragen, die er geduldig und ohne Eile beantwortete. Schließlich redete sie selber wieder und erzählte ihm etwas über den Präsidenten, was sie vorher vergessen hatte. Nach zehn Minuten dieses Vortrags hörte sie neben sich ein leises brummendes Geräusch. Gebrochener Flügel war fest eingeschlafen.

Für einen Augenblick war sie wie versteinert. Er würde sie hassen und verfluchen, weil sie ihn in ihrer Hochzeitsnacht so behandelte. Er würde sie für unehrlich und selbstsüchtig halten. Weshalb hatte sie ihm nicht wenigstens den Grund ihres Widerwillens erklärt? Aber wie bloß? Ladies sprachen nicht von solchen Dingen, nicht einmal Cheyenneladies. Darüber hinaus konnte ein einfacher, ehrlicher Mann wie Gebrochener Flügel niemals wirklich verstehen, was ihr zugestoßen war.

Statt dessen hatte sie den Mann, den sie liebte, grausam und treulos behandelt, nicht besser, als Leonard sie behandelt hatte. Dann sah sie auf das schlafende Gesicht von Gebrochener Flügel. Keine Anspannung war in ihm, keine zurückgehaltene Wut. Er schien zufrieden. Ihr wurde klar, daß dieser Mann wirklich warten würde, bis sie soweit war; er liebte sie zu sehr, um irgend etwas anderes zu tun.

Und was war mit der Liebe, die sie für ihn empfinden wollte? War es wirklich Liebe, was sie fühlte, wenn kein Vertrauen dabei war?
War es zu spät? Konnte er ihr je vergeben?
Sie betrachtete erneut sein Gesicht und wußte, ihm nicht zu vertrauen, wäre die größte Untreue gegen ihn. Sie streckte die Hand aus, um eine lange Haarsträhne aus seinem Gesicht zu streichen. Er seufzte und bewegte sich, erwachte aber nicht. Deborah war enttäuscht, aber ihr fehlte doch der Mut, ihn einfach aufzuwecken.
In diesem Moment kam ihr der Gedanke, daß körperliche Liebe nichts mit der Verbindung zu tun hatte, die sie beide eingegangen waren, nichts mit ihrer wechselseitigen Verpflichtung, und ihr ‚wilder' Indianer hatte das schon immer gewußt.
Schließlich beruhigt, streckte sich Deborah auf dem weichen Fell neben ihrem schlafenden Ehemann aus und breitete das zweite Fell über sie beide. Vielleicht zum ersten Mal in ihrem Leben fühlte Deborah den Frieden der wahren Liebe.
Gebrochener Flügel bewegte sich wieder und drehte sich auf seiner Seite zu ihr. Er lächelte sie halb schlafend an.
„Du zitterst nicht mehr", sagte er.
„Nein."
„Und du hast keine Angst mehr?"
Sie lächelte ihn an und schüttelte den Kopf.
„Das ist gut." Aber er kam ihr nicht näher. Er legte den Kopf zurück, als wollte er wieder einschlafen.
Deborah steckte die Hand unter die Büffeldecke, nahm ihren Gürtel ab und schmiegte sich an ihn. Gebrochener Flügel nahm sie zärtlich in die Arme, voller Liebe, voller Ehrfurcht.

Teil IV

Windreiterin

34

Die folgenden Monate waren für Deborah eine freudige und gesegnete Zeit; für den Stamm waren sie eine Zeit der großen Unruhe und Unsicherheit.

Das Gebiet am Smoky Hill war weiter von Spannungen erfüllt. Eine Gruppe von vierzig Kriegern unter Büffelbär griff eine Postkutschenstation in Chalk Bluffs an und tötete zwei Angestellte. Die Krieger stritten den Angriff ab, und selbst Schwarzer Adler glaubte ihnen und machte die Sioux verantwortlich. Aber die Weißen waren nicht überzeugt, und bald schrieben sie den Cheyenne die Schuld an allen Zwischenfällen in der ganzen Region zu. Und Büffelbär und seine Krieger waren an vielen dieser Zwischenfälle tatsächlich beteiligt.

Glücklicherweise war die Gruppe von Schwarzer Adler schon südlich des Arkansas River zum Cimarron River gezogen, als die gewaltsamen Auseinandersetzungen sich ausweiteten. Aber beunruhigende Nachrichten von Blutvergießen und Mißverständnissen eilten ihnen nach und warfen einen Schatten über Deborahs kleines neues Heim.

Einer der schrecklichsten Zwischenfälle ereignete sich im Herbst 1866. Major General Winfried Scott Hancock übernahm das Kommando der Armee von Missouri. Er war ein Bürgerkriegsheld mit Präsidentschaftsambitionen, und er war entschlossen, sich in den Kriegen gegen die Indianer weiteren Ruhm zu verdienen. Mit der neu aufgebauten siebten Kavalleriearmee unter dem Kommando von Lieutenant Colonel George Armstrong Custer führte Hancock einen unerbittlichen Feldzug gegen die aufständischen Indianer von Westkansas, besonders gegen die Cheyenne. Das Fettermann-Massaker an achtzig Soldaten, das eine Gruppe von Cheyenne und Sioux in diesem Dezember beging, verschlimmerte die Lage noch weiter.

Hancock berief die Cheyennehäuptlinge zu einer Versammlung und drohte ihnen, daß die Häuptlinge der Blauröcke mehr Soldaten hatten, als die Indianer sich auch nur vorstellen konnten.

Der-im-Fluß-steht berichtete Deborah und Gebrochener Flügel voller Verachtung über das unangenehme Treffen.

„Der weiße Häuptling, Hancock, wollte uns angst machen! Frieden interessiert ihn nicht. Er sprach mit doppelter Zunge, nicht aus dem Herzen –" Der-im-Fluß-steht deutete auf seine Brust, wie um zu zeigen, daß er jedenfalls wußte, was es hieß, aus dem Herzen zu sprechen. „Dies waren seine falschen Worte: ‚Ich werde den Indianern, die in Frieden mit uns leben wollen, helfen, aber ich werde alle aufständischen, bösen Häuptlinge vernichten.' Ha! Wir werden sehen, wer wen vernichtet!"

Dann beschrieb Der-im-Fluß-steht, wie Hancock die Häuptlinge schockiert und wirklich in Angst versetzt hat, als er ankündigte, daß er mit seinen Soldaten die Dörfer der Cheyenne inspizieren wolle. Die Erinnerung an den Verrat von Sand Creek, als die Indianer aufgefordert wurden, am Fluß ihr Lager aufzuschlagen und dann von den Soldaten überfallen wurden, diese Erinnerung war noch viel zu frisch, um den Blauröcken zu erlauben, in ihre Dörfer zu kommen.

„Aber als Hancock am nächsten Tag mit seinen Truppen ankam", sagte Der-im-Fluß-steht stolz, „empfingen ihn dreihundert Krieger, zum Kampf bereit. Nur Major Wynkoop verhinderte eine Katastrophe für die Blauröcke. Er überzeugte die Indianer davon, daß sie sich zurückziehen sollten, was wir auch taten. Dann erklärten sich die Häuptlinge zu einem neuen Treffen mit Hancock bereit." Bei diesen letzten Worten war Der-im-Fluß-steht hörbar unwohl, als ob er selber ganz sicher anders entschieden hätte.

Was dann folgte, entsetzte und beleidigte auch Deborah, und für die Cheyenne, die es hörten, war es noch viel schlimmer. Während die Häuptlinge sich an jenem Abend in einem der Dörfer mit dem General trafen, flohen die anderen Bewohner aus Angst, Sand Creek könnte sich wiederholen. Sie ließen ihre Wigwams leerstehen. Was auch immer seine wahren Absichten waren, Hancock gefiel das nicht, und er befahl Custer und seiner Kavallerie, die Fliehenden zu verfolgen. Aber Custer, der mit der Taktik der Indianer nicht vertraut war, verlor die mehrere hundert Cheyenne aus den Augen. Mit leeren Händen und gedemütigt kam er einige Tage später zu seinem Kommandanten zurück. Der-im-Fluß-steht kicherte kurz bei diesem Teil seines Berichts, aber sein Ausdruck versteinerte sich sofort wieder, als er weitersprach.

„Um seine Beschämung zu rächen, befahl Hancock, das verlassene Indianerdorf niederzubrennen. Hunderte wertvolle Felle und Besitztümer verbrannten, viele Cheyenne wurden obdachlos und besaßen nichts mehr. Sie gerieten ohne Behausung und warme Kleidung in einen Schneesturm. Wir werden sehen, was das nächste Mal geschieht, wenn die Weißen eine Versammlung einberufen."

Deborah und Gebrochener Flügel sahen sich stirnrunzelnd an. So sehr sie beide sich nach Frieden sehnten, so sehr fühlten sie doch mit

Der-im-Fluß-steht, denn es hätte ebensogut ihr eigenes Dorf treffen können, es hätten ebensogut ihre Lieben sein können, die durch einen solch unverantwortlichen Racheakt ohne Heim dastanden.

Es war ein besonders harter und langer Winter gewesen. An vielen Orten der Prärie schneit es manchmal bis April. Die Versorgungslieferungen der Regierung kamen unregelmäßig, wenn sie überhaupt kamen. Die Regierung machte dafür Feindseligkeiten der Indianer verantwortlich; für die Indianer war es nur ein Vertrauensbruch mehr, den die Weißen begingen. Was auch immer der Grund war, die Cheyenne, und besonders diejenigen unter ihnen, die wirklich Frieden wollten, wußten ganz genau, daß weitere Störungen ihre Lage nur verschlimmern konnten. Daher ihr Verdruß, als sie hörten, daß die Krieger von Büffelbär einige Weiße gefangen hatten. Schwarzer Adler kaufte – wie er es schon früher getan hatte – mit seinem eigenen Besitz drei der Gefangenen, die er nach Fort Dodge zurückbrachte.

Eine Gefangene, eine Frau, kam erst später und konnte deshalb von Büffelbär nicht mehr freigekauft werden; sie wurde an Gehender Wolf verkauft, dem jungen Krieger, der um Deborah geworben hatte und der so fasziniert von ihrer weißen Haut war. Nachdem Deborah ihn zurückgewiesen hatte, heiratete er ein Cheyennemädchen, aber noch immer wollte er seine eigene weiße Frau besitzen. Er sah voller Neid auf Gebrochener Flügel und bot ihm sogar mehrmals an, Deborah von ihm zu kaufen. Darauf antwortete Gebrochener Flügel immer mit Kichern und Kopfschütteln. Kein Krieger der Welt besaß Pferde genug, ihm sein geliebtes Weib Windreiterin aufzuwiegen.

Die Ankunft der weißen Gefangenen im Lager löste Unbehagen aus. Jeden Tag weinte sie auf die herzzerreißendste Weise, und nachts ging ihr Weinen in endloses Schluchzen über. Den Squaws im Camp tat sie leid, aber als sie versuchten, sie zu trösten, heulte sie nur noch mehr. Einmal ging Deborah sogar das Risiko ein, mit der weißen Frau zu sprechen. Aber sehr zu ihrem Ärger schreckte die Frau entsetzt zurück – offensichtlich sah sie in Deborah ihre schlimmsten Alpträume verwirklicht: eine Indianersquaw zu werden. Deborah gelang es nicht, ihre Ängste zu zerstreuen, und schließlich gab sie es auf.

Nachdem das vier Tage so gegangen war, begannen die Cheyennefrauen, auf ihre Ehemänner einzureden. Sie sollten Gehender Wolf überreden, die Frau zu ihrem Volk zurückkehren zu lassen. Gebrochener Flügel, Böser Blick, Der-im-Fluß-steht, Rote Feder, Gelbes Hemd und drei oder vier andere, deren Wigwams in der Nähe des Zeltes von Gehender Wolf standen und die deshalb am meisten betroffen waren, versuchten, Gehender Wolf zu überzeugen.

„Ich habe viele Pferde für die Frau gegeben", protestierte Gehender Wolf.

„Wir alle zusammen werden dir den Verlust ersetzen", sagte Böser Blick, der als der Älteste der Sprecher der Gruppe war. In Wahrheit hatte er der Sache mit den Pferden nicht wirklich zugestimmt, aber seine Frau hatte die ihren angeboten. Das war auch bei einigen anderen der Männer so.

„Es ist zu gefährlich, sie im Lager zu behalten", sagte Der-im-Fluß-steht.

„Die Frau von Gebrochener Flügel ist auch eine Weiße", sagte Gehender Wolf mit einer Spur von Bitterkeit.

„Sie ist freiwillig hier", gab Der-im-Fluß-steht zurück.

Gehender Wolf wußte, daß sein Argument schwach war, aber er fand es noch immer schrecklich ungerecht, daß er keine weiße Frau finden konnte, die bei ihm bleiben wollte. Er zuckte die Schultern und fügte gleichgültig hinzu: „Wer sagt, daß es nicht genauso gefährlich ist, sie ins Fort des Weißen Mannes zu bringen?"

„Die anderen Gefangenen wurden ohne Schwierigkeit zurückgebracht", sagte Gebrochener Flügel.

Gehender Wolf schwieg einige Augenblicke, während er seine Möglichkeiten erwog. Schließlich wurde ihm doch klar, daß er nur eine einzige Möglichkeit hatte, wenn er nicht großes Unglück für sein Dorf riskieren wollte. Er tröstete sich mit dem Gedanken, daß auch ihm selber das ewige Weinen und Schluchzen der Frau auf die Nerven ging und daß er um die Ruhe froh wäre, die ohne sie wieder in seinem Wigwam herrschen würde.

„Ich werde tun, worum ihr mich bittet", antwortete er schließlich, aber ich werde es tun, wenn der Indianergesandte ins Dorf kommt. Ich werde nicht riskieren, sie ins Fort des Weißen Mannes zu bringen.

„Aber wer weiß, wann der Gesandte kommt?" sagte Gebrochener Flügel.

„Und wenn wir versuchen, ihm eine Nachricht zu senden?" fügte Rote Feder hinzu. „Es könnte viele Monde dauern. Der Frau geht es schlecht, und unsere Frauen haben Mitleid mit ihr. Meine Frau denkt nur noch darüber nach, wie sie sich fühlen würde, wenn sie aus ihrem Wigwam entführt würde."

Die Situation schien aussichtslos, solange Gehender Wolf auf seiner Weigerung beharrte, die Frau ins Fort zu bringen. Dann schlug Gebrochener Flügel eine Lösung vor. „Ich werde mit dir gehen", sagte er. „Wir werden eine weiße Flagge tragen, und nichts wird uns geschehen."

Aber Gelbes Hemd, ein jüngerer Krieger und Vetter von Gebrochener Flügel, der einzige im Kreis, der noch nicht verheiratet war, ergriff das Wort.

„Gebrochener Flügel, du bist frisch verheiratet, und es ist nicht recht, daß du dich in solche Gefahr begibst. Ich habe kein Weib. Ich werde gehen."

Gebrochener Flügel protestierte, denn schließlich war das ganze seine Idee. „Ich jage, ich gehe auf Beute, dies hier ist auch keine größere Gefahr."

„Ich möchte das Fort sehen", sagte Gelbes Hemd. „Laß mich gehen."

„Das ist kein Kriegszug", sagte Gebrochener Flügel.

„Ich weiß. Ich werde die Flagge tragen."

Trotz seiner Bedenken, den unwilligen Gehender Wolf und den übereifrigen, unerfahrenen Gelbes Hemd zu schicken, willigte Gebrochener Flügel schließlich ein. Am nächsten Morgen ritten die beiden Krieger mit der weißen Frau in ihrer Mitte aus dem Camp, und eine große weiße Fahne wehte an der Lanze von Gelbes Hemd.

Das Dorf nahm sein ruhiges Leben wieder auf. Es herrschte die täuschende Ruhe vor dem Sturm.

35

Zweieinhalb Tage später kehrte ein einzelner Reiter zurück. Es war weder Gehender Wolf noch Gelbes Hemd, sondern ein Araphoe namens Hoher Baum. Über seinem Sattel trug er eine zerknitterte, schmutzige weiße Fahne, die um die Reste der besten Lanze von Gelbes Hemd gewickelt war. Hoher Baum hatte der Menge, die sich um ihn versammelte, eine schlimme Geschichte zu erzählen.

Er war unterwegs gewesen, um im Fort des Weißen Mannes Handel zu treiben, als er ein Waldstück durchquerte und die beiden Körper an einem Baum hängen sah. Er erkannte sie sofort als Cheyenne, und bei genauerem Hinsehen erkannte er einen von beiden als einen guten Krieger, mit dem er oft zusammen gejagt hatte.

Gebrochener Flügel, der unter den Zuhörern war, trat vor und fragte angespannt: „Wie war sein Name?"

Der Araphoe kannte auch Gebrochener Flügel und antwortete traurig. „Es war dein Verwandter, Gelbes Hemd." Dann war der andere ohne Zweifel Gehender Wolf.

Gebrochener Flügel und Der-im-Fluß-steht tauschten traurige Blicke. Gelbes Hemd war nicht nur ein Verwandter, sondern auch ein enger Freund. Sie waren mit ihm aufgewachsen, hatten mit ihm gejagt und waren mit ihm zusammen in den Krieg gezogen. Der-im-Fluß-steht stieß einen wütenden Fluch hervor, seine Augen funkelten böse.

Die Trauer von Gebrochener Flügel wurde noch von einem Schuldgefühl verstärkt. *Seine* Lanze hätte es sein sollen, die zerschmettert war, sein Genick, das am Strang des weißen Mannes gebrochen war. Und obgleich Hoher Baum seine Geschichte noch nicht zu Ende erzählt hatte, bestand kein Zweifel, wer am Tod der beiden Cheyenne die Schuld trug. Vielleicht war es dieses Schuldgefühl, das seine Gefühle plötzlich in einen wütenden Aufruhr versetzte.

Er hatte immer geglaubt, daß er über den plötzlichen Zornesausbrüchen der Krieger stand. Aber in seinem Blut kochten jetzt die alten Leidenschaften seines Stammes. Trotz seines Schuldgefühls sagte ihm sein Verstand, daß er kein bißchen mehr Schuld am Tod der beiden hatte als Schwarzer Adler oder ein anderer. Aber das gleiche brennende Verlangen nach Vergeltung ergriff von ihm Besitz wie damals nach dem Massaker am Sand Creek. Aber jetzt hatte er noch mehr Grund als damals, seine Gefühle zu unterdrücken.

Hoher Baum fuhr fort: „Ich schnitt die Seile durch und legte die Krieger unter einen Baum und bedeckte sie mit meinem besten Fell, das ich im Fort eintauschen wollte. Ich wußte, es würde sie nicht stören, auf dem Boden zu liegen, wo die Wölfe und Koyoten ihr Fleisch fressen und sie so über die ganze schöne Prärie verstreuen können.

Nach dem, was ich gesehen hatte, wollte ich nicht mehr ins Fort gehen, aber Gebrochener Flügel und Der-im-Fluß-steht, ich wußte, ihr mußtet erfahren, was mit eurem Bruder geschehen ist und warum. Also ritt ich doch weiter ins Fort. Dort sah ich ein paar weiße Soldaten am Handelsposten Whisky trinken, und sie prahlten, wie sie zwei Indianer aufgehängt hatten, die eine weiße Frau mit sich führten."

Rote Feder klärte den Araphoe auf. „Sie brachten sie ins Fort zurück, weil sie nicht hierbleiben wollte."

„Das hätten die Cheyenne behauptet, sagten die Soldaten, aber sie glaubten ihnen nicht." Er sagte das, als ob es ganz unmöglich wäre, daß man dem Wort eines Indianers keinen Glauben schenken könnte. „Sie sagten, sie würden dafür sorgen, daß die räuberischen Indianer ihre Strafe erhielten."

Als Hoher Baum seinen Bericht beendete, brach die kleine Menge in wütende Rufe aus. Stille kam über sie wie eine schwarze Wolke, als die Frau von Gehender Wolf, Büffelkalb, sich näherte. Eins der Kinder hatte ihr die schreckliche Nachricht gebracht. Als sie kam, war sie erschüttert und geschlagen, und noch mehr Mitleid flößte sie ein, weil sie schwanger mit ihrem ersten Kind war.

Deborah, Graue Antilope und einige andere Frauen versuchten, sie zu trösten, aber ihr Schmerz überwältigte sie. Deborah erinnerte sich an die Tränen der weißen Frau, der die Indianer zu helfen versucht hatten. Es war alles so sinnlos, so ungerecht. Gehender Wolf und Gelbes Hemd, zwei gute Männer, die ehrlich versuchten, einen Fehler wieder gutzumachen, waren in einem Krieg von Haß und Mißverständnis umgekommen. Hatten die Soldaten ohne Befehl gehandelt? Und wenn, würden sie für ihr Verbrechen bestraft werden? Sie bezweifelte es, wenn sie in aller Offenheit mit ihrer Tat prahlen konnten. Wahrscheinlich würden der scheinheilige Hancock und sein Helfer Custer die Männer sogar für das, was sie getan hatten, befördern!

Alles, was die Cheyenne gewollt hatten, war, die Frau zurückzubringen, weil sie ihnen leid tat! Richtig, sie hätte erst gar nicht im Lager sein dürfen, aber andererseits sollte auch der Weiße Mann nicht seine Straßen mitten durch Indianerland bauen ...

Plötzlich schloß Deborah die Augen und versuchte, die widerstreitenden Gedanken aus ihrem Kopf zu verbannen. Es war ein Teufelskreis — ein wirklicher Teufelskreis!

Sie wollte nur mit Gebrochener Flügel leben, sie wollte nur sicher sein, daß es immer noch Liebe und Zärtlichkeit in der Welt gab. Aber sein Gesicht hatte sich zu Stein verhärtet, seine gefühlvollen, sanften Augen waren von Trauer und Wut überschattet. Sie wußte, er mußte an Rache denken, er war ein Cheyenne. Unrecht muß gesühnt werden, und bei einem solch gemeinen Mord hingen seine Ehre als Mann und seine Zuneigung zu seinen Freunden von seiner Bereitschaft zur Vergeltung ab.

Aber zunächst mußten die traurigen und dunklen Todesriten vollzogen werden. Innerhalb einer Stunde nach der Ankunft des Araphoe hatte sich eine Menge vor dem Wigwam von Gehender Wolf versammelt. All seine Verwandten weinten. Die Schwestern von Büffelkalb trugen alle Besitztümer des Toten heraus und warfen sie verschiedenen

Zuschauern vor die Füße, die keine Verwandten waren. Auf diese Weise wurden alle Besitztümer des toten Kriegers verschenkt, und der traurigste Moment kam, als der Wigwam selber abgebaut und die Felle verteilt wurden. Der Frau von Gehender Wolf blieb nichts als die Kleider, die sie trug, und eine Decke, mit der sie sich zudecken konnte.

Weil Gelbes Hemd nicht verheiratet war, besaß er keinen eigenen Wigwam, aber seine Eltern und anderen Verwandten waren nicht weniger niedergeschlagen. Was das Ganze noch schlimmer machte, war, daß nicht einmal die Körper da waren, um sie mit der alten Zeremonie zu ehren und den Beraubten einen letzten Abschiedsgruß zu ermöglichen.

Mehrere Stunden nachdem die Trauerriten vorbei waren, ging Deborah zu Büffelkalb. Sie hatte ihr langes Haar abgeschnitten, ihr Gesicht und ihre Arme bluteten aus vielen Kratzern. Instinktiv wollte Deborah ihr helfen, aber Graue Antilope legte ihr die Hand auf den Arm und hielt sie zurück.

„Nein, Windreiterin", sagte die ältere Frau. „Laß sie in Ruhe trauern. Ihre Wunden zeigen die Tiefe ihres Schmerzes."

„Wohin wird sie gehen?" fragte Deborah erschüttert.

Wohin auch immer, es steht ihr frei. Wenn sie soweit ist, mag sie in den Wigwam ihres Vaters zurückkehren. Der Wigwam ihres Mannes ist nicht mehr.

Der Brauch der Cheyenne...

Manchmal war es schwer, ihn hinzunehmen. Als die arme Frau ihre Freunde am meisten brauchte, wurde sie von ihnen abgeschnitten. Sie hatte nur die schmerzenden Wunden an ihrem Körper, die sich jetzt mit getrocknetem Blut verdeckten. Deborah erinnerte sich daran, als ihr Bruder starb und sie jedesmal in Tränen ausgebrochen war, wenn irgend etwas sie an ihn erinnert hatte, diese alte Fotografie von ihm in seiner grauen Uniform oder sein Lieblingspferd im Stall oder der gute Sattel, den er ihr einmal zum Geburtstag geschenkt hatte. Vielleicht hatte diese merkwürdige Cheyennesitte doch etwas für sich. Jene schrecklichen Erinnerungen hatten sie schließlich aus Virginia vertrieben und in die Arme von Leonard Stoner laufen lassen.

Sie erinnerte sich an ihre eigene Trauer und an ihre eigene Sehnsucht, den schmerzlichen Erinnerungen zu entkommen, aber das linderte ihren Schmerz und ihre Enttäuschung darüber nicht, daß sie ihrer jungen, verwitweten Freundin nicht helfen konnte. Aber was konnte sie schon sagen, wenn sie mit der Frau von Gehender Wolf sprach? Welche tröstenden Worte hatte sie? Sie dachte an die wirkungslose Rede ihres Vaters von Gottes Willen. Es mußte mehr geben als das, aber Deborah wußte nicht, was es war.

Also sträubte sie sich nicht, als Graue Antilope sie zu ihrem Wigwam zurückführte. Vielleicht waren wirklich blutende Wunden in diesem Fall die einzige Erleichterung.

36

In dieser Nacht wurde Deborah das herzzerreißende Bild der Witwe von Gehender Wolf nicht los. Als sie neben Gebrochener Flügel lag, drehte sie sich zu ihm, und plötzlich begann sie zu zittern, und kalter Angstschweiß trat ihr auf die Stirn. In diesem Moment verstand sie die Tiefe der Liebe, die Büffelkalb für ihren Mann empfand. Sie war Zeuge eines Schmerzes, der noch tiefer reichte als der, den sie beim Tod ihres Bruders und ihres Vaters gefühlte hatte. Die Kratzer auf der Haut waren gar nichts gegen die offene Wunde des Herzens.

„Gebrochener Flügel", sagte sie mit zitternder Stimme, „ich liebe dich."

Er nickte schweigend, und Tränen stiegen ihm in die Augen. Sie sehnte sich danach, daß er sie in seine Arme nahm, daß er ihr versicherte, seine Liebe würde immer ihr gehören. Aber sie begann zu verstehen, daß auch er ihre Liebe und ihre Zuverlässigkeit brauchte. Denn wo ihre Trauer und ihre momentane Angst irgendwie gar nicht wirklich waren, da waren die von Gebrochener Flügel sehr real. Er hatte seine Freunde verloren, und sie wußte, er fühlte sich mitschuldig an ihrem Tod. Deborah verlieh ihrer Liebe zu diesem Mann den höchsten Ausdruck, dessen sie fähig war. Sie stellte den Schmerz ihres Mannes über ihren eigenen und wandte sich ihm zu, ohne an sich selbst zu denken. Aber als sie ihre Arme um ihn schlang, war sein Körper steif und verspannt.

Sie hatte nicht darüber nachgedacht, aber plötzlich fragte sie sich, ob seine Reaktion auf die Tragödie sie persönlich betraf. Sie schauderte erneut vor Angst bei dieser Vorstellung, aber sie mußte zugeben, daß ihr eigenes Volk sinnlos und grausam seine Freunde ermordet hatte. Auch wenn ihr Verstand ihr sagte, daß Gebrochener Flügel niemals so über sie denken könnte, blieb doch der Teil von ihr, der jenseits des Verstandes lag und der so oft verletzt worden war, in Angst befangen.

„Gebrochener Flügel, was geschehen ist, tut mir so leid: Ich schäme mich."

„Du hast es nicht getan."

„Aber mein Volk —"

Er unterbrach sie; seine Stimme war in ihrer Eindringlichkeit ungewöhnlich scharf. „Du bist eine Cheyenne!"

War es so einfach? Wie sie wünschte, ihren nie stillstehenden Verstand davon zu überzeugen.

„Du hast den ganzen Tag nicht mit mir gesprochen; du hast mich nicht einmal angesehen. Ich hatte Angst..." Sie konnte die schrecklichen Worte nicht aussprechen, die den Satz beenden sollten.

„Es ist nicht wegen dir", gab er in sanfterem Ton zurück. „Es ist, weil ich fürchte, jetzt werde ich wieder gegen den weißen Mann kämpfen müssen. Ich habe versucht, an den Frieden zu glauben wie Schwarzer Adler, aber es scheint unmöglich."

„Ein einzelner Vorfall", sagte Deborah. „Es könnte sein, daß die Offiziere aus dem Fort schon auf dem Weg hierher sind, um sich zu entschuldigen und um Entschädigung anzubieten."

„Glaubst du, ein Pferd oder ein Wagen Nahrungsmittel kann diese Wunde heilen?"

„Nein", gab Deborah ehrlich zu. „Und wenn ich könnte, würde ich die Schuldigen suchen und sie selber töten. Es ist richtig, daß du sie suchst, Gebrochener Flügel, aber ich habe Angst um dich. Ich will dich nicht verlieren, wie Büffelkalb ihren Mann verloren hat."

„Es ist die Pflicht eines Kriegers, zu kämpfen. Ein Cheyenne lernt nicht viel anderes. Wir jagen, wir kämpfen gegen unsere Feinde, wir machen Beute, das ist es, was wir sind. Und, Windreiterin, meine Geliebte, aus diesem Grund werde ich schließlich gegen den weißen Mann kämpfen müssen. Ich fühlte das schon lange, schon bevor du herkamst.

Als ich dich traf, habe ich mehr dagegen angekämpft. Ich will Frieden mit den Weißen, aber ich fürchte, sie werden Frieden nur nach ihren Bedingungen machen. Ich liebe Schwarzer Adler, und ich achte ihn, aber ich glaube, er wird dem weißen Mann schließlich nachgeben. Weißt du, was das bedeutet, Windreiterin? Sie werden nicht zufrieden sein, bis all unsere Jagdgründe eingezäunt sind wie ihre Farmen, bis der Büffel keine Weide mehr hat, bis..." Er schloß die Augen, und selbst in der Dunkelheit des Zeltes konnte Deborah die tiefen Sorgenfalten in seinem Gesicht sehen. „Bis sie mein Volk in ihre *Reservation* gesperrt haben." Er spuckte dieses letzte Wort voller Ekel aus.

Deborah schauderte. Nie zuvor hatte er in so verzweifeltem, hoffnungslosem Ton von diesen Dingen gesprochen. Sie verstand jetzt, daß er Angst hatte, diesen starken Gefühlen nachzugeben. Sein ganzer Körper zitterte vor Erregung. Einst hatte er einen weißen Mann geliebt, und jetzt liebte er eine weiße Frau. Seine Seele wurde auseinandergerissen von dem Haß, der seit heute nachmittag wieder in ihm schwelte. Er hatte ihr einmal gesagt, daß er die Menschen einzeln beurteile, daß er einzelne Menschen lieben oder nicht lieben konnte, gleich, ob sie Weiße oder Indianer sind. Es war ganz einfach. Aber Deborah sah, daß er sich veränderte. Seine indianischen Feinde, die Pawnee oder die Crow mochten Pferde stehlen und manchmal Frauen und Kinder; sie mochten Cheyennekrieger im Kampf töten, aber sie versuchten nicht, das an ihnen zu zerstören, worin sie menschliche Wesen, *Tsistsistas*, waren. Er konnte immer noch Abraham Johnston lieben, und er konnte seine Frau Windreiterin lieben, aber das lag vielleicht daran, daß er in ihnen eher Cheyenne als Weiße sah. Im Verstand wußte er, daß es gute Weiße gab, Männer wie Wynkoop und John Smith und William Bent, die die Cheyenne verteidigt und sich um gerechte Behandlung durch die Regierung der Vereinigten Staaten bemüht hatten. Aber Gebrochener Flügel wurde auch klar, daß er es sich in der letzten Schlacht wohl nicht mehr erlauben konnte, zwischen Guten und Bösen zu unterscheiden.

Deborah verstand sein Dilemma, sie hatte ähnliche Verwirrung erlebt. Er fürchtete genau wie sie, zwischen alle Lager zu geraten. Sie hoffte noch immer, daß es keine Schlacht geben würde, aber sie wußte, besonders jetzt, da sie ihren Mann betrachtete, daß dies eine vergebliche Hoffnung war.

„Gebrochener Flügel", sagte sie und versuchte, irgendwie doch Hoffnung in ihm zu wecken, wo sie selber keine mehr hatte, „es kann sein, daß die Vertreter der Regierung noch immer vernünftig sind, wenn sie merken, wie entschlossen die Indianer der Plains sind. Ihr seid anders als die Stämme, denen sie im Osten begegnet sind — ihr seid stärker, zum Widerstand fähig. Viele Weiße haben Angst vor den Stämmen in der Prärie, und das allein könnte ihnen Einhalt gebieten. Vielleicht könnten sich alle Stämme vereinigen — nicht nur kleine Bündnisse hier und da wie mit den Sioux oder den Araphoe, mit den Comanchen oder den Kiowa, sondern ein Bündnis mit allen, auch mit den Pawnee, den Crow und den Ute. Jetzt spielen die Weißen einen Stamm gegen den anderen aus, sie benutzen Überläufer als Scouts und Spione — sie brauchen sich nur zurückzulehnen und ihrer Zerstörungsarbeit zuzusehen. Aber gemeinsam! Stell dir vor, welchen Schrecken ein Heer aller Stämme den Blauröcken einjagen würde."

„Was du sagst ist unmöglich. Kein Cheyenne würde einem Pawnee mehr trauen als einem Weißen."

„Willst du damit sagen, daß eure Sache verloren ist? Daß es keine Hoffnung gibt?"

„Ich habe immer geglaubt, daß es einen Weg zum Frieden gibt. Ich habe immer zum Weisen dort oben gebetet, daß er die Hand des weißen Mannes wie die eines Bruders in die unsere legen möge." Er hielt plötzlich inne und schüttelte den Kopf.

Sie lagen still nebeneinander. In einer Ecke des Wigwams bewegte sich Carolyn in ihrer Wiege, aber sie schrie nicht, denn sie war ein gutes Cheyennebaby. Graue Antilope hatte Deborah gezeigt, wie man einem Baby beibringt, nicht zu schreien, indem man es aus dem Wigwam und vor das Lager trägt, wenn es schreit. Ein schreiendes Baby konnte das ganze Dorf in Gefahr bringen, denn es konnte dem Feind verraten, wo genau das Dorf lag. Deborah schlüpfte aus ihrem Bett und ging zu ihrer Tochter.

Carolyn war jetzt über ein Jahr alt, und tagsüber lief sie auf wackligen Beinen umher. Sie war ein gutes Kind, voller Energie, aber schon mit den ersten Anzeichen von Halsstarrigkeit. Deborah wußte nicht, ob sie das von Leonard oder von ihr hatte.

Als Deborah sich über das Bett des Kindes beugte – ein kleines Fell mit einer Wolldecke von der Regierung darüber – sah Carolyn sie mit großen, braunen Augen an.

„Mama, spielen?" sagte sie mit schläfriger Stimme.

„Es ist noch Nacht", erwiderte Deborah geduldig. Sie sprachen beide Cheyenne. „Zeit zu schlafen."

„Du und Papa nicht schlafen", sagte Carolyn aufmüpfig.

Deborah konnte ihrer Tochter wegen ihres Dickkopfes kaum böse sein, nicht, wenn sie Gebrochener Flügel so selbstverständlich Papa nannte. Sie hatte nie versucht, es ihr anzugewöhnen, es war fast von allein gekommen, obwohl es Gebrochener Flügel selbst war, der das Wort zuerst gebraucht hatte.

Als Carolyn zu sprechen anfing, war es Cheyenne, was sie lernte, und wenn sie auch erst wenige Worte kannte, so waren doch auch englische darunter. Das erste Wort, das sie gelernt hatte, war *nahkoa*, das Cheyennewort für Mutter. Sie hatte dieses Wort sehr schnell behalten, also benutzte Deborah weiter die Sprache der Cheyenne. Und Gebrochener Flügel tat das gleiche.

„Singender Wolf", sagte er zu Carolyn und benutzte wie gewöhnlich den Cheyennenamen, den sie ihr am Tag des Pawneeüberfalls gegeben hatten, „ich bin *Nehuo.*" Er deutete auf sich selbst und wiederholte das Wort. Deborah bemerkte freudig, daß er ganz ohne Zögern das Wort für Vater benutzte. Aber warum sollte er auch nicht? Er behandelte Carolyn in jeder Beziehung wie seine Tochter. Manchmal, wenn er sie hielt und der Gegensatz zwischen ihrer hellen und seiner dunkelbraunen Hautfarbe sehr deutlich war, beobachtete Deborah beide und stellte fest, daß keiner von beiden den Unterschied zu bemerken schien.

Wenn man dieses kleine Wunder nur im Großen wiederholen könnte. Aber Deborah wußte, zumindest ein Teil der Schwierigkeiten zwischen den Weißen und den Indianern kam daher, daß die Weißen die Indianer für minderwertig hielten, und daraus leiteten sie ihr Recht ab, sich das beste Land zu nehmen und die Wilden wie Tiere in Reservate zu sperren. Sie wollte hoffen, daß ihre Ehe mit Gebrochener Flügel irgendwie ein Schritt in Richtung Einheit zwischen den Rassen sein konnte, aber sie wurde die quälende Angst nicht los, daß ihre Liebe die beiden Seiten nicht zusammenbrachte, sondern daß sie von ihrer Feindschaft vernichtet würde.

Still wiegte Deborah Carolyn wieder in den Schlaf. Sie zog sanft die Decke über den kleinen Kinderkörper und beugte sich hinunter, um den weichen Flaum hellen Haares auf ihrem Kopf zu küssen. Dann ging sie wieder in ihr eigenes Bett.

37

Gebrochener Flügel lag noch wach, er war noch immer angespannt. Deborah spürte, daß er in der Zeit, in der sie sich mit Carolyn beschäftigte, zu einem schwierigen Entschluß gekommen war.

„Gebrochener Flügel", sagte sie ängstlich, „willst du weitersprechen?"

Er schwieg so lange, daß sie dachte, er hatte Angst, ihr zu sagen, was er dachte. Schließlich sprach er doch, aber es schien fast, als ob er das, was ihnen beiden so schwer auf dem Herzen lag, lieber umgehen wollte.

„Windreiterin, was bedeutet dein Name?"

„Du weißt es, du hast mir diesen Namen gegeben."
„Ich meine deinen weißen Namen."
„Ich weiß nicht. Ich glaube, meine Großmutter oder eine andere Verwandte hieß Deborah. Der Name stammt aus der Bibel."
„Ich habe von diesem Buch gehört. Es ist das Buch des Gottes der Weißen?"
„Ja," sagte Deborah.
„Dann muß dein Name große Kraft haben."
„Ich weiß es nicht. Ich glaube, die Weißen messen den Namen nicht solche Bedeutung zu wie die Cheyenne. Sie wählen einen Namen, weil er hübsch ist oder manchmal, weil ein geliebter Mensch ihn schon trug, wie bei mir und bei Singender Wolf."
„Bei uns ist es ebenso, aber wenn ein Cheyenne alt wird, wenn ein Mädchen heiratet oder wenn ein Junge zum ersten Mal auf die Jagd geht, können wir unsere Namen wechseln, um die Veränderung auszudrücken. Möchtest du wissen, wie ich zu meinem Namen kam?"
„Sehr gern."
„Als ich ein Kind war, trug ich den Namen meines Großvaters, Büffelkleid. Ich war elf Jahre alt, als ich zu meinem Stamm zurückkehrte. Mein Bruder, Der-im-Fluß-steht, der Neffe meines Vaters, lehrte mich, was ein Krieger wissen muß. Ich tötete meinen ersten Büffel mit vierzehn Jahren. Meine erste Schlacht machte ich mit fünfzehn Jahren mit, und ich wurde von meinem Stamm als Krieger aufgenommen. Aber ich wußte, meine Zeit mit dem weißen Mann hatte mich verändert und ein wenig anders gemacht als meine Cheyennebrüder. Sie nahmen mich ohne Vorbehalt auf, aber in meinem Inneren wußte ich, daß ich mehr tun mußte, um ganz zu meinem Stamm zu gehören. Aus diesem Grund beschloß ich, das Opfer der Selbstverletzung zu bringen, so daß der Große Weise dort oben zu mir sprechen mochte.
Ich ging mit einem älteren Krieger, Böser Blick, an einen einsamen Ort, und dort fanden wir einen starken Pfahl, den wir in die Erde bohrten. Dann bohrte Böser Blick Nadeln durch die Haut meiner Brust, wie du es beim Sonnentanz gesehen hast. Und eine Schnur wurde daran und an der Spitze des Pfahls befestigt."
Deborah erinnerte sich genau an diesen Teil des Sonnentanzes, denn es war ein Anblick, den man nicht leicht wieder vergaß. Sie hatte geglaubt, die Krieger hängen an ihrer durchbohrten Haut am Pfahl und beweisen so ihre Mannesreife. Aber Gebrochener Flügel hatte ihr erklärt, daß sie auf diese Weise die Gunst des Großen Weisen suchten, nicht nur für sich selbst, sondern für den ganzen Stamm. Deborah

hatte auch die Narben auf der Brust von Gebrochener Flügel gesehen, aber auf ihre Fragen danach hatte er ihr nie eine genaue Antwort gegeben.

Gebrochener Flügel fuhr fort: „Ich hing den ganzen Tag am Pfahl, und die heiße Sonne brannte auf mich nieder. Ich hatte kein Essen und kein Wasser, und ich glaube, ich war nicht die ganze Zeit bei Bewußtsein. Die Haut muß von den Nadeln gerissen werden, aber das geschieht nicht immer. Bei Sonnenuntergang kam Böser Blick und schnitt die Haut von den Nadeln und befahl mir, auf dem einsamen Hügel zu schlafen. Das tat ich, und in der Nacht hatte ich einen Traum. Es war dieser Traum:

Ich stand in einem schönen günen Wald auf einer Lichtung. Ich wußte, es war ein Ort voller guter Geister, und ich war glücklich. Dann flog ein großer weißer Vogel auf die Lichtung nieder. Als er vor mir auf dem Boden landete, sah ich, daß es ein Adler war, aber von reinstem Weiß, mit nicht einer einzigen farbigen Feder in seinem wundervollen Gefieder. Es war ein großer Vogel, aber als er die Flügel spreizte, die eine Spanne von der Größe eines hochgewachsenen Mannes hatten, sah ich, daß einer seiner Flügel verletzt war, und das stolze Gesicht des Tieres war von Schmerz und Erschöpfung gezeichnet.

‚Du bist verletzt', sagte ich.

‚Das bin ich', erwiderte der Vogel, und als er sprach, wußte ich, daß er ein heilendes Tier war, vielleicht ein Gesandter von *Heammauvibio* selbst.

‚Kann ich dir helfen?' fragte ich.

‚Deshalb bin ich gekommen, denn nur du hast die Medizin, die meine Wunde heilen kann.'

‚Welche Medizin ist das?'

‚Es ist die Liebe in deinem Herzen.'

Ich war glücklich und half dem Adler, und irgendwie — ich bin nicht sicher, wie es geschah — heilte ich seinen mächtigen Flügel, und der weiße Adler flog davon.

Als ich erwachte, wußte ich, der Geist hatte zu mir gesprochen. Der Adler stand für den weißen Mann. Ich mochte irgendwie dazu bestimmt sein, Heilung und Bruderschaft zwischen das Volk meines Blutes und das Volk meines Herzens zu bringen. Seit damals trage ich immer die weiße Feder eines Adlers in meinem Medizinbeutel. Und ich habe mich bemüht, dem weißen Adler treu zu sein. Es war zu dieser Zeit, als ich den Namen Gebrochener Flügel annahm, als Erinnerung an die Hoffnung, die der weiße Adler mir gegeben hatte."

Als er schwieg, wollte Deborah ihn fragen, was geschehen war, weshalb er sich nun verändert zu haben schien, aber sie konnte die Worte nicht aussprechen. Dennoch wußte sie, sie mußte ihn danach fragen, denn seine Augen sagten ihr, daß er noch mehr zu erzählen hatte, und was er sagen wollte, würde nicht angenehm zu hören sein.

„Die erste Erschütterung meines Glaubens," sagte Gebrochener Flügel, „kam nach dem Massaker am Sand Creek. Damals tötete ich zum ersten Mal einen weißen Mann, bei der Verteidigung unseres Dorfes. Wir, die diese Schlacht überlebten, rachedürstend, betraten den Kriegspfad gegen den weißen Soldaten. Nicht einmal Schwarzer Adler stellte sich uns in den Weg. Wir griffen das Armeefort an, wir plünderten ihre Vorräte, wir überfielen Straßen und Farmen. Aber als die Glut meiner Rache abkühlte, war ich besorgt über das, was ich getan hatte, und ich wollte das nicht weiter tun. Auch Schwarzer Adler war dieser Meinung, und er sammelte ungefähr achtzig Cheyennewigwams um sich, die genug vom Blutvergießen hatten. Wir trennten uns von den Kriegern und zogen südlich des Arkansas River, wo wir in Frieden leben wollten.

Aber in mir selbst fand ich keinen Frieden. Im folgenden Herbst waren wir auf Büffeljagd, und etwas Furchtbares geschah. Ich ritt neben einem großen Bullen, als mein Pferd strauchelte und ich auf die Erde fiel. Ich war nicht verletzt, aber mein Pferd hatte ein gebrochenes Bein und mußte getötet werden. Ich hatte meinen Medizinbeutel bei mir, denn wir mußten eine gute Jagd haben, und als ich meinen Sattel von dem toten Pferd nahm, war der Medizinbeutel zerstört. Auch meine weiße Adlerfeder war zerbrochen. Ich war sehr verwirrt darüber und suchte bei Böser Blick Rat. Er sagte mir, ich sollte in die Berge gehen und fasten und auf eine Botschaft des Großen Weisen warten. Das tat ich.

In solchen Fällen fasten wir vier Tage und liegen die ganze Zeit auf der Spitze eines Hügels. Wir essen nicht und trinken nicht. Nach drei Tagen hatte ich einen neuen Traum." Die Stimme von Gebrochener Flügel wurde sehr düster und gespannt. Er wollte nicht gern an diesen Traum denken oder darüber sprechen, aber er zwang sich dazu. „Ich träumte wieder von dem weißen Adler. Diesmal kam er an einem ähnlichen Ort zu mir wie der, an dem ich lag, ein sehr gewöhnlicher Ort ohne jeden Zauber. Der Adler war nicht verletzt, er war gesund und stark. Er schwebte zu mir nieder, hob mich auf und trug mich weit weg in ein Land, wie ich es ein- oder zweimal südlich des Flusses gesehen habe, den die Weißen Cimarron River nennen. Es war ein sehr flaches, trockenes und staubiges Land — ein Land ohne große Schönheit. Aber seine wirkliche Häßlichkeit kam nicht vom Land selbst, sondern von einem Zaun, der einen großen Teil von ihm absonderte. Es war ein hoher Zaun, der bis zum Himmel zu reichen schien. In diesem eingezäunten Land sah ich viele meines Volkes. Sie waren traurig, krank und schwach. Sie hatten nicht die Kraft, den Zaun zu überwinden. Sie hatten nicht einmal den Mut, es zu versuchen.

Ich fragte den weißen Adler, weshalb er mich dorthin gebracht hatte, aber er antwortete nicht. Schweigend ließ er mich mitten in dem wüsten Ort nieder. Als der Adler davonflog, hörte ich den Vogel, den ich für meinen Freund gehalten hatte, böse auflachen.

Mein erster Gedanke war, von diesem Ort zu entkommen. Ich versuchte es stundenlang, bis meine Hände aufgeschürft waren, aber es war unmöglich, selbst für einen starken Krieger, wie ich einer zu sein glaubte. Aber während ich den Zaun hinaufkletterte, sah ich, daß es nur einen einzigen Weg aus diesem Gefängnis gab ... der einzige Weg war die abschüssige Straße." Gebrochener Flügel hielt ein, seine Stimme war erstickt. Er konnte eine Weile nicht weitersprechen, und auch Deborah war von Gefühl überwältigt und schwieg.

Aber Gebrochener Flügel war entschlossen, seine düstere Geschichte zu Ende zu erzählen. „Du weißt so gut wie ich, Windreiterin, was mein Traum bedeutet. Ich habe das Schicksal meines Volkes gesehen. Ich habe gesehen, was die Verträge mit dem Weißen Mann am Ende für uns bedeuten. Es gibt keinen anderen Weg, nicht für sie."

„Du ... hast mir nie etwas davon gesagt."

„Als mein Traum vorbei war und ich erwachte, hörte ich mit dem Fasten auf, denn wenn ein Mann schlimme Träume hat, soll er nicht fasten, und er soll gehen. Das tat ich, und auf der Rückreise in mein Dorf habe ich dich gefunden. Ich glaubte, du warst ein Zeichen von *Heammauvibio*, ein Zeichen, um mich zu beruhigen und dem schlimmen Traum standzuhalten."

Deborah fragte mit gequälter Stimme: „Wie wußtest du, daß ich nicht in Wahrheit zu deinem Traum gehörte?"

Er antwortete besänftigend, und der Schmerz in seiner Stimme war dem tiefen Gefühl für sie gewichen. „Weil du ein anderer hilfloser, weißer Vogel warst, der Heilung durch meine Liebe brauchte."

Deborah schloß die Augen; Tränen rannen ihr über die Wangen. Gebrochener Flügel beugte sich über sie und küßte ihr nasses Gesicht.

„Meine Liebe für dich, Windreiterin," sagte er, „hat die Qual meines Traums von mir genommen."

„Bis jetzt ...?" flüsterte sie.

„Ich habe den Traum wieder gehabt. Die Sonne ist zehnmal gekommen und wieder gegangen, seit der Traum zum letzten Mal zu mir kam."

„Vor zehn Tagen?"

„Ich konnte es dir nicht sagen. Ich habe versucht, ihn zu vergessen. Aber ich kann nicht. Weißt du, was ich dachte, als wir vom Tod von Gehender Wolf und Gelbes Hemd erfuhren? Ich sagte zu mir, sie sind glücklich, denn sie werden nie jenen Ort sehen."

„Gebrochener Flügel —!"

Er legte ihr einen Finger auf die Lippen, um sie zum Schweigen zu bringen. „Ich habe dir nicht den ganzen Traum erzählt. Ich habe dir nicht sein Ende erzählt."

„Ich will es nicht wissen!" rief sie mit solcher Bestimmtheit, daß sie beinahe Carolyn aufweckte. „Es ist nicht gut, das Ende der Dinge zu kennen." Sie schwieg. Sie wußte sehr gut, daß sie sich gegen die Wahrheit nicht schützen konnte. „Gebrochener Flügel," sagte sie flüsternd und fast gegen ihren Willen, „ich kenne das Ende deines Traums schon." Sie schluckte. „Du nahmst die abschüssige Straße, nicht wahr?"

Er nickte und sagte: „Ich werde wie ein Krieger sterben, nicht in einem Reservat des Weißen Mannes. Aber ich versuche noch immer zu glauben, daß es zwei weiße Adler gibt und daß es noch Frieden geben kann und daß die Cheyenne ihre Jagdgründe und ihre Freiheit behalten können, wenn ich den guten Adler wiederfinde. Aber Windreiterin, es ist möglich, daß ich wieder gegen den weißen Mann kämpfen muß."

„Ich kann verstehen, wenn du gegen die weißen Soldaten kämpfst," sagte Deborah, „aber nur, wenn ich weiß, daß du kämpfst, um zu siegen und nicht, um zu sterben."

„Ich will nicht sterben."

„Gut." Damit mußte sie zufrieden sein. Ihr hätte von Anfang an klar sein müssen, daß sie einen Krieger geheiratet hatte, und die Frau eines Kriegers muß mit der Möglichkeit leben, daß ihr Mann in der Schlacht fällt. Hätte sie sich anders entschieden, wenn sie darüber nachgedacht hätte? Sie hätte nicht aufhören können, ihn zu lieben, und das Glück, das sie mit Gebrochener Flügel erfahren hatte, würde immer größer sein als die Angst. Sie dachte an ihren Bruder, der auch ein Krieger gewesen war. Es war nicht leicht gewesen, ihn in den Krieg ziehen zu lassen, aber sie war auch stolz auf ihn gewesen.

Sie war auch stolz auf Gebrochener Flügel — solange sie sicher sein konnte, daß er nicht resigniert hatte.

„Gebrochener Flügel," fügte sie hinzu, „du hast viel, wofür sich das Leben lohnt."

„Ich weiß das, mein Weib." Er sah sie liebend an.

„Mehr als das." Sie lächelte gezwungen, aber aufrichtig. „Du wirst bald Vater sein."

Er antwortete mit einem plötzlichen, breiten Grinsen. All der Schmerz, all die Verwirrung, all die jagende Angst verschwanden in einem glücklichen Augenblick, und wenigstens für eine kurze Zeit verschwand jeder Gedanke an einen düsteren, eingezäunten Ort.

38

Im Herbst des Jahres 1867 gebar Deborah einen Sohn. Sie konnte sich nicht erinnern, jemals eine so reine und ungetrübte Freude empfunden zu haben. Sie hatte nicht den leisesten Widerwillen, dieses Kind zu betrachten, und fühlte nur Glück, als sie seine Ähnlichkeit mit dem Vater sah.

„Ausgenommen seine blauen Augen," sagte Gebrochener Flügel stolz.

„Das stört dich doch nicht ...?"

„Warum? Es sind deine Augen."

„Du hast einmal gesagt, daß das schwarze Haar, die dunklen Augen und die braune Haut die beste Gabe des Großen Weisen an die Cheyenne sind."

Er lächelte unschuldig. „Ich glaube, ich habe mich geirrt. Es kann sein, daß auch ich ein ganz klein wenig weißes Blut in den Adern habe. Trotzdem, hier ist ein Cheyenne, so vollkommen, wie ich nur je einen gesehen habe, und seine Augen sind blau wie der Himmel, in dem *Heammanvibio* wohnt. Also muß der Weise noch andere vollkommene Gaben haben, von denen ich nichts wußte." Er schwieg einen Moment und fügte dann zufrieden hinzu: „Ich werde ihn Blauer Himmel nennen."

In dieser Nacht ging Gebrochener Flügel allein weg und überfiel ein Crowlager. Er kam mit einem Dutzend Pferde heim, die er zur freudigen Feier der Geburt seines Sohnes an seine Freunde verschenkte.

Etwa zwei Wochen später wurden Boten aus dem Fort der Blauröcke gesandt, um die verschiedenen Stämme zu einer Versammlung zu rufen.

In den vergangenen Monaten hatte sich Gebrochener Flügel an Überfällen auf Poststationen und Züge der Kansas-Pacifik Eisenbahn beteiligt, mit denen das Recht seines Stammes auf das Smoky Hill Gebiet verteidigt werden sollte. Aber für ihn waren das reine Verteidigungsakte, und als die Weißen begannen, Friedensangebote zu machen, fühlte er sich verpflichtet, darauf einzugehen.

Die Krieger von Büffelbär waren noch immer aufgebracht, weil Hancock ihr Dorf niedergebrannt hatte. Sie wollten an der Versammlung nicht teilnehmen, und sie versuchten sogar mit Gewalt, die Krieger daran zu hindern. Aber Schwarzer Adler umging sie, und am 14. Oktober hatte er sein Lager südlich von Fort Larned am Medicine Lodge Creek aufgeschlagen, wo der Rat tagen sollte. In feines blaues Tuch gekleidet und mit einem großen Dragonerhut auf dem Kopf, machte Schwarzer Adler eine beeindruckende Figur, als er zu den weißen Häuptlingen ritt. Gebrochener Flügel ritt stolz neben ihm. Er hoffte, dies könnte die Versammlung sein, die endlich wirklichen Frieden zwischen den weißen und den roten Männern stiften würde. Unglücklicherweise stand das Treffen von Anfang an unter dem Zeichen von Mißverständnissen, Verwirrung und Intrigen.

Schwarzer Adler sagte den weißen Unterhändlern der Regierung, daß die Männer von Büffelbär noch immer auf dem Kriegspfad waren, und er warnte, daß sie das Lager angreifen könnten. Außerdem wollte er noch acht Tage, um den Rest des Stammes zu versammeln. Die Gesandten waren über diesen Aufschub nicht glücklich; schließlich waren die Kiowa, die Araphoe und die Comanchen schon versammelt. Sie begriffen nicht, daß ein Häuptling bei den Cheyenne nicht allein entscheiden konnte. Ohne die Zustimmung des ganzen Stammes fällte er keine wichtige Entscheidung. Um nicht das ganze Unternehmen zu gefährden, stimmten die Gesandten schließlich zu. In jener Nacht ereignete sich aber ein weiterer beunruhigender Zwischenfall.

Eine Gruppe schwerbewaffneter Krieger von Büffelbär erschien in der Versammlung; sie verlangten ein Gespräch mit Schwarzer Adler. Gebrochener Flügel sah schockiert zu, wie sie den großen Friedenshäuptling bedrohten und beschimpften. Der Hauptgrund ihres Kommens war, daß einer von ihnen eine Zeremonie angesetzt hatte, die Zeremonie der Pfeilerneuerung. Sie wollten Schwarzer Adler mitteilen, wenn er an dieser Zeremonie nicht teilnahm, würden sie seine Pferde töten.

Die heiligen Medizinpfeile waren der wichtigste Besitz des Stammes; sie waren ihm von einem alten Helden geschenkt worden, von Süße Heilkraft selber. Zwei der vier Pfeile gaben den Cheyenne Macht über den Büffel und die anderen beiden über die Menschen. Gewöhnlich wurden sie in Anwesenheit des ganzen Stammes erneuert, und zwar vor allen größeren Unternehmungen, wie zum Beispiel vor einer großen gemeinsamen Jagd ... oder vor einem Krieg. Der bedeutsame Zeitpunkt dieser speziellen Zeremonie entging Gebrochener Flügel nicht, und er entging niemandem, der etwas von den Cheyenne verstand.

Schwarzer Adler forderte von den Gesandten weitere vier Tage zur Vollendung dieser Zeremonie. Er war offensichtlich beunruhigt und fürchtete um seine eigene Sicherheit, wenn er nicht nachgab. Die Erlaubnis wurde ihm erteilt, und der Rat wurde ein weiteres Mal vertagt, sehr zum Ärger der Gesandten.

Gebrochener Flügel ritt mit, und als sie auf dem Weg Rast machten, ging er zu Der-im-Fluß-steht, der sich den Kriegern von Büffelbär mehr und mehr zugewandt und der ihr Verlangen vor Schwarzer Adler unterstützt hatte.

„Warum behandeln sie Schwarzer Adler so?" fragte Gebrochener Flügel. „Er ist ein Häuptling, ein Mann von Ehre."

„Schwarzer Adler gibt dem weißen Mann zu sehr nach," erwiderte Der-im-Fluß-steht. „Du weißt, daß wir mit den Blauröcken keinen Frieden schließen können."

„Wir müssen es versuchen."

„Sie verlangen zu viel von uns."

„Einige von ihnen sind vernünftig", gab Gebrochener Flügel zu bedenken. „Wir sollten sie wenigstens anhören. Wenn sie zu viel verlangen, dann können wir kämpfen."

„Wir haben sie schon zu lange angehört, und wir haben viel verloren. Die Krieger werden nicht mehr zuhören!" Dann sah er Gebrochener Flügel mißtrauisch und vorwurfsvoll an. „Du bekommst ein doppeltes Herz wie die Weißen. Macht deine weiße Frau dich zu einem weißen Mann?"

Gebrochener Flügel schluckte, aber er antwortete ruhig: „Du weißt, daß das nicht wahr ist. Wenn ihr einen großen Mann wie Schwarzer Adler mit Verachtung straft, wenn ihr Unschuldige angreift, wenn ihr lügt und täuscht, dann bin nicht ich es, der unseren Feinden ähnlich wird."

Der-im-Fluß-steht spuckte auf den Boden. „Wir tun, was wir tun müssen."

„Und das tue auch ich," sagte Gebrochener Flügel.

„Vergiß nicht, Gebrochener Flügel", sagte Der-im-Fluß-steht im Ton eines Mentors und Freundes, „daß ein Cheyenne vor allem anderen ein Krieger ist, und es ist gut, nicht zu leben, um alt zu werden."

Gebrochener Flügel antwortete mit einem halbherzigen Nicken und ging davon. Er wollte sich darüber nicht mit seinem Bruder zerstreiten. Aber Der-im-Fluß-steht hatte mit seinen Worten die Wahrheit berührt, er hatte genau das Dilemma im Leben von Gebrochener Flügel getroffen — ein Leben, das immer zwischen zwei Seiten, zwei Philosophien hin und her gerissen war. Er wollte Frieden mit den Weißen, schon weil er alles andere für vergebliche Mühe hielt. Aber er wußte auch, eher würde er in der Schlacht sterben, als ein zahnloser alter Mann in der Welt der Weißen zu werden.

Trotz seiner Zweifel nahm er an der Erneuerungszeremonie teil. Und, wie es sicher auch die Absicht der Krieger gewesen war, wurde ihm dabei erneut klar, wohin er als Mann und als Cheyenne gehörte. Die Zeremonie ließ alle fühlen, wie wichtig es war, ihre Lebensweise, das Leben, das sie liebten, zu verteidigen.

Dieses Gefühl des Stolzes, seines ganz persönlichen und desjenigen seines Stammes, wuchs wieder in ihm, und es wuchs ohne Zweifel spätestens am vierten und letzten Tag der Feier in jedem einzelnen Stammesmitglied. Während alle Frauen sicher in den Wigwams waren und nichts sehen konnten, wurden die heiligen Heilpfeile, rituell an einem Pfosten befestigt, hinaus ins Sonnenlicht getragen und konnten von allen Cheyennemännern gesehen werden. Dann ging jeder Mann, gleich welchen Alters, feierlich an den Pfeilen vorbei. Gebrochener Flügel schloß sich mit Blauer Himmel im Arm der Prozession an, und als er die Pfeile ansah, erblickte er in ihnen die Seele seines Stammes. In ihnen lag das Überleben seines Volkes, das Versprechen seiner Zukunft. Und Gebrochener Flügel wußte, es war kein Zufall, daß die Seele und die Zukunft seines Volkes in Pfeilen und nicht in irgendwelchen anderen, unkriegerischen Gegenständen verkörpert wurden.

Er sah nieder in die blauen Augen seines Sohnes. „Du bist *Tsistsistas*", murmelte er, obwohl das Kind zu klein war, um seine Worte zu verstehen. „Sei stolz. Deine Art zu leben lohnt den Kampf. Aber ich hoffe um deinetwillen, daß wir den Sieg in Frieden und nicht im Krieg gewinnen werden."

Im Lager, wo der Rat gehalten werden sollte, wuchs unter den

Gesandten, den Soldaten, den Zeitungsreportern und den anderen weißen Zuschauern die Unruhe wegen der Verzögerung. Schon mehere Tage über die vereinbarten vier hinaus waren verstrichen, und die Weißen wurden entschieden nervös.

Ein Vertrag wurde mit den Comanchen, den Kiowa und den Apachen geschlossen. Die Araphoe wollten unabhängig von den Cheyenne verhandeln, denn sie fürchteten, wenn die Cheyenne das Camp angreifen sollten, würde es ihnen als engen Verbündeten der Cheyenne schlecht ergehen. Aber die Gesandten ignorierten einfach die Araphoe.

Die Spannungen stiegen weiter, als der Cheyennehäuptling Kleines Kleid ins Lager ritt und den Gesandten mitteilte, daß die Cheyenne bald kommen würden und daß sie sich nicht wegen der Schüsse aufregen sollten, denn die Cheyenne würden in die Luft feuern.

Am nächsten Tag hörte man den Ruf: „Cheyenne!"

Gebrochener Flügel ritt den grauen Hengst; um die Schultern trug er ein Gewand aus roter Seide, und sein langes, wehendes Haar war mit weißen Federn und Messingscheiben geschmückt. Sein feierliches, stolzes Gesicht war mit geometrischen Zeichen bemalt, ebenso die Flanken seines Pferdes. Und er war nicht allein.

Mit ihm ritt ein Zug von Cheyennekriegern, je fünf nebeneinander und fünfhundert Mann stark, angeführt von den wilden und entschlossenen Wachsoldaten. Alle waren ähnlich wie Gebrochener Flügel geschmückt, und die Sonne blitzte in dem Silber und Messing, das die Krieger trugen. Aber mehr noch als dies fiel auf, daß alle Krieger ganz offen ihre Waffen trugen. Man hörte Schüsse.

Kein weißer Mann konnte diese Szene ohne die schlimmsten Ahnungen beobachten. Die meisten waren starr vor Angst.

Der-im-Fluß-steht ritt neben Gebrochener Flügel; er grinste seinen Bruder an. „Sieh sie dir an!" rief er zwischen die Schüsse und die Schreie der Indianer. „Die Weißen werden sich jetzt genauer überlegen, wie sie mit uns verhandeln!"

Gebrochener Flügel dachte an das, was Deborah über eine Vereinigung aller Indianer gesagt hatte. War es wirklich so einfach? Aber Gebrochener Flügel hatte gehört, daß es Tausende und Abertausende von Blauröcken gab — selbst nach dem Krieg noch, den sie unter sich geführt hatten. Das konnte auch Deborah nicht leugnen. Fünfhundert Cheyenne waren nichts gegen eine so große Streitmacht.

Aber im Moment boten sie jedenfalls einen Anblick, der Ehrfurcht einflößte, und als die Vorhut den Fluß überquerte, hielt jeder weiße

Soldat und jeder Zuschauer den Atem an. Aber die galoppierenden Cheyennepferde hielten abrupt vor den wartenden Gesandten. Dann stieg eine Gruppe Häuptlinge, geführt von Schwarzer Adler, von ihren Pferden und ging auf die weißen Häuptlinge zu. Die Erleichterung im Camp war beinahe mit Händen zu greifen.

Aber die Spannungen wuchsen während der Verhandlungen schnell wieder an.

Merkwürdigerweise war es nicht Schwarzer Adler, den die Cheyenne zu ihrem Sprecher bestimmten — ein Zeichen nicht nur seines schwindenden Ansehens bei seinem Volk, sondern auch der wachsenden Unzufriedenheit der Krieger über ihre Behandlung durch die Weißen. Statt des alten Friedenshäuptlings sprach ein Führer namens Büffelhäuptling für sein Volk und machte die Haltung der Cheyenne, wenn nicht aller Prärieindianer, unmißverständlich deutlich.

„Das Land nördlich des Flusses, den ihr Arkansas nennt, ist das Land meines Volkes. Dort liegen unsere Ahnen begraben. Ihr gebt uns viele Geschenke, aber alles, was wir wollen, ist ein Leben, so, wie wir es immer geführt haben. Ihr gebt uns Geschenke und nehmt uns unser Land; deshalb gibt es Krieg."

Gebrochener Flügel betete für einen Ausgleich, denn was die Cheyenne wollten, war ganz genau das, was die Weißen ihnen um jeden Preis nehmen wollten. Die Indianer wollten Frieden und waren gewillt, das Papier des weißen Mannes zu unterschreiben, aber nur, wenn sie ihre Jagdgründe zwischen dem Arkansas und dem Platte River behalten konnten.

Durch die Verzögerung waren die Gesandten und die anderen Weißen schon nervös geworden, besonders, da die unberechenbaren Wachsoldaten noch immer bedrohlich im Hintergrund verharrten. Ein Durchbruch gelang schließlich, als Senator Henderson, einer der Gesandten, die Häuptlinge beiseite nahm und ihnen mündlich versprach, daß die Indianer im strittigen Gebiet jagen könnten, solange es Büffel gäbe — vorausgesetzt, sie ließen die weißen Siedlungen in Frieden. Für die Häuptlinge war das eine völlig zufriedenstellende Garantie ihrer Rechte auf das Land über viele Jahre hinaus, denn der Büffel würde noch lange zahlreich bleiben.

Die meisten weißen Beobachter waren jedoch an diesem Tag überzeugt davon, daß die Indianer gar nicht begriffen, was vorging. Der Vertrag wurde ihnen nie vorgelesen, und er besagte eindeutig, daß die Indianer das Land um die Smoky Hills verlassen mußten und dafür ein Reservat in Indianerland bekommen sollten. Selbst noch, als die

Häuptlinge ihr Zeichen unter das Dokument setzten, erklärten sie ihre Absicht, in den Smoky Hills zu bleiben. Für sie war die verbale Zusage des ‚weißen Häuptlings' Henderson bindend und zuverlässig. Sie hatten keine oder sehr ungenaue Vorstellungen über die Mühlen der amerikanischen Politik, über Debatten im Kongreß und über die Prozeduren der Ratifikation von Verträgen, wo das Wort eines einzelnen US-Senators schnell im allgemeinen Stimmengewirr unterging.

Nicht einmal Gebrochener Flügel mit seinen Kenntnissen der englischen Sprache durchschaute die Fadenscheinigkeit des Vorgehens der Weißen. Er konnte nicht lesen, und viele der großen, leicht dahingesagten Worte entgingen ihm ganz einfach. So war er zufrieden, als er die Versammlung am Medicine Lodge Creek verließ. Er hatte immer schon gewußt, daß der weiße Mann vernünftig sein würde, auch wenn dazu fünfhundert kampfbereite Krieger notwendig gewesen waren.

39

Der Winter verging ruhig; sowohl die Indianer als auch die Weißen wiegten sich in der trügerischen Sicherheit des Vertrages.

Deborah sah, wie ihr Sohn stark und gesund heranwuchs, obwohl Nahrungsmittellieferungen, die im Vertrag versprochen worden waren, sie niemals erreichten. Aber Gebrochener Flügel war ein guter Jäger und versorgte seine Familie mit Fleisch, und er war stolz darauf, nicht von der ‚Großzügigkeit' der Regierung abhängig zu sein.

Carolyn, die jetzt zwei Jahre alt war, wuchs zu einem hübschen kleinen Mädchen heran, aber während ihr Halbbruder rund, pausbäckig und gutmütig war, war sie drahtig und eckig, und ihre dickköpfige, willensstarke Natur wurde immer deutlicher. Auch die Ähnlichkeit mit ihrem Vater kam immer mehr zutage, auf dem Oberarm trug sie das gleiche Muttermal wie er. Merkwürdigerweise waren ihre Augen, die zunächst hell gewesen waren, jetzt dunkelbraun, während ihr kleiner Indianerbruder sanfte blaue Augen hatte. Auch ihr Haar wurde dunkler, aber noch immer mußte Deborah sehr vorsichtig sein, wenn Fremde ins Lager kamen, denn man könnte denken, ihr Kind sei ein entführtes weißes Kind.

Als der Frühling schon vor der Tür stand, geschahen zwei weitere ominöse Dinge. Zunächst waren Gruppen von Beobachtern in der Gegend gesehen worden, selbst südlich des Arkansas River. Die Indianer wußten sehr genau, was das bedeutete — Eisenbahnschienen und damit mehr Weiße und weniger Land und Büffel für sie. Das trug nicht eben dazu bei, den fortbestehenden Ärger und das Mißtrauen der jüngeren Krieger zu entschärfen. Weiter verschärft wurde die Lage durch das zweite Ereignis — die Ankunft von Whiskyhändlern aus Fort Dodge, die begannen, durch die Indianerdörfer zu ziehen.

Gebrochener Flügel sah erbittert zu, als selbst Der-im-Fluß-steht der Versuchung des ‚Feuerwassers' nachgab. Der ältere Bruder hatte einige gute Felle für dieses Zeug gegeben, und mit einer Gruppe der Wachsoldaten ging er sich betrinken und griff danach zweifellos weiße Feinde an.

Gebrochener Flügel wurde brüsk zurückgewiesen, als er versuchte, ihn zur Vernunft zu bringen.

„Du bist ein altes Weib geworden," schimpfte Der-im-Fluß-steht, der schon viele Schluck Alkohol hinuntergespült hatte. „Geh zu den Frauen und näh Mokassins! Ich ziehe die Gesellschaft von Kriegern vor."

Gebrochener Flügel ließ ihn stehen, entmutigt und sorgenvoll, welche Folgen dieses Verhalten seines Bruders haben konnte. Aber als er bei Deborah im Wigwam war, machte er seinem Ärger Luft.

„Wir waren immer der stärkste Stamm auf den Plains, Windreiterin!" rief er aus. „Von allen *Tsistsistas* gefürchtet! Und jetzt kommen unsere Feinde frech in unser Land und stehlen unsere Pferde und Frauen. Wir waren ein mächtiger Stamm, bevor das Getränk des weißen Mannes zu uns kam. Wir brauchten keine Hilfe, um gegen die Crow und alle unsere Feinde zu kämpfen, aber jetzt brauchen wir Verbündete. Die Crow trinken keinen Whisky. Sie tauschen ihre Felle gegen Feuerwaffen und Munition, um stark zu werden. Wir tauschen unsere Felle gegen noch mehr Whisky. Der weiße Mann muß gar nicht gegen uns kämpfen — er muß uns nur seine Händler mit Feuerwasser schicken. Wir zerstören uns selbst!"

„Glaubst du, es wird Schwierigkeiten geben?"

„Der Whisky bringt immer Schwierigkeiten; er raubt meinem Volk den Verstand."

Später an diesem Nachmittag fand Gebrochener Flügel einen unerwarteten und überraschenden Beistand in seinem Kampf gegen den Alkohol. Von den Vertragsgesandten war erneut John Smith dazu bestimmt worden, unter den Cheyenne zu leben, und auch er war sehr besorgt darüber, daß die Krieger sich immer häufiger betranken. Aber nur wenige hörten auf ihn, und einer von ihnen hatte mit der Regierung überhaupt nichts zu tun. Er war ein Wanderprediger, ein früherer Texas Ranger namens Sam Killion.

Deborah war draußen damit beschäftigt, ein neues Fell zu säubern, das Gebrochener Flügel gerade gebracht hatte, als sie das Durcheinander von bellenden Hunden und schreienden Kindern hörte, das gewöhnlich Besuch ankündigte. Ihre Kinder waren sicher im Wigwam, also wurde sie zunächst nicht unruhig. Sie strich sich eine Strähne ihres gefärbten schwarzen Haares aus dem Gesicht und sah auf. Ihr erster Impuls, als sie den Fremden erkannte, war zu fliehen; aber ihr Verstand sagte ihr, daß das unmöglich war, denn jede plötzliche Bewegung hätte erst recht die Aufmerksamkeit auf sie gelenkt. Noch bevor sie die Augen von dem bekannten Gesicht abwenden konnte, sah Sam Killion sie an. Einen flüchtigen, ängstlichen Moment lang trafen sich ihre Blicke, und wenn Killion sie auch nicht sofort erkannte, stutzte er doch deutlich, und ganz sicher würde er sich sehr schnell erinnern, woher er dieses Gesicht kannte.

In dem Augenblick, in dem seine Aufmerksamkeit abgelenkt wurde, ließ Deborah ihr Werkzeug fallen und eilte in ihr Zelt, und dort blieb sie fast eine Stunde lang wie ein verängstigtes Kaninchen, das sich in seiner Höhle verbarg. Über zwei Jahre war es her, daß sie Griff McCulloch aus den Augen verloren hatte und Sam Killion begegnet war. Sie hatte geglaubt, ihr früheres Leben sei lange begraben. Sie hatte schließlich doch noch Glück und Zufriedenheit gefunden. Sollte all das einmal zerstört werden? Was würde Killion tun? Er hatte sie einmal verraten, und es gab keinen Grund, weshalb er es nicht ein zweites Mal tun sollte. Niemand konnte sie zwingen, ihr Leben bei den Cheyenne aufzugeben, aber Killion wußte, sie war eine entflohene Gefangene, die in Texas zweifellos noch immer wegen der Ermordung ihres Mannes gesucht wurde. Killion war ein Gesetzeshüter gewesen, und niemand konnte wirklich sagen, ob er nicht immer noch ein Ranger war. Sie hatte bloß sein Wort darauf, und dem war offensichtlich nicht zu trauen. Wenn er sie erkannt hatte, konnte er die Vertreter des Staates in einem der Forts benachrichtigen, und die konnten innerhalb von Tagen hier sein, um sie zu holen.

Oder er könnte sie einfach selbst verhaften. Dieser Gedanke ließ sie lächeln. Sollte er es doch versuchen! Sie war sicher, Gebrochener Flügel und die anderen Krieger im Lager würden sie verteidigen. Aber Killion würde nicht so dumm sein. Er würde mit den Blauröcken zurückkommen. Die Häuptlinge konnten dann im Interesse des Friedens gezwungen sein, sie auszuliefern.

Auf diese Weise grübelte Deborah über ihr Schicksal. Sie schwankte zwischen zwei Möglichkeiten: zu fliehen oder es darauf ankommen zu lassen und sich zu wehren. Aber nichts wollte sie mehr als bleiben, wo sie war, und in Frieden leben. Sie spielte mit den Kindern und versuchte so, sich abzulenken, und mit der Zeit bekam sie das Gefühl, daß sie sich unnötig aufgeregt hatte.

Die unerwartete Stimme vor ihrem Zelt machte diese Hoffnung zunichte.

„Ma'am, wenn Sie zu Hause sind, würde ich gern mit Ihnen sprechen," sagte Killion in vertrautem Ton.

Deborah erstarrte, und als Blauer Himmel anfing, glücklich und zufrieden vor sich hin zu lallen, drückte sie ihn an sich und versuchte, ihn zur Ruhe zu bringen. Sie kam sich ziemlich dumm vor, wie ein verängstigtes Kind in ihrem eigenen Wigwam zu hocken, aber sie hatte Angst vor einer Verhaftung, und sie wollte auch den Mann nicht wiedersehen, dem sie geholfen und der sie als Dank verraten hatte.

Carolyn fand das Verhalten ihrer Mutter äußerst merkwürdig, denn sie hatte nie gesehen, daß sie zu einem Besucher so unfreundlich war.

„Nahkoa," sagte das Kind in seiner hohen Stimme, „jemand da."
„Still, Singender Wolf!"

Jetzt fühlte sie sich noch lächerlicher, denn Killion mußte genau wissen, daß sie hier drinnen war und sich vor ihm versteckte. Das verletzte schließlich doch ihren Stolz. Sie würde sich in ihrem eigenen Heim vor niemand ducken, erst recht nicht vor einem so niedrigen menschlichen Wesen wie diesem Texas Ranger oder Prediger oder was immer er nun war!

Sie sprang auf, legte Blauer Himmel in seine Wiege und ging entschlossen zum Eingang. Sie zog das Fell beiseite und setzte ein betont feindseliges und herausforderndes Gesicht auf.

„Ja," sagte sie in eisigem Ton.

„Sie sind es also! Ich war nicht sicher, ich meine, Sie sehen ganz anders aus –" Er schwieg plötzlich, offenbar in Gedanken an das, was er sagen wollte, vielleicht auch, um ihr Gelegenheit zum Sprechen zu geben. Aber als sie ihn nur frostig ansah, fuhr er fort: „Vielleicht erinnern Sie sich nicht mehr an mich ... die Hütte am Red River ... das ist jetzt – lassen Sie mich nachdenken – fast drei Jahre her, schätze ich."

„Ich erinnere mich sehr genau, Mr. Killion."

„Ich habe mich gefragt, was wohl aus Ihnen geworden ist. Das hier hätte ich nicht erwartet. Als ich den Häuptling nach Ihnen fragte, sagte er mir, Sie sind jetzt mit einem Krieger verheiratet. Ich glaube, eine Menge Wasser ist inzwischen den Fluß hinuntergeflossen, wie man so sagt. Wie haben Sie sich von McCulloch getrennt?"

„Ich war nie seine Gefangene."

„Das stimmt, aber sie waren entschlossen, bei ihm zu bleiben."

„Und Sie haben keine Ahnung, was passiert ist?"

„Wie sollte ich?"

„Hatten Sie besondere Gründe, nach mir zu suchen, Mr. Killion?" fragte sie vorsichtig.

Er war ehrlich verwirrt. „Nein, Ma'am, ich habe einfach ein bekanntes Gesicht gesehen und wollte freundlich sein."

„Wirklich? Und ich nehme an, Sie erwarten, daß ich Sie zum Tee hereinbitte?"

„Haben Sie hier Tee?"

„Sie wissen genau, was ich meine," gab sie sarkastisch zurück.

„Da bin ich nicht ganz sicher, aber ich wäre dankbar, wenn ich hereinkommen und ein wenig mit Ihnen plaudern dürfte. Hätten Sie etwas dagegen?"

Sie wollte ihm vor der Nase das Zelt verschließen und ihn nie mehr sehen, aber es war ein solcher Ernst in seiner Stimme, eine solche Überraschung über den Empfang, den Sie ihm bereitete, daß sie es nicht fertigbrachte, so unhöflich und hart zu sein. Sie trat zur Seite und ließ ihn ein.

Nach der Sitte der Cheyenne führte sie ihn zum Ehrenplatz für Gäste im hinteren Teil des Wigwams, wo ein dickes Fell ausgebreitet lag. Er setzte sich mit dem Gesicht zum Eingang, und Deborah setzte sich zu ihm. Carolyn, neugierig auf den komischen Fremden, dessen Haut so weiß war wie ihre, ging stracks auf ihn zu.

„Wer bist du?" fragte sie ihn in Cheyenne.

Deborah schalt das Kind, weil es zwischem dem Feuer und ihrem Gast stand, was in der Sitte der Cheyenne als unhöflich gilt. Aber sie bedauerte ihre harten Worte, als ihr klar wurde, daß sie mehr ihrer eigenen Anspannung als dem Benehmen des Kindes geschuldet waren, und sanft nahm sie Carolyns Hand und setzte das Mädchen auf ihren Schoß.

„Es ist alles lange her," sagte Killion, „wenn das das Kind ist, das Sie ..." Er zögerte wieder und schien erneut beunruhigt von einer schlimmen Sache.

Deborah war jetzt als Gastgeberin nicht mehr so feindselig und versuchte, die Spannung zu lösen. „Ja, es ist das Kind."
„Sie spricht sehr gut Cheyenne."
„Sie spricht keine andere Sprache."
„Tatsächlich ...?"
Erneutes Schweigen. Deborah dachte daran, ihm eine Erfrischung anzubieten. Wenn Gebrochener Flügel hier wäre, würden die Männer sicher eine Pfeife rauchen. Aber bevor sie zu einem Entschluß kam, ergriff Killion wieder das Wort.
„Ma'am, ich kann mir nicht helfen, aber ich habe das Gefühl, Sie sind gar nicht froh, mich zu sehen — nicht daß Sie Grund hätten, froh zu sein, als ob wir alte Freunde oder so wären. Aber es scheint, es ist Ihnen regelrecht zuwider, mich hier zu sehen. Ich habe keine Ahnung, warum Sie so feindselig gegen mich sind, aber wenn es etwas gibt, was —"
„Kommen Sie schon, Mr. Killion, so lange ist es auch nicht her; aber vielleicht sind Sie so daran gewöhnt, Ihr Wort zu brechen, daß Sie sich schon gar nicht mehr erinnern."
„Mein Wort brechen? Ich weiß nicht, worauf Sie hinauswollen."
Deborah sah ihn prüfend an. War er wirklich so unschuldig, wie es schien? Sie erinnerte sich genau, wie die ernsten Versicherungen seiner Glaubwürdigkeit sie vor zwei Jahren überzeugt hatten. War er wirklich der Mann, der er schien, oder war er ein so perfekter Lügner? Verdiente er, daß sie ihm noch einmal glaubte? Ihr wurde klar, daß sie das herausfinden mußte — eine andere Möglichkeit hatte sie nicht. Seine Gegenwart konnte eine Gefahr für den ganzen Stamm darstellen, wenn er ein Armeespion war. Und darüber hinaus mußte sie jetzt auch ihre eigene Sicherheit verteidigen. Wie konnte sie ihn gehen lassen, wenn sich herausstellte, daß er ein Lügner war? Aber was konnte sie denn tun, wenn er einer war?
In dieser Zwickmühle blieb ihr nichts anderes übrig, als ihn anzuhören und zu hoffen, daß er sie überzeugte.
Sie sagte: „Wollen Sie sagen, Mr. Killion, daß Sie nichts damit zu tun hatten, daß die Gesetzeshüter das Versteck von Griff McCulloch fanden?"
„Meines Wissens nicht." Er schwieg. „Was geschah nach meiner Flucht?" Seine Frage bewies wirkliche Unkenntnis und Besorgnis.
„Griff war verständlicherweise sehr aufgebracht —"
„Haben sie Ihnen etwas getan?" unterbrach er sie scharf.
„Das hätten sie vielleicht, aber Griff hat mich beschützt." Diese Auskunft schien Killion ehrlich zu überraschen. „Er stellte sich vor mich,

obwohl auch er Ihnen nicht traute. Er beschloß, daß wir das Versteck verlassen mußten, und wir zogen am nächsten Morgen weiter. Wir waren weniger als zwei Tage unterwegs, als wir Verfolger bemerkten — nur drei Tage nach Ihrer Flucht. Wir konnten sie drei Tage lang auf Distanz halten, und es waren drei sehr harte Tage mit wenig Rast. Schließlich holten sie uns doch ein, und wir waren sicher, es mußten Texas Ranger sein. Einer von Griffs Männern wurde in der Schießerei getötet — vielleicht noch mehr, ich bin nicht sicher. Ich wurde verwundet und von ihnen getrennt. Ich fiel ohnmächtig zu Boden und wurde in dem Chaos offenbar vergessen." Sie schwieg und sah ihn hart an. „Wollen Sie vielleicht sagen, es war bloß ein Zufall, daß wir so kurz nach Ihrer Flucht von Texas Rangers verfolgt wurden?"

Killion krauzte sich seinen roten Bart und schüttelte den Kopf. „Nein, Ma'am, ich glaube nicht an den Zufall. Ich glaube, daß alles irgendwie von Gott geplant ist. Aber ich muß zugeben, Ihr Verdacht ist sehr verständlich."

„Wollen Sie mir weismachen", sagte Deborah böse, „daß Gott uns die Gesetzeshüter auf den Hals geschickt hat, vielleicht als eine Art gerechte Strafe?"

„Kaum, Ma'am. Aber ich zweifle nicht, daß es dabei einen höheren Zweck gab. Vielleicht, damit Sie dahin gelangen konnten, wo Sie jetzt sind. Vielleicht war das Gottes Art, McCulloch auf sich aufmerksam zu machen."

„Oder vielleicht, ihm das Leben zu nehmen?"

„Wurde er getötet?"

„Ich habe keine Ahnung, was mit ihm und den anderen geschehen ist. Vielleicht wurden sie gefangen und gehängt, vielleicht verschimmeln sie in irgendeinem Gefängnis."

„Es liegt in Gottes Hand, Ma'am, und das ist gar nicht so schlecht."

„Und Sie leugnen, daß Sie ‚Gottes Willen' etwas nachgeholfen haben?"

„Überhaupt nicht, Ma'am. Ich bin glücklich, ein Werkzeug in Gottes Hand zu sein. Aber ich habe nie behauptet, was geschehen ist, sei Gottes Wille gewesen. So oder so, jedenfalls hatte ich damit nichts zu tun. Ich bin von dem Versteck aus nach Norden gezogen und keiner Menschenseele begegnet, außer einigen freundlich gesinnten Indianern, bis ich nach Fort Dodge in Kansas kam. Ich habe niemandem ein Sterbenswörtchen über euch erzählt, auch wenn ich das nicht beweisen kann. Sie müssen meinem Wort glauben, Ma'am, aber ich sehe, wie schwer das unter diesen Umständen für Sie sein muß."

Stille senkte sich über den Wigwam. Deborah wurde abgelenkt, als Blauer Himmel zu weinen anfing. Sie setzte Carolyn zur Seite und ging zur Wiege, um ihren Sohn auf den Arm zu nehmen. Sie konnte sich einen verstohlenen Blick auf ihren Gast nicht versagen. Was würde er von ihr denken, daß sie ein zweites Kind hatte, ein Indianerkind, das zweifellos ihres war? Würde sie der Verurteilung begegnen, die sie von diesem Mann ganz automatisch erwartete?

Es überraschte sie ein wenig, zu sehen, daß er im Moment gar kein Interesse an ihr hatte, sondern dem Feuer in der Mitte des Zeltes zugewandt war. Seine Augen waren geschlossen, und tiefe Falten waren auf seine Stirn getreten. Hatte sie ihn falsch beurteilt? Wie konnte sie sicher sein?

Bevor sie weiter über dieses Problem nachdenken konnte, fiel ein heller Sonnenstrahl in den Wigwam, und Gebrochener Flügel stand im Eingang.

40

Selbst ein erfahrener Texas Ranger konnte erschrecken beim plötzlichen Anblick des eindrucksvollen Cheyennekriegers, der nicht gerade freundlich die Szene in seinem Wigwam beobachtete.

Sam Killion riß die Augen auf und den Kopf hoch. Sein robustes Gesicht wurde blaß. Deborah tat er ein wenig leid, aber dennoch genoß sie sein Erschrecken auch. Falls Killion schlechte Absichten hatte, würde er jetzt noch einmal genau darüber nachdenken.

Gebrochener Flügel kam in seinen Wigwam, sah den Fremden kurz an und sagte erleichtert in Cheyenne zu seiner Frau: „Du bist sicher. Ich erwartete nichts Gutes, als ich hörte, ein weißer Mann sei in meinen Wigwam gekommen. Ist das der Mann aus deiner Vergangenheit, der dir Böses will?"

Deborah wußte nicht, was sie antworten sollte, denn noch war sie nicht völlig sicher. „Ich weiß es nicht, Gebrochener Flügel. Er ist ein Bekannter aus meiner Vergangenheit, aber nicht wirklich ein Teil von ihr. Er sagt, er kommt in Freundschaft. Ich weiß es einfach nicht."

„Willst du, daß er geht?"

„Ich glaube, das wäre nicht weise, solange wir seine Absichten nicht kennen."

„Du hast ihn in Frieden willkommen geheißen?"

„Ja."

Die strengen Regeln der Gastfreundschaft bei den Cheyenne zwangen Gebrochener Flügel, den Gast ebenso willkommen zu heißen. Aber er blieb wachsam. Er war den ganzen Weg zu seinem Wigwam gelaufen, als er vom Eindringen eines weißen Mannes gehört hatte. Er war auf einen Kampf vorbereitet gewesen. Deborah hatte ihm nur wenig aus ihrer Vergangenheit erzählt, aber er wußte, weiße Männer beschuldigten sie eines Verbrechens, das sie nicht begangen hatte, und mochten immer noch nach ihr suchen. Er wußte, wie vorsichtig sie war, wenn Fremde ins Lager kamen, und er war bereit, ihre Freiheit zu verteidigen – mit seinem Leben, wenn es nötig war.

Er warf einen langen, prüfenden Blick auf den Fremden. Schließlich sagte Gebrochener Flügel auf Englisch: „Ich bin Gebrochener Flügel, Ehemann von Windreiterin, die von den Weißen auch Deborah genannt wird."

„Ich freue mich, deine Bekanntschaft zu machen", sagte Killion, der aufgestanden war. „Ich bin Sam Killion, ein Freund – hoffe ich – der Cheyenne."

„Du wirst rauchen?" fragte Gebrochener Flügel.

„Ja, es wäre mir eine Ehre."

Gebrochener Flügel nahm seine Pfeife von einem Haken und stopfte sie. Er entzündete sie mit einem glühenden Span aus dem Feuer und setzte sich neben seinen Gast. Er hob die Pfeife in die Luft, nach Osten, wo die Sonne aufgeht, und dann in alle vier Himmelsrichtungen. Nachdem dieses Ritual beendet war, nahm er einen langen, bedächtigen Zug und gab die Pfeife schließlich seinem Gast.

Killion nahm die Pfeife von Gebrochener Flügel mit Ehrfurcht entgegen. Er wußte genau, was die Einladung zum Rauchen in einem Cheyennewigwam bedeutete. Der Gastgeber gab damit seine friedlichen Absichten zu erkennen, und auf diese Weise wurde auch ein Handel besiegelt. Aber das wichtigste für Killion war, das Pfeiferauchen sollte die Wahrheit ans Licht bringen. Kein Cheyenne würde einen Mann belügen, mit dem er geraucht hatte. Ob dasselbe für diesen weißen Mann galt, das blieb abzuwarten.

Als Killion die Pfeife an die Lippen hob, sah Deborah, daß er es nicht beiläufig tat. Er war sich der tiefen Bedeutung des Rituals wohl bewußt, und er nahm diese Bedeutung sichtlich sehr ernst. Er gab seinem Gastgeber die Pfeife zurück, und einen Augenblick lang trafen sich ihre Blicke prüfend.

Offensichtlich zufrieden oder jedenfalls für den Augenblick beruhigt nahm Gebrochener Flügel die Pfeife und legte sie zur Seite.

„Warum bist du in unser Dorf gekommen?" fragte Gebrochener Flügel.

„Ich bin mit eurem Freund gekommen, John Smith. Er ist auch mein Freund, und ich fragte ihn, ob ich einige der Camps besuchen und vielleicht etwas gegen die Whiskyhändler tun könnte."

„Du arbeitest für die Regierung?"

„Nein, ich bin nur ein Prediger —"

„Was ist das, ein Prediger?"

„Ich verbreite die Botschaft von Jesus Christus."

„Der Gott des weißen Mannes."

Killion strich sich nachdenklich über seinen Bart. „Ich denke, darüber kann man streiten — einige jedenfalls können das. Ich glaube, er ist der Gott aller Menschen; wenigstens ist er für alle Menschen gestorben, nicht nur für die Weißen."

„Warum hat er das getan? War er ein großer Krieger?"

„Er ist ein sehr großer Krieger, und er war in einer großen Schlacht mit dem Teufel ... dem König aller bösen Geister." Gebrochener Flügel nickte bei dieser Erklärung, denn von bösen Geistern wußte er viel. Killion fuhr fort: „Siehst du, der Teufel wollte, daß alle wegen ihrer Sünden in der Hölle brennen, was wir alle auch verdient haben. Aber Jesus wollte die Menschen retten, weil er sie liebte. Also entschloß er sich, an ihrer — das heißt an unserer Stelle zu sterben."

„Und das tat er auch für die *Tsistsistas*?"

„Ja, Gebrochener Flügel, er tat es für dich, für mich, für alle."

„Eines Tages mußt du mir mehr davon berichten, denn es ist schwer zu verstehen; aber es ist interessant. Jetzt würde ich gern wissen, was du gegen die Whiskyhändler tun kannst."

„Ich denke, wenn wir herausbekommen, wer genau sie sind, können wir sie aus diesem Gebiet vertreiben."

Das beunruhigte und überraschte Deborah, denn es klang eher nach einem Gesetzeshüter als nach einem Prediger.

„Du könntest das tun?" fragte Gebrochener Flügel.

„Ich denke schon, aber ich habe im Dienst meines Herrn der Gewalt abgeschworen. Ich kann aber auch ohne Gewalt ganz gut überzeugen. Ich sehe, daß die wenigen Krieger, die gegen den Whisky sind, nicht wissen, was sie tun sollen. Vielleicht ist das für einen Fremden leichter. Ich will es jedenfalls versuchen. Diese Schurken sind das niedrigste Gesindel. Ihnen ist es gleich, was der Alkohol anrichtet, solange sie nur

Geld damit verdienen. Und ich fürchte, ihr übles Werk wird für viele schlimme Folgen haben, für Indianer und Weiße."

„Du hast recht, Killion. Der Whisky ist schlimmer für die Cheyenne als jede Waffe. Ich werde dir helfen. Aber zuerst muß ich wissen, ob du meiner Frau Ärger bringst."

„Ich habe mit dir geraucht, Gebrochener Flügel, und ich schwöre bei deiner heiligen Pfeife und bei meinem eigenen Gott, daß ich die Wahrheit sage, wenn ich sage, ich will deinem Weib nichts Böses, und –" Er sah zu Deborah, als er hinzufügte: „Und ich habe ihr nie willentlich Böses gebracht. Ich habe nicht die Absicht, sie zu den Weißen zurückzubringen, wenn sie hier glücklich und zufrieden ist."

„Windreiterin," sagte Gebrochener Flügel, „glaubst du diesem Mann?"

Deborah sah von einem zum anderen. Sie waren so verschieden voneinander, aber jeder von beiden strahlte dieselbe innere Aufrichtigkeit aus. Sie wußte, wenn sie Killion nicht traute, konnte sie nie mehr einem Mann trauen. Sie nickte ihrem Mann zu.

„Gut", sagte Gebrochener Flügel erleichtert, denn er fing an, diesen weißen Mann zu mögen. „Dann bring uns etwas zu essen, Weib; Killion und ich werden reden."

Dämmerung war am Himmel aufgezogen, als die Männer ihr Gespräch beendeten. Deborah hatte ein Mahl bereitet und sich um die Kinder gekümmert, aber sie hatte dem Austausch der beiden Männer aufmerksam zugehört. Die ganze Zeit, seit sie mit Gebrochener Flügel verheiratet war, hatte sie die Unterordnung, die ihr als Cheyennefrau vorgeschrieben war, niemals wütend gemacht. Anders als Leonard Stoner verlangte Gebrochener Flügel nie eine Unterordnung von ihr. Sie tat es freiwillig, aus Respekt vor ihm und aus wachsendem Vertrauen, daß er nur ihr Bestes wollte. In seiner Liebe war sie sicher aufgehoben, und wenn sie ihren Willen ausdrückte, nahm er das ebenfalls mit Respekt auf. Cheyennefrauen und weiße Frauen mögen gegenüber ihren Männern als gleich unterlegen gelten, aber Deborah bezweifelte insgeheim, ob sie es wirklich waren. Aber ein Mann mußte nicht zerstören, um seine Überlegenheit zu beweisen. Was Leonard Stoner nicht alles von einem wilden Cheyennekrieger hätte lernen können!

Gebrochener Flügel und Killion rauchten noch einmal die Pfeife, um ihre Übereinkunft zu besiegeln, etwas gegen den Whiskyhandel zu unternehmen; dann verließen sie beide den Wigwam. Deborah sah sie zugleich mit einem Gefühl des Stolzes und der Sorge gehen. Über Killions Aufrichtigkeit war sie nicht mehr besorgt. Wenn Gebrochener Flügel ihm genug traute, um sich mit ihm zu verbünden, dann brauchte sich auch Deborah keine Sorgen mehr zu machen, denn auf das Urteil ihres Mannes vertraute sie ohne Bedenken. Was sie beunruhigte, war, daß die Whiskyhändler eine rauhe und gefährliche Bande waren und es nicht einfach hinnehmen würden, wenn jemand ihnen das Geschäft verdarb.

41.

Gebrochener Flügel kannte einen abgelegenen Platz flußabwärts, wohin er Der-im-Fluß-steht ein- oder zweimal hatte gehen sehen. Dort, nahm er an, fand ein Teil des Handels mit dem Feuerwasser statt. Er selbst war nie hingegangen, denn mit dem Whiskyhandel wollte er nichts zu tun haben. Er hatte auch gefürchtet, seine Stellung unter den Kriegern bei anderen wichtigen Entscheidungen könnte geschwächt werden, wenn er zu sehr kritisierte, was sie taten. Auf jeden Fall hatte der Whisky längst eine viel zu große Bedeutung im Leben des Stammes gewonnen, als daß Gebrochener Flügel noch länger dazu schweigen konnte.

Die Ankunft Killions gab Gebrochener Flügel eine willkommene Gelegenheit, etwas gegen das Übel zu tun, das seinen Stamm befallen hatte. Killion konnte die offene Auseinandersetzung führen, während Gebrochener Flügel ihn im Hintergrund unterstützte, wenn er auf Widerstand treffen sollte. Wenn er sich nicht offen beteiligte, so hoffte Gebrochener Flügel, dann wären auch weitere Risse in der Einigkeit des Stammes zu vermeiden. Dieser Plan wurde von Killion gebilligt, dem es nichts auszumachen schien, daß er an der Front zu kämpfen hatte.

„Wenn Gott für mich ist, wer kann dann gegen mich sein!" sagte Killion seinem neuen Cheyennefreund. Er war von der Gerechtigkeit seiner Sache überzeugt. Als Gebrochener Flügel ihn nach seinen Waffen fragte, antwortete der Prediger grinsend: „Die Waffen unseres Kampfes sind nicht körperlicher Art. Aber durch Gott sind sie mächtig und können Burgen einreißen!"

Das ging über das Fassungsvermögen von Gebrochener Flügel. Er trug Bogen und Köcher über der Schulter und ein Gewehr in der Hand.

Killion wandte nichts gegen die Waffen ein, aber er bestand darauf, daß unter allen Umständen Blutvergießen vermieden werden mußte.

So machten sich die beiden ungleichen Verbündeten zu dem Ort auf, den sie beide für eine Hochburg des Teufels selbst hielten. Lautlos schlichen sie sich an das Lager der Händler an, das in einem kleinen Wäldchen verborgen lag. Obwohl es kaum erst Frühling war, boten die Blätter doch schon genug Schutz vor Entdeckung, besonders in der Dunkelheit und ohne Vollmond, der die Szene beleuchten konnte. In der Mitte einer kleinen Lichtung stand ein alter Planwagen, um den drei oder vier Indianer und ein Weißer herumlungerten.

„Er ist sich seiner Sache ganz schön sicher, daß er sich ganz allein hier herauswagt", flüsterte Killion seinem Kameraden zu.

„Was hat er schon zu fürchten?" erwiderte Gebrochener Flügel bitter. „Er ist ein Freund der Cheyenne."

„Mal sehen, wie freundlich er zu mir ist."

„Warte, bis die Indianer gegangen sind."

Killion nickte. Er wollte, daß alles so friedlich wie möglich abging, und sicher war, daß die Indianer sie nicht gerade freundlich begrüßen würden. Er mochte den Händler einschüchtern können, aber er bezweifelte, daß er vier halbbetrunkene Indianer auch nur beschwichtigen konnte.

Die Indianer hatten mehrere Felle vor dem Händler ausgebreitet, und er war dabei, jedem zwei Flaschen zu geben. Sie begannen sofort, aus den Flaschen zu trinken und grinsten zufrieden. Der Handel war perfekt, und die Krieger, die nach ihrem unsicheren Gang zu schließen, die Ware des Händlers schon vorher probiert hatten, trollten sich davon. Sie gingen auf Armeslänge an Killion und Gebrochener Flügel vorbei, und die beiden duckten sich und hielten für ein paar gefährliche Augenblicke den Atem an, bis sich die Stimmen der Indianer in der Ferne verloren.

Der Händler sammelte seine Beute ein, verstaute die Felle hinten auf seinem Wagen, setzte sich ans Lagerfeuer und goß sich eine Tasse Kaffee ein. Als er sich über das Feuer beugte, war sein Gesicht sehr deutlich zu sehen.

„Das ist Willie Burns," flüsterte Killion.

„Du kennst ihn?"

„In Texas war er ein Viehdieb. War einfach nicht zu schnappen, so sehr wir ihm auch auf den Fersen waren."

„Verhaftest du ihn jetzt?"

„Ich darf nicht wirklich Verhaftungen vornehmen, aber selbst wenn ich's versuche, würden seine ‚Kunden' das nicht einfach hinnehmen. Wahrscheinlich könnte ich ihn nicht sehr weit Richtung Fort bringen, ohne auf Widerstand zu stoßen. Das Beste wird sein, er verschwindet von selbst."

„Wie willst du das erreichen?"

„Das goldene Mundwerk." Gebrochener Flügel sah ihn verständnislos an, und Killion fügte hinzu: „Warte hier und gib mir Feuerschutz, falls er sich nicht überzeugen läßt — und bete zu eurem Großen Geist. Der sieht die Whiskyhändler hier sicher genauso ungern wie der Herrgott."

Mit diesen Worten stand Killion auf und ging direkt auf den Händler zu. Burns gab ein mißtrauisches Brummen von sich; Konkurrenten fürchtete er wohl mehr als das Gesetz.

„Was wollen Sie?" fragte Burns unfreundlich. Er war ein stämmiger, ergrauter Mann mit unrasiertem Gesicht, der auf den Plains schon vieles gesehen hatte.

„Hab' Ihren Kaffee gerochen," sagte Killion unschuldig. „Ich wäre sehr dankbar für eine Tasse."

„Hier gibt's keine Almosen, und ich will keine Gesellschaft, also verschwinden Sie."

„Zu den Indianern schienen Sie nicht so unfreundlich zu sein."

„Was wissen Sie davon?" Er setzte sich aufrecht hin, seine Augen wurden plötzlich scharf und klein.

„Nur, daß Sie wegen Viehdiebstahl eigentlich hängen sollten", sagte Killion.

„Wer sind Sie?" wollte Burns wissen.

„Mein Name ist Killion. Wir sind uns ein oder zweimal in Texas begegnet —"

„Ranger?" Burns sah seinen unerwarteten Besucher jetzt genau an. „Sie tragen nicht mal eine Waffe."

„Nein, Waffen brauche ich nicht mehr, seit ich Glauben habe."

Während Killion sprach, bewegte sich Burns' Hand langsam nach rechts, wo sein Gewehr lag. In dem Moment, in dem er nach der Waffe griff, schoß Killions Fuß nach vorn und trat auf Burns' Hand. Killion bückte sich, nahm die Waffe und schleuderte sie in die Büsche.

„Sie —" spuckte Burns.

„Ich will mich nur ganz friedlich mit Ihnen unterhalten, das ist alles", sagte Killion. Er nahm seinen Fuß nicht weg. „Ich schlage vor, Sie laden Ihr Zeug auf den Wagen und verschwinden von hier. Leute wie Sie werden hier nicht gebraucht. Sie bringen nur Ärger, deshalb rate ich Ihnen — in aller Freundschaft — verschwinden Sie."

Wie um seine Absicht zu bekräftigen, gab er Burns' Hand frei, die jetzt rot und geschwollen, aber nicht wirklich verletzt war. Killion trat zur Seite.

„Yeah, und wie wollen Sie mich dazu zwingen?"

Killion hatte diese Frage erwartet. „Ich hoffe, Sie sind vernünftig. Ich könnte Sie vor die Cheyennehäuptlinge schleppen, die hier auch keine Whiskyhändler wollen. Aber die sind vielleicht nicht so freundlich wie ich. Und Ihre treuen Kunden werden wegen sowas keinen Streit riskieren — sie wissen, daß sie ihren Whisky auch anderswo bekommen. Wie ich schon sagte, Burns, die Häuptlinge werden Sie nicht gerade mit Samthandschuhen anfassen, und für eine friedliebende Natur kann das unangenehm werden. Ich halte es für besser, Sie gehen jetzt los, und Sie gehen so lange, bis Sie aus dem Indianergebiet raus sind. Wenn Sie Ihren Skalp behalten wollen, tun Sie besser, was ich sage."

Burns zuckte nervös. „Naja, ich wollte sowieso gehen", sagte er verächtlich. „Aber ich werde zurückkommen."

„Das bezweifle ich, Burns. Ich weiß, wer Sie sind, und bevor die Nacht vorbei ist, werden das auch die Häuptlinge wissen. Bevor die Woche um ist, wird auch Wynkoop wissen, wer Sie sind. Sie haben hier keine Zukunft mehr."

Burns biß sich auf die Lippen. Er sah zu den Büschen, wo seine Waffe irgendwo außer Reichweite lag. Er schien seine Möglichkeiten zu erwägen und zuckte schließlich die Achseln. „Wie ich gerade sagte, ich wollte sowieso aufbrechen." Sein Ton war nicht mehr so scharf.

„Ich bin froh, das zu hören, Burns! Ich habe Sie doch gleich für einen vernünftigen Mann gehalten."

„Wollen Sie immer noch Kaffee?" Irgendwie klang er noch immer nicht gastfreundlich.

„Vielen Dank, aber ich gehe jetzt besser, ich will Sie nicht aufhalten. Adios, Burns."

„Yeah, Ihnen auch ... Amigo."

Der Ton seiner Abschiedsworte war nicht freundlich, und in seinen Tagen als Texas Ranger hätte Killion einem solchen Mann niemals den Rücken zugewandt. Aber als Prediger versuchte er, weniger nach den harten Gesetzen des Westens und mehr nach den christlichen Tugenden zu leben. Sein Rücken war ebenso wie jeder Teil seines Lebens in Gottes Hand. Also drehte er sich um und schlenderte weg.

Und, wie er es so oft auf seiner Wanderung im Westen getan hatte, beschützte ihn Gott auch diesmal, und zwar durch das wachsame Auge und die schnelle Reaktion eines Cheyennekriegers.

Gebrochener Flügel war lautlos so nahe wie möglich gekommen und hatte nicht ohne Sorge die Konfrontation zwischen Killion und dem Outlaw ganz genau beobachtet. Er sah, wie sich Burns dem unbewaffneten Killion beugte. Und dann drehte Killion sich auch noch um und ging einfach so weg!

Als Burns nach hinten in seinen Gürtel griff, verstand gebrochener Flügel sofort, was der Händler vorhatte. Der Cheyenne spannte im selben Moment seinen Bogen und ließ die Sehne schnellen, als Burns seine kleine, versteckte Pistole auf Killion richtete.

Der Schuß ging im selben Augenblick los, in dem der Pfeil von Gebrochener Flügel sich in sein Ziel bohrte.

Burns schrie auf und faßte sich an die Schulter, wo der Pfeil eingedrungen war. Die Derringer fiel ihm aus der nutzlosen Hand, aber nicht ohne dabei einen Schuß abzufeuern. Killion warf sich herum und griff nach einem blutigen Fleck an seinem Arm. Er sah den Pfeil in Burns' Schulter; er sah Gebrochener Flügel, der aus dem Gebüsch trat, und er wußte, der Indianer hatte ihm das Leben gerettet.

Gebrochener Flügel ging zu seinem Opfer, um ihn nach der Sitte der Cheyenne zu berühren. Burns schrie noch mehr und bedeckte seinen Kopf mit den Händen. Gebrochener Flügel schlug ihm leicht an den Kopf und trat zurück.

„Keine Angst, Burns", sagte Killion. „Ich glaube nicht, daß Ihr Haar ihm wertvoll genug ist, und Ihr Leben scheint ihm auch zu wertlos, um es Ihnen zu nehmen. Sonst steckte dieser Pfeil jetzt in Ihrem Herzen, nicht in Ihrer Schulter."

„Und Sie nennen sich einen Christen!" spuckte Burns wütend.

„Der Liebe Christi haben Sie es zu verdanken, daß Sie jetzt nicht tot sind", sagte Killion.

Dann zog Killion unter noch mehr Flüchen und Schreien den Pfeil aus der Schulter des Händlers. Es war nur eine Fleischwunde. Killion war dankbar für die Zurückhaltung von Gebrochener Flügel, denn er wußte, kein Cheyennekrieger hätte ein solches Ziel verfehlt, es sei denn mit Absicht. Killion preßte sein Taschentuch auf die Wunde.

„Daran werden Sie nicht sterben", sagte er. „Und eine Kutsche können Sie damit auch noch lenken."

„Sie erwarten doch nicht, daß —"

„Doch", schnitt ihm Killion das Wort ab, „und je schneller desto besser. Wer weiß? Unser Freund hier könnte noch andere mitgebracht haben, die scharf auf Skalps sind."

„Und Sie —!"

„Danken Sie mir nicht, Burns. Es ist mir ein Vergnügen, für Sie zu beten."

Gebrochener Flügel nahm die Derringer und alle anderen Waffen des Händlers, auch das Gewehr, das im Gebüsch lag. In der Zwischenzeit erstickte Killion das Feuer und lud die Sachen des Händlers auf den Wagen. Er half Burns gerade auf den Kutschbock, als Gebrochener Flügel ihm mit der Hand Einhalt gebot.

Er sprang auf den Wagen und begann, Flaschen und Fässer herunterzuwerfen. Burns protestierte lautstark gegen die Zerstörung seiner Ware.

Killion lachte. „Daran hätte ich auch denken sollen!"

Schließlich war Gebrochener Flügel zufrieden, daß wenigstens ein Feind seines Stammes ganz außer Gefecht gesetzt war. Er gab den Pferden einen kräftigen Klaps und setzte sie damit in Bewegung. Und so zog der lädierte Whiskyhändler nicht eben elegant davon.

Gebrochener Flügel und Killion sahen dem Planwagen nach, bis er in der Dunkelheit verschwand.

„Das war gute Arbeit," sagte Killion mit einem zufriedenen Augenzwinkern.

„Es ist nur einer", sagte Gebrochener Flügel. „Andere werden kommen."

„Kann sein, aber sie werden sich's zweimal überlegen, und das ist auch schon etwas."

„Ich hoffe es. Jetzt mußt du mit in meinen Wigwam kommen, und mein Weib wird deine Wunde verbinden."

„Das ist nichts weiter, aber ich komme trotzdem gern mit." Killion hielt plötzlich inne und sah dem Indianer direkt und feierlich ins Gesicht. „Du hast mir das Leben gerettet, Gebrochener Flügel, und ich werde dir das nicht vergessen. Ich stehe in deiner Schuld."

„Freunde schulden sich nichts", sagte Gebrochener Flügel.

„Möglich, aber wenn ich einmal irgend etwas für dich tun kann, werde ich es tun."

„Komm. Laß uns unseren Sieg feiern."

Gebrochener Flügel sammelte seine Beute ein — zwei Gewehre, eine

Pistole und die Derringer — und die beiden Freunde machten sich auf den Weg ins Dorf.

Deborah begrüßte sie mit Erleichterung und Stolz. Sie versorgte Killions Wunde und bereitete dann ein Mahl aus ihren besten Vorräten. Schwarzer Adler, der von ihrer Heldentat gehört hatte, kam und beglückwünschte sie, und es dauerte nicht lange, bis der Wigwam voller weiterer Häuptlinge und Krieger war, die den Alkohol haßten. Die Pfeife ging herum, Lieder wurden gesungen und Geschichten erzählt, bis der Morgen graute.

Deborah sah verwundert zu. Noch vor einigen Stunden hatte sie Killion fast bis zum Haß mißtraut, und jetzt war er ein Held des Stammes, und sie konnte kaum glauben, daß ihre Menschenkenntnis so trügen konnte. Ein wenig war ihr seine Predigerei noch ärgerlich, mit der er bei jeder Gelegenheit anfing. Aber die Cheyennekrieger hörten seiner Geschichte vom Sohn des Großen Weisen, der sein Leben für alle Menschen und ihre Erlösung von den Sünden geopfert hatte, mit Interesse zu. Gebrochener Flügel erklärte den anderen Killions Worte beinahe mit dem gleichen Eifer, wie der Prediger selbst ihn an den Tag legte. Als Schwarzer Adler ihn ermunterte, noch mehr von dem wunderbaren Krieger namens Jesus zu berichten, fragte sich Deborah, ob sie zu hart mit dem Prediger gewesen war.

Gebrochener Flügel hatte volles Vertrauen zu diesem weißen Mann, der mutig und standfest im Kampf war und gnädig mit seinen Feinden. Deborah konnte nicht sagen, wer von beiden den anderen mehr lobte. Sie hatten tiefe Achtung voreinander.

Als Killion am Morgen ging, war Deborah soweit, sich für ihren schlechten Empfang und ihr Mißtrauen zu entschuldigen. Killion zuckte nur gutgelaunt die Achseln. „Machen Sie sich nichts draus, Ma'am. Sie hatten gute Gründe. Und ich vergesse Ihnen nicht, was Sie damals in Griffs Versteck für mich getan haben, und auch nicht, was Gebrochener Flügel für mich tat. Wenn Sie je etwas brauchen, werde ich tun, was in meiner Macht steht. Und das mag Ihnen passen oder nicht, ich werde Sie auch in meine Gebete einschließen."

Deborah lächelte und sagte spröde: „Ich nehme an, damit werde ich leben müssen."

42

Unfähig oder unwillig, dem Weg der Brüderlichkeit zu folgen, den Gebrochener Flügel und Killion beschritten hatten, stolperte die Mehrheit der Weißen und der Indianer auf ihrem steinigen und immer schlechteren Weg voran.

Im April kamen endlich die versprochenen Vorräte. Aber Deborah war von der kühlen Aufnahme der Güter durch die Cheyenne nicht überrascht.

Die Frauen waren am Flußufer versammelt, um zu waschen, als Steinzahn rief. „Wer braucht ihre schäbigen Sachen noch, jetzt, wo der Winter vorbei ist und die schlimmen Tage des Hungers überstanden sind?"

Deborah hatte nie bemerkt, daß irgend jemand im Lager dem Hungertod nahe gewesen war, besonders nicht Steinzahn, deren Mann ein guter Jäger war. Aber sie verstand die Gefühle ihrer Schwägerin, und sie wußte, viele andere dachten ebenso.

„Mein Mann ist wütend, weil keine Gewehre und keine Munition dabei sind", sagte die Frau von Gelbe Perle.

„Wir sind wieder vom weißen Mann betrogen worden", sagte Büffelkalb, die ihre Trauerzeit beendet hatte und ins Dorf zurückgekehrt war, aber in sich bitteren Haß auf die Weißen trug. Sie sah mißtrauisch zu Deborah hinüber.

Aber Deborah tat so, als merkte sie nichts und konzentrierte sich ganz auf ihre Arbeit. Die meiste Zeit, selbst in erhitzten Diskussionen, schien niemand ihre weiße Hautfarbe wahrzunehmen. Deborah war als Cheyenne angenommen; sie konnte Büffelkalb verzeihen, denn sie trauerte noch immer ihrem getöteten Mann nach.

Schwerer fiel es ihr, der Regierung der Vereinigten Staaten zu verzeihen. Die Weißen hatten die Jagdgründe der Indianer derart eingegrenzt, daß sie jetzt mehr denn je Mittel brauchten, um effektiver zu jagen. Gewehre wurden notwendig für ihr Überleben, für Nahrung, nicht für den Krieg.

So begannen die Indianer, sich mehr und mehr nördlich des Arkansas zu bewegen, und die Weißen, die von der mündlichen Zusage von Senator Henderson nichts wußten, waren alarmiert.

Mehrere Feindseligkeiten wurden berichtet, aber Deborah wußte nicht, wo dabei die Wahrheit endete und die Übertreibung begann. In der Nähe von Fort Wallace wurde ein Mann getötet und skalpiert, ein Zug wurde angegriffen, und es gab sogar einen Bericht, nach dem Wiliam F. Cody von Kriegern der Sioux in Bedrängnis gebracht wurde. Die Siedler reagierten übertrieben auf diese Berichte, und Washington entging der Aufschrei nicht. Den Cheyenne und Araphoe wurde jede Waffenlieferung gestrichen, und als die nächste Ladung Hilfsgüter ohne Waffen ankam, wiesen die Cheyenne, besonders die Wachsoldaten, die Güter zurück. Die Häuptlinge versuchten, der Vernunft Gehör zu verschaffen, und versprachen, die Waffen niemals gegen Weiße einzusetzen. Wynkoop sprach bei der Regierung vor, denn er war überzeugt, daß dieses Jahr sonst nicht in Frieden vergehen würde.

Unglücklicherweise ignorierte die Regierung die schwierige Lage zu lange. Im August, während Wynkoop noch für die Cheyenne mit der Regierung verhandelte, machten Krieger hauptsächlich der Cheyenne, aber auch der Araphoe und der Sioux ihrem Ärger in Angriffen auf Siedler am Saline und Solomon River Luft. Die Indianer behaupteten, es sei zuerst auf sie geschossen worden, und das war sehr gut möglich, wenn man die Panik unter den Siedlern bedachte. Aber was dann folgte, zerstörte die ganze Glaubwürdigkeit der Cheyenne, um die sich Schwarzer Adler so bemüht hatte.

Nicht weniger als ein Dutzend Weiße, auch Frauen, wurden bei den Angriffen getötet. Mehrere Frauen wurden vergewaltigt, und ein Kind soll umgebracht worden sein. Mindestens eine Frau und zwei Kinder wurden gefangengenommen; bei der Verfolgung durch die Kavallerie wurden jedoch die Kinder wieder freigelassen, damit die Krieger schneller vorankamen. Die Berichte waren je nach Standpunkt des Überbringers verschieden, aber selbst die Cheyennehäuptlinge gaben zu, daß es ein willkürlicher und nicht provozierter Überfall war. Häuptling Kleiner Fels von den Cheyenne war willens, die Anführer an Wynkoop auszuliefern, aber es wurde immer offensichtlicher, daß die Friedenshäuptlinge die Kontrolle über die erzürnten jungen Krieger verloren. Am Ende entschlossen sich die Häuptlinge, die wie Kleiner Fels und Schwarzer Adler Frieden wollten, mit ihren Dörfern zurück in die garantierten Indianergebiete zu fliehen, wo sie dem unvermeidlichen Krieg zu entgehen hofften.

Gebrochener Flügel folgte mit seiner Familie Schwarzer Adler. Er war ganz krank wegen der Überfälle am Saline und Solomon River und wollte mit den Kriegern, die dafür verantwortlich waren, nichts zu tun haben. Aber sein Herz blieb geteilt, denn er war sicher, Der-im-

Fluß-steht hatte zu diesen Kriegern gehört. Der-im-Fluß-steht war auch wirklich dort gewesen, aber er war unter denen, die das Schlimmste verhüten wollten. Daher entschloß auch er sich, mit seiner Familie und seinem Dorf in sicheres Gebiet zu ziehen.

Als das Lager am Cimarron River aufgeschlagen und die Wintervorräte vollständig waren, wurde Der-im-Fluß-steht erneut von Unruhe ergriffen. Er und zwei oder drei andere Krieger betranken sich eines Nachts mit gestohlenem Whisky und beschlossen, zu den Wachsoldaten zurückzukehren, die im Gebiet nördlich des Arkansas River geblieben waren.

Die Betrunkenen verließen das Camp heimlich mitten in der Nacht. Steinzahn glaubte, ihr Mann sei auf die Jagd gegangen. Ihre geheime Angst behielt sie drei Tage lang für sich; sie fürchtete, die Blauröcke würden ihren Ehemann fassen. Schließlich hielt sie es nicht mehr aus und ging zu Gebrochener Flügel.

„Du mußt ihn finden und zurückbringen!" flehte sie.

„Er hat seinen Weg gewählt", gab Gebrochener Flügel mit mehr Schmerz als Überzeugung zurück.

„Er geht in den Tod!" schrie sie.

„Er ist ein Krieger."

„Warum gehst du dann nicht?"

„Vielleicht, weil ich nicht so viel Hoffnung habe wie er ... oder vielleicht, weil ich mehr habe."

Steinzahn weinte bitterlich, fast als trauerte sie schon um ihren Mann. Deborah fühlte mit ihr, aber sie konnte ihr nicht beistehen, denn damit hätte sie ihren Mann ermutigt, sich selbst in Gefahr zu begeben. Sein eigenes Ehrgefühl hielt Gebrochener Flügel jedoch davon ab, in Sicherheit zu verharren, während der Bruder, den er liebte, in seinen sicheren Tod ging.

Er packte getrocknetes Fleisch in einen Lederbeutel und nahm einen warmen Winterumhang, denn die milden Sommertage wurden bereits spürbar kürzer und kühler. Er sattelte sein Lieblingspferd, den grauen Hengst. Deborah sah, daß er Vorbereitungen wie für den Krieg traf, aber sie wußte nicht, ob er gegen seinen Bruder oder gegen die weißen Soldaten kämpfen wollte. Es war ihr beinahe auch gleich, wenn er nur unverletzt zu ihr zurückkehrte. Sie warf die Arme um ihn und küßte ihn.

„Ich könnte ohne dich nicht leben, Gebrochener Flügel!" sagte sie und versuchte, ihre Tränen zurückzuhalten.

„Denk daran, du bist ein Krieger, Windreiterin. Du mußt leben. Du bist stark." Er küßte sie nach der Sitte der Weißen und hielt sie lange in den Armen.

„Sei vorsichtig", sagte sie.

„Es ist nicht an einem Krieger, vorsichtig zu sein. Aber ich suche die Schlacht nicht, und vielleicht wird sie mich auch nicht finden."

Er umarmte seine Kinder, ohne jedes Zögern auch seine Adoptivtochter, die er nicht weniger liebte als seinen eigenen Sohn. Deborah konnte eine böse Ahnung nicht loswerden, als sie sah, wie lange er sich über Blauer Himmel beugte — als ob er ihn zum letzten Mal betrachtete. Dann gab er Deborah das Kind zurück, schwang sich auf sein Pferd und ritt davon.

Carolyn zerrte am Umhang ihrer Mutter. „Wann kommt Nehuo zurück?" fragte sie traurig.

„Bald, Singender Wolf, sehr bald."

Aber noch als sie sprach, sah sie ihren Bruder in den Krieg reiten. Sie hätte sich an jenem Tag nicht vorstellen können, daß sie ihn nie wiedersehen würde und daß ihre glückliche Kindheit für immer zu Ende war. War es möglich, daß nichts ewig dauerte? Konnte es sein, daß sie Gebrochener Flügel nie wiedersehen würde? Er hatte sie schon früher verlassen, zur Büffeljagd, um Feinde zu überfallen, und immer war er zurückgekommen. Warum sollte es jetzt anders sein? Warum hatte sie plötzlich an Graham gedacht?

Plötzlich kam wieder Leben in sie. Hastig setzte sie Blauer Himmel auf den Boden und rannte hinter ihrem Mann her.

„Gebrochener Flügel!" rief sie.

Er hielt an und drehte sich im Sattel um.

„Was ist los?" fragte er.

„Ich liebe dich ... das ist alles. Ich liebe dich!" Sie achtete nicht länger auf die Tränen, die ihr übers Gesicht strömten.

„Ich liebe dich auch, meine Windreiterin, mein Weib!"

Er sprang vom Pferd und lief auf sie zu. Ein letztes Mal umarmte er sie leidenschaftlich, bevor er verschwand.

43

Gebrochener Flügel ritt stetig nordwärts. Zweimal wäre er fast Armeepatrouillen begegnet. Nur seine genaue Kenntnis des Landes und seine Erfahrung verhinderten, daß sie ihn entdeckten. Er konnte sich keinen Grund dafür denken, daß kriegsbereite Soldaten sich südlich des Arkansas River aufhielten, dem garantierten Cheyennegebiet — außer daß sie Krieg wollten.

Der Prediger Killion war kurz vor dessen Aufbruch in den Wigwam von Gebochener Flügel gekommen und hatte ihnen von Veränderungen bei den weißen Häuptlingen erzählt, Veränderungen, die für die Indianer nichts Gutes verhießen. Hancock war bestraft und weggeschickt worden, weil er das Dorf der Wachsoldaten niedergebrannt hatte, aber sein Nachfolger war nicht besser als er. General Phil Sheridan war, sowohl Killion als auch Deborah zufolge, ein niederträchtiger, harter Kerl. Unberechenbar und jähzornig war er, und er suchte nicht gerade Freunde zu gewinnen.

„Und ganz besonders sucht er unter den Indianern keine Freunde", sagte Killion. „Er hat dem Volk der Cheyenne praktisch schon den Krieg erklärt. Und glaubt mir, er kann diesen Krieg auch führen."

„Und die Regierung steht zweifellos hinter ihm", fügte Deborah hinzu.

„Was wird er tun?" fragte Gebrochener Flügel. „Außer ein paar Gruppen Wachsoldaten und denen, die jagen müssen, sind alle Cheyenne auf Indianerland."

„Sheridan ist das Indianerland egal. Er glaubt, alle Cheyenne müssen für das bezahlen, was einige getan haben, und irgendein Vertrag wird ihn nicht hindern, gegen alle vorzugehen, die er für schuldig hält. Die Armee kann die Wachsoldaten nicht fangen, sie versuchen es seit Monaten ohne Erfolg. Sheridan glaubt, er kann die Schuldigen nur treffen, wenn er die Indianerdörfer angreift. Die sind leichter zu finden und auf lange Sicht auch leichter zu besiegen."

„Aber die Dörfer liegen südlich des Arkansas River."

Killion nickte düster. „Für Sheridan sind Cheyenne eben Cheyenne. Die Unschuldigen sind genauso schuldig wie die Schuldigen. Ich will keine Gerüchte verbreiten, aber ich glaube, ihr habt ein Recht, sie zu hören und eure eigenen Schlüsse zu ziehen. Die Siebte Kavallerie hat einen Auftrag — und ich gebe wieder, was ich aus dem Mund eines Offiziers gehört habe: Bekämpft die Cheyenne und zerstört ihren Besitz."

Gebrochener Flügel hatte darüber ungläubig den Kopf geschüttelt. Der Prediger war ein Ehrenmann, aber was er sagte, konnte einfach nicht wahr sein. Killion mußte falsch gehört haben. Wenn er recht hatte, dann war auf nichts — auf nichts! — je wieder Verlaß.

Aber jetzt sah Gebrochener Flügel mit eigenen Augen, daß Killion recht hatte. Es machte ihn krank, daß der Vertrag, auf dem so große Hoffnungen ruhten, nicht mehr wert war als ein Strohwigwam, der von einem leichten Präriewind zerstört worden war.

Gebrochener Flügel brauchte über eine Woche, um Der-im-Fluß-steht zu finden, so gut verbargen sich die Cheyennekrieger vor den Blauröcken. Als er seinen Bruder schließlich fand, war sein Herz zerrissen, und er wußte nicht, wie er den Gruß seines Bruders erwidern sollte.

„Also willst du dich uns anschließen!"

„Seht ihr nicht, daß ihr den ganzen Stamm in Gefahr bringt?" sagte Gebrochener Flügel müde.

Krähentöter, ein Wachsoldat, antwortete. „Wann war unser Volk jemals nicht durch die Weißen in Gefahr? Und jetzt werden sie unsere Familien angreifen, weil sie keine Krieger finden, gegen die sie kämpfen können."

„Und was ist mit den weißen Familien, die im Norden angegriffen wurden?"

„Dafür waren nur ein paar wenige Cheyenne verantwortlich", gab Der-im-Fluß-steht zu bedenken. „Aber die weißen Soldaten hatten schon zuvor unsere Frauen und Kinder getötet. Wir werden Sand Creek nicht vergessen. Meine Mutter starb dort, wie auch deine, Gebrochener Flügel."

„Wann wird das enden?" seufzte Gebrochener Flügel verzweifelt.

„Es wird nicht enden!" rief Krähentöter. „Nicht bevor die Weißen von unserem Land vertrieben sind."

„Wirst du mit uns kämpfen?" fragte Der-im-Fluß-steht noch einmal mit harter Stimme. „Wirst du deine Familie vor den Soldaten beschützen? Du weißt, sie kennen keine Gnade. Sie werden nicht sagen: Dieser Indianer war unser Freund, wir werden ihn nicht töten; wir werden sein Weib nicht töten. Für sie sind alle Indianer gleich, für sie sind alle Cheyenne Feinde. Schwarzer Adler war ihr bester Freund, trotzdem hat der Unterhändler von Fort Cobb ihm keine Zusicherung gemacht. Er sagt, er will nicht die Verantwortung für ein neues Sand Creek tragen. Aber welcher Freund ist nur auf seine eigene Sicherheit bedacht, wenn sein Freund in Gefahr ist? Entweder wir kämpfen jetzt, oder wir sehen zu, wie unsere Wigwams und unser Leben zerstört werden."

Gebrochener Flügel wurde in diesem schwarzen Augenblick klar, daß ihr Leben so oder so zerstört würde, gleich, was geschah. Mehr als alles andere hatte er gehofft, daß es nicht zu einer solchen Situation kommen würde, aber als er zum ersten Mal schwerbewaffnete Soldaten auf Indianerland sah, wußte er, was kommen würde. Er hatte versucht, auf dem Weg des Friedens zu bleiben; er hatte die Überfälle vom Saline River verurteilt. Aber all das spielte jetzt keine Rolle mehr. Es ging nur noch um das nackte Überleben – nicht um das Überleben ihrer Kultur, nein, nur um Leben oder Tod. Und nicht um sein eigenes Leben, denn er wußte lange schon, daß es ihm nicht bestimmt war, alt zu werden; sein Kampf galt dem Überleben seines Weibes, seiner Kinder, seines Volkes. Dagegen hatte er kein Argument. Die Soldaten würden gegen jeden Indianer kämpfen, den sie fanden. Windreiterin, Singender Wolf und Blauer Himmel schwebten in großer Gefahr, und es war zweifelhaft, ob ihr weißes Blut sie schützen würde. Außerdem betrachtete sich Windreiterin als Cheyenne, und er wußte, eher würde sie mit ihrem Volk kämpfen und sterben, als sich auf ihre weiße Haut zu berufen.

Gebrochener Flügel hatte diesen Moment jahrelang gefürchtet, aber jetzt wußte er, er hatte keine andere Wahl – als Mann und als Cheyennekrieger.

* * *

In diesem Herbst blieb Gebrochener Flügel bei den Cheyennekriegern, und es gelang ihnen, die Siebte Kavallerie immer wieder in Bedrängnis zu bringen. Für Gebrochener Flügel hatte das auch etwas Aufregendes, denn er war ein geborener Krieger. Die Kameradschaft mit seinen Mitstreitern machte ihm Freude, ebenso ihre Erfolge im Kampf gegen die Armee.

Die weißen Krieger waren ein so konfuser Haufen, daß Gebrochener Flügel manchmal fast euphorisch glaubte, sie würden die Weißen von ihrem Land verdrängen können.

Einmal, es war schon fast lächerlich, hatten die Cheyenne den Soldaten eine falsche Fährte mit den typischen Spuren der Transportschlitten gelegt, die die Prärieindianer benutzten. Die Soldaten waren überzeugt, daß sie schließlich doch ein Indianerdorf aufgespürt hatten. Gierig auf ein Schlachtfest verfolgten die Soldaten die Spuren und fanden sich schließlich zwischen Sandhügeln gefangen. Die Räder ihrer schweren Wagen versanken im Sand, und die Soldaten waren gute Zielscheiben für die Schüsse der unsichtbaren Indianer. Als die Soldaten ausbrachen und sich an die Verfolgung machten, führten die Krieger sie von Hügel zu Hügel, immer außer Schußweite, und sie waren immer dann wie vom Erdboden verschluckt, wenn die Soldaten glaubten, sie erwischt zu haben.

In dieser Nacht hatten die Indianer in ihrem Lager auf Kosten der Siebten Kavallerie viel zu lachen, aber auch sie hatten einen Preis für ihre kleinen Siege zu zahlen.

Im November verließ eine kleine Gruppe mit Der-im-Fluß-steht und Gebrochener Flügel an der Spitze den Kampf, um Vorräte für den kommenden Winter zu jagen. Der-im-Fluß-steht machte drei allein reitende Armeescouts aus und erkannte sofort, welche Bedeutung es hatte, sie außer Gefecht zu setzen.

Gebrochener Flügel versuchte, es ihm auszureden. Scouts waren keine Blauröcke. Sie waren erfahrene Trapper und keine leichte Beute, selbst nicht für Cheyennekrieger. Darüber hinaus konnte ihre Anwesenheit nur eins bedeuten.

„Soldaten können nicht weit sein", mahnte Gebrochener Flügel.

„Ohne ihre Scouts sind sie verloren!" gab Der-im-Fluß-steht zurück.

Auch die anderen meinten, es wäre ein ernster Schlag gegen die Blauröcke, wenn man ihre Scouts ausschaltete. Bevor Gebrochener Flügel weiter protestieren konnte, galoppierten sie schon auf ihren Pferden. Die Scouts waren im Moment überrascht vom Anblick heranstürmender Indianer auf dem Hügel, aber ihre Erfahrung ließ sie Ruhe bewahren, und schnell reagierten sie mit Schüssen. Die Indianer hatten sie jedenfalls von der Truppe abgeschnitten, und die Scouts wußten, daß sie sich nicht lange verteidigen konnten. Sie wußten nicht, daß die Soldaten schon bis in ihre unmittelbare Nähe gekommen waren und die Schüsse hörten.

Alarmiert vom Feuergefecht eilte ein Stoßtrupp zur Hilfe. Als sie auf den Schauplatz des Kampfes sprengten, waren die Indianer nicht nur plötzlich in der Minderzahl, sondern mußten auch an zwei Fronten zugleich kämpfen. Sie schossen weiter, ohne großen Schaden für den Feind, und waren schließlich zum Rückzug auf eine weniger gefährliche Stellung gezwungen. Etwa dreihundert Meter entfernt war ein dünn bewaldetes Gebiet, aber um dorthin zu gelangen, mußten sie eine offene, grasbewachsene Ebene überqueren. Die Cheyenne waren jetzt so schutzlos wie die Scouts es fünfzehn Minuten früher gewesen waren.

Hundert Meter vor den Bäumen wurde das Pferd von Kleine Linke

Hand getroffen. Es stürzte und begrub ihn unter seinem Gewicht. Der-im-Fluß-steht und Gebrochener Flügel brachten ihre Pferde abrupt zum Stehen und sprangen ab, während die Pferde noch nicht ganz stillstanden.

Kugeln aus verschiedenen Richtungen flogen über ihre Köpfe, während die Brüder ihren Kameraden befreiten. Dann gab Gebrochener Flügel mit dem Pferd als Schutz Feuerdeckung, während Der-im-Fluß-steht den Kameraden auf das Pferd von Gebrochener Flügel hob.

„Komm!" rief Der-im-Fluß-steht seinem Bruder zu und drehte sich um, ihm jetzt Feuerschutz zu geben.

Gebrochener Flügel gab den letzten Schuß aus seinem Gewehr ab und warf sich herum, um auf sein wartende Pferd zuzulaufen. Er erreichte den grauen Hengst, aber als er sich in den Sattel schwingen wollte, traf eine der Soldatenkugeln ihr Ziel. Der brennende Schmerz war so überwältigend, so unerwartet, daß Gebrochener Flügel nach vorn sank und beinahe den Halt verlor. Er wäre gefallen, wenn der Hengst nicht tapfer stillgehalten hätte. Seine Hände umschlangen den Hals des Pawnee Kriegsponys, und er zog sich hinauf. Den Rest des Weges bis zu den Bäumen legte der Graue in fliegendem Galopp zurück, der die Soldaten erstaunt zurückließ.

Aber Gebrochener Flügel merkte kaum etwas von der konzentrierten Kraft des Tieres, das ihn trug. Dem verwundeten Krieger schien es eine endlos lange Zeit, bis der Lärm des Gewehrfeuers und der verfolgenden Soldaten in der Ferne verklang. Fast bewußtlos, verdankte er es nur der Weisheit und Kraft seines Tieres, daß er den anderen Kriegern folgen konnte. Als die Gruppe ihre Verfolger schließlich abgeschüttelt und in einer versteckten Schlucht zum Stehen gekommen war, konnte Gebrochener Flügel sich kaum noch im Sattel halten.

Jetzt erst merkte Der-im-Fluß-steht, daß sein Bruder verwundet war. Er lief zu ihm und half ihm vom Pferd auf die weiche Erde. Düster und sorgenvoll sah er den großen roten Fleck auf dem Rücken von Gebrochener Flügel.

„Oh, mein Bruder!" klagte Der-im-Fluß-steht. „Das ist meine Schuld. Ich habe dich in meiner Dummheit in den Tod geführt!"

„Du hast — wir haben getan, was nötig war."

„Windreiterin wird mir niemals verzeihen."

„Ich fürchte, es sind die Weißen, denen sie nie verzeihen wird —" Gebrochener Flügel verstummte, als ein brennender Schmerz ihn durchfuhr. Dann griff er nach der Hand seines Bruders. „Der-im-Fluß-steht, geh zu ihr ... hilf ihr verstehen ..."

„Ich werde dich hier begraben und dann weiter gegen die weißen Soldaten kämpfen", sagte Der-im-Fluß-steht, Wut und bittere Galle verschlugen ihm fast die Sprache.

„Geh in deinen Wigwam, mein Bruder. Es gibt keinen anderen Weg ..."

„Gebrochener Flügel!" Nur die stolze Härte des Kriegers konnte seine Gefühle niederhalten. „Das muß gerächt werden!"

Gebrochener Flügel schüttelte langsam den Kopf. „Ich will keinen Haß ... Erinnere dich, nichts lebt lange, nur die Berge und die Erde. Sag Windreiterin das. Und sag ihr, sie soll nur unser Glück in Erinnerung behalten, und die Liebe. Es war gut ..."

Aber Gebrochener Flügel sprach nicht weiter. Er schloß die Augen und begann seine Reise auf der abschüssigen Straße an den glücklichen Ort, an dem er in Frieden und Freiheit zusammen mit seinen lang gegangenen Freunden und Ahnen reiten und jagen konnte – vielleicht sogar mit seinem weißen Stiefvater Abraham Johnson.

44

Mit zwei schweren Wasserschläuchen kam Deborah langsam vom Fluß herauf und beobachtete Reiter, die sich dem Dorf näherten. Ein halbes Dutzend Krieger kamen zurück, und wie sie es immer tat, seit Gebrochener Flügel fortgeritten war, hoffte sie, daß ihr Mann unter ihnen war. Sie eilte ins Dorf zurück, und als sie näherkam, erkannte sie deutlich Der-im-Fluß-steht. Dann sah sie den grauen Hengst – ohne Reiter, mit einer Last auf dem Rücken.

„Gebrochener Flügel!" schrie sie, ließ die Wasserschläuche fallen und rannte auf den Hengst zu.

Alles andere spielte sich für Deborah in einer dunklen Wolke ab. Sie stand schweigend, wie erschlagen dabei und sah zu, wie mehrere Frauen mit dem schrecklichen Ritual der Zerstörung des Wigwams von Gebrochener Flügel begannen. Sie verschenkten all seinen Besitz, den Schild, den er beim letzten Sonnentanz gemacht hatte, seinen Lieblingsbogen, seine Felle, seine Pferde, sogar das Kochgeschirr. Als sie fertig waren, war nichts übrig, nicht einmal die Pfosten des Zeltes. Sie wußte, sie mußte die ganze Zeit geweint haben, denn in sich fühlte sie die Leere und Erschöpfung eines Menschen, der Stunden über

Stunden geweint hatte. Sie wußte, Graue Antilope mußte sie während der ganzen Prozedur gestützt haben, denn sie sah ihre Freundin neben sich, aber sie fühlte ihren tröstenden Arm nicht um ihre Schultern. Sie fühlte gar nichts, nur Leere.

Als es vorbei war, als nur nackte Erde übrig war, wo zuvor ihr glückliches Heim gestanden hatte, blieben Deborah nur zwei Besitztümer — ein Büffelfellumhang und ein Messer. Sie ließ ihre Kinder in der Obhut von Graue Antilope und ging, um allein ihrer Trauer Ausdruck zu geben.

Das Gras am Flußufer war kalt, als sie auf die Knie fiel. Bald würde der Winter kommen. Aber für Deborah hatte der Winter in dem Moment begonnen, in dem sie den reiterlosen Hengst gesehen hatte. Sie umschloß mit festem Griff das Messer. Sie hatte gesehen, wie andere Cheyennewitwen dies getan hatten, aber bis zu diesem Moment hatte sie die Tiefe der Trauer nicht wirklich verstanden, die Schwere des Verlusts, die einer Frau die Kraft gab, ihren toten Lebensgefährten auf diese Weise zu ehren. Sie setzte das Messer an ihr Haar und schnitt die langen, gefärbten Strähnen ab. Sie ließ die scharfe Klinge über ihre Arme und Beine gleiten, und sie sah ihr Blut ins Gras tropfen. Sie sah es mit dem Wissen, daß jeder Tropfen ihres Blutes ihre Achtung und ihren Respekt vor ihrem toten Mann zum Ausdruck brachte. Auf diese Weise würden die anderen sehen, welch großer Mann er gewesen war, und daß er weit über das, was bloße Worte sagen konnten, geliebt wurde. Es war die Sitte der Cheyenne, und Deborah fiel es nicht schwer, ihr zu folgen.

Als sie fertig war, stand sie zitternd auf und ging zu dem Platz, wohin sie Gebrochener Flügel gebracht hatten. Dort legte sie ihr blutiges Messer nieder.

Mehr als alles andere wollte sie auf diesem Gerüst bei ihm sein. Sie wollte sterben. Welchen Grund hatte sie noch weiterzuleben? Das Leben war voller Menschen, die sie verloren hatte, voller Schmerz. Wozu war ein wenig Glück gut, wenn es doch in Verzweiflung endete? Weshalb quälte Gott sie so?

„Oh, Gebrochener Flügel, warum hast du mich nicht mitgenommen auf deinem Weg die abschüssige Straße hinab? Nie hast du nur an dich gedacht — warum jetzt?"

Ihr Blick fiel auf das Messer. Sie dachte daran, wie oft ihr der Gedanke an den Tod schon begegnet war — als Leonard sie an den Rand des Selbstmordes getrieben hatte; als sie mit einem Strick um den Hals am Galgen stand; als sie verzweifelt und allein draußen in der

Prärie lag. Jedesmal hatte sie sich für das Leben entschieden, für den Kampf um ihr Leben. Sie mochte schwach und hilflos gewesen sein, aber sie war immer schon eine Kämpfernatur gewesen. Gebrochener Flügel hatte das erkannt; er hatte sie einen Krieger genannt.

Hieß das, daß sie jetzt die Kraft in sich finden mußte, noch einmal zu kämpfen? Aber sie hatte keine Kraft mehr.

Wie konnte sie weiterleben, wenn sie jetzt nicht das Messer nahm und das Ritual der Wunden zu Ende führte? Der Stahl, der sie stolz und aufrecht die Stufen zum Galgen hatte hinaufsteigen lassen, schien jetzt weich und nutzlos. Ihr Lebenswille hatte sie gezwungen, auf Händen und Knien zu kriechen, halb verhungert und erschöpft, und sich ins Präriegras wie ins Leben selbst zu verkrallen — jetzt war er nicht mehr in ihr. Die Starrköpfigkeit, die sie einst daran gehindert hatte, die Derringer gegen sich selbst zu richten — nichts war mehr von ihr übrig.

„Ich kann nicht mehr kämpfen!" rief sie lautlos in den Präriewind.

Und aus ferner Vergangenheit antwortete ihr die Stimme ihres Vaters.

„Mein Fleisch und mein Herz sind schwach; aber Gott ist die Stärke meines Herzens und meine ewige Stütze."

Mit siebzehn hatte Deborah diese Worte verachtet, verzehrt vom Schmerz um ihren toten Bruder. Sie hatte geglaubt, daß ihr Vater, unfähig, sie wirklich zu trösten, sie nur beruhigen wollte. Und wenn er recht hatte? Wenn Gott wirklich die einzige Quelle der Kraft war?

Aber wie konnte Er nur all diesen Schmerz zulassen und dieses Elend und dennoch derselbe Gott sein, der Trost und Stärke bringt?

Sie wünschte, sie könnte Gott ganz vergessen. Warum war Er überhaupt Teil ihres Lebens? Sie kam sehr gut ohne Ihn aus — bis ihr etwas Schlimmes geschah. Dann war Er aus irgendeinem Grund plötzlich wieder in ihren Gedanken, als ob Er sie verfolgte. All die Lehren ihrer Kindheit kamen ihr dann wieder in den Sinn. Sie wollte nicht der schwache, hilflose Mensch sein, der sich nur in Zeiten der Not an Gott wandte. Sie wollte unabhängig sein, selbstgenügsam.

Aber wenn Gott wirklich der einzige Quell der Stärke war ...?

Dann schien sie nur zwei Möglichkeiten zu haben: aufgeben, dieses Messer nehmen und ihrem Leiden ein Ende machen — oder sich dem einen zuwenden, der ihr die Kraft zum Weiterleben geben konnte.

„Ich weiß es nicht ... Ich weiß es nicht ..."

Sie fiel vor der Leiche ihres Mannes auf die Knie und begann in Verzweiflung und Verwirrung erneut zu weinen.

„Wenn ich einen Grund hätte zu leben ... nur einen einzigen Grund!"

Einige Minuten später stand sie mühsam auf. Ihre Kraft war erschöpft, und ihre körperliche Widerstandsfähigkeit war von ihrem Blutverlust und ihrem Schmerz geschwächt. Sie hätte länger bei ihrem toten Geliebten bleiben können, aber der hereinbrechende Abend brachte beißende Kälte mit sich, die sogar ihre abgestumpften Sinne durchdrang. Sie erinnerte sich an den Umhang, den sie am Ufer hatte liegenlassen. Sie wollte ihn holen und zu ihrem Mann zurückkehren und bei ihm wachen, bis sie wußte, was sie tun sollte.

Sie hatte erst wenige Schritte getan, als eine kleine Gestalt durch die Büsche brach, die den Begräbnisplatz umgaben. Es war Carolyn, das Gesicht von Tränen überschwemmt, ihr kleines Stimmchen zitternd.

„Nahkoa!" schrie sie. „Du gehst auch weg?" Weinend warf sie die Arme um ihre Mutter.

Einen Moment später kam Graue Antilope außer Atem zu ihnen. „Es tut mir leid," sagte sie, „die Kleine ist mir entschlüpft. Sie hatte Angst, du gehst auch weg, wie —" Graue Antilope verstummte, denn es war nicht recht, den Namen des Toten auszusprechen. „Ich konnte sie nicht aufhalten."

Deborah kniete sich neben ihre Tochter und wischte ihr die Tränen aus dem Gesicht. „Oh, mein kleiner Singender Wolf! Ich werde dich nicht allein lassen, hab keine Angst. Aber ich muß ein Weilchen allein sein, weil ... weil ..." Wie sollte man einem Kind die Trauer erklären? Wie nahmen es andere Cheyennekinder auf, daß ihre Mutter während der Trauerzeit nicht bei ihnen war? Vielleicht war es falsch von ihr, selbstsüchtig, der Tradition zu folgen, wenn sie dem Kind damit Schmerz zufügte. Sie wußte nicht, was sie sagen sollte, und sah zu Graue Antilope auf.

Die ältere Frau wandte sich an das Kind und sprach mit der Sicherheit, die ein ganzes Leben nach diesen Traditionen verleiht, mit der ruhigen Stimme derjenigen, die sie verstehen und wissen, daß die Tradition irgendwie auch das Volk zusammenhält.

„Singender Wolf", sagte sie stolz und zuversichtlich, „deine Mutter muß trauern; es ist die Sitte unseres Volkes. Auf die Art ehrt sie den Toten. Du mußt ein tapferes Cheyennekind sein und es erlauben."

„Dann will ich auch trauern!" sagte Carolyn, und ihre Angst schlug um in halsstarrige Entschlossenheit.

„Trauern ist nichts für Kinder." Die Bestimmtheit ihres Tons ließ keine Widerrede eines dickköpfigen Kindes wie Carolyn mehr zu.

„Du kommst doch zurück?" sagte Carolyn zu ihrer Mutter. Es war keine Frage, es war ein Verlangen.

„Ja, mein Liebes ... ich komme zurück."

Graue Antilope sah Deborah an, wie um die Wahrheit ihrer Versicherung zu überprüfen, denn sie war fast ebenso ängstlich wie das Kind — und das mit mehr Grund, denn sie konnte die Tiefe von Deborahs Trauer ahnen.

Deborah erwiderte den fragenden Blick ihrer alten Freundin. „Ich weiß jetzt, ich habe einen Grund zurückzukommen."

Deborah küßte ihre Kinder, umarmte Graue Antilope und sah ihnen nach. Sie war noch nicht soweit, mit ihnen zu gehen, und sie wußte nicht, wann sie dazu bereit sein würde, aber zumindest wußte sie jetzt, daß sie zu ihnen zurückkehren würde. Ihre Zeit war noch nicht gekommen, den abschüssigen Weg einzuschlagen, den Gebrochener Flügel jetzt gegangen war.

Sie hatte sich nach einem Grund zum Leben gefragt, und sie hatte ihn in ihren Kindern. Fast schien es, als ob Carolyns Erscheinen genau zu diesem Zeitpunkt eine Antwort auf ihre verzweifelte Frage war. Kam diese Antwort von Gott? Er verstand ihren Schrei als Gebet und erhörte sie — das hätte ihr Vater dazu gesagt.

„Kann es sein?" fragte sie sanft in den Wind. „Kann es sein?"

45

Das Dorf von Schwarzer Adler zog in ein Winterlager am Washita River auf Indianergebiet. Das große Becken des Flusses bot einen guten Lagerplatz, mit dichtem Baumbewuchs an den sandigen Ufern und steilen, roten Felsen, die den Platz wie ein gütiger Vater überragten. Etwa sechstausend Indianer, unter ihnen auch Araphoe, Comanchen, Kiowa und Apachen, nutzten den guten Platz. Sie lagerten auf fünfzehn Meilen an den Windungen des Flusses im Tal.

Das Lager des Friedenshäuptlings war der etwas abgelegene westlichste Punkt in der Reihe der Siedlungen. Aber die Häuptlinge hatten beschlossen, daß alle zum Schutz etwas enger zusammenrücken sollten, sobald man gejagt und Vorräte angelegt hatte.

Eine Decke hochstehender Wolken lag über dem Tal und versprach baldigen Schnee. Deborah zog den Umhang aus Büffelfell enger um ihre Schultern. Mehrere Wochen war sie an den Rändern der Lager umhergewandert, hatte sich von dem ernährt, was Graue Antilope und einige andere Frauen ihr gaben, und hatte draußen geschlafen, ihren Umhang fest um sich gewickelt.

Sie war mager und schwach geworden, und am letzten Tag bekam sie leichtes Fieber. Sie wußte nicht, wie sie es durchhielt, ob es Hoffnung oder Verzweiflung war, was sie weiter trieb. Die Kinder fehlten ihr schrecklich, und immer noch weinte sie viel, besonders nachts, wenn sie unbewußt neben sich griff und die liebende Wärme von Gebrochener Flügel suchte, aber nur eisige, leere Kälte neben sich fand. Sie weinte noch mehr, wenn sie daran dachte, daß sie nicht nur einen Ehemann, sondern auch einen Freund verloren hatte. Eine schreckliche Leere hatte sich in ihrem Leben ausgebreitet.

Aber etwas war mit Deborah an jenem Tag geschehen, als Carolyn wie als Antwort auf ihren verzweifelten Aufschrei zu ihr gekommen war. Sie konnte es sich nicht ganz erklären. Sie würde nicht in den Worten von Sam Killion sagen, daß sie die Religion gefunden hatte. Aber sie hatte die Hoffnung gefunden, oder wenigstens hatte sie eingesehen, daß Hoffnung möglich war, daß ein eifriger Sucher sie wirklich finden konnte. Unglücklicherweise war sie in den Tagen, die folgten, zu sehr mit dem Kampf gegen die Elemente beschäftigt, um sich der Suche nach dieser Hoffnung hinzugeben.

Die wenige Hoffnung jedoch, die sie geschöpft hatte, half ihr, bis Graue Antilope eines Tages zu ihr herauskam. Sie gab Deborah etwas Dörrfleisch und Wasser und setzte sich neben sie, als sie aß.

„Böser Blick schickt mich", sagte sie. „Ich soll dir sagen, es ist Zeit, die Trauer zu beenden."

„Ich werde nie aufhören zu trauern", sagte Deborah.

„Ich weiß, Windreiterin", sagte Graue Antilope mitfühlend und nahm Deborahs Hände in ihre. „Die Wunden deines Herzens brauchen viel länger als die auf deiner Haut, bis sie heilen, aber wenn du nicht zurückkehrst, wirst du sterben. Der Schnee wird bald fallen, vielleicht schon heute Nacht; die Erde wird erfrieren, und ich fürchte, du auch. Außerdem brauchen deine Kleinen dich. So gern ich es auch wäre, ich kann ihnen nicht ihre ‚nahkoa' sein. Sie brauchen dich."

„Du hast recht, meine Freundin. Ich darf jetzt nicht nur an mich denken."

Mit der Hilfe von Graue Antilope stand sie auf, und gemeinsam gingen sie ins Dorf zurück.

„Du wirst wieder im Wigwam von Böser Blick leben", sagte Graue Antilope.

„Ich danke dir. Gern will ich bei meinen lieben Freunden wohnen."

In dieser Nacht fiel früher Schnee auf das Tal des Washita. Die Nähe ihrer Kinder wärmte Deborah, und wenn sie ihr auch nicht den verlorenen Freund ersetzen konnten, waren sie doch ein Geschenk von unschätzbarem Wert.

Als der Winter über die Prärie kam, war es den Truppen von General Sheridan noch immer nicht gelungen, auf feindliche Cheyenne zu treffen. Er kam zu dem Schluß, daß seine einzige Aussicht auf Erfolg in einem Winterfeldzug bestand, in dem er die Indianer am schwächsten und damit am verletzlichsten antreffen konnte. Zu diesem Zweck rief er Colonel George Armstrong Custer zu sich, der erst vor kurzem wegen Desertion vom Kommando der Siebten Kavallerie abgelöst und vor ein Kriegsgericht gestellt worden war. Sheridan war überzeugt, daß nur der erprobte Bürgerkriegsheld, der jüngste General des Krieges, den gefährlichen Kriegszug zum Erfolg führen konnte. Custer, der das Kommando über die Siebte zurückhaben wollte, kehrte umgehend nach Fort Hays zurück.

Während Custer die Siebte Kavallerie neu ordnete, wurde Schwarzer Adler vom Commanchenhäuptling Zehn Bären zu einer neuen Friedensoffensive mit den Weißen überredet. So ritt er nach Fort Cobb, um den Kommandeur General Hazen zu treffen.

„Ich habe keine Angst, zum Weißen Mann zu kommen", sagte Schwarzer Adler ihm, „denn ich glaube, sie sind meine Freunde. Mein Volk will Frieden, und deshalb sind wir südlich des Arkansas geblieben, wie es der Vertrag vom Medicine Lodge Creek vorschreibt. Aber ich konnte nicht alle meine jungen Krieger bei uns halten. Einige erzürnten, als sie von weißen Siedlern beschossen wurden, und jetzt wollen sie weiterkämpfen. Ich kann nicht für die Cheyenne nördlich des Arkansas sprechen, ich habe keine Macht über sie."

Hazen, der schon einige Gruppen Kiowa und Commanchen unter den Schutz des Forts gestellt hatte, teilte Schwarzer Adler bedauernd mit, daß er nicht befugt war, das auch für die Cheyenne zu tun. Er sagte dem Cheyennehäuptling, daß einzig Sheridan Frieden mit den Cheyenne schließen konnte, aber er warnte Schwarzer Adler, daß schon Truppen unterwegs waren und niemand wußte, was geschehen würde. Er glaubte Schwarzer Adler seinen Friedenswillen und versprach, dies den Behörden weiterzugeben. Aber im Augenblick konnte er nichts tun, um den Krieg zu beenden.

Am dreiundzwanzigsten November, als Schwarzer Adler in sein Dorf am Washita zurückkehrte, bedeckte ein Schneesturm das Land mit einer weißen Decke. Die Cheyenne fühlten sich halbwegs sicher, als der Schnee ihr Tal und ihr abgelegenes, verstecktes Dorf zudeckte. Keine Armee würde sich bei diesem Wetter in den Krieg wagen. Aber sie hatten nicht an Custer gedacht.

Genau an diesem Tag, bei eisigem Wind und knietiefem Schnee setzten sich alle elf Kompanien der Siebten Kavallerie zusammen mit weißen und indianischen Scouts von ihrem eigens errichteten Lager aus in Bewegung, um gegen die Cheyenne zu kämpfen. Custer trieb seine Truppen unerbittlich voran, vor allem nach dem dritten Tag, als einer seiner Osage Scouts Zeichen eines nahen Dorfes meldete. Zuerst rochen sie Rauch, dann war das Bellen eines Hundes zu hören, und schließlich, als untrügerisches Zeichen, hörten sie ein Baby schreien.

So verteilte Custer in den späten Abendstunden dieses Tages, unbemerkt von den arglosen Cheyenne, seine Truppen um das Dorf von Schwarzer Adler. Mehr als siebenhundert schwerbewaffnete und gutberittene Soldaten standen gegen einundfünfzig Zelte, etwa dreihundert Cheyenne, Männer, Frauen und Kinder.

Die Truppen hatten strengsten Befehl, sich lautlos zu verhalten, nicht einmal ein Feuer gegen die schneidende Kälte durfte entzündet werden. So warteten sie auf das erste Licht des Morgens und auf den Befehl zum Angriff.

Die Dämmerung war gerade erst heraufgezogen, als Steinzahn mit zwei leeren Wasserschläuchen durch den Schnee auf den Fluß zuging. Der Morgen war still, aber nicht ungewöhnlich, denn der Schnee dämpfte immer die Geräusche. Das Wiehern eines Pferdes beunruhigte die Indianersquaw zunächst nicht, und sie ging weiter durch den Wald. Aber als das Geräusch sich wiederholte, blieb sie stehen. Etwas stimmte nicht. Was war es...?

Dann wußte sie es. Die Pferde grasten am anderen Ende des Lagers. Nicht einmal das Pferd von Schwarzer Adler, das direkt vor seinem Wigwam angepflockt war, konnte aus der Richtung wiehern, aus der sie das Geräusch gehört hatte. Sie spähte über die Hügel, von wo das Wiehern gekommen war. Das Licht war noch schwach und konnte sie täuschen, aber sie glaubte, Bewegung wahrzunehmen —

Da! Es blitzte über dem Hügelkamm auf, aber es war deutlich gegen die Dämmerung und das fahle Licht zu sehen.

Eine blaue Soldatenmütze!

Steinzahn ließ die Wasserschläuche fallen, warf sich herum und rannte zurück ins Dorf.

„Soldaten!" schrie sie. „Soldaten auf den Hügeln!"

Das schlafende Lager, friedlich auf der hübschen weißen Schneedecke des Tals liegend, schien nur langsam zu reagieren. Es war unvorstellbar, daß Soldaten sich durch den Schneesturm gekämpft und die verwehten Spuren der Indianer gefunden hatten.

Erst als sie Schwarzer Adler weckte und er nach seinem Gewehr griff und Warnschüsse in die Luft abgab, schien es wirklich möglich.

Aber die Schüsse, die das Lager warnten, waren zugleich ein Signal für Custer, um zum Angriff blasen zu lassen, wenn er den Vorteil der Überraschung nicht verlieren wollte. Er gab dem Trompeter den Befehl, und Custer selbst führte auf seinem schwarzen Hengst den Angriff auf die offene Ebene am Fluß.

In Sekunden war der stille Morgen von tobendem Gewehrfeuer zerfetzt, das sich mit den Kriegsschreien der blauberockten Siebten Kavallerie mischte.

46

Deborah schreckte beim ersten Warnschuß von Schwarzer Adler aus dem Schlaf. Im nächsten Moment war der ganze Wigwam in Bewegung.

Böser Blick griff nach zwei Gewehren und einem Patronengürtel, während Deborah und Graue Antilope die Kinder an sich rissen. Es war keine Zeit, an Essen oder Schutz gegen die Kälte zu denken, wildes Gewehrfeuer erfüllte schon das Zelt. Deborah nahm noch ihre eigene Waffe, einen Bogen und einen Köcher voller Pfeile, die Gebrochener Flügel für sie gemacht und die Graue Antilope für sie gerettet hatte, als sein Besitz verteilt wurde. Es war jedoch nicht Anhänglichkeit, was Deborah nach der Waffe greifen ließ. Sie konnte damit umgehen, denn Gebrochener Flügel war ihr ein guter Lehrer gewesen, und nichts hinderte sie, genau das zu tun.

Als sie mit Blauer Himmel im Arm aus dem Zelt kam, war sie nur wenige Schritte hinter Graue Antilope, die Carolyn hielt, und hinter Böser Blick, der voranlief. Sie sah viele andere in den Schutz des Flußufers laufen. Sie erinnerte sich an den Pawneeüberfall vor zwei Jahren, nur daß der Feind jetzt weiße Haut hatte und das Dunkelblau der Armee der Vereinigten Staaten trug. Sie brachen über das Dorf herein wie eine blaue Lawine. Sie schossen und hackten auf alles ein, was auch nur entfernt wie ein Indianer aussah, sie schossen, ohne erst genauer hinzusehen.

Die Krieger versuchten, das Dorf mit ihren Pfeilen und Gewehren zu verteidigen, aber sie waren so sehr in der Minderzahl, daß ihre einzige Chance darin bestand, in die Wälder und umgebenden Hügel zu gelangen, um sichere Deckung zu haben. Die Verantwortung dafür, die Familien in Sicherheit zu bringen, fiel überwiegend den älteren Frauen zu. Aber Männer mit Waffen, wie Böser Blick, hielten so oft wie möglich an, um zurückzuschießen, während sie auf das schützende Ufer zuliefen. Frauen und Kinder sprangen vor den Kugeln ins eisige Wasser, und ebenso viele kamen hier um wie in der Schlacht.

Deborah trug den schreienden Jungen und wandte ihre Augen nicht von Böser Blick, Graue Antilope und Carolyn. Verzweifelt wollte sie sich umdrehen und sehen, was hinter ihrem Rücken geschah, aber sie hatte nicht vergessen, was beim Überfall der Pawnee passiert war, als sie zurückgeblickt hatte. Es war furchtbar, die Schüsse und Schreie der Soldaten und verwundeten Krieger zu hören und nicht zu wissen, wie nah sie waren.

Dann verlor sie Graue Antilope aus den Augen. Die Frau verschwand plötzlich aus ihrem Blickfeld, als ob sie ... von einer Kugel getroffen worden war.

Bevor Deborah deshalb in Panik geraten konnte, sah sie Böser Blick straucheln und fallen. Sie rannte zu dem alten Medizinmann und berührte seinen Arm, aber er reagierte nicht.

„Oh, Böser Blick!" murmelte sie, aber es blieb keine Zeit, über seinen Tod zu weinen oder daran zu denken, wie er einst ihr Leben gerettet und sie wie seine Tochter behandelt hatte.

Kniend sah sie nun das Gefecht, wenn man dieses furchtbare Gemetzel überhaupt so nennen konnte. Sie war erstaunt über die Zahl der Soldaten und entsetzt über die immer größere Zahl blutiger Körper auf dem zertrampelten Boden. Nur das Schreien ihres Sohnes hielt sie davon ab, ihren Bogen zu nehmen und auf die Blauröcke zu schießen. Wieder fühlte sie sich betrogen, eine Frau zu sein; sie kam auf die Füße und floh weiter.

Einige Meter vor dem Fluß suchten ihre Augen wie wahnsinnig das hohe Gras ab, aber sie konnte kein Zeichen von Graue Antilope und Carolyn entdecken. Mitten unter den fliehenden Indianern ritt jedoch ein Krieger mit einer Frau hinter sich auf den Fluß zu. Deborah dachte an die Cheyennegeschichten ihres alten Helden, Süße Medizin, und sie hätte leicht glauben können, daß er ins Leben zurückgekehrt war, um sein Volk zu retten. Dies jedoch war ein Held aus Fleisch und Blut, und sie erkannte ihn zu deutlich, um ihn für ein Gespenst zu halten, auch wenn er wie eines aussah.

Es war Schwarzer Adler.

Nie zuvor hatte sie ihn so königlich gesehen, obwohl er nichts von seinem Häuptlingsschmuck trug. Sein Gesicht, selbst im Chaos der Schlacht noch stolz, behielt die gütige Weisheit, die ihm als Friedenshäuptling so eigentümlich war. Deborah dachte, daß er selbst jetzt, wo Soldaten sein Volk ermordeten, dem weißen Mann noch die Hand reichen würde, wenn er sie nur nähme.

Plötzlich explodierte eine ganze Wolke Kugeln in der Luft um ihn. Die Gewalt der Schüsse warf seine Frau vom Pferd in den Fluß. Schwarzer Adler hatte nur einen Augenblick, den Verlust zu bemerken; vielleicht dachte er in dieser Sekunde daran, wie sie wunderbarerweise am Sand Creek verschont worden waren. Er drehte sich im Sattel um und fiel, mindestens ein Schuß hatte ihn in den Bauch getroffen und zwei weitere in Arm und Brust, bevor er neben seiner Frau in den Fluß glitt. So starb der größte Friedenshäuptling der Cheyenne, der Freund des weißen Mannes.

Deborah sah erstarrt zu und vergaß für einen Augenblick ganz die tödliche Gefahr, in der sie und ihr Kind selber schwebten, bis ein Soldat auf seinem Pferd neben ihr erschien und sie beinahe zu Boden riß. Sie fing sich rechtzeitig und zwang sich, weiter auf das schützende Ufer zuzulaufen. Im hohen Gras angekommen, schnappte sie nach Luft.

„Windreiterin!"

Deborah mußte in mehrere Richtungen sehen, bevor sie ihre Freundin im Gras versteckt sah.

„Graue Antilope — ich hatte Angst —" Dann brachen alle Gefühle der vergangenen Minuten plötzlich über sie herein und ihre Stimme ging in Schluchzen über.

„Nahkoa!"

Deborah schlang einen Arm um ihre Tochter und netzte ihre beiden Kinder mit Tränen der Erleichterung und der Angst zugleich. Singender Wolf und Blauer Himmel klammerten sich weinend und schluchzend an ihre Mutter.

„Ich habe Böser Blick nicht gesehen", sagte Graue Antilope und spähte in der Hoffnung aus dem Gras, er möge sie entdecken und zu ihr kommen.

Deborah schloß die Augen und schüttelte den Kopf. Sie konnte nicht sprechen.

Mehrere lange Augenblicke war Graue Antilope still, aber Deborah sah, wie der Schmerz der Trauer und des Verlustes ihre freundlichen Züge zerstörten. Sie weitete ihre Arme, um ihre Cheyennefreundin und Mutter mit einzuschließen.

„Es ist gut, daß er in der Schlacht starb", sagte Graue Antilope schließlich, „wie ein großer Cheyennekrieger sterben soll."

Mehr Trauer war in diesem Moment nicht möglich. Kaum hatte Graue Antilope zu Ende gesprochen, sahen sie eine andere Freundin um ihr Leben laufen. Steinzahn, die die Soldaten als erste bemerkt hatte, war unter den letzten, die das Dorf verließen. Sie mußte sich um drei Kinder kümmern, und ihr Mann war in die Hügel zu den Kriegern gegangen. Die jüngeren Kinder hatten ihr schnell gehorcht, aber das älteste Kind, ein elfjähriger Sohn, war entschlossen, mit seinem Vater zu gehen. Es war das erste Mal, daß er ihr offen den Gehorsam verweigerte, und sie sah, wie er im Weglaufen vom Säbel eines Soldaten niedergemacht wurde. Sie war mit ihren beiden jüngeren Kindern nur knapp entkommen.

Aber als sie sich dem Fluß näherte, ritt ein Soldat dicht an sie heran — als ob er nicht sah, daß er eine Frau vor sich hatte, oder als ob es ihm gleich war. Er feuerte sein Gewehr ab, und Deborah sah Steinzahn in der Luft zucken. Sie fiel auf die Knie und verlor wegen des Babys, das sie im Arm hielt, das Gleichgewicht. Deborah sah entsetzt zu, wie der Soldat erneut zielte. Bevor sie wußte, was sie tat, schüttelte Deborah ihre eigenen Kinder ab, ergriff ihren Bogen und setzte einen Pfeil an die Sehne. Der Soldat schoß, aber er traf nicht. Während er sein Gewehr wieder lud, schoß Deborah ihren Pfeil ab.

Er traf sein Ziel, und der Soldat stürzte vom Pferd ins schneebedeckte Gras. Deborah hatte keine Zeit zu denken, die Folgen ihrer Handlung zu erwägen oder auch nur Widerwillen gegen ihren ersten Kampf mit der Waffe zu empfinden. Alles, was zählte, war die Rettung ihrer Freundin, die noch immer eine leichte Beute für die nachdrängenden Soldaten war. Deborah schwang den Bogen über die Schulter und lief aus ihrer Deckung im Gras zu Steinzahn hinüber. Sie schlang einen Arm um sie, half ihr auf die Beine, legte ihr das Baby wieder in den Arm und wollte gerade das Sechsjährige nehmen, als sie eine bekannte Stimme hörte.

„Nahkoa!"

Carolyn hatte Angst, erneut von ihrer Mutter getrennt zu werden; sie hatte sich von Graue Antilope losgemacht und war mitten auf das Schlachtfeld gelaufen.

„Singender Wolf!" schrie Deborah.

„Geh zu ihr", sagte Steinzahn, „ich werde es schaffen."

Deborah zögerte nicht. Aber sie hatte kaum zwei Schritte gemacht, als das Unvorstellbare geschah. Ein Soldat, dessen Pferd unter ihm getroffen worden und der deshalb zu Fuß war, sah Carolyn und ergriff sie.

„Seht doch, hier!" rief er einem seiner Kameraden zu. „Ich habe eine weiße Gefangene!"

Wieder dachte Deborah nicht erst, bevor sie ihren Bogen spannte und schoß. Sie sah nur die furchtbaren Feinde, die ihren Mann getötet hatten und ihr jetzt die Tochter nehmen wollten.

Der Pfeil traf den Soldaten, und er fiel, nicht tödlich verwundet, aber doch so getroffen, daß er Carolyn losließ. Das Kind stand noch immer schreiend mitten auf dem Schlachtfeld.

Ein anderer Soldat zu Pferd sah, wer den Pfeil abgeschossen hatte, und richtete sein Gewehr auf Deborahs Kopf. Aber als er abdrücken wollte, klemmte der Mechanismus. In einem glücklichen Moment war Deborah bei ihrem Kind.

Der Soldat ließ sein nutzloses Gewehr sinken und gab seinem Pferd die Sporen. Er erreichte Carolyn in dem Moment, in dem Deborah sie in die Arme nehmen wollte.

„Du dreckige Indianerin!" bellte er und hob sein Bajonett, um die Kinderdiebin niederzumachen, die auch seinen Freund getroffen hatte.

Ein anderer Schrei durchschnitt die Luft.

„Hey, halt! Das ist eine weiße Frau!" Der andere war ein Leutnant, und glücklicherweise erkannte der Soldat mit dem Bajonett die Stimme seines Oberen und wußte, daß er gehorchen mußte.

Deborah blieb nicht stehen, um ihrem Retter zu danken. Sie nahm Carolyn in die Arme und eilte davon.

„Lady, wir sind hier, um Ihnen zu helfen", rief der Offizier ihr nach.

„Sie hat Rogers getötet", sagte der Untergebene.

„Wahrscheinlich ist sie bei den Wilden verrückt geworden."

Deborah hörte den Wortwechsel. Vielleicht würde sie eines Tages darüber nachdenken, über die bittere Ironie den Mund verziehen, über die Wahrheit weinen; aber in diesem Moment dachte sie nur ans

Überleben. Außerdem war sie fest überzeugt, daß sie und ihre Kinder bei den Indianern eine ebenso gute Chance hatten wie bei den Soldaten.

Der Hauptansturm dauerte zehn Minuten. Nur so lange brauchten die Blauröcke, um das Dorf unter Kontrolle zu bringen. Aber viele Krieger, die in die Hügel geflohen waren, verteidigten sich noch immer und beschossen die Soldaten, die den Flüchtigen nachsetzten. Mehrere andere Dörfer hatten den Schlachtlärm gehört und schickten den bedrängten Cheyenne Krieger zu Hilfe. Ein Trupp von etwas fünfzehn Soldaten wurde umzingelt und von einer Gruppe Araphoekrieger vernichtet, aber das war auch schon der größte Sieg der Indianer an diesem Tag. Zusammen mit diesen fünfzehn verlor die Siebte Kavallerie nur zweiundzwanzig Mann. Wie viele Indianer den Tod fanden, wurde nie mit Sicherheit festgestellt. Custer übertrieb und sprach von einhundertunddrei Kriegern, die Zahl der Frauen und Kinder ließ er im unklaren. Verläßlichere Schätzungen gingen von fünfzig Kriegern und fünfundsiebzig Frauen und Kindern aus. Ebenso verheerend wie der Verlust an Menschen war der Verlust sämtlicher Wigwams des Dorfes und des gesamten Wintervorrates an Lebensmitteln und Fellen. Custer behielt einen Wigwam als Souvenir; den Rest ließ er verbrennen.

Viele Krieger entkamen, zusammen mit einer Reihe von Frauen und Kindern, die in anderen Indianerdörfern Zuflucht fanden. Auch Deborah hätte vielleicht flußabwärts entkommen können, wäre sie nicht zurückgegangen, um Steinzahn zu helfen. Beiden Frauen, zusammen mit Graue Antilope und den Kindern, wurde der Fluchtweg von einem Trupp Soldaten abgeschnitten.

Unter vorgehaltenen Gewehren wurden sie zusammen mit fünfzig anderen Frauen und Kindern in ein abgesperrtes Areal getrieben, und Deborah war einmal mehr die Gefangene des weißen Mannes.

# Teil V

Die weiße Squaw

47

Custer lernte am Washita River etwas Interessantes. Und wenn es auch seine Ruhmsucht nicht verminderte, so war es doch wenigstens zu Deborahs Vorteil.

Nachdem über achthundert Indianerpferde zusammengetrieben waren, stellte der berühmte Kommandeur fest, daß indianische Pferde eine instinktive Feindschaft gegen Weiße empfinden mußten. Als man sie einfing, bockten sie und kämpften wild um ihre Freiheit, und die Soldaten, die auf ihnen reiten wollten, wurden sehr schnell auf den harten, kalten Boden befördert. Die Soldaten sahen sich sogar gezwungen, einige der weiblichen Gefangenen zu zwingen, sich um die Pferde zu kümmern.

Deborah ging mit diesen Frauen in die behelfsmäßige Koppel, in die die Soldaten die Pferde getrieben hatten. Am Tor blieb sie stehen und sah einem Korporal zu, der versuchte, auf den grauen Hengst von Gebrochener Flügel zu steigen. Wenn ihr noch ein Funke Humor geblieben wäre, dann hätte sie bei diesem Anblick gelacht. Der Graue scheute bei jedem Schritt, den der Korporal auf ihn zuging, so daß sie beide rückwärts die ganze Koppel abschritten, wobei der Soldat ziemlich dumm aussah. Er warf dem Grauen ein Lasso um den Hals, aber der Hengst stieg in die Höhe und schüttelte seinen Hals so energisch, daß der Soldat sein Lasso schließlich loslassen mußte. Viele Soldaten, die nach der Schlacht nichts zu tun hatten, standen am Rand der Koppel und ermunterten ihren Kameraden oder verspotteten ihn.

„Hab' schon bessere Tanzpaare gesehen, Collier!" rief einer.

„Dieser Indianergaul kann dich nicht riechen."

„Ich wette einen Monatssold — er kriegt dich, bevor du ihn kriegst!"

Deborah liebte den Grauen, wie sie alle Pferde liebte, und in diesem Moment sah sie mit angehaltenem Atem, wie das Lieblingspferd von Gebrochener Flügel die Lage beherrschte. Sie lächelte fast, als der atemlose Corporal Collier dem Grauen verzweifelt die Arme um den Hals schlang und versuchte, sich auf seinen Rücken zu schwingen. Der Graue bäumte sich mächtig auf und warf mit einer eleganten Bewegung den Hals zurück — zum großen Gespött seiner Kameraden landete der Offizier auf dem vereisten Boden. Als die Vorderhufe des Tieres wieder auf den Boden krachten, verfehlten sie den Soldaten nur um Millimeter.

Der Corporal sprang jetzt wütend auf die Füße und zog seine Pistole.

„Du wertloses, bösartiges Biest!" rief er.

Deborahs Belustigung schlug in Entsetzen um. Sie hatte an diesem Tag schon zu viel Tod gesehen, und dieser sinnlose Akt gegen das Einzige, was sie noch an ihren Mann erinnerte, ließ sie auf den Schauplatz laufen und sich zwischen die gezogene Waffe und das Pferd von Gebrochener Flügel werfen. Sie dachte gar nicht daran, daß der Tod einer weiteren Indianerin, von denen er an diesem Tag schon so viele getötet hatte, für diesen Soldaten völlig bedeutungslos sein würde.

„Aus dem Weg!" raste er und schüttelte seine Waffe.

Deborah blieb stehen. Sie war bereit, mit ihrem Körper das Pferd zu schützen, wie sie eins ihrer Kinder geschützt hätte.

„All right, Corporal Collier, stecken Sie die Waffe weg. Sehen Sie nicht, daß das eine weiße Frau ist?" Die Worte klangen deutlich, als ob sich bei einer Indianerin kein Eingreifen gelohnt hätte.

Sie sah denselben Lieutenant, der sie schon einmal in Schutz genommen hatte. Er war ein junger Mann, wahrscheinlich jünger als sie selbst. Er hatte blondes Haar und erste Ansätze eines Bartes, aber er sprach mit tiefem, befehlendem Ton und hatte ein strenges Gesicht aufgesetzt. Deborah mußte nicht erst raten, weshalb dieser Mann ihm so schnell gehorchte.

Der Corporal war nicht eben glücklich, aber er steckte seine Waffe ins Halfter und salutierte seinem Vorgesetzten mit einer verdrießlichen Grimasse.

Wieder fühlte Deborah kein Bedürfnis, diesem Soldaten zu danken, der trotz solcher kleiner Gutmütigkeiten ihr Volk ermordet und ihr Heim zerstört hatte. Statt dessen wandte sie sich zu dem Grauen um, streichelte seine bebenden Flanken und beruhigte das erregte Tier. Der Graue erkannte die vertraute Stimme und vielleicht auch den vertrauten Geruch, beugte seinen Kopf und stieß Deborah sanft an.

„Alles in Ordnung, mein Junge", murmelte sie in Cheyenne. „Ich werde nicht zulassen, daß sie dir etwas tun."

„Sie sind die weiße Frau mit dem Kind", sagte der Lieutenant in freundlichem Ton. Als Deborah nicht antwortete, fuhr er fort: „Ich habe mich gefragt, was aus Ihnen geworden ist. Sprechen Sie Englisch?"

Deborah nickte. Sie hatte ihre Muttersprache nicht vergessen, aber sie benutzte sie nur noch selten; sie hatte das Gefühl, ihr Volk — das

Volk der Cheyenne – zu verraten, wenn sie die Sprache der Weißen sprach.

„Sie können beruhigt sein, Ma'am", sagte der Lieutenant, „man wird sich um Sie kümmern. Mein Name ist Lieutenant Godfrey. Fragen Sie nach mir, wann immer Sie etwas brauchen." Er zögerte und fügte dann mit einer plötzlichen Eingebung hinzu: „Sie scheinen dieses Pferd zu kennen, und da Sie ein Pferd brauchen, wenn wir weiterziehen, können Sie auch dieses nehmen."

Deborah staunte über diese unerwartete Großzügigkeit. Aber bevor sie antworten konnte, kam Colonel Custer auf den Lieutenant zu.

Obgleich er ein Mann war, der gewöhnlich größte Sorgfalt auf sein Äußeres verwandte, war selbst sein eindrucksvolles Gesicht jetzt vom Schmutz der Schlacht bedeckt. Sein helles Haar, noch immer lang, wenn auch viel kürzer als zu Zeiten des Bürgerkrieges, als man den kühnen General an seinem langen Haar erkannte, klebte jetzt in wirren Strähnen auf seiner Stirn, und sein Gesicht war mit Schlamm und Schießpulver überzogen. Dennoch war er eine nicht weniger eindrucksvolle Gestalt, gegen die Lt. Godfrey blaß aussah.

„Was geht hier vor, Lieutenant?" fragte Custer.

„Wir haben Probleme mit den Pferden, General." Die Soldaten redeten ihn noch immer mit dem Titel an, den er im Bürgerkrieg getragen hatte.

„Verdammte Indianerpferde." Finster nahm Custer die Szene in der Koppel in Augenschein. „Wir haben keine Zeit, diese Tiere zu zähmen. Die Scouts berichten mir, in den Lagern flußabwärts befinden sich fünf bis sechstausend Indianer. Wir haben schon mit den geflohenen Kriegern genug Ärger. Sie haben sich gesammelt und greifen unsere Flanken an."

„Ein paar von den Frauen können gut mit den Pferden umgehen."

„Wir können ihnen nicht trauen", sagte Custer. „Wenn wir all die Pferde mit uns nehmen, ist das bloß eine noch größere Versuchung für die Krieger, uns anzugreifen."

„Sollen wir sie freilassen?"

„Was? Und sie diesen mörderischen Wilden überlassen, damit sie uns um so besser attackieren können? Nein, Lieutenant. Ich will, daß alle Pferde getötet werden. Nehmt genug, damit die Gefangenen reiten können; die Offiziere sollen sich zuerst die besten auswählen. Dann lassen Sie den Rest töten."

„Alle, Sir?"

„Sie haben gehört, was ich gesagt habe, Godfrey. Und sorgen Sie

dafür, daß es schnell geht. Wir können hier nicht viel länger bleiben."
Er hielt inne und sah zum ersten Mal den grauen Hengst. „Das ist ein
feines Tier. Ich hätte nichts dagegen, ihn zu meinen eigenen zu nehmen."

„Diesen da, Sir?"

„Ist etwas nicht in Ordnung mit diesem Tier?"

„Nein, Sir ... aber ... naja, ich habe dieser Frau gerade gesagt, sie kann ihn haben." Godfrey sprach zögernd, etwas erstaunt über seine eigene Kühnheit gegenüber seinem höchsten Vorgesetzten.

Jetzt erst bemerkte Custer Deborah. Er durchschaute schnell ihre indianische Kleidung, die gebräunte Haut und das schlecht gefärbte Haar.

„Eine weiße Frau", sagte Custer. „Guter Gott! Was haben sie mit ihr gemacht? Und, Godfrey, weshalb wurde mir das nicht umgehend gemeldet?"

„Das wollte ich gerade tun, General."

„Wer sind Sie, Madam?" fragte General Custer.

Deborah konnte kaum sprechen, so wütend war sie seit dem Moment, in dem Custer auf dem Schauplatz erschienen war. In ihren Augen war dieser Mann nichts als ein kaltblütiger Mörder. Die anderen Soldaten befolgten nur Befehle, aber er war der Mann, der sie gab. Geschichten über Custers Kriegsführung waren bis nach Texas gedrungen, und Deborah hatte sie sogar in ihrer Abgeschiedenheit gehört. Einige nannten ihn furchtlos, kühn, tapfer — „das beste Beispiel eines guten Soldaten", wie ein Reporter geschrieben hatte. Aber seine Kritiker nannten das, was er tat, ruchlos und tollkühn. Ein Dutzend Pferde waren während des Krieges unter ihm getroffen worden, und sein Regiment hatte mehr Tote zu beklagen als jedes andere des Nordens. Die Cheyenne hatten schon von dem Mann gehört und wußten, daß sie vor ihm auf der Hut sein mußten. Deshalb konnte Deborah seinen höflichen Ton ihr gegenüber kaum ertragen.

„Lieutenant, spricht sie Englisch?" fragte der General.

„Ich glaube."

„Haben diese Wilden ihr ihre Sprache ausgetrieben?" Custer wandte sich erneut an Deborah. „Madam, Sie brauchen keine Angst mehr zu haben. Wenn Sie uns sagen, wer Sie sind, werden wir Sie nach Hause bringen."

„Sie haben mein Zuhause zerstört!" brach es voller Haß in Englisch aus Deborah heraus.

„Madam, Sie scheinen nicht zu verstehen —"

„Ich verstehe sehr gut. Sie sind der Wilde, und wenn es irgendeine Gerechtigkeit auf dieser Welt gibt, dann werden Sie dasselbe finden, das Sie meinem Volk gebracht haben!"

„Ich sehe, sie haben Sie verwirrt", erwiderte Custer unbeeindruckt von Deborahs harten Worten. „Wie lang waren Sie gefangen?"

„Ich war nie eine Gefangene!" gab Deborah mit allem Stolz zurück, den sie von ihrem frei gewählten Volk gelernt hatte.

„Wie kommt es dann, daß Sie bei ihnen waren?"

Deborah wollte die Frage zuerst ignorieren. Sie hatte diesen Leuten, ihren Feinden, schon mehr gesagt und hatte sich schon länger mit ihnen abgegeben, als sie gewollt hätte. Aber sie wußte auch, daß sie so lange weiterfragen würden, bis sie eine Antwort von ihr bekamen, und das hieß, sie müßte sich nur noch länger mit ihnen auseinandersetzen. Sie vermißte bereits die Nähe ihrer Kinder und von Graue Antilope und Steinzahn und ihrer anderen überlebenden Freunde. Sie mußte sich irgendeine plausible Antwort einfallen lassen, die ihren Aufenthalt bei den Cheyenne erklären konnte. Sie fand eine Antwort, die, wie sie hoffte, Tatsache und Erfindung glaubwürdig in Übereinstimmung brachte.

„Mein Zug wurde von Pawnee überfallen", antwortete sie kühl und abweisend. „Sie haben mich für tot gehalten und in der Prärie liegen lassen, und ein Cheyennekrieger hat mich gefunden und mich gesundgepflegt."

„Welcher Krieger?"

„Wir sprechen nicht von den Toten."

„Wie lange ist das her?"

„Mehrere Jahre."

„Und Sie waren jederzeit frei zu gehen?"

„Ja."

Custer schüttelte etwas verwundert den Kopf. Das war nicht die Art Bericht, die ein Mann gern über Menschen hörte, die er soeben grausam massakriert hatte. Dennoch zeigte er keinerlei Bedauern. Er beruhigte sich sofort damit, daß der Geist dieser Frau vom Leben mit den Wilden verwirrt sein mußte und daß nichts, was sie sagte, verläßlich war.

„Wie heißen Sie?" fragte er nach kurzem Schweigen.

„Windreiterin", antwortete Deborah ohne Zögern, denn ihr weißer Name lag ihr schon lange viel ferner als ihr indianischer.

„Ich meine Ihren *christlichen* Namen", sagte Custer betont.

Deborah wußte, daß längeres Zögern jetzt verdächtig wäre, aber es war lange her, seit sie über Situationen wie diese nachgedacht hatte. Selbst nach drei Jahren mußte sie noch vorsichtig sein, denn jederzeit konnte irgend jemand auftauchen, der von jenen Geschehnissen in Texas wußte. Es kam nicht oft vor, daß eine Frau zum Tode verurteilt wurde, und deshalb mußte sich die Nachricht aus Stoner's Crossing weit herumgesprochen haben.

Als sie General Custer ansah, wollte sie zunächst auf ihrem Cheyennenamen bestehen, aber dann würde er nur um so hartnäckiger werden und ihre Lage vielleicht noch schwieriger machen. Also gab sie in ruhigem Ton einen Namen an, der ihr ganz wie von selbst einfiel.

„Ich bin Deborah Graham."

„Woher kommen Sie, Miss Graham?" fragte Custer.

„Virginia."

„Eine Südstaatlerin."

Darauf schwieg Deborah eisig. Custers Dienst in der Union machte ihn ihr noch verachtenswerter.

„Wir werden sehr bald weiterziehen", sagte der General. „Ich werde dafür sorgen, daß Sie eine eigene Unterkunft bekommen."

„Ich werde bei meinem Volk bleiben."

Custer zuckte die Achseln, der Zorn über die brüske Zurückweisung stand ihm im Gesicht geschrieben. „Wie Sie wünschen." Sein Ton war knapp und streng.

„Ich kann also gehen?"

„Das ist mir gleich."

„Und das Pferd...?" Sie haßte es, mit dieser Bitte so gegen ihren Stolz zu handeln, aber sie konnte den Grauen nicht dem Schicksal überlassen, das Custer ihm zugedacht hatte.

„Behalten Sie das verdammte Pferd!" zischte er. Dann wandte er sich von ihr ab, als ob er sie so einfach loswerden könnte. Zu Godfrey sagte er scharf: „Machen Sie voran, führen Sie meine Befehle aus, Lieutenant! Ich will sobald wie möglich weiter." Dann stapfte General Custer davon.

Deborah wartete, bis er weit genug weg war, bevor sie sich rührte. Sie nahm das Lasso des Corporals auf, wo es auf die Erde gefallen war, und legte es dem Grauen um den Hals. Das Tier blieb ruhig.

Aber sie hielt plötzlich inne und drehte sich zu Godfrey um. „Danke", sagte sie rasch.

Dann führte sie den Grauen weg, und sie hielt ihren Kopf so hoch, wie es das Cheyenne-Pferd tat.

48

Deborah war schon einige Schritte entfernt, als Godfrey den Befehl zur Tötung der Pferde gab. Das schockierte Zögern der Soldaten, die gerade erst ein Indianerdorf ausgelöscht hatten, war bemerkenswert. Aber für die meisten Soldaten besaßen diese Pferde mehr Wert als ein Haufen Indianer.

Etwa fünfundsiebzig Ponys wurden für die Offiziere und die Gefangenen von der Herde ausgesondert. Dann begann das Schießen. Custer selbst, ein begeisterter Jäger, erschoß einige von den Pferden. Und trotz des anfänglichen Zögerns begannen nun viele Soldaten, sich mit Genuß an dem Schlachtfest zu beteiligen und sich dabei wechselseitig zu überbieten.

Es war keine leichte Aufgabe, achthundert Pferde zu töten, besonders, da das ununterbrochene Gewehrfeuer die Tiere wahnsinnig vor Angst machte. Deborah zuckte bei jedem Schuß zusammen, und nur einmal warf sie einen Blick zurück auf das makabere Spektakel. Der Anblick machte sie krank und trieb ihr Tränen in die Augen. Sie würde sich den Rest ihres Lebens daran erinnern.

Graue Antilope, die ebenfalls weinte, sah starr in die Hügel, und als Deborah ihrem Blick folgte, sah sie zwei oder drei Krieger zuschauen. Was mußten sie denken, als ihr Besitz so willkürlich von den Soldaten zerstört wurde? Deborah kannte ihre Cheyennebrüder gut genug, um zu wissen, daß dies nur ein neues Unrecht war, das Rache verlangte. Sie beneidete die Blauröcke nicht; wenn sie auch wußte, daß der Sieg schließlich ihrer sein würde — sie mußten dafür noch einen hohen Preis bezahlen.

Deborah nahm ihre Kinder auf den Schoß und versuchte, das irrsinnige Geschehen in der Koppel zu ignorieren, aber der Geruch von Blut und Tod durchdrang schon die frostige Luft, und die Schreie der sterbenden Tiere in Todesangst gellten in ihren Ohren. Die Schreie ihrer Kinder, die instinktiv das Furchtbare ahnten, mischten sich mit denen der Pferde und hallten in Deborah wider, bis sie selber schreien wollte.

Würde all der Haß und Streit nie ein Ende haben? Würde sie je in ihrem Leben noch einmal Frieden sehen? Die wunderbaren Jahre mit Gebrochener Flügel schienen schon so weit weg, fast wie ein ferner Traum. Sie erinnerte sich an das boshafte Gesicht von Leonard Stoner, an einen Galgen und an einen häßlichen Soldaten in blauer Uniform, der mit dem Bajonett auf ihr Herz zielte.

Da wurde Deborah klar, daß ihr Leben ein weiteres Mal auf wunderbare Weise gerettet worden war. Aber warum? Wäre es nicht besser gewesen, die Waffe jenes Soldaten hätte ihre Arbeit verrichtet? Was nützte ihr ihr Herz noch? Es war so schwer in ihr, sie wußte, es mußte zu Stein werden. Sie hatte ein großes Risiko auf sich genommen, als sie Gebrochener Flügel ihre Liebe schenkte. Sie hatte sich wieder für den Schmerz geöffnet, der sie jederzeit treffen konnte. Sie hatte sich erlaubt zu lieben und war furchtbar verwundet worden, als ihr der Liebste entrissen wurde. Selbst dann noch konnte sie sich an ihre Kinder klammern, an ihre Liebe für sie und daran, daß sie sie brauchten. Auch ihre Freundschaft mit anderen Cheyenne hatte ihr Trost gegeben, mit Graue Antilope und Böser Blick und den anderen. Und jetzt war ihr auch dies genommen — sie waren alle tot oder gefangen oder geflohen. Für Deborah schien es keine Hoffnung mehr zu geben. Sie war so verzweifelt wie zu der Zeit, als Gebrochener Flügel starb; aber jetzt konnte sie nicht einmal mehr in ihren Kindern wirklichen Trost finden. Fast hatte sie Angst, sie zu lieben — aus Furcht, daß sie auch ihnen Verderben bringen könnte. Würde sie je wieder lieben können?

Langsam ebbten die Schüsse ab, aber Deborahs Trauer blieb. Graue Antilope kniete neben ihr nieder, legte einen Arm um sie und zog sie an sich. Deborah lehnte ihren Kopf auf die Schulter der älteren Frau und versuchte, nicht daran zu denken, wie sehr sie diese Cheyennefrau liebte.

„Windreiterin", murmelte Graue Antilope sanft, „nichts lebt lange, nur die Erde und die Berge."

Weinend erwiderte Deborah: „Wenn es nur nicht so weh tun würde."

„Ich habe ein zerrissenes Fell zusammengenäht", sagte Graue Antilope, „und an der Naht ist das Fell am stärksten. So ist es auch in der Natur. Ich glaube, es ist die Belohnung des Großen Weisen dafür, daß man nicht aufgibt, dafür, daß man ein zerrissenes Fell nicht wegwirft oder einen verletzten Baum verbrennt. Der Schmerz, den wir fühlen, macht uns stärker, Windreiterin."

„Wie kann ich die Wunden ertragen?"

„Wenn du nicht aufgibst."

„Es ist so unsicher."

Graue Antilope seufzte; sie wußte sehr gut, was sie verlangte, war nicht einfach. „Der weiße Mann, der unser Dorf besucht hat, der

Mann namens Killion, erzählte von einem Gott, der die Last des Menschen trägt, der sogar für ihn starb."

„Ich dachte, niemand hat diesem Prediger zugehört."

„Ich hörte zu, weil er aus dem Herzen sprach", sagte Graue Antilope. „Seine Worte schienen wahr, und es machte mich glücklich, sie zu hören. Ich dachte, mit diesem Christus, der hilft, die Last zu tragen, wäre ich stark genug, im Reservat des weißen Mannes zu leben. Ich hatte nicht mehr solche Angst davor."

„Ich weiß viel über diesen weißen Gott", sagte Deborah. „Manchmal glaube ich, was du sagst, ist wahr, aber ein andermal bin ich verwirrt. Ich frage mich, ob dieser Gott unsere Last tragen will. Warum gibt er sie uns überhaupt?"

„Darauf weiß ich keine Antwort; vielleicht weiß dieser Prediger eine, aber nicht ich. Sind die Lasten schlecht, wenn sie uns stärker machen?"

Deborah atmete tief ein. Ihre Tränen waren für jetzt erschöpft, ihre Trauer hatte sie müde gemacht. „Ich bin schon lange über diese Dinge so verwirrt, ich habe keine Ahnung, wie die Antworten lauten mögen. Wenn ich diesem Prediger je noch einmal begegnen sollte, werde ich ihn vielleicht fragen, statt so abweisend zu sein."

„Es kann nicht schaden zu fragen", sagte Graue Antilope.

„Ich weiß nicht ..." Deborah verstummte.

All diese Jahre war sie gegen den Glauben gleichgültig, ja zynisch eingestellt gewesen. Sie hatte dem Gott ihres Vaters den Rücken gekehrt, weil sie sich betrogen fühlte. Wäre es nicht merkwürdig, wenn derselbe Gott sich jetzt als ihre letzte Zuflucht erweisen sollte? Wie sollte man einen solchen Fehler wieder ausgleichen? Wollte sie das überhaupt? Würde sie nicht noch immer Gefahr laufen, die Unabhängigkeit, die sie so sehr zum Leben brauchte, aufzugeben? Aber was war ihr die Unabhängigkeit nütze, wenn sie unter der Last von Trauer und Schmerz zermalmt wurde? Konnte man wirklich ganz allein überleben?

Deborah zitterte und zog eine Armeedecke eng um ihre Kinder und um ihre eigenen Schultern. Es schien merkwürdig, daß der Winter wieder in dem Moment über sie hereinbrach, da sie am hilflosesten war. War es denn falsch, stark und unabhängig sein zu wollen? Mußte eine Frau denn hilflos und zerbrechlich sein, eine Sklavin der männlichen Willkür? Wollte es Gott wirklich so? War es möglich, daß Leonard Stoner die ganze Zeit im Recht gewesen war? Sie wollte nicht daran denken. Wenn das stimmte, dann war das, was er zu ihr sagte, auch wahr — daß sie ein rebellisches, starrköpfiges Weibsbild war, daß sie moralisch verdorben war.

Gebrochener Flügel war ihr mit Liebe und Achtung begegnet, aber er war ein gottloser Heide. War er das?

Alles war so verwirrend. Vielleicht wußte Sam Killion die Antworten und konnte ihren Schmerz lindern und ihr Frieden geben.

49

Vom verwüsteten Dorf am Washita aus zog die Armee mit den Gefangenen zurück zu ihrem Lager, wo die Gefangenen überwintern sollten. Die Siebte Kavallerie, verstärkt durch die Neunzehnte Kansas und mehrere Kompanien der Dritten und Fünften Infanterie, setzte ihren Winterfeldzug gegen die Indianer fort.

Ermutigt durch den Erfolg am Washita, den ersten bedeutenden militärischen Sieg über die Prärieindianer, entschloß sich Sheridan, gleich ganz mit den aufrührerischen Prärieindianern aufzuräumen, auch mit den bislang friedlichen Araphoe, Kiowa und Commanchen. Sheridan war besonders ermutigt durch den Tod von Schwarzer Adler, den er für einen Lügner und Unruhestifter hielt. Er machte den Friedenshäuptling für die schlimmsten Ausschreitungen der Indianer verantwortlich, für Greueltaten, die man nicht einmal aussprechen konnte. Seine Einschätzung des Cheyennehäuptlings spiegelte die verbreitete Unwissenheit und Ignoranz der militärischen Führung wider: „Schwarzer Adler war nichts als eine ausgediente alte Null."

„Wenn uns noch ein paar gute Schläge gelingen", sagte Sheridan, „wird es kein Indianerproblem mehr geben."

Unaufhörlich von der Armee bedrängt, begannen die Indianer, sich mit der Möglichkeit ihrer völligen Niederlage vertraut zu machen. Der-im-Fluß-steht war unter den Entkommenen, die sich in den Hügeln verbargen, Überfälle begingen, wenn es möglich war, irgendwie überlebten. Aber seine Frau und seine Kinder fehlten ihm, und er war besorgt, als er hörte, daß sie in Gefangenschaft der Blauröcke waren. Manchmal, wenn er von der Kälte, dem Hunger und der Einsamkeit erschöpft war, dachte er daran, sich im Fort zu stellen. Aber das waren nur momentane Schwächen. Er würde niemals aufhören zu kämpfen, dazu hatte er schon zu viel geopfert. Er konnte nur noch vorwärts gehen, auch wenn das schließlich bedeuten mußte, daß er auf die abschüssige Straße geriet.

„Es ist nicht gut für einen Cheyennekrieger, ein zahnloser alter Mann zu werden", hatte er zu sich selbst und seinen Kameraden gesagt.

Aber Kleines Kleid und eine Abordnung von Cheyennehäuptlingen gingen — noch immer hoffnungsvoll oder auch verzweifelt — zu einer Versammlung mit Sheridan, der klarmachte, daß er die Gefangenen vom Washita nicht freilassen würde, bevor die Indianer nicht ihre ehrlichen Absichten bewiesen und ihre Völker in die Reservate führten. Die Häuptlinge fürchteten weiter Verrat und kamen nur zögernd.

Der-im-Fluß-steht, der jetzt mit dem Häuptling der Wachsoldaten, Heilender Pfeil, ritt, würde den Weißen niemals genug trauen, um zu ihnen zu gehen, aber sie erlaubten Custer, in ihr Dorf zu kommen. Und ihr Mißtrauen wurde von Custers Verhalten nur bestätigt.

Den Cheyenne unbekannt, hatte Custer das Dorf von seinen Soldaten umstellen lassen und Befehl gegeben, auf sein Signal einzugreifen, falls es Schwierigkeiten geben würde.

Die Cheyenne waren von Anfang an mißtrauisch. Der-im-Fluß-steht betrachtete den Häuptling der Blauröcke und seine Männer bedrückt und fühlte sich ohne die Nähe seines Gewehrs schutzloser denn je. Aber das sollte eine friedliche Versammlung sein, bei der Waffen keinen Platz hatten. Auch Heilender Pfeil war vorsichtig. An einer Stelle sagte er Custer: „Wenn du uns betrügen willst, werden du und alle deine Soldaten umkommen."

Der-im-Fluß-steht sah mit düsterer Befriedigung, wie die Pfeife zwischen den Indianern und den Blauröcken die Runde machte. Heilender Pfeil drückte seine Verachtung gegenüber dem General aus, indem er Asche über dessen Schuhspitzen fallen ließ, was Unglück bringen sollte.

Das gerühmte Kriegsglück Custers war aber zu stark — jedenfalls in dieser Nacht. Als Custer erfuhr, daß im Dorf zwei gefangene weiße Frauen lebten, gab er seinen verborgenen Truppen Signal, die Waffen auf das Dorf zu richten. Er ergriff Heilender Pfeil zusammen mit drei anderen Häuptlingen als Geisel, um einen Austausch mit den weißen Frauen zu erzwingen. Aber als die Indianer schließlich die beiden in Custers Lager sandten, weigerte sich der General, die Häuptlinge freizulassen. Statt dessen ließ er das verlassene Dorf verbrennen und verschlimmerte die Lage der Cheyenne noch weiter.

Der-im-Fluß-steht, der mit anderen Wachsoldaten entkam, sah all dies mit bitterem Haß. Als Heilender Pfeil und die anderen Häuptlinge ins Hauptlager der Armee gebracht wurden, schwor er Rache.

* * *

Neuigkeiten über diese und andere Aktionen gegen die Indianer wurden von den Gefangenen des Washitadorfes mit Unruhe aufgenommen. Hoffnung und Erleichterung schwanden. Eine Frau und ein Kind starben an den Verletzungen des Washita Massakers. Andere, jüngere Frauen wurden von den Soldaten als Dienstmädchen mißbraucht. Die Vorräte waren knapp; Kälte und Hunger waren die ständigen Begleiter der Cheyennefrauen und -kinder.

Lt. Godfrey unternahm mehrere Versuche, Deborah von ihren Cheyennefreunden zu trennen. In einer besonders schlimmen Woche wäre es ihm beinahe gelungen, als Carolyn sich erkältete und mehrere Tage Fieber und Ohrenschmerzen hatte. Deborah rang schmerzlich mit sich und fragte sich, welchen Wert ihre hartnäckige Treue zu den Cheyenne hatte, wenn sie das Wohlergehen ihrer Kinder in Gefahr brachte. Godfrey versicherte ihr, daß mindestens zwei Familien, eine Siedlerfamilie und eine Soldatenfamilie bereit waren, sie aufzunehmen. Aber wie konnte sie bequem leben, während ihre Freunde und deren Kinder litten?

Als Carolyns Fieber nachließ und es ihr wieder besser ging, legte sich Deborahs innerer Zweifel langsam. Sie blieb bei den Gefangenen, die weiter in den elenden Indianerquartieren leben mußten.

Lt. Godfrey versuchte es noch einmal. „Mrs. Graham, es wird nicht mehr lange dauern, bis die Stämme der südlichen Prärie sich ergeben und in Reservate gebracht werden. Sie wollen ihnen doch nicht in ein solches Leben folgen? Sie sind eine Weiße! Sie sind eine Südstaatlerin! Denken Sie wenigstens an Ihre Tochter. Soll sie unter Wilden aufwachsen, heiraten —?" Aber er hielt plötzlich inne, als er das Funkeln in Deborahs Augen wahrnahm; er wußte, er hatte sie verletzt.

„In meinem Herzen bin ich eine Cheyenne", sagte Deborah mit einer Ruhe, die vom Feuer ihres Blicks Lügen gestraft wurde. „Nur meine Haut ist weiß. Meine Tochter spricht nicht einmal Englisch. Mein Sohn ist ein Cheyennekind. Ich gehöre zu ihnen."

Godfrey schüttelte entmutigt den Kopf und ließ sie stehen. Aber später am Abend kam er noch einmal zu ihr. Als Deborah sah, wer bei ihm war, fragte sie sich ernsthaft, wer sich gegen sie verschworen hatte — Gott, das Schicksal oder der Teufel.

Neben dem Lieutenant ging kein anderer als Sam Killion, den der hilflose Offizier gebeten hatte, die abtrünnige weiße Frau zur Vernunft zu bringen. Godfrey hatte den früheren Texas Ranger predigen hören, und das Feuer und die Kraft seiner Rede hatten das Leben des Lieutenants in mehr als einer Hinsicht verändert. Er dachte, dieser Mann und seine Sprachgewalt könnten Deborah vielleicht umstimmen.

Killion war nicht überrascht, daß die ‚Mrs. Graham', von der ihr der Lieutenant berichtet hatte, keine andere war als die Mrs. Stoner, die er kannte. Er wußte alles über das Washita Massaker, auch wenn er zu dieser Zeit weiter im Norden in Fort Hays gewesen war. Er war alarmiert, als er von der Zerstörung des Dorfes von Schwarzer Adler hörte, und hatte Erkundigungen eingezogen. Er erfuhr, daß man im Dorf eine weiße Frau mit einem weißen und einem Mischlingskind gefunden hatte und daß sie sich trotz der Bemühung von General Custer weigerte, ihre indianischen Mitgefangenen zu verlassen. Der Händler, von dem Killion diese Information hatte, sagte, der Name der Frau sollte Graham sein, aber Killion wußte sofort, daß es sich nur um Deborah Stoner handeln konnte. Die Entfernung jedoch und das schlechte Wetter zusammen mit der Gefahr von Indianerüberfällen hielten ihn davon ab, sofort ins Feldlager der Armee zu eilen, um selbst zu sehen, was los war. Darüber hinaus hatte er Bedenken, die er sich nicht recht erklären konnte und die nicht zu seinem Naturell paßten. Deborah Stoner war eine stolze und starrköpfige Frau, die sehr wohl jede angebotene Hilfe zurückweisen mochte. Schließlich hatte sie sogar General George Armstrong Custer brüsk abgewiesen; weshalb sollte es da einem bloßen Wanderprediger besser gehen, mit dem sie ohnehin nicht viel anfangen konnte? Er hatte das Gefühl, daß sie ihn bei ihrem letzten Treffen schließlich akzeptiert hatte, und zwar einzig deshalb, weil ihr Mann ihn gut aufgenommen hatte. Inzwischen lagen die Dinge jedoch ganz anders. Offensichtlich war Gebrochener Flügel nicht mehr bei ihr; entweder er war geflohen oder tot. In beiden Fällen würde sie nicht sehr viel Freundlichkeit für irgendeinen weißen Mann haben, auch nicht für Killion.

Aber er konnte Godfrey seine Bitte am ersten Tag in Fort Dodge nicht abschlagen. Ohnehin wäre er zu ihr gegangen, da sie in seiner Nähe war. Etwas an ihr fesselte ihn. Vielleicht forderte sie ihn auch einfach nur heraus. Was immer ihr Einfluß auf ihn sein mochte — Tatsache war, daß er sie die ganzen vergangenen drei Jahre nie völlig vergessen konnte. Öfter als er sich selber eingestehen mochte, wanderten seine Gedanken zu ihr. Was tat sie? War sie in Sicherheit? War sie frei? Umgab diese harte, schützende Wand noch immer ihr Herz? Und immer, wenn er an sie dachte, betete Sam Killion für Deborah.

Sobald das Wetter es erlaubte, war er nach Fort Dodge gereist, wo er einen Glaubensfeldzug eröffnen wollte. Er zögerte nicht lange, zu ihr zu gehen, wenn er auch Gefahr lief, auf Ablehnung und Zorn zu stoßen.

Er betrat die Hütten, in denen die Gefangenen untergebracht waren, und fand sie mit ihren Kindern beschäftigt. Einen Augenblick hatte er, in dem er abschätzen konnte, was an ihr sich verändert haben mochte, seit sie sich vor einem Jahr zuletzt gesehen hatten. Sie war schwächer und magerer, als er sie in Erinnerung hatte, sehr wahrscheinlich der schlechten Lagerverpflegung wegen. Sie war blaß, trotz der tiefen Sonnenbräune, die ihre Haut in den Jahren bei den Cheyenne angenommen hatte. Ihr Haar, jetzt ohne Färbung, war auf Schulterlänge abgeschnitten, aber es hatte mehr denn je die Farbe des Goldes, und es schien fast einen Heiligenschein um ihre feinen Züge zu bilden. Sie hatte dunkle Ränder unter den lebhaften blauen Augen, und ihre Züge waren härter geworden. Aber noch immer nahm ihre Schönheit Killion den Atem. In diesem kurzen Moment wurde ihm klar, was ihn an dieser Frau so fesselte, was ihn zugleich freute und schmerzte. Es war nicht so sehr ihre Schönheit, eher ein seltsames Leuchten in ihrer verletzlichen und doch starken Erscheinung. Sie war wie die wilden Blumen, die jeden Frühling aus dem rauhen Präriegras wuchsen – so kostbar und doch zugleich so zäh, daß sie die schneidenden Winde und die trockene Hitze überleben und Frühling für Frühling neu erblühen konnten.

Killion merkte gar nicht, daß er sie anstarrte, bis Godfrey ihn schubste.

„Da ist sie, Reverend Killion", sagte der Lieutenant, obwohl Killion sie längst anschaute.

Killion schluckte in einem für ihn seltenen Moment von Beschämung. „Ja, ich sehe", sagte der ehemalige Texas Ranger mit leiser, rauher Stimme, als er die Fassung wiedergewann.

In diesem Moment hörte Deborah die Männerstimmen und sah auf. Sie erkannte Killion sofort und nickte ihm zu seiner Erleichterung nicht unfreundlich zu.

„Ma'am", sagte Killion und tippte an seinen breitkrempigen Hut. Er machte einen Schritt auf sie zu und fand seine gewohnte Beherztheit wieder.

„Mr. Killion, das ist eine Überraschung." Sie stand auf und streckte ihm höflich die Hand hin.

Sehr zu seiner Überraschung fand er, daß ihre Hand rauh von der Arbeit geworden war – die Hand einer Cheyennesquaw und nicht die einer Südstaatenschönheit.

„Sie kennen sich?" stellte Godfrey etwas amüsiert fest, als er die Spannung zwischen beiden spürte.

„Wir sind uns schon begegnet", antwortete Killion. Während ihre Hand kurz in der seinen verharrte, bemerkte er die Narben auf ihrem Arm und runzelte die Stirn.

Diese Narben hatte sie vor einem Jahr noch nicht gehabt, und auch ihre Augen hatten damals nicht diesen schmerzlichen Ausdruck. Bei ihrer letzten Begegnung hatte sie zufrieden, ja glücklich gewirkt. Er hatte gehofft, daß die starke, gehetzte Frau, die ihm im Versteck der Outlaws geholfen hatte, doch noch Frieden gefunden hatte, obgleich er wußte, daß sie wahren Frieden erst finden konnte, wenn sie sich Gott ergab. Jetzt fragte er sich jedoch, was mit ihr in den vergangenen Monaten geschehen sein konnte, was sie in ihr früheres Selbst zurückgetrieben hatte. Natürlich, da war das Massaker an ihrem selbstgewählten Volk, aber Killion hatte das Gefühl, daß noch mehr geschehen war. Er sprach ein lautloses Gebet, als er ihre Hand losließ.

„Wir begegnen uns an den merkwürdigsten Orten, Mr. Killion", sagte Deborah, und die bemühte Leichtigkeit ihres Tons wurde von ihren harten Zügen Lügen gestraft.

„Ich schätze, hier im Westen gibt es nur merkwürdige Orte", erwiderte Killion. „Ich bin froh zu sehen, daß Sie... wohlauf sind. Und die Kleinen auch. Gott hat Sie behütet, soviel ist sicher."

„So nennen Sie das?" Deborahs Ton war jetzt scharf. „Was ist mit meinen Freunden... meinem Mann? Wer hat sie behütet?"

Killion nahm den Hut ab und kratzte sich am Kopf. „Ich sage nicht, daß ich Gottes Wege verstehe, Ma'am. Ich weiß, er wacht über jeden, auch über die, denen es gleich ist. Aber warum die einen leiden, die anderen nicht...? Das ist wohl eines der Geheimnisse, auf die niemand je eine Antwort finden wird."

„Wozu soll denn der Glaube gut sein, wenn er keine Antworten gibt, wenn man sie am meisten braucht?"

„Mrs. ... uh, Mrs. Graham", sagte Killion, „ich möchte wirklich gern länger mit Ihnen darüber reden. Könnten wir woanders hingehen? Vielleicht ein Stück laufen?" Er zögerte und wandte sich an Godfrey. „Es macht Ihnen doch nichts aus, Lieutenant, wenn wir ein Weilchen verschwinden?"

„Nein, Reverend, überhaupt nicht", sagte Godfrey. „Aber Sie vergessen doch nicht, was wir besprochen haben?"

Es war Deborah, die auf die Frage des Lieutenants antwortete. „Sind Sie deshalb hier, Mr. Killion? Wollen Sie mich auch überreden, mein Volk zu verlassen, mich ‚zur Vernunft zu bringen'?"

„Deshalb hat Lt. Godfrey mich gerufen, Mrs. Graham, aber ich bin nicht nur deswegen gekommen. Sehen Sie, als ich erfuhr, daß Sie hier sind, dachte ich, ich wäre ein schlechter Freund, wenn ich nicht zu Ihnen käme."

„Ein Freund, Mr. Killion?" In Deborahs Stimme schwang mehr Hoffnung als Mißtrauen. Sie wußte nicht, was von diesem Mann, von diesem Prediger ausging, aber sie konnte nicht anders, sie mußte ihm glauben, und sie mußte glauben, daß er wirklich ihr Freund sein könnte, wenn sie es ihm nur erlaubte.

„Ja, Ma'am." Er richtete zögernd seinen Blick auf sie. „Wollen Sie ein Stück mit mir gehen, Mrs. Graham?"

„Ja."

Sie bat Graue Antilope, auf die Kinder aufzupassen, dann ließen sie und Killion Godfrey zurück und gingen auf die Mitte des Forts zu.

50

Am Nordufer des Arkansas River gelegen hatte sich Fort Dodge seit seiner Gründung vor vier Jahren zu einem wichtigen Außenposten in der Prärie entwickelt. Die ursprünglichen Grashütten, ‚soddies', wie die Soldaten sie nannten, waren wegen der Feuchtigkeit schnell aufgegeben und durch solide Kalksteinhäuser ersetzt worden. Der Kalkstein kam aus einem Steinbruch einige Meilen nördlich des Forts. Es gab Häuser für einhundert Soldaten, Quartiere für die Offiziere, ein Hauptquartier und eine Krankenstation, wo viele der Gefangenen vom Washita nach der Schlacht versorgt worden waren. Außerdem gab es Holzgebäude für eine Schmiede, eine Tischlerei und einen Erholungsraum, in dem Billiard- und Kartentische standen. Es gab auch eine kleine Schule und eine Kapelle. Aber das wichtigste

Gebäude war vielleicht das Geschäft, wohin die Indianer kamen, um Handel zu treiben und wo die Soldaten Whisky gegen die Langeweile zwischen den Kämpfen gegen die Indianer kaufen konnten.

Das Zentrum des Forts wurde von einem Exerzierplatz beherrscht, der fast einhundert Quadratmeter groß war. Deborah und Killion überquerten den offenen Platz, während einige Infanteristen übten und eine Wolke von Staub in den frostigen Nachmittagswind wirbelten.

„Ma'am", begann Killion und sprach aus, was ihm in diesem Augenblick am meisten auf der Seele lag. „Ich will nicht neugierig sein, und ich will Sie nicht verärgern, aber ich habe mich gefragt, was aus Ihrem Mann geworden ist."

„Es ist nicht richtig, von den ... Toten zu sprechen." Sie konnte nicht weitersprechen, und Tränen stiegen ihr in die Augen.

„Oh, Ma'am ...!" Auch Killion schien sehr betroffen. „Es tut mir leid. Er war ein guter Mann. War es am Washita?"

Sie schüttelte den Kopf, noch immer kaum fähig zu sprechen. Aber obgleich die Cheyennesitte es verbot, von den Toten zu sprechen und nicht einmal einer Frau gestattete, den Namen ihres toten Mannes auszusprechen, fühlte Deborah ein starkes Bedürfnis, diesem weißen Mann von der Tapferkeit und Ehrenhaftigkeit ihres Mannes zu berichten. Sie atmete tief ein und zwang sich zu erzählen.

„Er wurde letzten Herbst getötet ... in einem Schußwechsel mit Soldaten", sagte sie. „Er war zu seinem Bruder gegangen. Er wollte ihn überzeugen, den Kampf gegen die Soldaten aufzugeben, aber er sah, daß Sheridan den Vertrag brach und Truppen ins Indianergebiet schickte. Mein Mann glaubte wie Schwarzer Adler, daß seine Familie in Sicherheit war, denn wir waren nicht im Krieg mit den Weißen. Nicht lange nach Ihrem letzten Besuch in unserem Dorf ging mein Mann, seinen Bruder zu suchen. Wie Sie gesagt hatten, es waren kampfbereite Soldaten südlich des Flusses unterwegs. Er brauchte keinen weiteren Beweis, um die Absicht von General Sheridan zu verstehen, die Dörfer anzugreifen. Jetzt mußte er es glauben."

„Da zog er in den Kampf?" fragte Killion.

„Er tat es nur, um seine Familie zu verteidigen. Sonst hätte er niemals gekämpft."

„Ich weiß es." Killion schüttelte traurig den Kopf. „Es ist eine Tragödie, wenn ein Mann wie er auf diese Weise geopfert wird. Er hatte so viel Wertvolles für die Indianer und für die Weißen."

„Nichts lebt lange, Mr. Killion, nur die Erde und die Berge." Sie sprach die Totenklage der Cheyenne ohne große Überzeugung.

„Ma'am, in meinen Begegnungen mit den Indianern in der letzten Zeit und als Ranger habe ich viel Weisheit von ihnen gelernt, und ich glaube, die Fähigkeit der Cheyenne, den Tod als etwas Natürliches anzunehmen, ist lobenswert. Sie trauern tief über ihre Toten, aber nicht ohne die Hoffnung, die die abschüssige Straße auch bereithält. Ich denke, das ist nicht sehr weit vom ewigen Leben entfernt, und ich wünschte nur, sie erführen die ganze Geschichte. Ich habe mich oft gefragt, was mit der Seele eines Indianers geschieht, wenn er stirbt. Hat Gott eine besondere Vergebung für sie? Ich möchte das gern glauben. Ich möchte glauben, wenn Gott einen findet, der nie von der Schrift gehört hat, dann schaut er in sein Herz und urteilt nach seiner Haltung zu der Wahrheit, die ihm eben offenbart wurde. Ich weiß nicht, ob Sie sich über so etwas sorgen, Mrs. Graham, aber mir gibt es Gewißheit, daß Gebrochener Flügel – verzeihen Sie mir, daß ich seinen Namen ausspreche, aber ich tue es ihm zu Ehren – ohne Sünde vor dem Thron steht und Gottes ganzer Liebe teilhaftig ist. Es ist mir ein Trost, und ich hoffe, es ist auch Ihnen ein Trost."

„Wollen Sie damit sagen, daß ein wilder Indianer in den Himmel gelangt ist?" Sie konnte den Zynismus in ihrer Stimme nicht verbergen.

„Das glaube ich, denn wenn er nur die Möglichkeit gehabt hätte, Ihr Mann hätte seinen wahren Heiland nicht verschmäht."

„Das ist eine deutliche Haltung", sagte Deborah ehrlich erstaunt. „Ich bin mit dem Christentum aufgewachsen, und in diesem Moment fühle ich mich weiter von Gott entfernt als der letzte Wilde."

„So ist es manchmal, Ma'am. Wir Weißen werden dem Christentum fast zu sehr ausgesetzt, und das wäre auch nicht falsch, wenn das meiste davon nicht bloß scheinheilig wäre. Unglücklicherweise ist es aber so."

„Aber für Sie ist es nicht bloß eine Religion, oder?"

„Nein, überhaupt nicht", sagte Killion lebhaft. „Es ist eine persönliche Bekanntschaft mit jemandem, der mich mehr liebt, als ich mir je vorstellen kann, mehr als meine eigene Mutter –" Seine Stimme wurde plötzlich brüchig, und er wischte sich rasch mit dem Ärmel über die Augen. „Verzeihen Sie, Ma'am, ich kann nicht ohne starke Gefühle darüber reden."

„Ich glaube, mein Vater besaß so einen Glauben", sagte Deborah ruhig.

„Wirklich?"

„Es überrascht mich nicht, wenn Sie sich wundern, wie ich mit einem solchen Vater so weit vom Glauben abkommen konnte. Gut, ich werde Ihnen offen sagen, Mr. Killion, an einem Punkt meines Lebens half mir sein Glaube überhaupt nicht mehr. Ich hatte plötzlich mehr Fragen als Antworten, und das in einer Zeit, zu der ich verzweifelt Antworten brauchte, nicht nur vage Worte des Trostes wie: ‚Dein Bruder ist jetzt an einem besseren Ort, Deborah.' Und um ehrlich zu sein, ich zweifelte, ob sein Glaube ihm selbst über den Verlust seines Sohnes hinweghalf."

Killion antwortete nicht gleich. Deborah mochte glauben, daß sie gegen ihre Absicht den Prediger mit ihrer Frage verwirrt hatte. Aber als sie ihn anblickte, sah sie nicht Verwirrung auf seinem Gesicht, sondern einen tiefen Ernst. Fast war es, als ob er predigte, obwohl seine Augen weit geöffnet waren und er ganz normal neben ihr herging. Sie hatten die Tore des Forts lange hinter sich gelassen und gingen jetzt am Nordufer des Flusses entlang. Killion sah auf das blinkende Wasser, dann zu Deborah.

„Ma'am, wollen Sie etwas hören, was Sie vielleicht überraschen wird? Was Sie vielleicht sogar schockieren wird?"

„Ich bezweifle, daß mich noch irgend etwas in dieser Welt schockieren kann, Mr. Killion."

„Es ist eigentlich nichts von ‚dieser Welt'."

„Jetzt bin ich gespannt. Sprechen Sie nur."

„Nun ja, vor einer Minute sagten Sie etwas, was ich oft höre. Ich denke, es ist eine dieser scheinheiligen Vorstellungen, von denen ich sprach. Sie erzählten vom Glauben Ihres Vaters, und daß er Ihnen nicht genügte."

„Ja ..."

„Hier ist, was Sie vielleicht überraschend finden: Der Glaube Ihres Vaters ist nichts weiter, einfach nur: der Glaube Ihres Vaters. Ich denke, der Glaube der Eltern schließt die Kinder ein, solange sie jung sind, aber es kommt die Zeit, wo das nicht mehr genügt. Wenn ein Mann oder eine Frau ganz allein den Weg finden muß, den eigenen Glauben und die eigene Beziehung zu Jesus Christus. Nehmen Sie zum Beispiel meine Mutter. Sie ist die heiligste, gläubigste Frau, die ich kenne. Aber das hat mir den Sprung ins Wasser nicht erspart, obwohl ich jetzt weiß, daß ihre Gebete mich in ein paar ziemlich gefährlichen Situationen beschützt haben. Aber ich ging viele Male unter, bis ich schließlich den wahren Weg zu Gott fand. Erst dann veränderte ich mich und wuchs und begann, die Antworten zu finden, die ich suchte.

Oh, glauben Sie mir, ich habe noch viele Fragen, und einige Dinge verstehe ich noch immer nicht, aber jetzt, da ich Gott begegnet bin, kann ich vertrauen, daß er bei mir ist, auch in dunklen Zeiten und in Zeiten, in denen die Fragen immer zahlreicher werden.

Der Glaube meiner Mutter ist eine schöne Sache, aber mir hat er nicht mehr genützt als eine Porzellanvase auf dem Regal. Der Glaube ist kein zerbrechliches Porzellan. Er ist ein guter, robuster Blechteller, den Sie in die Satteltasche packen, überall mitnehmen und jederzeit benutzen können. Aber selbst ein Blechteller ist nutzlos, wenn man ihn nicht immer bei sich hat und wenn er einem nicht gehört. Ich möchte mir keinen leihen müssen, besonders nicht, wenn's drauf ankommt." Killion schwieg, atmete tief ein und lächelte ziemlich dumm. „Wenn ich erst mal anfange, Mrs. Graham", sagte er, „kann ich ewig reden."

„Sie brauchen sich nicht zu entschuldigen, Mr. Killion. Was Sie sagten, macht viel Sinn. Es überrascht mich, denn so habe ich es noch nie betrachtet."

„Die wenigsten haben das."

„Ich hielt mich immer für ein gutes christliches Mädchen. Vielleicht bin ich deshalb so bitter enttäuscht worden, als ich mich verlassen fühlte."

„Gott verläßt niemanden, Ma'am. Wir sind es, die sich abwenden."

Killion verstummte, als eine große Staubwolke in der Ferne seine Aufmerksamkeit erregte. Reiter kamen näher, aber sie waren noch zu weit weg, um zu sagen, wer sie waren und ob sie in freundlicher Absicht kamen.

„Mrs. Graham", sagte Killion ein wenig beunruhigt, „ich glaube, wir sollten ins Fort zurückgehen."

Deborah empfand bei dem Anblick mehr Hoffnung als Furcht, obwohl sie wußte, das konnten unmöglich Krieger sein. Die Indianerpferde waren so früh im Jahr noch zu schwach und ausgehungert, um in diesem Tempo zu laufen. Es waren keine Krieger, die kamen, um sie und die anderen zu retten. Dennoch kehrte sie mit Killion ins Fort zurück. Sie wollte nicht so lange von ihren Kindern getrennt sein. Zudem war sie von ihrem Gespräch mit Killion innerlich aufgewühlt, und sie wollte es nicht unbedingt fortsetzen. So nahm sie die Unterbrechung als eine Art Rettung. Sie brauchte Zeit, um all das aufzunehmen, was Killion gesagt hatte — Zeit für sich, nicht in Gesellschaft dieses überzeugenden Mannes.

Als sie durch die schützenden Tore des Forts traten, dankte sie ihm höflich, vielleicht etwas kühl dafür, daß er zu ihr gekommen war. Sie ließ keinen Zweifel daran, daß das Gespräch beendet war.

Bevor sie auseinandergingen, ergriff Killion jedoch noch einmal das Wort. „Ich möchte Sie zu meiner Versammlung an diesem Sonntag einladen, drüben in der Kapelle — jedenfalls bemühe ich mich, das Haus trotz des Tabakgeruchs und des Whiskys als Kapelle zu betrachten. Eigentlich ist es der Erholungsraum, weil die Kapelle zu klein ist. Jedenfalls wäre ich froh, wenn Sie kommen."

„Danke, Mr. Killion, ich werde versuchen, dort zu sein."

Ihr Ton ließ ihn etwas zweifeln, ob sie es wirklich ernst meinte oder ob sie ihn nur beruhigen wollte, aber er fuhr unverdrossen fort: „Bevor wir uns trennen, muß ich noch der Bitte von Lieutenant Godfrey nachkommen."

„Verschwenden Sie Ihre Zeit nicht damit, Mr. Killion", sagte sie ruhig. „Ich weiß, was er will, und ich kann es nicht tun."

„Sie sollten wissen, daß er ein guter Mann ist und nur Ihr Bestes will, so wie er es sieht. Sie sind nicht alle schlecht, Mrs. Graham, wissen Sie."

„Ich weiß." Dann lächelte sie plötzlich und fügte hinzu: „Noch sind sie alle Prediger, Mr. Killion." Ihre Stimme war freundlich, als sie weitersprach. „Ich danke Ihnen für Ihre Bemühung."

„Bis Sonntag."

Deborah nickte unbestimmt und ging weiter auf die Quartiere der Gefangenen zu. Killion sah ihr nach, bis sie nach drinnen verschwunden war. Sie war eine außergewöhnliche Frau. In vieler Hinsicht war sie ein Rätsel, aber sie war die Art Rätsel, auf dessen Lösung man gern viel Zeit verwendet. Sie war so verletzlich, aber dennoch hatte Killion den deutlichen Eindruck, daß sie eine Frau von ungeheurem Reichtum sein würde, wenn sie einmal ihr Leben in Ordnung gebracht und verstanden hatte, was das Wichtigste war.

„Herr", betete Sam Killion lautlos, „laß Deborah Dein Angesicht schauen. Laß sie Deine Größe und Deine unerschöpfliche Liebe schauen."

Killion nickte in der Sicherheit, daß sein Gebet auf offene Ohren treffen würde und daß sein Gott Deborah Stoner nicht vergessen würde.

51

An jenem Sonntag im Frühjahr 1869 fühlte sich Deborah merkwürdig gedrängt, an Sam Killions Gottesdienst teilzunehmen. Sie versuchte, sich einzureden, daß es nur Höflichkeit war. Schließlich hatte er Interesse an ihr gezeigt, und es war das mindeste, was sie tun konnte, um ihre Dankbarkeit für seine Geste auszudrücken.

Sie badete sich selbst und die Kinder. Sie schrubbte sie so sauber, wie es bei dem kleinen Becken eben ging, das man ihnen gegeben hatte. Sie zog ihren Kindern saubere Kleider an, die sie von einer gutherzigen Soldatenfrau bekommen hatte. Es waren die Kleider von Weißen, und es widerstrebte ihr, sie zu benutzen, aber da sie keine anderen Kleider für die Kinder hatte, mußte sie ihren Stolz hinunterschlucken. Sie selbst trug weiter ihren wildledernen Umhang. Wenn er, wie vor dem Gottesdienst, gewaschen werden mußte, hüllte sie sich in eine Decke, während Graue Antilope wusch. Graue Antilope und viele andere hatten gern die Kleider angenommen, die man ihnen gegeben hatte. Für sie waren die Baumwollblusen und die langen Röcke ein unvorstellbarer Luxus. Sogar einige Korsetts waren in der Kleiderkiste gewesen, was die Cheyennefrauen erstaunt und amüsiert hatte. Die Schuhe waren jedoch eine Qual; niemand konnte sie tragen, und nur einige Kinder nahmen sie zum Spielen.

Deborah glaubte, sie müßte etwas unter Beweis stellen, anders als die Cheyennefrauen, deren Haut- und Haarfarbe das einzige Ehrenzeichen waren, das sie brauchten. Bei ihrem hellen Haar und ihrer hellen Haut war es die indianische Kleidung, die sie als eine der Gefangenen auswies.

Graue Antilope überraschte Deborah, als sie sich einverstanden erklärte, mit ihr am Gottesdienst teilzunehmen. Deborah hatte vergessen, was ihre Freundin vor einiger Zeit über den weißen Prediger gesagt hatte. Sie war glücklich, die ältere Frau bei sich zu haben, besonders, als sie sich dem Gebäude näherten und mit den anderen Bewohnern des Forts zusammentrafen, die zum Gottesdienst strömten.

Die Anwesenheit von Blauröcken machte sie nervös, ebenso die zwei oder drei Scouts in der Menge, für die eine solche Gelegenheit zum Gottesdienstbesuch sicher äußerst selten war. Aber am meisten irritierten Deborah die weißen Frauen. Isoliert, wie sie mit den Gefangenen war, hatte sie wenig Gelegenheit gehabt, mit der Handvoll weißer Frauen im Fort in Berührung zu kommen. Eine oder zwei hatten die Gefangenenquartiere besucht, aber Deborah hatte immer darauf geachtet, bei diesen Besuchen nicht anwesend zu sein. Selbst auf der Stonerranch hatte sie nicht viel mit den weißen Frauen der Gegend zu tun gehabt. Zum ersten Mal seit Jahren kam sie jetzt wieder in Kontakt mit Frauen ihrer eigenen Rasse. Sie fühlte sich komisch, fehl am Platz, unwohl. Diese Frauen mit ihren feinen Baumwollkleidern, den Hütchen auf ihrem hübsch frisierten Haar, Haut, so weich und sanft und weiß wie Alabaster, waren ihr so fern wie die Bewohner eines Märchenlandes, wie ein Kind es sich vorstellen mochte. Deborahs gebräunte Haut, blaß im Vergleich mit der Farbe ihrer indianischen Freundinnen, hob sich plötzlich wie ein allen sichtbarer Makel ab. Nie hatte sie sich über ihren Platz unter den Indianern geschämt, und sie war sicher, daß sie es auch jetzt nicht tat; aber plötzlich mußte sie darüber nachdenken, was wohl aus ihr geworden wäre, wenn sie in Virginia geblieben wäre, eine verwöhnte Tochter der Oberschicht, eine Südstaatenlady.

Hätte auch sie Außenseiter mit Mißtrauen betrachtet, wie mehrere dieser Frauen es jetzt taten? Hätte sie hinter ihren Rücken getuschelt, überzeugt, daß Wilde und alle, die freiwillig mit ihnen lebten, keine Gefühle hatten?

Deborah schnappte im Vorübergehen Fetzen des Getuschels auf, aber sie hielt den Kopf hoch, streckte stolz das Kinn in die Luft und ging sicheren Schritts.

„Weiße Squaw ... "
„Mischlingssohn ... "
„Und freiwillig!"
„Völlig verrückt!"

Alle Zweifel, die Deborah über ihre Treue zu den Cheyenne gehabt haben mochte, waren verschwunden. Sie wußte, sie war bei ihnen richtig aufgehoben. Nie würde sie in die Welt der vornehmen weißen Damen passen.

Diese Gedanken versetzten sie nicht gerade in die beste Stimmung, um Worte über den ‚weißen' Gott in sich aufzunehmen. Diese Frauen waren Christen, gottesfürchtige Sprößlinge der Zivilisation, aber wo war ihre Liebe und ihr Mitgefühl? Glaubten sie an einen anderen Gott als den, von dem ihr Vater und Sam Killion sprachen? An wem sollte sie Gott messen? Wenn nicht an seinen Anhängern, an wem oder was dann?

Deborahs Sinnen wurde unterbrochen, als sie die Halle betrat und die rohen Holzbänke sah, die für diese Gelegenheit zusammengestellt worden waren. Sie und Graue Antilope setzten sich weniger wegen der Kinder hinten hin, die gut genug erzogen waren, den Gottesdienst nicht zu stören. Vielmehr fühlten sie sich von den Offizieren und ihren Frauen in den vorderen Reihen wenig willkommen geheißen.

Killion saß ganz vorn der Versammlung gegenüber. Sein Kopf war gesenkt, als sie hereinkamen, aber als die Zuhörer ihre Plätze eingenommen hatten und still wurden, hob er den Kopf und stand auf.

„Mrs. Travis", sagte er zu einer Frau, die am Klavier saß, „würden Sie bitte mit dem ‚Fels des Heils' beginnen?"

Killion stimmte die Hymne mit beherztem Ton an, und bald stimmte auch der rauheste Soldat in der Menge mit ein. Auch Deborah sang plötzlich das alte, vertraute Lied mit. Die Worte gingen ihr leicht von den Lippen, als ob es erst eine Woche und nicht viele Jahre her war, seit sie diese Worte gehört oder auch nur eine Kirche betreten hatte.

Die nächste Hymne schien Killion besonders zu gefallen, was an seinem breiten Lächeln und dirigierenden Armbewegungen deutlich wurde. Und weil sie besonders gut gerade zu dieser Versammlung paßte, wurde die Melodie schnell von allen aufgegriffen.

„Vorwärts, Christi Streiter..."

Als alle aufgewärmt waren, machte Killion Mrs. Travis ein Zeichen, mit dem Spielen aufzuhören; dann wandte er sich der Menge zu, und alle Augen sahen ihm erwartungsvoll entgegen.

„Puh!" sagte er lachend. „Das wärmt das Herz! Ich bin bereit für den Krieg, Leute. Ich bin bereit für den guten Kampf! Und ihr?"

Aus der Menge rief ein Mann: „Sind genug Indianer da, Prediger!"

Ohne einen Moment zu zögern, antwortete Killion: „Weißt du nicht, Bruder, unsere Schlacht geht nicht gegen Indianer. Nein, Sir! Gottes Wort selbst sagt: ‚Denn wir streiten nicht gegen Fleisch und Blut, sondern gegen Größeres, gegen Mächte, gegen die Herrscher der Dunkelheit dieser Welt...' Der Apostel Paulus hatte sicher keine Indianer im Sinn, als er das sagte, mein Freund! Er hat nie einen unserer Indianer zu Gesicht bekommen. Ich werde euch sagen, von wem Paulus sprach: jemand, der unheimlicher ist, tückischer, böser als irgendein Mensch in der Prärie — niemand anderer als der Teufel selbst, Satan! Er ist es, gegen den unsere Schlacht geht, und wenn er gewinnt, dann riskiert ihr nicht nur euren Skalp oder euer Leben. Ihr werdet eure Seele verlieren!

Und ich will euch offen sagen, ein weit besserer Kommandeur als Phil Sheridan oder George Custer ist hier nötig — das soll keine Beleidigung sein —, um die Schlacht gegen einen solchen Feind zu gewinnen. Kein Mann hier, nicht einmal Ulysses S. Grant selbst kann diese Schlacht leiten!

Aber gebt die Hoffnung nicht auf. Wir sind nicht verdammt. Wir sind nicht allein! Wir sind nicht umstellt und ohne Munition. In unserem Gebet steckt mehr Kraft als in hundert Gewehren, in tausend Kanonen und in allen Generälen, die je auf dem Schlachtfeld erschienen. Ihr alle wißt, von wem ich spreche, nicht wahr?"

Killion schwieg und sah seine Zuhörer an, verweilte bei einigen Gesichtern, suchte ihre Augen mit solchem persönlichen Interesse, daß sie das Gefühl hatten, er spräche direkt zu ihnen. Als sein Blick auf Deborah fiel, hielt ihr Blick dem seinen einen Moment stand, dann sah sie verwirrt weg. Aber sie hörte ganz genau zu. Es war auch nicht leicht, Killions durchdringende Stimme zu ignorieren, besonders nicht, als er seine eigene Frage in einem Ton beantwortete, der vor Furcht und Demut zitterte.

„Der Herr Jesus Christus!" Der Name seines Gottes brach durch seine Erregung. Tränen standen ihm in den Augen, als er die Stimme erhob und zitierte, als sähe er den Thron Gottes vor sich: „Hebt eure Köpfe auf zu den Pforten, und die ewigen Pforten werden sich öffnen, und der Allmächtige König der Himmel wird kommen. Wer ist der König der Himmel? Der Herr, stark und mächtig, der Herr, mächtig in der Schlacht.' Welch einen General haben wir in Jesus! Welch einen Krieger! Wenn Gott auf unserer Seite ist, wer kann gegen uns sein?"

Mehrere herzliche Amen-Rufe aus der Zuhörerschaft begleiteten seine Rede.

Dann sprach Killion einige Minuten lang davon, wie man diesen mächtigen Krieger auf seine Seite bekommt und wie man ihn halten kann. Er sprach über die Dummheit der Sünde und das Schicksal derer, die in der Sünde verharren. Er milderte seine Worte nicht, er achtete nicht auf Höflichkeit. Er legte in klaren, schrecklichen Begriffen dar, was es hieß, durch die Sünde von Gott getrennt zu sein. Schweiß tropfte ihm von der Stirn, und die Erregung färbte sein Gesicht rot. Er schilderte die Schrecken der Hölle. Viele seiner Zuhörer begannen, sich unter seinen Worten zu winden.

Deborah hörte ihm zu, aber ihre Gedanken schweiften ab — nicht aus Langeweile, denn ganz gleich, was man von Killions Predigt halten mochte, langweilig war sie sicher nicht. Was Deborahs Aufmerksamkeit auf sich zog und sie faszinierte, waren Killions Ausdrücke und die fesselnde Kraft seiner Stimme. Er war kein geschliffener Gelehrter. Wenn er überhaupt je eine formelle Ausbildung erhalten hatte, dann hatte sie jedenfalls nicht das wesentliche Element seines persönlichen Einsatzes für das gezügelt, was er predigte. Dann fiel Deborah wieder ein, was Graue Antilope über Killion gesagt hatte. *Er sprach aus dem Herzen.* Er *fühlte,* was er sagte, er *glaubte* jedes Wort davon, und der Schmerz, den er für die empfand, die sich sperrten, entsprang einer Quelle der Liebe.

Deborah war überrascht, als sie feststellte, daß bereits dreißig Minuten vergangen waren. Kaum jemand schien sich bewegt oder auch nur geatmet zu haben. Blauer Himmel war in Deborahs Armen eingeschlafen, und selbst Carolyn saß still und lutschte ihren Daumen.

Dann änderte sich Killions Ton plötzlich und hellte sich von Hoffnung auf, die auch in seinen Augen zu sehen war.

„Aber verzweifelt nicht!" sagte er. „Es ist nicht alles verloren. Ihr schwebt über einem feurigen Abgrund, und das Seil, das euch hält, rollt sich langsam und unaufhörlich ab. Es sieht schlimm aus; ihr habt nicht mehr viel Zeit. Aber Gottes Hand ist bereit, euch zu retten, wenn ihr es ihn wissen laßt. Aber täuscht euch nicht. Eure Güte und eure Tugend wird Ihn nicht beeindrucken. Nein! Es gibt nur eins, was Ihn interessiert, wenn Er euch aus den Händen Satans retten soll.

Nur Jesu Blut! Das reine, wunderbare Blut unseres Herrn. Das Blut, das Er vergoß, um diese verruchte, verabscheuungswürdige Welt zu erlösen. Seid ihr von diesem Blut bedeckt?"

Wieder schweiften Killions Augen über sein Publikum, fragend, suchend, mahnend.

„Seid ihr sicher? Ihr wollt kein Risiko, das ist zu wichtig. Euer ewiges Seelenheil liegt auf der Waagschale.

Gott will euch die Hand entgegenstrecken. Er will euch vor der Hölle retten. Er liebt euch — alle und jeden einzelnen von euch. Das ist die wirklich frohe Botschaft! Gott liebt euch! Er liebt euch so sehr, daß Er Seinen Sohn für euch geopfert hat. Er will nicht, daß auch nur einer in den Abgrund fällt. Aber es liegt an euch. Gott wartet geduldig ... geduldig." Killion senkte die Stimme zu einem eindringlichen Flüstern. „Geduldig."

Er schloß die Augen und warf den Kopf zurück, als ob sein inneres Auge die Himmlischen schaute. Er begann in bewegter Tenorstimme zu singen:

> *Es ist ein Quell gefüllt mit Blut,*
> *das strömt vom Gnadenthron;*
> *Und Sünder, in dies Blut getaucht,*
> *sind ledig aller Schuld* ...

Die Menschen hörten ergriffen zu. Killions Stimme schwebte mit solcher Macht über der Versammlung, daß Deborah die Tränen in ihre Augen steigen fühlte. Worte, die sie ihr ganzes Leben lang kannte, schienen plötzlich lebendig zu werden, und es war offensichtlich, daß sie für ihn nicht bloße Worte waren.

Killions Stimme verklang, und vollkommene Stille füllte den Raum. Seine Augen blieben geschlossen, und obwohl Deborah sah, daß auch viele andere ihre Augen geschlossen hatten, behielt sie die ihren offen. Ein wenig fühlte sie sich dabei wie ein Spion, der die Menschen heimlich beobachtete. Aber die meiste Zeit sah sie nur Killion an, gefesselt von seiner tiefen Hingabe, als er mit dem Einen sprach, den er so mächtig gepriesen hatte. Tränen rannen ihm noch immer über die Wangen, aber ein entrücktes Lächeln huschte über seine Lippen.

Als er erneut sprach, war Deborah ein wenig enttäuscht, daß er nicht mehr sang, aber immer noch war sie von seinen Worten gefesselt, besonders da seine Stimme nun einen sanft flehenden Ton angenommen hatte.

„Unser Vater im Himmel, ich weiß, Du bist im Herzen jedes Mannes und jeder Frau in diesem Raum. Ich weiß, Du liebst uns und wirst uns niemals verlassen." Er schwieg und richtete seine nächsten Worte bei noch immer geschlossenen Augen an seine Zuhörer. „Meine Freunde, wollt ihr mit mir den letzten Vers des wunderbaren Liedes singen, und wenn wir singen, erforscht eure Herzen und zögert nicht länger, in das strahlende Leben einzutreten, das Christus euch eröffnet. Erklärt öffentlich eure Reue und bekennt euch zu Jesus!"

Mrs. Travis spielte die Einleitung des Liedes, und es war hübsch anzuhören, aber Deborah wußte: eine Musik, so süß wie Killions Sologesang, würde sie nie wieder hören.

Die erste Reaktion im stillen Raum kam aus einer Bank mit einfachen Soldaten. Ein junger Mann stand mit Tränen in den Augen auf und ging unsicher nach vorn. Er fiel vor Killion auf die Knie.

„Ich kann nicht länger leben mit dem, was ich getan habe", weinte der junge Soldat, „mit dem, was ich in der Schlacht getan habe. Gott, vergib mir!"

„Er wird dir vergeben, Sohn." Killion kniete sich neben dem Mann nieder und legte ihm freundlich eine Hand auf die Schulter. „Jesu Blut ist stärker als das Blut der Schlacht."

Offenbar davon ermutigt, kam ein anderer Soldat, ein Corporal, nach vorn. Und kurz darauf schloß sich ein Captain an. Killion betete mit jedem, und bevor er fertig war, kamen auch zwei Zivilisten zum provisorischen Altar.

„Leute", sagte Killion, „wir werden hier ein Weilchen beten und Gott preisen; wenn ihr wollt, kommt her zu uns. Wer nicht bleiben kann, mag ruhig gehen. Ich danke euch fürs Kommen, und Gott sei mit euch allen."

Deborah wollte gehen – nicht, daß sie nicht ergriffen war, aber sie sah keinen weiteren Grund zu bleiben, denn dort vorn hätte sie sich völlig fehl am Platz gefühlt. Sie wandte sich zu Graue Antilope und stellte überrascht fest, daß der Platz neben ihr leer war!

Deborah sah sich hastig um, zuerst zur Eingangstür, weil sie dachte, Graue Antilope mochte schon gegangen sein. Dann zupfte eine kleine Hand an ihrem Kleid.

„Nahkoa, was macht *nishki*, Großmutter da?" fragte Carolyn.

Deborah folgte dem Blick ihrer kleinen Tochter. Graue Antilope war nach vorn gegangen und betete in diesem Moment mit Killion. Deborah schluckte bei diesem unerwarteten Anblick. Was war über diese Frau gekommen, die Witwe des Medizinmannes? Obwohl Graue Antilope von Deborah Englisch gelernt hatte, hätte Deborah nie gedacht, daß sie schon genug verstand, um der Predigt zu folgen, oder daß sie, falls sie die Worte verstanden hatte, deren Bedeutung begriff. Aber da war sie und kniete am Altar, offensichtlich in voller Absicht.

Deborah wußte nicht, was sie jetzt tun sollte, und fand sich bald im Menschenstrom, der sich auf den Ausgang zubewegte. Ein Teil von ihr wollte natürlich bei der Freundin bleiben. Aber was hätte sie für sie tun können, wenn sie blieb? Es war mehr als Unsicherheit, was sie davon abhielt, ebenfalls nach vorn zu gehen. Dort geschahen Dinge, die zugleich wunderbar und beängstigend waren. Leicht konnte sie in all dies verwickelt werden, und das fürchtete sie. Instinktiv wehrte sie sich gegen jede Situation, in der sie die Kontrolle verlieren konnte. Ihr angeborener Wunsch nach Selbständigkeit und Unabhängigkeit hatte sich nicht geändert, trotz allem, was sie in den vergangenen Jahren erlebt hatte. Und jetzt, da sie wieder allein und auf die Güte anderer angewiesen war, war sie nur noch mehr entschlossen, die Fäden ihres

Lebens selbst in der Hand zu behalten. Ja, alles, was Killion gesagt hatte, klang verlockend. Geliebt sein, ohne Schuld, sich sicher fühlen ... natürlich war das erstrebenswert. Aber Killion sprach nie von dem Opfer, das man dazu bringen mußte. Sie erinnerte sich, wie andere Prediger von der ‚freien Gabe' der Erlösung gesprochen hatten – aber sie war nicht frei, nicht wirklich. Sie setzte voraus, daß man sich für Gott aufgab, und dazu war sie einfach nicht bereit.

Also nahm Deborah ihre Kinder und ging allein hinaus. Und als die Frühlingssonne ihr in die Augen schien, fühlte sie sich merkwürdigerweise verlassener als in den schlimmsten Momenten ihres Lebens.

52

Deborah sprach nicht über den Gottesdienst, als sie Graue Antilope später sah. Sie war sehr neugierig, aber doch nicht so sehr, daß sie ihr mühsames Gleichgewicht aufs Spiel setzen wollte. Und die Zurückhaltung von Graue Antilope ließ sie von sich aus auch nicht über eine solch persönliche Erfahrung sprechen. Eines Tages jedoch Mitte der folgenden Woche erhaschte Deborah einen Blick ins Herz ihrer Freundin.

Seit Sonntag war Graue Antilope jeden Tag für eine Stunde allein weggegangen, weg von den Gefangenenquartieren. Deborah sprach sie einmal auf ihre geheimnisvolle Abwesenheit an, und Graue Antilope erwiderte ausweichend: „Ich habe gelernt."

An diesem Tag, als Graue Antilope wieder einmal zurückkam, spielte sie mit den Kindern, als Carolyn um eine Geschichte bettelte. Graue Antilope wußte immer ein feines Indianermärchen zu erzählen, immer ein neues; oft baten die Kinder sie, ein altes, das sie gern mochten, zu wiederholen. Diesmal hatte sie eine ganz neue Geschichte.

„Ich werde euch eine Geschichte erzählen, die ich gerade gehört habe: Sie handelt von einem jungen Mann namens Geliebter. Eines Tages würde er ein großer Krieger werden, aber als er ein Junge war, der jüngste von sieben Brüdern, hütete er nur die Herden, während seine Brüder in die Schlacht zogen."

Als sie sprach, gesellten sich mehrere andere Kinder dazu und bildeten einen Kreis aufmerksamer Zuhörer. Deborah tat so, als ob sie Mokassins nähte, aber auch sie lauschte der Stimme der älteren Frau.

„Das Dorf dieses Jungen", fuhr Graue Antilope fort, „lag im Krieg mit einem mächtigen Stamm, schlimmer noch als die Pawnee oder die Crow. Geliebter hütete die Schafe, während die Krieger kämpften, aber er sehnte sich danach, auch in die Schlacht zu ziehen. Sein Vater schickte ihn, den Brüdern Essen zu bringen, denn es war eine lange Schlacht, und die Krieger konnten nicht auf Büffeljagd gehen. Also ging Geliebter, und als er sich seinen Brüdern näherte, sah er, daß sie und alle Krieger des Dorfes in großer Bedrängnis waren. Der feindliche Stamm hatte einen Krieger ins Feld geschickt, der neun Fuß groß war! Sein Speer war so lang wie der Pfosten eines Wigwams, und seine eiserne Spitze war so schwer wie ein großer Fels. Er war furchtbar anzuschauen, und die Leute von Geliebter erzitterten bei seinem Anblick. Der Riese verspottete sie und verlangte, daß ihr bester Krieger gegen ihn kämpfen sollte. Er sagte ihnen, wenn er besiegt würde, dann würden seine Leute ihre Sklaven sein; aber wenn er siegte, dann müßten sie seinem Volk dienen. Keiner hatte den Mut, gegen diesen riesigen Krieger zu kämpfen.

Geliebter sah das und war erzürnt, nicht über den Spott des Kriegers, sondern über die Furcht seiner Leute. Er sagte: ‚Dieser Mann verspottet nicht uns, sondern den Großen Geist, an den wir glauben. Was glaubt er, wer er ist?'

Seine Brüder befahlen dem Jungen, still zu sein. Sie sagten, er sei bloß ein Kind, das die Herden hütet, und er habe keine Erfahrung in der Schlacht und habe noch nie gegen einen Feind gekämpft. Aber Geliebter sagte, der Weise dort oben, der ihn vor wilden Tieren beschützt hatte, die seine Herden angegriffen hatten, würde ihn auch gegen diesen Riesen beschützen. Seine Brüder und die anderen lachten ihn aus, aber Geliebter achtete nicht darauf, nahm seine Steinschleuder, die er manchmal gegen wilde Tiere benutzte, und ging hinaus ins Tal, um dem Riesen gegenüberzutreten.

Auch der Riese lachte. ‚Wollt ihr mich verspotten, ein Kind gegen mich zu schicken?' rief er den angstvollen Kriegern zu.

Geliebter zuckte nicht mit der Wimper. ‚Du kommst mit einem Bogen, einem Speer und einem scharfen Tomahawk, aber ich komme im Namen des Allmächtigen Gottes, den du demütigen willst. Heute werde ich dich töten und deinen Skalp nehmen, und dann werden alle wissen, zu welch mächtigem Gott wir beten.'

Und genau das tat Geliebter. Als der Riese seinen Speer hob, um ihn gegen den Jungen zu schleudern, nahm Geliebter einen ebenen Stein, legte ihn in die Schleuder und schoß ihn auf den Riesen ab. Er traf ihn auf der Stirn, und der Riese fiel tot um. Danach wurde Geliebter von seinem Volk so geachtet, daß es ihn zu seinem Häuptling machte. Alles, weil er auf seinen Gott vertraute und sich nicht von so etwas wie Größe ängstigen ließ."

Deborah hatte nie solch eine bezaubernde Version von ‚David und Goliath' gehört. Sie legte die Geschichte ganz selbständig aus und erzählte sie auf fesselnde Weise; aber mehr noch hauchte Graue Antilope der Geschichte mit einem freudigen Ernst Leben ein. Sie schien ihre eigene, neue Vorstellung von Gott darin auszudrücken und die Bedeutung, die Er jetzt in ihrem Leben hatte. Sie verstand die Goliaths des Lebens sehr gut, und sie hatte schließlich den Weg gefunden, sie zu besiegen. Das war das Bemerkenswerte an der neuen Hoffnung, die in letzter Zeit ihre Trauer ersetzt hatte. Die Cheyenne standen vor ihrem Goliath, aber Graue Antilope hatte schließlich die Kraft gefunden, das Unvermeidliche anzunehmen. Wenn das nur auch für die anderen gälte, von denen viele noch immer auf dem Kriegspfad waren.

Diese neuen Entdeckungen halfen Graue Antilope in den folgenden Tagen sehr, als neues Leid kam.

* * *

Die Nachricht erreichte Fort Dodge, daß Kleines Kleid und Gelber Bär, die Häuptlinge der Cheyenne und der Araphoe, sich in Fort Sill im Südwesten des Indianergebietes ergeben hatten. Aber Sheridan verweigerte Friedensgespräche, bevor nicht alle Dörfer ins Fort kamen. John Smith jedoch warnte die Cheyenne, daß Fort Sill und Fort Cobb Fallen waren – und diese Warnung war nicht unbegründet, wenn man die große Truppenkonzentration um diese Forts bedachte. Also widersetzten sich viele Cheyenne und zogen weit nach Süden zu den *Llano Estacado* oder ‚Brennenden Plains' von Texas.

Im Mai hielten die Cheyenne Rat. Die Häuptlinge sahen, daß ihr Volk Frieden wollte. Aber die Wachsoldaten bestanden weiter auf dem Kampf und erklärten, daß sie nach Norden ziehen und sich mit den Sioux verbünden wollten. Nie würden sie einen Frieden annehmen, der sie ihrer Freiheit beraubte.

Unterdessen blieb unklar, was mit den Gefangenen vom Washita geschehen sollte. Schließlich wurde entschieden, daß sie in die sicherere Umgebung von Fort Hayes gebracht werden sollten, etwa siebzig

Meilen nördlich von Fort Dodge. Das brachte eine weitere schwierige und traurige Veränderung in Deborahs Leben.

Als die Gefangenen von ihrer Verlegung erfuhren, nahm Graue Antilope Deborah beiseite.

„Es ist Zeit für dich, zum weißen Mann zurückzukehren", sagte sie traurig, aber entschlossen.

„Was?" rief Deborah aus, die auf einen solchen Vorschlag völlig unvorbereitet war. „Ich gehöre nicht zu ihnen. Ich gehöre zu euch."

„Du wirst immer eine von uns sein, Windreiterin; vergib mir, wenn ich einen anderen Eindruck erweckt habe. Aber es ist nur noch eine Frage der Zeit, bis alle Cheyenne, ja alle Indianer in die Reservate des weißen Mannes gebracht werden."

„Ich weiß, und ich bin bereit, auch dorthin zu gehen."

Graue Antilope schüttelte den Kopf. „Wir anderen haben keine Wahl, aber du hast eine Wahl. Es ist nicht recht, ein Leben zu wählen, das nicht glücklich sein wird —"

„Aber —"

„Hör mir zu, Windreiterin", sagte Graue Antilope mit fester Stimme. „Du mußt nicht nur für dich selbst wählen, sondern für deine Kinder. Es wäre nicht recht von dir, ihnen die Freiheit zu nehmen."

„Das klingt, als ob ein Reservat nur ein weiteres Gefängnis ist."

„Auf eine Art wird es das sein, besonders für die Krieger, die nicht gewohnt sind, daß ihre Bewegungsfreiheit eingeengt wird und die gelernt haben, daß der Weg zur Mannbarkeit über den Kriegspfad führt. Denk daran, was der weiße Mann ihnen nehmen wird. Und stell dir vor, wie dein geliebter Blauer Himmel dort aufwachsen würde. Er verdient die Freiheit, die ihm sein weißes Blut schenkt. Nimm sie ihm nicht."

Der Überzeugungskraft ihrer Worte war nicht zu widersprechen, aber das machte es Deborah nicht leichter, ihr zu gehorchen. „Wenn du stark genug für ein solches Leben bist, und wenn selbst Kleines Kleid dazu stark genug ist, dann sind auch wir es."

„Wer weiß schon, ob wir wirklich stark genug sein werden. Vielleicht finden wir die Kraft, weil wir keine Wahl haben."

„Dann werde ich die Kraft auch finden!"

Graue Antilope konnte kaum ein Lächeln unterdrücken, denn in diesem Augenblick sah Deborah ihrer Tochter ähnlich, wenn sie sehr trotzig auf etwas bestand.

„Ich kann dich so wenig zwingen, meinen Worten zu folgen, wie Kleines Kleid die Wachsoldaten zum Aufgeben zwingen kann.

Ich hoffe, du wirst auf meine Worte hören, wenn Weisheit in ihnen ist."

Deborah sah weg und verzog das Gesicht beim Versuch, ihre Gefühle unter Kontrolle zu behalten. Sie wußte sehr gut, was das Leben im Reservat für ein Volk bedeuten konnte, das an die Freiheit und die offene Prärie gewöhnt war. Die Trunkenheit der Krieger, die Unzulänglichkeit der Versorgung durch die Regierung, die Krankheiten, die die Verpflanzung in eine neue Umgebung oft mit sich brachte. Sie war schon einmal durch Carolyns Krankheit beängstigt gewesen. Was, wenn eins ihrer Kinder wegen ihrer Dickköpfigkeit starb? Was, wenn der Sohn von Gebrochener Flügel zu einem trinkenden, unglücklichen, verbitterten Mann heranwuchs? Nie hätte sie es ertragen, das Erbe des Mannes zu zerstören, den sie so geliebt hatte.

Aber wie konnte sie diesen Cheyenne den Rücken kehren? Sie waren ihr Volk geworden. Wie konnte sie Graue Antilope verlassen, die sie wie eine Mutter und Schwester liebte?

„Würdest du mit mir kommen?" fragte Deborah ihre Freundin.

Und enttäuscht sah sie, wie Graue Antilope langsam den Kopf schüttelte. „So wie du für das Wohl deiner Kinder entscheiden mußt, so muß ich mich für mein Volk entscheiden. In diesen letzten Tagen, Windreiterin, habe ich gelernt zu hoffen. Ich habe gelernt, daß ich nicht allein bin, daß einer, der größer als alle Geister ist, immer bei mir sein wird. Wie der Junge in der Geschichte über den Riesen, die ich den Kindern erzählt habe, kenne ich einen Weg, die Hoffnungslosigkeit und die Verzweiflung zu besiegen. Vielleicht kann ich meinem Volk diesen Weg zeigen, und sie können glücklich sein, gleichgültig, wohin der weiße Mann sie bringt."

„Oh, Graue Antilope! Was soll ich ohne dich tun?" Weinend warf Deborah sich ihrer Freundin um den Hals, und sie hielten sich gegenseitig und ließen ihren Tränen freien Lauf.

Graue Antilope sagte: „Vielleicht wirst du diesen Jesus finden, dann wirst auch du nicht allein sein."

„Ich — Ich weiß nicht. Vielleicht ... " Deborah schluchzte und konnte nicht weitersprechen.

Nach einer Weile nahm Graue Antilope ein Tuch und wischte ihr liebevoll die Tränen vom Gesicht; dann strich sie ihr einige Strähnen ihres blonden Haares aus der Stirn und lächelte die Frau an, die sie als ihre Tochter betrachtete.

„Ich weiß, du wirst ein gutes Leben für dich und deine Kinder finden, Windreiterin", sagte sie. „Ich habe keine Angst um dich. Dein

Mann hat dich einen Krieger genannt, und ich glaube, das stimmt. Ich bete nur, daß du deine Schlachten richtig kämpfst. Gebrauche Liebe, nicht Bitterkeit als Waffe. Um mich sei unbesorgt. Ich bin zufrieden, zu sein, wo ich sein soll."

Drei Tage später sah Deborah zu, wie der Zug der Gefangenen vom Washita und eine Armeepatrouille das Fort verließen. Ihr Herz krampfte sich zusammen, als ein weiteres Kapitel ihres Lebens zu Ende ging und sie vor sich nur gähnende Leere und Ungewißheit sah. Aber sie dachte an die Worte ihrer Freundin: *Gebrauche Liebe, nicht Bitterkeit als Waffe.* Wie sollte sie den weisen Rat befolgen, wenn alles, was sie liebte, jetzt durch die hölzernen Tore des Forts davonzog? Wie konnte sie jemals wieder die Gefahr der Liebe auf sich nehmen, wenn das Opfer jedesmal so schmerzlich war?

Deborah vergaß die letzte Umarmung ihrer Freundin Graue Antilope nicht und nicht den stillen Glanz des Friedens in ihren Augen. Obwohl Graue Antilope noch eine lange Gefangenschaft bevorstand und danach eine Zukunft in den engen Grenzen eines Reservats, zeigte ihr Gesicht keine Verzweiflung. Irgendwie hatte sie einen Weg gefunden, ihr Schicksal nicht nur anzunehmen, sondern über ihm zu stehen.

Irgendwie ...?

Deborah wußte es besser. Es war mehr als ein beiläufiger Zufall, der Graue Antilope geholfen hatte. Deborah war sicher, es hatte etwas mit Sam Killion zu tun.

53

Deborah hatte nicht nur vermieden, mit Graue Antilope über den Gottesdienst vom Sonntag zu sprechen, sie war auch dem Prediger aus dem Weg gegangen.

Jetzt wußte sie plötzlich, daß sie zu ihm gehen mußte.

Sie mußte wissen, was an jenem Sonntag geschehen war. Sie mußte wissen, was es mit dem geheimnisvollen Verschwinden ihrer Freundin auf sich hatte, von dem Deborah vermutete, daß es mit Killion zu tun hatte. Und mehr als alles mußte sie erfahren, wie Graue Antilope zu der Ruhe und der Zufriedenheit gelangt war, die sie zuletzt ausgestrahlt hatte.

Mit Blauer Himmel auf dem Arm und Carolyn an der Hand ging

Deborah zum Erholungsraum. Sie wußte nicht, wo sie den Prediger sonst hätte suchen sollen, denn sie hatte keine Ahnung, wo er untergebracht war.

Als sie ihn dort nicht fand, begann sie, sich zu erkundigen und erfuhr zu ihrer Enttäuschung, daß er vielleicht ostwärts zu einigen Siedlern geritten war.

„Weiß nicht, wann er verschwunden ist", sagte ein Mann. „Vielleicht ist er schon wieder da. Versuchen Sie's doch mal beim Händler."

Killion war nicht in dem Laden. Der Besitzer, ein Mann namens Hardee Smith aus Tennessee, kannte Killion gut und versicherte ihr, daß der Prediger fortgeritten war und erst in einigen Tagen zurückkommen würde.

Ernüchtert, enttäuscht und entmutigt wäre Deborah beinahe mitten im Laden zusammengesunken. Ein Schlag nach dem anderen schien sie zu treffen — zuerst war Graue Antilope gegangen, und jetzt war auch der einzige andere Freund nicht da. Es war zu viel für Deborah. Obwohl sie gelernt hatte, ihre Gefühle zu beherrschen, rannen ihr plötzlich die Tränen übers Gesicht.

Wieder war sie hilflos und allein. Sollte das auf immer ihr Los sein?

Sie wandte sich von dem Ladenbesitzer ab, aber er sah noch die Angst in ihren Augen.

„Ma'am!" rief er ihr nach.

Sie blieb stehen, aber beschämt von ihrer Schwäche drehte sie sich nicht um.

„Ma'am", sagte Smith wie zu sich selbst, „sind Sie nicht die weiße Squaw, die von den Indianern nicht weg wollte? Sie müssen's sein, aber warum sind Sie noch hier? Sie bleiben also da? Muß wohl so sein, da Sie hier sind. Killion wird froh sein, das zu hören."

Bei diesen Worten drehte Deborah sich um und sah den Ladenbesitzer an. Zum ersten Mal betrachtete sie ihn genauer. Ihr erster Eindruck war: das war der häßlichste Mann, den sie je gesehen hatte. Nicht nur schlampig, sondern wirklich häßlich. Seine Augen standen weit vor und verliehen ihm Ähnlichkeit mit einem Frosch, obwohl seine riesigen Ohren sie eher an ein anderes Tier denken ließen. Sein Mund mit wulstigen Lippen war viel zu groß, und noch schlimmer war es, wenn er ihn öffnete und zwei Reihen der faulsten und krummsten Zähne enthüllte, die sie jemals gesehen hatte. Sein dünnes, schwarzes Haar ohne eine Spur von Grau war in fettigen Strähnen hinter die Ohren gekämmt und ließ sein Alter etwas im dunkeln, da sein stoppeliger Bart schon grau gesprenkelt war. Er sprach mit deutlichem Tennesseeakzent und war vollends kaum noch zu verstehen, weil er ein dickes Stück Kautabak zwischen Backen und gelben Zähnen kaute.

„Killion hat Ihnen von mir erzählt?" fragte Deborah und war nicht sicher, ob sie sich ärgern oder freuen sollte.

„Ein- oder zweimal, wissen Sie. Eigentlich hab' ich ihn gefragt, und er schien Sie zu kennen. Wollt' Ihnen nicht zu nahe treten, Ma'am. Er sprach mit, naja Diskretion – und mit Respekt von Ihnen. Stimmt es, daß Sie bei den Indies gelebt haben?"

„*Indianer*", korrigierte Deborah, aber nicht aggressiv. „Cheyennes. Und es stimmt."

„Wollt' Sie nicht beleidigen, Ma'am. Ich habe nichts als größte Achtung für diese Indie- – Indianer, mein' ich. Großer Teil meines Geschäfts ist der Handel mit ihnen, und es ist eine Schande, was aus ihnen geworden ist, Ma'am. Gar nicht vom Schaden fürs Geschäft zu reden. Als ich den Laden letzten Herbst übernahm, florierte er. Ich dachte, ich hätte 'ne Goldmine."

„Jetzt, wo das Wetter besser wird, läuft es sicher bald wieder gut", sagte Deborah höflich.

„Vermutlich. Der Winter ist nur gut für Kälte und Hunger. Hab' 'ne Menge Whisky verkauft, aber lieber würd' ich mit anderen Sachen handeln." Er schwieg, im Moment schien ihm nichts mehr einzufallen.

Deborah nahm das Schweigen als Zeichen, daß sie gehen konnte. „Am besten halte ich Sie nicht länger von der Arbeit ab, Mr. Smith. Ich danke Ihnen."

„Keine Ursache." Er lächelte, und die Wärme seines Lächelns machte seine beängstigende Häßlichkeit mehr als wett. „Wie Sie sehen –" er zeigte mit der Hand auf den leeren Laden, „hab' ich viel Zeit."

Sie lächelte zurück und drehte sich um. Aber als sie an der Tür war, wurde ihr klar, daß sie keine Ahnung hatte, wohin sie gehen sollte. Sie war nicht nur allein, sie hatte auch keinen Penny. Natürlich würde die Armee sie gern in eins der Häuser stecken, die Lieutenant Godfrey oft erwähnt hatte, aber sie wollte diese Art Mildtätigkeit nicht. Statt dessen drehte sie sich wieder zu dem freundlichen Ladenbesitzer um.

„Mr. Smith –"

Aber er unterbrach sie mit einem lauten, gutmütigen Brummen. „Oh, Ma'am! Weiß gar nicht, was ich machen soll, wenn jemand mich *Mr. Smith* nennt. Klingt wie ein verrückter Anwalt aus Nashville. Ich bin einfach Hardee für alle."

„Gut... Hardee, wissen Sie vielleicht, wo ich hier eine Unterkunft finden könnte?"

„Humm..." Er kaute grübelnd vor sich hin und kratzte seine Bartstoppeln. „Hier im Fort gibt's nicht sowas wie ein Hotel. Aber kümmert sich die Armee nicht um Ihre Unterkunft?"

„Ich war mehrere Monate Gefangene der Armee. Ich will jetzt nicht unbedingt ihr Gast werden."

„Leuchtet ein, schätze ich."

„Sie hätten nicht vielleicht etwas", fragte Deborah ohne Umschweife, „was Sie mir als Gegenleistung für Arbeit überlassen könnten? Denn ich ... ich habe auch kein Geld."

„Sie wollen für mich arbeiten?"

„Ich bin eine gute Arbeiterin."

„Daran zweifle ich nicht... überhaupt nicht. Aber die Arbeit hier ist nicht gerade fein. Wollen Sie nicht lieber in das Leben zurückkehren, das Sie vorher geführt haben?"

„Niemals, Hardee."

„Naja, wenn Sie's ernst meinen... Ich habe ein kleines Hinterzimmer — wirklich nichts Besonderes, gerade groß genug für Sie und die Kleinen. Könnte hier vielleicht Hilfe brauchen, wenn die Trapper wieder kommen und die Siedler und alles mögliche brauchen."

„Dann nehme ich es, wenn es Ihnen recht ist."

„Sicher ist es mir recht." Er zögerte einen Moment und hatte einen anderen Einfall. „Mir wär's sogar noch mehr recht, wenn Sie was anderes für mich tun könnten. Ich nehme an, nach all den Jahren mit den Cheyennes sprechen Sie ihre Sprache ganz gut."

„Ja, das tue ich, und auch den Dialekt der Araphoe und ein wenig Sioux. Ich kenne auch ein paar Brocken Pawnee."

„Könnten Sie mir Unterricht geben? Schätze, das würde meinen Umsatz verdoppeln."

„Gern."

„Dann sind wir uns also einig."

Sie gaben sich darauf die Hand, und Deborah hatte ein neues Zuhause. Und Hardee Smith gab ihr nie das Gefühl, milde Gaben zu nehmen — tatsächlich gab er ihr deutlich das Gefühl, daß er sie ebenso brauchte, wie sie ihn brauchte. Er half ihr, das Hinterzimmer herzurichten, eine Strohmatratze hineinzuschaffen, die er vor einiger Zeit bei jemandem eingetauscht hatte, holte Decken und trug eine kleine Truhe ins Zimmer. Bei alldem war Deborah sehr klar, daß sie wieder von jemandem abhängig war, noch dazu von einem Mann.

Würde sie je selbständig sein, ihr eigenes Heim haben und ganz allein über ihr Schicksal bestimmen können?

Teil VI

Ergebung

54

Killion war erfreut, als er von der Wendung in Deborahs Leben erfuhr. Aber er wußte auch, wie schwer es für sie gewesen sein mußte, sich von ihrer Cheyennefamilie zu trennen, und er bemühte sich, seine Freude nicht zu übertreiben.

Er hatte schon seit längerem gefühlt, daß ihr Weg sie schließlich zurück in die Welt des weißen Mannes führen würde, obwohl er das ihr gegenüber niemals ausgesprochen hatte. Graue Antilope hatte ihm ihre Sorgen über diesen Punkt nicht verschwiegen, und er hatte sie ermutigt, mit Deborah darüber zu reden. Das hatte sie offenbar getan, und sie hatte Deborah anscheinend überzeugt, nicht mit den Indianern ins Reservat zu ziehen. Es tat ihm leid, daß er zu einem Begräbnis gerufen worden war und Deborah nach ihrer schweren Entscheidung nicht Beistand leisten konnte, aber er hätte wissen müssen, daß Gott für Deborah sorgte. Er konnte noch immer kaum glauben, daß sie ihr Schicksal mit dem guten alten Hardee Smith verknüpft hatte. Er konnte sich kein ungleicheres Paar vorstellen, aber Hardee war ein freundlicher, wohlmeinender, wenn auch etwas ungehobelter Mann; und Deborah hätte es im Moment für sich und ihre Kinder nicht besser treffen können.

In den folgenden Wochen verfolgte Killion zufrieden, wie Deborah sich einlebte. Selbst wenn sie sich um ihre Kinder kümmerte, arbeitete sie weiter, und Hardee bestand darauf, ihr außer Kost und Logis noch einen kleinen Lohn zu zahlen. Sie hielt nicht nur den Laden auf eine Weise sauber, die sich ihr Besitzer nie hätte träumen lassen, sondern sie war auch eine ausgezeichnete Lehrerin. Noch vor Ende ihres ersten Monats konnte Hardee ganze Sätze in Cheyenne sprechen. Außerdem kochte sie für Smith — besseres Essen, als er seit Jahren gehabt hatte — und half ihm bei der Buchhaltung, eine Aufgabe, die ihm bei seiner geringen Schulbildung immer besonders schwergefallen war. Ein guter Nebeneffekt der ganzen Sache war noch, daß die Kinder durch ihren täglichen Kontakt mit Hardee anfingen, Englisch zu lernen.

Aber was Killion mehr als all das freute, war Deborahs wachsende Bereitschaft, mit ihm über die Schrift zu sprechen. Bei ihrem ersten Treffen nach seiner Rückkehr mußte er nicht einmal selber das Thema anschneiden. Sie war es, die davon zu reden begann!

„Mr. Killion, ich würde mit Ihnen gern über meine Freundin sprechen, über Graue Antilope." Sie klang so formell; wollte sie ihm Vorhaltungen machen, weil er eine arme, hilflose Indianerin so beeinflußt hatte?

„Gern. Möchten Sie lieber anderswohin gehen, wo wir ungestörter sind?" Sie standen im Laden, und mehrere Kunden sahen sich dort gerade um.

„Gehen wir ein Stück?"

„Ja."

Die Tage wurden deutlich heller, der Sommer des Jahres 1869 war nicht mehr fern. Ein Zug Wildgänse zog am Himmel vorbei, und der milde Wind brachte ihnen den Duft des Präriegrases. Ein Gefühl von neuem Leben lag in der Luft. Killion wußte, daß das Land unter den Indianerkriegen litt; die Überfälle auf Siedler gingen weiter, während die Armee ihre militärische Überlegenheit behielt. Mißverständnis und Täuschung schienen die Lage zu beherrschen. Dennoch fühlte Killion sein Herz leicht werden, als er in den milden Frühlingsnachmittag hinaustrat. Lag es nur an der Frau an seiner Seite, daran, daß sie sich ihm nach so langer Zeit schließlich zu öffnen begann, sich vielleicht sogar seinem Gott zuwenden würde? Er hatte immer für sie gebetet, obwohl er manchmal zweifelte, ob sie sich jemals hingeben würde. Wenn all die Mühen und Härten, denen sie ausgesetzt war, sie nicht dazu brachten, sich Gott zuzuwenden, was sollte sie dann dazu bringen?

Bei Deborah schien es so zu sein, daß ihre Bedrängnisse sie von Gott weggetrieben hatten, statt sie zu ihm hinzuführen. Killion hatte darüber nachgegrübelt, und obwohl es nicht gar so ungewöhnlich war, bat er doch immer wieder seinen Gott, ihm zu zeigen, wie man mit einem solchen Menschen umgehen mußte. Einmal beim Beten kam ihm Könige 1 in den Sinn: *Und siehe, der HERR wird vorübergehen. Und ein großer, starker Wind, der die Berge zerriß und die Felsen zerbrach, kam von dem HERRN her; der HERR aber war nicht im Winde. Nach dem Wind aber kam ein Erdbeben; aber der HERR war nicht im Erdbeben. Und nach dem Erdbeben kam ein Feuer; aber der HERR war nicht im Feuer. Und nach dem Feuer kam ein stilles, sanftes Sausen. Und als das Elia hörte, verhüllte er sein Antlitz mit seinem Mantel und ging hinaus.*

All die großen, gefährlichen Dinge beachtete Deborah nicht. Für sie mußte es vielleicht diese ‚stille, sanfte Stimme' sein. Und so wäre es vielleicht auch am besten, denn Killion fühlte sich immer unwohl bei Menschen, die nur unter großen Bedrohungen zum Glauben fanden.

Er predigte seinen Teil an ‚Hölle-und-Verdammnis'-Predigten — die meisten seiner Zuhörer wären schwer enttäuscht, wenn er es nicht täte —, und er glaubte an die Bestrafung der Sünden. Aber er betonte immer, daß Gott sein Volk vor allem liebte, nicht in Angst versetzte. So, hoffte er, würde Deborah zu ihrem Gott finden, durch ein tiefes Gefühl der Liebe in ihrem Herzen und in tiefer Sehnsucht nach dem wahren Geliebten ihrer Seele.

Er sah sie einen Moment lang verstohlen an. Sie trug noch immer ihren indianischen Umhang, zusammen mit ihrem hellen Haar, das seit dem Tod ihres Mannes wieder gewachsen war und noch immer nach indianischer Art gebunden ... noch immer lieblich. Doch all der Schmerz ihres Lebens hatte sich tiefer in ihre Züge gegraben als die Trauernarben auf ihrer Haut. Man konnte ihn im leeren, verlorenen Ausdruck ihrer Augen sehen. Aber er fühlte instinktiv, daß ihr Schmerz noch nicht zur völligen Verzweiflung geworden war. Wenn sie auch Momente der Verzweiflung durchlebt haben mochte, war er sicher, in ihr eine unzerstörbare Hoffnung wahrzunehmen. Oder sah er nur, was er sehen wollte?

„Sie machen sich also Sorgen um Graue Antilope, Mrs. Graham?" fragte er beiläufig, um seine ängstliche Erwartung zu verbergen, was aus dieser Gelegenheit, die Gott ihm gab, wohl werden würde.

„Ich weiß nicht, ob ich es so ausdrücken würde, Mr. Killion. Natürlich mache ich mir um ihr Wohlergehen Sorgen, jetzt, wo wir voneinander getrennt sind. Aber ich bin eher neugierig."

„Neugierig?"

„Sie war etwas ... etwas merkwürdig nach dem Sonntagsgottesdienst. Nach der Predigt sprach sie mit Ihnen. Ich weiß, was dort geredet wurde, geht mich nichts an, aber ich frage mich, ob ihre Veränderung damit etwas zu tun hat."

„Sie hat nie mit Ihnen über das gesprochen, was geschehen ist?"

„Nein, eigentlich nicht. Aber ich habe sie auch nie gefragt."

„Wirklich? Waren Sie denn nicht gute Freunde?"

Sie blieb plötzlich stehen und wandte sich ihm direkt zu. Ein Blick in ihre aufgewühlten Augen verriet Killion, daß er etwas falsch gemacht hatte.

„Nein, ich habe sie nicht gefragt", gab sie zurück. „Es ging mich nichts an! Ich mische mich nicht gern in das Leben anderer Menschen ein."

Killion antwortete nicht, sein Ausdruck wohlwollender Besorgnis änderte sich nicht. Er hatte genug Menschenkenntnis, um zu spüren, wann sich Ärger direkt gegen seine Person richtete und wann nicht. Deborah kämpfte mit sich selbst, und das war gut, aber dennoch fühlte Killion mit ihr.

Deborah ging weiter, und Killion schlenderte still neben ihr her. Jeden Moment konnte sie davongehen und ihn stehen lassen. Sie konnte ihn bitten, sie allein zu lassen. Aber sie tat nichts dergleichen. So gingen sie mehrere Minuten schweigend; während Killion lautlos betete, starrte Deborah geradeaus, und die versteinerte Stille ihrer Züge konnte kaum über ihre innere Aufgewühltheit hinwegtäuschen. Als sie schließlich das Wort ergriff, wurde ihr Ausdruck sanfter, und beinahe hätte sie sogar gelächelt.

„Ich danke Ihnen, Mr. Killion, für Ihre Geduld mit mir", sagte sie. „Ich weiß auch nicht, warum ich plötzlich so empfindlich war."

Er lächelte zurück, ein breites, entspanntes Lächeln. Er wußte genau, weshalb sie sich so verhalten hatte, aber er war klug genug, das für sich zu behalten. „Nichts passiert, Mrs. Graham. Ich habe schon empfindlichere Leute getroffen. Vor ein paar Monaten hat mich einer in Wichita nach einer Predigt sogar zum Duell gefordert!"

„Wirklich?"

„Er sagte, er würde ein Gläubiger werden, wenn ich schneller wäre als er. Naja, ich sagte ihm, ich könnte ganz gut mit der Pistole umgehen, und er täte besser daran, vor dem Duell seinen Frieden mit Gott zu machen. Einer in der Menge rief: ‚Das ist Killion, der Texas Ranger!' Und dieser Mann fiel auf die Knie und nahm Christus als seinen Retter an. Aber nachdem er das getan hatte, sagte er, er sei immer noch zum Duell bereit."

„Nach alldem wollte er immer noch kämpfen?" fragte Deborah ungläubig.

„Das ist im Westen eine Art Ritual, Ma'am. Er hat mich gefordert, und seine Ehre zwang ihn, mir Genugtuung anzubieten. Nun, ich sah ihn an und sagte zu ihm: ‚Eins habe ich vergessen. Ich schieße nicht mehr auf Menschen.' Er schien erleichtert, das zu hören. Ich sagte: ‚Wenn Sie es sich wegen Ihrer Umkehr zu Gott anders überlegen, habe ich dafür Verständnis.' Er schüttelte den Kopf und antwortete: ‚Ich nehme an, wenn dieser Jesus Christus gut für einen Texas Ranger ist, dann ist er auch gut für mich.'"

„Sie müssen viele interessante Erfahrungen machen", sagte Deborah entspannt.

„Das stimmt."

„Wie viele Indianer haben Sie zum Glauben geführt?"

„Graue Antilope war meine allererste."

„Wäre es für Sie ein Vertrauensbruch, wenn Sie mir sagen, was mit ihr geschehen ist? Oder vielleicht sollte ich Ihnen sagen, was ich beobachtet habe. Ich könnte Ihnen von dem tiefen Frieden erzählen, den sie nach diesem Sonntag ausstrahlte. Und ihre Heiterkeit, obwohl sie ihre Welt um sich herum zusammenstürzen sah. Sie hatte etwas gefunden, das ihr sehr half, und sie hat es bei Ihrem Gottesdienst gefunden. Sie wissen, sie war die Frau eines Medizinmannes, tief in den geistigen Traditionen ihres Stammes verankert. Deshalb finde ich es so unglaublich, daß sie zum Christentum gefunden hat."

„Sie hat nicht zum Christentum gefunden, Mrs. Graham", gab Killion ruhig zurück. „Nicht in dem Sinn, wie Sie es meinen. Sie hat keine Religion gefunden. Sie hat einen *Menschen* gefunden. Sie sagte mir, daß sie glaubte, ihr Volk könnte in diesen schweren Zeiten brauchen, was ich sagte. Ich sagte ihr, daß ich davon überzeugt sei, aber daß Jesus nicht Völker erlöst, sondern einzelne Menschen wie sie. Ich erklärte ihr, es sei, als ob jedes einzelne Stammesmitglied seinen eigenen Sonnentanz hätte, nur daß es mehr ist als ein Sonnentanz — Gottes Sohn, der jeden einzelnen erneuert. Sie sagte, an diesem Tanz wollte sie teilnehmen. Ich habe mehrmals mit ihr gesprochen, um sicher zu sein, daß sie verstand, und das schien sie wirklich. Sie ist eine sehr kluge Frau!"

„Ja, ich habe nie eine weisere Frau getroffen."

„Weise genug, eine gute Sache zu erkennen, wenn sie sie sieht."

„Ich wünschte, ich wäre so weise", sagte Deborah wie zu sich selber.

„Sie haben es in Graue Antilope gesehen, Mrs. Graham; das ist schon der halbe Weg."

„Ich habe es auch in meinem Vater gesehen und in Ihnen, Mr. Killion. Und ich habe es bewundert, aber ich muß ehrlich zugeben, daß es mich zugleich auch ängstigt, besonders in letzter Zeit."

„Es ist beängstigend, sich in die Hände des Lebendigen Gottes zu begeben."

„Genau!"

„Was ängstigt Sie am meisten?"

Deborah hätte ohne Zögern in einem einzigen Satz antworten können. Sie hätte sagen können: ‚Ich fürchte mich vor der Hingabe, davor, die Kontrolle zu verlieren, hilflos zu sein.' Aber Sam Killion war ein Mann. Wie sollte er eine Frau verstehen können, die sich nach Unabhängigkeit sehnte? Und um das zu erklären, mußte sie über die vergangenen fünf Jahre ihres Lebens sprechen, besonders über die furchtbare Zeit mit Leonard Stoner. Es war nicht nur viel zu schmerzlich, das alles wieder hervorzuholen, es war auch zu persönlich, zu intim, besonders wenn sie es einem Mann erzählen sollte. Sie hatte es nicht einmal Gebrochener Flügel erzählen können, der ein sanfter und verständnisvoller Mann gewesen war. Und Killion war zwar nicht unfreundlich, aber er war für sie praktisch ein Fremder.

Also behielt sie das Wesentliche für sich und nannte statt dessen etwas anderes.

„Wie kann ich Gott wirklich vertrauen, Mr. Killion?" fragte sie. „Wie kann ich mich in seine Hände begeben, wenn es doch scheint, daß er so viel Leid in mein Leben gebracht hat? Immer wenn ich glaube, ich könnte es vielleicht, geschieht mir etwas anderes. Sie sprechen davon, daß Gott die Menschen liebt und sich um sie sorgt, aber ich weiß nicht. Oder bin einfach ich es, die *er* ablehnt?"

„Ich bin sicher, das ist es nicht, Mrs. Graham." Killion kratzte sich nachdenklich seinen roten Bart. „Wissen Sie, es erstaunt mich immer wieder, wie leicht wir Gott für alles Schlechte verantwortlich machen. Von Hurricanes bis zu Zahnschmerzen — Er scheint der richtige Sündenbock. Vielleicht denken die Leute so, weil Er allmächtig ist und alles tun kann, und wenn Er schlimme Dinge nicht verhindert, dann ist Er für sie verantwortlich. Aber wenn Er Leiden nicht verhindert, heißt das noch nicht, daß Er sie verursacht. Nehmen wir an, Er würde alles Schlimme verhüten? Wie sähe das Leben dann aus? Könnten wir wachsen und lernen? Würden wir je Mitleid und Geduld lernen? Mir scheint, Gott hat Seine Gründe, nicht einzuschreiten. Wenn *er* es täte, dann wären wir wie Porzellanpuppen in einer Puppenstube. Wir wären leer und hohl, fast nutzlos. Gott will keine Spielzeuge. Er will wirkliche Menschen, die für sich selber denken und entscheiden können."

Killion schwieg einen Moment, und als er fortfuhr, glänzten seine Augen vor Eifer. „Aber ich will Ihnen sagen, was mich wirklich daran beunruhigt, wenn wir Gott für alles verantwortlich machen —" Er unterbrach sich jedoch mit entschuldigendem Grinsen, als er merkte, daß er eine Predigt beginnen wollte. „Tut mir leid, Ma'am. Schätze, das ist einer meiner Lieblingsfehler. Ich wollte Ihnen nicht zu nahe treten."

„Hören Sie jetzt nicht auf, Mr. Killion. Wenn Sie eine Antwort darauf haben, will ich sie hören", ermunterte ihn Deborah.

„Ich weiß nicht, ob es eine Antwort ist. Es ist eher eine Einsicht, und es ist einfach so, daß wie Gott selten für etwas Gutes ‚verantwortlich machen'. Die Flut, die die Farm zerstört hat, ist Gottes Schuld, aber die Sonne, die den Weizen zum Reifen bringt... das war eben so. Mrs. Graham, Sie fühlen sich verletzt und betrogen durch die schrecklichen Dinge, die Ihnen geschehen sind – und Sie haben wirklich nicht wenig abbekommen, das leugne ich nicht. Ich weiß nicht, wie Ihr Bruder ums Leben kam oder warum die Dinge in Texas so schlimm liefen, oder warum Gebrochener Flügel sterben mußte. Ich weiß es einfach nicht. Aber versuchen Sie einmal, alles aus einer anderen Perspektive zu sehen. In Texas hätten Sie am Galgen sterben können, aber Griff McCulloch kam aus dem Nichts und rettete Sie. Sie hätten dort draußen in der Prärie sterben können, als sie von ihm getrennt wurden; eine Klapperschlange hätte Sie beißen können, aber statt dessen fand Sie Gebrochener Flügel. Und Sie waren wirklich glücklich mit ihm, nicht wahr? Hat Gott Ihnen diese Zeit des Glücks gegeben, oder hat Er sie Ihnen genommen? Ich denke, darauf läuft es hinaus – was für eine Art Gott ist ER? Ich kann Ihnen sagen, was ich glaube, was ich in meinem Herzen weiß, aber das wird Ihnen nichts bedeuten, solange Sie es nicht für sich selbst herausfinden."

„Wie soll ich das tun?"

„Frag *Ihn*, Deborah!"

Sie lächelte leicht, als er ihren Vornamen benutzte. Aus seiner ernsten Zärtlichkeit und der ehrlichen Besorgnis in seinen Zügen war klar zu sehen, daß ihre Freundschaft einen Riesenschritt nach vorn gemacht hatte. Er war nicht länger ein Prediger, der sie bekehren wollte, sondern eher ein Freund, der bereit war, ihr seine Seele und sein Herz zu öffnen.

„Sam, ist es wirklich so einfach?"

Auch er lächelte. Er mochte es, seinen Namen aus ihrem Mund zu hören. Er sagte: „Wenn Du es wirklich wissen willst, dann ist es einfach."

„Ich will es wissen."

55

Sam betete nicht mit Deborah. Er fühlte, daß sie das für sich allein tun mußte. Er fühlte auch, daß es noch mehr geben mußte, was sie von Gott trennte, aber er hoffte, wenn sie sich Gott wirklich zuwandte und Er ihr Seine wahre Natur offenbarte, würden ihre Vorbehalte dahinschmelzen.

Deborah ging zu dem Stall, wo sie dank der Großzügigkeit von Lt. Godfrey ihren grauen Hengst unterbringen durfte. Sie hatte keinen Sattel für das Tier, sein indianischer Sattel war am Washita verlorengegangen. Und die Armeesättel akzeptierte der Graue nicht. Aber Deborah konnte auch ohne Sattel reiten. Sie brauchte nur das indianische Zaumzeug, das Gebrochener Flügel gemacht und das der Graue getragen hatte, seit Deborah ihn von dem Pawneekrieger übernommen hatte. Sie führte ihn aus dem Stall, stieg in der Nachmittagssonne auf und ritt zum Tor des Forts, wo der Sergeant sie nicht ohne Begleitung durchlassen wollte.

„Es sind immer noch Feinde dort draußen, Ma'am."

„Ich werde nicht weit reiten. Und außerdem bin ich bewaffnet." Sie deutete auf Bogen und Köcher über ihrem Rücken, die sie einem Araphoe im Geschäft abgehandelt hatte.

„Sie wissen, wie man damit umgeht?"

„Das kann ich schon."

Er zog eine Augenbraue hoch, sah sie noch einmal genau an, und da er keinen Grund hatte, ihr nicht zu glauben, gab er Befehl, das Tor zu öffnen.

Deborah ritt etwa eine Meile vom Fort weg, zuversichtlich, daß der Graue auf diese Entfernung jeden Feind hinter sich lassen würde. Es gab hier viele grasbewachsene Hügel, die jetzt von bunten, wilden Blumen übersät waren. Dort hätte sie absteigen und sich in die Sonne setzen können, aber auf dem Rücken des Grauen fühlte sie sich zu entspannt und zufrieden, um anzuhalten, um auch nur die Umgebung zu betrachten. Zudem hatte sie schon immer einen klareren Kopf gehabt, wenn sie auf dem Rücken eines Pferdes saß. Vielleicht war das Teil ihres Problems; seit sie von Virginia fort war, war sie viel zu selten geritten.

Nein, da war sehr viel mehr, das konnte sie nicht leugnen. Von Anfang an, seit ihr Bruder getötet wurde, hatte sie Gott herausgefordert, von Ihm verlangt, daß Er sich ihres Glaubens würdig erwies. Sie hatte sich dafür entschieden, sein Gegner zu sein. Wahrscheinlich wegen ihrer Erlebnisse; wegen des Glaubens ihres Vaters und ihrer religiösen Erziehung konnte sie aber das Problem der Religion nicht ganz vergessen. Sie konnte Gottes Existenz nicht leugnen, ohne ihren eigenen Vater zu einem Verrückten zu erklären. Aber in ihrem Schmerz, ihrer Trauer und ihrer Wut beim Tod ihres Bruders konnte sie auch nicht einfach sagen, es war Gottes Wille, und damit ist es gut. Ihre aufgewühlten Gefühle verlangten nach einem Gegenstand, an dem sie sich abreagieren konnten.

Zu jener Zeit schien es so naheliegend, Gott verantwortlich zu machen, aber hätte sie das getan, wenn sie Seine wahre Natur gekannt hätte? Wenn sie Gott wirklich *gekannt* hätte? Das hatte Sam ihr zu sagen versucht, als er ihr klarmachte, wie sehr sie von der Glaubensstärke ihres Vaters abhängig gewesen war und wie wenig sie eine eigene Beziehung zu Gott entwickelt hatte. Wie oft hatte sie ihren Vater von Gottes Liebe reden hören, von Seiner sanften Gnade, Seiner Sorge, aber nie hatte sie Gott gebeten, ihr selbst das zu zeigen. Konnte es denn wirklich so einfach sein?

„Frag ihn, Deborah!" hatte Sam gesagt.

Aber wie konnte sie wissen, ob Er sie hörte? Sam würde natürlich sagen, Gott hört alles. Genau wie ihr Vater. Aber Deborah wollte nicht länger die Ratschläge von anderen in dieser Sache. Sie mußte es selbst herausfinden, und es gab wirklich nur einen einzigen Weg dazu.

Fragen. Bitten.

Wenn Er es nicht hörte, wenn Er nicht einmal da war, dann wüßte sie es. Aber wenn Er ... ! Wenn dort draußen wirklich ein solcher Gott war, wie Männer wie Josiah Martin und Sam Killion ihn beschrieben, dann wäre sie verrückt, nicht an Ihn zu glauben. Es ging ihr nicht so sehr darum, mit all ihren Problemen fertig zu werden; die waren, das wußte sie, ein Teil des Lebens. Wonach sich ihr Herz am meisten sehnte, das war der innere Friede, den sie an ihrem Vater, an Sam und vor allem an Graue Antilope wahrgenommen hatte. Die Veränderung in der Cheyennesquaw war einfach zu überwältigend, als daß sie davon keine Notiz nehmen konnte. Etwas hatte Graue Antilope die Stärke gegeben, nicht nur weiterzuleben, sondern mit Hoffnung weiterzuleben, auch wenn ihre Zukunft vollkommen unsicher war ... schlimmstenfalls düster und aussichtslos. Wenn dieses Etwas eine Beziehung zu dem Jesus Christus war, von dem Sam Killion predigte, dann würde sie keine Ruhe finden, bevor sie nicht alles über Ihn herausgefunden hatte.

Als Deborah den grauen Hengst hinunter in eine steile Schlucht lenkte und einen kleinen Fluß, einen Nebenfluß des Arkansas überquerte, dachte sie über diese neue Stärke nach, die sie an ihrer Cheyennefreundin bemerkt hatte. Stärke und Unabhängigkeit — das war es, was Deborah schon immer gesucht hatte. Ihre vollkommene Hilflosigkeit vor Leonard Stoner hatte sie tief verletzt, hatte aus ihr eine Frau gemacht, die vom Gedanken regelrecht besessen war, Herrin ihres eigenen Lebens zu sein. Seit sie ihm entkommen war, war sie weiter ständig schwach und von der Güte anderer abhängig gewesen. Selbst bei den Cheyenne war es nicht anders gewesen. Sie liebte Gebrochener Flügel und genoß das Leben mit ihm; sie wäre zufrieden gewesen, ihr ganzes Leben mit ihm zu verbringen, aber sobald er ihr genommen war, war sie wieder hilflos gewesen. Und jetzt war sie von dem komischen Hardee Smith abhängig.

War es möglich, daß sie die Stärke am falschen Ort suchte? Könnte es sein, daß sie mit Christus selbst bei ihrem schrecklichen ersten Mann stark gewesen wäre? Lehrte das Beispiel von Graue Antilope sie nicht, daß Stärke aus dem inneren Frieden, nicht aus der äußeren Unabhängigkeit kam?

Deborah seufzte hörbar bei diesem neuen Gedanken. „Ist das wahr?" murmelte sie in den Wind. „Habe ich mich so geirrt?"

Sie ritt ein Stück weiter, ihr war ganz schwindelig von ihrer neuen Einsicht.

Sie hatte den Ausdruck gehört: *sich Gott ergeben*, und immer war ihr dabei unwohl im Herzen gewesen. Aber wenn Ergebung Frieden bedeutete und wenn Frieden Stärke bedeutete — bedeutete dann nicht Ergebung Stärke?

Deborah lächelte. Dieser Ausritt sollte ihr helfen, ihre Fragen zu beantworten, nicht, neue aufzuwerfen. Aber vielleicht übereilte sie sich. Vielleicht würden alle Fragen sich mit der ursprünglichen auflösen.

Wer ist Gott?

Ist Er ein Gott der Vergeltung oder der Liebe? Der Unruhe oder des Friedens? Der Gleichgültigkeit oder der Anteilnahme?

Deborah wußte, sie mußte direkt zu diesem Gott sprechen. Die Aussicht ängstigte sie, denn wenn sie keine Antwort bekam, mußte sie der Leere ins Gesicht sehen, der Hoffnungslosigkeit ihres einsamen Lebens, und das wäre jetzt noch viel schlimmer, da sie anderes gesehen hatte.

Sie zügelte den Grauen und hielt auf einer Anhöhe auf der anderen

Seite des Flusses. Von dort aus konnte sie das leuchtende Ufer des Arkansas im Süden sehen, aber das Fort war weiter im Westen, und mehrere Hügel verdeckten ihr die Sicht darauf. Sie blickte um sich, und daß sie kein Zeichen von Zivilisation sah, vertiefte noch ihre Einsamkeit. Die Zeit schien die richtige, herauszufinden, ob sie wirklich allein in der Welt war. Sie mußte sprechen, entweder zum Wind oder zu einem hörenden, anteilnehmenden Gott. Deborah zögerte; sie fühlte sich schrecklich dumm. Sie war allein. Was sollte denn überhaupt geschehen? Killion hatte nichts davon gesagt, daß Gott ihre Frage tatsächlich beantworten würde. Das kam nur in der Bibel vor, nicht bei normalen Menschen, noch dazu bei einer Frau. Sie wünschte, sie hätte Sam gefragt, ob Gott zu ihm sprach. Wenigstens hätte sie ihn fragen müssen, woran man erkannte, ob Er sprach oder nicht. Deborahs Vater hatte manchmal von einer ‚lautlosen Stimme' gesprochen.

Wenn ich nur mehr wüßte! dachte Deborah.

Sie atmete entschlossen durch. Es gab nur einen Weg: *fragen.*

„Gott", sagte sie laut mit heiserer, unsicherer Stimme, „ich muß wissen, wer Du bist. Ich sehe jetzt, ich werde nie Frieden finden, bevor ich das herausgefunden habe. Ich habe Angst, niemals Frieden zu finden, wenn das, was meine Freunde sagen, nicht wahr ist. Aber ich bin bereit, die Gefahr einzugehen. Im Moment habe ich nichts, keine Hoffnung, keine Freude, keine Kraft. Wenn alles eine Lüge ist, werde ich noch schlimmer dran sein ... Nein! Wenn ich überlege, wird es schlimmer sein, weil ich jetzt nur keinen Weg sehe; aber dann wäre ich wirklich verzweifelt. Aber darauf kann ich jetzt keine Rücksicht mehr nehmen. Ich muß die Wahrheit wissen, auch wenn das für mich Hoffnungslosigkeit bedeuten sollte."

„Antworte mir!" rief Deborah in den Wind.

Und plötzlich rannen ihr Tränen über die Wangen. Sie sah, daß sie mit dem einfachen Aussprechen dieser Worte an einen Wendepunkt ihres Lebens gelangt war. Nach diesem Augenblick würde sie nie mehr dieselbe sein. Es gab kein Zurück ... im Guten oder Schlechten, sie mußte dem ins Auge sehen, was kommen sollte. Ihr einziger Trost war das Wissen, daß sie darum gebetet hatte, danach verlangt hatte. Sie hätte weitermachen können wie bisher, in Unwissenheit, in einem Leben mit Verwirrung hier und da und der ständigen Leere in ihrem Herzen. Aber sie hatte gewählt, sie hatte sich im vollen Bewußtsein der Gefahren entschlossen, auf den Abgrund zuzugehen.

Würde jemand — Gott vielleicht — sie auffangen? Oder würde sie in Ewigkeit fallen?

Deborah schloß die Augen und wartete. Der Graue schnaubte und scharrte mit den Hufen; er wollte wieder laufen. Aber Deborah war schon zu weit gegangen, um noch ungeduldig zu sein. Kleine Zweifel blieben dennoch, wie Steinchen, die gegen ihre Entschlossenheit prallten. *Wie lange sollte sie warten? Wie sollte sie es wissen? Wie* ...

Sei ruhig, und ich werde kommen.

Es war keine Stimme, die sie hörte, keine hörbaren Worte, aber der Eindruck war sehr deutlich, daß jemand zu ihr gesprochen hatte. Und mit diesem stillen Gedanken, *Sei ruhig, und ich werde kommen,* fühlte sie sich in Sicherheit gebadet wie von einem kühlen Strom an einem heißen, stickigen Tag. Sie erinnerte sich an das schöne Lied von der Quelle, das Sam beim Gottesdienst gesungen hatte.

War es so, wenn man unter dieser Quelle stand ... Sauber, ja, und erfrischend ... erneuernd. Für Deborah war schon das bloße Versprechen der Erfüllung beinahe eine so tiefe Erfahrung wie die Erfüllung selbst. Und im Augenblick genügte es zu wissen, daß es Antworten gab, daß sie nicht länger in völliger Unsicherheit verharren oder für immer fallen mußte, ohne einen, der sich um sie kümmerte und sie rettete.

Ich werde kommen.

Mehr Offenbarung brauchte sie gar nicht. Der wachsende Frieden in ihrem Herzen sagte ihr, daß Gott wirklich zu ihr gesprochen hatte und daß er weiter zu ihr sprechen würde, bis ihre Fragen beantwortet und ihre Verwirrung geschlichtet waren. Noch gab es Fragen und Verwirrung, aber sie war nicht mehr von ihnen geängstigt. Sie brauchte keine verzweifelte Zukunft mehr zu fürchten. Und wenn Gott sich genug um sie sorgte, um ihr das zu zeigen, dann vertraute sie darauf, daß dies ein Gott war, der keine Schuld trug. Es mochte Schmerz und Trauer geben, aber sie kamen nicht von diesem Gott.

Deborah beugte sich hinüber und streichelte den Hals des Grauen. „Alles wird gut werden, mein Junge. Ich kann's gar nicht erwarten, Sam alles zu erzählen!"

Sie grub ihre Fersen in die breiten, starken Flanken des Pferdes, und der Hengst setzte sich freudig in Bewegung. Beinahe aus dem Stand sprang er in einen vollen Galopp.

56

Sam war im Laden, und Deborah, glühend von der neuen Sicherheit und dem schnellen Ritt, grüßte ihn atemlos.

„Sam, ich bin so froh, daß du hier bist. Du glaubst nicht, was geschehen ist —"

Aber sie hielt plötzlich inne, als sie sah, daß er nicht allein war. Drei Männer saßen um den Tisch, vor jedem ein halbleeres Glas und in der Mitte des Tisches eine Flasche Whisky. Sam hatte in der Nähe gestanden, einen Fuß auf einem leeren Stuhl, und mit den Männern gesprochen. Das war es jedoch nicht, was sie so plötzlich verstummen ließ. Sie kannte diese Männer, obwohl sie sie lange für tot gehalten hatte.

„Griff McCulloch!" rief sie. „Slim! Longjim! Ich kann's nicht glauben, daß ihr am Leben seid!"

Sam hatte Griff auf Deborah vorbereitet, aber keine Worte hätten ihn auf das vorbereiten können, was er jetzt sah. Diese Frau sah tatsächlich genau aus wie das Mädchen, das er vor vier Jahren vor dem Galgen gerettet hatte, aber er sah jetzt, daß das hübsche, schweigsame, traurige Mädchen nur ein Schatten der Blüte gewesen war, die die Jahre jetzt hervorgebracht hatten. War sie damals hübsch gewesen, so war sie jetzt schön auf eine Art, die nur tiefes Erleben hervorbringen konnte. Was er nicht sehen konnte, war, daß die Leuchtkraft ihrer Schönheit ihr erst seit wenigen Stunden eigen war. Dennoch, die Kehle wurde ihm trocken, und als er mit Slim und Longjim aufstand, um sie zu begrüßen, fühlte er sich hölzern und schrecklich. Plötzlich wurde ihm bewußt, daß der Staub und der Schmutz der Reise an ihm klebten und daß er sich seit mehreren Tagen nicht rasiert hatte. Aber er streckte ihr die Hand hin und brachte ein Grinsen zustande, obwohl er das Gefühl hatte, für diese feine Lady einfach widerwärtig zu sein.

„Wie geht's, Ma'am?" sagte Griff, und seine Kumpane begrüßten sie ähnlich. Griff fuhr fort: „Schätze, ich bin so lebendig wie eh und je. Und ich bin froh, daß Sie es auch sind. Ich habe mir jahrelang schlimme Vorwürfe gemacht, weil ich an jenem Tag nicht zu Ihnen zurückkommen konnte."

„Alles hat sich zum Besten gewendet, Griff", antwortete Deborah mit einem tiefen Ernst, der Sams Aufmerksamkeit erregte. Vor einigen Stunden war sie in Verwirrung und Angst weggegangen; aber jetzt sah sie deutlich anders aus. Sam hätte gern gleich mit ihr gesprochen. Er wußte, etwas Wundervolles war dort draußen auf der Prärie geschehen. Aber er würde das persönliche Gespräch verschieben müssen, jetzt, da Griff McCulloch aufgetaucht war.

Deborah ergriff wieder das Wort. „Ich habe so viele Fragen. Lassen Sie mich nach den Kindern sehen, dann können wir reden."

Carolyn und Himmelchen, wie ihn jetzt alle nannten, waren glücklich beschäftigt. Sie ‚halfen' Hardee, die Regale mit neuer Ware aufzufüllen. Der kleine Himmelchen bemerkte seine Mutter, verlor das Interesse an seiner ‚Arbeit' und wollte auf den Arm genommen werden. Aber Carolyn nickte ihrer Mutter nur zu und wandte sich sofort wieder ihrer wichtigen Aufgabe zu. Deborah hob Himmelchen in ihre Arme, nahm einen Keks aus einem der Gläser, an dem er knabbern konnte, und ging zu der überraschten Versammlung vorn im Laden zurück.

Als Deborah auf den Tisch zuging, betrachtete sie die drei Outlaws genauer. Sie hatten sich über die Jahre nur wenig verändert. Griff war unter all dem Staub noch immer der schroffe Mann mit Autorität und einem Funken Humor in den stählernen Augen. Longjim hatte ein paar graue Strähnen in seinem schwarzen Haar und Bart, aber seine gedrungene, muskulöse Gestalt wies ihn noch immer als einen harten Westerner aus. Slims langes, eckiges Gesicht hatte ein paar Runzeln mehr, aber er hatte seiner mageren, klapprigen Gestalt kein Pfund Gewicht hinzugefügt.

„Feine Kinder", sagte Slim und streckte einen Finger aus, um Himmelchens Wange zu berühren. „Ist 'ne Ewigkeit her, seit ich Kleine um mich gehabt habe. Darf ich ihn ein Weilchen halten, Ma'am?"

Deborah sah Himmel an. „Willst du bei Nahkoas Freund sitzen?" fragte sie in Cheyenne. Der Junge, noch keine zwei, sah den Fremden mißtrauisch an und klammerte sich fester an Deborah.

„Er ist ein bißchen scheu", entschuldigte sich Deborah.

„Oh, versteh' ich", sagte Slim. „Meine Kleinen waren auch so." Griff und Longjim warfen die Köpfe herum und starrten ihren Partner erstaunt an. Slim stotterte verlegen: „Naja, ihr wißt eben nicht alles!"

Deborah lächelte. „Ich bin sicher, er wird sich an Sie gewöhnen."

Und so verbrachte Slim den Rest des Gespräches damit, Himmelchen zu unterhalten, ihm komische Gesichter zu schneiden, mit seinen großen Ohren zu wackeln, die Lippen zu schürzen, einen Ball auf dem Tisch hin und her zu rollen und andere kleine Spiele zu machen. Der Austausch zwischen den anderen wurde von Himmelchens Gekicher unterbrochen und vom rauhen Lachen des Outlaws. Deborah erinnerte sich daran, wie sie Slim eine Waffe vorgehalten hatte, während Sam ihn fesselte. Sie war froh, daß er ihr nichts nachtrug.

„Zu all meinen anderen Überraschungen heute, Griff", sagte Deborah, „bin ich überrascht, euch einfach so ins Fort spazieren zu sehen."

„Wir waren ein Weilchen friedlich, Ma'am —"

Deborah unterbrach ihn. „Warum nennt ihr mich nicht einfach Deborah. Ich habe das Gefühl, wir sind alte Freunde."

„Mit größtem Vergnügen, Ma'am — das heißt, Deborah", sagte Griff. „Naja, seit der Krieg vorbei ist und wir eine Weile verschwunden waren, scheint sich das Gesetz nicht mehr besonders für ein paar ‚Ehemalige' zu interessieren."

„Ihr hattet all die Jahre keinen Ärger?" fragte Deborah.

„Mehr oder weniger."

„Außer in Kalifornien —" fing Longjim an.

„Was einer in Kalifornien macht, zählt nicht", schnitt Griff ihm das Wort ab. „Die meiste Zeit sind wir herumgezogen. Ein Jahr lang haben wir sogar im Norden für Sheridan gearbeitet, als Scouts. Stellen Sie sich vor, verdammte Rebellen arbeiten für die Yankees. Alles ist okay, solange niemand allzu genau hinsieht, und das tut im Westen niemand, glauben Sie mir, weil die Hälfte aller Leute, Gesetzeshüter eingeschlossen, im Kittchen landen würde, wenn man sie genauer unter die Lupe nähme. Vor vier Jahren haben wir's nach Mexiko geschafft."

„Ich hoffe, Sam hat euch erklärt, daß er mit diesem Vorfall damals nichts zu tun hatte", warf Deborah rasch ein.

„Das wissen wir schon seit Jahren", erwiderte Griff. „Es waren gar keine Gesetzeshüter, die damals hinter uns her waren. Sehen Sie, in dem Versteck damals planten wir, einen Lastkahn aus Fargo zu überfallen. Deshalb mußten wir Killion aus dem Weg haben. Naja, als wir kamen, waren schon andere dagewesen. Wir waren ziemlich angeschmiert deswegen, bis uns diese anderen über den Weg liefen. Sie fühlten sich so sicher, daß sie nicht mal Wachen aufstellten. Ich und meine Jungs haben ihnen die Beute abgeknöpft und sind abgehauen —"

„Dachten wir jedenfalls, daß wir sie los waren", sagte Longjim.

„Yeah", bestätigte Griff. „Stellte sich raus, sie hatten einen Crow Indianer bei sich, und es war nur eine Frage der Zeit, bis sie uns erwischten. Sie haben uns nach der Schießerei am Cimarron immer weiter verfolgt. Wir dachten, die Hitze und der Wassermangel würden sie zum Aufgeben zwingen, aber natürlich war das auch für uns nicht gut. Ich schätze, es waren die Apachen, die uns schließlich den Hals gerettet haben."

„Apachen?" fragte Sam mit hochgezogenen Augenbrauen. Er hatte genug gegen diesen wütenden Stamm gekämpft, um zu wissen, daß die Apachen sehr selten einen Feind *retteten*, besonders nicht einen Weißen.

„Viel hätte nicht gefehlt", sagte Griff. „Aber die andere Bande hat's abbekommen. Nur Slim, ich und Tom Carver waren noch da, weil wir uns auf dem Indianergebiet von den anderen Jungs getrennt hatten. Naja, die Apachen haben Tom umgebracht, und die andere Bande hat die Indianer aufgehalten, während Slim und ich entkommen sind. Das war natürlich nicht ihre Absicht, aber so ist es eben gekommen. Hab' mich nicht gerade gut gefühlt, so auf ihre Kosten zu verschwinden, aber entweder sie oder wir, also hab' ich, glaube ich, die richtige Entscheidung getroffen."

„Sie hätten euch sowieso umgebracht, wenn's die Apachen nicht getan hätten", sagte Longjim.

„Und wo waren Sie währenddessen, Longjim?" fragte Deborah.

„Ich bin am Cimarron nordwärts gezogen und in Kalifornien gelandet. Dort hab' ich etwa ein Jahr später Griff und Slim wieder getroffen. Ich war auch reif für ein neues Leben."

„Neues Leben?"

„Naja", sagte Slim und wandte sich einen Moment von dem Kind ab, „nach der Begegnung mit den Apachen haben Griff und ich beschlossen, sauber zu werden. Eine wirkliche Begegnung mit den Apachen kann reichen, damit ein Mann neu über sein Leben nachdenkt."

„Neu nachdenken, sagen Sie?" sagte Sam mit einem Funkeln in den Augen.

„Halt, halt, Prediger!" sagte Slim, der schon bedauerte, sich eingemischt zu haben. „Ich meinte nicht das."

„Nun, wenn ein Beinahemassaker durch Apachen nicht reicht, einen Mann zu Gott zu führen, dann weiß ich nicht, was noch geschehen muß", sagte Sam.

„Dazu sind wir schon viel zu weit gegangen, Killion", sagte Griff. „Sie verschwenden besser erst gar keine Predigt auf uns."

„Eine Predigt ist nie verschwendet, McCulloch." Aber für den Moment begnügte sich Sam mit Zuhören.

Und er war froh, den Mund halten zu können, denn der wirklich interessante Teil der Unterhaltung begann erst, als Griff Deborah bat, ihre Geschichte zu erzählen. Sam hatte nie ihre ganze Geschichte gehört, und das meiste, was er gehört hatte, hatte er sich selbst zusammenreimen müssen. Also war er jetzt gespannt. Aber selbst wenn er es schon oft gehört hätte, hätte er die seltene Gelegenheit nicht missen wollen, ihrer ruhigen, starken Stimme ausgiebig zu lauschen. Auch die raschen Veränderungen ihres lieblichen Gesichts beim Reden hätte er nicht missen mögen.

Und so gesehen war ihre Rede viel zu kurz. Sie faßte die Tatsachen zusammen — Namen, Orte, Daten — ohne weiter auf Gefühle einzugehen. Sie berichtete in einfachen Worten von all dem Schmerz über den Tod von Gebrochener Flügel: „Mein Cheyennemann starb letzten Herbst kurz vor dem Washita Massaker."

Aber selbst Griff, sicher nicht der empfindsamste Mann, konnte an ihren Augen und ihrem Mund das Leid ablesen, das ihr widerfahren war.

Er sagte: „Es tut mir leid, zugeben zu müssen, daß wir gegen die Indianer gekämpft haben, während Sie unter ihnen waren."

„Es ist eine komplizierte Lage", antwortete Deborah ohne Vorwurf.

„Wir hofften, wieder zu Sheridans Scouts zu stoßen, aber sie wollten uns zur Siebten Kavallerie schicken."

„Wir wollen nicht mit Custer reiten", sagte Longjim voller Abscheu.

„Er ist ein Yankee, der mir noch immer auf den Magen schlägt", sagte Griff.

„Was habt ihr also vor?" fragte Deborah und wußte nicht einmal genau, was sie selber vorhatte. Sie dachte an die wundervolle Erfahrung, die sie gerade gemacht hatte und die sie noch nicht einmal mit Sam hatte teilen können. Was würde das für ihre Zukunft bedeuten?

Griff kratzte sich an der staubigen, stoppeligen Wange. „Als erstes würde ich ein Pfund Gold für ein Bad geben."

Deborah lachte. „Ich glaube, das können Sie viel billiger haben."

„Danach . . .", fuhr Griff fort, „weiß ich nicht. Irgendwas findet sich immer. Postkutschen sichern oder Schiffe, oder Viehtreiber werden. Und wie ich höre, braucht die Eisenbahn Leute, die schießen können, wegen der Indianer — obwohl ich lieber einen Zug ausrauben würde als ihn gegen Indianer zu verteidigen."

„Ich bin sicher, es wird sich etwas Passendes finden", sagte Deborah. „In der Zwischenzeit ... nun, ich fürchte, dieselbe Gastfreundschaft, die ihr mir einst gewährt habt, kann ich euch nicht anbieten, aber —"

Hardee Smith hatte mit halbem Ohr am anderen Ende des Raumes zugehört, aber jetzt spitzte er die Ohren. Er setzte die kleine Carolyn auf seine breiten Schultern und kam herüber an den Tisch.

„Sie sind hier kein Gast, Deborah", sagte er, „und wegen mir müssen Sie die Männer nicht wegschicken." Er sah die Fremden an. „Dieses Mädchen hier kann alles haben, was sie will, denn ich weiß nicht, wie ich ohne sie hier zurechtkommen sollte."

Deborah lächelte ihren Arbeitgeber an. „Ich danke Ihnen, Hardee. In diesem Fall könnt ihr Kumpel erst mal zum Abendessen bleiben. Soviel schulde ich euch schon."

„Da können Sie drauf wetten, daß wir bleiben", sagte Slim eifrig und offenbar glücklich, seine aufkeimende Freundschaft mit Himmelchen vertiefen zu können.

„Sie werden keine drei Herumtreiber finden, Deborah, die ein selbstgekochtes Essen ablehnen würden", sagte Griff.

57

Drei Tage vergingen, bevor Deborah eine Gelegenheit fand, mit Sam zu sprechen. Griff, Slim und Longjim, die Outlaws, die keine mehr sein wollten, hatten zusammen mit Deborah, Hardee und den Kindern ein angenehmes Abendessen, aber danach sah sie sie kaum noch. Sie waren bei einigen Scouts, die sie kannten, und waren die meiste Zeit nicht im Fort. Was genau sie taten, wußte Deborah nicht. Sie war erleichtert gewesen, daß sie, besonders Griff, noch am Leben waren. Aber dennoch war sie froh, daß sie nicht im Fort bleiben wollten. Sie erinnerten sie zu sehr an ihre vergangene Hilflosigkeit, und trotz ihrer kürzlichen Erfahrung mit Gott war sie weiter auf ihre Unabhängigkeit bedacht.

Das war einer der Punkte, über die sie mit Sam reden wollte. Die letzten Tage war er damit beschäftigt gewesen, in einigen Siedlungen ‚dienlich' zu sein, wie er das nannte.

Sam kam mit seiner gewohnten Zuversicht und Stärke in den Laden, nicht im mindesten beeindruckt von den Frühlingsstürmen, durch die er sich hatte durchkämpfen müssen.

„Mann, es gießt wirklich", sagte er, als er seinen Hut und seinen Mantel ausschüttelte, bevor er sie an einen Haken bei der Tür hängte.

Mehrere Kunden waren im Laden, einige saßen an den drei Tischen. Offensichtlich waren sie an diesem Morgen mehr daran interessiert, dem Regen zu entkommen, als daran, Hardees schlechten Whisky zu trinken. Ein warmes Feuer brannte in dem dickbauchigen Ofen, der mitten im Raum stand.

„Wie geht's, Prediger?" sagte einer der Männer am Tisch. „Könnten Sie nicht mal mit dem Mann da oben ein vernünftiges Wort reden, damit der Regen endlich aufhört? Seit zwei Tagen kann ich keine gesegnete Arbeit mehr machen."

„Ich werde sehen, was ich tun kann, Jasper", erwiderte Sam, „aber im Juli, wenn die Hitze kommt und der Staub Ihre Kehle austrocknet, wären Sie dankbar für solches Wetter."

„Ist noch lange hin bis Juli."

„Gute Gelegenheit, sich in Geduld zu üben."

„Das tue ich, Prediger, aber es ist gar nicht so einfach."

„Das ist es nie, Jasper." Sam wandte dem Grund seines Kommens seine Aufmerksamkeit zu. „Hat jemand Hardee oder Mrs. Graham gesehen?"

„Ich bin hier hinten", rief Hardee hinter einem Stapel Blechgeschirr, das er zählen wollte.

Sam schlenderte zu ihm hinüber. „Ist Deborah da, Hardee?"

„Hinten bei den Kleinen. Sie näht, glaub' ich."

„Kann ich reingehen?"

„Klar, schätze, Ihnen kann ich trauen, Sam." Hardee machte eine bedeutungsvolle Geste.

Sam zuckte die Achseln und schlenderte weiter zur Tür, die nach hinten führte in die vollgestopften, muffigen Räume. Als er sich einem Raum näherte, aus dem er vertraute Stimmen hörte, erwog er Hardees Bemerkung und die Tatsache, daß man ihm, was Deborah anging, wirklich trauen konnte. Er war zu sehr um sie besorgt, um in Gebiete vorzustoßen, in die sein Herz ihn wohl führen würde, die aber Deborah vorerst nicht betreten würde, wie ihm sein Verstand sagte. Er wollte nicht ihre Freundschaft in Gefahr bringen. Aber Sam war willens, sich mit der gegenwärtigen Lage zufriedenzugeben. Obwohl er dreiunddreißig Jahre alt war, hatte er erst vor kurzem begonnen, über die Möglichkeiten eines seßhaften Lebens als Familienvater nachzudenken. In seiner unsteten und gefährlichen Vergangenheit hatte es kaum Platz für Familie gegeben, und jetzt, da die Gefahr kleiner geworden war, war er noch immer ständig unterwegs. Er mußte zugeben, daß ihm dieses Leben immer ziemlich gefallen hatte. Erst seit kurzem, vielleicht besonders seit Deborahs Rückkehr in sein Leben, dachte er immer häufiger an ein Zuhause und eine Frau, die er lieben konnte.

Sam hob die Hand und klopfte an die Tür. Er fühlte sich ein wenig unsicher und dumm wegen der Gedanken, die ihm im Kopf herumgingen, aber auch aufgeregt, da er wußte, mit Deborah war neulich etwas Außerordentliches geschehen, über das er schon die ganze Zeit mit ihr sprechen wollte.

„Herein", sagte sie, und Sams überschwengliche Neugier ließ ihn ohne weiteres Zögern eintreten.

„Hallo, Deborah", sagte er. „Ich hoffe, es stört dich nicht, daß ich einfach so hereinplatze?"

„Überhaupt nicht." Sie legte das Hemdchen beiseite, an dem sie gerade gearbeitet hatte. „Ich kann dir nicht einmal einen Stuhl anbieten." Deborah selbst saß auf dem Bett, einer Strohmatratze, die auf dem Boden lag und über die Felle ausgebreitet waren. Das war viel luxuriöser als alles, was sie bei den Cheyenne gehabt hatte, aber es war kaum geeignet, Gäste zu empfangen. Eine Kommode war das einzige Möbelstück im Zimmer. Himmelchen saß bei Deborah auf dem Bett und spielte mit ein paar Blechtassen, die Hardee ihm gegeben hatte. Carolyn saß auf einer geflochtenen Matte und spielte mit einer indianischen Puppe – nicht ihrer Lieblingspuppe, die sie am Washita verloren hatte, sondern einer anderen, die Hardee bei einem Pawnee eingetauscht hatte.

Sam sah sich in der kargen Umgebung um. Er versuchte, kein Mitleid für Deborah zu empfinden, denn er wußte, das wäre das allerletzte, was sie wollte. Trotzdem fragte er sich, ob es in Gottes Plan nicht ein besseres Leben für sie gab. Oder er würde sie Zufriedenheit lehren, ganz gleich, in welcher Umgebung sie lebte. Das war das Beste, aber er hoffte trotzdem für sie.

Er lächelte freudig. „Wenn es dir nichts ausmacht, setze ich mich auf eine Matte am Boden."

Er ließ sich auf eine Matte nieder, die größer als die von Carolyn war und neben dem Bett lag. Carolyn sah zu ihm auf und lächelte, als ob sie glücklich war, einen Mann so sitzen zu sehen, wie sie selber normalerweise saß, wie die Indianer, und nicht auf diesen harten, unbequemen Stühlen.

„Die Kinder sehen wirklich prächtig aus, Deborah", sagte Sam. „Du kannst stolz auf sie sein."

„Das bin ich auch. Sie sind alles, was ich habe, aber mit ihnen fühle ich mich reich. Ich las heute morgen, daß Kinder ein Segen und eine Belohnung Gottes sind. Himmelchen und Carolyn geben mir allen Grund, das zu glauben."

„Du hast gelesen ...?"

„Ja, Sam. Ich habe in der Bibel gelesen. Hardee hatte drei davon in einer Ecke des Ladens." Sie schwieg, griff unter die Bettdecke und holte ein brandneues Exemplar hervor, das in schwarzes Leinen gebunden war. „Mein Vater las mir oft aus den Psalmen vor, aber sein Lieblingsbuch war das Johannesevangelium. Dort habe ich also begonnen. Seit ich dich zuletzt gesehen habe, habe ich beide Bücher gelesen."

„Großartig!" erwiderte Sam begeistert und zögerte, bevor er hinzufügte: „Was ist also mit dir geschehen an dem Tag, als du ausgeritten bist?"

„Es war wundervoll, Sam!"

„Hätte ich dir sagen können."

„Wirklich?"

„Oh ja. In der Minute, in der du an diesem Tag zur Tür hereinkamst, sah ich, daß du dich verändert hattest. Du kannst dir nicht vorstellen, wie gespannt ich seitdem bin, mit dir zu reden."

„Das bin ich auch, aber vielleicht war es ganz gut so. Ich hatte Zeit, für mich allein in der Bibel zu lesen und herauszufinden, daß Gott mir wirklich zeigen will, wer er ist. Ich nehme an, es ist gar nichts wirklich Dramatisches passiert. Es war mehr wie eine stille Sicherheit, daß ich auf dem richtigen Weg bin."

„Ich werd' dir sagen, was wirklich aufregend ist!" Deborah lächelte, und Sam konnte sich nicht erinnern, wann er sie je so bezaubernd lächeln gesehen hatte. „Mein Vater las meinem Bruder und mir oft aus der Bibel vor. Ich habe es oft gehört, obwohl ich gewöhnlich bloß aus Höflichkeit zuhörte und aus Respekt vor meinem Vater. Seit gestern ist es aber ganz anders. Ich sehe alles in ganz neuem Licht. Ich kann es schwer ausdrücken. Der dreiundzwanzigste Psalm zum Beispiel. Wie oft hat mein Vater ihn mir vorgelesen! Ich habe ihn sogar einmal in der Sonntagsschule auswendig gelernt. Aber bis gestern habe ich ihn nie wirklich gelesen. ‚Der Herr ist mein Hirte, mir wird nichts mangeln ... Und ob ich schon wanderte im finsteren Tal —'" Deborah hielt plötzlich überwältigt inne. „Verzeih mir, Sam", sagte sie entschuldigend, als sie sich die feuchten Augen wischte. „Jedesmal, wenn ich daran denke, kommen mir die Tränen. So viele Jahre war ich in jenem Tal, und Er war immer da, aber ich habe mich nicht trösten lassen. Hast du je jemanden gekannt, der so verstockt und dumm ist?"

Sam grinste, obwohl sich auch seine Augen mit Tränen füllten.

„Nein", sagte er neckend, „außer diesem verstockten und dummen Kerl, der hier vor dir sitzt."

Sie kicherten beide, dann sagte Deborah in feierlichem Ton: „Sam, ich glaube wirklich all diese Dinge, und ich weiß, mein Herz ist verwandelt worden auf eine Art, die ich nie vergessen werde. Ich will nicht dickköpfig sein, obwohl mir oft gesagt worden ist, daß ich es bin. Eins beunruhigt mich doch."

„Jeder hat Fragen, Deborah, selbst Wanderprediger. Aber wenn du den Frieden Gottes im Herzen trägst, kannst du sicher sein, daß Gott deine Frage entweder beantwortet oder dir Zufriedenheit ohne eine Antwort schenkt."

„Ich sehe das jetzt, aber ..." Deborah sah nieder in ihren Schoß, als ob sie nur so den Mut finden könnte, auszusprechen, was ihr im Moment am meisten auf dem Herzen lag. „Sam, ich will nie wieder hilflos sein; ich will nie mehr von jemandem abhängen. Ich fürchte, ich werde Gott nicht alles geben können. Ich weiß, es klingt dumm, besonders, da ich jetzt lerne, welch ein liebender Gott Er ist; aber ich kann mir nicht helfen. Du verstehst das sicher, Sam. War es nicht schwer, dich selbst aufzugeben, als du ein Christ wurdest? All die Freiheit und das Abenteuer des Rangerlebens, all dein Wissen. Ich habe über Texas Ranger sagen hören, daß sie reiten wie Mexikaner, schießen wie die Männer aus Tennessee, Spuren lesen wie Indianer und —" Deborah verstummte und wurde etwas rot, als ihr der letzte Teil dieser kleinen Litanei einfiel.

„Und kämpfen wie der Teufel", beendete Sam ihren Satz. „Das habe ich auch gehört, und ich war einmal stolz darauf."

„Ist es dir nicht schwergefallen, all das aufzugeben?"

„Schwergefallen ...?" Sam kaute nachdenklich an seinem Bart. „Deborah, weshalb soll ich dir nicht erzählen, was ich aufgegeben habe, und dann kannst du dir die Frage vielleicht selbst beantworten. Aber es könnte eine Weile dauern."

„Ich will es hören, Sam. Ich habe Zeit. Die Kinder scheinen zufrieden." Himmelchen war auf Deborahs Schoß geschlüpft und nuckelte halb schlafend an seinem Daumen. Carolyn wiegte ihr eigenes ‚Baby' in den Schlaf, schien aber auch dem Gespräch der Erwachsenen zu folgen.

„Wie ich gesagt habe, Deborah, ich war stolz auf den Ruf der Ranger", begann Sam. „Mein ganzes Leben wollte ich nichts als ein Ranger sein. Mein Onkel war ein Ranger, unter den ersten, nachdem Texas seine Unabhängigkeit von Mexiko gewann. Da er mich praktisch großgezogen hat, nehme ich an, ich wollte einfach wie er sein. Ich wollte nicht aus seinen Fehlern lernen oder die Kämpfe in seinem eigenen Herzen über seine Tage als Ranger sehen. Ich sah nur den Ruhm und die Chance, den Tod meines Vaters zu rächen. Ich brachte meinen Onkel dazu, mich alles zu lehren, was er wußte — und er tat es, wahrscheinlich, weil er sich dachte, ich würde es ohnehin lernen, und er wollte sicher sein, daß ich es richtig lernte. Als er mir alles beigebracht hatte, was er konnte, bat ich jeden, es mir noch besser zu zeigen. Als ich dreizehn war, kam ich schon ganz gut allein zurecht, und ich kämpfte gegen Indianer — Apachen und Comanchen überwiegend. Ich ging mit vierzehn zu den Rangers. Ich gab ein falsches Alter an, um aufgenommen zu werden. Es mag übertrieben und prahlerisch klingen, aber ich konnte so gut schießen wie Ranger, die doppelt so alt waren wie ich. Alles, was ich wollte, war kämpfen. Ich wollte gegen die Mexikaner kämpfen, für das, was meinem Vater am Alamo geschehen war. Aber ich war so voller Haß, daß ich nicht wählerisch war. Ich kämpfte auch gegen Indianer und weiße Outlaws, wenn es welche gab. Die anderen Ranger machten Witze über meinen Namen; sie sagten Killer statt Killion. Sie nannten mich ‚Killer Sam'. Und ob du es glaubst oder nicht, für mich war das ein Kompliment.

Nun ja, kurz vor dem Krieg waren ich und drei andere Ranger unten im Pecosgebiet, um einen Haufen mexikanische Gauner aufzuspüren. Sie hatten alle Ranches zwischen dem Rio Grande und dem Pecos unsicher gemacht, und wir waren entschlossen, sie zu erwischen. Wir vier beschlossen, uns in zwei Paare zu teilen, um ein größeres Gebiet absuchen zu können. Mein Partner Doug und ich fanden die Spur der Banditen und entdeckten sie selber am nächsten Tag. Sie waren ein halbes Dutzend Männer, alle schwer bewaffnet, und sie trieben Vieh vor sich her, das sie gerade gestohlen hatten. Wir folgten ihnen den ganzen Tag, denn es gab nicht genug Deckung, um sie anzugreifen. Bei Sonnenuntergang führten sie uns direkt zu ihrem Versteck, einem verlassenen Farmhaus, das zwischen buschigen Hügeln versteckt lag. Ihre Zahl hätte uns nichts ausgemacht, wenn es in der Nähe eine gute Deckung gegeben hätte. Wir entschlossen uns also, Verstärkung zu holen, statt das Risiko einzugehen. Doug ging, und ich blieb, um die Desperados im Auge zu behalten.

Ich hab' mich nicht sehr klug angestellt, denn gegen Morgen schlief ich ein. Als ich die Augen wieder öffnete, sah ich genau in eine Gewehrmündung. Sie schleppten mich zur Scheune, fesselten mich und warfen mich dort hinein. Ich konnte hören, wie sie draußen über mich sprachen, und ich verstand genug Spanisch, um zu hören, daß die Mehrheit mich sofort töten wollte. Sie wollten sich aber zuerst ein Vergnügen mit mir machen, denn die Gelegenheit, einen Texas Ranger zu töten, bekamen sie nicht oft. Ich erinnere mich, wie haßerfüllt ich war, als ich von ihnen verlangte, mich loszubinden, damit ich mich verteidigen konnte. Ich beschimpfte sie und nannte sie Feiglinge, und ich hielt ihnen vor, was sie am Alamo getan hatten, obwohl die meisten von ihnen 1836 noch Kinder gewesen waren, falls sie überhaupt schon auf der Welt waren.

Sie holten mich heraus, und mir war klar, ich war ein toter Mann und hatte bei einem waghalsigen Fluchtversuch nichts mehr zu verlieren. Ich wartete, bis sie vom Problem abgelenkt waren, wer den ersten Schlag führen durfte; dann bewegte ich mich vorsichtig auf den, den ich für die leichteste Beute hielt. Ich schlug ihn nieder und ergriff seinen sechsschüssigen Revolver mit meinen gefesselten Händen; dann rollte ich mich unter einem Kugelhagel in die Scheune zurück. Dabei schoß ich einmal und tötete einen von ihnen. Blieben fünf übrig.

Drinnen verriegelte ich die Tür und entdeckte, daß ich eine durchgeladene Waffe erwischt und noch genau fünf Schüsse hatte. Als nächstes schnitt ich an der Klinge einer Axt meine Fesseln durch. Die Banditen hatten die Scheune umstellt. Wenn sie klug gewesen wären, dann wären sie so schnell wie möglich getürmt, aber sie waren so wütend, daß sie nicht abziehen würden, bevor sie mich umgebracht hatten. Sie schossen wie verrückt, aber ich wußte, ich durfte keinen einzigen Schuß verschwenden. Obwohl ich glaubte, niemals lebendig dort rauszukommen, wollte ich wenigstens den anderen Rangern die Arbeit etwas erleichtern. Jedesmal, als ich schoß, dachte ich an meinen Vater, der gegen eine große Überzahl keine Chance gehabt hatte – und die Santa Anna machten keine Gefangenen; das galt später dann, wie ich nicht verschweigen will, auch bei den Texas Rangers. Vielleicht war es der Haß, der meine Kugeln lenkte – meine eigene, private Rache für den Alamo. Als ich aus der Scheune kam, konnte ich nicht glauben, was ich getan hatte. Vier von ihnen waren tot, einer war verwundet und würde sehr bald sterben. Der sechste war ins Bein getroffen, und als ich vorsichtig aus der Scheune ging, feuerte er auf mich und traf nicht; dann rollte er einen Abhang hinunter und schlug bewußtlos auf einem Felsen auf. Wir hängten ihn später.

Ich hätte froh sein sollen, noch am Leben zu sein, aber als ich dort zwischen all diesen Toten stand, war ich plötzlich krank, richtig körperlich krank und auch krank in meinem Herzen. Es war nicht das erste Mal, daß ich jemanden getötet hatte, und es war nicht der Anblick des Todes, der mich krank machte. Aber in diesem Moment, da bin ich sicher, öffnete Gott mir die Augen. Er ließ mich mit so schrecklicher Deutlichkeit sehen, wessen ich fähig war. Es machte mir angst, daß ein Mensch so gut mit der Waffe war und als ‚Friedensheld' galt. Und, glaub mir, all meine Kameraden feierten mich als Helden, genau wie alle Rancher der Gegend. Zurück in Larede gaben sie mir eine Auszeichnung. Aber trotz des Ruhms sorgte Gott dafür, daß ich die toten Körper nicht vergaß, von meinen eigenen Händen getötet. Wochenlang hatte ich Alpträume deshalb. Meine Hand zitterte jedesmal, wenn ich eine Waffe anfaßte. Schließlich sah mein Captain, daß ich ein Wrack war, und er schickte mich auf Urlaub nach Hause.

Alles brach irgendwie zusammen, als ich zu unserem Haus hinaufging und meine Mutter mir die Tür öffnete. Als ich sie sah, die beste Frau, der ich je begegnet bin, konnte ich nicht mehr. Ich lief auf sie zu, fiel auf die Knie und weinte. Alles, was ich sagen konnte, war: „Ma, ich bin ein Mörder!" Sam schwieg, als ihn das Gefühl erneut übermannte. Tränen stiegen ihm in die Augen, aber er wischte sie fort und sah Deborah fest an.

„Sag mir, Deborah", brachte er schließlich mit rauher und gequälter Stimme hervor, „was habe ich aufgegeben? Manchmal habe ich noch immer Alpträume wegen dieses Tages und wegen all der Männer, die ich im Namen des Rechts getötet habe. Wenigstens kann ich jetzt, wenn ich erwache, alle Jesus geben, und Er reinigt mich wieder und wieder davon. Ich schaudere bei dem Gedanken, was aus mir geworden wäre, wenn ich über diese Erfahrung hätte hinweggehen und auf dem gleichen Weg hätte weitergehen können. Ich glaube, aus mir wäre ein wirklich kaltblütiger Killer geworden. Wie es in der Schrift heißt: ‚Und gewänne ich auch die ganze Welt und nähme doch Schaden an meiner Seele.' Ich glaube, das wäre geschehen, Deborah. Aber ich habe dir noch keine Möglichkeit gegeben zu sagen, was du denkst."

Deborah seufzte. „Wenn du darüber redest, Sam, klingt es so klar und einfach. Und je mehr ich von Gott lerne, desto mehr sehe ich, es kann nicht anders sein. Er bietet so viel an. Er gibt so viel ... was er im Gegenzug verlangt, scheint so wenig."

„Es wäre nicht fair, wenn ich die Dinge hier falsch darstellen würde, Deborah. Gott verlangt von uns, daß wir *alles* für Ihn aufgeben. Im Römerbrief heißt es, daß wir unsere Körper Gott als ‚lebendiges Opfer' darbringen sollen."

Deborah hob eine Augenbraue, und ihr Mund verzog sich zu einem angedeuteten ironischen Lächeln. „Du wirst es mir nicht leicht machen, Sam, nicht wahr?"

„Ich glaube nicht, daß du zu den Menschen gehörst, die es leicht haben wollen, die den leichtesten Weg wählen. Ich glaube, du willst lieber die ganze Wahrheit, auch wenn sie ein wenig weh tut."

„Ich denke, du hast recht."

„Und die Wahrheit ist, Deborah, daß Gott nicht zufrieden ist mit nur einem Teil deines Herzens, nicht einmal mit der Hälfte. Er will alles. Vollkommene und totale Ergebung und absolute Kontrolle über dein Leben. Es fällt mir schwer, das zu sagen, denn ich weiß, nach allem, was du durchgemacht hast, hast du Angst, einem anderen so zu vertrauen. Aber es ist besser, du weißt es jetzt als später."

„Absolute Kontrolle ..." Es war schwierig, fast unmöglich für Deborah, diese Worte auszusprechen. Es war das Letzte, was sie hören wollte. In den letzten Tagen hatte sie einen Gott der Liebe und der Gnade kennengelernt, einen Tröster. Das war der Gott, dem sie leicht trauen konnte. Aber ein Beherrscher? War es nicht das, wovor sie vor Jahren aus Texas geflohen war? Die Jahre mit Gebrochener Flügel hatten ihr gezeigt, daß das Leben anders sein konnte, daß Liebe und Freiheit sich nicht gegenseitig ausschlossen. Konnte sie jetzt riskieren, zurückgeworfen zu werden in eine Lage, an die der bloße Gedanke sie schon krank machte?

Sam schien ihr Zögern zu verstehen, und als er weitersprach, tat er es mit sanfter Ermutigung. „Deborah, Gott will vollkommene Kontrolle, aber er will andererseits nicht, daß du ein hilfloser Schwächling sein sollst. Sicher hast du in den Psalmen die vielen Hinweise auf die Stärke bemerkt — wie Er Seinem Volk Stärke gibt. Er will uns stark! Aber Er ist die einzige Quelle wahrer Stärke. Du sprachst von Unabhängigkeit, Deborah. Nun, die Offenbarung Johannis sagt, die Wahrheit macht uns frei! Ich nehme an, das ist das Paradox des Christentums: Stärke dadurch, daß man vor Christus schwach ist; Freiheit durch Ergebung. Und das hat nur Sinn, wenn du weißt, wirklich weißt, welcher Gott so etwas von uns verlangt."

„Der Gott, der uns an stillen Wassern entlang führt ..." wunderte sich Deborah.

Sam nickte, aber plötzlich konnte er nicht weitersprechen, denn sein Herz wurde von einer Welle des Gefühls erhoben bei dem Gedanken an den Gott, den er liebte und dem er sein Leben geweiht hatte.

„Ich fange an zu verstehen, Sam", sagte Deborah.

Deborah war mit ihrem Kampf um diese Wahrheiten noch nicht zu

Ende, aber sie sah klar, daß es lohnte, diesem Weg zu folgen. Und an diesem Tag entschloß sie sich dazu, gleich, wie groß die Gefahren waren. Da Gott einmal begonnen hatte, ihr Seine wahre Natur zu offenbaren, blieb ihr keine andere Wahl.

Gott war kein Leonard Stoner, der sie aus reinem Genuß an seiner eigenen Macht hatte unterwerfen wollen. Gottes Verlangen führte nur zu Wachstum und Freude und Zufriedenheit. Deborah verstand jetzt, was mit Graue Antilope geschehen war. Und sie verstand, wenn sie Gott alles gab, würde sie alles zurückerhalten.

58

In diesem Sommer kamen Deborah zwei gute Nachrichten zu Ohren, und sie war erleichtert, was die Zukunft ihres Cheyennevolkes anging. Im Juni, nachdem die Indianer ihre guten Absichten bewiesen und sich in größeren Gruppen ergeben hatten, ließ Sheridan die Gefangenen vom Washita frei. Als die Frauen und Kinder zu ihren Dorfgemeinschaften zurückkehrten und nach Süden ins Reservat zogen, freute sich Deborah über die Maßen, einen Besuch von Graue Antilope zu erhalten. Sie verbrachten einen wundervollen Tag zusammen und teilten wie nie zuvor ihren neuen Glauben miteinander. Deborah übersetzte für ihre Freundin einige Lieblingsstellen der Schrift in Cheyenne. Graue Antilope war fasziniert, diese Dinge in ihrer eigenen Sprache zu hören. Es war ein trauriger, aber hoffnungsfroher Abschied, bei dem beide überzeugt waren, den richtigen Weg gewählt zu haben.

Graue Antilope brachte auch Grüße von Steinzahn, die nach ihrer Freilassung aus Fort Hays heimlich ihren Mann getroffen hatte. Der-im-Fluß-steht war zu den Wachsoldaten gegangen und hatte nur auf die Freilassung seiner Familie gewartet, bevor er mit den anderen Abtrünnigen den Kampf gegen die Weißen fortsetzte. Deborah war nicht überrascht, dies zu hören, und obwohl sie das Ende der Kämpfe herbeiwünschte, hegte sie doch die heimliche Hoffnung, daß dieser letzte Widerstand der südlichen Cheyenne nicht ganz umsonst sein sollte. Vielleicht erreichten sie dadurch noch einige Zugeständnisse von der Regierung.

Die nächste gute Nachricht kam wenige Wochen später aus Washington. Präsident Grant unterzeichnete ein Gesetz, in dem festgelegt wurde, daß die ‚Gesellschaft der Freunde' offiziell für die Betreuung der südlichen Plainsindianer zuständig sein sollte. Deborah wußte ein wenig über diese Quäker und ihre guten, christlichen Prinzipien und hoffte, daß den Indianern jetzt endlich Mitgefühl und Gerechtigkeit zuteil würde.

Aber der Sommer ging mit einer tragischen Note zu Ende: mit der Schlacht von Summit Springs, dem Höhepunkt des Feldzuges gegen die Wachsoldaten, die nach Norden vordrangen. Der große Häuptling der Wachsoldaten, Großer Bulle, wurde getötet, und obwohl einige Cheyenne entkamen, bedeutete die Schlacht das Ende der Cheyenne im Gebiet zwischen dem Platte und dem Arkansas River. Der-im-Fluß-steht und seine Familie überlebten die Schlacht und schlossen sich mit anderen Abtrünnigen zusammen, aber Deborah sollte viele Jahre lang nichts mehr von ihnen hören.

Neben den weitreichenden politischen Veränderungen stand Deborah eine mehr persönliche Veränderung bevor. Sie erschien in Person eines Zuwanderers aus Tennessee namens Calvin Farley, der an einem glühend heißen Nachmittag spät im August in Hardees Gemischtwarenladen auftauchte.

„Ich hab's satt!" erklärte er jedem, der es hören wollte. „Hitze und Wind, ein Magen voller Staub, Commanchenüberfälle, die verfluchten, stinkenden —"

„Sachte, sachte, Freundchen!" unterbrach ihn Hardee. „Passen Sie auf Ihre Worte auf, wir haben eine Lady hier."

Farley warf den Kopf herum, bis er Deborah entdeckte, die gerade mit zwei Araphoehändlern sprach. „Verzeihen Sie, Ma'am", sagte er und tippte an seinen staubigen, verschwitzten Hut. „Aber wenn Sie wüßten, was ich in letzter Zeit durchgemacht habe, würden Sie sicher ein paar verbale Ausrutscher vergeben."

„Wir sind hier gar nicht schlecht im Vergeben", erwiderte Deborah lächelnd. An Hardee gewandt fügte sie hinzu: „Hardee, der Mann sieht aus, als ob er etwas Kaltes zu trinken brauchen könnte."

„Bier, wenn's Ihnen nichts ausmacht", sagte Farley mit dankbarem Grinsen zu Deborah hin.

Deborah zuckte gleichgültig die Achseln. Es war nicht der richtige Moment, dem armen Mann von den Gefahren des Alkohols zu predigen.

Farley schüttete gierig ein halbes Glas hinunter, bevor er wieder das Wort ergriff. „Oh, Ma'am, das ist das Beste, was mir die ganze Woche passiert ist!"

„Dann muß es eine ziemlich schlechte Woche gewesen sein", sagte Deborah, um dem Mann Gelegenheit zu geben, sich seine Erlebnisse von der Seele zu reden.

„Hab' meine Herde nach Norden getrieben —"

„Dann sind Sie aber ganz schön vom Weg ab, nicht?" fragte ein anderer Kunde, der sich im Laden aufhielt. „Richtung Abilene sollten Sie ziehen."

„Ich weiß", sagte Farley, „und da war ich auch, und da ist auch noch mein Vieh und kostet mich Geld mit jedem weiteren Tag. Meine Frau ist an allem schuld. Sie hat mir einen Brief hierher geschickt, und das hab' ich erst in Abilene erfahren. Einer von der Armee da sagte mir, daß in Fort Dodge ein Brief für mich liegt. War reiner Zufall, daß er mir überhaupt begegnet ist. Natürlich hatte er den Brief nicht bei sich, und ich mußte den ganzen Weg bis hierher reiten, um ihn zu kriegen. Aber meine Pechsträhne hat schon lange vorher angefangen. Auf dem Weg nach Abilene hab' ich meine halbe Herde in der Panik verloren. Ein paar verdammte Rothäute haben die Tiere mit ihrem Schreien und Heulen ganz verrückt gemacht. Aber noch früher, bevor ich Texas überhaupt verlassen habe, wurden wir von Commanchen überfallen, und da hab' ich schon über fünfzig Stück Vieh verloren. Bester Preis! Zweieinhalb Tausend Dollar! Ich wollte mich damit abfinden und weiterziehen, denn mit Vieh kann man immer Geld verdienen. Als uns unterwegs ein Malheur nach dem anderen zustieß und wir als letzte nach Abilene kamen, waren die Preise schon runtergegangen; aber ich wollte noch nicht aufgeben."

„Sie meinen, daß Sie jetzt doch aufgeben wollen?" fragte Deborah.

„Ich kann 'ne Menge einstecken, Ma'am, aber irgendwann ist für einen Mann Schluß. Der Brief hat mich schließlich überzeugt."

„Von Ihrer Frau?"

„Ja. Aber wenn ich nicht schnell was unternehme, wird sie nicht mehr lange meine Frau sein. Sie hat unser Haus in Texas verlassen und ist zurückgegangen nach Tennessee. Sagte, sie hält's keine Minute länger aus in dieser — und das sind ihre Worte, Ma'am — ‚lebendigen Hölle'. Sieht aus, als hätten die Commanchen wieder angegriffen. Haben zwei unserer Arbeiter getötet und hätten sie und die Kinder auch erwischt, wenn nicht ein paar Texas Rangers aus der Gegend gekommen wären und die Indianer vertrieben hätten. Während die Ranger noch da waren, hat sie ihre Sachen gepackt und ist in ihrem Schutz nach Fort Richardson gegangen. Von da hat sie mir diesen Brief geschrieben —" Er schwieg und wedelte mit einem zerknüllten Blatt

Papier in der Luft. „Dann ist sie mit einer Armeekolonne weitergezogen nach Fort Worth, und dann nach Hause."

„Das tut mir leid für Sie, Mr. —" Deborah zögerte, als sie merkte, daß sie jetzt fast alles über diesen Mann wußte, nur nicht seinen Namen.

„Mein Name ist Calvin Farley, aus Decaturville, Tennessee, und genau dahin werd' ich gehen, sobald ich alles in Texas los bin!"

„Ich denke, da haben Sie ganz recht."

„Recht oder nicht, ich muß an meine hübsche kleine Frau und drei Kleinen denken, und meine Frau sagt, ich muß mich entscheiden zwischen ihr und Texas. Da brauch' ich nicht viel zu überlegen." Calvin Farley sah sich kurz im Raum um. Es waren zwei Soldaten da, drei oder vier Siedler, zwei Indianer bei der weißen Frau, die wie eine Indianerin gekleidet war, und ein etwas übelriechender, zotteliger Trapper. „Nehme nicht an, irgendwer ist an einem Stück Land unten in Texas interessiert, oder?"

„Viel können Sie dafür ja nicht verlangen", sagte einer der Soldaten.

„Naja, abgesehen von den Indianern ist es ein ordentliches Stück Land, bestes Weideland, das können Sie glauben. Zum Anbau ist es nicht geeignet. Es ist im Brazos Valley, in der Nähe von Fort Griffin."

„Haben Sie Wasser?" fragte einer der Siedler.

„Der Brazos fließt mitten durch. Ich hab' dort vierhundert Stück Vieh gehalten. Die meisten davon hab' ich für vier Dollar das Stück in Texas gekauft. Aber ich habe noch dazu eine Menge wilder Rinder. Die brauchte ich nur einzufangen. Hätte auch Pferde haben können, wenn ich welche eingefangen hätte. Naja, mit dem Vieh, das wir verloren haben, und dem, was die Indianer gestohlen haben, hab' ich immer noch dreihundert Stück nach Abilene gebracht. In Dollars und Cents ist das ein Gewinn von siebentausendfünfhundert Dollar."

Jemand im Geschäft stieß ein leises Pfeifen aus.

„Für dieses Geld könnte ich 'ne andere Frau kriegen!" sagte der Trapper.

„Die siebeneinhalb Tausend sind mir egal!" sagte Farley entschlossen. „Ich gehe nach Tennessee."

„Was wollten Sie für das Land?" fragte Hardee.

„Ich habe fünftausend Acres, die ich für fünf Cent pro Acre gekauft habe. Aber ich würd' sie für vier Cents verkaufen. Haben Sie Interesse?"

„Nein, nur neugierig."

„Naja, wenn irgendeiner von Ihnen Interesse hat, ich bleibe nur ein paar Tage hier. Ich kann genausogut drüben im Osten verkaufen."

„Yeah", bemerkte Hardee, „wo sie an Freiheit und Abenteuer denken, wenn sie was von Texas hören, und von der Hitze, dem Staub und den Moskitos nichts wissen wollen."

„Und von den Indianern", fügte ein Siedler hinzu, der froh war, daß die aufsässigen Indianer bei ihm in Kansas schließlich unterworfen worden waren.

Die lebhafte Unterhaltung war zu Ende. Farley machte ein paar Einkäufe und verließ das Geschäft, während die, die blieben, über andere Dinge sprachen. Nur Deborah dachte weiter über das nach, was sie gerade gehört hatte. Und ihre Gedanken kreisten die ganze Zeit um das Land, das zum Verkauf stand. Sie dachte daran, wie sehr sie sich nach einem eigenen Heim sehnte — nicht nur einem Dach über dem Kopf, sondern ihrem eigenen Zuhause, wo sie etwas Geld verdienen und ihre Kinder ernähren konnte, wo sie nicht länger von irgend jemandem abhängig sein würden. Sie dachte nicht, daß dies mit ihrer Hingabe an Gott in Widerspruch stehen würde. Sam sagte, Gott wollte sie stark, solange sie nicht vergaß, woher diese Stärke kam. Sie konnte nichts Falsches darin sehen, daß sie ein eigenes Zuhause haben wollte. Aber ihr wurde plötzlich klar, daß sie auch darum beten mußte.

So schloß sie an diesem Abend, nachdem die Kinder neben ihr auf der großen Strohmatratze eingeschlafen waren, die Augen und wandte sich mit ihrer Sehnsucht an Gott.

„Lieber Gott, ich will mein eigenes Heim. Ich will irgendwo hingehören, so daß meine Kinder sich sicher fühlen können. Ich weiß, Du bist unsere Sicherheit, aber ich glaube, Du hast das Heim und diese Dinge aus einem Grund gegeben. Wenn es also Deine Absicht mit mir ist, könntest Du es auch uns gewähren? Ich habe kein Geld, ich kann es nicht allein, selbst wenn ich das Land von Mr. Farley kaufen wollte. Es sind nur zweihundert Dollar, aber ich habe kaum zehn Dollar von dem sparen können, was Hardee mir zahlt.

Aber, Herr, es muß nicht das Land von Mr. Farley sein, es muß überhaupt nicht Land sein, obwohl — wie gern hätte ich einen Ort, wo ich Pferde züchten könnte, mit vielen Acres Platz, um auszureiten!

Wenn Du wirklich willst, daß ich mein Leben hier bei Hardee im Geschäft verbringe, werde ich versuchen, damit zufrieden zu sein. Aber wenn Du etwas anderes mit mir vorhast, zeig es mir, wie Du mir dein

Wesen offenbart hast, als ich darum gebeten habe. Könnte es sein, daß Du deshalb Mr. Farley hierhergeschickt hast? Oh, wenn doch Sam hier wäre und mir verstehen hülfe, was Du mir vielleicht sagen willst!"

Deborah lag noch lange wach, so nervös wie ein neugeborenes Fohlen. Sie stellte sich vor, wie sie Rancher in Texas wäre. Es war eine ganz fremde Vorstellung für sie, aber sie hätte auch nie gedacht, daß sie einmal eine Cheyennesquaw sein könnte, oder Aushilfe bei einem Ladenbesitzer in einem Armeeposten. Aber vielleicht hatten sie all die Jahre, seit sie Virginia verlassen hatte, genau hierauf vorbereitet. Sie konnte noch immer die Augen schließen und sich die wilde, grasbewachsene Prärie vorstellen, über die sie auf der Stoner Ranch geritten war. Die Erinnerung ließ sie noch immer erbeben, ganz unabhängig von dem schrecklichen Leben mit Leonard. Deborah erinnerte sich auch an die Zeit, als sie auf der Prärie in Indianergebiet hilflos und verloren war. Nicht einen Augenblick hatte sie sich vor dem Land selbst gefürchtet, denn die Erde hatte ihr immer ein Gefühl von Sicherheit gegeben.

Das Leben bei den Cheyenne hatte nur ihre Liebe zum Land vertieft. Sie bezweifelte, daß sie dort jemals wieder hilflos sein würde, denn sie hatte gelernt, wie man überlebte, wenn man ein Freund des Landes wurde, nicht sein Feind — was den meisten Weißen unglücklicherweise nicht möglich war.

Ein Rancher in Texas ...?

Es schien weit hergeholt, aber nicht unmöglich. Wie hieß es in der Bibel? „Mit Gott ist nichts unmöglich."

„Was immer Dein Wunsch ist, Herr", seufzte Deborah, als ihre Augenlider schließlich schwer wurden und der Schlaf nicht mehr fern war, „jedenfalls ist es dumm von mir, auch nur daran zu denken, Land zu kaufen, ohne Geld und ohne Aussichten."

„Mit Gott ist nichts unmöglich ..."

Deborahs Lider wurden schwerer, die Gedanken verwirrten sich und marschierten wie müde Soldaten durch ihr benommenes Gehirn, bis schließlich die Landschaft ihres Geistes nicht mehr Realität besaß als die Bilder ihres Traums.

Eine weite, goldene Ebene, unterbrochen nur von einem grünen Hügel mit leuchtenden Kornblumen hier und da, die sich im Wind wiegten ... der ewige Staub, der aufstieg und in der warmen Luft tanzte, als ein wunderbares Pferd über die köstliche Landschaft ritt ... nein, viele, eine Herde Mustangs ... wie man sie nie in Virginia gesehen hat ... herrenlos bis auf eins, ein mächtiger Grauer ... seine Reiterin, mit goldenem Haar, das im Wind fliegt, braucht nicht einmal einen Sattel; sie ist eins mit dem Pferd ...

„Was für ein schöner Traum", murmelte Deborah müde, als sie langsam in den Schlaf hinüberglitt.

Aber mit einmal war sie hellwach. Sie riß die Augen auf.

Virginia!

Nein ... nein ... das war unmöglich! Aber warum hätte sie gerade jetzt daran gedacht, wenn sie es nicht vier Jahre lang mit sich herumgetragen hätte?

Sie hatte nicht den Wunsch, nach Virginia zurückzukehren. Sie war jetzt eine Westernfrau und wollte, daß ihre Kinder hier in diesem wunderschönen Land aufwachsen sollten. Besonders wollte sie, daß Himmelchen dem Land nahe blieb, das sein Vater so geliebt hatte. Aber der Besitz in Virginia war immer noch ihrer. Jedenfalls vor den Ereignissen in Stoner's Crossing. Ihr fähiger und, davon war sie überzeugt, ehrlicher Anwalt Raymond Stillwell hatte ihr das Land bei der Heirat mit Leonard erhalten. Sie erinnerte sich, wie Leonard einmal gesagt hatte: „Nach dem Krieg könnte ich einen guten Preis für dieses Land bekommen." Er hatte ‚Ich' gesagt, und das hatte sie geärgert, aber nicht überrascht. Er sprach kaum noch von Verkauf, als das Kriegsglück sich gegen den Süden wandte. Und nach dem Krieg kam Leonards Tod zu schnell nach der Niederlage in Appomatox, als daß Deborah noch hätte in Erfahrung bringen können, in welchem Zustand ihr Besitz den Krieg überstanden hatte, wenn es ihn überhaupt überstanden hatte. Berichte von verwüsteten Plantagen und Anwesen waren bis nach Texas gedrungen, und viel Hoffnung ließen sie nicht. Zudem wußte sie, daß der Wiederaufbau für viele Südstaatler endgültig zerstört hatte, was der Krieg übrig ließ.

Wie war es dem Besitz der Martins ergangen?

Vielleicht war es an der Zeit, das herauszufinden. Es konnte nicht schaden, wenn sie sich erkundigte, aber dabei mußte sie sehr vorsichtig sein, denn auf keinen Fall durfte Caleb Stoner davon erfahren und sie so aufspüren.

Vor sieben Jahren hatte sie sich geweigert, das geliebte Land ihres Vaters zu verkaufen, obwohl der Schmerz sie aus ihrem Heim getrieben hatte. Jetzt, wo alles so weit weg lag, hatte sie nicht mehr solche Bedenken. Wenn der Besitz noch immer ihr gehörte und sie ihn verkaufen konnte ...

Plötzlich schien Farleys Land in Texas gar kein so unmöglicher Traum mehr zu sein.

„Lieber Gott, ist es das, was Du für mich planst? Hast Du mich deswegen gerade jetzt an Virginia erinnert?"

Deborah schlief den Rest der Nacht wenig. Sie konnte kaum das erste Tageslicht abwarten, damit sie zum Telegrafenbüro des Forts gehen und Kontakt mit Raymond Stillwell aufnehmen konnte.

59

Am nächsten Morgen ging Deborah sofort nach dem Frühstück zum Telegrafenbüro. Sie wäre noch früher gegangen, aber sie wollte so wenig Aufmerksamkeit wie möglich auf sich lenken. Tatsächlich erregte sie aber genug Aufsehen – die weiße Squaw, die bis vor kurzem so dickköpfig bei den indianischen Gefangenen ausgeharrt hatte, wollte jetzt ein Telegramm schicken. Aber es wurde ihr nicht verweigert.

Sie hatte mehr als eine Stunde damit verbracht, ihre Worte sorgfältig zu wählen, so daß Stillwell, aber niemand sonst erkennen würde, von wem die Botschaft kam.

LIEBER MR STILLWELL STOP ERKUNDIGE MICH NACH DEM BEFINDEN MEINER LIEBEN FREUNDE DEN MARTINS VON DENEN ICH VOR KURZEM ERFAHREN HABE DASS SIE BEI SCHLECHTER GESUNDHEIT SIND STOP MEIN NAME IST DEBORAH GRAHAM UND ICH HABE VIELE GLÜCKLICHE STUNDEN DAMIT VERBRACHT AUF IHREM WUNDERBAREN BESITZ AUSZUREITEN STOP BESONDERS GERN ERINNERE ICH MICH DARAN WIE JOSIAH MARTINS TOCHTER ALS SIE KAUM ERST SPRECHEN KONNTE SIE ONKEL SILLY GENANNT HAT WEIL SIE IHREN NAMEN NICHT RICHTIG AUSSPRECHEN KONNTE STOP ICH WÄRE SEHR DANKBAR FÜR JEDE NACHRICHT DIE SIE MIR VON DIESEN LIEBEN UND GUTEN FREUNDEN GEBEN KÖNNTEN STOP SIE KÖNNEN MICH IN FORT DODGE IN KANSAS ERREICHEN STOP ICH DANKE IHNEN VON HERZEN ENDE

Es war ziemlich geheimnisvoll, vielleicht zu geheimnisvoll selbst für Stillwell, aber Deborah hoffte, die Erwähnung von ‚Onkel Silly', wie niemand außer ihr ihn je genannt hatte, zusammen mit ihrem Vornamen und dem Namen ihres Bruders als Nachnamen, mochten ihm genug darüber verraten, wer der Absender des Telegramms war. Er war immer ein freundlicher, hilfsbereiter Mann gewesen, der nie geheiratet hatte und der, selber kinderlos, seine Liebe den Kindern seines Freundes Josiah geschenkt hatte, besonders Deborah. Aber Deborah erinnerte sich, wie ihr Vater oft über Stillwell gesagt hatte: „Dieser Mann ist ganz sicher ein Heiliger, aber der schlaueste Heilige, den es je gab." Sie hoffte, daß er jetzt seine Schlauheit benutzen würde. Sie fürchtete sich, in dem Telegramm bestimmter zu werden, und sie hoffte nur, wenn er antwortete, würde er dabei merken, daß Vorsicht am Platz war. Sie sah keine Möglichkeit, die Gefahr ganz auszuschalten.

Nachdem sie das Telegrafenbüro verlassen hatte, fand sie Mr. Farley beim Frühstück. Sie wollte nicht selbst in den Speisesaal gehen, also bat sie einen vorbeigehenden Soldaten, etwas von ihr auszurichten.

Farley war überrascht, daß die hübsche weiße Frau aus dem Geschäft nach ihm fragte.

„Was kann ich für Sie tun, Mrs. Graham?" fragte er und wischte sich den Mund mit einer Serviette, als er vor die Tür trat.

„Kann ich privat mit Ihnen reden, Mr. Farley?"

„Ja, ich habe aber kein —"

„Wir könnten ein wenig über den Exerzierplatz spazieren."

Sie gingen am Rand des leeren Platzes. Der Tag war bereits heiß und schwül.

Farley eröffnete das Gespräch. „Bei meinem Vater in Decaturville haben wir den hübschesten, kühlsten kleinen Fluß. Wahrscheinlich wird es da im Sommer auch heiß, aber nie so wie hier — und niemals wie in Texas!"

„Ich bin schon in Texas gewesen", sagte Deborah. „Das Land hat sicher seine Schwächen, aber es hat auch viele ausgleichende Vorzüge."

„Soweit es mich betrifft, können Sie 's haben! Ich will's nicht mehr!"

„Darüber wollte ich gerade mit Ihnen sprechen, Mr. Farley", sagte Deborah ruhig, obwohl ihr Herz aufgeregt klopfte. „Ist Ihr Land noch zu verkaufen?"

„Klar. Kennen Sie jemand, der Interesse hat?"

„Ich habe Interesse."

„Ma'am?" Seine Stirn zog sich vor Erstaunen in Falten.

„Ich habe Interesse, Ihr Land zu kaufen."

„Ma'am, ich glaube, Sie verstehen nicht, was ich gesagt habe. Es ist gutes Land, und mit Vieh kann man heutzutage Geld machen, aber es ist eine Wildnis da draußen, an der Grenze von Texas. Es ist nichts für Familien, besonders nicht für alleinstehende Frauen – und soweit ich weiß, sind Sie Witwe und haben keinen Mann, der Sie beschützen kann?"

„Ich bin allein, aber ist meine Sicherheit nicht mein Problem?"

„Ich würde mich verantwortlich fühlen, als ob ich eine arme Witwe übers Ohr hauen würde und ihre vaterlosen Kinder."

Auch wenn Deborah wußte, daß er es nur gut meinte, wurmte es sie trotzdem, was er sagte. Der Teil von ihr, der selbstgenügsam und unabhängig sein wollte, erhob stolz das Haupt. Sie richtete gerade noch rechtzeitig ein lautloses Gebet an Gott, damit er diesen Teil von ihr im Gleichgewicht mit ihrer Ergebung hielt.

„Mr. Farley, ich bin dankbar für Ihre Besorgnis und Ihre Aufrichtigkeit", sagte sie ruhig. „Glauben Sie mir, ich will nichts Verrücktes tun, aber in diesem Land ist es für jeden gefährlich, allein zu sein, wie Ihre eigene Lage beweist. Ich will nicht nur wegen des Schutzes heiraten, und deshalb werde ich vielleicht eine lange Zeit allein sein. Trotzdem sehne ich mich nach einem eigenen Heim. Ich bezweifle, ob ich mir einen Platz in besiedeltem Gebiet leisten könnte, aber selbst wenn ich es könnte, würde ich die Plains vorziehen und die Herausforderung und die Isolation, die sie bieten." Sie sagte nichts von der Anonymität, die sie ihr auch geben würden. „Was den Schutz angeht, werde ich Männer anstellen müssen, die auf der Ranch helfen. Ich denke, das ist ein ausreichender Schutz."

Farley starrte sie als Antwort nur an. Im nächsten Moment rieb er sich das stoppelige Kinn und schüttelte noch immer schweigend den Kopf.

„Ich glaube", fuhr Deborah fort und fühlte die Richtigkeit seiner Entscheidung für sie, „mit Gottes Hilfe kann ich es schaffen, Mr. Farley. Mein einziger Nachteil ist, ich habe im Moment kein Bargeld."

Jetzt fand Farley schnell seine Stimme wieder, denn von Geld verstand er viel mehr als von der merkwürdigen Argumentation dieser Frau. „Kein Bargeld, Ma'am? Wie wollen Sie –"

„*Im Moment* kein Bargeld", betonte Deborah mit Nachdruck. „Ich besitze ein Erbe, aber es könnte eine Weile dauern, bis alle verbliebenen Vermögenswerte feststehen."

„Eine Weile, sagen Sie?"
„Einige Wochen."
„Ma'am, das ist reiner Wahnsinn. Sie sind hier ganz allein, mit zwei kleinen Kindern, ohne Geld, und Sie wollen eine Ranch kaufen. Aber das ist noch nicht mal das Beste! Wirklich verrückt ist, daß ich beinahe soweit gewesen wäre, an Sie zu verkaufen!"
„Dann werden Sie es sich also überlegen?"
„Ich wüßte nicht, warum —"
„Aber Sie werden?"
„Ich sage Ihnen was. Ich muß nach Abilene, um mein Vieh zu verkaufen. Dort werde ich ein Weilchen bleiben. Wenn Sie mit dem Geld dorthinkommen können, bevor ich verschwinde, werd ich's mir überlegen ... solange kein besseres Angebot kommt. Ich kann's mir nicht leisten, jemand mit einer Handvoll Bargeld vorbeiziehen zu lassen."
Farley war nicht der einzige, der Deborah für verrückt hielt. Hardee brummelte und schnalzte den ganzen Nachmittag mit der Zunge, als er davon erfuhr, aber als Griff in den Laden spazierte, hielt er mit seiner Meinung nicht hinter dem Berg.
„Sie sind ja bekloppt, Deborah! Bei Ihnen tickts nicht mehr richtig!" sagte er, als sie allein in einer Ecke des Ladens saßen. „Ich sage nicht, daß Sie keine Ranch führen können, wenn Sie es sich in den Kopf gesetzt haben; viele Frauen haben das im Krieg getan. Aber Sie sprechen über eins der entferntesten und unbewohntesten Gebiete von Texas. Ihre nächsten Nachbarn wären fünfzig oder siebzig Meilen entfernt. Und so weit weg sind die Commanchen nicht!"
„Das ist es ja, was mir gefällt, Griff", sagte Deborah mit ruhiger, verständiger Stimme. „Nicht die Commanchen natürlich, aber die Einsamkeit. Ich kann keine neugierigen Nachbarn um mich herum brauchen, die mich über meine Vergangenheit ausfragen."
„Weil wir gerade davon sprechen", unterbrach Griff sie hastig, „Warum überhaupt Texas? Wären Sie nicht weiter weg besser dran und sicherer? In Kalifornien zum Beispiel, oder auch in Virginia? Ich hätte gedacht, Sie wollen nie mehr nach Texas zurück."
„Ich weiß, das klingt verrückt, aber trotz allem, was dort geschehen ist, mochte ich Texas. Und wenn ich zurückgehe, werde ich vielleicht eines Tages wieder meinen Namen tragen können."
„Nicht solange Caleb Stoner lebt."
„Er kann nicht ewig leben."
Genau in diesem Moment ging die Tür auf, und Sam Killion kam herein: Er blinzelte einen Moment im Halbdunkel, da er aus der blen-

denden Sonne kam. Er sah Deborah und Griff nicht gleich ganz hinten am Tisch sitzen. Als er sie schließlich erkannte, schien er zu zögern, unsicher, ob er das anscheinend private Gespräch unterbrechen konnte. Aber Deborah sah ihn, bevor er sich zurückziehen konnte, und winkte ihm.

„Sam, ich würde gern deine Meinung hören", sagte sie.

„Ich wette, es geht um dieses Land, das du kaufen willst." Nur seine funkelnden Augen verrieten sein unterdrücktes Grinsen.

„Du hast es also schon gehört?"

„Es macht im ganzen Fort die Runde. Dieser Farley erzählt allen von der verrückten Frau in Indianerkleidung, die gern Rancherin werden will."

„Ich hätte ihm sagen sollen, daß er es für sich behält."

„Zweifelhaft, ob das was geändert hätte."

„Jetzt, wo es raus ist, was denkst du? Bin ich verrückt?"

„Sagen Sie's ihr, Prediger!" warf Griff ein. „Sie übertreibt's wirklich diesmal."

„Warum?" fragte Sam. „Weil sie ihr eigenes Heim will? Wer kann ihr das verdenken?"

„Aber in diesem Land? Sie waren dort, Killion; das ist kein Ort für eine alleinstehende Frau —"

„Ich werde nicht allein sein", sagte Deborah abwehrend; ihr tat es schon leid, daß sie das Thema überhaupt auf den Tisch gebracht hatte. Warum fragte sie überhaupt irgend jemanden um seine Meinung? Vielleicht war es Zeit, daß sie ihre eigene Entscheidung traf. Sie würde beten, natürlich, aber das alles konnte eine Sache zwischen ihr und Gott bleiben.

„Yeah", sagte Griff zynisch, „ein Haufen Cowboys, denen nicht mehr zu trauen ist als den Commanchen."

„Hast du deswegen gebetet, Deborah?" fragte Sam.

„Das habe ich, und das werde ich wieder tun. Ich habe noch keine letzte Entscheidung getroffen."

„Gut, wenn Gott es so will —"

„Kommen Sie!" rief Griff. „Gott will nicht, daß sie von Indianern abgeschlachtet wird — und ich sage Ihnen, Commanchen und Apachen sind nicht wie die Cheyenne, vergessen Sie das nicht. Sie machen keine Gefangenen — außer vielleicht Frauen und Kinder, und die hätten's dann tot besser."

„Das wird über alle Indianer gesagt", erwiderte Deborah.

„Aber für diese beiden Stämme ist es wahr."

Deborah schüttelte angewidert den Kopf; sie wollte über dieses für sie so schmerzliche Thema nicht sprechen und wandte sich Sam zu.
„Sam, wie weiß ich, ob es Gottes Wille ist?"
„Bete und lies deine Bibel; vielleicht zeigt Er dir etwas. Vielleicht zeigt Er es dir, indem Er alle Stücke sich zusammenfügen läßt. Vielleicht zeigt Er es dir durch guten Rat —"
„Das genau ist es!" unterbrach ihn Griff selbstgefällig. „Das halbe Fort wird ihr abraten."
„Kann sein...", sagte Sam nachdenklich. Er sah Deborah direkt an. „Am Ende wird die Entscheidung aber allein bei dir liegen. Du mußt tun, was du für richtig hältst, was dein Herz dir sagt. Vielleicht kann dir ein kleiner Vers helfen, den ich schon immer sehr gern mochte. In den Psalmen heißt es: ‚Die Schritte eines guten Mannes lenkt der Herr.' Ich nehme an, das gilt auch für Frauen —" Bei der letzten Bemerkung sah er Griff verschmitzt an. „Wenn man Gott fragt und ihm vertraut, glaube ich, kann man nicht sehr viel falsch machen."
„Ich will Gott vertrauen, Sam, wirklich."
„Das kann ich sehen, Deborah."
„Du meine Güte! Ist das nicht das Hübscheste, was ich je gesehen habe. Ihr seid *beide* reif für die Klapsmühle!"
„Ich bin gerührt von Ihrer Anteilnahme, Griff", sagte Deborah ernst. „Aber es hat keinen Sinn, daß Sie Ihre Gefühle darauf verschwenden, denn vielleicht wird es sowieso nichts. Ich habe immer noch keine Ahnung, was mit meinem Familienbesitz ist, und vielleicht gibt es keinen Weg, das herauszufinden. Und selbst wenn ich es in Erfahrung bringe, stehen die Chancen ziemlich schlecht, daß ich rechtzeitig nach Abilene komme, um Mr. Farley noch zu erreichen."
„In unmöglichen Situationen wie diesen", gab Sam zu bedenken, „kann Gott wirklich seine waltende Hand zeigen."
„Besser kann es also gar nicht sein", erwiderte Deborah. Und sie meinte es auch, denn so gern sie ihr eigenes Heim wollte, so wollte sie noch mehr dem Gott gefallen, dem sie gerade ihr Leben in die Hand gelegt hatte.

60

Vier ruhige Tage verstrichen. Deborah nahm ihr alltägliches Leben wieder auf, und der Landkauf in Texas war fast vergessen. Sie war zu dem Schluß gekommen, daß es nicht die richtige Zeit war — wenigstens für Farleys Land. Die ganze Sache hatte wenigstens eine erfreuliche Folge, denn sie hatte sie dazu gebracht, wegen ihres Erbes mit Stillwell Kontakt aufzunehmen. Sie hätte vielleicht nie daran gedacht oder nie den Mut dazu aufgebracht. Natürlich konnte sich dies ebenso als Schall und Rauch erweisen wie das Land. Sieben Jahre waren eine lange Zeit, besonders wenn ein Krieg in diese Zeit fiel. Sie fragte sich auch, ob Nachrichten über ihren Konflikt mit dem Gesetz bis nach Virginia und zu Mr. Stillwell gedrungen waren. Wenn das so war und er sie für tot hielt, dann konnte er das Anwesen bereits verkauft und den Erlös als Honorar für all seine Mühen über die Jahre behalten haben. Wer konnte es ihm verdenken?

So war niemand überraschter als Deborah, als nach fünf Tagen ein Unteroffizier den Laden betrat. Als er ihr den Umschlag überreichte, hatte sie kaum den Mut, ihn entgegenzunehmen. Sein Inhalt konnte über Verwirklichung oder Zerstörung all ihrer Träume entscheiden.

Hardee schnitt eine Grimasse, als Deborah mit steifer Bewegung nach dem Umschlag griff.

„Würde mich nicht wundern, wenn es schlechte Nachrichten sind", brummte er. „Keiner bezahlt je Geld, um gute Nachrichten zu schicken."

„Danke", sagte Deborah zu dem Soldaten, der an seinen Hut tippte und ging.

Deborah öffnete den Umschlag und nahm ein Blatt Papier heraus. „Das ist es wohl." Als ihre Augen das einzelne Blatt überflogen, weitete sich ihr Blick in Erstaunen.

WIE NETT VON IHNEN SICH NACH DER FAMILIE MARTIN ZU ERKUNDIGEN STOP SIE ERINNERN SICH VIELLEICHT NICHT AN MICH MRS GRAHAM ABER ICH WEISS WER SIE SIND STOP LEIDER MUSS ICH IHNEN SAGEN DASS JOSIAH MARTIN UND SEIN SOHN IM KRIEG UMS LEBEN GEKOMMEN

SIND UND DIE TOCHTER NICHT MEHR HIER LEBT SO SEHR ICH MIR AUCH WÜNSCHE SIE IN DIESEM LEBEN NOCH EINMAL ZU SEHEN STOP BLEIBE BIS ZU IHRER RÜCKKEHR DER VERWALTER DES FAMILIENBESITZES STOP DAS LAND WIRFT NACH DEN VERWÜSTUNGEN DES KRIEGES LANGSAM WIEDER PROFIT AB OBGLEICH ICH EINIGES DAVON VERKAUFEN MUSSTE UM DIE STEUERN UND ANDERES ZU BEZAHLEN STOP ICH HOFFE ÜBER DIE JAHRE DER TREUE DIENER DER MARTINS GEBLIEBEN ZU SEIN UND ALS IHR FREUND KÖNNEN SIE MICH ALS EBENSOLCHEN BETRACHTEN FALLS SIE EINMAL HIERHER ZU BESUCH KOMMEN STOP GRÜSSE R STILLWELL ENDE

Lächelnd faltete Deborah das Papier zusammen. Der alte ‚Onkel Silly‘ war wirklich gerissen! *Ich weiß, wer Sie sind.* Dieser einfache Satz sagte alles. Er wußte nicht nur, daß Deborah Martin ihm geschrieben hatte, er wußte auch über die Geschichte in Texas und über den Zwang zur Diskretion Bescheid. All das verrieten die sorgfältig gewählten Worte des Telegramms. Und der treue Freund und Anwalt der Familie war dies die ganzen Jahre über geblieben; er hielt das Land für sie zusammen. Deborah beschloß, falls sie das Land verkaufen konnte, sollte Stillwell einen guten Teil des Erlöses bekommen. Er hatte es verdient.

Hardee hatte mit der Arbeit innegehalten und wartete ungeduldig auf einen Wink über den Inhalt des Telegramms. Schließlich hielt er es vor Neugierde nicht länger aus und wagte sich vor: „Doch keine schlechten Nachrichten, Deborah, oder?"

Deborah sah auf. „Ich denke nicht."

„Werden Sie dieses Land bekommen?"

„Es kann noch dauern, bis ich das Geld habe."

„Wissen Sie, Deborah, ich habe ein wenig gespart —"

„Danke, Hardee, daß Sie daran denken, aber ich werde mir kein Geld leihen. Wenn ich das tue, wie soll ich je wissen, ob es Gottes Wille war?"

„Sam wäre sicher glücklich, das zu hören", sagte der Ladenbesitzer mit deutlichem Stolz. „Und ich bewundere Sie auch, wie Sie an Ihren Prinzipien festhalten. Aber es ist da, wenn Sie es wollen."

„Danke, Hardee. Sie sind ein wahrer Freund." Deborah schwieg und fächelte gedankenvoll mit dem Telegramm in ihrer Hand. „Hardee, wie weit ist es bis Abilene?"

„Oh, gute vier Tage strenger Ritt."

„Können Sie auf die Kinder aufpassen, während ich bei Sam bin?"

„Kein Problem." Aber Hardee zögerte, bevor er hinzufügte: „Sie wollen doch nicht etwa nach Abilene reiten, Deborah?"

„Nicht sofort."

„Das ist ein wilder, gesetzloser Ort, Deborah, da können Sie auf keinen Fall allein hin."

„Das werde ich auch nicht."

Sie verließ den Laden und machte sich auf die Suche nach Sam, den sie im Speisesaal traf, wo er mit zwei kürzlich bekehrten Soldaten sprach. Sie trat schüchtern ein. Ihr war nicht nur unwohl, weil sie hier als Frau Männergebiet betrat, sondern sie hatte trotz der vielen Monate im Fort noch immer eine Abneigung gegen die Blauröcke, die ihren Mann getötet und das Leben zerstört hatten, das sie so geliebt hatte. Es war niemand da, der für sie hineingehen konnte, also blieb ihr keine andere Wahl. Sie zögerte an der offenen Tür und ging nicht weiter. Sie räusperte sich, um die Aufmerksamkeit auf sich zu lenken; es waren nur noch ein paar Männer nach dem Frühstück da, aber schon ihr scheues Erscheinen ließ sie aufmerken. Auch Sam sah sie und begrüßte sie.

„Wie geht's, Deborah?" fragte er in seinem lebhaften Ton.

„Guten Morgen, Sam. Kann ich ... privat mit dir sprechen?"

„Klar." Er wandte sich an die Soldaten. „Macht euch doch nichts aus?"

Da sie ohnehin an die Arbeit zurückkehren mußten, protestierten sie nicht. Als Sam jedoch von seinem Stuhl aufstand, wurde er mit gutmeinendem Schulterklopfen und vielsagendem Kichern bedacht. Deborah errötete leicht, aber Sam nahm es gelassen.

Mit gespieltem Zorn sagte er: „Ihr Blaubäuche kümmert euch besser um euren eigenen Kram, bevor ihr in den Bericht kommt!"

Allgemeines Gelächter folgte Deborah und Sam aus dem Speisesaal. Draußen wandte sich Sam entschuldigend zu Deborah.

„Tut mir leid, aber du weißt ja, wie Soldaten sind."

„Ja, ich denke schon." Sie schwieg mit gerunzelter Stirn. „Bist du sicher, daß das alles ist, Sam? Ich meine, sie glauben doch nicht —"

„Einige vielleicht", erwiderte er offen. „Würde es dich sehr stören?"

„Sollte es eigentlich nicht, wo doch schon so viele Gerüchte und Geschwätz über mich in Umlauf waren. Aber, Sam, du bist in gewisser Weise eine Respektsperson und mußt darauf Rücksicht nehmen –"

Sein Lachen schnitt ihr das Wort ab. „Deborah, du bist doch nicht etwa um meinen guten Ruf besorgt?" Als sie nickte, fuhr er begeistert fort: „Warum, du kannst den Respekt, den ich hier vielleicht habe, nur vergrößern!"

„Das bezweifle ich, Sam. Viele hier glauben, ich bin befleckt, weil ich einen Indianer geheiratet und ein Kind von ihm habe. Ich sehe ihre mißbilligenden Blicke, und ich höre sie tuscheln."

„Du weißt, daß dir das Geschwätz dieser Dummköpfe gleichgültig sein kann", rief Sam jetzt ganz ernst aus. „Ich glaube nicht, daß diese Dinge – aber das weißt du selbst, nicht?" Bevor sie etwas erwidern konnte, sprach er schon hastig weiter. „Warum ich es für eine wirkliche Ehre halten würde zu ... zu –" Er hielt plötzlich inne. Er errötete, nicht so sehr über das, was er gerade gesagt hatte als über das, was er sagen wollte. Er würde es als eine Ehre betrachten, sie zur Frau zu haben, aber nie wollte er ihr das offenbaren und auch nicht, daß er jemals zuvor darüber nachgedacht hatte. Er versuchte, sich zu fassen, ohne großen Erfolg. „Jeder rechtschaffene Mann würde ..., naja Deborah, du bist eine feine Frau, das ist alles, und du sollst diese Tratschtanten gar nicht beachten."

„Lieb von dir, das zu sagen", erwiderte sie. „Und Sam, wenn ich je wieder an Heirat denken sollte, dann würde ich dasselbe über einen Mann wie dich denken. Aber ich habe so viele geliebte Menschen verloren – ich habe Angst, so schnell wieder zu lieben."

Sam verlangsamte seinen Schritt und blieb stehen. Als Deborah neben ihm stand, sah er ihr tief in die Augen. Als er sprach, war seine Stimme feierlich und verlieh seinen einfachen Worten noch mehr Bedeutsamkeit. „Ich verstehe dich, Deborah. Ich verstehe dich wirklich."

Deborah fühlte, daß er noch mehr sagen wollte, aber er schwieg. Im nächsten Moment, nach einem weiteren durchdringenden Blick, ging er weiter. Sie schlenderten schweigend nebeneinander her, ohne daß eine Spannung oder irgend etwas Peinliches zwischen ihnen lag. Jeder von beiden brauchte Zeit, um seine Gefühle zu beruhigen, bevor er weitersprechen konnte.

Sam, der immer voranstürmte und Risiken auf sich nahm, brach das Schweigen als erster. „Du wolltest über etwas Bestimmtes mit mir sprechen, nicht?"

„Ja ... aber um die Wahrheit zu sagen, ich weiß nicht, ob jetzt gerade der passende Zeitpunkt dafür wäre."

„Um das zu entscheiden, mußt du es erst sagen."

„Sam, ich habe heute eine Antwort auf das Telegramm an den Anwalt meiner Familie, Raymond Stillwell, bekommen." Sie gab ihm das Blatt, und er überflog es. „Ich weiß, es klingt geheimnisvoll", fuhr sie fort, „aber ich glaube, er versteht meine Lage. Und vor allem, der Besitz in Virginia gehört immer noch mir. Jetzt muß ich bei der Antwort deutlicher werden."

„Deborah, eins wüßte ich gern. Vielleicht weiß ich die Antwort auch schon, aber ich würde es gern von dir selbst hören. Jetzt wo du weißt, daß du ein Heim in Virginia hast — willst du denn nicht dorthin zurück?"

Sie antwortete ohne Zögern. „Dort würde ich nicht mehr hinpassen, ebensowenig wie du in deine alte Umgebung bei den Texas Rangers. Ich gehöre hierher. Ich liebe dieses Land, und ich will, daß mein Sohn in dem Land aufwächst, das sein Vater geliebt hat und für das er gestorben ist. Ich habe mich schon einmal von Trauer und Verzweiflung vertreiben lassen, und es war ein Fehler. Ich werde das nicht noch einmal tun. Das hier ist jetzt mein Zuhause. Virginia ist eine Million Meilen weit weg und ebenso viele Lebensalter. Außerdem — wenn ich zurückginge nach Virginia, würde Caleb Stoner das mit Sicherheit erfahren. Ich darf nie vergessen, daß ich noch immer ein Flüchtling bin."

„Willst du auf immer ein Flüchtling bleiben?"

„Ich sehe keinen anderen Weg."

Sam öffnete den Mund, als ob er etwas sagen wollte, schloß ihn dann aber wortlos wieder und blieb schweigsam und nachdenklich.

Deborah lächelte ihn an. „Ich danke dir, Sam."

„Wofür?"

„Seit wir uns das erste Mal in Griffs Versteck begegnet sind, hast du mich nie gefragt, ob ich Leonard getötet habe."

„Ich mußte nie fragen. Du bist keine Mörderin."

„Es ist alles so kompliziert", erwiderte sie mit ihrem alten Schmerz in der Stimme. „Manchmal weiß ich selber nicht mehr genau, was an jenem schrecklichen Tag geschehen ist."

„Möchstest du darüber reden, Deborah?"

Sie schüttelte den Kopf. „Vielleicht habe ich einfach Angst vor der Wahrheit."

„Wenn du nicht bereit bist, darüber zu sprechen, Deborah, werde ich dich nicht drängen. Wann immer dir danach ist, sollst du wissen, daß ich für dich da bin. Und wenn du willst — ich könnte dorthin reiten und ein bißchen herumstochern und zusehen, was ich herausfinden kann —"

„Bitte, Sam", unterbrach sie ihn mit Furcht in den Augen, „tu das nicht. Wenn irgend jemand jetzt daran rührt, will ich nicht mal daran denken, was Caleb tun könnte. Er könnte mich über deine Spur finden, und dann würde er dafür sorgen, daß ich hingerichtet werde, bevor die Wahrheit ans Licht kommt. Und dann würde er Carolyn nehmen und ... ich will nicht einmal daran denken, was er mit Himmelchen tun würde. Lieber bleibe ich ein Flüchtling als das zu riskieren. Und was, wenn ... wenn —" Sie verstummte, offenbar von Bildern aus ihren Alpträumen aus dieser schrecklichen Zeit geplagt.

Tief seufzend sprach sie weiter. „Ich glaube einfach nicht, daß ich das alles durchstehen könnte, wenn alles wieder aufgerührt wird, Sam. Ich will nur Frieden. Ich weiß, ich habe Gottes Frieden, aber ich will mich irgendwo wirklich zu Hause fühlen. Ich möchte Sicherheit für meine Kinder. Vielleicht später, aber jetzt will ich jene Zeit nur vergessen."

„Wie du meinst, aber ich bin immer da, wenn du mich brauchst."

„Danke. Und ich muß dich jetzt um einen Gefallen bitten, Sam."

„Alles."

„Ich muß Mr. Stillwell ein Telegramm schicken, aber es darf nicht von hier sein, wo anscheinend jeder genau über mich Bescheid weiß. Ich muß jetzt klar mit ihm reden. Ich hatte gedacht, du würdest vielleicht eine Nachricht nach Fort Larned bringen und sie von dort absenden. Du müßtest dann auch auf Antwort warten. Und dann —" Sie hielt inne und seufzte. „Oh, Sam, wozu das alles? Bis dahin wird Mr. Farley längst verschwunden sein."

„Es wird anderes Land geben", sagte Sam. „Und das nächstemal wirst du zugreifen können. Aber auch wenn's nicht so aussieht diesmal, solltest du es doch vielleicht versuchen. Du kannst nie wissen, was Gott tun würde, wenn du ihm keine Möglichkeit gibst."

Deborah lächelte über seine ermutigenden Worte. Sie konnte kaum glauben, daß sie diesem Mann einmal mißtraut hatte.

„Ich werde dir was sagen", fuhr Sam mit wachsender Begeisterung fort, „wenn ich diese Antwort bekomme, und sie ist positiv, dann kann ich sofort nach Abilene reiten und, wenn Farley noch da ist, sehen, ob das Land noch zum Verkauf steht."

„Es scheint unmöglich", sagte Deborah. „In Abilene muß es Hunderte Viehzüchter geben, die Land suchen. Und selbst wenn du Farley findest und das Land immer noch zu verkaufen ist, wird das Geld nicht da sein. Stillwell wird Monate brauchen, um den Besitz zu verkaufen und mir das Geld zu schicken."

„Gottes Wege sind unerforschlich, Deborah, ich werd's einfach versuchen."

„Oh, Sam! Was würde ich ohne dich tun?"

„Ich glaube, du würdest schon zurechtkommen." Und eine Spur von Bedauern schwang mit, als er das sagte, denn ein Teil von ihm wollte so sehr, daß sie ihn brauchte.

61

1867 war Abilene noch ein verschlafenes, schmutziges Dorf gewesen, das aus einem Dutzend Holzhütten und einem Saloon bestand, dessen Besitzer so wenig zu tun hatte, daß er an Durchreisende aus dem Osten Präriehunde verkaufte, von denen es dort mehr gab als Menschen. Aber im Sommer jenes Jahres wählte ein Unternehmer namens Joseph G. McCoy den Flecken für eine Eisenbahnverbindung zwischen den Viehranches von Texas und den wachsenden Märkten im Osten aus.

So fand Sam Killion im Herbst 1869 einen völlig veränderten Ort vor, als er durch die engen Straßen ritt, die voller Staubwolken, Verkehr und lärmenden, streitsüchtigen Cowboys waren. In dieser Saison wurden über einhundertfünfzigtausend Stück Vieh durch die Stadt geschleust, und die ließen mehr Spuren als nur Hufabdrücke zurück.

An jeder Ecke gab es Saloons und Tanzhallen, aus deren Türen der blecherne Lärm von Musik drang, unterbrochen von Schüssen und obszönen Rufen. Mehrere Frauen mit geschminkten Gesichtern und knapper Bekleidung riefen Sam nach, als er vorbeiritt; sie hielten ihn für einen Cowboy auf der Suche nach seinem Vergnügen nach langen, einsamen Monaten beim Viehtrail. Sam lehnte höflich ab und lud sie statt dessen zu einem Gottesdienst ein, den er am nächsten Tag abhalten wollte. Er war geschäftlich für Deborah in Abilene, aber er sah keinen Grund, weshalb er nicht zwei Fliegen mit einer Klappe schlagen sollte. Das war ein Ort, der nach Bekehrung schrie, und er war nicht der Mann, der eine solche Gelegenheit verstreichen ließ.

Vor anderthalb Wochen war er nach Fort Larned gegangen und hatte Deborahs Telegramm abgeschickt. Er wartete drei Tage auf Antwort, und als sie eintraf, machte er sich sofort auf den Weg nach Abilene. Trotz seines gefestigten, unangreifbaren Glaubens an Gott war selbst er von der Antwort überrascht. Nach Deborahs erstem Telegramm hatte Stillwell schon erste Vorbereitungen für den möglichen Verkauf des Anwesens getroffen. Er hatte nicht nur schon einen Käufer, sondern auch die Papiere waren fertig und unterschrieben; nur Deborahs Unterschrift fehlte noch, und der Handel wäre abgeschlossen. Er hatte die Papiere an diesem Tag zu Händen Deborah Graham nach Fort Dodge geschickt, für alle Fälle. Er erklärte, weshalb sich so schnell ein Käufer gefunden hatte; Stillwell selber wollte das Land kaufen, wenn Deborah verkaufen wollte. Nach der Mühe, die er sich damit gemacht hatte, liebte er das Land. Er bot fünftausend Dollar. Das Land war, wie er sagte, mehr wert, aber die Hypotheken für den Wiederaufbau nach dem Krieg und die überhöhten Steuern, die die neuen Karrierepolitiker durchgesetzt hatten, erlaubten keinen höheren Preis, ohne daß Stillwell beim Kauf Geld verlieren würde. Aus dem, was Deborah ihm über den möglichen Erlös gesagt hatte, war klar, daß sie sehr zufrieden sein würde. Sam sah, daß zweifellos Gott seine Hand im Spiel hatte.

Jetzt mußte er nur noch Farley finden und ihn davon überzeugen, sein Land auf Treu und Glauben zu verkaufen.

Sam ritt direkt zum Drover's Cottage, dem größten Hotel der Stadt, das von Viehtreibern aus West und Ost bevorzugt wurde. Zu dieser Jahreszeit war es voll belegt, und in dem ganzen Lärm und Trubel wurden Geschäfte besiegelt und Vermögen gemacht. Als er eintrat, betete er rasch, daß er in diesem Chaos einen Viehzüchter aus Tennessee namens Farley finden möge.

Sams Geduld wurde an diesem und am folgenden Tag schwer auf die Probe gestellt, denn er konnte Farley nirgends finden. Einige hatten von ihm gehört; ein Geschäftsmann aus dem Osten hatte ihm die halbe Herde abgekauft, aber keiner wußte, wo Farley war oder ob er überhaupt noch in der Stadt war. Am nächsten Abend hielt Sam seinen Gottesdienst in einem Saloon, der einem alten Bekannten von ihm gehörte. Er war aus Freundschaft für Sam und wegen einer alten Schuld bei ihm einverstanden, den Whiskyverkauf für eine Stunde zu unterbrechen.

Bei seiner Predigt suchte Sam das Publikum nach dem Gesicht des schmuddeligen Mannes aus Tennessee ab, den Deborah ihm detailliert beschrieben hatte; ohne Erfolg. Am nächsten Tag war er bei drei Hochzeiten und vier Beerdigungen beschäftigt. Mit dieser Arbeit hätte er viele Tage verbringen können, denn es war Monate her, seit ein Geistlicher durch diesen Ort gekommen war. Nicht vor der letzten Hochzeit, vier Tage nach seiner Ankunft in Abilene, spürte er Farley schließlich auf. Offensichtlich hatte der frühere Viehzüchter sich nach seiner eigenen Frau gesehnt und war deshalb in das Hotel gekommen, wo die Hochzeit stattfand, um Trost beim Heiratssegen anderer zu suchen.

Augenblicke nachdem Sam das Paar zu Mann und Frau erklärt hatte, traf er auf Farley.

„Hey!" sagte Sam. „Sind Sie nicht Calvin Farley aus Tennessee?"

„Stimmt. Kenne ich Sie?"

„Nein, aber ich habe in Fort Dodge von Ihnen gehört. Sie wollten Land verkaufen, nicht wahr?"

„Ja."

„Ist es noch zu verkaufen?"

„In einer Stunde werde ich jemand treffen, um den Handel zu besiegeln. Er bietet mir die Hälfte von dem, was es wert ist, aber ich kann nicht länger warten."

„Ich bin überrascht, daß Sie es noch nicht verkauft haben."

„Ich mußte ein paar Tage wegen meinem Kopf im Bett liegen." Erst jetzt sah Sam Farleys Verband unter dem Hut.

„Was ist passiert?"

„Bin vor einer Woche hier in der Stadt überfallen worden. Zum Glück hatte ich nichts Wertvolles bei mir, aber sie haben mich für Tage flachgelegt. Wenn ich jetzt nicht bald nach Tennessee komme, werd' ich's nie mehr schaffen."

„Sind die Räuber gefaßt worden?"

„Nein, nicht bei dem Glück, das ich gehabt habe. Und jetzt muß ich auch noch mein Land verschleudern."

„Vielleicht wird es sich als Ihr Vorteil erweisen, daß Sie noch ein Weilchen hier bleiben mußten, weil ich Ihnen nämlich ein Angebot machen will."

„Ich höre."

„Ich spreche im Namen eines Interessenten in Fort Dodge."

„Oh, yeah? Als ich dort war, war gar niemand interessiert, außer dieser weißen Squaw." Als Sam nickte, weiteten sich Farleys Augen. „Sie meinen, Sie sprechen für sie?"

„Genau, und sie ist bereit, Ihnen dreihundert Dollar zu zahlen."

„Das sind hundert mehr, als ich überhaupt verlangt habe." Farleys Augen wurden schmal, als er Sams Gesicht nach seinen Motiven erforschte. „Sie sind Prediger, und Sie würden mich doch nicht übers Ohr hauen, oder?"

„Nein, aber der Deal hat einen Haken."

„Dachte ich mir. Was ist es?"

„Mrs. Graham hat kein verfügbares Bargeld. Aber sie wird bald zu Geld kommen. Für die extra hundert Dollar müssen Sie ihr vertrauen. Ich denke, es kann sehr einfach geregelt werden, wenn Sie das Geld bei ihrem Anwalt in Virginia abholen, das ist nicht weit von Tennessee, wenn ich mich recht erinnere."

„Sie ist eine entschlossene Frau, nicht?" sagte Farley.

Sam lächelte und nickte.

„Gut", fuhr Farley fort, „ich wußte von Anfang an, daß es verrückt ist, aber ich mußte diese Frau auch bewundern. Selbst wenn sie bei Indianern gelebt hat, muß man sie einfach mögen. War vermutlich ziemlich hart für sie und alles, und ich will ihr gern einen Gefallen tun —"

„Aber ...?" unterbrach Killion.

„Ich muß nicht nur ihr trauen, sondern auch Ihnen. Ich meine, Sie sind ein Prediger, jedenfalls sieht es so aus, aber ich kenne Sie —"

„Wo waren Sie denn, Kumpel?" rief ein Mann von einem Nachbartisch des immer noch vollen Hotels herüber, der ein bißchen von ihrem Gespräch mitbekommen hatte. „Das ist doch Sam Killion, der Texas Ranger, der Prediger geworden ist! Schnellster, sicherster Schütze in ganz Texas!"

„Stimmt das?" fragte Farley mit erneutem Interesse. „Sie sind ein Texas Ranger?"

„Früher einmal", sagte Sam.

„Wissen Sie, es waren Ranger, die vor einigen Monaten meine Familie vor den Indianern gerettet haben."

„Ich bin froh, das zu hören, aber zu dieser Zeit war ich kein Ranger mehr."

„Trotzdem, ich verdanke den Rangers 'ne Menge, und für mich ist es Ehrensache, Ihnen zu trauen."

Sam lächelte innerlich über die Ironie, daß dieser Mann eher einem Texas Ranger als einem Prediger traute. Aber es hatte keinen Sinn, jetzt darüber zu debattieren, also hielt er den Mund. Er spürte Gottes Hand, denn nur Gott konnte jene Zeit in seinem Leben, die er als gewaltsam und gottlos aufgegeben hatte, zu etwas Gutem nutzen.

„Heißt das, wir machen das Geschäft?" fragte Sam vorsichtig.

„Wie ich dieser weißen Squaw schon gesagt habe, ich bin genauso bekloppt wie sie. Aber ich will verdammt sein, wenn ich's nicht tue!"

Es wurde festgelegt, daß Deborah einen Brief an Stillwell schreiben sollte, in dem sie ihn anwies, Farley das Geld nach Tennessee zu schikken; er gab ihm eine Adresse. Nach Erhalt des Geldes würde Farley Deborah den Besitztitel schicken. Sam und Farley besiegelten das Geschäft mit einem Händedruck, und der Ausdruck ihrer beider Gesichter machte klar, daß sie die feierliche Bedeutung dieser Geste genau kannten. Farley war danach so zufrieden, daß er für alle Drinks bestellte. Sam trank Kaffee, aber er war nicht weniger zufrieden damit, wie sich alles entwickelt hatte.

62

Deborah hatte ihr Land. Es würde zwar Wochen, vielleicht sogar Monate dauern, bis das Geschäft wirklich abgewickelt wäre und das entscheidende Dokument eintreffen würde, aber sie konnte sich trotzdem freuen. Ein selbstzufriedenes Grinsen erschien auf Sams Gesicht, als er sich in Dover's Cottage in den Stuhl zurücklehnte und seinen Kaffee schlürfte.

Bis Weihnachten konnte Deborah sehr wohl in ihrem eigenen Heim sein, auf ihrem eigenen Land — fünftausend Acres, nicht weniger! Sie konnte nach Herzenslust reiten, und sie würde Meilen reiten können, bis sie an die Grenze ihres Besitzes stieß.

Bis Weihnachten ... drei kurze Monate ...

Aber plötzlich wurde Sam klar, was das für ihn bedeutete! Deborah würde Fort Dodge verlassen, sie würde Kansas verlassen, sie würde mehrere hundert Meilen weit weg sein! Weg von ihm! Er hatte sie so sehr ermutigt, das zu tun, was sie glücklich machte und was Gottes Wille wäre — er hatte überhaupt nicht an sein eigenes Glück gedacht. Er versuchte, sich damit zu trösten, daß Gott ihn sicher nicht vergessen hatte. Es konnte gut sein, daß diese Trennung zu ihrer beider Bestem war. Erst letzte Woche hatte sie ihm gesagt, daß sie nicht wieder heiraten würde. Vielleicht wollte Gott ihm die Qual ersparen, in ihrer Nähe zu sein, während er wußte, daß ihre Beziehung nie mehr als eine Freundschaft sein konnte. Vielleicht —

Aber eine Stimme riß Sam aus seinen Gedanken.

„Mir scheint, vor ein paar Wochen sollte das Land da noch zweihundert Dollar kosten", ließ sich eine nicht allzu freundliche Stimme vernehmen.

Sam drehte sich um und erblickte Griff McCulloch hinter sich. Er hatte trübe Augen und sah heruntergekommener als sonst aus, wohl nach zu vielen Besuchen in den Saloons von Abilene.

„Ich sehe nicht, was Sie das angeht, McCulloch", sagte Sam, den der bedrohliche Ton des Outlaws überraschte.

„Ich schätze, jemand sollte sich wirklich um Deborahs Bestes kümmern."

„Wollen Sie damit sagen, daß ich das nicht tue?"

„Ich will gar nichts sagen. Sieht aus, als ob sie betrogen wird, wenn sie dreihundert für Land bezahlt, das zweihundert wert ist."

„Vielleicht wüßten Sie warum, wenn sie das ganze Geschäft kennen würden."

„Yeah? Vielleicht erklären Sie's mir ganz einfach."

„Ich wüßte nicht warum. Deborah hat mir nicht die Erlaubnis gegeben, mit jedem über ihre persönlichen Angelegenheiten zu sprechen." Sam war klar, daß er Griff reizte, aber die grobe, streitsüchtige Haltung des Mannes war irritierend. Zudem hielt er es für gefährlich, in aller Öffentlichkeit mit einem betrunkenen Outlaw über Deborah zu reden.

„Ich bin nicht einfach irgend jemand, ich habe ihr den Hals gerettet —"

„Halten Sie den Mund, Griff!" schnitt Sam ihm das Wort ab.

„Was? Sie wagen —" Aber statt seinen Satz zu beenden, holte er mit der Faust aus.

Sam war zu schnell für ihn. Er ergriff mit Leichtigkeit Griffs Arm, bog ihn zur Seite und zwang den Angreifer zu Boden. Sobald Griff den Fußboden berührte, sprang er wieder auf, fluchte und spuckte und wandte sich erneut gegen Sam.

Der Prediger sprang vom Stuhl auf, Griff fiel über den leeren Stuhl erneut auf den Boden und zertrümmerte dabei den Stuhl mit seinem Gewicht. Immer noch nicht entmutigt, kam er wieder auf die Füße und stieß wilde Beschimpfungen aus.

„Sie verdammte Klapperschlange!" rief er. „Sie sind nichts als ein verfluchter Feigling mit all dem religiösen Gequatsche. Ich weiß nicht, was sie an Ihnen findet!"

„Sie sind nicht bei sich, Griff. Gehen Sie, kühlen Sie sich irgendwo ab, und dann können wir reden."

„Sie halten sich wohl für ganz besonders toll, stimmt's? Sehn wir doch einfach mal, wie toll Sie sind, großer, harter Texas Ranger! Ich fordere Sie!" Griffs Hand bewegte sich auf seinen Revolver zu.

„Ich bin nicht bewaffnet", sagte Griff schnell.

„Diesmal verstecken Sie sich nicht hinter Ihrer Bibel, Prediger! Ich zähle bis fünf, dann haben Sie sich eine Waffe besorgt!"

„Seien Sie vernünftig, Griff. Sie haben keinen Streit mit mir — Sie sind bloß betrunken."

Aber Griff erwiderte bloß mit „eins, zwei, drei ..."

„Hey, Prediger!" rief einer aus der Menge der Zuschauer. „Hier!" Ein 44er Colt flog durch die Luft. Griff zählte: „Vier ... fünf!"

Im Reflex flog Sams Hand in die Höhe und fing die Waffe auf, nur einen Sekundenbruchteil, bevor Griff seine eigene zog. Sam schoß fast gleichzeitig mit dem ersten Schuß, der sich aus Griffs Revolver löste. Das Ganze war vorbei, bevor irgend jemand es überhaupt sehen konnte. Griff stand tief verwundert da und hielt sich die rechte Hand, während Sam erstarrt zusah. Sams Schuß hatte Griff die Waffe aus der Hand gerissen.

Jemand aus der Menge rief: „Das nenn' ich schießen können!"

Aber ein anderer war weniger beeindruckt. „Was soll das heißen? Keiner tot!"

Der kurze Wortwechsel brachte Sam wieder zu sich. Er ließ den Colt auf den Boden fallen wie eine giftige Schlange; dann ging er zu Griff hinüber.

„Alles in Ordnung?" fragte er mit ehrlicher Besorgnis.

Griff wandte sich ab. „Lassen Sie mich in Ruhe!" brummte er.

In diesem Moment eilte Slim herbei. „Dich kann man keine Minute allein lassen, du Idiot!" bellte er Griff an. Dann wandte er sich an Sam. „Danke, Prediger. Sie hätten ihn töten können."

„Er hätte mich töten *sollen*!" brach es aus Griff heraus. „Denn sobald meine Hand wieder heil ist, sehen wir uns wieder!"

„Ach, laß mal Dampf ab, Griff!" sagte Slim. „Du wirst gar nichts tun."

„Laß mich in Ruhe!" Griff stapfte auf einen Tisch in der Ecke des Saloons zu. „Gebt mir 'nen Stuhl!" verlangte er von den Leuten am Tisch, die sofort ihre Plätze verließen. Keiner von ihnen war so gut mit der Waffe wie der Prediger, und sie wollten mit diesem Kerl kein Risiko eingehen. „Hey, Barkeeper!" rief Griff zum Tresen, „gib mir 'ne Flasche Whisky!"

Slim und Sam gingen auf den Tisch zu. Sam hielt am Tresen und nahm statt des Whiskys eine Kanne Kaffee. Als er an den Tisch kam und sich auf einen Stuhl niederließ, sank Griffs Kopf auf den Tisch; er war beinahe bewußtlos und sagte nichts mehr.

„Was hat er?" fragte Sam Slim, als er drei Tassen starken Kaffee eingoß.

„Griff hat noch nie viel vertragen. Wird total verrückt, wenn er was getrunken hat."

„Dann sollte er vielleicht nichts trinken."

„Tut er normalerweise auch nicht."

„Hat er jetzt gerade einen besonderen Grund dazu?"

„Frauen."

Sam hob eine Augenbraue und erinnerte sich an Griffs Bemerkungen über Deborah. „Wirklich?"

„Hat sich im Longhorn Saloon ein Mädchen angelacht. Das geht schon seit ein paar Monaten. Naja, dann ist eben ein anderer gekommen."

„Zu dumm." Sam verbarg seine Erleichterung, daß die „Frauen" offenbar nichts mit Deborah zu tun hatten.

„Yeah, wär' besser gewesen, er hätte den Mann auf der Stelle umgebracht, aber statt dessen ging Griff raus und hat sich betrunken."

„Und hätte beinahe mich umgebracht!"

„Ich glaub' nicht, daß es persönlich gemeint war."

„Das wär's aber gewesen, wenn ich auf dem Friedhof geendet hätte."

„Sie haben große Gefahr auf sich genommen, so auf seine Hand zu zielen", bemerkte Slim. „Die erste Regel bei sowas ist, schieß, um zu töten, denn das genau macht der andere."

„Ich habe diese Regel auch gelernt, und ich habe damit gelebt. Aber jetzt folge ich einer höheren Regel. Sie lautet etwa so: behandle andere, wie du willst, daß sie dich selbst behandeln."

„Scheint doch 'ne mächtige Verschwendung, 'ne Hand wie Ihre und blättert bloß in der Bibel."

„Glauben Sie das wirklich, Slim?" fragte Sam bestimmt.

Slim dachte einen Moment nach, bevor er antwortete. „Nein, wohl nicht. Vermutlich sind heute 'ne Menge Leute am Leben, weil Sie das Schießen aufgegeben haben."

Sam nickte bedächtig, aber er dachte mehr an die armen Seelen, die seinetwegen *nicht* mehr am Leben waren. Er schickte ein kurzes, lautloses Gebet zum Himmel als Dank für die Möglichkeit, die Sache einmal aus Slims Perspektive zu sehen und um sich daran zu erinnern, daß Griff, wenn er ihn vor zehn Jahren angegriffen hätte, sicher nicht am Leben geblieben wäre. Es gab immer etwas, für das man dankbar sein mußte.

Als ob Griff Sams Gedanken gelesen hätte, hob er den Kopf und sah ihn verschwommen an. „Immer noch hier?" brummelte er.

„Nehmen Sie einen Kaffee", sagte Sam.

Griff schüttelte den Kopf, griff aber trotzdem nach der angebotenen Tasse. Als er sie nehmen wollte, stöhnte er auf. Seine Hand war rot und schwarz vom Schießpulver. Sam sprang auf, holte eine Schüssel mit Wasser vom Tresen und wusch Griffs Hand; dann verband er sie mit seinem Taschentuch.

Griff wehrte sich nicht, aber er starrte Sam an und murmelte: „Sie sind verrückt!" Dann fiel sein Kopf knapp neben der Schüssel wieder vornüber. Er war bewußtlos.

Slim und Sam trugen ihn nach oben in ein Zimmer, wo er den Rest der Nacht friedlich schlief. Als er am Morgen erwachte, und sein Kopf mehr schmerzte als seine Hand, ging er hinunter und wußte nicht, ob er bestürzt oder erleichtert sein sollte, als Slim ihm sagte, daß der Prediger nicht mehr da war.

63

Als Griff sich etwa eine Woche später Fort Dodge näherte, sah er einige Meilen westlich des Forts eine große Staubwolke aufsteigen. Neugierig und in der Annahme, daß dort Soldaten Indianer verfolgten, ritt er am Fort vorbei, um zu sehen, was vorging.

Mit seinem Gewehr schußbereit über dem Sattel, war er erleichtert, überhaupt keine Indianer zu sehen, sondern Landvermesser und Arbeiter, die über das ausgetrocknete Gras am Fluß entlang ritten.

„Was ist denn hier los?" rief Griff einem der Arbeiter zu.

„Wir bauen eine Stadt", antwortete der und wischte sich mit einem Tuch über die Stirn.

„Hier, mitten im Nirgendwo?"

„Nicht mehr lange. Hier wird's einen Verladebahnhof geben. Es wird eine Viehhändlerstadt."

„Es gibt doch schon Abilene."

„Hier durch ist es Meilen kürzer."

„Yeah, aber noch eine Viehhändlerstadt ...? Hat nicht viel Sinn. Wird soviel Rindfleisch gebraucht?"

„So viel, wie nach Osten geschafft werden kann. Viehzucht ist der Weg zu Reichtum, Mann!"

Griff zuckte die Achseln; sehr überzeugt war er nicht. Natürlich hatte er das schon in Abilene gehört, aber er hatte es als die Übertreibung von texanischen Viehzüchtern abgetan, die immer dabei waren, Texas für den größten und besten Staat in Amerika zu verkaufen. Aber jetzt, da er mit eigenen Augen sah, daß zu diesem Zweck eine ganze Stadt gebaut werden sollte, war auch er beeindruckt.

„Hat sie schon einen Namen, diese Stadt hier?" fragte Griff.

„Dodge City."

„Wie phantasievoll", sagte Griff sarkastisch.

Er warf sein Pferd herum und ritt zum Fort zurück, mit nur ganz vagem Bewußtsein davon, was diese kleine Begegnung für seine Zukunft bedeutete. Der Reichtum, der in der Viehzucht steckte, war nur ein Teil davon; viel schwerer wog, daß die Zivilisation ihm immer näher rückte. Er erinnerte sich noch sehr gut an die Zeit, als ein Mann tagelang über die Prärie reiten konnte, ohne je einem anderen weißen Mann zu begegnen, oft nicht einmal einem Indianer. Er erinnerte sich, wie einst die Prärie schwarz von Büffeln war. Und jetzt wußte er, daß der Bahnhof genauso zum Verladen von Büffelleder wie von Vieh dienen würde. Niemand jagte mehr Büffel, sie löschten sie einfach nur noch aus. Griff war immer ein Mann gewesen, der Herausforderungen liebte. Deshalb war es ihm viel lieber, einen Zug auszurauben als einen zu besitzen. Als er sah, was jetzt geschah, fühlte er sich der Ausrottung so nahe wie der Büffel.

Er wurde alt — zu alt, um sich noch ständig zu fragen, woher die nächste Kugel wohl kommen mochte. Und die Wahrheit war, auch wenn er mit dem Gesetz so ziemlich im reinen war, hatte er doch auf anderen Feldern jede Menge Feinde. Nachdem er aufgehört hatte, Banken und Postkutschen auszurauben, hatte er, wo es ging, seine Schießfertigkeit verkauft — etwas, das er Deborah nie erzählt hatte. In letzter Zeit hatte er sich immer öfter gefragt, wann es Zeit für einen Mann war, nicht länger das Schicksal herauszufordern.

Er war vor einer Woche mit dem vagen Gedanken aus Abilene aufgebrochen, sich das Leben etwas leichter zu machen. Er wollte gar nicht wissen, wieviel der Zwischenfall mit Killion dazu beigetragen hatte. Er wußte selber nicht, weshalb er sich so angestellt hatte. Killion war kein übler Kerl, trotz all seines religiösen Gehabes. Und Griff glaubte nicht, daß es irgend etwas mit Eifersucht zu tun hatte. Wenn er Deborah wollte, konnte er sie jederzeit, da war er sicher, vor Männern wie Killion gewinnen.

Griff nahm nicht gern Probleme auseinander, und so dachte er nicht weiter an das, was in Abilene geschehen war. Es war passiert, und es war vorbei; es war nicht wichtig, wie und warum.

Er glaubte nicht, daß seine neue Entscheidung etwas damit zu tun hatte. Er dachte vage daran, Deborah zu sagen, daß er auf ihrer neuen Ranch arbeiten wollte. Sie würde Hilfe brauchen, und er brauchte ein wenig Sicherheit und Ruhe in seinem Leben. Es würde immer noch genug Herausforderungen geben, mit den feindseligen Indianern, die sich dort herumtrieben, aber es war ein Schritt in die richtige Richtung.

Als er den Ort verließ, an dem die neue Stadt Dodge City entstehen sollte, war er sich seiner Entscheidung noch sicherer.

Im Fort exerzierte eine Kompanie Infanterie auf dem Appellplatz und wirbelte ebenfalls Staubwolken auf. Griff fragte sich, wann sie das letzte Mal gegen Indianer gekämpft hatten. Sie sahen gelangweilt und undiszipliniert aus. Griff wußte, daß die Forts in Texas es gegen die feindlichen Commanchen ziemlich schwer hatten, und die nördliche Armee hatte noch viel zu tun, bis die Sioux und die nördlichen Cheyenne besiegt wären. Diese Jungs aus Fort Dodge konnten jeden Tag abkommandiert werden, um da oder dort im Krieg gegen die Indianer zu helfen, aber im Moment dachte man bei ihrem Anblick, daß das Land schon erschlossen und befriedet war.

„Dauert nicht mehr lange", murmelte Griff zu sich selbst, „und wir sind alle nur noch ein Haufen übriggebliebener Fossile."

Er ritt zum Laden des Forts, stieg ab, band sein Pferd an den Pfosten und schlenderte hinein. Deborah stand vor der Theke und verhandelte mit einigen Araphoekriegern. Sie sprachen Cheyenne, und Griff war erstaunt, wie fließend Deborah die Sprache noch immer von den Lippen ging. Aber an diesem Tag beeindruckte ihn ihre Erscheinung noch mehr als ihre Sprache.

Sie trug nicht mehr den Indianischen Lederponcho; sie war mehr wie eine weiße Frau gekleidet, wenn auch nicht in eins der langen Kattunkleider mit Kragen, die er von den Siedler- und Soldatenfrauen gewohnt war. Deborah trug einen einfachen dunkelblauen Baumwollrock und ein hellblaues Leinenhemd; um die Hüfte trug sie einen braunen Ledergürtel. Das Blau ihres Hemdes betonte die Farbe ihrer Augen und ließ sie leuchten wie einen Fluß im Frühling. Sie trug Wildlederstiefel — indianisch, soweit er sehen konnte. Ihr Haar, das wieder lang gewachsen war, trug sie nach indianischer Art, mit schmalen Streifen Biberfells in die langen, gelben Strähnen geflochten.

Was ihn an ihrer neuen Aufmachung überraschte, war nicht so sehr der Kontrast zu dem, was sie vorher getragen hatte; es überraschte ihn, wie gut ihr das alles stand. Er hatte sofort den Gedanken, daß sie endlich aussah, wie sie aussehen sollte. Sie war eine Frau der Prärie, die ebenso gut wie ein Mann reiten und zweifellos auch schießen und jagen konnte. Ihm wurde plötzlich klar, daß ihr Entschluß, diese Ranch in Texas zu kaufen, vielleicht doch nicht so verrückt war. Ihm wurde auch klar, daß sein großherziges Angebot, ihr auf der Ranch zu helfen, ziemlich überflüssig war. Aber trotzdem – nicht einmal jemand mit viel Erfahrung konnte eine Ranch von dieser Größe ganz allein führen. Sie mußte Hilfen einstellen, warum also nicht ihn.

Und Griff begann zu verstehen, daß er sie ebenso brauchte, wie er glaubte, von ihr gebraucht zu werden.

Die beiden Indianer beendeten den Handel und drehten sich um, beide grinsend und offensichtlich zufrieden über das Geschäft, das sie mit der weißen Frau gemacht hatten. Griff trat auf Deborah zu, als sie die Pelze wegräumen wollte, die die Indianer gebracht hatten.

„Wie geht's, Deborah?" sagte er.

Sie sah auf, und ihre Lippen formten sich zu einem Lächeln. „Griff! Hallo. Lange nicht gesehen."

„Yeah."

„Sind Sie bloß auf der Durchreise, oder haben Sie Zeit für einen richtigen Besuch?"

„Schätze, ich kann ein Weilchen bleiben."

„Gut, ich muß nur die Pelze wegräumen, dann können wir uns unterhalten." Sie begann, die Pelze zu sortieren und auf die Stapel hinter sich zu schichten. Sie sprach beim Arbeiten weiter. „Was haben Sie die ganzen Wochen gemacht?"

„Nicht viel", antwortete er lakonisch. „Hier und da gewesen. Nichts Aufregendes."

„Wenigstens handeln Sie sich keinen Ärger ein", sagte sie unschuldig.

„Das sehen einige wahrscheinlich anders, aber ich tue mein Bestes."

„Sam sagte, er hat Sie in Abilene gesehen."

„Ja?"

Sie nickte und zeigte nicht, ob sie etwas wußte. Wußte sie vielleicht gar nicht, daß er auf den Prediger geschossen hatte? Griff fragte beiläufig: „Was hat er also darüber gesagt?"

„Eigentlich nicht viel." Sie sah von ihrer Arbeit auf. „Was halten Sie jetzt davon, daß ich Landbesitzerin bin?"

„Schätze, das hab' ich schon ziemlich deutlich gesagt."

„Sie dachten, ich bin verrückt."

„Mehr deswegen, weil Sie das Land gerade dort unten kaufen wollten; nicht, weil Sie überhaupt Land kaufen wollten." Er verstummte und rieb sich das stoppelige Kinn. „Aber je mehr ich drüber nachdenke, Deborah, desto mehr kann ich Ihre Gefühle verstehen. Jeder kommt an den Punkt in seinem Leben, an dem er gar nichts mehr dagegen hat, sich irgendwo niederzulassen."

„Sie nicht, Griff!" sagte sie spöttelnd und überrascht.

„Vielleicht ... deswegen bin ich eigentlich hier."

Deborah verstaute den letzten Pelz und schüttelte sich den Staub und die Flusen von den Händen. „Setzen wir uns doch, Griff. Hardee hat gerade eine Kanne frischen Kaffee aufgesetzt. Wollen Sie welchen?"

„Nichts dagegen."

Deborah füllte zwei Tassen und trug sie an den Tisch, wo Griff schon auf einem Stuhl saß und seine langen Beine ausstreckte. Deborah stellte die Tassen ab und setzte sich selbst. Sie schien nicht zu bemerken, oder es schien ihr nichts auszumachen, daß Griff nicht aufstand, um ihr einen Stuhl anzubieten. Er schien sie als gleichwertig, nicht als schwache, hilflose Frau zu behandeln.

„Nun, Griff, was ist mit diesem wilden Gerede von sich niederlassen? Für mich mit zwei Kindern liegt das nahe, aber ich hätte nicht erwartet, so etwas von Ihnen zu hören."

„Ich will mich nicht in dem Sinn niederlassen, daß ich eine Frau suche und eine Familie gründen will und das alles –" Ihm wurde plötzlich klar, wie sie seine Worte verstanden haben mochte. „Sie verstehen, nicht wahr, Deborah?"

Sie nickte sanft. „Natürlich verstehe ich! Ich dachte nicht, daß Sie mir einen Antrag machen wollten, Griff."

Er seufzte erleichtert. Dann fügte er nervös hinzu: „Nicht, daß ich Sie nicht sehr gern mag, Deborah. Sie sind so ungefähr die schönste Frau, die ich kenne. Aber Heirat und all das, das ist nichts für mich. Ich denke vielleicht daran, mich niederzulassen, aber bestimmte Freiheiten könnte ich trotzdem nie aufgeben, egal, wie lange ich an einem Ort bleibe. Schätze, ich fühle mich langsam zu alt, um nur herumzuziehen und die ganze Zeit Konserven zu essen, dem Gesetz und den Kugeln aus dem Weg zu gehen und an einem Tag nie zu wissen, wo ich am nächsten sein werde oder ob ich überhaupt noch irgendwo sein werde."

„Was wollen Sie also tun?" fragte Deborah. „Denken Sie auch daran, Land zu kaufen?"

„Dazu kann ich mein Geld nicht lange genug zusammenhalten." Er schwieg und suchte nach den richtigen Worten. „Naja, Deborah, ich dachte, Sie werden auf dieser Ranch doch Hilfe brauchen, Cowboys, wissen Sie."

Zuerst schreckte Deborah zurück; Hilfe? War sie denn nicht selbständig genug? Ihr Dickkopf sträubte sich gegen den Gedanken, daß sie ihr ganzes Leben von irgend jemandem Schutz brauchen sollte. Jetzt bot Griff sich gnädigerweise an, mit ihr nach Texas zu ziehen, um sie vor Indianern und Viehdieben zu beschützen und vor allen Schwierigkeiten, die sich auf einer Ranch so einstellen konnten. Aber ihr bescheideneres Selbst, das auf nichts als auf die Stimme Gottes hören wollte, meldete sich zu Wort und drängte sie, sich Griffs Vorschlag etwas genauer anzusehen. Sie würde wirklich Leute einstellen müssen, und wäre es da nicht besser, jemand zu haben, den sie kannte und dem sie trauen konnte? Vielleicht hatte Gott Griff diese Idee genau deshalb eingegeben. Sie würde Hilfe und Schutz brauchen. Außerdem würde sie Griff bezahlen. Es wäre nur ein Geschäft. Aber konnte sie mit seiner Gegenwart richtig umgehen? Mit der Tatsache, daß er eher ein Freund war, der ihr half, als ein Angestellter, der für sie arbeitete?

Aber ihr Stolz siegte. „Griff, machen Sie diesen Vorschlag, weil Sie mir nicht zutrauen, allein zurechtzukommen? Wollen Sie mich beschützen?"

„Naja, ich muß zugeben, so etwas habe ich vielleicht am Anfang gedacht. Ich denke, wenn einer einmal eine Frau rettet, wird er sich für sie verantwortlich fühlen. Aber Quatsch, Deborah, es ist ganz klar, daß Sie nicht mehr als den üblichen Schutz brauchen. Ich habe Ihnen das Schießen beigebracht, und Ihr indianischer Mann hat Ihnen noch eine ganze Menge mehr beigebracht. Ich schätze also, worauf es hinausläuft ist, daß ich einen festen Job brauche und Sie Hilfe auf der Ranch. Da sollten wir uns doch einig werden können."

Deborah lächelte dumm und war innerlich beschämt, daß sie eine große Sache daraus gemacht hatte. Als sie sich entspannte und ihre Gefühle Gott anvertraute, erwachte langsam Begeisterung in ihr, denn das war genau, was sie sich eigentlich gewünscht hatte. Sie hatte nicht danach gesucht, aber Gott wußte, was sie brauchte, noch bevor sie es selber wußte. Sie fragte sich, was Griff wohl denken würde, wenn sie ihm sagte, daß nach ihrer Meinung Gott ihn zu ihr geschickt hatte. Vielleicht würde er sich dann anderswo nach Arbeit umsehen!

„Ich glaube auch, Griff", antwortete sie. Dann fügte sie hinzu: „Wie kann ich Ihr Angebot ablehnen, wenn Gott selbst Sie geschickt zu haben scheint?"

„Nicht zu fassen!" lachte Griff. „Dann hoffen wir bloß, daß er's nie bedauert."

„Ich bin sicher, das wird er nicht." Sie grinste zufrieden und fuhr fort: „Was halten Sie davon, Vorarbeiter auf der Ranch zu werden?"

„Ich glaube nicht, daß Sie dafür einen besseren Mann finden könnten!"

„Gut. Und ich frage mich auch, ob Slim und Longjim nach Ihrer Meinung ebenfalls Arbeit suchen?"

„Kann nicht schaden, sie zu fragen."

„All right, Griff, dann ist es abgemacht. Wir brechen auf, sobald ich von meinem Anwalt höre."

Sie schüttelten sich begeistert die Hände, und Griff verließ den Laden. Er war nicht ganz sicher, worauf er sich da eingelassen hatte, aber er hatte ein gutes Gefühl dabei; sicher war er auf dem richtigen Weg.

64

Griff verließ das Geschäft und überquerte den Exerzierplatz, der jetzt wieder verlassen dalag. Die plötzliche Erscheinung von Sam Killion am Ende des Weges überraschte ihn, und sein erster Impuls war, einfach in die andere Richtung zu gehen, als ob er ihn nicht gesehen hätte. Aber im nächsten Moment war es zu spät. Sam erblickte ihn, winkte und eilte auf ihn zu.

„Morgen, Killion", sagte Griff nicht sehr erfreut.

„Gut, Sie zu sehen, McCulloch."

„Ich bin erstaunt, daß Sie das sagen."

„Ich habe nichts gegen Sie."

„Na, es war jedenfalls nicht persönlich gemeint. Der Schnaps eben. Hab' ich noch nie vertragen."

„Guter Grund, die Finger davon zu lassen."

„Schätze ich auch."

Eine peinliche Pause trat ein, bevor das Schweigen gebrochen wurde.

Griff sprach zuerst. „Ich war gerade bei Deborah. Interessiert Sie vielleicht, daß ich auf ihrer neuen Ranch in Texas als Vormann anfangen werde."

Das war offensichtlich neu für Sam, der einen weiteren, schrecklichen Moment schwieg, bevor er antwortete. „Tatsächlich?" sagte er kurz.

„Yeah."

Sam faßte sich. „Ich schätze, ich sollte beruhigt sein, daß sie jemanden wie Sie dort draußen hat."

„Sollten – aber Sie sind's nicht, richtig?" sagte Griff ziemlich unsicher.

„Ich will ehrlich zu Ihnen sein, McCulloch, es beunruhigt mich ein bißchen. Deborah hat in ihrem Leben genug Ärger gehabt, und ich will nicht, daß sie noch mehr bekommt, wenn sich's vermeiden läßt."

„Sie denken, ich bringe ihr Schwierigkeiten ein?"

„Sie waren bislang nicht gerade ein Engel – nicht, daß irgend jemand einer wäre. Aber ich bin nicht ganz sicher, ob Sie mit dem Gesetz im reinen sind – "

„Sie können beruhigt sein, Prediger", unterbrach ihn Griff ohne Härte in der Stimme. „Auch ich will Deborah keinen Ärger eintragen. Ich kenne diesen Gesetzeshüter oben in Wishita, Earp. Er sagt, gegen mich liegt nichts schriftlich vor, weil niemand mich je klar erkannt hat. Deshalb gibt es keine Beweise gegen mich. Ich bin sauber, solange ich's in Zukunft bleibe."

„Das ist die Frage, nicht wahr?" sagte Sam behutsam.

„Wird von euch Predigern nicht erwartet, daß ihr Vertrauen habt?"

„Sanft wie die Tauben, klug wie die Schlangen."

„Kommt mir bekannt vor. Jedenfalls bin ich fertig mit dieser Art Leben. Aber wenn Sie sich solche Sorgen machen, warum gehen Sie dann nicht mit ihr nach Texas?"

Daran hatte Sam in den vergangenen Tagen mehr als einmal gedacht, aber die Antwort war immer dieselbe. „Ich habe hier Verpflichtungen. Deshalb muß ich im Moment hier bleiben."

„Sie sind ein Narr Killion, sie einfach so ziehen zu lassen."

„Was meinen Sie damit?"

„Ich denke, was Sie wirklich beunruhigt, ist der Gedanke, daß sie und ich zusammen weggehen. Aber es ist Ihre Schuld, wenn etwas passiert."

Sam schluckte. Er wußte genau, daß McCulloch völlig recht hatte. Aber er wußte auch, daß er nicht einer bloßen Illusion nach Texas nachlaufen konnte. Deborah war nicht zur Heirat bereit, und er war nicht bereit, irgend etwas anderes zu akzeptieren.

„Hören Sie, McCulloch", sagte Sam gereizt und klang eher wie ein Texas Ranger denn wie ein wohlwollender Prediger, „ich kann Sie nicht aufhalten, aber wenn ich je erfahren sollte, daß Sie ihr etwas angetan haben —"

„Hören Sie auf, Prediger!" schnitt Griff ihm halb im Spaß das Wort ab. „Sie werden Ihnen den Predigerrock nehmen für das, was Sie da sagen wollen. Ich werde Deborah niemals zu nahe treten ... und ich bezweifle, daß ich sie je heiraten würde, selbst wenn sie wollte. Ich bin nicht der Typ zum Heiraten — und Deborah ist nicht die Frau, die irgend etwas anderes akzeptieren würde. Seien Sie also ganz unbesorgt, es sei denn, einer der anderen von uns ändert sich urplötzlich. Aber Sie sind trotzdem ein verdammter Narr. Ich könnte wetten, Sie haben ihr noch nicht mal einen Antrag gemacht."

„Zuerst mal", sagte Sam abwehrend, „wäre das nicht richtig, weil sie noch kein volles Jahr Witwe ist."

„Das hier ist der Westen, Killion. Keine dieser Anstandsregeln aus dem Osten ist hier auch nur einen Pfifferling wert."

Sam dachte an all die anderen guten Entschuldigungen, und alle schienen plötzlich ziemlich weit hergeholt. Aber was der Outlaw Griff McCulloch sagte, das klang plötzlich gar nicht so falsch. Sam hätte gleich merken müssen, daß etwas nicht stimmen konnte mit einer Schlußfolgerung, bei der der Ex-Outlaw im Recht war. Aber in der Hitze des Augenblicks dachte er, daß er wirklich ein Narr war, das Richtige wissen zu wollen, ohne Deborah auch nur gefragt zu haben. So sicher war er sich, wie sie antworten würde, daß er noch nicht einmal deshalb gebetet hatte.

Als er sich an diesem Tag von Griff trennte, wußte er also genau, was er zu tun hatte.

* * *

Sam betete nach dem Gespräch mit Griff mehrere Tage wegen Deborah. Er ging sogar für drei Tage in eine Hütte weit draußen, um allein zu sein.

Als er mit dem Beten fertig war, war er sich noch immer nicht sicher, ob er sie fragen sollte, und diese Unsicherheit paßte überhaupt nicht zu ihm. Er war so durcheinander, daß er nicht mehr wußte, ob sein Zögern von Gott gesandt oder nur seiner eigenen Feigheit zu verdanken war. Schließlich war es keine Kleinigkeit, einer Frau einen Heiratsantrag zu machen, selbst unter den günstigsten Umständen nicht. Aber in Deborahs Fall, wenn er daran dachte, was sie durchgemacht hatte, war es erst recht schwierig. Wenn er fragte und einen Korb bekam, dann war es vorbei; all seine Hoffnungen wären in einem kurzen Moment zerschlagen. Aber wäre das nicht vielleicht der beste Weg? Es schnell hinter sich bringen, wie wenn man ein Messer aus einer Wunde zieht.

Aber er konnte den Gedanken nicht ertragen, ihre Freundschaft zu verlieren, die er zusammen mit seinen Hoffnungen unausweichlich verlieren würde. Wenn sie jedoch ohne ihn nach Texas ging, würde er sie ebenfalls verlieren.

Schließlich verschob er das Gespräch mit ihr über einen Monat, und er hätte es noch länger vor sich hergeschoben, hätte ihn nicht die Ankunft einer ganz bestimmten Briefsendung im Oktober zum Handeln gezwungen.

65

Sam brachte ihr den großen Umschlag persönlich; er konnte bloß ahnen, was er enthielt und was er für seine Zukunft bedeuten konnte.

Aufgeregt riß Deborah den Umschlag auf. Als sie die Papiere entfaltete, fiel ein kleineres Blatt auf die Theke, an der sie stand. Sie nahm es und schnappte nach Luft.

„Sam ... " Die Tränen stiegen ihr in die Augen. „Es ist ein garantierter Scheck über viertausendsiebenhundert Dollar. Oh guter Gott! Ich kann's nicht glauben!"

Sam war genauso aufgeregt. „Ich freue mich für dich, Deborah!"

Deborah sprach weiter, nachdem sie den Brief des Anwalts überflogen hatte. „Mr. Stillwell sagt, er hat das Geld für Mr. Farley schon einbehalten, aber er dachte, ich hätte gern so bald wie möglich den Rest des Geldes. Er wird mir die Besitzurkunde schicken, sobald er den

Handel mit Farley abgeschlossen hat. Weißt du, was das bedeutet, Sam?"

Sam schüttelte den Kopf, obwohl er sehr genau wußte, was das bedeutete.

„Sam, es gibt jetzt keinen Grund mehr, noch länger hierzubleiben. Wenn ich noch diese Woche gehe, kann ich dort sein, bevor der Winter kommt und die Reise erschwert. Griff sagt, es dauert etwa einen Monat mit einer Kutsche und den Kindern."

„Aber es könnte Probleme geben ohne die Besitzurkunde", wandte Sam ein. „Du brauchst nichts zu überstürzen."

„Ich werde Mr. Stillwell sagen, er soll die Urkunde direkt nach Fort Griffin schicken, das ist nicht weit von der Ranch. Wer weiß — vielleicht ist sie noch vor mir da. Und wenn nicht, habe ich ja dieses Papier, in dem Mr. Farley den Verkauf bestätigt. Es wird keine Schwierigkeiten geben. Aber, Sam, das Risiko nehme ich auf mich. Ich kann es einfach nicht mehr abwarten! Ich werde am Montag abreisen — wenn Griff, Slim und Longjim bereit sind. So kann ich dich noch einmal predigen hören." Deborah hielt plötzlich inne, als ihr klar wurde, was sie gerade gesagt hatte. Sie versuchte, nicht daran zu denken, was ihre Abreise für die Freundschaft mit Sam bedeutete. Es wurde ihr nicht leichter dadurch, daß nun zum ersten Mal sie es war, die eine Beziehung verließ und nicht der andere. Es tat genauso weh. Zwar war es ihre Entscheidung, und sie ging etwas Wunderbarem entgegen, aber dennoch fühlte sie die Leere eines weiteren Verlustes.

„Oh, Sam, wie du mir fehlen wirst!" Die Tränen rollten ihr über die Wangen.

„So weit ist Texas auch wieder nicht." Er versuchte, ruhig und zuversichtlich zu klingen. „Ich bin schon für unwichtigere Dinge weiter geritten."

„Du wirst uns doch besuchen?"

„Natürlich werde ich."

„Ich bezweifle, ob es dort draußen viele Kirchen gibt."

„Du wirst doch weiter in der Bibel lesen und beten, nicht?"

„Oh ja!"

Sam öffnete den Mund, um noch etwas Beiläufiges zu sagen, aber er hielt inne; im Geist hörte er Griffs Stimme:

Sie sind ein verdammter Narr, sie einfach so gehen zu lassen.

Wie konnte er ihr sagen, daß sie beten und in ihrer Bibel lesen sollte und es dabei belassen? Wie sollte er je die Antwort auf die wirklich brennende Frage bekommen, wenn er nicht fragte? Was machte es schon, wenn sie ihn zurückwies; er würde sie so oder so verlieren.

Hastig, bevor er erneut den Mut verlor, sagte er plötzlich: „Deborah, ich weiß, das ist vielleicht nicht der richtige Augenblick, aber da du so bald weggehen wirst, spreche ich es am besten jetzt gleich aus, sonst werd' ich's noch mit ins Grab nehmen. Es ist nur, daß ... nun, du bist mir alles andere als gleichgültig, Deborah, und es wäre mir eine Ehre, wenn du mich heiraten wolltest." Er schwieg, atmete tief durch und warf ihr einen verstohlenen Blick zu.

„Oh, Sam..." Der bloße Ton ihrer Stimme, bedauernd und traurig, verriet ihm schon, wie ihre Antwort lauten würde.

„Ich wußte, ich hätte den Mund halten sollen", sagte Sam und wollte ihr ersparen, die schwierigen Worte auszusprechen.

„Ich bin so durch und durch überrascht."

„Ich habe wohl angenommen, du fühlst ein wenig auch für mich, wie ich für dich fühle —"

„Sam, du weißt, ich habe dich sehr, sehr gern. Es ist nur, meine Liebe für Gebrochener Flügel ist immer noch zu stark. Ich bin noch nicht frei, einen anderen zu lieben. Ich weiß, ich spreche nicht oft von ihm, aber nicht, weil ich ihn vergessen habe, sondern weil es bei den Cheyenne Tradition ist, nicht von den Toten zu sprechen. Jetzt weiß ich, daß es vielleicht ein Aberglaube ist, der nicht zu meinem christlichen Leben paßt. Aber ich habe das Gefühl, meine Liebe für ihn auf diese Weise auszudrücken. Vielleicht, wenn Himmelchen älter ist und ich diese Sitte aufgeben muß, damit er von seinem Vater erfährt. Aber jetzt ist mir das alles noch zu nah."

„Trotzdem", fuhr sie fort, „auch wenn ich nicht von Gebrochener Flügel rede, die Erinnerung an ihn füllt noch immer mein Herz. Der Schmerz über seinen Tod ist mir immer gegenwärtig. Allein schon aus diesem Grund kann ich nicht heiraten. Aber das ist nicht alles, und obwohl ich mich schäme, es zuzugeben, muß ich mit mir selbst und mit dir ehrlich sein. Ich kann einfach nicht noch einmal die Gefahr auf mich nehmen, einen Menschen zu lieben, besonders auf diese Weise zu lieben. Wir haben schon darüber gesprochen, Sam, und ich habe mich noch nicht geändert. Ich bete deshalb oft, weil ich manchmal Angst habe, daß diese Schwäche auch meine Liebe zu den Kindern in Gefahr bringen könnte. Ich kann sie nicht aus den Augen lassen, ohne Angst zu haben, sie zu verlieren. Manchmal sehe ich, daß Carolyn deshalb schrecklich böse wird. Sie ist kein bißchen weniger dickköpfig und unabhängig als ihre Mutter. Ich versuche, alles entspannter zu sehen, aber ich kann nicht.

Siehst du, ich habe keine Wahl, ich muß mich um meine Kinder kümmern. Ich bezweifle, daß ich das anders tun könnte als so. Aber ich kann die Gefahr nicht willkürlich *suchen*. Sam, könntest du versprechen, nicht vor mir zu sterben?"

Sam senkte den Blick. Er konnte sie nicht ansehen, als er den Kopf schüttelte. „Ich wünschte, ich könnte es, Deborah, aber du weißt, ich kann es nicht."

„Ich weiß..." sagte sie leise. „Vielleicht wird Gott eines Tages diese Schwäche von mir nehmen."

„Ich glaube, das wird Er, Deborah. Und bis dahin wird Er sie nutzen, um dich stark zu machen, denn erinnere dich, in unseren Schwächen werden wir stark sein."

Weinend warf Deborah die Arme um Sam und küßte ihn auf die Wange. Sam, überrascht durch diese unerwartete Geste, stand einfach nur da. Aber er wußte, im nächsten Moment würde es vorbei sein, und er hätte Deborah so gut wie verloren, vielleicht für immer. Bevor der Augenblick auf immer verschenkt war, hob er also die Arme und umarmte sie steif und hölzern. Ihren Kuß erwiderte er nicht, auch wenn er gern gewollt hätte.

Als sie sich trennten, war er atemlos, und er bemerkte, daß sie ein wenig errötet war, aber keiner von beiden sagte etwas. Sie wußten beide, es gab nichts mehr zu sagen. Es war einfach nicht Zeit für sie; vielleicht wäre es niemals Zeit für sie. Aber es mochte auch eines Tages anders werden – das wenigstens dachte Sam, immer voller Hoffnung, als er das Geschäft verließ.

* * *

Wie beschlossen waren Deborah und ihr kleiner Zug am folgenden Montag bereit zur Abreise aus Fort Dodge. Slim lenkte mit Deborah neben sich den Planwagen, der fast bis obenhin voller Vorräte war, die sie bei Hardee gekauft hatte. Die Kinder waren in einer weich gepolsterten Ecke vorn im Wagen untergebracht, wo sie ihrer Mutter nah waren und hinaus auf die vorüberziehende Landschaft schauen konnten. Griff und Longjim ritten auf ihren eigenen Pferden neben dem

Wagen her, der von vier kräftigen Pferden gezogen wurde. Der graue Hengst und Slims Schecke waren hinten am Wagen festgemacht.

Sam und Hardee standen dort, beide sahen ziemlich verloren und niedergeschlagen aus. Hardee hatte jedes der Kinder zehnmal umarmt und vergoß mehr Tränen, als er zugeben wollte, als Deborah ihn umarmte und küßte. Auch Sam hatte die Kinder in die Arme genommen, die ihm im Lauf der Monate ans Herz gewachsen waren, und er hatte jedem eine Tüte mit Süßigkeiten für die lange Fahrt geschenkt. Er und Deborah sagten sich nur auf Wiedersehen. Sam fürchtete, wenn er sie noch einmal umarmte, würde er sie nie gehen lassen.

Slim wollte gerade die Pferde in Bewegung setzen, als eine Gestalt in Uniform winkend über den Exerzierplatz lief und rief: „Mrs. Graham, warten Sie!" Es war Lieutenant Godfrey.

Außer Atem kam er auf Deborahs Seite des Wagens an. „Ich bin froh, Sie noch zu erwischen", sagte er. „Ich war die ganze Woche draußen bei einer Übung und habe erst heute morgen von Ihrer Abreise erfahren."

„Ich freue mich, daß Sie noch gekommen sind, Lieutenant", sagte Deborah. „Ich hatte gehofft, Ihnen auf Wiedersehen sagen zu können. Ich werde Ihre Freundlichkeit nicht vergessen."

„Und genauso, Ma'am, werde ich Sie nie vergessen!" Er zögerte und schien sich plötzlich zu erinnern, daß er nicht mit leeren Händen gekommen war. Er hielt ihr einen Bogen und einen wildledernen Köcher mit Pfeilen hin. „Einer der Männer hat das am Washita mitgenommen, nach ... nach der Schlacht." Er zögerte ein wenig wegen dieses schrecklichen Themas und fuhr fort: „Ich weiß, das ist nichts, an was wir uns gern erinnern, aber ich dachte, weil Sie dort doch alles verloren haben, hätten Sie vielleicht gern eine Erinnerung an die Cheyenne, die Sie so lieben. Es ist nicht viel, ich weiß, aber vielleicht hätte Ihr Junge gern, wenn er älter ist, einen echten Cheyennebogen."

Godfrey hielt Deborah Bogen und Köcher entgegen, aber sie zögerte, bevor sie danach griff. Sie erkannte den Bogen sofort. Zwölf Bäume hatte ihn gemacht, einer der besten Bogenbauer des Dorfes. Es war ein wunderbares Stück Arbeit, und Gebrochener Flügel hatte einen ganz ähnlichen besessen, der mit ihm zusammen begraben worden war. Dies war eine Gabe und ein Erinnerungsstück, das sie dankbar und freudig annehmen sollte, aber etwas in ihr sträubte sich, dieses Geschenk von einem Mann anzunehmen, der zu denen gehörte, die ihren Mann getötet und ihr geliebtes Heim zerstört hatten.

Bevor der Moment jedoch noch peinlicher wurde, sah Deborah dem Lieutenant direkt in die Augen. Dort sah sie solchen Ernst und solche Aufrichtigkeit, daß sie in einem anderen Teil ihres Wesens gerührt war — in dem Teil von ihr, der sich wünschte und bemühte, nach dem Willen des Herrn zu leben. Und sie wußte, daß Christus ein so gut gemeintes Geschenk nicht zurückgewiesen hätte.

Sie streckte die Hand aus und nahm es in Empfang. „Ich danke Ihnen, Lieutenant Godfrey. Es ist mir ein wertvolles Geschenk, wie Ihre Freundschaft."

Er grinste erleichtert und erfreut. „Gott mit Ihnen, Mrs. Graham. Und noch ein Rat: passen Sie nach dem Red River gut auf Indianer auf. Wir wissen, daß sich in Texas einige abtrünnige Banden herumtreiben."

„Danke, Lieutenant, aber ich bin sicher, daß, wie Sie schon sagten, Gott mit uns sein wird."

Dann setzte Slim mit einem lauten ‚Hüüü' den Wagen in Bewegung, und die kleine Gesellschaft verließ den Schutz des Forts. Deborah winkte ihren Freunden lebhaft zu, bis sie in der Ferne verschwanden, und sie sah zum Fort zurück, bis es ebenfalls nicht mehr zu sehen war. Ihre Abschiedsblicke waren nicht ganz frei von Bedauern, und sie waren auch nicht ohne Zweifel. Selbst wenn Fort Dodge nur Staub und rauhe, ungehobelte Soldaten zu bieten hatte, wußte sie doch, daß sie an diesem weitläufigen, wilden Ort einen bestimmten Teil von sich selbst zurückließ. Dort hatte sie ihren besten Freund, ihren Retter und Gott gefunden, und dort ließ sie auch den besten Freund zurück, den Gott ihr geschenkt hatte — Sam Killion.

Aber während Trauer ihr nachwehte, zogen Erwartung und Hoffnung sie voran. Sie war auf dem Weg zu ihrem eigenen Heim! Wo ein neues Leben sie erwartete, wo ihre Kinder aufwachsen und versorgt werden konnten und wo sie selbst sich weiter zu einem Menschen entwickeln konnte, wie Gott ihn wollte.

Teil VII

Neue Anfänge

66

Deborah zügelte ihr Pferd auf einer kleinen Anhöhe. Der graue Hengst, von Carolyn wegen seiner schwarzen Einsprengsel ‚Pfeffer' getauft, wieherte und scharrte ungeduldig mit dem Huf, als er das weite, flache Land vor sich sah, über das sich so wunderbar galoppieren ließ. Er hatte gerade erst begonnen, seinen unverhofften Auslauf zu genießen.

Deborah blickte über die Schulter zurück und lächelte über ihre militärische Eskorte. Der Graue wieherte erneut, und Deborah war sicher, daß auch er zurückblickte.

Wenn ihm das flache Land so gut gefiel, dann würde er in Deborahs neuem Zuhause mehr als zufrieden sein. Das Land in den nördlichen Brazos von Westtexas war nichts als eine einzige große, grüne Ebene, kaum je von einem Baum unterbrochen. Nur der strahlend blaue Himmel darüber war noch weiter. Die Anhöhe, von der aus Deborah nun die Landschaft überblickte, war wahrscheinlich der höchste Hügel, den es hier gab. Sie nahm an, daß das Land eintönig, ja öde war. Dennoch war sie gespannt und aufgeregt. Vielleicht, weil dieses Stück Erde, so weit sie sehen konnte, ihres war!

Und sicher in ihrer Satteltasche verstaut trug sie den unwiderlegbaren Beweis dafür bei sich, den sie erst am Tag zuvor vom Postmeister in Fort Griffin bekommen hatte. Aber das Dokument von Mr. Farley, jetzt mit ihrem Namen versehen, stand nur für einen Teil ihres neuen Besitzes. Sofort nach ihrer Ankunft im Fort im vergangenen November hatte sie begonnen, noch mehr Land zu kaufen für den Fall, daß mit dem Land von Farley etwas nicht stimmen sollte. Land war billig, und sie lernte schnell, daß man viel mehr davon brauchte, als sie sich vorgestellt hatte, um auch nur eine mittelgroße Viehherde halten zu können. Sie war in den Besitz von über fünftausend weiteren Acres gelangt, und gegenwärtig stand sie in Verhandlungen über neue viertausend. Zusammen mit Farleys Land würde sich ihr Grundbesitz dann auf vierzehntausend Acres belaufen — eine Größe, die sie selber immer wieder erstaunte, denn das war ein Vielfaches von dem, was selbst ihr Besitz in Virginia betragen hatte. Wenn sie in der Morgendämmerung losritt, würde sie bis zum Mittag brauchen, um ihren Besitz an der weitesten Stelle zu durchqueren.

Natürlich wußte Deborah, daß ihr Land für texanische Verhältnisse nur ein mittlerer Besitz war. Bestenfalls konnte sie darauf fünfhundert Stück Vieh halten, aber sie konnte noch immer mehr erwerben. Sie übersah nicht, weshalb das Land so billig war. Es war nicht nur verhältnismäßig unfruchtbar, sondern auch in der Nähe von Commanchen. Aber seit ihrer Ankunft hatte sie keine Probleme mit den Indianern gehabt.

Dennoch hatte der Kommandeur des Forts ihr ins Gewissen geredet, wie gefährlich und verrückt es war, so weit im Westen zu siedeln, wo das Fort über vierzig Meilen entfernt lag und volle zwei Tage vergehen konnten, bis von dort im Notfall Hilfe zu erwarten war.

Deborah dachte an ihren letzten Besuch im Fort, von dem sie jetzt auf dem Heimweg war. Noch immer versuchte der Kommandeur, ein gewisser Captain Ludlam, sie einzuschüchtern.

„Sie wollen mir doch nicht weismachen, daß Sie den ganzen Weg hierher allein geritten sind!" rief er, als er sie sah.

„Doch."

„Ich dachte immer schon, daß Sie ganz schön verrückt sind, aber jetzt sehe ich, daß Sie schlicht nicht zurechnungsfähig sind. Was denken Sie sich dabei?" Er warf hilflos die Arme in die Luft. „Dort draußen wimmelt es von Feinden, Mrs. Graham. Erst vor einer Woche überfielen Commanchen einen Besitz östlich von Ihrem. Alle bis auf den letzten Mann wurden getötet – nicht nur getötet, nein abgeschlachtet! Verstehen Sie? Männer, Frauen und Kinder, außer ein kleines Mädchen, das sie gefangennahmen. Und Gott weiß, was aus dem Kind wird!" Er schwieg plötzlich, als ihm klar wurde, wie unangebracht diese Worte gegenüber einer Lady waren. Aber in der Überzeugung, daß diese dickköpfige Frau einfach erschreckt werden mußte, sprach er weiter: „Ich habe die Leute eigenhändig begraben, Ma'am. Ich kämpfe seit Jahren gegen Indianer, und ich kann Ihnen sagen, ich habe noch niemals so schrecklich zugerichtete Opfer gesehen. Sie werden meinen Ärger also entschuldigen, wenn ich höre, daß Sie allein über die Prärie reiten, als ob Ihnen die Welt gehört."

„Hören Sie, Captain Ludlam, was Sie mir über diesen Überfall erzählt haben, tut mir furchtbar leid", sagte Deborah ernst. „Aber es bestärkt mich auch darin, allein zu kommen. Drei Männer arbeiten für mich – alles harte Burschen – und eine Mexikanerin, die sich um meine Kinder kümmert. Sie kann zur Not mit einem Gewehr umgehen. Einer meiner Männer liegt jedoch krank im Bett – ein Schlangenbiß. Er wäre fast gestorben. Bleiben zwei Männer, mit Glück drei, und eine Frau, um mein Heim und meine Kinder zu verteidigen. Sie wollen mir doch nicht im Ernst erzählen, ich hätte einen von ihnen mitnehmen sollen?"

Der Captain sagte nichts dazu, und Deborah fuhr fort. „Mein Pferd ist schneller als jedes Commanchenpferd auf den gesamten Plains, und noch dazu bin ich gar kein übler Schütze, sonst wäre ich dieses Risiko nicht eingegangen."

Zweifellos hielt er sie noch immer für verrückt, aber ihr entging nicht die neue Achtung in seiner Stimme, als er das Gespräch beendete.

„Ich stelle Ihnen gern sechs meiner Soldaten zur Verfügung, um Sie heimzubegleiten, Mrs. Graham."

„Ich danke Ihnen, Captain. Sie haben mich so nervös gemacht, daß ich annehme."

Jetzt ritten die Soldaten hinter ihr, zwei von ihnen ziemlich unwirsch, als sie näherkamen. Sie hatten gehört, was sie über ihren Grauen gesagt hatte und hatten sie zu einem Rennen herausgefordert, das sie kläglich verloren hatten. Es war sicher hart für sie, von einer Frau geschlagen worden zu sein.

„Mrs. Graham", sagte einer von ihnen voller Respekt, „jetzt, wo wir so weit vom Fort entfernt sind, sollten wir besser dicht zusammenbleiben."

„All right, Sergeant Butler, ich werd's versuchen, aber Pepper ist manchmal schwer zu zügeln."

Natürlich war das blanker Hohn. Sie hatte den Grauen voll und ganz unter Kontrolle, auch beim stürmischsten Galopp über die Plains. Aber sie konnte diesen Soldaten, die nur ihre Befehle befolgten und ihr helfen wollten, nicht sagen, daß ihre Gesellschaft sie mindestens so unruhig machte, als wenn sie ganz allein durch feindliches Indianerland ritt. Sie fragte sich, ob sie sich jemals in der Nähe von Blauröcken wohlfühlen könnte.

Aber im Fort waren es nicht die Soldaten gewesen, die sie in Unruhe versetzt hatten. Eher war es eine Gruppe Siedler im Laden, der dem in Fort Dodge ähnelte. Besonders einer von ihnen schien sich mit ihr anlegen zu wollen, ein Mann namens William Yates. Er war groß und rauhbeinig, und er verdiente seinen Spitznamen ‚Big Bill'. Er war Mitte Dreißig und hatte ein grobes, rundes Gesicht, das von Sonne und Luft gegerbt war. Er ging auf sie zu, kaum daß sie den Laden betreten hatte.

„Sind Sie nicht die Frau, die Farleys Land gekauft hat?" fragte er in herausforderndem Ton und mit kaltem Blick.

Deborah war sofort wachsam. Aber diese Männer waren ihre Nachbarn, auch wenn einige von ihnen mehr als einen Tagesritt von ihr entfernt lebten, und sie wollte nicht unfreundlich sein.

„Ja, die bin ich. Ich bin letzten Winter hierher gekommen. Ich glaube, wir sind uns noch nicht begenet, Sir. Mein Name ist Deborah Graham."

„Ich heiße Yates. Bin seit einem Jahr hier." Er sagte das, als ob es ihm wichtig war, daß er schon länger hier war als sie.

„Freut mich, Sie kennenzulernen, Mr. Yates." Sie streckte die Hand aus, aber Yates ignorierte sie. Sie sprach weiter, knapp, aber noch immer in nachbarschaftlichem Ton. „Wo ist Ihre Ranch?"

„Nördlich von Ihrer."

Erleichtert gab sie ihre Bestellung beim Ladenbesitzer auf, aber Yates war noch nicht fertig mit ihr.

„Sie sind die mit dem Mischlingskind?" fragte er, oder bellte er eher.

All ihre christlichen Tugenden konnten Deborah nicht davon abhalten, in Wut zu geraten, aber dennoch antwortete sie in ruhigem Ton. „Ich habe einen Sohn, der halb Cheyenne ist."

„Gut, ich will offen zu Ihnen sein", sagte er, als ob er damit etwas Neues sagte. „Die Familie, die von diesen Wilden gerade massakriert worden ist, das waren meine Nachbarn. Ich kannte Pete Cook persönlich."

„Ich fühle mit Ihnen, Mr. Yates. Das ist eine furchtbare Geschichte." Irgendwie wußte Deborah, daß Yates nicht auf Mitgefühl aus war.

„Ich mag keine Indianer, Mrs. Graham. Ich hasse sie. Ich werde jeden zuerst umbringen und dann Fragen stellen. Verstehen Sie?"

„Ich weiß nicht, warum Sie mir das sagen."

„Achten Sie bloß drauf, daß dieses Indianerkind in Ihrer Nähe bleibt. Er wird Ärger kriegen, wenn er irgendwas versucht."

„Mein Sohn ist zwei Jahre alt, Mr. Yates!" rief Deborah voller Abscheu.

„Ma'am", sagte ein anderer Mann, „wir wollen nicht unfreundlich sein, aber wir sind im Moment alle ziemlich allergisch gegen Indianer. Wir dachten nur, Sie sind besser vorgewarnt."

„Vorgewarnt –!" Deborah war so wütend, daß sie im Moment kein Wort mehr hervorbrachte.

„Wir machen nicht den Jungen verantwortlich", sagte ein anderer. „Es ist nicht seine Schuld, was er für Blut hat ..." Das sagte er mit solch überheblicher Selbstzufriedenheit, daß es Deborah vor Ekel schüttelte. „Besonders, wo der Junge noch ein Baby ist", fuhr der

Mann fort, „aber das wird er nicht ewig bleiben. Wir sind also nur um die Zukunft besorgt."

Darauf hatte Deborah absolut keine Antwort. Sie wollte ihnen sagen, daß sie scheinheilig und dumm waren, ausgesprochene Schwachköpfe. Sie wollte ihnen sagen, daß sie selber an allem Ärger mit den Indianern schuld waren. Sie wollte schreien, sie wollte ihnen ins Gesicht schlagen. Aber sie tat nichts davon. Statt dessen drehte sie sich um und ging hinaus.

Den halben Ritt nach Hause hatte sie gebraucht, um sich wieder zu beruhigen. Das Rennen mit den Soldaten war ihr gerade recht gekommen, um sich abzureagieren. Und sie mußte zugeben, sie hatte ihren Sieg weidlich genossen.

Die Sonne stand tief am westlichen Himmel, als sie auf Deborahs Land kamen. Sie hatten das Fort bei Sonnenaufgang verlassen, und sie würden noch eine weitere Stunde bis zum Ranchhaus brauchen. Deborah fühlte mehr denn je, wie isoliert sie lebte. Sieben Reiter mit guten Pferden konnten die Distanz bei zügigem Schritt in einem Tag zurücklegen; eine ganze Kompanie mit Proviant würde zwei Tage brauchen. Ihre nächsten Nachbarn außer dem Fort — zwei Brüder mit ihren Frauen und einer Handvoll Kinder — waren zwanzig Meilen entfernt. Sie hatte die Einsamkeit gesucht, und sie hatte sie gefunden, aber mit ihr die Gefahr.

Die Sonne war verschwunden, als sie an einer dürren Eiche vorbeikamen, die als eine Art Wegmarke anzeigte, daß ihr Haus noch fünf Meilen entfernt war. Dort bemerkte Deborah zum ersten Mal, daß der Himmel sich grau färbte. Sie dachte, es lag am Sonnenuntergang oder vielleicht an einem der überraschenden Frühlingsstürme, die es in dieser Gegend immer wieder gab.

Sergeant Butler ritt neben sie und schnupperte in die Luft. „Riechen Sie etwas?" fragte er.

Der graue Hengst war bereits unruhig, aber Deborah schrieb es der Nähe seines Stalls zu. Jetzt schnupperte sie ebenfalls. Es war eindeutig ein beißender Geruch von Rauch. Deborah sah Butler überrascht und beängstigt an. Sie ritten rasch weiter, Deborah und Butler voran. Dann hörten sie es.

Gewehrfeuer!

Deborah dachte an nichts mehr; nur die Worte von Captain Ludlam dröhnten ihr plötzlich wieder im Kopf. *„Ich habe noch niemals so schrecklich zugerichtete Menschen gesehen."*

Ihre Kinder waren in Gefahr, schon in den Händen von Commanchen. Daß das Gewehrfeuer anzeigte, daß ihre Männer noch kämpften, beruhigte sie nicht. Sie konnte nur an ihre Kinder mitten in Kampf und Feuer denken, genau wie am Washita. Damals waren sie verschont geblieben, aber was konnte sie jetzt schützen?

„Oh, Gott...", schrie sie, „nicht jetzt, Gott...!"

Sie bohrte ihre Fersen in die Flanken des Grauen, und als das Pferd in rasenden Galopp fiel, zog sie ihr Gewehr und stürmte auf ihr Haus zu, als ob sie die ganze Zehnte Kavallerie wäre. Ihre sechs Begleiter folgten, ebenfalls mit gezogenen Colts und Gewehren, bereit zum Kampf.

67

Zwei Dutzend Commanchenkrieger umzingelten Deborahs Haus. Ein halbes Dutzend Indianer lag am Boden.

Als Deborah auf den Schauplatz galoppierte und die wütend kämpfenden Krieger sah, überlegte sie nicht erst. Es hätten hundert sein können oder nur zehn. Was zählte, war, daß sie ihr Heim angriffen, ihre Familie! Sie hatten schon die Scheune in Brand gesetzt, und die Flammen hatten auf eine Ecke des Hauses übergegriffen.

Deborah feuerte fünfmal rasch hintereinander und ließ die leeren Patronenhülsen in Sekundenschnelle aus dem Gewehr springen. Zwei Krieger fielen, aber es war nicht klar, ob sie aus ihrem Gewehr oder aus dem der Soldaten getroffen waren, die jetzt ebenfalls mitten im Kampfgeschehen standen.

Die ankommende Verstärkung brachte die Commanchen in arge Bedrängnis. Bis eben waren sie sich ihres Sieges sicher. Noch eine einzige Fackel auf das Haus, wenn sie nahe genug herankamen, und die Schlacht wäre entschieden gewesen. Aber plötzlich fanden sich die Indianer in die Zange genommen. Darüber hinaus konnten sie nicht wissen, ob die Soldaten nur die Vorhut einer größeren Truppe waren. Ein paar Momente später konnten sie sich sehr wohl einer ganzen Kompanie gegenübersehen!

Ihre einzige Hoffnung bestand darin, Deckung zu finden. Aber Sergeant Butler, ein erfahrener Veterane der Indianerkriege, übersah die Lage mit einem Blick. Er wußte, daß geteilte Kräfte in der Regel schwächer waren, aber er wußte genauso, daß ein Kampf an zwei

Fronten auch nicht ohne Risiko war. Er erkannte, daß die Verteidiger des Hauses ausgezeichnet schossen und daß deshalb die Gefahr für seine Soldaten, von ‚freundlichem Feuer' getroffen zu werden, nur gering war. Daher entschied er sich dafür, seine Position zu halten und die Feinde von hier aus unter Beschuß zu nehmen.

Zwei weitere Indianer fielen, aber das Feuer aus dem Haus ließ nach. Es konnte gut sein, daß ihnen die Munition ausging.

Die Schlacht mußte in Minuten, nicht in Stunden geplant werden, denn die Commanchen würden bald merken, daß keine weitere Verstärkung für die Weißen kam. Wenn die Indianer nicht rasch vertrieben würden, dann wären sowohl die Insassen des Hauses wie die Soldaten verloren. Butler und seine Männer, unterstützt von Deborah, feuerten in den nächsten fünf Minuten so schnell und so viel sie nur konnten. Sie gingen verschwenderisch genug mit ihrer Munition um, um die Indianer glauben zu machen, daß sie jede Minute Verstärkung erwarteten.

Drei weitere Commanchen waren tot, aber auch einer von Butlers Männern fiel, bevor die Commanchen sich überstürzt zurückzogen.

Die Soldaten jubelten, und auch aus dem Haus konnte Deborah Freudenschreie hören. Ohne zu zögern galoppierte Deborah vorwärts, und die Bewohner kamen ihr schon entgegen.

„Kinder!" schrie Deborah, sprang vom Rücken des Grauen und rannte den Rest des Weges zum Haus.

„Mama!" riefen sie gleichzeitig.

Himmelchen lief ihr als erster in die Arme, Carolyn folgte ihrem kleinen Bruder auf den Fersen.

Das Mädchen klammerte sich weinend an ihre Mutter. „Mama, warum haben die Indianer geschossen? Wissen sie nicht, daß wir Freunde sind?"

Die einfache Frage schnitt Deborah ins Herz. „Ich weiß, es ist verwirrend, mein Liebes, aber ..." Das war alles, was sie sagen konnte, denn es war selbst für sie zu schwer zu verstehen.

Die Soldaten, Griff und Longjim hatten sich darangemacht, das Feuer am Haus zu löschen. Ein verärgerter Slim, vom Schlangenbiß zur Untätigkeit gezwungen, hatte wenigstens vom Fenster aus schießen können, aber mehr konnte er nicht tun. Die Scheune war bereits vollständig niedergebrannt. Aber bevor die Flammen gelöscht werden konnten, war glücklicherweise nur ein Viertel des Hauses zerstört. Die Küche und die Vorderseite waren unbeschädigt. Ein Zimmer im hinteren Teil, der einzige weitere Raum, war zerstört. Yolanda, Deborahs Kindermädchen, fegte rasch die Asche zusammen und begann, ein Abendessen für die Hausbewohner und die tapferen Soldaten zu kochen. Deborah wußte diese Aufgabe in guten Händen und wandte sich anderem zu.

Sie ließ die Kinder bei Yolanda und ging zur Scheune, wo Griff traurig und kopfschüttelnd stand.

„Wir waren festgenagelt, als sie die Scheune anzündeten, Deborah", sagte er niedergeschlagen. „Ich habe versucht, rauszukommen, um die Pferde zu retten, aber..." Er schwieg und wischte sich mit der Hand über sein verschwitztes, rußiges Gesicht. Deborah sah Blut von seinem Handrücken fließen.

„Griff, Sie sind verwundet!"

„Nur ein Kratzer, nichts weiter. Der Verlust der Pferde schmerzt mehr."

„Alle?"

„Außer das von Longjim. Er war draußen, als die Schießerei anfing. Er ritt zur Hintertür des Hauses. Ich schätze – ich hoffe wenigstens –, daß sein Pferd weggelaufen und wohlauf ist." Griffs Stimme war aufgewühlt. Deborah hatte ihn noch nie so erlebt. „Deborah, ich hatte meinen Fuchs viele Jahre. Er war mir ein besserer Freund als viele Menschen!"

„Es tut mir so leid, Griff."

„Dafür allein hätte ich jeden einzelnen dieser Indianer umbringen können!"

„Oh, Griff..."

Plötzlich von seinen harten Worten beschämt, fügte Griff rasch hinzu: „Verzeihen Sie, Deborah. Ich habe Ihre Gefühle für die Indianer vergessen."

Sie schüttelte mitfühlend den Kopf. „Ich könnte dasselbe tun, Griff, wenn ich meine Kinder und Freunde in Gefahr sehe. Gott vergebe mir, aber in einem einzigen Augenblick habe ich all die Jahre der Liebe vergessen."

„Das ist nur natürlich", versuchte Griff sie zu trösten, aber ohne großen Erfolg.

„Ich bin durcheinander, Griff. Ich hatte keine Zeit zum Nachdenken, aber es ist wahr, ich bin ihr Feind, seit ich hierher gezogen bin, ihr Land genommen habe. Ich habe diesen Commanchen genau dasselbe getan, was andere Weiße den Cheyenne getan haben."

„Jetzt sind Sie aber sich selbst gegenüber nicht gerecht!" sagte Griff.

„Auch Sie haben ein Recht auf Land und ein Heim. Es gibt genug für alle."

„Aber sehen Sie denn nicht? Ich bin einfach gekommen und habe es genommen. Warum habe ich sie nicht zuerst gefragt?"

„Weil sie Sie skalpiert und getötet hätten, bevor Sie auch nur den Mund hätten aufmachen können! Das ist der Unterschied zwischen den Commanchen und den Cheyenne."

„Das glaube ich nicht. Die Commanchen waren durch einen Vertrag über ein Vierteljahrhundert Verbündete der Cheyenne. Ich weiß, die Commanchen sind auf ihre Art viel grausamer, und ich billige nicht ihre schrecklichen Taten. Auch die primitivsten Völker müssen ein angeborenes Gefühl von Recht und Unrecht haben. Aber ich glaube, sie schlagen nur zurück, und wenn man sie mit Achtung behandelt, werden sie selber auch mit Achtung handeln."

„Jetzt erzählen Sie mir aber nicht, daß Sie in ihr Versteck gehen und einen privaten Vertrag mit ihnen schließen wollen."

„Ich weiß, jetzt ist es zu spät für solche Gesten. Mein Skalp ist mir teuer, was auch immer Sie und die Armee der Vereinigten Staaten denken mögen."

„Was wollen Sie also tun?" fragte Griff mißtrauisch. „Sie werden doch nicht verkaufen, oder?"

„Ich habe daran gedacht." Auf Griffs gebannten Blick fügte sie rasch hinzu: „Aber ich glaube, Sie haben recht, Griff, es ist Platz für alle; wir müssen nur lernen, zusammen zu leben."

„Das klingt wieder vernünftig. Und ich kann Ihnen sagen, Deborah, wenn Sie gehen, wird eben ein anderer Weißer kommen, der keine Achtung vor den Indianern hat. Auf lange Sicht sind die Commanchen also mit Ihnen besser dran."

„Ich muß sie bloß davon überzeugen", sagte Deborah mit einem entschlossenen Funkeln in ihren blauen Augen.

„Yeah ..." Eine Sorgenfalte erschien auf Griffs Stirn.

„Griff, ich nehme an, der Wagen war in der Scheune." Als Griff finster nickte, fuhr Deborah fort: „Die Pferde der Soldaten werden's auch tun. Kommen Sie, Griff, wir haben viel Arbeit, bis nach Einbruch der Dunkelheit."

* * *

Der Mond war aufgegangen und begleitete Deborahs Arbeit. Mit der Unterstützung von Griff und drei der Soldaten hatte sie die Leichen der Commanchen auf die Armeepferde geladen, die die Soldaten nur widerwillig dafür zur Verfügung gestellt hatten — einer ihrer Kameraden lag in einem frisch ausgehobenen Grab. Sie brachten die Indianer zu einem etwa drei Meilen entfernten Stück Weideland, wo die Soldaten sie nach Deborahs Anweisung in eine gerade Reihe legten.

Dann beobachteten die Soldaten mit sehr gemischten Gefühlen, wie Deborah jeden einzelnen Körper für ein indianisches Begräbnis vorbereitete. Holzmangel verhinderte, daß ein Scheiterhaufen errichtet wurde, also mußte ihnen die Erde als Grab dienen. Aber Deborah hatte alle Waffen der Commanchen vom Schlachtfeld mitgebracht. Sie verteilte sie auf die toten Körper, die sie sorgfältig gekämmt und mit Kriegsbemalung versehen hatte. Sie kannte nur die Rituale der Cheyenne, aber sie hoffte, daß sie denen der Commanchen ähnlich genug waren. Sie hoffte, daß die Commanchen wenigstens, falls sie zurückkamen, um die Leichen ihrer Brüder zu holen, Deborahs respektvolle Behandlung der toten Krieger bemerken würden.

Als die Körper alle aufs Ehrenhafteste zur Ruhe gebettet waren, trat Deborah zurück und sang ein Begräbnislied in Cheyenne. Dann murmelte sie die traditionellen Worte, die ihr noch immer ans Herz gingen.

„*Nichts lebt lange, nur die Erde und die Berge.*"

Und da sie keine Felle hatte, bedeckte sie die Körper mit Präriegras.

Noch vor wenigen Stunden hatte sie gegen diese Männer gekämpft, ihre eigenen Kugeln hatten vielleicht einige von ihnen getötet. Dennoch waren sie nicht ihre Feinde. Eine innere Achtung vor dem menschlichen Leben, von Gebrochener Flügel in ihr genährt, von ihrer Beziehung zu Christus zur vollen Entfaltung gebracht, konnte so leicht nicht zerstört werden, auch nicht von der Sorge um ihre Lieben. Vielleicht war sie in einer verwirrenden Zweideutigkeit gefangen, aber die Liebe, die Gott in ihr Herz gepflanzt hatte, war stark. Am Ende würde sie den Haß und das Mißverständnis der anderen besiegen. Im letzten Herbst, als sie Fort Dodge verließ, hatte Lieutenant Godfrey ihr den Bogen gegeben, weil ihr vom Washita nichts geblieben war. Jetzt wußte sie, daß sie durch Gottes Gnade das Wertvollste ihres Herzens davongetragen hatte.

Bevor Deborah den Kopf hob, sprach sie ein christliches Gebet, weniger für die Toten, die jenseits ihrer Gebete waren, als vielmehr für die Bleibenden, für die es noch immer Hoffnung gab.

„Lieber Gott, diese gefallenen Krieger sind Deine Geschöpfe, sie gehören zu Dir, und ihr Schicksal liegt in Deinen gnädigen Händen, wie das des Soldaten Haley, der für uns so heldenhaft gefallen ist. Gib uns die Kraft, unsere Feinde zu lieben, nicht dem Haß und dem Mißtrauen anheimzufallen, die es in dieser Welt so reichlich gibt. Lieber Gott, mach diese Ranch zu einem Hafen Deines Friedens und Deiner Liebe in einer schwierigen und verwirrenden Welt."

Als Deborah den Kopf hob, sah sie, daß alle Männer, selbst Griff, die Hüte abgenommen und die Köpfe gebeugt hatten, während sie betete. Vielleicht gab es doch noch Hoffnung. Die kleine Gruppe der Trauernden bestieg ihre Pferde und ritt in feierlicher Stille zurück zum Ranchhaus.

Keiner sah die einsame, berittene Gestalt in der Ferne, die schweigend das Geschehen beobachtete. Der Commanchenkrieger war wirklich zurückgekehrt, um nach seinen gefallenen Brüdern zu sehen, von denen einer sein eigener jüngerer Bruder war. Er war sprachlos über das, was er sah — eine weiße Frau, die die Körper der toten Krieger begrub, als sei sie ihre trauernde Schwester. So erstaunt war er, daß er sogar das schußbereite Gewehr in seinen Händen vergessen hatte.

68

In den nächsten beiden Monaten arbeitete Deborah, ohne einen Indianer zu Gesicht zu bekommen, an ihrer Ranch. Während Griff und der wieder genesene Slim die Scheune wieder aufbauten und das Haus reparierten, machten sie und Longjim sich daran, den schmerzlichen Verlust der Pferde wieder gutzumachen, denn ohne sie konnten sie kein Vieh zusammentreiben.

In diesem Teil von Texas gab es noch immer große Mustangherden, die in Freiheit umherstreiften. Deborah witterte sofort ein gutes Geschäft, wenn sie diese wundervollen, wilden Tiere zuritt und verkaufte. Zuerst mußten sie jedoch gefangen werden. Zwei Tage harte Arbeit waren nötig, um eine kleine Herde von acht Tieren in die Koppel zu treiben, aber sie und die Männer waren wählerisch gewesen, denn diese Pferde waren für sie selbst bestimmt. Deborah verbrachte fast einen ganzen Morgen damit, ein großes Stutenfohlen mit dunkelbraunem Fell und schwarzer Mähne und Schweif zu überlisten.

Sie und Longjim trieben die kleine Herde triumphierend zur Ranch und wurden mit lautem Juhu empfangen. Carolyn lief direkt auf die Pferde zu und wurde nur durch Slims Geistesgegenwart davor gerettet, unter die Hufe zu kommen.

Zu jung, um die Gefahr zu erkennen, in der sie geschwebt hatte, zappelte sie und wollte sich aus Slims Armen befreien.

„Pferde!" rief sie begeistert. „Mama, ich will ein Pferd!"

Deborah wußte nicht, ob sie ihre Tochter schelten oder vor Freude über ihre Pferdenarrheit lachen sollte. Sie stieg ab und ging zu ihrer Tochter.

„Carolyn, du darfst dir von diesen eins aussuchen, aber zuerst dürfen Griff und Slim wählen." Sie wandte sich an ihre Freunde. „Nur zu, wählt jeder eins."

Slim entschied sich für einen Rotschimmel, der fast so aussah wie der, den er beim Brand verloren hatte. Griffs Wahl fiel gleich auf das Stutenfohlen. Deborah lächelte, denn sie hatte an ihn gedacht, als sie das Tier einfing.

Aber im selben Moment, in dem er sein Lasso um den Hals des Fohlens warf, begann Carolyn zu schreien: „Das wollte ich! Es ist meins!"

„Carolyn!" fuhr Deborah sie an. „Du bist unhöflich und egoistisch. Das reicht!"

Griff lachte nur. „Das Mädchen weiß, was ein gutes Pferd ist, genau wie seine Mutter!" Er führte das Fohlen zu Carolyn, die immer noch in Slims Armen lag, und gab ihr das Ende des Seils. „Hier, meine Süße — ein Geschenk von Onkel Griff. Du mußt es aber selbst zureiten."

„Griff, sie ist erst vier Jahre alt", protestierte Deborah.

„Naja, vielleicht helfe ich ja ein bißchen", sagte Griff. „Abgemacht, kleine Carolyn?"

Carolyn nickte heftig. Sie konnte schon reiten und zweifelte nicht an ihrer Fähigkeit, den Mustang zu zähmen. Als sie sich auf ihr Geschäft die Hände gaben, verschwand Carolyns zarte Kinderhand fast in Griffs großer Männerpranke, und eine Freundschaft wurde zwischen beiden besiegelt, die viele Jahre halten sollte.

Wie versprochen half Griff Carolyn — oder Lynnie, wie Griff sie gern nannte — mit dem Fohlen, das sie ‚Bunny' taufte, weil sie auf der Prärie einmal ein Kaninchen mit ähnlicher Farbe gesehen hatte. Deborah mußte zugeben, daß Griff mit diesem eigenwilligen Kind sehr gut umgehen konnte, das glaubte, genau zu wissen, wie man ein Pferd zähmte. Griff tat, wozu viele Eltern nicht die Geduld und nicht den Nerv gehabt hätten — er ließ es sie auf ihre eigene Weise versuchen. Nach nur zehn Minuten rief Carolyn ihn verzweifelt um Hilfe, und sie hörte auf Griff, wie sie auf ihre Mutter nie hörte.

Auf eine Weise war Deborah froh, daß ihre Tochter jemanden gefunden hatte, den sie bewundern und um Hilfe bitten konnte, was sie bei Griff auch in anderen Dingen tat. Aber es schmerzte Deborah auch, daß dieser jemand nicht sie selbst war. Schon seit einiger Zeit hatte Deborah bemerkt, daß das Kind sich von ihr entfernte. Zuerst war es fast unmerklich, wenn sie etwa erklärte, sie sei jetzt zu groß, um auf dem Schoß ihrer Mutter zu sitzen, sich umdrehte und sich zu Yolanda auf den Schoß setzte. Oder wenn Deborah ihrer Tochter zeigte, wie man aus einem Stück Seil einen Zügel machte und sie die Blicke der Männer suchte, um sicher zu sein, daß ihre Mutter auch recht hatte.

Deborah hatte keine Ahnung, daß dieses Verhalten ihrer Tochter durch ein Ereignis kurz nach dem Überfall der Commanchen sehr bestärkt worden war. An jenem Abend hatten die Familie, eingeschlossen Griff, Slim, Longjim und Yolanda und die Soldaten zusammengesessen und sich unterhalten. Einer der Soldaten hatte Deborah nach ihrer Zeit bei den Cheyenne gefragt und ihr Komplimente gemacht, was für ein feiner Junge Himmelchen war.

Das war zuviel für Carolyn, die vor älteren kein Blatt vor den Mund nahm. Sie piepste aufgeregt dazwischen: „Ich bin auch eine Cheyenne!"

„Wenn du einen anderen Papa hast, kleine Lady, dann ist das was anderes."

„Das ist nicht wahr! Sag's ihm, Mama!"

Deborah zögerte. Sie hatte auf mehr Zeit gehofft, bevor sie sich mit diesem Dilemma auseinandersetzen mußte, aber sie hätte wissen müssen, daß sie sich da bei einem Kind wie Carolyn nur etwas vormachte. Sie hatten in ganz allgemeinen Begriffen darüber gesprochen, daß Carolyn und ihr Brüderchen so verschieden aussahen, aber mehr war nie nötig gewesen. Und Deborah wollte auch von sich aus nicht mehr sagen.

Der Soldat fühlte die plötzliche Spannung und fügte rasch hinzu: „Ich habe doch nichts Falsches gesagt, Ma'am, oder?"

„Nein", sagte Deborah. „Überhaupt nicht." Sie überbrückte die

Verlegenheit, indem sie ihren Gästen noch Kuchen anbot. „War mein Papa kein Cheyenne, Mama?"

„Nein, mein Liebes, du hattest einen anderen Papa als Himmelchen. Er war weiß."

„Erzähl mir von ihm, wie du von Himmelchens nehuo erzählst."

„Da gibt es nicht viel zu erzählen, Carolyn."

„War er ein Krieger wie Himmelchens Pa?"

So einfach und mit so kindlicher Sehnsucht gesprochen, schnitt die Frage Deborah ins Herz. Und in diesem Moment tat sie, was sie in späteren Jahren sicher bereuen würde; sie begann, die Lüge über Carolyns toten Vater weiterzuspinnen. Sie tat das in bester Absicht und in der Überzeugung, daß selbst Gott ihr vergeben würde, wenn sie versuchte, ihrem Kind ein paar gute Erinnerungen zu geben, an die es sich halten konnte. Wie konnte sie ihrem unschuldigen Kind erzählen, daß sein eigener Vater ein gemeines, niederträchtiges Tier war, ein Mann, der sie betrogen und gequält hatte, ein Mann, den getötet zu haben sie angeklagt wurde?

Aber sie gab eine einfache und ungenaue Erklärung, denn auch dann noch wollte sie sich nicht in ein Netz von Täuschung und Lügen verstricken.

„Dein Vater war ein Rancher. Ich kannte ihn nicht sehr gut, und er starb ... plötzlich. Er war ein ... guter Mann, Carolyn, aber es gibt wirklich nicht viel über ihn zu erzählen."

Weil es das erste war, das Carolyn je über ihren Vater gehört hatte, schien sie zunächst zufrieden zu sein. Aber der kühle Ton ihrer Mutter, als sie von diesem Mann sprach, verstörte sie; es war so anders, wenn sie von Himmelchens Vater sprach. Vielleicht allein aus diesem Grund fragte sie lange Zeit nicht mehr nach ihrem Vater. Sie hatte ein wenig Angst davor, was ihre Mutter noch sagen mochte. Aber ihre Sicherheit in der kleinen Familie war angeschlagen. Sie war zu klein, um wirklich zu wissen, daß etwas nicht stimmte, aber auch eine Vierjährige kann so etwas fühlen.

* * *

Mit den neuen Pferden konnte die Windreiterin-Ranch sich entwickeln und gedeihen. Sobald die Mustangs an Sättel gewöhnt waren, konnten alle vier Erwachsenen außer Yolanda, die sich um die Kinder und das Haus kümmerte, damit beginnen, Vieh zusammenzutreiben. Genau wie die Mustangs streiften die berühmten texanischen Longhorns frei über die Prärie, und mancher fleißige Viehtreiber machte mit dieser Gabe der Prärie ein Vermögen.

Bis August hatte Deborah etwa fünfhundert Stück zusammen. Griff berechnete, daß sie am Umschlagplatz in Abilene leicht zwanzigtausend Dollar bringen würden. Das einzige Problem war, das Vieh dorthin zu bringen.

Die Commanchen überfielen immer noch Siedler, und es gab keine Garantie, daß die Windreiterin-Ranch verschont bleiben würde. Daher mußten die Männer zum Schutz auf der Ranch bleiben. Aber wenn sie nicht bald Vieh verkauften und Geld einnahmen, würde die Ranch aufhören zu existieren. Deborah und die Männer besprachen das Problem mehrmals.

Griff ritt nach Jacksboro, einem Flecken etwa hundert Meilen östlich der Ranch, um dort eine Mannschaft für den Viehtrieb anzuheuern. Dort begegnete er einer schillernden Figur namens Reverend George Webb Slaughter, Wanderprediger und Rancher aus der Gegend um Fort Worth. Er war berühmt dafür, daß er eifrig predigte, während er zugleich seine Waffen zum Schutz gegen die Indianer lud. Griff hatte kein Bedürfnis, noch einen Prediger näher kennenzulernen, aber Slaughters Wissen um alles, was mit Vieh zusammenhing und seine ehrlichen Geschäftspraktiken wurden von allen derart gepriesen, daß Griff den Mann kaum ignorieren konnte. Darüber hinaus war Slaughter bereit, eine weitere Herde in Kommission zu nehmen.

„Ich habe schon vierhundert Stück zu meinen eigenen von einem Rancher namens Stoner, südlich von hier", sagte Slaughter.

Griff merkte sofort auf. „Stoner, sagen Sie?"

„Ja, Sie kennen den alten Falken?"

„Caleb Stoner?" Als Slaughter nickte, sagte Griff beiläufig, fast desinteressiert: „Nö, bloß mal von ihm gehört."

Das Gespräch wandte sich dem Preis zu, den Slaughter für seine Dienste bekommen sollte, und Stoner war fürs erste vergessen.

Slaughter lieh Griff drei seiner Cowboys, die mit zur Ranch reiten und Deborahs Vieh nach Jacksboro treiben sollten, falls sie das Angebot des Predigers akzeptierte. Das tat sie nur zu gern, nachdem Griff ihr Slaughters Fähigkeit und Aufrichtigkeit versichert hatte.

Griff sagte nichts über Stoner, denn er wußte, das würde Deborah nur unnötig beunruhigen. Stoner war weit weg — wenigstens mehrere hundert Meilen. Es schien sehr unwahrscheinlich, daß er ihnen je irgendwelchen Ärger machen konnte. Aber ironisch war es schon, daß das Vieh beider für ein paar Monate Nase an Nase laufen sollte. Wie Slaughter später in ihrem Gespräch beiläufig bemerkte, war Stoners Geschäft so groß, daß er seine Viehtriebe nie selber nach Norden begleitete, und sein Sohn tat es nur manchmal. Diese vierhundert Stück waren für sie nicht mehr als eine Kleinigkeit, und sie schickten sie bloß nach Norden, weil sie in einigen Monaten zu alt und abgemagert wären, um noch einen guten Preis zu bringen.

Griff brachte das Vieh nach Jacksboro, und der Zug nach Norden begann am ersten September. Deborah sollte von Reverend Slaughter nicht wieder vor Mitte Dezember hören.

In der Zwischenzeit beschäftigte sie sich damit, ihre Mustangherde zu verstärken. Die Kommandeure von Fort Belknap, Fort Richardson und Fort Griffin versicherten ihr, daß die Armee praktisch jedes Pferd kaufen würde, das sie brachte. So trieb sie einhundert Stück zusammen und verbrachte den ganzen Herbst damit, sie zuzureiten. Im Frühjahr sollten sie bei der Armee einen guten Preis bringen.

69

Die Nachricht von Deborahs Handel mit besten Mustangs verbreitete sich schnell in diesem Teil von Texas. Wie versprochen kaufte die Armee eine große Zahl, und beeindruckte Kavalleriesoldaten verbreiteten das Lob der ausgezeichneten Pferde überall. Das Geschäft florierte sehr gut. Vielleicht ein wenig zu gut.

Ein zufriedener Käufer ritt nach Austin hinunter, und als einige Männer sein gutes Pferd lobten, erzählte er ihnen von der Rancherin draußen an der Grenze in Nordwesttexas.

Laban Stoner war auf dem Pferdemarkt, und er fragte den Cowboy aus.

„Sie sagen, sie handelt mit der Armee?" fragte er.

„Oh, yeah. Tatsache ist, daß ich durch einen Soldaten von ihr gehört habe. Die Jungs von der Armee leben oder sterben mit ihren Pferden. Wenn sie zufrieden sind, muß wirklich was dahinter stecken."

„Wo genau ist ihre Ranch?"

„Ganz genau weiß ich es nicht. Ich habe mein Pferd in Jacksboro gekauft. Aber soweit ich gehört habe, lebt sie weit draußen, westlich von Jacksboro."

Laban grübelte auf seinem Heimweg darüber nach. Der Mann, der sie seit Jahren mit Pferden versorgte, wurde langsam unzuverlässig, und die Qualität seiner Tiere war auch nicht mehr die beste. Laban war schon länger auf der Suche nach einem anderen Händler, um ihre Herde mit gutem, frischen Blut aufzufüllen. Wenn diese Rancherin in Westtexas so gut war, wie der Kerl in Austin behauptete, weshalb sollten sie es nicht mit ihr versuchen? Wenn die Tiere gut waren, war auch die Entfernung kein Problem. Er hatte immer schon Mustangs bevorzugt — diese wilden und freien Tiere, die über die Prärie zogen, mit einer Kraft und Ausdauer, die sie selbst in Gefangenschaft nie ganz verloren. Natürlich, Labans Vater hatte lieber die modischen Pferde mit komischen Namen und europäischen Ahnen. Er machte sich nichts aus Freiheit.

Beim Gedanken an seinen Vater verzog Laban das Gesicht. Er dachte daran, daß alles, was er für ihre Ranch vorschlug — und ‚ihre' Ranch sagte er nur im allgemeinen Sinn — erst die Billigung des *Patron* brauchte, bevor etwas unternommen werden konnte. Keine Entscheidung außer den unwichtigsten wurde auf der Stoner Ranch ohne die Zustimmung von Caleb Stoner getroffen. Und Laban wußte, daß seine eigenen Vorschläge ganz besonders streng beurteilt wurden. Laban kannte sich besser als jeder andere auf der Ranch mit Pferden aus. Sogar Nachbarn kamen zu ihm und fragten ihn um Rat, aber Caleb behandelte seinen halbblütigen Sohn immer noch wie einen Lehrling.

„Eines Tages ...", murmelte Laban, aber er vollendete den Satz nicht, denn an eine Zukunft ohne Caleb zu denken, das schien hoffnungslos. Der alte Tyrann würde sie alle überleben; er war zu niederträchtig, um zu sterben. Und Laban mußte sich eingestehen, daß er selber nicht den Mumm hatte, der Natur etwas nachzuhelfen ..., obwohl er schon daran gedacht hatte. Aber es gab praktische Hindernisse, von denen das wichtigste war, daß Laban nicht wußte, ob er in Calebs Testament berücksichtigt war. Es wäre sinnlos, den Alten umzubringen und dann doch enterbt dazustehen. Er würde vielleicht nicht soviel Glück haben wie dieses Mädchen aus Virginia, die dem Galgen entkommen war.

Die Ranch kam in Sicht. Das große, ausladende Haus, so still, so leer, so abweisend, stand da wie ein riesiger Schatten. Laban stieg ab. Sein Pferd ging allein zum Stall, während Laban zur Tür ging. Er klopfte; nie trat er anders ein als ein Gast. In Calebs Heim würde er auch nie mehr als ein Gast sein.

Maria öffnete. „Ah, Senor Laban, Sie sind es."

Es war mindestens zwei Wochen her, seit Laban das Haus zuletzt betreten hatte. „Buenos dias, Maria. Ich möchte Senor Caleb sprechen."

„Kommen Sie herein. Ich werde ihm sagen, daß Sie da sind."

„Tun Sie das", sagte Laban bitter. Maria bemerkte seinen Ton nicht; im Lauf der Jahre hatte der Sohn von Caleb Stoner jede Leichtigkeit verloren.

Die stattliche Frau mit mehr Grau als Schwarz in den Haaren stapfte davon. Laban blieb an der Haustür stehen, den Hut in der Hand, und wartete. Würde der *Patron* ihm die Ehre einer Audienz gewähren? Das hing von seiner Laune ab. Wenn er sehr gut gelaunt war, würde er seinen Sohn gern empfangen, da er ihm die Möglichkeit gab, ihn zu demütigen. Nichts genoß Caleb mehr als andere klein zu sehen. Aber meistens war der Patron in schlechter, gereizter Stimmung. Wenn er dann seinen Sohn empfing, hatte Laban nichts Gutes zu erwarten.

Laban sah sich um, als sähe er diese Umgebung zum ersten Mal. Streng und kalt, wie das ganze Haus, aber der alte Tisch der Bibliothek an der Wand war aus Walnußholz und sehr alt, wohl aus dem siebzehnten Jahrhundert. Er war wertvoll, genau wie die antiken Kerzenständer aus Messing, die über ihm an der Wand angebracht waren. An der benachbarten Wand hing ein echter Velasquez, das Portrait eines spanischen Granden, der erbost seine arroganten Züge betrachtet haben mochte, wie sie der Maler eingefangen hatte. Zweifellos waren es genau diese Züge, die Caleb an dem Portrait gefielen und die ihn weit mehr dafür hatten ausgeben lassen, als er sich in Wahrheit damals leisten konnte.

Ja, das Haus barg Stücke von großem Wert, und eines Tages würden sie alle Laban gehören. Eines Tages wäre er der *Patron*, der Herr des Hauses. Er würde nicht mehr wie ein Bettler an der Tür warten müssen, wie der Sohn eines armen Landarbeiters. Alles würde ihm gehören. Aber Labans Geduld war beinahe erschöpft, und vielleicht würde ihn nicht einmal seine Feigheit noch lange vor dem Druck schützen, den er auf sich lasten fühlte.

Maria erschien wieder. Der *Patron* wollte ihn empfangen. Laban war nicht sicher, ob er das für eine gute oder eine schlechte Nachricht halten sollte.

Caleb war im Salon. Es war kein gutes Zeichen, daß er sich dort aufhielt, denn er betrat dieses Zimmer nur äußerst selten. Hier war vor sechs Jahren sein ältester, geliebter Sohn ermordet worden. Laban konnte den Drang nicht unterdrücken, zu der Stelle zu blicken, an der der Tote hinter dem Sofa bei der Terrassentür gefunden worden war. Noch immer war ein Blutfleck auf dem Teppich zu sehen, der trotz Marias hartnäckigen Versuchen nicht verschwinden wollte.

Laban brauchte nicht lange darüber nachzudenken, in welcher Stimmung sein Vater gerade war. Hierher kam Caleb nur, wenn er sich selbst bemitleidete und die ganze Welt haßte, besonders seinen dritten Sohn, der die Frechheit besaß, zu leben, während sein bester Sohn tot war. Laban bemerkte eine eingerahmte Daguerrotypie, die Leonard zeigte, wie er entspannt auf einer Tischkante saß. Ihm schauderte innerlich, und er war auf das Unvermeidliche gefaßt.

Vater und Sohn tauschten keine Begrüßung aus, sie sahen sich kaum an. Laban blieb stehen, während Caleb auf dem Sofa saß, die langen Beine ausgestreckt, aber dennoch nicht entspannt.

„Was willst du?" fragte Caleb, und der verbitterte Ton seiner Stimme machte mehr als alles andere auf unheimliche Weise die Ähnlichkeit zwischen den beiden Männern deutlich.

„Ich möchte mit dir über den Kauf neuer Pferde sprechen", sagte Laban. „Ich habe von einer Frau in Westtexas gehört, die außergewöhnlich gute Tiere verkauft —"

„Eine Frau?" bellte Caleb mit rauhem, humorlosem Lachen. „So weit kommt es noch, daß ich Pferde von einer Frau kaufe!"

„Wichtig ist, daß wir gute Tiere bekommen. Bradford ist nicht mehr zuverlässig."

„Du kannst ein gutes Pferd nicht von einem Loch in der Wand unterscheiden!"

Laban biß sich auf die Lippe und schwieg.

„Warum glaubst du überhaupt, daß wir mehr Pferde brauchen?" fuhr Caleb fort. „Was wir haben, wird noch eine Saison reichen."

„Ich dachte nur —"

„Gott sei Dank, daß ich noch hier bin! Du würdest diese Ranch bei der ersten Gelegenheit zugrunde richten. Leonard wußte, wie man aus einer Herde etwas macht. Er rief nicht nach neuen Tieren, sobald ich mich nur umdrehte."

„Trotzdem ist es nicht zu früh, Kontakt mit dieser Frau aufzunehmen."

„Ich werde mit einer Frau keine Ranchgeschäfte machen! Es ist schon schlimm genug mit diesem Weib, das den Laden führt, so daß ich meinen Whisky bei ihr kaufen muß. Und glaub mir, bei der ersten Gelegenheit werde ich sie vertreiben."

„Gute Pferde sind gute Pferde", sagte Laban hartnäckig.

„Und es gibt mehr als genug Händler, um welche zu kaufen", sagte Caleb in abschließendem Ton und fügte drohend hinzu: „Ich verbiete dir, mit irgendwem in Westtexas Geschäfte zu machen oder auch nur dorthin zu gehen!"

Laban zuckte die Achseln. Wenn der alte Mann es so wollte, in Ordnung. Caleb schadete sich nur selbst. Das Stoneranwesen war groß und wohlhabend, aber es könnte beneidenswert sein, wenn Caleb nicht so widerspenstig wäre. Aber egal, sagte Laban zu sich selbst, wie er es schon so oft getan hatte. *Meine Geduld hat auch ihre Grenzen. Ein Mann kann nur bis zu einer bestimmten Grenze einstecken, bevor er zusammenbricht ... oder explodiert.*

Seine Ungeduld ließ ihn an die Zukunft denken, gleich, wie sinnlos solche Sehnsüchte auch waren. Laban war ein junger Mann, erst dreiundzwanzig. Caleb war alt, und sein bitterer Haß ließ ihn täglich noch mehr altern. Wenn es auf der Welt Gerechtigkeit gab, dann hatte Laban eine Chance.

Ah, ja! Noch war nicht alles verloren.

Eines Tages ...

70

Die Windreiterin-Ranch blühte. Deborah erwarb noch mehr Land und trieb bald zweitausend Stück Vieh mit ihren eigenen Leuten zum Markt, die gewöhnlich von Slim angeführt wurden, der noch immer Geschmack am Wanderleben fand.

Deborahs Stolz und Freude aber waren die Pferde. Sie fing weiter wilde Mustangs ein und verkaufte sie nach der Zähmung mit nicht unbedeutendem Gewinn. Von diesen Gewinnen kaufte sie von weit her, sogar aus England, reinrassige Pferde, darunter eine Araberstute, die sie mit dem Grauen von Gebrochener Flügel kreuzte; das Ergebnis war ein wunderschönes, schwarzes Hengstfohlen. Ihr Stall war auf dem besten Weg, im ganzen Westen berühmt zu werden.

Diese frühen 70er Jahre wurden jedoch in ihrer Gegend weiter von Überfällen der Commanchen überschattet. Die Windreiterin-Ranch blieb seltsamerweise davon verschont, und Deborah war sicher, daß sie dies ihren Gebeten an den Indianergräbern zu verdanken hatte. Aber nur wenige ihrer Nachbarn folgten ihrem Beispiel, und einige begannen sogar, Deborah wegen ihrer Sympathie mit den Indianern mit Mißtrauen zu begegnen. Die meisten hielten sich an die texanische Indianerpolitik: Vertreibung oder Auslöschung. Und Deborah zweifelte nicht, daß viele die Auslöschung vorzogen.

Es kam jedoch der Tag, an dem Deborahs Sympathie ernsthaft erschüttert wurde. Sie hatte in Fort Griffin zu tun, und Griff brauchte neue Stiefel. Sie ritten zusammen mit dem fünfjährigen Himmelchen ins Fort.

Vor etwa einer Woche war das Mädchen von Cook nach fast drei Jahren Gefangenschaft bei den Commanchen von der Armee befreit worden. Deborah erinnerte sich, daß kurz nach ihrer Ankunft in Texas die Familie des Mädchens getötet und ihr Heim zerstört worden war.

Bei ihrem Besuch im Fort besuchte Deborah Captain Ludlam und seine Frau, und dort sah sie das Mädchen in einer Ecke kauern. Sie war jetzt zwölf oder dreizehn Jahre alt und sah ausgemergelt, fast wie ein verhungertes wildes Tier aus. Aber das war nicht das Schockierendste an ihr. Ihr Körper war vernarbt und verletzt, an ihren Händen fehlten mehrere Finger, Brandnarben bedeckten ihre Arme und Schnitte, die nicht von einem Trauerritual herrührten wie diejenigen an Deborahs Armen. Am schrecklichsten anzuschauen war jedoch ihr Gesicht; fast hätte Deborah aufgeschrien. Es war so von Brandwunden zerstört, daß es fast nicht mehr als menschlich zu erkennen war, und ein Auge war ihr ausgestochen worden.

Captain Ludlam sagte: „Meine Frau macht ihr eine Klappe für das Auge."

Mit erstickter Stimme sagte Deborah: „Das haben die Commanchen getan?"

„Ja. Und das sind nur die Wunden, die wir sehen können."

„Warum ...?"

„Weil sie Tiere sind", sagte der Captain schneidend.

Deborah konnte es nicht glauben, aber mit zitternden Knien verließ sie den Raum.

Es war ein unglücklicher Zufall, daß sie beinahe mit Big Bill Yates zusammenstieß, als sie den Exerzierplatz überquerte. Er bemerkte Deborahs Verstörung sofort und schloß aus der Richtung, aus der sie kam, auf den Grund.

„Sie haben sie also gesehen?" Wie gewöhnlich klang seine Frage eher nach einer Drohung als nach einer Frage. Sie brauchte nicht zu antworten, denn ganz von selbst sprach er weiter, in streitsüchtigem Ton: „Wenn mir je ein Indianer unter die Finger kommt, werde ich genau das mit ihm machen! Ich habe selbst eine kleine Tochter, und bei Gott, ich werde sie eigenhändig erschießen, bevor ich sie in die Hände dieser gottverdammten Bestien fallen lasse! Aber zuerst werde ich einen Haufen von ihnen umbringen!"

Deborah konnte nichts erwidern. Wortlos drängte sie sich an Yates vorbei und ging zum Laden, wo sie Griff und Himmelchen zurückgelassen hatte. Sie kam dort an, nur Augenblicke bevor ein anderes Mitglied ihrer Familie eine Begegnung mit einem Mitglied der Familie Yates hatte.

* * *

Der achtjährige Billy Yates schien ebenso engstirnig und scheinheilig wie sein Vater zu sein. Er schien auch genauso groß werden zu wollen. Er bestand aus neunzig Pfund solider Muskeln und war mehrere Zentimeter größer als die meisten seiner Altersgenossen. Das zusammen mit einem schlechten Charakter machte ihn schon jetzt zu einem recht widerwärtigen Kerl.

Himmelchen, gerade fünf Jahre alt, hatte deutlich die starke, geschmeidige Statur seines Vaters geerbt, aber er war noch ein kleiner Junge mit sehr kindlichen Zügen. Er war einen Kopf kleiner als Billy und viele Pfund leichter, aber das hielt den Jungen von Yates keineswegs davon ab, Himmelchen zu beschimpfen und zu bedrohen; wahrscheinlich fühlte er sich durch dessen Unterlegenheit nur noch ermutigt.

„Pfui!" rümpfte Billy seine Nase voller Abscheu, als er sich Himmelchen näherte, der an einem Pfosten vor dem Laden lehnte, während Griff drinnen einkaufte. „Dachte schon, hier wär' ein Mülleimer. Ist aber bloß die halbblütige Rothaut."

Billys Kameraden feuerten ihn an: „Doch dasselbe, oder?"

Sie brüllten und schnitten Himmelchen Grimassen, der vor Wut rot anlief.

„Du hältst besser die Klappe", sagte Himmelchen.

„Das läßt du dir gefallen, Billy?" sagte einer der anderen Jungs.

„Yeah", sagte wieder ein anderer, „der skalpiert dich noch eines Nachts."

„Das soll er mal versuchen!" spuckte Billy. „Den schlepp ich ins Reservat, wo Abschaum wie er hingehört."

Ohne seine Unterlegenheit auch nur eine Sekunde zu bedenken, konnte Himmelchen nicht länger an sich halten und warf sich seinen Peinigern wütend und mit der Kraft, die eines Cheyennekriegers würdig war, entgegen. Beide Jungs fielen in den Staub und wälzten sich einige Augenblicke lang zornig umher. Mit dem Vorteil der Überraschung auf seiner Seite gewann Himmelchen zunächst die Oberhand und brachte seinem Gegner eine blutige Nase bei, einen böse aufgeschürften Ellbogen und eine geplatzte Lippe. Danach zählte der Vorteil der schieren Größe, und am Ende des Kampfes bearbeitete Billy seinen jungen Gegner mit beiden Fäusten.

Billys massige Gestalt ließ Himmelchen kaum Bewegungsspielraum. Er zappelte von einer Seite zur anderen, schlug wild mit den Fäusten in die Luft und versuchte, sich freizumachen. Aber Billy Yates war zu stark. Seine fleischigen Hände, zu Fäusten geballt, verwandelten Himmelchens Gesicht in eine blutige Masse. An einem Punkt gelang es dem Jüngeren, seinen überlegenen Gegner mit einem Faustschlag fast aus dem Gleichgewicht zu bringen. Er sprang auf die Füße, und obwohl seine Vernunft ihm hätte sagen müssen, daß er Reißaus nehmen sollte, griff er erneut an. Für seinen heldenhaften Mut erntete er erneut einen schweren Schlag von Billy, der Himmelchen damit niederstreckte und dann begann, bösartig auf seinen am Boden liegenden Feind einzutreten. Die anderen Jungs machten jetzt mit, und Himmelchen konnte sich nicht mehr besser schützen, als die Arme vors Gesicht zu pressen und sich zusammenzurollen.

Keiner, der vorbeikam, machte einen Versuch, den ungleichen Kampf zu beenden, und einige blieben sogar stehen, um die weißen Jungs zu ermuntern. Schließlich kam ein Sergeant vorbei und schritt ein. Er griff Himmelchen und Billy am Kragen, schüttelte sie beide und schimpfte sie gehörig aus.

Griff hörte den Tumult erst, als er in vollem Gange war. Er kam Himmelchen in dem Moment zu Hilfe, als der Sergeant auftauchte. Griff kam gerade aus dem Laden und wollte zu seinem Schützling eilen, als er die Menge bemerkte. Ohne einen Moment zu zögern ging er zurück und wartete, bis die Leute sich verzogen hatten, bevor er wieder vor die Tür trat.

Als Deborah kam, hatte er die schlimmsten Spuren des Kampfes schon beseitigt. Aber ganz waren sie nicht zu verbergen. Deborah wollte zu Mr. Yates gehen, aber Griff riet ihr ab.

„Lassen Sie uns einfach von hier verschwinden, Deborah", sagte er, „bevor es noch mehr Ärger gibt."

„Ich hätte nicht gedacht, daß Sie Ärger scheuen, Griff."

„Ich habe meine Gründe. Eines Tages werde ich es den beiden Yatesschurken heimzahlen, aber jetzt ist nicht der richtige Moment. Verschwinden wir — gleich!"

Er war zu entschlossen, um Widerrede zu erlauben, also gehorchte Deborah. Außerdem war sie noch zu aufgewühlt von den anderen Erlebnissen des Tages, um sich in eine Auseinandersetzung mit Yates zu stürzen. Besser sie sprach mit ihm, wenn sie ruhig und gesammelt war.

Als sie zusammen das Fort verließen, sah Himmelchen mit einem entschlossenen Blick zu ihr auf, der mehr als je dem seines Vaters Gebrochener Flügel glich. Aber auch das linderte Deborahs aufgewühlten Gefühle nicht.

„Nahkoa", sagte er, „ich werde ein Krieger sein wie mein Vater. Ich werde gegen die Weißen kämpfen, und ich werde siegen."

Fragen quälten Deborah auf dem ganzen Weg nach Hause. Die strahlende Sonne am weiten, blauen Himmel, die endlose, graswachsene Prärie und die einsamen Bäume ließen sie jetzt beinahe kalt. Plötzlich schien ihr die Prärie, die sie so liebte, wüst und öde. Was für ein Land war das, in dem kleine Kinder so leiden mußten? In dem Menschen, weiße und rote, sich verhielten wie wilde Tiere? Sie hatte geglaubt, man müsse die Indianer nur gerecht und mit Achtung behandeln, und der Frieden würde in dieses Land einziehen. War sie blind und naiv? Waren sie vielleicht doch nichts als Wilde und, wie einer der Männer gesagt hatte: unbezähmbar und hinterlistig wie Klapperschlangen?

Aber schon bei dieser Frage fühlte sie sich als Verräterin. Sie liebte die Indianer. Ihre Erfahrung mit Gebrochener Flügel und den Cheyenne reichte tief in ihre Seele. Er war der zivilisierteste, der ehrenhafteste Mann, den sie je getroffen hatte, und auch andere Indianer, Cheyenne, Sioux, Araphoe, denen sie begegnet war, waren gute Menschen. Sie wußte, manche Indianer waren verräterisch und unzuverlässig, genau wie manche Weiße. Ihr Verstand sagte ihr, daß dies mit Rasse nichts zu tun hatte, sondern nur mit dem Herzen eines jeden einzelnen Menschen. Der Beweis dafür war die Tatsache, daß sie seit Jahren von allen Indianerüberfällen verschont wurde. Sie zweifelte nicht, daß ihr einfacher Akt der Humanität, der Achtung auf diese Weise von den Commanchen anerkannt wurde. War es möglich, daß die Indianer, die das kleine Mädchen so fürchterlich gequält hatten, dieselben waren, die menschlich gegenüber Deborah reagierten? Sie wußte die Antwort nicht. Sie wußte nur, daß sie sich von der herrschenden Meinung um sie herum nicht beirren lassen durfte. Und ganz besonders durfte sie nicht zulassen, daß solcher Haß in die Herzen ihrer Kinder gesät wurde. Sie mußte ihrem eigenen Herzen treu bleiben, das ihr sagte, vor Gott waren alle Menschen gleich. Er sah nicht Rasse oder Farbe, und sie mußte dasselbe tun: die Menschen nicht nach ihrem Äußeren beurteilen.

71

Auch Griff fühlte sich nach diesem Besuch im Fort sehr unwohl, wenn auch aus anderen Gründen als Deborah. Er war weniger an diesen Zustand gewöhnt und verdrängte die Sache schnell. Während der Arbeit draußen auf der Ranch grübelte er zwar darüber nach, aber als er abends zurückkam, hatte er genug davon und war wieder bereit zu handeln statt ewig nachzusinnen.

Während er zusammen mit Longjim im Stall die Pferde absattelte, kam er, wenn auch in sehr ruhigem Ton, auf seine unterdrückten Ängste zu sprechen.

„Longjim, ich muß dir was sagen. Seit gestern kaue ich dran herum, und ich will es besser nicht länger für mich behalten."

„Du warst schon den ganzen Tag so komisch, Griff", sagte Longjim. „Hätte nicht gedacht, daß es dich so ... seit dem Indianerüberfall von neulich ... Was ist denn los?"

„Etwas, was ich gestern im Fort gesehen habe."

„Yeah, was? Ein Gespenst oder sowas?"

„Fast." Griff zögerte; er sah sich um, um sicher zu sein, daß niemand ihnen zuhörte und fuhr fort: „Ich habe einen Kerl gesehen, den ich seit acht Jahren nicht gesehen hatte. Am liebsten hätt' ich den achtzig Jahre nicht mehr gesehen. Markus Pollard."

Longjim blickte einen langen Moment verständnislos drein; er konnte mit dem Namen, den Griff so unheilschwanger genannt hatte,

zuerst nichts anfangen. Dann fiel es ihm ein, und er schluckte trocken.
„Bist du sicher, daß er's war, Griff?"
„Er war acht Jahre älter und sah ziemlich heruntergekommen aus, aber ich bin sicher. Es war Pollard."
„Nach all den Jahren, es ist so unwahrscheinlich."
„Texas ist nicht so groß, wie wir gern glauben würden."
„Hat er dich gesehen?"
„Verdammt, nein. Ich bin doch kein Blödmann."
„Aber niemand interessiert sich noch für uns, Griff. Wenn sie jeden in Texas einsperren wollten, der mal über die Stränge geschlagen hat, dann säße halb Texas im Kittchen."
„Ich mache mir nicht über uns Sorgen."
„Ach, nach der langen Zeit suchen sie doch nicht mehr nach Deborah."
„Mord ist Mord, Longjim. Sie werden das nie vergessen, besonders Caleb Stoner nicht. Und der ist heute mächtiger denn je."
„Du glaubst, Pollard würde sie ausliefern? Ist er noch Gesetzeshüter?"
„Nein, ist er nicht, aber er sah aus, als ob er ein paar Dollar brauchen kann und auch gegen Kopfgeld nicht viel einzuwenden hat. Solange er sich hier herumtreibt, ist es nur eine Frage der Zeit, bis ihm Deborah über den Weg läuft. Er hat bestimmt nicht die Frau vergessen, die er beinahe aufgehängt hätte."
„Wirst du es Deborah erzählen?"
„Ich schätze, jemand muß es ihr sagen."
„Was glaubst du, wird sie tun?"
„Wer weiß? Das kann man bei ihr nie genau sagen." Griff schwieg, und sein Gesicht wurde hart und kalt. „Es gibt eine Möglichkeit für uns."
„Und welche?"
„Pollard loswerden."
Longjim runzelte die Stirn. Er kannte Griff gut, und obwohl der frühere Outlaw kein Killer war, wußte er, Griff *konnte* töten. Und er wußte, Griff sagte so etwas nicht nur so daher.
„Laß uns erst mal abwarten, bevor wir was Übereiltes tun", sagte Longjim. „Laß uns einfach warten, vielleicht erledigt sich das Problem von selbst."
„Ich werde nicht zulassen, daß er ihr Leben zerstört!" sagte Griff wütend.
„Du kannst auf mich zählen, Griff, aber —"

Longjim verstummte plötzlich, und beide Männer waren wie erstarrt bei einem scharfen Geräusch nicht weit von ihnen. Griff warf den Kopf herum; alles war wieder still. Er gab Longjim ein Zeichen, nach links zu gehen, während er selbst nach rechts ging. Beide zogen ihre Colts.

Wenn jemand ihr Gespräch belauscht hatte, mußten sie sich mit ihm beschäftigen. Griff wußte immer schon, daß er vielleicht töten mußte, um Deborah zu schützen, und er war jetzt dazu bereit, wenn es sein mußte.

Lautlos näherte er sich der Box, von der das Geräusch gekommen war. Es war die des neuen Fohlens, aber nicht das Tier hatte das Geräusch gemacht. Als Griff nahe genug war, zielte er und rief mit drohender Stimme: „Okay, wer immer Sie sind, kommen Sie raus, solange Sie noch können!"

„Bitte, schieß nicht, Onkel Griff!" ließ sich eine ängstliche kleine Stimme hören.

„Lynnie! Was um Himmels willen machst du hier?" Griff wußte, wie dumm die Frage war, aber er war zu überrascht, um klar zu denken.

Carolyn stand langsam auf, machte die Tür der Box auf und kam heraus. Sie war weiß vor Angst, aber ihre Augen sahen verwirrt drein.

„Ich — ich bin bei Dusty eingeschlafen", sagte sie.

„Wie lange bist du schon wach?"

„Ein bißchen."

„Was hast du gehört?"

Carolyn senkte den Blick. Sie wußte genau, daß man nicht lauschen durfte, und ihre Angst kam ebensosehr von ihrem schlechten Gewissen wie von Griffs Colt. Aber sie war zu selbstbewußt und starrköpfig, um lange ängstlich und unterwürfig zu bleiben.

„Will jemand Ma etwas tun?" fragte sie.

„Lynnie, du wirst das ganz schnell wieder vergessen, was du hier gehört hast", antwortete Griff. „Longjim und ich haben uns bloß Geschichten erzählt, weißt du, solche, wie Slim sie dir manchmal erzählt."

„Das stimmt nicht! Ich bin alt genug, ich weiß es. Ich bin fast acht!"

Gewöhnlich amüsierte Carolyns Vorwitz ihn, aber das hier war zu ernst, um ihm auch nur ein flüchtiges Lächeln zu gestatten. „Hör zu, Carolyn, es gibt ein bißchen Ärger, aber nichts, womit Longjim und ich nicht fertig werden könnten. Kein Grund, deine Ma zu beunruhigen. Kannst du ein Geheimnis für dich behalten?"

Carolyn dachte einen Moment nach. „Von Ma?"
„Yeah, aber es ist zu ihrem eigenen Besten."
„Okay. Meine Ma hat auch vor mir ein Geheimnis, und jetzt hab' ich auch eines vor ihr."
„Was meinst du damit?"
„Sie hat ein Geheimnis über meinen Pa, und jetzt hab' ich ein Geheimnis über — Was ist eigentlich los, Griff?"
Griff schüttelte den Kopf und verdrehte die Augen. Das Mädchen konnte einem manchmal den letzten Nerv rauben!
„Etwas, was vor langer Zeit passiert ist und am besten vergessen wird. Hörst du? *Vergessen!*"
Carolyn nickte zufrieden. Es genügte, daß sie jetzt ein eigenes Geheimnis hatte.

72

An einem Spätsommertag des Jahres 1876 arbeitete Deborah in der Koppel mit einigen jungen Mustangs. Griff half ihr, und Himmelchen, jetzt ein aufgeschossener, hübscher Junge von acht Jahren, saß auf dem Gatter und schaute zu. Sein Blick schweifte umher, während Deborah und Griff wieder einmal über die beste Methode diskutierten, einen Mustang zuzureiten. Die Augen des Jungen, die so gern in die Ferne schweiften, hefteten sich auf eine Stelle am Horizont, wo das Gras und der Himmel sich trafen. In einem Nu saß er kerzengerade.
„Mama, Griff, seht, Indianer!" rief er aufgeregt, aber ohne Angst.
Die Erwachsenen sahen sofort in die Richtung, in die Himmelchen deutete, und wirklich, von dort näherten sich zwei Reiter, obwohl nur Himmelchens scharfe Augen schon erkennen konnten, daß es Indianer waren. Deborah sah Griff verwirrt und besorgt an.
Vor zwei Jahren hatte Texas verstärkte Anstrengungen unternommen, das Indianerproblem zu lösen — mit katastrophalen Folgen für die Indianer. Nach der Schlacht am Paolo Duro Canyon 1874, bei der die Commanchen, wie am Washita, all ihre Wigwams, ihre Nahrungsvorräte und ihre Pferde verloren, mußten die zerstreuten Gruppen sich schließlich ergeben. Deborah hatte traurig mit angesehen, wie die geschlagenen Commanchenkrieger und ihre Familien auf ihrem schmerzlichen Weg über ihr Land nordwärts ins Reservat gezogen

waren. Sie hatte sich an den Traum von Gebrochener Flügel erinnert und wußte, das war es, was er gesehen haben mußte. Und sie war fast froh gewesen, daß ihm dieser Anblick in der Wirklichkeit erspart geblieben war.

Waren diese Indianer Nachzügler auf dem Weg ins Reservat? Oder waren sie Abtrünnige? Gerüchte gingen um, daß dort draußen noch immer vereinzelte Krieger Gerechtigkeit suchten.

Griff zuckte nur die Achseln über Deborahs unausgesprochene Sorge. „Wir haben uns nie gefürchtet, weshalb sollten wir es jetzt tun?"

Nach weiteren fünf Minuten waren sie nahe genug, um sie deutlicher zu erkennen. Es waren Krieger, und obwohl keiner eine Waffe in der Hand trug, hatte doch jeder Bogen und Gewehr bei sich. Einer der Männer war klar als Commanche zu erkennen, und aus seiner Kleidung und seinem Schmuck konnte man schließen, daß er ein nicht unbedeutender Häuptling war. Aber der zweite Reiter erregte Deborahs Aufmerksamkeit noch mehr.

Sie schluckte plötzlich und faßte Griffs Arm. „Griff! Der Reiter rechts ist ein Cheyenne!"

„Ich glaube, Sie haben recht."

Sie warteten still. Himmelchen kletterte von seinem Aussichtsposten und ging zu seiner Mutter. Er stellte sich dicht neben sie, versteckte sich aber nicht. Voller Aufmerksamkeit verfolgte er das Geschehen.

Als die Indianer heranritten, stellte Deborah überrascht fest, daß sie den Cheyenne kannte. Auch er ließ durch ein kaum merkliches Zukken im Gesicht erkennen, daß er sie kannte. Deborahs Vorsicht war verflogen. Sie trat vor und begrüßte die Besucher in Cheyenne.

„Hallo, Der-im-Fluß-steht", sagte sie. „Es ist gut, meinen alten Freund und Bruder zu sehen."

„Windreiterin." Er beugte respektvoll den Kopf vor ihr. „Als sie sagten, eine weiße Frau habe die gefallenen Commanchenkrieger geehrt, wußte ich nicht, ob du es warst, aber ich mußte diese weiße Frau sehen. Ich bin glücklich, daß du es bist, meine Schwester."

„Werdet ihr absteigen und in meinen Wigwam kommen?"

Der-im-Fluß-steht sah zu seinem Kameraden hinüber, der leicht den Kopf schüttelte.

„Wir halten es nicht für weise, uns lange in der Siedlung des weißen Mannes aufzuhalten", erwiderte Der-im-Fluß-steht.

„Hier werdet ihr immer Zuflucht finden", sagte Deborah. „In all den

Jahren haben die Commanchen nicht Hand an meine Ranch gelegt, und darauf werde ich mit Frieden und Freundschaft antworten."

„Du hast unsere Toten geehrt", sagte der Commanche. „In unserem Lager haben wir einen Namen für dich: Die-die-Krieger-begräbt. Wir ehren diesen Namen."

„Ich bin es, die geehrt ist", sagte Deborah. „Und bei welchem Namen kann ich dich nennen?"

„Ich bin Dunkler Adler. Ich bin der Häuptling der Commanchen." Beim Sprechen schien er sich noch höher im Sattel aufzurichten. Er war ein stolzer Mann, aber Trauer verschleierte seine Augen.

„Wir werden uns in Fort Sill im Indianerland stellen", sagte Der-im-Fluß-steht. „Meine Frau und meine Kinder warten auf mich."

„Ihr habt eine lange, schwere Schlacht geschlagen." Das war alles, was Deborah sagen konnte.

„Wir haben wenige Siege gehabt", sagte Der-im-Fluß-steht. „Wir dachten, die Schlacht am Little Big Horn war ein Sieg. Aber es war keiner, denn es hat die Soldaten blutrünstiger denn je gemacht."

Deborah erinnerte sich, wie vor einigen Wochen die Nachricht vom Massaker an der Siebenten Kavallerie unter ihrem ehrgeizigen Kommandanten George Armstrong Custer bis zu ihrer Ranch drang. Sie wußte noch genau, wie sie ihm einmal genau dieses Schicksal gewünscht hatte, aber die Zeit und Gott hatten ihr Herz von Grund auf geändert. Jetzt betrauerte sie den glücklosen General.

„Wir müssen nun unsere Niederlage eingestehen und das Schicksal hinnehmen, das der weiße Mann für uns bestimmt."

„Du bist ein guter Mann, Der-im-Fluß-steht, ein tapferer Krieger", sagte Deborah überzeugt. Obwohl er dickköpfig und manchmal auch unvernünftig gewesen war, bewunderte sie seinen Mut. „Die Cheyenne werden Männer wie dich brauchen, um für ihr neues Leben zu lernen."

„Ich verstehe nur die Büffeljagd. Wie kann ich andere lehren, was ich selbst nicht weiß?"

„Weil du ein Kämpfer bist, mein Freund. Du gibst nicht so leicht auf." Sie lächelte zuversichtlich, als sie hinzufügte: „Du wirst lernen, und du wirst die anderen lehren."

„Mein Bruder traf eine gute Wahl, Windreiterin, als er dich heiratete."

Der Name ihres toten Geliebten rief in Deborah den alten Schmerz wach, aber sie fühlte, es war ein anderer Schmerz als die brennende Leere, die sie in den Monaten und Jahren gleich nach seinem Tod empfunden hatte. Jetzt brachte der Gedanke an ihn auch Freude in ihr Herz. Und plötzlich fiel ihr die kleine Gestalt neben ihr ein.

Sie streckte die Hand aus und zog Himmelchen zu sich heran. Seine Augen waren groß vor Ehrfurcht, als er zu ihr kam. Deborah nahm seine Hand und bemerkte wieder die frappierende Ähnlichkeit, die er mit seinem Vater hatte. Sie brauchte die nächsten Worte kaum auszusprechen, aber sie tat es trotzdem.

„Das ist sein Sohn, Blauer Himmel — dein Neffe, Der-im-Fluß-steht."

Der Bruder von Gebrochener Flügel betrachtete den Jungen aufmerksam und lächelte dann anerkennend. „Er wird eines Tages ein guter Cheyennekrieger sein." Dann nahm er eine reich verzierte Tasche, die er um den Hals trug. „Komm", sagte er zu dem Jungen, und Himmelchen ging sofort auf ihn zu. Der-im-Fluß-steht beugte sich tief vom Pferd und legte dem Jungen die Kette um den Hals. „Du bist ein naha, ein Sohn für mich", sagte er feierlich. „Ich bin dein *nehuo*."

Himmelchen blickte auf und sah seinem Onkel fest in die Augen. Er verstand nicht nur die Sprache des Mannes, denn Deborah hatte immer darauf geachtet, daß er die Sprache seines Vaters nicht vergaß — er verstand auch die tiefe Bedeutung dieses Augenblicks. Dieser Mann gehörte zum Volk seines Vaters, und er nahm in diesem Moment Himmelchen als einen von ihnen an. Es war ein Ereignis, das sein ganzes Leben lang wie ein Stern am Firmament stehen und in seinem Gedächtnis niemals verblassen würde.

„Danke, Nehuo", sagte Himmelchen.

Der-im-Fluß-steht nickte. „Sei immer stolz auf das, was du bist und was dein Volk ist."

Dann richtete sich der Cheyenne wieder in seinem Sattel auf und sah zu Deborah. Er sagte: „Vielleicht werden sich unsere Wege noch einmal kreuzen; wenn nicht, sollst du wissen, es gibt mir Kraft, dich zu kennen."

„Auch du bist mir wert", sagte Deborah. „Grüße Steinzahn von mir und sage ihr, daß ich in Liebe an sie denke. Und wenn du Graue Antilope siehst, sage ihr —" Sie konnte kaum sprechen, als sie an ihre gute, alte Freundin dachte, mit der sie so viel verband. Es war nicht in Worte zu fassen. „Sage ihr das gleiche."

„Ich werde es tun", sagte Der-im-Fluß-steht. „Auf Wiedersehen, Windreiterin."

„Auf Wiedersehen, mein Bruder", sagte Deborah und wandte sich an Dunkler Adler. „Auf Wiedersehen auch dir, Dunkler Adler. Möge Gott mit euch sein."

Sie warfen ihre Pferde herum und trabten davon. Nur eine Wolke texanischen Staubs blieb von ihnen zurück. Mehr als Staub blieb jedoch in den Herzen und in der Erinnerung von Mutter und Sohn, als sie gemeinsam den Kriegern nachblickten.

Für Deborah machte das unverhoffte Erscheinen der beiden Indianer nur noch mehr die Wichtigkeit der Jahre in ihrem Leben deutlich, die sie bei den Cheyenne verbracht hatte. Nach so langer Zeit hatte die Erinnerung schon langsam zu verblassen begonnen, aber diese Begegnung machte ihr klarer denn je, daß sie zwei unschätzbare Erbschaften in sich trug.

In Himmelchens jungen Geist brannte sich dieser Besuch auf immer ein. Dies war die erste greifbare Verbindung in seinem Gedächtnis, die ihn mit seiner Herkunft verknüpfte. Und die Bedeutung dieses Ereignisses reichte für ihn tiefer als alles, was Deborah ihm erzählt hatte. Er war nicht nur anders, sondern was an ihm anders war, das war ehrenhaft und wundervoll. Später, wenn er wegen seines indianischen Blutes auf die Scheinheiligkeit der Weißen stoßen würde, wie es ihm mit einer Gestalt wie Billy Yates schon ergangen war, konnte er immer an diese Minuten auf der Ranch zurückdenken. In Erinnerung an seinen Onkel, mächtig und noch in der Niederlage furchteinflößend, würde er immer den Kopf aufrecht erhoben tragen können.

73

Weihnachten 1878 begann wie immer auf der Windreiterin-Ranch. Die Woche war von eisigem Wind, Frost und Hagelsturm geprägt. Am Weihnachtsmorgen jedoch war der Himmel blaßblau, und eine schwache Sonne mühte sich, die kühle Luft zu erwärmen. Die Kinder hatten in gespannter Erwartung und voller Ungeduld ihre Geschenke ausgepackt. Danach hatten sich alle, die auf der Ranch lebten und arbeiteten, zu einem festlichen Frühstück mit Schinken, Pfannkuchen, Eiern und Yolandas köstlichen *Sopaipillas* mit Himbeersoße und Honig versammelt. Dann verteilten Carolyn und Himmelchen die Geschenke der Familie an alle Hilfen der Ranch und an Yolanda.

Später am Tag sollte es ein Familienessen mit Griff, Longjim.

Yolanda und vielleicht Slim geben. Slim und zwei Hilfen waren mit Reverend Slaughter auf dem herbstlichen Viehtrieb und wurden jetzt jeden Tag zurückerwartet.

Deborah lächelte oft, wenn sie daran dachte, daß jetzt drei frühere Gesetzlose zu ihrer ‚Familie' gehörten und für ihre Kinder praktisch Vaterfiguren darstellten. Es waren rauhe, ungehobelte Männer, richtige Westerner, die überall ihre Colts bei sich trugen und sich viel eher auf dem Rücken eines Pferdes zu Hause fühlten als in Deborahs bescheidener Wohnstube. Sie waren nicht gerade religiös, aber trotzdem gottesfürchtig auf ihre eigene Weise, und Deborah war die letzte, die sie nach ihren ungehobelten Manieren beurteilen würde. Täglich betete sie für jeden von ihnen, daß sie sich Gott ergeben mochten. Bis dieses Gebet erhört wurde, hatte jeder von ihnen immerhin ein gutes Stück praktische Weisheit an ihre Kinder weiterzugeben.

Während sie ihren Kindern geistliche Nahrung gab, brachten diese Männer ihnen bei, wie man im Westen lebte, und meistens paßte beides sehr gut zusammen. Beide Kinder konnten reiten, mit einer Waffe umgehen, Pferde zähmen und mit dem Brandsiegel versehen und Vieh treiben. Obwohl Deborah sich das nicht gern eingestand, waren beider Fähigkeiten bei der Rancharbeit weit größer als die im Glauben. Und Deborah wußte, daran war sie schuld, denn sie konnte ihnen nur beibringen, was sie selbst wußte, und ihr Wissen war beschränkt auf das, was sie selbst aus der Schrift herauslesen konnte. Im Umkreis von zwei Tagesritten gab es keine Kirche, und ein Wanderprediger kam nur ein- oder zweimal im Jahr vorbei. Neben ihrer religiösen Erziehung mußte Deborah auch selbst für ihren Schulunterricht sorgen, denn keine Schule war nah genug bei der Ranch, um sie dorthin zu schicken. All das kam zur normalen Rancharbeit hinzu, die keine geringe war.

Deborah hatte diese Dinge in letzter Zeit oft in ihre Gebete eingeschlossen.

So merkwürdig es auch aussehen mochte, jedenfalls bildeten die drei früheren Outlaws, Deborah, Carolyn und Himmelchen und ihre liebe, alte mexikanische Haushälterin tatsächlich eine Familie, die durch starke Bande der Liebe und der Treue zusammengehalten wurde. So war es nicht überraschend, daß die Kinder an diesem Weihnachtstag mehrmals fragten, ob Slim rechtzeitig zum Weihnachtsessen heimkommen würde. Himmelchen machte sich Sorgen, weil Slims Geschenk, eine Lederweste, die er selber ausgesucht hatte, noch immer ungeöffnet dalag. Auch Griff war beunruhigt, und Deborah sah ihn mehrmals von der Arbeit aufblicken und in die Ferne schauen. Sie hätten schon vor zwei Wochen zurück sein sollen. Die Indianer mochten keine große Gefahr mehr sein, obwohl es immer noch einige herumstreunende Krieger gab. Aber auf der Prärie lauerten andere Gefahren — Räuber und Gesetzlose, von den natürlichen Gefahren wie Stürmen, angeschwollenen Flüssen und Klapperschlangen ganz zu schweigen.

Nach einer Weile Arbeit in der Koppel ging Deborah in die Küche zurück, um bei der Vorbereitung des Weihnachtsessens mitzuhelfen. Der schmorende wilde Truthahn, den Longjim vor zwei Tagen geschossen hatte, erfüllte das ganze Haus mit seinem köstlichen Duft, zusammen mit dem Aroma von Apfelstrudel und Nußkuchen. Carolyn hatte sich große Mühe gegeben, den Tisch mit Deborahs bestem Tischtuch, dem besten Geschirr und dem Silberbesteck zu decken.

„Es sieht wunderschön aus, Carolyn!" sagte Deborah.

„Wenn wir nur etwas hätten, um die Mitte zu schmücken", sagte Carolyn.

„Die hätte ich fast vergessen!" Deborah ging zum Eichenschrank in der Küche und nahm aus einer Schublade ein Päckchen, das in Zeitungspapier eingepackt war. Sie wickelte es auf und sagte: „Die habe ich beim letzten Mal in Jacksboro gekauft und sie zurückgelegt. Ich frage mich, was ich noch alles weggepackt und ganz vergessen habe." Triumphierend hob sie zwei rote Kerzen und zwei weiße Kerzenhalter aus weißem Porzellan in die Höhe.

„Die sind hübsch, Mutter", sagte Carolyn. „Jedenfalls besser als nichts."

Deborah versuchte, den Hintergedanken in Carolyns Kompliment zu ignorieren. Sie war froh, wenn sie von ihrer launischen Dreizehnjährigen überhaupt einmal ein Kompliment bekam.

Sie standen und bewunderten den gedeckten Tisch, als Himmelchen, gefolgt von einem kalten Windstoß, ins Haus stürmte und damit beinahe Carolyns kleines Kunstwerk zerstörte.

„Mama, Reiter kommen von Osten!" rief er atemlos. „Drei, wie die drei Weisen aus dem Lied."

Deborah lachte über den Vergleich und folgte ihrem Sohn vor die Tür. Carolyn schlenderte hinterher.

„Glaubst du, es ist Slim, Mutter?" fragte sie.

„Ich hoffe es."

Die Reiter galoppierten auf die Ranch zu und winkten mit ihren Hüten. Aber als der mittlere von ihnen seinen Hut abnahm, öffnete

Deborah beim Anblick seiner roten Haare, die in der Sonne leuchteten, erstaunt den Mund.

„Das kann doch nicht sein!" murmelte sie.

„Das ist Slim, stimmt!" sagte Himmelchen mit einem freudigen Jauchzer. „Und Reverend Slaughter. Aber wer ist der andere? Einer von uns ist es nicht."

„Er ist keiner von unseren Hilfen", korrigierte Deborah instinktiv. Sie eilte die Treppen hinunter und lief den Reitern entgegen.

„Sam! Sam! Ich kann's nicht glauben, du bist es!" rief sie.

Sam sprang von seinem Pferd, noch bevor es ganz zum Stillstand kam, und hob Deborah in die Luft.

„Glory Hallelujah!" rief er. „Du hast mich nicht vergessen!"

„Nicht in tausend Jahren!" kicherte Deborah fast vor Aufregung.

Ihre Gesichter kamen sich sehr nahe, und keiner von beiden wußte, daß in diesem Moment das Herz des anderen rasend schlug. Plötzlich beschämt, stellte Sam Deborah wieder auf die Füße.

„Wo hast du ihn aufgegabelt, Slim?" fragte Deborah, als sie das Gleichgewicht wiedergefunden hatte.

„Genau, wo man's erwarten sollte, als er den armen Cowboys in Dodge City die Leviten las."

„Und wie habt ihr's den ganzen Weg hierher zusammen ausgehalten?" fragte Deborah lachend.

„Ach, ich hab' ein dickes Fell", sagte Slim, der schon dabei war, die Kinder herzlich in die Arme zu schließen.

„Das glaube ich dir nicht", sagte Sam gutmütig flachsend.

„Du hast schon immer ein weiches Herz gehabt."

„So geht das schon seit Wochen", sagte Reverend Slaughter. „Wenn Slim hier nicht bekehrt ist, an Sam Killion liegt's sicher nicht."

„Ihr Männer müßt müde und hungrig sein", sagte Deborah. „Und ihr kommt genau recht zum Weihnachtsessen."

„Was hab' ich euch gesagt, Jungs?" sagte Slim. „Ich wußte, wir schaffen es noch."

„Himmelchen", sagte Deborah, „willst du dich bitte um die Pferde kümmern?"

„Ja, Mama."

„Meine Güte!" rief Sam. „Das ist doch nicht das Baby, das ich vor acht Jahren zuletzt gesehen habe? Er ist ja praktisch ein ausgewachsener Mann. Ich schätze, du kennst mich gar nicht mehr. Aber wenn diese hübsche junge Lady hier Carolyn ist, erinnert sie sich vielleicht noch an mich?"

Carolyn lächelte höflich und schüttelte den Kopf.

„Das ist Sam Killion, Kinder", sagte Deborah. Sie wandte sich an Sam. „Sie werden dich ganz neu kennenlernen müssen – das heißt, wenn du lange genug hierbleibst."

„Ich habe ihm geraten, seine Zelte in Kansas abzubrechen", sagte Slaughter.

„Da brauchte es nicht viel Überredung", fügte Slim hinzu. „Als er von all den Heiden hier in Texas und den wenigen Predigern hörte, war er sowieso nicht mehr aufzuhalten."

„In Kansas habe ich mich langsam überflüssig gefühlt", sagte Sam. „Es gibt dort zwei neue Wanderprediger, und überall werden Kirchen gebaut."

„Also ... wirst du ein Weilchen bleiben?" fragte Deborah und konnte kaum den hoffnungsvollen Ton in ihrer Stimme verbergen.

„Schätze ja."

„Was für ein Weihnachtsfest dieses Jahr!" Eine flüchtige Röte huschte über ihr Gesicht. „Besser wir gehen rein und fangen an, bevor wir hier draußen erfrieren."

In wenigen Tagen gehörte Sam auf der Ranch schon zur Familie. Wenn die Kinder sich auch nicht an ihn erinnert hatten, gewannen sie ihn doch seiner Warmherzigkeit und guten Laune wegen rasch lieb. Selbst Carolyn wartete immer ungeduldig auf ihn und bettelte um eine seiner wundervollen Geschichten. Obwohl er bei den Männern schlief, wenn er nicht gerade die verstreuten Siedler besuchte, aß er oft mit Deborah und den Kindern zu Mittag, und nach dem Essen hatte er immer eine interessante Geschichte zu erzählen. Oft waren es Geschichten aus der Bibel, die er mit solcher Farbigkeit erzählte, daß er nicht selten die Schrift hervorholen mußte, um den Kindern zu beweisen, daß das, was er erzählte, auch wirklich darin stand. Aber als Carolyn und Himmelchen erfuhren, daß er früher einmal ein Ranger war, wollten sie von ihm ständig neue Abenteuer aus seinem Rangerleben hören. Mit diesen Geschichten war er zurückhaltender, aber immerhin, auch dabei lernten sie Interessantes über ihn.

„Was ist der Alamo?" fragte Himmelchen, als Sam diesen Namen einmal erwähnte.

Sam wandte sich mit gespieltem Ärger an Deborah. „Also, Deborah, was hast du diesen armen Kindern nur beigebracht?"

„Nur das Alphabet und die Zahlen und ein bißchen über George Washington und Thomas Jefferson", sagte sie entschuldigend.

„Nun, wenn diese Kinder Texaner werden sollen, müssen sie über den Alamo Bescheid wissen."

„Der Alamo ist einer der wichtigsten Orte von Texas", sagte Sam. „Dort kämpften und starben einige tapfere Männer für die Freiheit. Sie hätten verschwinden und ihr Leben retten können, aber sie blieben, selbst als sie sahen, daß sie alle umkommen würden. Sie glaubten, die Freiheit ist das wertvollste Gut im Leben eines Menschen. Natürlich, das ist eine Art Freiheit, und sie ist es wert, daß man dafür sein Leben einsetzt, aber es gibt noch eine andere Art Freiheit, für die nur ein einziger Mann sterben mußte, und das ist die Freiheit, für und in Christi zu leben. Ich hoffe immer, die meisten dieser Männer hatten beide Arten von Freiheit. Wenigstens von einem weiß ich es."

„Wer war das?" fragte Carolyn.

„Das war mein Pa. Er war dort am Alamo, und deshalb glaube ich wahrscheinlich, daß jeder wahre Texaner die Geschichte kennen muß."

„Er muß ein tapferer Mann gewesen sein", sagte Carolyn.

„Das glaube ich auch, obwohl ich ihn nie gekannt habe. Ich wurde im Herbst 1836 geboren, nach dem Alamo, aber meine Mutter taufte mich Sam, genau wie mein Pa es gewollt hatte."

„Hieß er auch Sam?"

„Nein, sein Name war Benjamin Killion, aber er wollte, daß sein Sohn nach Sam Houston heißt. Mich würde es nicht überraschen, wenn jeder Junge, der in diesem Jahr in Texas zur Welt kam, Sam getauft wurde."

„Ist dein Pa tot?" fragte Himmelchen unschuldig.

„Yeah, das ist er." Sam schwieg nachdenklich.

„Meiner auch", sagte Himmelchen.

„Ich weiß, Himmelchen", erwiderte Sam und legte dem Jungen verständnisvoll den Arm um die Schulter, „aber du bist genau der Junge, auf den dein Pa stolz wäre, genauso, wie ich hoffe, daß mein Pa stolz auf mich wäre."

„Mein Pa ist auch tot", warf Carolyn ein. „Er war ein Kriegsheld."

Sam nickte schweigend und nahm das Mädchen in die Arme. Er konnte nicht widerstehen, Deborah einen Blick zuzuwerfen, aber sie sah hinunter auf ihren Schoß, so daß er keine Antwort bei ihr fand.

„Sind deine Ma und dein Pa auch in Texas geboren, Sam?" fragte Himmelchen.

„Oh nein. Mein Vater kam aus Kentucky und meine Ma aus Pennsylvania, und ich kann mir kein ungleicheres Paar vorstellen als die beiden. Sie hätten auch beinahe gar nicht geheiratet."

„Was ist passiert?"

„Das ist eine sehr lange Geschichte, und es wird schon spät. Erinnere mich dran, dann erzähle ich es dir gern ein andermal."

Nicht nur die Kinder waren froh, daß Sam da war. Deborah nahm ihn mindestens ebenso in Beschlag wie ihre Kinder. In demselben Augenblick, als sie ihn sah, wußte sie, daß er als Antwort auf ihre Gebete gekommen war. Jetzt hatte sie einen anderen Gläubigen bei sich, und Deborah fragte sich, wie sie in den vergangenen Jahren ohne ihn hatte leben können. Ihr wurde klar, was für ein guter Freund er war und welche Leere die Trennung in ihr zurückgelassen hatte. Sie verbrachten viele Stunden zusammen, ritten aus, redeten, gingen spazieren, redeten, aßen, redeten. Daß Sam genug zu tun fand, mit der rasch wachsenden Zahl der Siedler und mit den Kindern, das war schon für sich ein Wunder. Aber er wurde nie müde, besonders Deborahs nicht. Er kam zu ihr, wann immer er konnte, zur geistigen Bereicherung ebenso wie aus purer Freude an ihrer Gesellschaft.

Es waren lange acht Jahre gewesen. Auf seinen Wanderungen in Kansas und in den nördlichen Gebieten hatte er mehr als einmal daran gedacht, das Predigen dort aufzugeben und nach Texas zu Deborah zu reiten, so schnell ihn sein Pferd nur tragen konnte. Aber immer war er gebraucht worden und konnte nicht tun, was er so gern gewollt hätte. Vor vier Jahren hatte er schon gepackt und war soweit, als ein verzweifelter Vater zu ihm gekommen war. Der Mann war zwei Tage lang auf der Suche nach einem Geistlichen unterwegs gewesen, um seiner Frau und seinen beiden Kindern, die an der Cholera gestorben waren, ein christliches Begräbnis zu geben. Sam konnte ihn nicht abweisen, und ihm wurde erneut klar, was seine Bestimmung war. Er hatte sich vor sehr langer Zeit entschlossen, zuerst Gott zu dienen, und er war zuversichtlich, daß Gott seine Treue belohnen würde.

Als so viele neue Geistliche in diese Gegend kamen, fragte sich Sam, ob er wohl bald anderswohin ‚gerufen' würde, vielleicht sogar nach Texas. Er betete deshalb oft und hatte langsam das Gefühl, daß seine Zeit auf der nördlichen Prärie ihrem Ende zuging. Als er fragte, wohin er als nächstes gesandt würde, war die einzige Antwort, die er erhielt: Ich werde es dir zeigen.

Bald traf er überall Menschen aus Texas oder hörte oder las etwas von Texas. Einer seiner Predigerfreunde riet ihm, in seinem Heimatstaat weiter zu predigen, der inzwischen berüchtigt war für die wilden und gewalttätigen Zustände, die dort herrschten. Dann erschien Slim. Und Sam hatte plötzlich das Gefühl zu wissen, wohin er gehörte. Er wußte, dieses unerwartete Zusammentreffen mit Slim nach so vielen Jahren konnte kein Zufall sein.

Was er nicht wußte, war, ob sein Ruf nach Texas auch Deborah einschloß.

Die Antwort hätte ihm im ersten Moment klar sein müssen, in dem sich ihre Augen getroffen hatten. So hatte sie Griff nicht angesehen, als sie ihn im Laden des Forts wiedergesehen hatte. War es denn möglich, daß sie ihr Herz einem anderen schenken konnte?

Er wußte, es gab nur eine einzige Möglichkeit, das herauszufinden, aber da er schon einmal abgewiesen worden war, war seine Zurückhaltung nur verständlich. So dauerte es bis zum Frühling des nächsten Jahres, bevor er den Mut fand, und der kam aus einer ganz und gar unerwarteten Quelle.

74

Sam war gerade zu seinem gewohnten Sonntagsessen mit der Familie auf die Ranch gekommen. Er hatte jetzt seine eigene Wohnung, eine Hütte, nicht allzuweit entfernt, die ihm jemand überlassen hatte. Er sattelte im Stall sein Pferd ab, als Griff auf ihn zu schlenderte. Offensichtlich hatte der Vorarbeiter der Ranch etwas auf dem Herzen.

„Wir müßten für Ihr Pferd hier einen eigenen Stall bauen", sagte Griff in freundlichem, aber knappem Ton.

„Ich weiß, er verbringt hier eine Menge Zeit."

„Tut er wirklich."

„Hätte nicht gedacht, daß das ein Problem ist."

„Nein, nein, das ist ein wirklich gutes Pferd, was Sie da haben."

Sam schwang seinen Sattel über einen Balken. „Ich schätze, ich bin auch ziemlich oft hier."

„Das stimmt."

„Macht Ihnen das etwas aus, Griff?"

Griff strich sich nachdenklich übers Kinn. „Ich glaube, ich verstehe Sie bloß noch nicht ganz, Prediger. Manchmal machen Sie mich nervöser als ein Dorn unterm Sattel. Aber manchmal mag ich Sie auch ganz gern —"

„Wenn Sie nicht gerade einen Colt auf mich richten ...?" unterbrach ihn Sam mit verschlagenem Grinsen.

Griff erwiderte seinerseits mit einem Grinsen. „Das werden Sie mir wohl nie vergessen, hab' ich recht?"

„Eines Tages, aber Sie müssen zugeben, daß ich öfter in den Lauf Ihres Colts geschaut habe, als für einen Mann gesund ist."

„Sie sind nicht dran gestorben."

„Noch nicht."

Griff lachte, dann sah er Sam ernst an. „Warum sind Sie nach Texas zurückgekommen, Killion?"

„Ich rette Heiden, genau wie Sie, Griff", sagte Sam feixend.

„Es hat also überhaupt nichts mit Deborah zu tun?"

Nun gab Sam den ernsten Blick zurück. „Ich müßte lügen, wenn ich es leugnen wollte."

„Warum in aller Welt scharren Sie dann mit den Hufen im Sand?"

„Darf ich Sie fragen, weshalb Sie das alles interessiert?"

„Deborah interessiert mich, so einfach ist das."

„Sie meinen —"

„Sam Killion! Sie waren ein klasse Texas Ranger, und nach allem, was ich höre, sind Sie auch ein ziemlich guter Prediger. Aber fest steht, daß Sie nichts von der Liebe verstehen! Sehen Sie, ich liebe Deborah, aber nicht so, wie Sie denken, also legen Sie Ihre Trauermine ab. Ich würde alles für diese Frau tun. Ich würde mich ihretwegen erschießen, und ich würde für sie töten. Ich würde jeden umbringen, der versucht, ihr weh zu tun, und das schließt auch Sie ein! Wenn Sie also nicht nochmal am falschen Ende meines Colts landen wollen, dann entschließen Sie sich besser bald, was Sie tun wollen, und dann tun Sie es! Keiner von euch beiden wird jünger."

„Wollen Sie damit sagen, ich habe Ihren Segen zu ... naja, um sie zu werben?"

„Verdammt nein! Nach acht langen Jahren vergessen Sie besser das Werben und kümmern sich um die Heirat!"

Sam lächelte, nicht ohne Erleichterung. „Sie erstaunen mich, Griff, wirklich."

„Also, was werden Sie tun?"

„Ich schätze, genau das, was ich seit über acht Jahren tun wollte." Aber Sam verstummte, nicht recht überzeugt. „Seit ich zurück bin, Griff, hat sie kein Wort gesagt, um mich zu ermutigen, um mir auch nur den kleinsten Hinweis zu geben, daß sie jetzt bereit ist, wieder zu heiraten. Das ist ein Grund, warum ich zögere."

Griff schüttelte entschieden den Kopf. „Jeder, der in den vergangenen Monaten im Umkreis einer Meile in eurer Nähe war, braucht gar nichts zu hören, wenn er nur Augen im Kopf hat. Außerdem habe ich sie immer beobachtet, wenn sie im Lauf der Jahre einen Brief von Ihnen bekommen hat. Das Glück in ihren Augen hätte die ganze Prärie bei Nacht überstrahlen können."

„Wirklich?"

Griff rollte die Augen. „Sie werden ihr einen Antrag machen, Mann, bevor ich's selber tue, nur, um Sie zu ärgern."

* * *

Während Sam und Griff im Stall miteinander redeten, saß Deborah auf dem alten Schaukelstuhl in ihrem Zimmer. Das offene Buch auf ihrem Schoß war schon lange vergessen, und ihre Gedanken waren zu dem Mann gewandert, an den sie in letzter Zeit so oft dachte. Sie *dachte* nicht nur an Sam Killion, sondern sie träumte nachts auch von ihm, und sie hörte sogar seine Stimme, wenn er gar nicht da war. Wenn sie ihn einmal unerwartet sah, setzte ihr Herz einen Moment aus, und wenn sie wirklich seine Stimme hörte, wurde sie von einem so prickelnden, warmen Gefühl erfüllt, daß es sie beschämte. Schließlich war sie eine reife Frau von dreiunddreißig Jahren, die schon zweimal verheiratet war und zwei Kinder hatte. Aber was sie jetzt erlebte, ähnelte dem, was ein Schulmädchen bei seiner ersten großen Liebe fühlte.

Liebte sie Sam Killion?

Sie wußte, sie brauchte sich diese Frage gar nicht zu stellen. Sie hatte immer gewußt, daß sie ihn liebte. Ihre Gefühle für Sam waren ihr immer klar gewesen, aber je tiefer sie wurden, desto mehr wollte sie sie verleugnen. Für Deborah war Liebe immer gleichbedeutend gewesen mit Schmerz.

Vielleicht konnte sie jetzt, so viele Jahre nach ihren Leiden, ruhiger sein. Wenn ihre Liebe auch immer in Schmerz geendet hatte, war sie denn nicht auch von den glücklichsten Momenten ihres Lebens erfüllt gewesen? Wollte sie denn ihre tiefe Freundschaft zu ihrem geliebten Bruder vergessen, oder die zärtliche Weisheit ihres Vaters, oder die ungewöhnliche Kameradschaft mit Jakob Stoner? Wenn sie gewußt hätte, daß sie Gebrochener Flügel so schnell wieder verlieren sollte,

hätte sie denn ihre Liebe verleugnet, die Freude und die ruhige Zufriedenheit dieser paar kurzen Jahre verschmäht?
Niemals.
Das tun, hieße, den Kern des Lebens zu zerstören. Liebe, Haß, Freude und Trauer, Glück und Schmerz — Gott hatte sie alle gegeben, um ihr Leben reich zu machen und sie zu einem Menschen zu machen, der, so hoffte sie, in der Lage war, auf andere Menschen wirklich einzugehen. So viele verschwendete Jahre lang war ihr das nicht klar gewesen, aber jetzt sah sie es deutlich.
Trotzdem war die einzige Zeit, in der sie ohne Liebe mit einem Menschen zusammen war, die Zeit ihres tiefsten Elends gewesen. Und gerade als die schreckliche Erfahrung mit Leonard Stoner ihr jede neue Beziehung zu einem Menschen, besonders zu einem Mann, auf immer zu verbieten schien, hatte Gott ihr Gebrochener Flügel geschickt, vielleicht, um ihr zu zeigen, daß das Leben nichts ist ohne Liebe, daß selbst eine Frau, die so tief verwundet worden war, sich noch immer nach der Erfüllung der Liebe sehnte.
Und jetzt war Sam zurückgekehrt.
War das Gottes Weise, ihr zu sagen, daß sie lange genug in ihrer Angst und Vereinsamung ausgeharrt hatte? Daß es Zeit war, einen Schritt voran zu tun, im Vertrauen darauf, daß Gott sie weiter leiten würde? Er war so geduldig mit ihr! Würde Er sie weiter auf seinem Weg führen, wenn sie jetzt im Glauben einen Schritt voran tat?
„Ich will keine Angst haben, Herr", betete sie. „Manchmal glaube ich, ich bin stark genug, dem Tod einer neuen Liebe ins Auge zu sehen. Aber manchmal möchte ich mich beim bloßen Gedanken daran in eine Kugel zusammenrollen und mich irgendwo verbergen, wo kein Schmerz mich finden kann.
Ich will hinausgehen. Ich liebe Sam so sehr, daß der mögliche Schmerz, wenn ich ihn durch meine Angst verliere, genauso groß ist wie der, wenn ich ihn durch den Tod verlieren würde. Aber mein Cheyennevolk hat mich gelehrt, daß nichts lange besteht ... alle Dinge müssen sterben. Auch das gehört zum Leben."
Sie seufzte und klappte das Buch in ihrem Schoß zu. Sir Walter Scott mußte warten. Statt dessen griff sie nach ihrer Bibel, die auf dem Tisch neben ihrem Bett lag. Es war noch immer die Bibel, die sie in Hardees Laden gefunden hatte — eine billige Ausgabe, die schon langsam auseinanderfiel. Aber sie hatte ihr die Wahrheit so gut übermittelt, wie es irgendeine teure, in Leder gebundene Bibel nicht besser hätte tun können, und sie hatte ihr als klarer Quell in der Wüste ihrer neuen texani-

schen Heimat gedient. Sie schlug das Markus-Evangelium auf, wo sie es am Abend zuvor zugeklappt hatte, aber in ihrer gegenwärtigen Unruhe begann sie, die Seiten umzublättern, bis sie zu den Briefen des Johannes kam. Sie hielt inne und lächelte. Sie hatte von diesen kleinen ‚Büchern der Liebe' gehört, und die paßten jetzt, da sie von Liebe beseelt war, besser als alles andere.

Sie las einige Minuten, bis ein bestimmter Vers ihr in die Augen sprang. Sie lächelte wieder, dann lachte sie laut und las den Vers noch einmal.

„Oh mein lieber Gott! Du bist so gut zu mir! Ich danke Dir, daß Du mir wieder gezeigt hast, wie wirklich du bist!"

75

Sam klopfte an die Tür des Ranchhauses, als Deborah gerade ihre Bibel zuklappte. Sie fand ihn plaudernd bei Yolanda.

„Hallo, Deborah", sagte er.

Diesmal versuchte Deborah nicht mehr, das Prickeln zu vergessen, das sie im ganzen Körper fühlte, als sie seine Stimme hörte. „Hallo, Sam."

„Ich bin ziemlich früh dran."

„Das ist gut. So können wir uns noch unterhalten, solange die Kinder draußen sind."

„Willst du ein bißchen spazieren gehen?"

„Ja, gern."

„Nimm besser deinen Schal, der Wind hat's in sich."

Eine Weile gingen sie schweigend nebeneinander her, jeder in seinen eigenen, wirren Gedanken und Gefühlen verstrickt, die nicht leicht auszudrücken waren. Es war nicht wie ihre gewohnten Plaudereien. Vielleicht wäre es anders gewesen, wäre ihnen klar gewesen, daß sie von der sanften Hand ihres Vaters im Himmel bis zu diesem Moment geführt wurden; daß Sams Gespräch mit Griff und Deborahs Lektüre in der Bibel von Ihm so geplant worden waren, von Ihm, der den Anfang und das Ende aller Dinge sehen kann. Aber natürlich waren sie zu sehr in ihrer Unsicherheit befangen, um das jetzt deutlich zu spüren.

Sie waren etwa eine halbe Meile gegangen, als Deborah Himmelchen und Carolyn in der Ferne reiten sah. Sie dachte daran, daß das vor noch nicht allzulanger Zeit wegen der Commanchen unmöglich gewesen wäre. Aber was Deborah wirklich anrührte, war die Ähnlichkeit, die diese beiden jungen Menschen bei ihrem Ritt über das flache Grasland mit ihr und Graham hatten, wie sie vor vielen Jahren genauso freudig galoppiert waren. So weit von ihren Nachbarn entfernt, gab es nicht viele andere Kinder, mit denen sie spielen konnten. Das brachte sie einander so nahe, wie sie sich anders womöglich nie gekommen wären. Es würde ihnen guttun, wie es Deborah gutgetan hatte.

„Die beiden können wirklich reiten", kommentierte Sam, als er Deborahs Blick folgte.

„Hier draußen ist das lebenswichtig."

„Du hast sie gut erzogen, Deborah."

„Ich nehme an, ich habe meine Fehler gemacht. Carolyn kann sehr dickköpfig sein, wenn sie will, aber alles in allem kann ich mich nicht beklagen. Ich liebe sie. Aber sie werden schnell groß."

„Kinder sind so. Mach einmal die Augen zu, und Peng! Sie sind erwachsen und haben schon eigene Kinder."

„Oh, nein, nicht so schnell!" lachte Deborah. „Aber du hast recht, bald werden sie auf eigenen Füßen stehen."

„Was wirst du dann tun, Deborah?"

„Darüber habe ich nicht viel nachgedacht. Gott sei Dank bin ich ziemlich zufrieden, wie sich mein Leben gewendet hat. Ich liebe die Ranch, und ich habe die Freiheit, die ich immer wollte. Aber, um die Wahrheit zu sagen, Sam, das ist nicht immer genug. Es gibt immer noch freie Stellen in meinem Herzen, die gefüllt werden müssen."

„Gott wird sie füllen."

„Ja, ich weiß. Aber ich glaube, wenn Er sie nicht direkt selbst füllt, dann schickt Er uns manchmal Menschen, die es tun. Das hat Er mit meinen Kindern getan, und manchmal tut Er es, indem Er einen Ehemann oder eine Ehefrau schickt."

Sam blieb plötzlich stehen. Er war so überrascht von ihrer Bemerkung, daß er kaum seine eigene Antwort aussprechen konnte. Er brachte sie stammelnd hervor. „Willst du damit sagen, daß du vielleicht an Heirat denkst, Deborah?"

„Du weißt sehr gut, wie ich darüber in der Vergangenheit gefühlt habe", sagte Deborah.

„Du hattest Angst, jemanden zu lieben, weil das auch Schmerz bedeuten könnte."

„So ungefähr."

„Nun, Deborah, vielleicht könntest du in Freundschaft und Kameradschaft heiraten und diese ganze Geschichte mit der Liebe vergessen?" Er wußte, das war ein dummer Gedanke, selbst wenn es möglich wäre. Niemand, und besonders niemand, der so tief fühlte wie Deborah, konnte eine solch oberflächliche Beziehung eingehen. Aber er hoffte, was er sagte, könnte ihm den Weg ebnen, wenn nicht sogar ihr.

„Ach, Deborah!" Hilflos warf er die Arme in die Luft. „Es ist sinnlos, die Worte umzudrehen. Ich sage dir einfach ganz offen: Ich wäre nichts lieber als dein Lebensgefährte. Meine Gefühle haben sich seit Dodge nicht geändert. Ich glaube, ich habe vom ersten Moment an so gefühlt, seit ich dich zum ersten Mal in Griffs Versteck gesehen habe. Immer habe ich an dich gedacht, und als ich dich im Dorf von Schwarzer Adler sah, war ich schrecklich verwirrt, obwohl ich auch froh für dich war und glücklich, daß du einen guten Mann gefunden hattest. Dann kam Dodge. Und als du nach Texas gingst, mußte ich bleiben, wo ich war. Ich schätze, die Zeit war nie günstig für uns — ich muß nur daran denken, daß Gott unsere Zeit macht, also muß es wohl so richtig gewesen sein. Egal. Hier sind wir also, und ich mache mich wieder lächerlich, aber ich muß das einfach sagen, denn ich bin nicht zuletzt deshalb hierher nach Texas gekommen."

Er schwieg und atmete tief ein in der Hoffnung, daß sie sein Gestammle unterbrechen würde. Aber sie tat es nicht, und so sprach er weiter, eine andere Möglichkeit hatte er auch nicht. „Was ich sagen will, wenn ich es auch nicht gut kann, ist, daß ich nach all diesen Jahren zufrieden wäre, dein Gefährte sein zu dürfen. Ich denke, das ist es ohnehin, was ich dir in diesen letzten Monaten gewesen bin. Nur, wenn wir heiraten würden, dann bräuchte ich nicht nachts in mein eigenes Haus zu gehen."

„Und das wäre dir wirklich genug, Sam?"

Er sah ihr tief in die Augen. Er wollte nichts, als daß sie ihn ebenso liebte, wie er sie liebte, und irgendwie war er sicher, daß sie ihn auch liebte, wenn sie es auch nicht zugeben wollte. Dennoch glaubte er, er könnte mit ihr glücklich sein, auch wenn zwischen ihnen nie von Liebe die Rede war. Das jedenfalls wollte er glauben.

Aber bevor er antworten konnte, ergriff Deborah das Wort. „Oh, Sam! Ich bin es, die sich lächerlich macht. Ich weiß nicht einmal, warum ich dir diese Frage gestellt habe, außer daß ich mich noch immer schützen will, obwohl ich weiß, das ist gar nicht nötig. Siehst du, Sam, du mußt nicht damit zufrieden sein."

Sams buschige rote Augenbrauen zogen sich in die Höhe. „Wie meinst du das?"

„Ich meine, es wäre mir unmöglich, dich nur aus Freundschaft zu heiraten — jetzt jedenfalls. Ich meine ... es ist zu spät dafür. Ich liebe dich, Sam!"

„Das sagst du doch nicht nur so, Deborah, oder?"

Deborah lächelte. „Glaubst du nach all diesen Jahren, ich könnte das sagen, ohne es zu meinen?"

Sam warf den Kopf zurück und lachte laut. Dann hob er Deborah vom Boden und wirbelte sie herum und tanzte wie verrückt im langen Präriegras.

„Der Herr sei gepriesen!" sang er. „Ich wußte es!"

„Warum hat es dich dann solche Mühe gekostet?" lachte Deborah.

„Kann sein ... daß mein Glaube hier für einen Augenblick schwach geworden ist."

Deborah wurde ernst. „Ich habe so viele Jahre mit meiner Angst vergeudet", sagte sie. „Ich hatte solche Angst, dich zu verlieren, daß ich dich fast wirklich verloren hätte, weil ich mich zu sehr fürchtete, mir meine Gefühle einzugestehen."

„Was hat sich verändert? Oder sollte ich fragen: Was hat Gott verändert?"

„Es ist erst vor einigen Stunden geschehen", sagte Deborah. „Ich las in meiner Bibel, als mir ein Vers direkt in die Augen sprang. Ich muß diesen Vers schon oft gelesen haben, aber erst heute habe ich ihn wirklich gelesen, glaube ich, denn er hat etwas in mir verändert. Er hat mich verändert."

„Und welcher Vers war es?"

„Im ersten Brief des Johannes, wo es heißt, ‚Furcht ist nicht in der Liebe, sondern die völlige Liebe treibt die Furcht aus; denn die Furcht muß vor der Strafe zittern. Wer sich aber fürchtet, der ist nicht völlig in der Liebe.' Als ich das las, hatte ich das Gefühl, es ist allein für mich geschrieben."

„Das ist es, liebe Deborah ... das ist es."

Sam beugte sich zu Deborahs Gesicht nieder. Ihre Lippen trafen sich, und seine Arme schlossen sich um sie. Als er sie hielt, fühlte Deborah, daß die große Gefahr, die sie so lange gescheut hatte, in Wahrheit gar keine Gefahr war, sondern daß sie im Gegenteil jetzt sicherer war als seit sehr, sehr langer Zeit. Und dies war eine Sicherheit, die nicht von der Unabhängigkeit kam oder von der Selbstgenügsamkeit, sondern vom Wissen, daß ihr Weg der Weg des Herrn war.

Ein weiterer historischer Roman

Julia Shuken
Als der Ostwind kam
308 Seiten, Paperback
ISBN 3-86122-151-9

Sie war in seinem Blut, in seiner Muttermilch – die Geschichte seines Volkes und die Liebe des Bauern zu der tiefen, reichen Erde mit all ihren Launen und Jahreszeiten. Nichts konnte Peter diese Liebe aus dem Herzen reißen.

1905 rollt eine Welle gewaltsamer Veränderungen über Südrußland hinweg und wird zum Vorboten der kommenden Umwälzungen. Peters Volk steht ihr direkt im Weg – religiöse Abtrünnige in einer Zeit der Orthodoxie, Pazifisten in einer Zeit des Krieges.

Eine Kette schrecklicher Umstände macht Peter zu einem unfreiwilligen Pilger, der sein Leben nur durch Flucht ins Gebirge und später auf ein Schiff mit Ziel Amerika retten kann. Eine Tragödie bricht über Peters Familie herein, aber ein Mädchen aus seinem Heimatdorf teilt mit ihm den Schmerz in ihrer Seele.

Für Peter findet die Suche nach einer Zuflucht sowohl in seinem Inneren als auch äußerlich statt. Es ist die Suche nach der Antwort auf das ruhelose Sehnen seines Herzens.

Diese schöne Geschichte behandelt mit einfühlsamem Geschick einige der tiefsten Fragen des menschlichen Lebens.

FRANCKE
Verlag der Francke-Buchhandlung GmbH